La Soledad en tres actos

Gisela Leal

La Soledad en tres actos

Papel certificado por el Forest Stewardship Council®

MIXTO
Papel | Apoyando la
silvicultura responsable
FSC
www.fsc.org
FSC® C117695

Penguin
Random House
Grupo Editorial

Primera edición: abril de 2024

© 2023, Gisela Leal
© 2023, Penguin Random House Grupo Editorial, S. A. de C. V.
Blvd. Miguel de Cervantes Saavedra núm. 301, 1er piso,
colonia Granada, alcaldía Miguel Hidalgo, C. P. 11520,
Ciudad de México
© 2024, Penguin Random House Grupo Editorial, S. A. U.
Travessera de Gràcia, 47-49. 08021 Barcelona

© Diseño: Penguin Random House Grupo Editorial, inspirado en un diseño original de Enric Satué

Printed in Spain – Impreso en España

ISBN: 978-84-204-7778-7
Depósito legal: B-17762-2023

Impreso en Unigraf, Móstoles (Madrid)

AL77787

Para una chica japonesa,
あなたのために

She should have died hereafter;
There would have been a time for such a word.
Tomorrow, and tomorrow, and tomorrow,
Creeps in this petty pace from day to day
To the last syllable of recorded time,
And all our yesterdays have lighted fools
The way to dusty death. Out, out, brief candle!
Life's but a walking shadow, a poor player
That struts and frets his hour upon the stage
And then is heard no more: it is a tale
Told by an idiot, full of sound and fury,
Signifying nothing.

Macbeth, Act V, Scene V

abre bien los ojos
y observa a tu alrededor;

no es más que una ficción

PRIMER ACTO

Prólogo

Treinta años después, cuando el que duraría seis llevaba
ya treinta sentado en esa silla que le daba todo el poder, contrario a lo que todos pensamos, que este no completaría ni su
primer mandato, y es que ya tenía sus buenos setenta cuando
por fin llegó a ocuparla, a ella, la silla, aunque en su caso más
bien sería *a Ella, La Silla,* porque para este hombre, como para
muchos otros, este objeto tan preciado no se podía identificar
como un pronombre cualquiera, sino como un sujeto concreto, único, irrepetible. Sus buenos setenta abriles tenía ya
cuando por fin llegó a ocuparla, a Ella, La Silla, esa que desde
hacía tanto tiempo sabía que él debía de ocupar, que a él le
pertenecía, si desde niño lo supo, desde que le preguntaban
qué quieres ser de grande, él respondía Quiero ser el más grande, y que todos me obedezcan, y que todos me adoren, que
todos me quieran, que me quieran mucho, muchísimo, más
que a cualquier cosa, más que a todos sus juguetes y todos sus
amigos. Quiero ser como él, decía, y entonces con su índice
señalaba el televisor sintonizado en el único canal que en esa
patria se veía, donde en blanco y negro aparecía Su ilustradí-
simo señor, impecablemente vestido, cargando en su pecho
sus innumerables y nobles insignias, dando uno más de sus
incesantes discursos, de esos en los que cada cinco palabras
dichas eran interrumpidas por aplausos que duraban minutos. Como ese quería ser y en ese se convirtió no muchos
años después; si algo se le tiene que reconocer es su empeño
y constancia, esos que rayaban en tesón y terquedad, en una
enfermiza obsesión. Cuánto no había dado por tenerla. La
vida. Su vida, esa que ya no tenía por habérsela entregado,
toda completa, a Ella, a La Silla. Sangre, sudor y lágrimas

había derramado por instalarse en sus cojines de seda y sus finas maderas.

Tres décadas después, le decíamos, cuando este padre protector se había convertido en un tirano opresor, tan predecible, tan ordinario, tan de libro nos había resultado este todopoderoso redentor, tan obscenamente igual que todos los anteriores a él, esos que tan fácil se olvidaron de que son simples mortales y terminaron creyendo que su lugar estaba en el Olimpo, al lado de Zeus, junto con las otras divinidades. ¿Qué hacer con estos hombres y su infinita vulgaridad? Ay, el poder, el poder, el poder del poder: tan fácil que resulta perdernos en él. ¿No le parece humillante que con tan poquito nos convierta en estas creaturas tan inelegantes, tan prosaicas, tan bajas?

Cinco mandatos después, le decía yo, si acaso tiene caso dividir este perene terror en términos, porque desde el segundo mandato quedó claro de qué iba esto, de que todos esos teatritos de ver quién ocuparía su lugar, su Silla, la del que duraría seis y llevaba treinta, no eran más que dedos en la boca, imposturas, simulacros, y unos bastante malos, hasta eso, los teatritos, con sus guiones tan burdos, sin cuidado en el detalle, desvergonzados y caricaturescos, y es que en él, el de La Silla, y en los suyos, ya no había preocupación ni temor de que la simulación fuera desvelada, descubierta por su esclavo público; eso había ocurrido hacía mucho tiempo ya. Y francamente se la sudaba, porque de ahí, de su Silla, ni Dios lo movería. No, esos días de pretender ser una cosa cuando se es otra habían quedado muy en el pasado, en los primeros años, tal vez meses, cuando acababa de llegar a la silla, que en esos tiempos todavía era una que se escribía en minúsculas, y entonces era necesario disimular, esconder su parte más oscura, ocultarla hasta que pasara tiempo suficiente y, una vez construida la codependencia que naturalmente provoca lo familiar, entonces desvelar la realidad, justo como en un matrimonio.

Treinta inviernos después, le digo, cuando lo que un día pudo haber sido próspero no lo fue gracias al yugo del terror, del miedo, de la desgracia, de la rigidez, de las malas decisiones, de los malos hombres, cuando el mundo ya era otro, uno muy distinto del que era cuando a su silla llegó, aunque al mismo tiempo seguía siendo el de siempre, el mundo, porque no aprendemos, los humanos, no cambiamos, nos repetimos una y otra vez, y en esto no me va a contradecir, si más de miles años de historia lo avalan.

Treinta años después, continúo, cuando a Antonia le diagnosticaran ERPOG, esta enfermedad tan moderna que aún no tenía cura ni era bien entendida, cuando el de La Silla celebrara su ridículo centenario con una fiesta nacional que consumiría las reservas que esta nación no tenía; entonces, insisto, Antonia no recordaría la cara del hombre responsable de traerla aquí, a este mundo, a esta vida, del personaje mejor conocido como su padre. Antonia ignoraría por completo cuáles eran los genes que de él tenía; si lo viera en la calle, ninguna parte de su cuerpo se enteraría; ya no recordaría ni su voz, ni su nombre, ni sus fondos, ni sus formas, ni sus sombras. Nada de él. Su madre se encargó de que así fuera, porque de qué le serviría a la niña guardar el recuerdo de alguien que jamás volvería a ver, solo para que ahí quede un hueco, en la memoria, un espacio vacío, uno que nadie ni nada podría llenar, y entonces su hija no haga más que invertir horas de su vida, su vida entera, tratando de encontrar la manera de ocupar ese vacío sin éxito alguno. ¿Para qué?, decía la madre, ¿Para que con el tiempo le atribuyera a ese hombre y a su recuerdo poderes sobrenaturales, alimentando la fantasía de que, de no haber desaparecido, de no haberse ido, de no haberlas dejado aquí, ese, el que se fue y no volvió, de haber estado en sus vidas, las cosas habrían sido distintas? Un mundo perfecto donde todo estaría resuelto, porque habrían sido una familia feliz, de haber estado él, habría pensado Antonia, si todavía lo recordara. Ya ve cómo somos de necios: siempre añorando e idealizando lo que ya no está, inventándonos historias de lo bueno que habría sido aún tener lo que ya no tenemos. Entonces, ¿para qué? ¿Para qué meterle falsas ilusiones desde tan pequeña? ¿Para qué empezar tan temprano, si tendrá toda una vida para decepcionarse de todas esas ilusiones? No, mejor que Antonia pensara que el que se fue nunca existió, mejor que olvidara su voz y su aroma y su tacto, que su memoria la engañe, que el tiempo desgaste sus recuerdos hasta que solo quede el irreversible daño que se imprime en el inconsciente, ahí donde no se necesita de imágenes ni memorias claras para existir y doler hasta el fondo, para definir los más profundos miedos que nos perseguirán perpetuamente. Y por eso Antonia solo tiene nebulosas imágenes que no le dicen nada de su padre, nada que la haga sentir algo, nada que le diga nada, lo que fuera, más que ese hombre un día existió y luego un día no lo hizo más. Así de simple, como la muerte: un momento estás y el siguiente ya no.

Cuando el-que-se-fue se fue, Teresa enloqueció, o así lo recuerda Antonia, que nunca había visto a su madre de esta manera, tan ausente, tan vacía, tan perdida, tan todo y nada, un cuerpo que deambulaba por la casa cuando tomaba la fuerza para levantarse de su cama, lo cual rara vez pasaba; si viera usted qué pena daba. Antonia no sabía qué hacer para sacarla de su habitación, para que corriera las cortinas y abriera las ventanas porque el aire a muerte, a defunción, a tristeza y pena y coraje y odio, sobre todo odio, que es el que más apesta y más trabajo cuesta respirar, el aire que poblaba la habitación de su madre y que un día también fue de su padre, quien fuera que este fuera y dondequiera que estuviera, estaba completamente intoxicado, contaminado, descompuesto por todas esas esperanzas y promesas que un día se hicieron, se desearon, se soñaron, sí, pero nunca se cumplieron, Como la mayoría de las cosas en la vida, le habría dicho Antonia a su madre si hubiera tenido más edad y, por ende, más sabiduría, pero entonces la niña solo contaba con siete años y aún no tenía la capacidad de procesar todas las experiencias que había vivido hasta entonces como para convertirlas en esa arma tan valiosa que usted y yo conocemos como aprendizaje. Sueños que se convirtieron en pesadillas porque nunca se realizaron, y por eso no hicieron más que quedarse ahí, añejándose, oxidándose, pudriéndose hasta convertirse en un moho que salía de la cabeza de Teresa y que se impregnaba en su almohada, en las sábanas, en la alfombra, en las paredes y el techo, hasta que invadía toda la habitación y no le quedaba de otra que continuar creciendo para afuera, para el pasillo que da a la cocina y la cocina y toda su estantería y la sala y las fotografías y las tuberías del agua y del gas y la habitación de Antonia y todo lo que había en ella, Antonia incluida. El aire en esa casa, que realmente no era una casa, porque una casa está construida por personas que la habitan y la viven, y aquí solo había seres que ocupaban el espacio; el aire en este lugar que, de nosotros haber entrado, habríamos tenido un ataque de claustrofobia, y no porque suframos un pánico a los espacios cerrados ni nada de esos achaques burgueses, sino porque quién no iba querer salir corriendo de ahí, de esa desolación, de esa melancolía, de esa asfixia crónica; el aire ahí era denso, pesado de tanta expectativa cargada de frustración. Y llenaba los pulmones de Antonia y de su madre, un aire sin oxígeno, vacuo, inane, que lejos de brindarles un respiro, se los quitaba.

En la mente de Antonia fueron varias eternidades las que pasaron así, en esa oscuridad, aunque en el tiempo real y mundano, el de los relojes y los calendarios, fuera solo un año. Y probablemente ese adverbio, el *solo* antepuesto a *un año,* está de más. No: más bien es un error, una aberración de nuestra parte, porque qué vamos a saber nosotros, básicos y meros mortales, iletrados de las dimensiones de la vida, qué vamos a saber, digo yo, conscientes de las limitaciones de la raza humana a la que pertenecemos, cuál es la duración *real* que un año puede tener, qué tan perpetuos trescientos sesenta y cinco días pueden llegar a ser para alguien en las circunstancias de Antonia, y en otras también, claro. Porque la vida puede pesar mucho, muchísimo, usted eso lo sabe tan bien como yo, y ese peso pesado hace que el tiempo se vuelva más largo, eterno, cada segundo siendo sempiterno, Cuándo va a acabar este pesar, dios mío, nos preguntamos mientras la dolencia física o emocional, el peso pesado, nos oprime, el cuerpo o el alma, comúnmente ambos, y de pronto es como si ese segundo se multiplicara por muchos y durara una hora o más, y entonces un año termina durando una vida, o varias; tan masoquista y curiosa nuestra mente humana que prolonga el sufrimiento y efimeriza la plenitud. Por eso rectificamos en ese *solo* antepuesto al *un año,* el cual hemos decidido dejar ahí únicamente para tener la excusa de criticarlo y hacer notar la consciencia que tenemos de nuestro analfabetismo sobre la vida, porque qué putas va a saber nuestra mente reducida, retomo, y por favor vaya acostumbrándose a este tomar y retomar nuestro, mío, porque eso aquí sucede mucho, el elaborar y relaborar, el desviarnos y alejarnos unos cuantos kilómetros de la vía principal para explorar una vereda, una idea que de algo podría servir y, una vez recorrida, entonces volver a la autopista, y retomar nuestro andar; y es que en la vida es importante explorar otras sendas, descubrir nuevos caminos, conocernos en lo desconocido. Recuerde que las primeras páginas siempre son las más difíciles, porque estamos en esa etapa de la relación cuando nuestro trato, el de usted y mío, es aún tieso, tenso, impuesto, porque ni usted me conoce a mí, y yo menos que le conozco a usted, y por eso nos encontramos en este punto en el que no sabemos qué esperar el uno del otro, cuando hay cierta desconfianza, incredulidad, cuando aún tenemos nuestras dudas y reticencias de si nos vamos a caer bien o mal, de si vale la pena compartir nuestro tiempo con este otro, habiendo tantos otros allá afuera; muchos, seguramente, mejores que nosotros. De si esta convivencia, esta relación, la suya y mía, va a llevar a algo provechoso, productivo, de bien; nos preguntamos si nos compensa, si nos resultará útil, porque así se forman las relaciones: no son más que transacciones utilitarias para llegar a una vida mejor, de preferencia mutuamente mejor. Y la verdad es que en este momento eso aún no lo podemos saber, ni usted ni yo. Por eso mejor tengámonos un poco de paciencia, que solo es cuestión de que nos vayamos conociendo, familiarizando con los fondos y las formas del otro, del usted y del yo; de que nos acostumbremos a los modos de cada uno, usted a esta manera nuestra de narrar, siempre tan dispersa, siempre tan fácil de distraer, de llevarnos por otras vías que no son las marcadas, divagando, siempre divagando, como si en los días que corren todavía quedara tiempo para perderse, para vagar, estando los caminos a tomar tan definidos y claros ya; es cuestión de tiempo, para nosotros acostumbrarnos a esa inconsistencia de parte de sus ojos, los suyos, sí, los que ahora nos leen, por cinco días seguidos lo hacen, y de pronto dejan de hacerlo por dos semanas o un mes, así de fácil, como si esto fuera qué, un burdel, como si la nuestra fuera una relación de encuentros casuales cuya necesidad surge cada que no hay nada mejor que hacer; esa falta de seriedad, de compromiso suya que no nos destroza el ego solo porque más de diez mil horas de meditación vipassana de algo nos han servido. Y no hablemos de su atención, claro, siempre pensando en una cosa distinta de la que tiene enfrente, siempre en otro lugar, en el pasado, o en el futuro, o en cómo hubiera sido si, o en cómo no quiere que vaya a ser, o en cualquier variedad de probabilidades. O también en cosas más banales, claro, como la discusión que acaba de tener con su socio esta mañana, o si debiera de deslizar su dedo a la derecha y comprarse de una vez por todas esos zapatos que no necesita pero que igual quiere, por el simple hecho de que puede y porque necesita un subidón de serotonina, y deslizar su pulgar cumplirá con su urgente necesidad de satisfacción inmediata, y da bastante igual si el efecto es efímero y falso. O que a la mierda con este tedioso y solitario proyecto, que mejor invertir su tiempo en algo entretenido, mejor levantarse de esa cama, espabilar, echarse agua fresca en la cara, hacer unas llamadas, meterse unas rayas, tomarse unas copas y bienvenida la vida, que para eso es: para vivirla. Y así vivimos: siempre en cualquier mundo paralelo menos en este, menos aquí, nunca aquí, sus ojos recorriendo nuestras líneas, pero su mente tan lejos de estas páginas como la paz de nuestras vidas. Y lo hace con aquel descaro, ese vernos sin observarnos. ¿Cree que no nos damos cuenta? ¿O simplemente se la pela? Apenas llevamos unas pocas oraciones y cuántas veces no lo ha hecho ya, eso de avanzar páginas completas sin enterarse de qué van, porque solo usted sabe en dónde su cabeza está. Lo estamos viendo, por dios, lo tenemos cara a cara, sabemos cuando está con nosotros y cuando es solo una máquina que ejecuta actividades mecánicas, como lo es durante la mayor parte de su día el infeliz de usted. Y hemos de decirle que cuando usted es eso, un autómata, y sus ojos por nuestras hojas pasan, se siente como cuando uno está cogiendo porque es el tercer viernes del mes, que es cuando en casa se tiene acordado coger, porque llega un punto en la vida que a uno esas cosas se le olvidan, coger, y por eso es importante marcarlo en el calendario y hacer de este antaño placer un deber, una abrumadora obligación, aunque estamos seguros de que ese no es el caso de usted, bendito dios y su vigorosa libido y su gran atractivo y su brillante mente que le han proveído de una encantadora pareja con la que este tema no es ningún problema; cuando nos ve como se ven la mayoría de los matrimonios después de cinco años de casados, así, sin interés, sin deseo, sin urgencia ni necesidad, nos hace sentir tan vacíos y decadentes que nos dan ganas de tirarnos desde un piso muy alto y no saber nada más. Esos días mejor ni nos toque. Ciérrenos. Déjenos ahí. Espere a que esa idea que trae en la cabeza y que roba su atención de nosotros se vaya. Medite, cante mantras, haga yoga o tai chi, corra un maratón, arme un puzle, qué sé yo, pero resuélvalo y, una vez resuelto eso, entonces regrese a nosotros, porque el que usted y yo tenemos enfrente, como puede ver, es un camino arduo y largo, uno que requiere de su atención absoluta y plena, no sus menudencias. Y es que nosotros no estamos aquí, dándole las mejores horas de nuestra vida, con la fútil función de distraerle, de entretenerle de su malsano y mundano aburrimiento, no, ni que fuéramos comediantes, por dios, sin intención de ofenderles, pero este cúmulo de

22

hojas no tiene forma de libro por el mero propósito de ayudarle a que el rato, el vuelo, el viaje en barco o en tren o en metro, le sea más llevadero. No. No estamos aquí para que nos compre en la tienda del aeropuerto y le sirvamos para cubrirle el sol de la cara mientras se broncea en la playa bajo el inclemente verano, con nuestra bella portada que tanto trabajo nos costó diseñar calcinándose sin misericordia alguna; los libros adecuados para esa actividad son aquellos que no exceden de las doscientas cincuenta páginas, por eso del alzado del ejemplar a contrasol y el esfuerzo que esto le representa a los tríceps y bíceps después de un rato. Y aquí no dudamos de que sus brazos, estos que ahora nos agarran firmemente, y eso nos gusta, que nos sujete con fuerza, con ganas, que nos haga suyo; sabemos que sus brazos, decíamos, son de acero, y que usted puede durar horas sujetándonos al aire sin la menor complicación. Pero a veces es bueno recordar que la mayoría de los mortales no son tan vigorosos y hercúleos como usted. Recuerde que usted es único, o que como usted muy pocos, casi nadie, y precisamente por eso, porque no todos son como usted, es que hay que entender que la mayoría de los pedestres se agota con tan solo mantener su propio brazo en el aire por unos cuantos segundos; ahora cárguele doscientas cincuenta páginas; ahora imagínelo con esto. No, no somos lectura de verano, no somos cosa ligera, ni en contenido ni en materia, y lo sabemos muy bien, pero igual nadie dijo que usted sí lo fuera, y por eso seguramente esta tarea de volvernos entrañables, usted de mí y yo de usted, nos va a costar tiempo, no mucho, ni poco, solo el suficiente. Por eso le digo que nos tengamos paciencia; démonos la oportunidad de recorrer juntos estos caminos, y, quién sabe, tal vez el nuestro acabe siendo un maravilloso idilio. Así como puede que no lo logremos, claro, que a las pocas páginas nos demos cuenta de que simplemente no nos soportamos, tanta pretensión, tanto afán de abarcar por nuestra parte, y tanta falta de atención a los detalles, tanta ligereza de espíritu de la suya, nuestras diferencias convirtiendo nuestros encuentros en un verdadero calvario, y por eso mejor no habremos de continuar más, y nos cerrará y nosotros de usted nos habremos de olvidar, porque otros ojos vendrán a vernos, de eso que no le quede duda, y seguramente con ellos sí nos habremos de entender. Pero mejor intentémoslo, usted y yo, veamos qué podemos sacar de provecho de esta transacción.

Y entonces, decía, y con esto finalmente concluyo, ese año transcurrieron varias eternidades para esta niña que en no muchas páginas habrá de volverse entrañable para nosotros, a menos, claro, de que estos dedos no desempeñen satisfactoriamente su labor narrativa; esos doce meses duraron como varias vidas para nuestra Antonia, y, si en un calendario eso duró lo que dice que duró, pues qué más da, si lo que importa es lo que nuestro personaje vivió, y ella lo vivió así: como un tiempo perpetuo, uno en el que estuvo buscando urgente e inútilmente a una madre que no estaba y nunca estaría ahí.

El génesis del apocalipsis
o *Sobre cómo empieza lo malo*

Si Teresa hubiera tenido opción, si hacer desaparecer a una persona no fuera considerado un delito aquí y en la mayor parte de los países desarrollados, si fuera posible transportarse en el tiempo y deshacer lo hecho, si el tener esas fantasías no hablara tan mal de ella y la hiciera cuestionarse qué clase de persona era, si el mundo no la juzgara como seguramente lo habría hecho de este enterarse, Teresa habría preferido que Antonia jamás hubiera existido, o, al menos, que se hubiera ido con el-que-se-fue; al final de cuentas, era él el que tanto quería un hijo, ¿no? Él quien tanto insistió en que eso era lo que necesitaban, que un crío era la pieza que les faltaba para que ese puzle que se habían empeñado en armar entre los dos por fin funcionara. ¿Cientos? ¿Miles? ¿Cuántas veces había maldecido a ese hombre por haberla embaucado en tan abismal error? Desde que supo que esa creatura existía, mucho antes de tenerla en sus brazos y caer en depresión aún más al comprobar qué tan real era, Teresa le tuvo pavor a ese espécimen que desbalanceó la química de su cerebro y sus hormonas y su metabolismo e hizo con su figura lo que se le puso en gana; por fortuna, al poco tiempo del parto todo volvió a su forma original y la nueva madre logró disipar un poco esa agonía que su cuerpo imperfecto le estaba causando, una angustia que rayaba en la neurosis y la estaba llevando directito a la locura.

Cuando a Teresa le pusieron en los brazos a esa creatura que aún no tenía nombre, justo después de haber sido expulsada de ella, todavía bañada en sangre y líquido amniótico y cuanto fluido hubiera por ahí, una cosa, aquí entre nos, verdaderamente asquerosa, la progenitora dijo No. No. No. No la quiero, no me la den. Llévensela, y las enfermeras y el médico no terminaban de entender lo que escuchaban, Que se la lleven, repetía Teresa al ver que no la desaparecían de su vista, solo que en esta ocasión lo dijo con muchos signos de exclamación, tantos que las enfermeras se asustaron y dedujeron que la madre estaba sufriendo un ataque psicótico después de tantas horas de esfuerzo y pujido y de Vamos, Con fuerza, Ya mero, Uno, dos, tres. Puja. Venga. Más fuerte; era entendible que las madres terminaran alucinando después de semejante faena. Era eso, eso tenía que ser, le aseguraban las enfermeras al padre, convenciéndolo de que lo mejor era dejarla reposar, que nadie la visitara, porque la mujer estaba drenada, sin fuerzas como para atender a nadie. Teresa no recuerda haber dicho eso que dijo, y nunca se enteró de que lo hizo porque todavía estaba delirando, totalmente drogada de la explosión de hormonas que acababa de sufrir. Sin embargo, después, ya sobria, sí que lo pensaba, aunque no lo pronunciara en palabras. No, no, no, no, pensaba al ver al bulto ahí, con sus ojos bien abiertos, reclamándole cuidado, amor, protección, seguridad, tranquilidad, felicidad y una serie de demandas que la madre no sabía cómo satisfacer porque no las tenía ni para ella, menos para alguien más, mucho menos aún para alguien que semanas, meses después de tenerla viviendo en casa le seguía pareciendo un objeto extraño. Teresa le tenía tanto miedo a esos tres kilos y medio de necesidades y dependencia que no era capaz de cargarlos, mucho menos de sentir esa conexión y el amor incondicional y absoluto que todos decían que automáticamente se les tenía a esos demandantes bultitos una vez que llegaban.

Clínicamente hablando, esta mujer no estaba sufriendo de una depresión posparto; no, de eso no sufría Teresa, porque ella estaba consciente y cuerda y su química ya en sus niveles habituales cuando pensaba ese No. Este caso no tenía mucha ciencia: Teresa nunca debió interrumpir las pastillas que evitarían que ese esperma llegara a ese óvulo y entonces sucediera *esto,* porque Teresa no debía de ser madre, no en ese momento ni muchos momentos después. Pero ya era muy tarde como para que el responsable de este error se diera cuenta de que su teoría estaba muy equivocada, de que traer a ese ser a este mundo había sido una imprudencia, una genuina estupidez. ¿Qué hago con *esto?*, se preguntaba la madre, pero *esto* ya no era solo Antonia, sino toda su vida: qué hago con este matrimonio que en tan poco tiempo se ha convertido en este aburrimiento; qué hago con este hombre al que no entiendo y no me entiende y no me interesa entender, al que no puedo ni ver, mucho menos tocar, ni pensar en amar; qué hago con todo esto que tengo y no quiero; qué putas hago con esta existencia mía que está a años luz de ser lo que pensé que sería.

En algún momento esta mujer había *amado* al padre de Antonia, sí, como todos amamos cuando pensamos que lo hacemos con aquellos que un buen día nos damos cuenta de que ya no lo hacemos más; como se ama cuando se es un adolescente de diecisiete al que nunca le dieron clases de Filosofía y jamás le presentaron a Platón como para saber que está en nuestra naturaleza humana desear lo que no se tiene, aburrirse de ello cuando se tiene y desecharlo para luego arrepentirse y desearlo otra vez, viviendo así en esta continua espiral que lo único a lo que lleva es pues a esto, a como está Teresa en este episodio de su vida. El amor dura tres años, estudios dicen, y aunque aquí no compartimos esa idea, sí que fue cierta en el caso de ella. Cuando comenzaron a agotarse las endorfinas que le generaba a Teresa este hombre sin nombre, cuando su infatuación había acabado y su cerebro ya era capaz de ver la realidad, para aburrirse y luego fastidiarse de él, y entonces se daba cuenta de que su soledad le provocaba más ilusión que su compañía; cuando la venda que cubría sus ojos finalmente se cayó, Teresa recordó las palabras de su madre y la maldijo otra vez, porque tenía razón. Siéntate y escúchame bien, le dijo Helena a su hija vestida de novia, Ya sabrás tú lo que haces, Teresa, pero entérate de que esto del matrimonio es algo para toda la vida, una vida que puede llegar a ser muy larga, escúchame bien, mucho muy larga, sobre todo si la empiezas antes de tiempo y con la persona equivocada. ¿Para qué apresurarse a algo que se tendrá para siempre? ¿Por qué anticipar lo que eventualmente se volverá indeseable?, pensaba Helena mientras observaba por la ventana cómo el aire, que era tan débil como sus ganas de vivir, tiraba las hojas secas de los árboles, y entonces meditaba en el tiempo, en cómo se va, en cómo nunca regresa, y en la manera tan torpe en la que lo dejamos irse de nuestras manos como el aire que jamás podremos atrapar. Que entiendas una cosa, Teresa: esto no es un juego. Esto es la realidad, es tu vida, y ya sabrás tú lo que haces con ella, pero tienes que darte cuenta de que estás cometiendo un error, y por más que quiera que te vayas de esta casa, y estas últimas palabras hirieron a Teresa, profundo y hondo, e hicieron que se jalara con más manía el cuero de la uña del pulgar derecho, ese con el que le gustaba desquitarse hasta hacerlo sangrar, ese minúsculo espacio en el mundo en donde recaía toda la ansiedad que alguien como Teresa Zaragoza Pons podía sufrir, la cual podía llegar a ser mucha, la ansiedad, vaya que eso nos consta, y por eso siempre tenía que andar con cuidado, sobre todo en verano, cuando vestía de blanco y colores claros porque siempre se andaba manchando de pequeñas gotas de rojo y esto hacía que su ansia se intensificara todavía más, igual que como pasaría años después con su hija Antonia, ya ve qué tan fácil aprendemos de nuestros mayores lo que no debemos. Y eso mismo estaba ocurriendo en ese momento, mientras Teresa escuchaba a su madre siendo su madre y diciéndole palabras que en realidad no tenía por qué decir, pero que igualmente decía, porque tenía esa obscena y plebeya compulsión por herirla. Por más que agradezca la oferta de que alguien se encargue de ti, insistía la madre, no creo que sea con él con quien debas hacerlo. Estas palabras, *no creo que sea con él con quien debas hacerlo,* fueron las diez palabras que más le costaron pronunciar a Helena Pons de Zaragoza en sus setenta y tres años y dos meses de vida; ni cuando dijo Sí, acepto, cuando en realidad quería decir, La verdad es que ya no estoy tan segura, Helena había batallado tanto para sacar las palabras de su boca. En esta ocasión, no las podía pronunciar no porque no quisiera, como cuando el Sí, sino porque solo de pensar en decirlas, se le hacía un nudo en la garganta que no la dejaba ir ni para delante ni para atrás, que no le dejaba decir nada, y es que el sistema nervioso de Helena no era uno muy evolucionado en consciencia como para que esta lo pudiera controlar y sus instintos animales no salieran a relucir así de evidentes y automáticos ante cualquier situación de estrés. Solo de pensar en las palabras se le contraían los músculos del esófago y la garganta y sentía que estaba siendo estrangulada por sí misma, sin necesidad de manos ni cuerdas ni nada; tal vez si se mantenía más tiempo así lograría cumplir su fantasía de evaporarse, sin culpar a nadie y sin que su Dios la castigara por haber hecho lo que durante tantos años había fantaseado hacer: ya no estar aquí. Y mientras Helena más pensaba en que tenía que componerse, aclarar su garganta y retomar su dicción, más se agudizaba ese sentimiento de asfixia, de no tener salida, porque la única manera de recobrar la respiración era dejándose ir, romperse en llanto y soltar, soltar, soltar, soltar ese mar de lágrimas que llevaba inundándola durante más años de los que pensó que llegaría a vivir, soltar y dejar ir en esa corriente todos los Perdóname que llevaba dentro: Perdón por ser tan débil como para tenerte celos, a ti, a mi propia hija, de todo esto que tienes y yo no, de cómo ellos te miran y a mí ya no, de que vayas a tener la vida que yo tanto quise y ya no puedo tener. Perdón por haber sido la madre que fui. Perdón, hija, perdón por ser esto que soy.

Cuando el Narrador nos enreda (por primera vez) al dejarnos ver las vastas dimensiones, mundos y tiempos a los que esta historia nos puede llevar

Pero eso solo sucedería en un mundo utópico, uno que este, el nuestro, no es, porque de conflictos y crisis vive el drama, cosa que estas hojas pretenden ser. No: Helena no llegaría a ese nivel de autoconocimiento y honestidad de espíritu hasta tres reencarnaciones después de esta vida en la que fue Helena.

Lo haría hasta después de saber lo que es perder a un hijo, Magnus, un ciborg que no tuvo otra opción que autoeliminarse porque durante un mes no hubo energía que lo alimentara, porque todas las fuentes habían colapsado, porque no había ni agua, ni comida, mucho menos medicinas, ni qué pensar en el antidepresivo que durante diez años había mantenido a flote a la madre, Malala, esta mujer en la que reencarnará Helena en su siguiente vida, decenas de años después de ser la mala madre de Teresa.

Lo haría hasta después de haber nacido de un vientre que, enseguida dio a luz, murió, dejándola a la deriva, y por eso su estancia en este mundo, en esa otra vida, solo duraría unos meses más, una vez que sus órganos ya estaban lo suficientemente formados como para ponerlos en venta. Y fue cuestión de nada lo que estuvo aquí, pero, aun así, espiritualmente esta alma que ni tiempo de ponerle un nombre tuvo, evolucionó muchísimo, solo de pasar sus días dentro de una caja de cartón olvidada en un frío piso; esa experiencia le enseñó, por fin, dos vidas y cientos de años después de haber sido Helena, el valor de la compasión.

Lo haría hasta su siguiente reencarnación, en la que llevaría el nombre de ファンパブロ, y en la que sería una creatura mucho más feliz y digna, con una carrera profesional exitosa e incluso cierto nivel de reconocimiento público por ser el nanocientífico que inventara el primer datatransportador, que no era más que un teletransportador, solo que en lugar de transportar materia, que para este entonces ya no tendrá ningún valor, transporta información directamente del cerebro en tan solo nueve microsegundos.

Pero el ser encarnado en Helena, este que existiera muchas guerras antes de todo eso y mismo que ya había tenido sus buenos miles de vidas antes, también, aunque como si no hubieran pasado, porque esta alma necia insistía en quedarse en el mismo lugar en la rueda de la vida, negada a aprender cosas tan esenciales; esta no tendría aún tanto honor como para hacerse harakiri; esta, en su lugar, se mordería la lengua hasta sacarse sangre, manía de familia esto de la sangre, claro queda, y así reprimiría sus ganas de romperse en mil quinientas, y respiraría profundo y, mientras lo hiciera, se concentraría aún más en esa ventana, en la inminencia del otoño, del tiempo, de la vida que se viene y se va, se preguntaría por qué había dejado pasar tanto, por qué se había permitido llegar hasta este punto, un punto ya muy lejos del no retorno, tan distante del lugar en el que se quiere estar, tan distorsionado del plan original. Como te ves me vi y como me ves te verás, pensaba esta madre, nunca siendo tan atinada en su predicción del futuro como en esta ocasión. Helena sabía que esa consternación, esa pena, ese dolor, se escuchaba en la vibración de su voz, *No creo que sea con él con quien debas hacerlo*, y esto, el mostrarse así, como una madre a la que *sí* le importaba lo que pasara con su hija, la hacía sentirse amenazada e igual de vulnerable que Teresa con las gotas rojas en sus vestidos blancos. Y por eso necesitaba enmendar su muestra de debilidad, reiterando que *Pero igual es tu vida y tú sabes lo que haces con ella, que seguramente estarás equivocada, como lo has estado siempre que tomas tus decisiones*, y una vez dicho eso Helena se levantó de la cama sin distraer la vista de lo que había detrás del ventanal, sin darle una sola mirada a la que tanto quería que la viera, *Cuando te arrepientas no seré yo quien te abra la puerta*, dijo finalmente Helena desde un lugar desconocido por ella, uno que aborrecía pero que con su hija siempre, *siempre* aparecía. ¿Por qué no podía simplemente quedarse callada? ¿Por qué tenía que ser tan así, tan hija de puta?, se preguntaba Teresa. ¿Esto era todo lo que me tenías que decir?, le respondió después de un silencio largo y sonoro la que escuchaba vestida de novia. Ya sabrás tú, le respondió Helena en un murmullo, diciéndolo más para sí misma.

Teresa empieza a emprender este largo y arduo camino de errores, terquedades y malas decisiones que, viéndolo bien, tampoco está del todo mal, porque gracias a estos existe nuestra querida Antonia.
Además, ¿qué no es así como todo sucede?

Y porque Helena estaba segura de que su hija lo haría mal, Teresa se había jurado que le demostraría lo contrario; ella haría funcionar su consorcio mucho mejor de lo que su madre había podido, porque, aunque ella y Manuel siguieran juntos, todos sabían que ese matrimonio era tan tóxico como el hombre para la humanidad. Hubiera sido bueno que alguien le explicara a Teresa que las buenas intenciones solo son buenas si vienen acompañadas de voluntad. Y por eso no pasó mucho tiempo, exactamente nueve meses, dos semanas y tres días de casados, para que, como con todo, a la que juraba amor eterno le pareciera que la eternidad resultaba ser un periodo muy largo. Entonces Teresa se ponía a pensar en cuál era el problema y llegaba a la conclusión de que todo era culpa suya, o sea, de él, vaya, porque no estaba, porque se iba, porque tardaba tanto en volver del trabajo. Búscate otro trabajo, ¿Otro trabajo? Pero si esto es lo que he hecho toda mi vida, Precisamente por eso, carajo, le decía esta mujer que no podía creer lo limitado de cabeza que su hombre podía llegar a ser, Precisamente por eso: ya es momento de que hagas algo nuevo. ¿O te piensas quedar ahí para siempre? En eso él no había pensado; como que su corteza prefrontal no estaba muy desarrollada todavía o simplemente era un hombre sin mucha ambición en la vida, vaya, porque evidentemente no era un estratega, de esos que planeaban, que se ponían una meta y la alcanzaban, no. Este podría haberse quedado en el mismo lugar, haciendo eso que hacía, un trabajo cuya monotonía terminaba matando neuronas, y que, no muchos años después, sería realizado por máquinas y softwares; él se hubiera quedado ahí, invirtiendo cuarenta años de su vida perfeccionando una habilidad que para nada más le serviría, hasta que le dieran la jubilación y entonces podría disponerse a disfrutar de la vida, porque él era de este tipo de personas, de las que piensan *así*. Pero no terminó así por varias razones, una de ellas siendo Teresa, que le exigía que despabilara, que fuera más ambicioso, más temerario, más arriesgado, adjetivos con los que este dócil hombre no era nada familiar.

Como no era del todo bruto, este esposo que no sabemos qué nos provoca más, si pena o ternura o coraje o agravio, obedeció a su esposa y, sin pensárselo mucho, presentó su renuncia. Celebraron su libertad en la playa; ese viaje le recordó a Teresa por qué había cometido esa irracional decisión de casarse con él, y es que, sea lo que sea, cogía muy bien. Y a pesar de, o gracias a, su falta de creatividad, al poco tiempo este hombre encontró una nueva forma en la cual hacerse útil, recibir dinero por ello y pasar más tiempo en casa. Solo fueron necesarias tres semanas así para que Teresa tuviera suficiente. Búscate unos amigos, hazte una vida, invéntate un hobby, súbete al coche y maneja un rato, yo qué sé, le decía la mujer fastidiada al cuarto martes de esta extenuante convivencia. Sin apelar por la bipolaridad de su mujer, el buen hombre así lo hizo, y se consiguió un equipo de fútbol en el parque de por la casa y de ahí se sacó unos tres amigos con los que se tomaba un par de cervezas con la debida regularidad como para cumplir con la solicitud de hacerse una vida.

Para su segundo aniversario, Teresa empezaba a entender que no era el trabajo de su marido el problema, ni que pasara mucho o poco tiempo con él, sino su marido completo, porque coger extraordinariamente estaba muy bien, sí, pero tampoco era muy distinto a lo que ella podía hacer con sus propias manos y una buena imaginación, pensaba esta mujer mientras evaluaba el costo beneficio de esta transacción.

Este aparentemente insulso semental por el cual hemos decidido sentir compasión era, como claro nos queda ya, constantemente recordado por su mujer de cuan infeliz era. Fue entonces que al esposo se le ocurrió su brillante idea: Tengamos un bebé, ¿Un bebé? ¿Estás drogado? No: un bebé *no* es lo que necesitamos, ni ahora ni después; tal vez jamás, le decía ella, y aquí sí hubiera sido bueno que le hiciera caso. Sin embargo, para su fortuna o desgracia, en este entonces Teresa aún no era una mujer de convicciones fuertes como para no dar el brazo a torcer después de unos meses de insistencia. ¿Y si tenía razón? ¿Y si eso era lo que les hacía falta?, pensó en sus momentos de más debilidad esta mujer que llevaba una vida observando a su alrededor cómo era que todos, tarde o temprano, se aferraban a la esperanza de que un hijo podía ser la solución; posiblemente *eso* era lo que seguía, se decía, aunque ninguna parte de su ser lo sintiera así.

De estar viva hoy, Teresa seguiría diciendo que esos meses en los que ella y Antonia fueron un mismo cuerpo fueron, indudablemente, los peores ocho meses de su vida. ¿Todavía es posible hacer algo al respecto?, fue lo primero que le preguntó al médico cuando este le confirmó el caos que estaba por suceder en los próximos meses dentro de su cuerpo. ¿A qué se refiere?, le cuestionó este hombre de edad avanzada cuyo amor a la vida, al partido conservador y al cristianismo eran tan grandes que simplemente bloqueaba la pregunta, Sí. No sé, supongamos que no estoy segura, ¿todavía se puede hacer algo?, ¿Por qué preguntas eso?, interrumpió incrédulo el futuro padre, Pues, ¿por qué no?, respondió ella. Ambos hombres ignoraron la pregunta y empezaron a hablar de lo que venía. Todos olvidaron esa duda, menos ella, que durante los doscientos cincuenta y cinco días del proceso siguió preguntándose si todavía se podía hacer algo. Lloraba cada lunes, miércoles, viernes y los fines de semana. Lloraba mientras se duchaba y veía cómo su cuerpo cambiaba; mientras gritaba histérica y arrepentida de haber cedido; mientras pensaba en lo innecesario que era todo esto; mientras cualquier cosa sucediera, ella lloraba.

Antonia no sabe que lo recuerda, pero lo recuerda muy bien; en su inconsciente, en su memoria genética, en los recuerdos más sólidos y cimentados de su persona están muy bien registrados estos ocho meses en los que las paredes que la protegían vibraban con la voz de su fuente de vida, la misma que decía que todo esto era un error, el más grande, el peor. Que no digas eso, que en los libros dice muy claro que los bebés entienden todo desde antes de nacer, le decía el-que-se-fue, Elquesefué. Teresa no podía creer que se hubiera casado con alguien que creyera semejante ridiculez, ¿Cómo se puede ser tan estúpido, carajo?, le reclamaba, y nos habría gustado responderle que en este caso, como en muchos otros casos, la estúpida era ella, porque no era que el feto entendiera este idioma y supiera lo que significa *Esto es un puto error* como si hubiera entendido *This is a fucking mistake*, o *C'est une erreur de merde*, no, señora, no sea imbécil, porque no solo en la palabra hablada se comunican las cosas; hay muchas maneras distintas para hacerlo. La vibra energética generada por los pensamientos de esta futura madre penetraba en ese feto como agujas de vudú en muñeca de trapo; Antonia absorbió e hizo propia esa energía tan dañina y hostil cual tierra seca a la lluvia. Antonia no se acuerda, pero lo más profundo de su psique sí que lo hace, porque no por nada esta ha desarrollado esa colección de conflictos internos que la volvieran un personaje digno de ser contado por nosotros.

El padre, por su parte, resultó ser un gran padre; era él quien iba a arrullar a la creatura en las muy raras ocasiones en las que se despertaba; él el que había leído todos esos libros y manuales para cumplir con su papel lo mejor posible;

35

él el que hacía las preguntas cuando iban al médico; él el que había estado en todo momento para su mujer, cargando con sus altibajos, que más bien eran un permanente malhumor. Este hombre del que incluso nosotros nos habíamos mofado por parecernos insustancial, había resultado ser una muy grata sorpresa, de esas que pocas veces se encuentran; lástima que Teresa estaba muy absorta en su crónica insatisfacción que nunca fue capaz de apreciar la simplicidad de esta figura como una gran virtud. Años más tarde, ya con su nuevo hombre, obsesionándose con una marca que no se desdibujaba de su frente ni aunque no moviera un solo músculo, Teresa pensaría en esa Teresa y se reiría un poco por dentro, que no por fuera, porque practicar ese gesto solo marcaría más esa línea en su frente; se reiría de la que un día fue, y es que en ese tiempo era tan ignorante, tan inmadura, tan *básica* en comparación de la que era ahora, pensaría ella. Con el paso de los años, esta mujer lograría un poco más amén de acumular líneas de expresión, rechazo por el pasado y miedos por el futuro; entonces Teresa habría logrado, como buen personaje dramático, evolucionar. Aunque tampoco hay que confundirse, porque el que esta haya aprendido una que otra cosa en el camino no significa que hubiera avanzado tanto como debería.

Y a pesar de que la recién nacida molestaba poco menos que un lindo cuadro colgado en la pared, la madre fue muy clara al decir que ella, con esto, no podría sola. Antonia necesita que la alimenten, que la hagan eructar, que la limpien, que la arrullen, que la bañen, que la vuelvan a alimentar y la vuelvan a hacer eructar y a limpiar y a bañar. Y otra vez lo mismo y lo mismo sin pausa ni tregua. Es una tarea sin fin, carajo, yo no puedo vivir así, no soy su sirvienta. Entonces se contrató a Sara. Antonia, a diferencia de este narrador cuya madre soltera y trabajadora no tuvo otra opción que también contratarle a una postiza, nunca confundió a su madre con su nana. Antonia buscaba el amor inexistente, lejano, inasible de su madre, y rechazaba a la cálida, disponible y amorosa de Sara. Y con esto, Antonia, de tan solo semanas de vida, ya nos mostraba sus primeros destellos de esta inevitable simpatía por la destrucción.

La idea de tener a una Sara era, en un principio, mientras la bebé fuera una inútil, como lo son todos ellos. Sin embargo, cuando esta ya era una infanta que había dejado de tomar la leche materna que muy a la fuerza Sara se sacaba, y es que, según Teresa, por más que intentaba, de ella no salía ni una gota, sufría de hipogalactia, decía ella, lo cual le creímos en su momento, y es que era lógico que su cuerpo no generara ese líquido sagrado si su cabeza estaba tan renuente a darlo. Años después nos enteraríamos de que todo había sido farsa y que su supuesta incapacidad no era más que un miedo a que sus senos, tan jóvenes y redondos y perfectos y deliciosos, se deformaran siendo ella tan joven; soberana hija de puta. Sin embargo, decíamos, cuando la bebé ya era una niña, cuando ya no era *tan* inútil, Sara siguió ahí y Teresa siguió sin estarlo. ¿Que dónde estaba? Ya sabe, en cosas tan urgentes como el pelo o las uñas o el facial o la depilación o de compras o en terapia, la que había empezado a tomar tres veces por semana al poco tiempo de la llegada de Antonia y que no le servía de nada más que para alimentar su vanidad calentando los huevos de su psicólogo, el que no podía dejar de pensar en cómo era posible que una mujer como esta no fuera tratada como la diosa que era, cómo alguien así estaba casada con un hombre tan patético, que además se permitía el descaro de hacerla infeliz, y en cómo él, este fervoroso militante de Lacan y su, con el perdón de todos sus creyentes, limitado psicoanálisis, en cómo él, que la entendía tan bien, podría hacer que eso cambiara. Y de pronto se inventó que necesitaba hacer ejercicio. Poco después, que le urgía alimentar su espíritu, liberar toda esa creatividad que tenía dentro, y entonces se apuntó a clases de pintura que la dejaban tan agotada que cuando volvía a casa se iba directo a la tina y luego a la cama.

La niña tiene casi tres años y ni siquiera dice *mamá*, le decía Sara al padre de Antonia un sábado que la llevaba de vuelta a su casa para que viera a esos tres hijos que la habían estado esperando por seis días para tener a su consumida madre tan solo unas horas. Bueno, me parece entendible, respondió él, aceptando, sin querer, que es normal que la niña no diga esa palabra porque no hay a quién decírsela. No, señor, no es normal; a su edad los niños ya hablan y se dan a entender muy bien, le decía ella. Y pues eso, que Antonia ya casi cumplía tres años, mismos en los que de su boca jamás había salido una palabra. ¿Por qué la niña no hablaba? Esto ningún médico se lo supo decir al padre, pero igual no fue necesario, porque nosotros lo tenemos muy claro: Antonia entendió desde muy pequeña, exactamente al segundo mes de su gestación, en el consultorio donde Teresa preguntó eso que nadie le quiso responder, que su madre era una mujer con sus propios problemas, los cuales eran muchos y muy complicados como para comprenderlos, y que ella no podía ser uno más. Por eso en el vientre de Teresa nunca se sintieron pataditas ni movimientos que le recordaran que dentro llevaba algo; por eso no lloraba cuando tenía hambre o un pañal colmado en las noches en las que Sara aún no existía; por eso dormía y dormía y dormía, mi bella durmiente, le decía el padre en su maravillosa ignorancia. Antonia prefería la mudez, la afonía, la nulidad, porque sabía que todo sería mejor si se mantenía en silencio y hacía como si no estuviera ahí. Después de visitar varios médicos, la pequeña entendió que era necesario que hablara, porque, de lo contrario, estaría haciendo justo lo que buscaba evitar. Y entonces, sin más, empezó a hacerlo.

Mamá fue su primera palabra.

Y así, como las neuronas muertas que se van coleccionando en nuestro cerebro por el exceso de basura digital, así se fueron acumulando los días de esta bebé que, años más tarde, aunque tal vez muy tarde, iría a terapia y entendería al menos un poco de dónde vienen todas esas filias y fobias que la volvían esa creatura tan torpe para sobrevivir en el mundo real.

El desenlace del padre, de quien, como queda claro ya, nunca diremos el nombre, y no porque queramos dejarlo en el misterio, si de entre todos los personajes, este infeliz no nos puede importar menos, sino porque si Antonia no recuerda su nombre, mucho menos lo hacemos nosotros; su final, decíamos, resulta tan trágico como desafortunado para un hombre que, a pesar de todo, comenzaba a ganarse nuestra simpatía. Una tarde de sábado, este dedicado padre y esposo llevaba a Sara de vuelta a su casa, como lo había hecho durante los últimos siete años; esta ya no vivía en la misma casa y ya no tenía los mismos hijos; ahora solo tenía uno y medio, porque uno había muerto de una infección que perfectamente se pudo haber evitado de ella haber estado, y el otro se le había caído de un árbol mientras jugaba, dejándolo inmóvil de la mitad para abajo. Los rumbos por donde vivía Sara eran remotos y el camino para llegar no era el más seguro, con vías de un solo carril y falta de luz y pavimentación precaria o terracería y ese tipo de cosas que suelen sufrir las Saras de este venerable país.

Y para allá iban esta mujer y este hombre, el cual estaba contento porque disfrutaba manejar y este era un viaje de varias horas, contento porque todas las células de su cuerpo respiraban mejor cuando estaba fuera de esa casa, porque sus mitocondrias se multiplicaban más rápido y comenzaban a sanarse, a desintoxicarse de todos esos radicales libres que las oxidaban, de tal forma que apenas cumpliendo treinta y cinco años ya parecía que tenía diez más; porque los músculos de sus hombros y de su cuello por fin se relajaban; porque la conversación con Sara le resultaba placentera; porque tenía la oportunidad de escuchar la música que le gustaba y observar el campo y ver de frente al sol y recibir toda esa vitamina D que tanto necesitaba. Para allá iban estos dos, disfrutando de toda la libertad que podía haber dentro de los límites de ese coche. Llevar a Sara de vuelta a su casa se había convertido en una grata obligación para Elquesefué, un ritual que hacía cada sábado aunque ya no fuera necesario porque ya había un autobús que podía hacerlo por él; tardaba tres horas más de camino, claro, pero eso para Sara no era un problema, como no lo había sido ninguna de las precariedades con las que había vivido desde que nació.

Iban escuchando una sinfonía que a Sara le gustaba mucho y que, aunque se la supiera de memoria porque él siempre la ponía, nunca supo cómo se llamaba ni quién la tocaba; ella escuchaba eso y no podía creer que alguien fuera capaz de crear algo tan majestuoso, de sincronizar todos esos violines y chelos y flautas y pianos y arcos y convertirlos en *esto*. Qué bonito se escucha, ¿no le parece?, le decía ella que, aunque este le insistiera tanto en que lo llamara de tú, nunca lo hizo. Iban cruzando un campo desierto que un día fue muy verde y frondoso pero que dejó de serlo porque al parecer eso es lo que hacemos los humanos, abusar hasta acabar con aquello que no tiene manera de defenderse. Aunque, con el atardecer de fondo quemando el cielo de esa ceremoniosa manera, aún se podía encontrar lo sublime de ese ahora árido escenario; iban platicando del trabajo de él, de cómo en muy pocos años el mundo estaría completamente comunicado, no solamente las ciudades, los lugares más remotos también, Hasta aquí, le decía él, orgulloso de que lo que hacía con su vida tuviera una repercusión así de grande en el mundo, contento de compartir con alguien la información que llevaba en su cabeza y que a su mujer no le interesaba escuchar, todo ese conocimiento que con los años y la práctica había comenzado a perfeccionar y a dominar. Iban tranquilos y en paz, sonrientes, presentes, lejos de lo que les preocupaba, ignorantes de que en poco tiempo ya no irían más.

Hubiera sido bonito que la versión de Teresa fuera cierta: Tu padre nos dejó por tu cuidadora; hasta en eso tenía que ser predecible. Hubiera sido una maravilla que este par se acompañara en su camino y encontraran juntos la felicidad que tanto merecían, pero no fue así; fue otra historia muy distinta en la que no ahondaremos aquí.

Nunca en sus veintisiete años Teresa había experimentado una pena así, pero no porque esto le hiciera abrir los ojos y por fin apreciar lo que antes tenía y ya no; no era que lo extrañara y lo quisiera de vuelta, qué va. Lo que le dolía a Teresa era su ego, ese que le reclamaba qué demonios había sucedido ahí, ese que no comprendía cómo este imbécil se había atrevido a hacerle algo así. A ella. A ella, con bastantes signos de exclamación. Era eso y no otra cosa, aunque eso bastó para hundirla de la manera en la que lo hizo en las primeras páginas de esta historia.

El lunes por la noche, Teresa se metió a esa enorme cama, sola por primera vez; una Teresa muy distinta a la original abriría los ojos después de varios días con la intención de permanecer ahí, así, solo dios sabía hasta cuándo. Antonia vivió esta oscuridad con su madre como si fuera suya; la hizo suya. Y comenzó a culparse, porque claro que era su culpa, porque esa mujer, la tal Sara, había entrado a esta casa para cuidar de ella; su existencia había provocado esta tragedia. Su mamá estaba enferma de tristeza, entendió Antonia, y por eso había que atenderla y cuidarla y curarla. Y entonces se enseñó a poner la cafetera y hacer pan tostado con crema de maní y mermelada para el desayuno y sándwiches de queso para la comida y tés de tila para las noches en las que Teresa no podía dormir; y aprendió a lavar platos y a usar la lavadora y a doblar ropa y a limpiar la tina que se quedaba marcada con el aceite de las sales de baño que Teresa le ponía y en las que se podía quedar sumergida por horas, a veces todo un día. El año del abandono, Antonia aprendió muchas cosas vitales y ontológicas de la vida, cosas como qué tan hondo se puede llegar a caer en los abismos de uno mismo, qué tanto podemos ahogarnos hasta hundirnos en lo más profundo, en la zona hadal, donde ya no hay vida porque no llega la luz del sol, donde se voltea para arriba y ya no se alcanza a ver la superficie. Pero eso no lo aprendió por su madre, sino por ella.

Para desgracia de Antonia, esta llevaba integrado el gen melancólico de los Javier, la familia de Helena, estos infelices que siempre habían sufrido de este paralizante mal; desde que los Javier se escribían los Xavier, hace miles de millones de novelas atrás, por allá de los tiempos del Quijote, esa familia había portado el alelo corto del polimorfismo 5-HTTLPR, que no sabemos cómo había logrado sobrevivir tantas generaciones, y ahora estaba aquí, en la cabeza de Antonia, mostrándose en todo su esplendor. Porque esa es la función de los genes, ¿no? Delatar nuestras raíces, enseñar nuestro cobre. Ahora más que nunca, la niña hacía todo lo posible por camuflarse entre el fondo, por no tener una figura que contiene una materia que se puede identificar y nombrar y, por ende, existir, por consumir el menor oxígeno posible para no dejar rastro de su paso por aquí. Había días en los que solo abría la boca para comer, y así pasaban varios sin que sus cuerdas vocales cumplieran su función. Las muy desdichadas permanecían ahí, las cuerdas, aburridas y ansiosas de que las hicieran vibrar, porque para eso estaban hechas, y el que nadie las necesitara para nada las hacía caer en este molesto y cruel existencialismo, así como en el que caemos nosotros cuando no tenemos trabajo.

Y mientras su madre regresaba de donde demonios estuviera pasando su letargo, pues nada. Esperar. Esperar mientras observa una pared y una televisión apagada porque no vaya a molestar el ruido o la luz, y porque realmente ese artefacto nunca le atrapó como pasatiempo; esperar mientras no hay nada con qué distraerse de ella misma y de todo lo que su cabeza le decía, esa cabeza que desde entonces comenzó a correr sin dirección alguna, totalmente entrópica y perdida. Sus pensamientos, ninguno de ellos agradable, comenzaron a dominarla. Pensaba. Pensaba. Pensaba. De manera compulsiva pensaba. Pensaba en lo que pasaría si su mamá también la dejaba, ¿a dónde se iría ella? La abuela Helena no la quería.

La otra ya no existía. La esposa de su tío detestaba a su madre. Pensaba en sus errores, los que fueran, si se le tiraba un poco de agua al servir el té o si se le había pasado ligeramente de cocción el huevo y entonces se obsesionaba con eso. Pero en lo que más pensaba era en si su madre se había ido para ya no volver.

La nueva Sara, que llegaría días después de que la desaparición de la vieja Sara se considerara oficial, si bien no era tan buena como su antecesora, tampoco estaba tan mal. Entre ella y Teresa no podía haber mayor distancia, pero, a pesar de, o precisamente por eso, porque solo de lejos uno logra *ver* las cosas de manera clara, la nueva Sara había notado el trágico estado en el que se encontraba la señora, Como si estuviera muerta por dentro, le decía esta mujer a su marido mientras cenaban, aunque sabía que el hombre no la estaba escuchando, Su esposo se fue con la que estaba antes que yo, continuaba, tratando de generar una reacción en el que estaba sentado frente a ella, masticando mecánicamente el contenido de un plato de comida instantánea que fue debidamente procesada, inyectada, saturada y radiada electromagnéticamente a dos mil cuatrocientos cincuenta MHz de frecuencia para convertirse en dos mil quinientas ochenta y tres calorías, treinta gramos de grasa y cuarenta de azúcares, mismos que se transformarían en ese exceso de energía que ningún órgano de ese cuerpo usaría ni reclamaría, porque ni un atleta de alto rendimiento tendría la capacidad de deshacerse del total de insumos que este hombre y el setenta por ciento de la población de su país ingieren a lo largo del día, y solo se quedaría ahí, el exceso, acumulándose hasta ya no caber más y entonces comenzar a interferir con el flujo de la sangre, de los procesos de cada sistema, de la recepción de nutrientes y vitaminas y minerales necesarios para hacer que este cuerpo funcione correctamente.

La nueva Sara había visto cómo la señora lloraba desde el momento en que se despertaba; cómo pasaban días sin que ingiriera tres tragos de agua; cómo lo único que metía a su cuerpo era humo y más humo, un cigarro tras otro; cómo esa hija de nadie, la niña, tan rara ella, tan diferente, No es una niña normal, te lo digo yo. No es justo, pobre creatura, pensaba en voz alta la nueva Sara, Pobre cría, si tiene apenas, ¿cuántos? ¿Siete? Dios la bendiga, de veras. Está muy deprimida, la niña, y la mujer también, le decía la doméstica a su marido, el cual nunca tuvo un teléfono fijo en su casa, y ahora tenía *esto*, este milagroso artefacto que lograba desconectarlo de la realidad; el esposo de la nueva Sara tenía en sus manos este invento que solo le había costado un mes de su trabajo dividido en pagos a veinticuatro meses más intereses, este aparato que se había convertido en su mejor compañía y que lo sedaba de una manera muy placentera, a él, que antes de sus cuarenta y cinco años no tenía teléfono, mucho menos sabía lo que era estar *conectado*, ¿Conectado a qué?, preguntaba. En el momento en el que este hombre se *conectó*, enseguida entendió por qué ese recuadro era algo tan vital como un pulmón para todos los integrantes de la casa donde trabajaba. Y por eso José, chofer de profesión y marido virtual de la nueva Sara, a esta avanzada edad cambió radicalmente su manera de relacionarse con el mundo; y por eso ahora pasaba un setenta por ciento de su día moviendo su pulgar derecho de arriba abajo y forzando a sus pupilas a absorber toda esa luz azul que nunca antes habían conocido y que ahora era todo lo que veían; estos cambios son muchos para un hombre que originalmente era agricultor y cuyo cuerpo estaba acostumbrado al arduo trabajo físico. Pero las tierras se secaron o alguien las compró, y él y su esposa se vinieron a la ciudad, aunque más bien la ciudad había venido a ellos, porque las distancias que hace años parecían tan largas se habían comenzado a acortar, el camino se había ido poblando, poco a poco se iban *conectando*. Y ahora era un chofer que no movía su culo más que para subirse al coche por la mañana y bajarse de él por la noche, concentrando toda su actividad física en su dedo pulgar. Y ahora este tal José moriría siete años antes de lo que en Los Libros estaba escrito, a consecuencia de la hiperaceleración en la oxidación de sus células gracias al trato que su modus urbanos le daba, teniendo como fuente principal de energía un oxígeno que marca un rojo permanente en el medidor de la calidad atmosférica, intoxicando al cuerpo poco a poco, acostumbrándolo a sentirse así, cansado, agotado, mal, total que a todo se acostumbra el hombre, en especial a morirse lentamente.

Un día, la nueva Sara llegó a su trabajo como siempre lo hacía. El sollozo de la señora Teresa como sonido de fondo y una niña que permanece sentada en un sillón frente a una televisión en negros desde que termina de comer hasta dios sabe cuándo, porque cuando ella, la nueva Sara, terminaba sus tareas, la niña seguía ahí y se levantaba únicamente para despedirla, Es muy educada, muy propia. Lo habrá aprendido de Elquesefué porque de la señora no, alcanzó a escuchar José que le decía, pero este ya no tenía idea de cuál era el tema en cuestión; así como el llanto de la señora para ella, la voz de su mujer para José no era más que ruido blanco. Ese día, antes de retirarse, la nueva Sara tocó la puerta de la habitación de la señora, para lo que recibió un Qué, así, sin signos de interrogación, solo un Qué alzado, molesto, violento, al que esta respondió con un Es que me gustaría ayudarla. Entonces la empleada escuchó cómo las sábanas de la cama eran movidas por un cuerpo que se alzaba, que mostraba interés, que quería escuchar más. Ayudarme a qué, A que se sienta mejor, y entonces la nueva Sara se atrevió a pasar del umbral de la puerta y entrar a esa oscuridad tan concentrada que había entre la energía de ese cuerpo y las tinieblas en las que se aferraba a permanecer. Ella conocía muy bien su problema, le decía, su hermana lo había padecido y, de ser una mujer llena de vida, de pronto se había puesto así, malita, Igualito que usted. Hasta que mi cuñado la llevó al médico y entonces le dijeron lo que tenía y le dieron unas pastillas y santo remedio. Si viera, un milagro. Mire, son estas, y le estiró la mano con un paquete de doce, Las que le quedaron, ¿Ya no las toma?, No, ya no, y entonces la señora prendió la lámpara

45

que tenía a su derecha y las observó. ¿Y cómo está ahora tu hermana?, Muerta. Se tomaba una por la mañana y la mitad por la tarde. Pruébelas, a ver cómo le caen, y si le funcionan yo se las consigo. Teresa dejó el blíster en el buró, apagó de nuevo la luz y se dejó absorber por esa cama hasta desaparecer en ella. La nueva Sara esperó unos diez segundos por si la señora decía algo, un Gracias, de preferencia, pero al ver que eso no sucedería, se retiró. La falta de agradecimiento no le causó el menor problema, ni siquiera pensó Qué bárbara, qué malagradecida la señora, no, porque ella entendía, ella sabía lo que era padecer esa enfermedad que le quitaba hasta los modales a uno, que lo volvía de lo peor.

El triunfal regreso de Teresa
y Donde el Narrador nos muestra sin pudor su
visceral rechazo hacia lo que no sea acorde a los
modelos aristocráticos de la belleza, ayudándonos a
entender la pasión que lo llevó a escribir esta historia
sobrecargada de juicios éticos y estéticos

Antonia recuerda muy bien el día en que su madre se levantó de esa cama y se bañó y se arregló y se cambió los pijamas por ropa de salir, y lucía frívola y guapísima, como siempre lo había hecho. Fue, precisamente, en la semana del cumpleaños del hermano y del padre de Teresa, ese evento que llevaba semanas atormentándola, porque sabía que no podía no ir, pero tampoco podía permitir que su madre la viera como estaba, hecha una impresentable, con un pelo que no se había tratado en meses, con cinco kilos menos, con una piel seca y acartonada gracias a la alteración en el flujo sanguíneo causada por toda esa nicotina; porque no soportaba la idea de que Helena le preguntara por el padre de Antonia y que esta no tuviera otra cosa qué decirle más que Helena había ganado y ella perdido; que tenía razón. Sin embargo, las pastillas de la nueva Sara estaban haciendo muy bien su trabajo, enviándole tifones de serotonina a ese cerebro absurdamente dramático y molesto, haciéndole ver todos los eventos que se le presentaban con unos ojos menos trágicos y fatalistas. Y entonces Teresa tomó un baño, llenó sus próximos tres días de citas, y se dispuso a *volver*.

Todo iba muy bien, hasta que comenzó a vestirse; no había una sola falda que se mantuviera en su cintura, ni un vestido en el que su cuerpo no se perdiera, ni siquiera los zapatos se quedaban en su pie, y es que esa figura no era más que una colección de huesos que ya quisiera cualquier anoréxica. Se fue de compras y no batalló mucho para encontrar el vestido que necesitaba, uno rojo que dejaba al aire toda su espalda, a pocos centímetros de la línea que dividía su adorable culo, con mangas holgadas que escondían toda la fragilidad que había dentro de ese cuerpo y una abertura en la pierna derecha que, a nuestro juicio, en cualquier otra mujer se habría visto vulgar, pero que en esta se veía precisa y preciosa; el pelo recogido de manera simple y despreocupada, porque aparentar que uno no se obsesiona tanto consigo mismo siempre lo hace lucir atractivo; el pelo recogido y unas esmeraldas enormes como pendientes, y unos labios rojos acompañados de su emblemático lunar en la parte superior izquierda de su boca, tan estereotipado, tan arquetípico que por un momento pensamos en omitirlo, hacer como si no existiera y jamás mencionarlo, pero entonces habríamos traicionado la legitimidad de esta narración, así como estropeado la obra de arte que resultaba la figura íntegra de este personaje.

Frente al espejo del tocador en la casa de los abuelos, donde se celebraría la fiesta, Antonia se alzaba en una silla y ponía en su madre el collar que le hacía juego al resto de sus accesorios. Admiraba su cuello y su cara y la luz que irradiaban sus ojos, esos que eran tan verdes como los pendientes que colgaban de ella, y mientras lo hacía, la hija también observaba su propio reflejo, y notaba esa gran diferencia, esa infinita distancia que había entre la estética de una y de la otra, y entonces pensaba en lo inalcanzable que su madre le resultaba. ¿Y? ¿Te gusto?, le preguntaba Teresa a su hija mientras se admiraba en el espejo ovalado de cuerpo completo que durante toda su infancia y adolescencia fuera testigo de la perpetua vanidad de esta ahora mujer. Por supuesto que le gustaba, ¿cómo no iba a hacerlo? Aún más después de todo ese tiempo de no usar más que batas, de seda, claro, pero batas finalmente. Su hija solo movió la cabeza de abajo arriba con una sonrisa, confirmando lo que ella, Teresa, ya sabía. Entonces la madre sacó un par de pastillas, se las tragó, repasó con los ojos a la hija, que iba en un vestido rosa con el que la niña parecía no haberse entendido ni una sola palabra, le dijo Tú también me gustas, y entonces tomó su bolso y anunció su salida con un Venga, vamos. Antonia permaneció ahí, ahora viéndose solo a ella, pensando en que era mentira lo que su madre decía, en que lo tenía que decir porque eso era lo que hacían las madres, porque ella no lograba encontrar una sola razón por la que le gustaría a alguien, excepto por su maravillosa trenza, claro, pero de eso ella no tenía mérito alguno. Venga, le decía la madre ansiosa ya desde el pasillo, y entonces Antonia salió de su cavilación y se apresuró hacia Teresa, que caminaba en tempo, a un ritmo perfecto, izquierdo, derecho, izquierdo, derecho, como si sus talones no estuvieran sostenidos a quince centímetros del suelo sobre un diámetro milimétrico donde se concentraba el pesado peso de su alma, haciendo de esta sinfonía de tacones el preludio de su aparición. Se sabía bien: esa noche, Teresa se sentía muy bien en su piel y en todo lo que la cubría y lo que no.

Y es que no había nada en el mundo que le pusiera tanto a esa mujer como el hecho de ser vista, envidiada, anhelada por todos, en especial por ellos. No que estos le parecieran más valiosos o deseables o interesantes, por supuesto que no, incluso esta machista mujer estaba muy consciente de que el valor de la aprobación de una de ellas es, por mucho, mayor que la de ellos, quienes resultan tan fáciles de obtener, tan sencillos de conquistar, tan elementales; pero eran estos, al final del día, quienes resolvían todos aquellos temas domésticos y económicos que ella no. Teresa se deleitaba al notar cómo se convertía en la manzana de la discordia del lugar que pisaba, cómo su presencia interrumpía las conversaciones que había antes de su llegada, cómo su energía corrompía la paz del espacio. Eventos como este cumpleaños eran sus preferidos, porque en ellos no hacía más que exhibirse y encantar. Y mientras pretendía prestar atención a la conversación que mantenía con alguien que no le importaba, observar al resto de los invitados e identificar cuán más decadentes estaban en comparación con la última vez que los vio, que no hacía tanto, un año tan solo, y míralos ahora. Y es que da un poco de alivio, eso nadie lo va a negar, comprobar que el otro está más jodido que uno, y así calmar, al menos por un momento, esta ansiedad que nos genera nuestra existencia y el paso del tiempo. O, en su defecto, admirar con fervor y cierta envidia a los pocos que han logrado desafiar y superar a la naturaleza, aquellos que tratan a su cuerpo como un templo, que no lo contaminan con alcohol ni tabaco ni gluten ni azúcar ni lácteos ni carne ni porno, casi solo agua y aire y virtud y disciplina, y se despiertan todos los días a las cinco de la mañana porque se meten a la cama a las nueve para leerse un buen e iluminador libro, porque claro que no intoxican sus preciadas retinas con televisión basura ni series de crímenes imposibles resueltos por prodigiosos inadaptados sociales, tampoco se idiotizan frente a la pantalla de su móvil mientras envidian vidas ajenas editadas, en su lugar corren maratones y triatlones y son espiritualmente sólidos y se van tres veces al año a retiros para meditar con el rinpoche más rockstar del momento, y toman multivitamínicos y litros de agua alcalina y están haciendo cursos o maestrías o doctorados constantemente, y por estos extraordinarios hábitos las células de su cuerpo son más jóvenes y radiantes y bellas que las del resto de nosotros, nosotros los débiles, los pecadores, los seres inferiores incapaces de dominar nuestra necesidad de recibir placer inmediato aunque sea etéreo, nosotros que tratamos de engañar a la vida buscando atajos, pretendiendo que la grandeza se puede conseguir de alguna otra manera, una más fácil, con menos sacrificio, alguna pastillita o un polvo o una droga, algo, carajo, que no sea esta germánica disciplina que nos exige derramar sangre, sudor y lágrimas día a día. Y estas creaturas son admirables porque hacen todo eso, sí, o porque simplemente han tenido la suerte de nacer preciosos y benditos solo porque a su Dios se le puso agraciarlos así, como es el caso de Teresa, que no hacía nada para merecerlo, y aun así serlo.

Esta malcriada creatura sabía lo inseguras que el resto de las mujeres se sentían a su lado. Y es que, ¿cómo no iban a hacerlo? ¿Cómo no les iba a ganar la frustración de poseer ese cuerpo que ya había dado tres hijos y que, a cambio, amén de la reverenda putiza de ser madre, solo les había dado de recompensa estrías, deformaciones y un abdomen que parecía que estaba en un eterno quinto mes de embarazo? De tener esa cara que no era fea, pero tampoco había sido ni sería jamás algo insólito ni encantador. Y veían a esa, Teresa, con unos ojos que expresaban todavía más devoción que los de sus maridos, y entonces les daban ganas de llorar, porque sabían muy bien lo exhaustivo e imposible que resulta cumplir con esta tarea de tiempo completo que es la de ser una Señora. ¿Por qué putas la vida era así?, pensaba más de una mientras contemplaban a ese odioso milagro de la creación, ¿Por qué el Señor no había bendecido a todas sus hijas por igual? Eso no es justo, le reclamaba una de ellas a su maldito Dios, al mismo tiempo en que contenía su cólera para no reclamarle a su marido la manera en la que él también veía a esa mujer, si había sido ella misma la que pausó su conversación para caer en ese hipnótico abismo, porque qué le va a hacer uno con esta naturaleza humana que se siente inevitablemente atraída hacia lo agraciado y lo estético; si bien decía Platón que la belleza no es algo tan frívolo como vulgarmente se piensa, sino todo lo contrario: contemplar la belleza es algo curativo, terapéutico, esencial para la vida, porque empuja al alma hacia la armonía, lo virtuoso, lo excelso. Eso, si lo analizamos a partir de la filosofía griega, pero si usted no es muy amante de esta corriente de pensamiento y prefiere una explicación más contemporánea y, por ende, científica, lo podríamos hacer también, y es que, como bien sabe, ver una cara bonita activa el sistema de recompensa en nuestro sistema nervioso: los ojos envían un mensaje al tronco del encéfalo, mismo que lo sube al sistema límbico hasta llegar al núcleo de accumbens, donde se genera la sensación de placer que posteriormente pasará al lóbulo frontal, en donde la información se detecta como una motivación abstracta que lleva a planear secuencias de acciones supuestamente voluntarias para lograr acercarse al objetivo final, a la cosa bella, al objeto deseado; una secuencia de reacciones inevitable para cualquier sistema. Y por eso tenemos esta irremediable y muchas veces trágica debilidad por esas Teresas que nos vuelven tan indefensos ante nuestra propia biología.

Un par de observadores ojos notaron lo efusiva que esta mujer había sido al saludar a los festejados, dejando marcados sus labios rojos y deliciosos en las mejillas de ambos. Muy distinto que con la madre, a quien saludó sin pasión alguna, incluso con cierta distancia. Esto último no lo notó el observador que, siendo un hombre tan hombre como es él, jamás habría detectado algo así de subterráneo, de por debajo, de femenino; esa fue observación nuestra.

Helena y Teresa, antes de ser madre e hija, eran mujeres, y como tales se comportaban. Desde que la última cumplió trece años y su beldad comenzó a ser escandalosa, Helena entendió que ella, cuya belleza en su *prime time* llegó a ser aún más poderosa que la de su sucesora, ya era cosa del pasado, un pasado que no importaba lo que ella hiciera, nunca volvería; a partir de ese momento, todo en su vida iría cuesta abajo, pensaba Helena. Desde ese momento, la relación entre ambas se tornó cada vez más punzante. Desde niñita, cuando ordenaba que no la llamaran Teresita, Teresa estuvo consciente del poder que tenía en sus manos, ese que le había abierto tantas puertas, aunque muchas también que, de haberle dado a escoger, habría preferido mantener cerradas. Al principio, muy al principio, en sus primeros encuentros con esa tensión que le causaba al papá de Georgina o al hermano mayor de Sofía o a varios de sus maestros, poseer este don la ponía nerviosa, le daba miedo, y es que no sabía muy bien qué hacer con él. Sin embargo, conforme fue conociendo las contraprestaciones que este le brindaba, Teresa fue aprendiendo y refinando cada vez más sus métodos hasta dominar magistralmente el arte de la seducción y convertirse en algo tan deseado como la cura del cáncer o la vida en Marte o el triunfo del bien sobre el mal.

¿Quién es y cuánto cuesta?, se preguntaba este hombre al que le comenzara a ser difícil cautivar a su círculo con su plática porque su mirada no dejaba de perseguir al vestido rojo. ¿Por qué no sabía nada de ella?, pensaba este hijo de inmigrantes a los que no les quedó de otra que caer aquí, en este miserable país, este inmundo mundo, todo para sobrevivir las consecuencias de los continuos errores que habían cometido los líderes de su amada república, que de república ya no tenía ni las falsas esperanzas que esta crea; llegar aquí, a este país que no era suyo, para sobrevivir años y años de omisiones y faltas y mentiras y avaricia y egoísmo y corrupción de muchos hombres por cuyas manos habían pasado los destinos de esta y muchas otras familias; todas esas manos que tuvieron tanto contacto entre ellas mismas que se habían ido pasando el virus, infectándose unos a otros, poquito a poco hasta que eso se convirtió en una peste que enfermó de corrupción a toda una nación. Cómo odiaba haberse ido así, como un cobarde, pensaba un día sí y el otro también el padre del infatuado hombre de la fiesta, ese soberbio padre suyo que tanto detestaba las costumbres del país que lo había acogido. ¿Por qué nadie mató a ese loco, ese imbécil, al maldito responsable de todo esto?, rumiaba este expatriado. Porque lo que le habían hecho a su país había sido culpa de muchos, sí, pero cosas así siempre tienen cara, y esa cara era la de ese mierda que había estafado a su patria. Y aquí es importante aclarar que el opresor del que hablamos ahora no es el mismo que abre estas páginas, el de La Silla, no, sino otro, uno ubicado a muchos kilómetros de este país, de donde vinieron estos padres inmigrantes buscando un mejor futuro y no encontraron más que más de lo mismo, o incluso, en momentos, algo peor; parecería que hablamos del mismo hombre, y sí, porque todos terminan siendo igualitos, solo es necesario escuchar sus discursos, esos que parecen sacados de la misma pluma, siempre repitiendo las mismas palabras, tocando las mismas llagas, alimentando el mismo miedo, generando el mismo odio, si parece que solo tropicalizan esos discursos, porque el mensaje es tan el mismo que marea.

Cuando del que en esta página hablamos ya había hecho suficiente daño en ese país lejano a este, el de aquí, el de La Silla, el de los treinta años, aún ni figuraba en el panorama, no era nadie, un maestro de secundaria pública que se había leído varias veces *El arte de la guerra* y había comprendido una que otra cosa básica sobre los fundamentos del poder. Eso sí, muy querido por todos sus alumnos; nadie le va a quitar que, si de carisma se trata, este lo tenía de sobra.

Cuando empezaron los toques de queda ordenados por el gobierno para controlar los disturbios que se habían estado generando por un tema de lo más irrelevante; cuando el ejército comenzó a salir a las calles, el de los treinta años y otros maestros igual de descontentos que él se rehusaron a quedarse callados. Y de pronto el profe ya se encontraba liderando a un grupo de inconformes que se fue haciendo cada vez más grande, porque inconformes siempre hay de sobra, y uno solo tiene que dar un par de gritos para que se dejen venir. Este grupo poco a poco le dio al de La Silla un exceso de seguridad, una ráfaga de poder, unos delirios de grandeza; ya sabe cómo les sucede a esos que se suben a un ladrillo y se marean. Y nadie vio venir, ni siquiera él, que su persona de pronto tomaría tanta fuerza, que tanta gente lo seguiría, que de un día a otro se volvería un enemigo público y entonces sería Él vs. el Estado, un Estado fallido, decían él y los suyos, que eran muchísimos, y por eso se tenía que cambiar.

Es cierto que en algún momento tuvo un ideal, que creyó en algo, en que su lucha mejoraría las cosas para todos, y eso fue lo que lo llevó hasta donde llegó que, después de un par de años de insurrección, fue hasta el más alto mando, para desgracia de su país. Ya ve cómo el poder devasta, al menos cuando cae en manos torpes, estúpidas, soberbias, pero, sobre todo, ignorantes, de esas que no tienen la delicadeza para tratarlo como tiene que ser tratado, y por eso terminó como terminó, siendo uno peor que el que derrocó. Una historia tan repetida, tan poco creativa que a uno llega a aburrirle, porque es una calcada a la de la madre patria de la familia del hombre que ahora vemos en esta fiesta. ¿Cómo era posible que un solo individuo sea el responsable de cargarse con tanta puta vida?, era una cuestión que, desde acá, a distancia, exiliado, maravillaba al padre de uno de nuestros futuros protagonistas, a quien ya hemos mencionado lo suficiente, al padre, como para ponerle nombre y darle su lugar en el dramatis personae. Se llamaba Tomás, y a lo largo de su vida dedicó muchas horas de su pensamiento a esta obsesión. ¿Por qué nadie lo mató cuando todavía era posible salvar a un país?, insistía este frustrado y engañado ser, Una vida a cambio de treinta millones suena como un buen negocio, o así debería, al menos para quien se encargue de gestionar y hacer pagar los pecados de los hombres. A menudo pensaba en cuál era el castigo que este criminal merecía; pensaba en los peores, en los más crueles, y aun así estaba seguro de que no serían suficiente; no importaba que Dios lo hiciera pagar, ni siquiera Él le podría dar su merecido. ¿Cómo calcular todo el daño, todo el retraso, todo lo malo que esa demencial mente había causado a tantos? Tomás se cuestionaba sobre sus raíces, su origen, a dónde pertenecía, porque él no era de aquí, nunca lo sería ni quería serlo, aunque hubiera llegado con tan solo veinte años y ahora tuviera sesenta, estaba convencido de que *esta* no era su casa. ¿Entonces cuál era? Muchas veces pensó que volvería, sobre todo cuando el malnacido había muerto y se suponía que todo regresaría a la normalidad, aunque ahí, claro, ya nadie sabía lo que eso era, *la normalidad*, después de llegar al punto en el que un manojo de agua potable se convirtiera en un lujo inalcanzable, después de que ninguno de esos millones pudiera salir de ahí porque su vida le pertenecía al Excelentísimo, después de semejante trastorno por estrés postraumático, ¿quién sería capaz de determinar qué era normal? Tomás tampoco hizo nada para convertir esas quimeras, las de volver, en realidad. Después de abandonar a los suyos en un momento así, ¿tenía derecho a hacerlo? Además, había pasado tanto tiempo que él ya tampoco era de allá. ¿De dónde era, entonces? De ninguna parte. Soy un apátrida, se decía Tomás mientras pensaba en los que sí tuvieron la decencia de quedarse para naufragar honorablemente con el resto de sus hermanos como la orquesta del gran barco aquel, que no dejara de tocar incluso cuando sabían que estaban dando las últimas notas de su vida. La culpa que causó en Tomás el haber abandonado su país para que sus hijos no se terminaran muriendo de hambre fue tan grande, que estamos seguros de que fue esa pena, ese reproche, ese coraje contra él mismo y contra Él, lo que se materializó en el cáncer de hígado que lo terminó matando.

Entra un nuevo personaje y, con él, la fuerza alfa que esta historia y esta mujer tanto necesitaban

El hijo de Tomás, ese que gracias a la migración de su familia no se murió de hambre y ahora está en esta fiesta, bebiendo un vino por el cual se pagó una obscenidad de miles, notó a la niña que acompañaba a la mujer, que bien podía ser su hermana menor o su hija; si el último fuera el caso, a este hombre moderno y de mundo no le importaba, pensaba, porque él era de mente abierta, de una nueva generación, y si esa mujer había sido de otro hombre antes, eso le daba igual. Si era divorciada, ¿qué? Ya eran otros tiempos, y él, que en otro momento de su vida hubiera recriminado este pensamiento, él los adoptaba como venían. Sí, tú. Incluso le resultaba mejor que ese fuera el caso, que fuera divorciada, se convencía, porque entonces uno ya tiene muy claro qué es lo que quiere y lo que no, y por eso su unión sería tan rápida, la de él y la mujer de rojo, porque los dos estarían seguros de que no había nada qué pensarse, que eran justo lo que necesitaban, se contaba el hombre mientras se refrescaba la cara en el lavabo del baño y se ponía un poco más sobrio para hacer su primera intervención.

Irónicamente, fuera de su padre y de su hermano, ningún otro hombre se le acercaba a esta mujer. Y es que, ¿qué le hubieran dicho? ¿Qué hubieran hecho? Nada más que el ridículo, pensaban ellos, todos menos este hombre que, gracias a los aplausos que Tomás le daba por todo lo que hacía y lo que no, desde niño había desarrollado un exceso de seguridad y autoestima que, combinado con el alcohol y el elevado nivel de testosterona que corría por su sistema, le daba el brío que necesitaba para llegar con la de rojo y decirle que durante todo el tiempo que la estuvo observando no hizo más que pensar en qué nombre podía llevar una mujer como ella-
Teresa,
respondió ella, y entonces él se quedó meditando en esas tres sílabas, como si las estuviera catando, saboreando cada trazo, cada letra-
Teresa,
repetía él para ver qué tan bien sonaba esta mezcla simétrica de consonante vocal, consonante vocal, consonante vocal cuando cruzaba sus labios y salía de su boca y se volvía algo material y real.

Teresa,

decía él con más fuerza, y entonces pensaba en que claro que se llamaba así, que no podía llamarse de otra manera, aun cuando este hombre nunca habló latín y por ende desconocía la etimología de este nombre, *tharasia,* mujer que caza, un concepto que incluso a nosotros nos sorprende por ser tan preciso y tan correcto para este personaje al cual, por supuesto, nosotros no designamos su nombre.

Teresa.

Por la vida, le decía este nombre al único hombre que se había atrevido a acercársele para brindar, y él, que había brindado tantas veces en su vida con tantas frases de augurio distintas, no pudo más que maravillarse al escuchar esta línea tan simple y al mismo tiempo tan magnánima, Por la vida, repitió él, mientras sus canales neuronales comenzaban a hacer relaciones sin darse cuenta, a despertar recuerdos que tenía enterrados desde su infancia y que lo hacían reaccionar así, fascinado, infatuado, completamente mesmerizado, porque la forma en la que ella lo veía, se movía, le hablaba, se reía, todas esas maneras suyas, él no lo sabía, pero le recordaban a Soledad, su madre, esa mujer a la que eternamente estará buscando en otras. Por la vida, se quedó pensando él mientras bebía de la copa, y es que, aunque de mucho mundo, a este nunca le había tocado convivir con ningún judío como para enterarse de que ese es su brindis, que era una frase dicha miles de millones de veces a lo largo de los años de la civilización que conocía, que probablemente era la frase para brindar más antigua y repetida de la historia de la humanidad. *Lehaim.* Teresa no era judía ni tenía, para su conocimiento, relación alguna con ellos, pero había escuchado esta frase antes, no recordaba dónde ni cuándo, pero le había parecido una muy buena, una línea útil de recordar, porque sonaba apropiada para cualquier situación, festiva o trágica, porque la hacía sonar profunda y ligera a la vez, y a quién no le gusta esa armoniosa dualidad. La había usado seis veces ya, en tres funerales y en tres bodas. Siempre le agregaba un comentario al final que la hacía ver aún más exquisita e ilustre; la última vez que lo dijo en un funeral, por ejemplo, dijo Por la vida, y luego le siguieron unos puntos suspensivos para darles tiempo a todos de que levantaran sus copas y, una vez que logró tener la atención de todo el salón, continuó con Porque cuando más vida alcanza uno es cuando uno se va, frase que no hace mucho sentido, si la piensa bien, pero cuando ella la decía nadie la pensaba bien, porque no importaba mucho lo que dijera, cualquier cosa que saliera por esa boca sería celebrada. Te va muy bien el rojo, le decía él, que claramente no contaba con mucha elocuencia en sus palabras ni en su imaginación; tiempo después, no mucho, solo el que le toma a uno acostumbrarse a las cosas, este admirador ya no sería atrapado por el seductor estilo de esta mujer, uno al que se volvería inmune hasta el punto de la indiferencia. Pero eso no sucedería ahora, en esta fiesta, por supuesto que no, si, como hemos mencionado antes, para llegar al punto de ver con tedio y condescendencia lo que tiempo atrás a uno conquistó, para aborrecer lo que uno antes amó, primero es necesario poseer al elemento en cuestión.

El hijo de Tomás había sido bautizado treinta y ocho años atrás como Dionisio Manetto y de Riva. Ironías de la vida que su madre, así como en su caso la de Teresa, no tuviera conocimiento alguno de la mitología griega ni de todo el bagaje cultural que esta le dejó al mundo, y aun así haya sido tan atinada dándole ese nombre a su hijo. Y es que, con el paso del tiempo, Dionisio se convirtió en eso: un dios del vino. Si bien es cierto que no fue él quien comenzó esta empresa, y que todo empezó porque su padre ya producía pequeños lotes para uso personal, porque decía que el vino de aquí era una mierda, jugo de uva de mierda, nada comparado con el que había en su madre patria; si bien Dionisio no empezó esta tradición, sí fue el visionario que decidió convertir el capricho de Tomás en algo grande y rentable.

El pequeño Dionisio acompañaba a su padre a cuidar del pequeño viñedo, y el padre, orgulloso de que a este hijo sí le interesaran sus pasiones, no que al otro, al mayor, que no le gustaba ni el vino ni los caballos y seguramente ni las mujeres, Puto mariquita, pensaba el progenitor desde sus entrañas cada que observaba esos movimientos finos que lo acompañaban a donde quiera que iba ese hijo suyo que siempre prefirió que no lo fuera; esos gestos que, aunque el infeliz se esforzara tanto en disimularlos frente a él, en parecer más un hombre y menos una muñequita de porcelana, justo como lo era cuando pensaba que nadie lo estaba viendo; esos andares que avergonzaban al padre frente a su más ínfimo empleado y lo hacían querer agarrarlo a golpes, llanos y secos hasta que dejara de ser lo que era. Pero daba igual, pensaba Tomás, daba igual que frente a él pretendiera, porque de todas formas lo veía, lo veía, puta madre, y eso a él le provocaba una repugnancia y una cólera que le superaba y le hacía odiar y explotar en furia con cualquiera por cualquier cosa. Dionisio, en cambio, era todo lo que su padre quería que fuera, y por eso desde pequeño lo tomó como su protegido y lo fue esculpiendo a su imagen y semejanza. A sus diez años, Dionisio ya era un enólogo autodidacta que sabía qué uva y qué nariz y questo y quelotro había en lo que probaba; a sus catorce, podía distinguir las notas de los vinos mejor que su mentor, Es un nato, decía su padre orgulloso, ignorante de que cualquier niño que desde sus seis años fuera instruido en cualquier disciplina, sería un nato. Cuando Dionisio le dijo a su padre que no se enrolaría en el bachillerato porque quería dedicarse al viñedo, el cual ya era tres o cuatro veces más grande de lo que era en sus inicios, Tomás lo celebró con una cena en la que lo nombró el dueño y señor de esas tierras que sabía que cuidaría incluso mejor que él mismo.

Ahora este heredero que ya había multiplicado esos viñedos y su vino como el mismo Jesucristo, le explicaba a Teresa cuál era la diferencia entre un syrah y un shiraz, que muchos piensan que es lo mismo, pero no, claro que no, nada más distinto; y le hablaba de los taninos y de la primera y la segunda nariz, y de las barricas de tal y cual madera, y de la belleza del añejamiento, y de la mierda que eran los vinos naturales, al mismo tiempo en que le daba una clase de cata donde se recorrieron desde el gewürztraminer más ligero hasta un robusto barbaresco. Y entre el jijijí y el jajajá, lo que quedaba de ese velo oscuro que por tantos meses había cubierto el espíritu de la madre de Antonia se fue diluyendo como a un obrero la esperanza de una vida mejor.

Y mientras el cosmos por fin ajustaba los planetas de Teresa a su favor, su hija sentía que su pequeño mundo comenzaba a desmoronarse. Miles de noches después de esta, en un país ajeno, frío y en cuyo primer idioma Antonia no sería capaz de expresar sus sentimientos como quisiera, en un lugar tan distante de donde su vida había ocurrido, porque ella también se había tenido que ir, huir, justo como lo hizo su abuelastro años atrás, justo como lo hicieron tantas y tantas personas que, al menos en el reparto de esta historia, encontrará muchísimas, una tras otra, y usted pensará que aquí no hacemos más que hablar de exiliados, prófugos, desterrados, refugiados, migrantes, asilados, deportados, como si aquí hubiera una intención de mostrar nuestra posición política sobre este crítico tema social, pero nada más lejos de nuestra intención; la realidad es que, de esta comarca, como en el resto de esta patria, y como sucede en muchas otras patrias, tantos y tantos tuvieron que salir corriendo, que uno invariablemente se termina topando con estas historias una y otra vez.

Y así como todos estos personajes secundarios y terciarios, nuestro personaje principal también tuvo que renunciar a todo lo que amaba y lo que era, para empezar a serlo en otra parte, porque el que se iba a quedar seis años ya llevaba cinco veces eso, y todo parecía que así iba a continuar cien años más; porque lo que pensó que solo sucedía en otros lugares, a otras pieles con otra sangre, también le sucedió a la suya, Qué locura, pensaría esta Antonia adulta, Qué locura: al parecer sí era posible que un solo hombre acabara con toda una nación. Dijimos *hombre*, sí, no persona, no individuo, sino *hombre*, del masculino, porque, aunque aquí no somos partidarios del desquiciante feminismo que tanto se puso de moda en aquellos tiempos, estamos seguros de que un acto así de estúpido y salvaje jamás podría ser cometido por una de ellas.

Decenas de devaluaciones después del festejo de su tío y de su abuelo, mientras Antonia esperaba ser atendida por su terapeuta, que, sorprendentemente, era uno de los ahora escasos modelos cien por ciento orgánicos, lo cual molestaba a Antonia, quien estaba segura de que resultaba más fácil que un software ajustara sus preferencias de sistema y hablara su idioma, que intentar entenderse análogamente con otro ser humano con el que no puede comunicar sus más profundas emociones en su lengua materna porque, a pesar de que hablara cinco idiomas adicionales a este, ninguno de ellos podía expresar lo que Antonia necesitaba decir. Se habría quedado allá, pensaba Antonia, de no ser porque no se lo permitía su ERPOG, esa maldita condición que su enfermizo sistema no lograba superar; el mismo gobierno le había advertido que se largara de su país, porque si su condición empeoraba ellos no iban a hacerse responsables de nada; le mandaron la orden de salida y la tuvo que acatar. Ni ella ni el veinte por ciento de la población tenían la tolerancia respiratoria que se necesitaba para seguir ahí; en los últimos quince años, el ERPOG se había convertido en la segunda causa de muerte en el mundo después de la imbatible y legendaria depresión. El ERPOG no era un virus, si el virus era la raza humana, que había generado las condiciones perfectas para quebrar por completo su propio sistema, para volverlo esta máquina débil, defectuosa, sorprendentemente frágil. Y es que el masivo y súbito deshielo del permafrost había incrementado exponencialmente la presencia de dióxido de carbono y metano en el aire, haciendo que, incluso en países alejados de las regiones árticas y boreales, en países cercanos al ecuador, como lo era del que sería expatriada Antonia, incluso ahí la toxicidad del aire resultara intolerante, literalmente irrespirable para sistemas tan sensibles hacia el terrorismo humano como lo era el de este personaje nuestro. ERPOG, le llamaban por sus siglas en el idioma que primero lo bautizó, siglas que en el nuestro significaban Síndrome de la Interrupción Abrupta de la Respiración, que no era más que una manera pomposa de nombrar a la trágica y desafortunada acción de asfixiarse.

El presidente y sus hombres habían decidido no ver la evidencia que la realidad claramente les mostraba, y por eso les pareció que era mejor idea apostar por el pasado para encarar el futuro; invertir en todas aquellas formas que resultaban obsoletas para los tiempos que corrían, porque para qué moverle, porque mejor lo conocido, porque para ver las consecuencias mortales aún faltaban años, y era *ahora* cuando ellos tenían que dar resultados a su pueblo, ese pueblo en el que se sufría por muchas cosas peores y más urgentes de resolver que esos dramas burgueses como el que la temperatura se eleve medio grado o que deje de existir un insecto que nadie extrañará jamás.

Antonia se habría quedado en la tierra que la vio crecer, de no ser porque ya no había nada por qué quedarse, nada qué salvar, porque ya todo estaba perdido, pensaría nuestro personaje principal ya adulto mientras esperara a que dieran las siete quince de la noche y empezaran a correr esos cincuenta y cinco minutos de sesión contados a reloj, minutos que, con el paso de los años, se volvieron tan necesarios, tan adictivos para ella como la meditación para los budistas o la coca o la aceptación social o el éxito o el amor de mamá para usted y para mí y para todos. Ahí estaría ella, viendo el reloj marcando las siete diez, pensando en que hacía horas eran tan solo las siete siete. Entonces trataría de calmar su ansiedad y dejar de perseguir al tiempo de esa manera, porque sabía que, cuando lo hacía, de alguna forma cuántica este se volvía más lento. Se distraería repasando mentalmente uno por uno el listado de temas que le gustaría discutir en esta sesión, como si no hubieran sido los mismos temas de las últimas ciento ocho citas. Entonces su pensamiento sería interrumpido por Alpha, su VI, i.e. Voz Interior, una que Antonia había comprado en unas rebajas hacía tiempo en contra de su voluntad, pero es que ya resultaba imposible funcionar en este mundo sin llevar una VI integrada; tantos trámites y gestiones que se hacían a través de esta no-tan-nueva tecnología, que no usarla complicaba la vida de una manera infernal e innecesaria. El tren de reflexión de Antonia, decíamos, sería parado por esta VI que ella misma había programado en su sistema operativo poco antes de irse de La Soledad. Al ser un modelo viejo y sin actualización automática, Alpha aún recibía su frecuencia original y mantenía informada a Antonia de todo lo que sucedía allá, como ahora lo hacía con su voz agradable y tan bien diseñada por sus ingenieros para anunciarle que, de nuevo, esa noche todo cerraba a partir de las ocho, porque el número de partículas PM2.5z que circularía en el aire entre las ocho de la noche y las seis de la mañana entraba en la categoría de *muy tóxico*, aun si se respiraba con microfiltros y purificadores hemáticos. La mejor solución que se le había ocurrido al de La Silla y a sus hombres para enfrentar la peste del ERPOG fue instalar estaciones purificadoras de oxígeno en puntos estratégicos para que la gente se reabasteciera cuando anduviera afuera, lo cual estaba limitado a una hora y media por día. También se aprobó una ley que obligaba a todos los establecimientos comerciales a contar con un purificador industrial siempre activo en horas laborales; el presidente y sus hombres se aplaudieron mucho y mediatizaron cuanto pudieron estas importantes soluciones. Al que se encuentre transitando después de esta hora sin justificante para ello se le multará, le recordaba Alpha a Antonia, y esta última no pensaba en los tiempos en los que eso no ocurría, en los que la vida no dependía de un purificador ni era mandatorio traer cartuchos de oxígeno a donde quiera que fueras; solo pensaba en el presente, en el aquí y el ahora, donde esta situación era la norma y no una escena de ciencia ficción distópica. Dado su mensaje, Alpha preguntaría si Antonia quería música de fondo o *silencio,* el silencio en itálicas, porque el silencio también sería una grabación, porque este también se tendría que recrear, como los acuarios y los zoos y los parques en nuestro tiempo, porque ya no existía al natural, al menos no en estas metrópolis. No había nada que perturbara tanto a Antonia como el sonido del silencio, peor aún el recreado, que está tan bien diseñado que logra inducirte a estados introspectivos y existenciales mucho más rápido que el silencio original. *Enjoy the enhanced silence. Silence: as silent as it can be,* era como lo vendía la corponación que años atrás lo sacó por primera vez al mercado. Definitivamente la Alpha de Antonia podría ser mejor, más entretenido, más ágil, incluso más seductor, cosa que era muy importante para una gran parte del mercado que la usaba principalmente para tener sexo virtual. No era culpa de la VI de Antonia no ser tan buena como podría; era, más bien, la renuencia de la portadora de actualizar su sistema operativo, que era algo muy fácil de hacer, solo tenía que poner sus ojos frente a una pantalla durante dos segundos y listo. Pero ella sabía que, si lo hacía, Alpha ya no sería Alpha, sería Alpha 2.0, una mejor Alpha sin lugar a duda, pero una que no sabría que Antonia no pertenecía *aquí,* a este frío y distante país ultradesarrollado; Alpha 2.0 llegaría aquí pensando que *esta* era la vida de Antonia, y eso sería un error, porque esta no podía ser su vida, esta tenía que ser una etapa que pronto se olvidaría, rogaba ella. Antonia pediría música de fondo, algo tranquilo que bajara sus neurotransmisores a frecuencias gamma, porque necesitaba concentrarse y esto era de lo poco que le ayudaba. Escuchando la selección tan bien curada por su VI gracias a que esta tenía acceso a la amígdala de Antonia y podía saber con precisión cuáles eran los sonidos que su ama necesitaba para estar a tono con las emociones que estuviera experimentando, y así recrear un ambiente en armonía con eso; escuchando esta música tan ad hoc para su estado emocional, Antonia ignoraría que, de su larga lista de temas a tratar en terapia, tanto el punto tres, *fobia social,* como el punto cuatro, *desórdenes alimenticios,* que no porque estuviera hasta la cuarta posición significaba que era un problema menos problemático que el primero, *depresión,* o el octavo, *dermatilomanía.* Ahí, esperando para ser atendida, a Antonia no le pasaría por la cabeza que tanto el problema tres como el cuatro, y seguramente otros más de esa lista, fueron incubados en su sistema neuronal esa noche, en esa fiesta de cumpleaños.

Donde nuestro personaje principal conoce por primera vez
el lado oscuro del amor
o Sobre cómo nacen las filias y fobias que nos persiguen
hasta nuestro día final

Lo único que recuerda Antonia es que esa noche vomitó hasta vaciarse, trece veces en total. Y es que la única persona menor de veinte años en toda la fiesta no tenía ni puta idea de qué se suponía que tenía que hacer con su cuerpo, con sus manos, con su boca en ese lugar en el que evidentemente salía sobrando. La presencia de Dionisio había comenzado a causarle una extraña ansiedad mezclada con angustia y un dejo de abandono y soledad. Detrás de Teresa, parada como una silenciosa sombra, Antonia esperó lo suficiente como para saber que ese hombre no se iría, y que lo mejor era que ella lo hiciera, que se buscara la vida, que se entretuviera a ver con qué, porque incluso a los siete años uno puede ser consciente de cuando no es bienvenido a la fiesta. Podía abrirse un hoyo debajo de sus pies que la hiciera desaparecer y nadie se daría cuenta, pensaba Antonia mientras contemplaba a esos dos verse como si no existiera nadie ni nada más, como si el mundo entero cupiera en los ojos del otro; le habría gustado que eso ocurriera, lo del hoyo. A falta de uno, Antonia encontró como refugio la indulgente mesa de postres, el único espacio que le parecía familiar y con el que podía hacer pasar el tiempo sin sentir que molestaba con su presencia. Sentada en un sillón, Antonia comía sin prestar mucho cuidado a lo que masticaba; ninguna de las once versiones de postres que ahí había, y de los que en total se sirviera cinco platos con uno o dos ejemplares por postre, le hicieron sentir mejor. Sentada en medio de ese sillón de terciopelo verde que en el respaldo tenía una marca de cigarro que hacía veintitrés años su despistado abuelo había dejado y que había molestado muchísimo a Helena, que era tan neurótica con todo, una mujer totalmente anal, dirían los jóvenes de mi tiempo, que en algún momento adoptaron este término freudiano para referirse a todo, aunque la mayoría de las veces usado de manera incorrecta. Por esta marca Helena no le dijo nada a Manuel, porque él era *él* y ante eso qué le podía hacer ella, pero Teresa era Teresa, en ese tiempo todavía era su hija, todavía dependía de ella, así como ella de su marido, y por eso esa tarde Teresa recibió una paliza nada más porque sí, sin motivo ni razón. Sentada aquí, camuflada entre todo el ruido visual y auditivo, moviendo su mano del plato a la boca cual autómata, Antonia se sentía el ser más solitario en todas las galaxias del vasto universo el cual, según nos dicen, es bastante extenso. Masticando trozos de chocolate tan amargo como el excesivo líquido biliar que estaba produciendo su hígado, ese que más tarde le generaría el primer reflujo de los miles que sufriría en su vida, ahí, Antonia no entendía cómo era que ver a su madre así de feliz podía molestarle tanto. Esa noche, el sistema nervioso central de Antonia conocería el efecto psicosomático que la energía negativa de los miedos y las pasiones, que los trastornos viscerales mejor conocidos como *celos,* podían tener en el cuerpo. Según el, para nuestro gusto, obsoleto psicoanálisis, la etapa fálica ocurre entre los tres y los seis años, que es cuando el complejo de Edipo se presenta en los hijos; nuestra niña ya tenía siete, pero eso no cambiaba las cosas, porque su reacción coincidía de manera perfecta con el cuadro del relato de Sófocles. A pesar de su edad, o precisamente por eso, Antonia tenía un fuerte sentido de la moral, del deber ser, de la superposición del bien sobre el mal, y por eso estas emociones la conflictuaban profundamente; mientras ahora sus dientes mutilaban un pastel de limón, la mente y el cuerpo de la niña, así como las fuerzas del bien y el mal, tenían un combate a campo abierto que le causaba tanta inquietud que la hacía tragar aún más rápido eso que bien podía ser cualquier cosa y hubiera dado igual. Deberías estar feliz por ella, se repetía sin poder sentirlo. Dos fuerzas ambivalentes, como todas las pruebas que nos pone la vida, se le presentaban a esta pequeña cuyo inexperto sistema no supo cómo lidiar con tan complejo y ontológico dilema. Su inconsciente decidió, por primera vez en su historia, ser egoísta y reclamar la atención que creía merecer. Entonces su mente dio la orden y su cuerpo se puso a trabajar; entonces todo colapsó.

Comenzó a sentirse mal. Muy mal. Era un vértigo, una náusea, muy parecida a la de Sartre, aunque distinta en el punto en que él no creería que recuperando la atención de su madre todo volvería a tener sentido, cosa que nuestra niña sí. Sudor frío, palpitaciones aceleradas y un asco incontenible. Antonia tomó toda la fuerza que quedaba en ella y caminó hasta su objeto de deseo. Le jaló el vestido para hacerse notar, Mamá, ya me quiero ir. Me siento mal. Una vez que la madre terminó de decir lo que estaba diciendo, que aparentemente era graciosísimo, un par de comediantes resultaron estos dos, entonces volteó a ver a la hija desdibujando la plena sonrisa que un segundo antes cargaba, ¿Qué pasa, Antonia?, Es que me siento muy mal, ¿Qué le pasa a la niña?, preguntaba ahora el extraño. Qué te importa, habría querido responderle Antonia, pero la madre se le adelantó con Dice que ya se quiere dormir. Entonces el inmenso hombre se puso de cuclillas para preguntarle con una sonrisa, ¿Te duele la pancita, princesa?, a lo que a Antonia no le quedó más que mover la cabeza en Sí. ¿Te duele mucho? Otra vez Sí. Entonces él volteó hacia la madre, que seguía prestándole más atención a él que a ella, Pide agua con gas, limón y sal, y enseguida se solicitó. Mientras la esperaban, con un aire de complicidad que Antonia no entendía de dónde se lo atribuía, el señor le decía que no se preocupara, que eso era empacho de tanto dulce que había comido. Si desde aquí te estuve viendo, princesa, no dejaste ni uno vivo, decía él con una sonrisa, como si al comerlos Antonia los hubiera matado, y esta idea perturbó aún más a la niña que ya no sabía qué pensar de ella misma y de sus valores y su moral. Entonces sí me veían, pensaba, al menos él lo hacía, y esto la hizo sentirse un poco menos mal. Entonces llegó el mesero con el remedio y se lo dio a la mujer que se lo dio al hombre que se lo dio a la niña, Con esto te vas a sentir mucho mejor. Tómatelo. Y eso hizo. Dos sorbos. Un poco más, le insistió él, pero la niña no se sentía capaz. Venga, Antonia, un poco más, le presionó la madre que, después de tanto drama, finalmente se puso de cuclillas, y a esta instrucción Antonia no tuvo excusa, y entonces bebió de nuevo hasta dejar el vaso medio lleno o medio vacío, eso ya depende de cuál sea su visión de la vida.

No quería hacer lo que estaba a punto de hacer, pero ya era muy tarde para evitarlo, por eso cerró los ojos tan fuerte como pudo, porque prefería no ver a esos dos que hace un momento eran tan pulcros y tan limpios, ahora bañados en una plasta a medio procesar de chocolate belga y tofe y galletas con malvavisco y caramelo y dulce de leche y tiramisú y tarta de zanahoria y panna cotta y crème brûlée, un batidillo de toda la mesa de postres mezclado con jugos gástricos. Por fortuna, a ninguno de los dos le cayó en la cara; la mayoría fue sobre la ropa y los zapatos, sobre el vestido de ella y la camisa de él. Ella gritó; él se rio. No pasaba nada, le decía él a ella, quien parecía un poco histérica ante la situación. De verdad no pasaba nada, le decía mientras ella trataba de limpiarlo, ofreciéndole disculpas una y otra vez, volviéndolo el centro de toda su atención; eso le provocó una nueva arcada que Antonia logró someter. Después de eso, al menos podían estar seguros de que la niña se iba a sentir mejor, decía sonriendo él, cosa que por supuesto no sucedió.

Disimulando su profundo disgusto, Teresa se retiró con la niña. Durante los cincuenta y tres pasos veloces que les tomó llegar a su destino, Antonia hizo todo su esfuerzo por no llorar, pero aun así toda esa agua salada caería de sus ojos como dos imposibles cataratas que tenían la capacidad de inundar todo a su alrededor. No se dio cuenta de que también había dejado un charco en su camino. Su madre estaba furiosa y Antonia no sabía qué hacer para enmendar la catástrofe que había ocasionado. Llegaron a la habitación de Teresa, esa que durante miles de noches fue su fuerte, su protección de todo el terrorismo que se vivía en esa casa producto de las frustraciones de su padre y las desilusiones de su madre. Después de dar un portazo y reposar su espalda detrás de la puerta cerrada, Teresa tomó un profundo respiro, vencido, rendido. Frente a ella estaba el espejo que horas antes la viera partir, permitiéndole ver una imagen panorámica del desastre que era ahora.

Antonia cerró los ojos el momento en que su madre cerró la puerta, y, con un miedo que es capaz de sentir todavía ahora, cada que piensa en que, cuando muera, cuando su sistema colapse por el ERPOG o por lo que sea, porque así como vivir por muchos años, tan fácil resulta también morirse en estos tiempos. Cada que piensa en que dos semanas después de su partida a un, con suerte, mundo mejor, sus restos serían recogidos por un umba, como aquí se les llama por sus siglas originales a los *gestores de cuerpos sin reclamar*, este escuadrón del gobierno que se encarga de casos como el de ella, cada vez más comunes, tan comunes que el departamento designado para esto había crecido en varios cientos de porcientos en los últimos quince años. De cinco funcionarios con los que el Ministerio de la Soledad había comenzado, ahora ya contaba con varios miles distribuidos en tres subdivisiones: 1. la *Comisión para la buena compañía*, que básicamente era un ejército de cíborgs disponibles las veinticuatro horas del día para acompañar a todo aquel humano que lo necesitara urgentemente y no pudiera pagárselo; 2. la *Comisión para trastornos ocasionados por la virtualidad*, que se encargaba de dar tratamiento psicológico y psiquiátrico a los ciudadanos cuyos sistemas nerviosos no se terminaban de acostumbrar a esto de interactuar la mayor parte de su día con pantallas y voces programadas; 3. la *Comisión para la gestión de la perpetua soledad*, como prefiriera nombrarle su director al equipo encargado de recoger a aquellos muertos cuya muerte no lloraba nadie y, por lo tanto, corrían el riesgo de convertirse en un problema de sanidad. Un umba recogería su cuerpo, de esto nuestra Antonia adulta estaba segura, porque no habrá nadie que se entere ni que reclame ni que le importe nada el hecho de que ella ya no sea un ser vivo, de que hacía más de dos martes que toda ella se había reducido a un puñado de materia orgánica que se descompondrá y a lo mucho servirá como fertilizante. Un vecino identificaría un hedor mortífero y entonces concluiría lo obvio y hablaría a los umbas y ellos se encargarían de desinfectar todo rastro que aún quedara de ella en ese departamento en el cual se resguardó desde que llegó a este extraño país extranjero y hasta que de él se fue. Los umbas, en sus inmaculados trajes blancos, esterilizarían todo; las huellas que había dejado en sus objetos cotidianos, los restos de piel y uñas y pelo y sudor y saliva y fluidos varios, cualquier vestigio, cualquier memoria que dejara saber algo sobre la que ahí había dormido y despertado durante años se borraría sistemáticamente para no ser echada de menos por nadie. Qué pánico existir y qué pánico dejar de hacerlo.

Con el profundo miedo que a uno le puede causar saberse tan olvidado por el cosmos, nuestra pequeña Antonia esperaba el momento en que la furia de su madre estallaría en un grito encendido cuyas vibraciones llenas de rabia, coraje e ira resonarían por toda la habitación, penetrando en su piel y sus músculos y sus tejidos, hasta llegar a sus huesos, que años después también comenzarían a dolerle, y nadie sabría la razón, nadie más que nosotros; esperar esas palabras que la harían sentir el ser más miserable de todo el mundo, un mundo que para ese entonces ya contaba con varios miles de millones de suscriptores, la mayoría de estos bastante infelices también. Antonia esperaba como esperan los soldados cuando oyen el sonido de la bomba que está por caer y no son capaces de voltear a ver, solo esperarla en la oscuridad, entregarse a la explosión y decir adiós. Y hubo una explosión, sí, solo que de risa, que igual asustó muchísimo a la niña. Antonia abrió los ojos y encontró a su madre riéndose de ella misma, como si lo que pasó hubiera sido una graciosa broma. ¿Te sientes mejor?, preguntó la madre, a lo que la hija mintió Sí, por supuesto que sí, se sentía muy bien, se sentía estupenda. Métete a la cama y duérmete, ya es tarde, le decía y la niña la obedecía. Entonces Teresa se quitaba el vestido y volvía a quedar pura y limpia de todo pecado de gula que su hija hubiera cometido; entonces sacaba su opción B de la maleta, porque siempre llevaba consigo una alternativa, porque uno nunca sabe cuándo van a ocurrir este tipo de cosas, una opción B que bien merecía ser A, porque chapeau, señora. Entonces se retocó el maquillaje y se acomodó el pelo y se echó su aroma, unas maderas añejas que confundían a todos por lo masculino de su esencia, creando un interesante contraste con la delicadeza y aparente suavidad de su portadora. Entonces se volvió a estudiar en el espejo para corregir cualquier invisible imperfección. Antonia no entendía de qué iba todo esto. ¿En qué momento su mamá iba a reaccionar como lo haría su mamá? Por cierto, no me vuelvas a decir *mamá* cuando estamos con otra gente. O mejor ya nunca. Solo llámame Teresa, Pero, ¿por qué, mamá? Perdón, ¿por qué- Teresa?, Por nuestro bien, por eso, mi amor, le explicaba mientras se volvía a retocar esos labios que nunca se pueden retocar lo suficiente. Venga, ponte el pijama y a dormir, le dijo antes de marcharse la que un momento antes fue su mamá y ya no. Antonia trató de hacer lo que se le dijo, aunque el mareo y la náusea insistían en dominar su cuerpo de tal forma que le daba pánico moverlo. Permaneció acostada en una dramática posición fetal junto al escusado mientras veía cómo cambiaba el tono del cielo detrás de la ventana; vomitó hasta que no quedó nada dentro de ella. Ahí, tirada en el piso, Antonia se preguntaba por qué era así de torpe e incorrecta, por qué no podía ser perfecta, sin saber que, tiempo atrás, a partir de sus trece años y hasta que se fue de su casa, su madre se hacía esas mismas preguntas en ese mismo lugar, con la única diferencia de que sus visitas eran más breves, porque llegó un punto en el que ni siquiera era necesario hacer el esfuerzo para que la cena saliera por donde entró, porque la comida se le venía tan fácil como se viene un niño de doce años viendo porno. Antonia no adoptaría la técnica de su madre como método terapéutico; ella preferiría simplemente evitar la comida por completo.

Esa noche, gracias al aprendizaje asociativo conocido en psicología como condicionamiento clásico o pavloviano, la comida como concepto, como figura literaria, tomaría un nuevo significado en la vida de Antonia; a partir de este momento, en el glosario de su psique, la noción de *comida* sería sinónimo de aquello que la haría ser vista, observada, *existir;* al comer se hacía notar y, por eso, desde entonces hasta ahora su boca ha tenido una guerra declarada con esta actividad, porque si para borrarse era necesario dejar de comer, eso haría. Y en el aquí y el ahora futuro, finalmente sentada frente a su terapeuta después de tanta espera suya y nuestra, médico y paciente malgastan su tiempo y el erario del Estado tratando de elaborar en los puntos de esa lista, sobre todo el tres, *fobia a la raza humana*, esa paralizante dificultad para ser un animal social, una persona que se siente parte de este mundo y no un extraterrestre, no *esto*. Y el punto cuatro, *desórdenes alimenticios*, que se resumía en *cibofobia*, fobia a la comida, esa relación tan inexistente con ella, como podían pasar días sin que ingiriera alimento, Porque en algún punto de tu vida algo, un evento en particular, te hizo refugiarte en este patrón. ¿Recuerdas cuándo fue eso, Antonia?, preguntaba el otro humano en el idioma que tenían en común, pero Antonia no lo recordaba; se había esforzado tanto para bloquearlo que lo había logrado. Y qué daríamos nosotros para tener acceso a ese plano en el que ella ahora vive y recordarle que fue esa noche, en esa fiesta, cuando su mente estableció la conexión que relacionara la comida con la vergüenza y la culpa y el sentirse expuesta y exhibida y revelada y descubierta frente a un auditorio lleno de gente desconocida, Y yo estoy al frente con un reflector sobre mí, desnuda, y todos me observan, no hacen más que eso, *verme*, y yo existo, existo muchísimo, existo demasiado, describía Antonia cuando este terapeuta cognitivo conductual le preguntaba qué era lo que la comida le hacía sentir. Les habría puesto, a su terapeuta y a ella, un video de esa noche y explicado todo esto con puntos y comas; a ella le habría dicho que dejara a este tipo que después de tres años de verse dos veces por semana la tenía suspendida en el mismo lugar, ni para delante ni para atrás, y mejor le recomendaría a un muy buen terapeuta psicodélico para que, con un viaje guiado, Antonia regresara a ese momento de su historia y lo sanara, y entonces por fin lo viera de manera correcta; para eliminar la desproporcionada magnitud con la que lo vivió, porque las historias que vivimos nunca son las que sucedieron, y eso todos lo sabemos, aunque de ello no estemos conscientes, lo que termina anulando el conocimiento. Pero para eso estaba la psilocibina, para que reprogramara esas memorias que ya no le servían para nada y eliminara de su sistema esa innecesaria cápsula de dolor que permanecía tan cimentada en su hipocampo. Verdadera lástima que nos encontremos en planos tan distintos y tan distantes y no le podamos compartir tan valiosa información a este sufrido personaje nuestro.

La niña se fue a la cama cuando los primeros rayos del sol comenzaban a iluminar su pálida cara. Se quedó dormida mientras diseñaba posibles futuros apocalípticos. En su sueño, ya no quedaba en el mundo nada ni nadie más que ella. Y gritaba y su voz no se escuchaba, y ella entendía que no se escuchaba porque no había nadie a su alrededor para que lo hiciera, y se sentía horrible, gritar y gritar y que nada sonara. Estaba tan débil que no se despertó cuando Teresa volvió al cuarto con la luz del alba. Esta seguía riendo, quitándose todo lo que traía encima mientras repetía frases que parecían gustarle escuchar. Se sentó en la cama y entonces se percató de esa máquina perfecta que ella misma había creado ocho años atrás. Mientras la pequeña soñaba en un mundo distópico donde su madre ya no existía, Teresa la contemplaba. Pasó su mano sobre el suave pelo de la niña y veía lo impoluto de su cara y lo bella que se veía respirando, inhalando y exhalando, algo tan simple y al mismo tiempo tan divino, y entonces su interior se llenó de tanta emoción que la tomó de la cara y comenzó a besarla y a decirle esas cosas que las madres les dicen a sus hijas pero que ella nunca le había dicho a la suya, Shhh, shhh, ya pasó, ya pasó lo peor y solo vendrá lo mejor, vas a ver, mi amor, shhh, shhh, duerme tranquila, cosa bonita, que lo peor ya pasó y solo puede venir lo mejor, diciéndolo más para ella misma que para su hija; desgraciadamente, la falta de sonido en su pesadilla hizo que nada de eso se escuchara ni siquiera de manera inconsciente en la cabeza de Antonia. Y así estuvo la madre hasta que se venció y se quedó dormida con su vestido puesto y sobras de labial en su boca y líneas corridas en los ojos. Al poco tiempo, Antonia despertó; trataría de quitarle la esmeralda que se estaba enterrando en el pómulo izquierdo de Teresa, y esto despertaría a la madre, que abriría los ojos y los volvería a cerrar para abrir la boca y echar una marea morada en la que se podían distinguir los tres pedazos de jamón ibérico que había tomado anoche, todo sobre Antonia; esto la niña lo agradeció, porque sabía que se lo merecía, porque solo así podía compensar lo que había ocasionado la noche anterior. Y en este momento fue también cuando el problema número nueve de su lista, *autoestima*, comenzó a gestarse en Antonia, y cuando esta niña identificó al castigo como una forma de recompensa. Cuántos patrones tan tóxicos se construyeron en tan pocas horas para quedarse en esa cabeza para siempre.

La siguiente primavera, Dionisio abriría sus mejores vinos para celebrar su segunda boda, ahora sí la buena, ahora sí para toda la vida, aunque esta fuera corta, la vida, con esa mujer que entonces se veía aún más bella que la primera vez en la que participó en este espectáculo social, cuando era apenas una niña e ignoraba tantas cosas de la vida, justo como lo seguía y seguiría haciendo hasta el final de sus días.

La boda fue en La Soledad, donde Dionisio había construido su pequeño gran reino, con sus viñedos y sus bodegas y su casona y sus tierras y tierras y tierras y empleados y empleados, donde no había más rey que él y donde, a partir de ahora, Teresa y su hija reinarían también. Ese lugar era un parque de diversiones para esta niña que jamás había conocido extensiones de tierra tan infinitas en las que podía correr libre, sin rumbo y sin cuidarse de los coches ni de la gente ni del rojo o el amarillo o el verde, y es que en su mente cualquier color representaba un peligro. Nunca se había sentado en una mesa tan grande que no alcanzara a ver todo lo que había en ella. Nunca había dormido en un cuarto con un techo tan alto y lleno de todas esas muñecas con las que igual nunca jugaría, pero que se veían muy lindas puestas sobre el mueble que años después se desbordaría de libros. Nunca había tenido árboles de los que podía arrancar los frutos que de él colgaban y así de fácil comérselos; hasta ese momento, Antonia pensaba que las manzanas se hacían en una fábrica de manzanas, como los juguetes y las cosas, como todo. Jamás había nadado en un lago, mucho menos en uno con esa extravagante agua turquesa, uno que brillaba tanto que, cuando la bebía, le diría Antonia a Nicolás poco tiempo después, podía sentir cómo una energía eléctrica se distribuía por todo su cuerpo, haciéndola sentir invencible y superpoderosa;

no sabía cómo explicarlo, pero era una sensación muy potente, le aclararía esta a su hermanastro al ver su cara de confusión ante lo que describía.

La niña no exageraba ni inventaba cuentos; el H_2O de la comarca donde se ubicaba La Soledad estaba cargado de minerales puros a los que el cuerpo de ese urbanizado ser nunca había tenido acceso y que, al beberla, hacía que experimentara una sobredosis de lucidez y claridad; el agua del lago se convertiría en un elixir para Antonia, aunque esta se morirá sin saber exactamente por qué. Al llegar a La Soledad, el organismo de este personaje ficticio con el que cualquiera podría sentirse identificado, porque créanos que hicimos nuestro mejor esfuerzo por integrar en ella una serie de conflictos morales, sociales, mentales y espirituales bastante afines a los de los tiempos que corren; al llegar aquí, decíamos, el cuerpo de Antonia contaba con un exceso de metales pesados, en especial de cadmio [Cd], uno de los elementos más tóxicos a los que está expuesta esta generación y que entraba a su sistema en gran parte por el humo del tabaco que su amada madre expulsaba por su boca. El Cd libre se iba acumulando en su mitocondria hasta inhibir la cadena respiratoria en el complejo III, resultando en una disfunción mitocondrial y la formación de radicales libres, esos que en la biología celular son los símiles de los y las destruye-hogares: átomos que tienen un electrón desapareado en capacidad de aparearse, por lo que son altamente reactivos. Estos átomos recorren el organismo con el objetivo de robar un electrón de las moléculas estables y finalmente alcanzar su estabilidad electroquímica. Una vez que el radical libre ha logrado robar el e- que necesita para aparear a su e-, el dolor de la pérdida cobra vida en este microcosmos celular, y la molécula antes estable se convierte, en consecuencia, en otro radical libre, iniciando una guerra campal entre todas estas moléculas que podría terminar destruyendo un cuerpo entero; qué interesante, y triste, también, ver cómo nos comportamos igual cuando somos micro que macroorganismos, ¿no le parece? La multiplicación de radicales libres, sin embargo, no era, en este caso, lo peor que sucedía en el inmaduro organismo de Antonia. Si usted desempolva un poco sus notas de biología del bachillerato, recordará que la mitocondria es la central eléctrica de todas las células del cuerpo, con excepción de los glóbulos rojos, y la encargada de convertir la energía de las moléculas de la comida que ingerimos en adenosín trifosfato o ATP, el nucleótido fundamental en la obtención de energía celular; el ATP es, por consecuencia, la mayor fuente de energía para todas las funciones celulares del cuerpo. Una disfunción mitocondrial puede causar una lista de condiciones aún más larga que la que llevaba Antonia a esa cita con su terapeuta, entre ellas el tan contemporáneo y popular cáncer en todos sus tamaños y sabores, Alzheimer, diabetes, Parkinson, bipolaridad, esquizofrenia, ansiedad y mejor usted nombre la que quiera, porque seguramente eso también provocará. Los minerales que contenía ese lago hacían que la mitocondria de Antonia se purificara de todos esos metales pesados y que su ATP funcionara como originalmente está diseñado para funcionar. En consecuencia, su cuerpo recibía ese ciclón de energía que la hacía sentir, efectiva y objetivamente, superpoderosa. Un cuerpo está formado por sesenta por ciento de agua; está usted de acuerdo en que hace sentido experimentar estados alterados de consciencia con tan solo beber el hidratante correcto.

Correr bajo la lluvia. Acostarse en el campo y sentir los rayos del sol, sentir su calor, primero en su piel y luego dentro de ella, y esto en particular le hacía muy bien a la pequeña, porque ese alelo corto del polimorfismo 5-HTTLPR, el gen depresivo que inevitablemente le habían heredado, hacía que los neurotransmisores de su cerebro necesitaran miles de unidades de vitamina D más que el organismo promedio; llenarse de ese sol que nunca antes vio realmente porque rara vez salía de casa era, para ella, literalmente sanador. Podía ser feliz aquí, pensaba Antonia una quieta tarde mientras contemplaba el horizonte y sus trágicas montañas, dando inhalaciones y exhalaciones profundas y serenas, como las que muchos años después le volvieran a enseñar en su curso de Respiración Consciente al que fuera dirigida por uno de sus terapeutas para obligarse a estar *presente*. Sí: Antonia podía ser feliz aquí.

Nadie le pidió que llamara *papá* a Dionisio, ella sola lo hizo en el desayuno dos días después de la boda, y fue al día dos y no al uno porque en el primero los novios se quedaron encerrados en su cuarto recibiendo una versión doméstica de room service, aliviando la resaca que tanto brindar por la vida les había causado. Buenos días, papá, le dijo mientras se sentaba a la mesa. Al escuchar esto, la sonrisa y el pecho y el ego de Dionisio se expandieron como en su tiempo lo hiciera el fentanilo en el mercado negro. Y es que, como buen macho, Dionisio se complacía de saberse proveedor, defensor, el mejor guardián de quien estuviera bajo su enorme y sólida ala protectora. ¿Por qué otra razón le iba a llamar así la hija de Teresa, sino porque sentía en él ese resguardo que toda mujer, chica o grande, necesitaba? Buenos días, hija, le respondió enseguida, al mismo tiempo en el que volteaba a ver a su recién estrenada mujer con la intención de encontrar en su mirada una sonrisa de complicidad, Porque mira qué rápido se adaptó la niña, mira qué fácil nos está resultando todo esto, mira qué mona familia nos estamos montando, le trataba de decir con esa sonrisa, pero Teresa no lo vio de vuelta a él, sino a ella, a su hija, con cierto asombro y extrañeza, como si le pareciera que era un abuso de confianza de su parte, como si no le pareciera mucho la idea de que le llamara así, *papá*. Pero fue solo un instante, fue más la sorpresa y el no estar preparada mentalmente para que su hombre también sea algo de alguien más, aunque sean dos *algos* muy distintos. Entonces Teresa volteó a verlo y le sonrió de vuelta, más porque sentía su mirada y sabía que eso estaba esperando, que porque genuinamente le naciera hacerlo. Su sonrisa no fue falsa, pero tampoco era real; por fortuna, solo ella y nosotros nos dimos cuenta de esto.

Por fin, la madre de Antonia era, para fortuna suya y la de todos, una mujer feliz. Y es que la vida con Dionisio Manetto y de Riva era, sin lugar a duda, una experiencia alucinante y de la que Teresa siempre querría más. Y cómo no lo iba a ser, si a esta versión finalmente le habían presentado esa droga pura, esa puta droga popularmente conocida como pasión, de la cual estaba tan enganchada que sus venas se la reclamaban cada vez más; esta la había transformado, había modificado estructuralmente su química cerebral, la manera en la que veía y pensaba el mundo, así como el LSD a Hofmann y a Huxley y a cualquiera, le había abierto las puertas de la percepción y portales de pensamiento un poco más trascendentales y menos dominados por su egocentrismo. A su nivel, claro, que hay que recordar el ínfimo punto en el que esta mujer estaba apenas unas páginas atrás. Solo le tomó unos días adaptarse a su nuevo papel de señora y doña y patrona; de reina, vaya, eso que ella siempre había sabido que era pero que nadie había logrado entender.

Dionisio era justo lo que se merecía, se decía Teresa: un ser omnipotente que no temía a nada, que le sobraba energía y testosterona y estamina, ese atributo mejor conocido como *huevos*; alguien cuyas ganas de ganar la carrera, cualquiera que esta fuera, provocaba un sentimiento de vértigo que resultaba adictivo en personas altas en dopamina, como era el caso de nuestra Teresa; toda esa adrenalina que había estado deseosa de sentir, por fin la encontró en él. No le importaba que no cogiera tan bien como el anterior o que tuviera un cuerpo tosco y un poco deforme o que roncara como lo hacía, daba igual porque he aquí un *hombre* hecho y derecho, uno que la hacía sentir intocable y protegida de todo mal, y es que no había nada que a esta estereotipada mujer le pudiera seducir más que ese gen de macho alfa. Y qué decir de esa gracia, ese garbo que acompañaba a Dionisio a donde quiera que iba y que contagiaba a todo su alrededor; parecía ser eso, aunque en realidad no era otra cosa más que el poder de su poder y todas las maravillas que podía hacer con él. En los últimos veinte años, Dionisio se había convertido en uno de los vinicultores más exitosos en la industria, pero esta solo era una actividad más en su nutrido currículo; ser vinicultor resultaba ser, se podría decir, uno de sus hobbies. No los podría contar, le respondió su marido sin arrogancia cuando Teresa le preguntó cuántos negocios tenía, No tengo idea, y tampoco me interesa saberlo, porque igual me parecerán pocos. No es que fuera adicto al trabajo; era, más bien, una adicción a la vida, a hacer todo lo que pudiera con ella, a sentir que se la estaba comiendo entera. Una manera de calmar esa insaciable hambre era multiplicando su riqueza, de preferencia haciendo cosas que disfrutaba. Por eso, después de que Tomás sufrió una embolia a sus cincuenta y tres que no lo mató, y esto fue peor, porque solo lo dejó esperando, esperando, esperando en esa silla de la que no se podía levantar, esperando para que ese cáncer que llevaba cocinándose en su cuerpo desde hacía tantos rencores atrás, por fin se lo llevara a un lugar al que sí perteneciera; por eso, cuando todo se quedó en sus manos, Dionisio se encargó de hacer de su pasatiempo favorito un gran negocio y convertir a La Soledad en uno de los viñedos más modernos y premiados de este país y sus vecinos. Por su carisma, por su poder, por una mezcla de los dos, este hombre era *amigo* de todos: del alcalde, del secretario, del gobernador, de este y aquel empresario, del presidente mismo, y esto hacía que todo le resultara tan fácil, y que, sin el menor temor, se atreviera a hacer osadas acrobacias que nadie más haría, y es que sabía que no importaba desde qué altura cayera, su amplia y sólida red siempre estaría ahí, lista para atraparlo. Sabía que no era el más inteligente ni el más culto de la pandilla, pero esto le tenía sin cuidado, porque, para este hombre, la inteligencia era algo sobrevaluado; nunca se leyó a Maquiavelo ni a Darwin como para entender de manera teórica cómo funcionaba esto del manejo del poder, pero ni falta que le hacía, porque, de haber Dionisio sido un poco más intelectual y letrado, bien que habría podido escribir un nuevo tratado sobre la supervivencia del hombre como animal social. Para triunfar en la vida se requería de otras cosas mucho más importantes, como hacer que la gente te ame y te siga ciegamente, sin importar que la mayoría de las veces ni siquiera tú tengas claro hacia dónde vas. Para conseguir eso era necesario ser un gran cuentacuentos, construir una historia fantástica alrededor de uno, la de un personaje extraordinario, irrepetible e invencible, una creatura mítica que es protegida por los dioses e intocable para los mortales. Resultaba muy fácil, solo se requería de un poco de creatividad y un exceso de seguridad para que nadie se atreviera a dudar de que esa era la única verdad; Dionisio ya llevaba tantos años contando esa historia que él mismo se la había creído, y todos con él. Para que el personaje resultara atractivo y uno digno de formar un culto y su séquito de seguidores, era vital que este fuera divertido y jovial, despreocupado y relajado, porque solo alguien así puede transmitir esta absoluta convicción de que lo tiene todo bajo control. Por eso era preciso hacer de la vida la mejor de las fiestas, una continua celebración, y esto era precisamente lo que este hombre sabía hacer como ningún otro.

Que empiece la fiesta

La única obligación de Teresa era la de ser feliz, le decía Dionisio a su mujer; él mismo le construiría la realidad virtual que necesitara para que así lo fuera. Ella hizo como se le dijo y entonces se puso a la tarea de explorar en qué podía invertir su tiempo y su vida para cumplir con esta compleja misión. No tuvo que pensárselo mucho para encontrar su nueva vocación. La Soledad ya estaba acostumbrada a las bacanales que desde siempre se habían celebrado ahí. Las recepciones eran en grande y eran seguido, su mayor gracia, además del anfitrión, era que había mucho de todo: mucha comida, mucha bebida, mucho baile, mucho *mucho*. Pero ahora que Teresa había llegado a La Soledad, no solo habría mucho de todo, sino que lo habría con un gusto exquisito, muy distinto a los festines de bárbaros que solían darse. Sí: una de las cosas que esa mujer había traído a la vida de Dionisio era la sofisticación, sustantivo hasta entonces bastante desconocido para él. Como María Antonieta, la Señora de Manetto haría del arte de la celebración su profesión de tiempo completo, y Dionisio, que justo necesitaba de algo así para que su leyenda alcanzara nuevos horizontes, no podía ser más feliz por esto; ya ve cómo Dios los hace y ellos se juntan.

Y por eso la fiesta que daría con motivo de su llegada a La Soledad, aunque de esto ya hubieran pasado un par de meses, se celebraría en el jardín, donde se podían apreciar esas bellas y vastas tierras, y las mesas tendrían arreglos naturales, y sería todo de maderas rústicas que rimaban con ese campo, y los meseros vestirían trajes de corte mediterráneo, no que antes los vestían con esmóquines que se veían absolutamente ridículos bajo ese calor y en estos entornos, y traería al mejor cuarteto de cuerdas para la cena y al mejor grupo musical para el baile, y en algún momento de la noche el cielo se llenaría de fuegos artificiales blancos y dorados y todos les aplaudirían muchísimo a él y a ella por ser el epítome del éxito conyugal.

La hija, en cambio, en esas reuniones la pasaba entre mal y fatal. Como en la primera fiesta de su vida, Antonia andaba por ahí sin saber qué hacer, confundida y desubicada, y esta sería la eterna tragedia de su vida, porque ni entonces ni después ni nunca, nuestra Antonia logró descifrar cuál era su lugar en el mundo. En cuanto los adultos comenzaban a reírse más fuerte, Teresa le ordenaba a su hija que se fuera a su cuarto o a jugar al campo, que hiciera lo que quisiera, pero que se retirara de ahí. La primera opción la niña ni la consideraba; había estado mucho tiempo encerrada entre paredes como para hacerlo también aquí. Se iba al campo y, desde lejos, observaba. Le generaba mucha curiosidad lo que sucedía conforme avanzaba la tarde: cómo los adultos se iban transformando, cómo los hombres empezaban a soltarse la corbata y a no importarles que trajeran la camisa mal fajada, muchas veces manchada de vino o de comida; las observaba a ellas, sus gestos, lo que decían y lo que callaban, cómo la gran mayoría no hacían más que ver hacia la nada mientras ellos a su alrededor reían. Estas escenas le provocaban un sentimiento que no sabía determinar cuál era porque entonces no conocía el término, pero que después, leyéndola en las páginas de Dostoievski, entendería que la palabra era *pena:* pena de verlos así, tan desencajados, tan ridículos, tan absurdos; tan animales. Aunque, por fortuna, su padre no era como el resto: Dionisio bebía y bebía y era como si agua corriera por su tráquea; él mantenía su plática fluida y llena de energía, su espalda erguida, su camisa bien fajada, sus ojos bien abiertos. Teresa guardaba la compostura, sí, aunque solo al principio, notaba la niña, porque para la medianoche empezaba a verse en ella cierta torpeza y en sus pláticas una repetición e innecesaria efusividad. Eso sí: cada dos horas, esta desaparecía para irse a su cuarto a retocarse los labios y el maquillaje y el peinado.

En esos brevísimos momentos de silencio, antes de ajustarse nada, Teresa se vería fijamente en el espejo, como si tratara de hacer un esfuerzo para reconocerse, porque a simple vista no lo lograría; entonces un río de pensamientos correría por su cabeza, y sería tan caudaloso que haría que su respiración se agitara y se sintiera abrumada. Entonces cerraría los ojos y movería su cabeza rápidamente como diciendo No, como si con este simple movimiento ese cauce de reflexiones fuera a dejarla en paz o parar o simplemente desaparecer. Daría un suspiro y luego tomaría un respiro profundo y, como si nada hubiera sucedido medio segundo antes, tomaría su bilé, casi siempre rojo escarlata, y delinearía sus deleitosos labios, y los rellenaría de color, y los juntaría y comprobaría que estaban perfectos, luego dejaría eso y pasaría al polvo y al rubor y al rímel y a remarcar las líneas alrededor de sus ojos y a verse de nuevo en el espejo, pero esta vez ya sin esa profundidad, sin esa intimidad, sin esa incómoda introspección, concentrada en revisar posibles errores que estuvieran por ahí, esa molesta línea que se dibujaba en su frente cada que hacía gestos muy expresivos, y que, si los seguía haciendo, se convertiría en una marca que confirmaría que ya era una mujer de edad, una línea que no estaba viva ahora, pero que pronto estaría si no se ponía en ello. Y de ahí se iría a su peinado y lo ajustaría y este volvería a estar como nuevo y entonces dibujaría una sonrisa, pero no de alegría, sino para ver cómo se veía cuando lo hacía allá afuera. Finalmente, se echaría un pst de su perfume detrás de la oreja derecha, detrás de la izquierda, se revisaría por una última vez y saldría de ahí lista para conquistar de nuevo. Únicamente ella, y Antonia cuando muy niña, presenciaron estos maravillosos rituales en su vida; qué lástima, porque vaya que eran una joya, al menos para nosotros o para cualquier sociólogo interesado en comprender un poco más sobre los mecanismos de defensa a los que mujeres como estas tienen que recurrir para sobrevivir las demandas que exige vivir bajo las normas de su sociedad, aunque, de que lo hacía por esto, ella ni enterada.

Los días de fiesta, así como los invitados, la pequeña no dormía, y es que le era imposible quitarse estas imágenes de la cabeza. Al principio, Antonia no lograba entender del todo cómo era que funcionaban las otras caras de su madre cuando estas cobraban vida. En sus siete años, Teresa nunca había visitado a su hija antes de dormir para desearle dulces sueños; ahora llegaba a medianoche, a veces más tarde, para abrazarla y llenarla de besos y decirle que la adoraba. La primera vez que eso sucedió, al poco tiempo de que Teresa empezara a salir con su nuevo papá, la niña comenzó a llorar porque pensaba que su madre se estaba despidiendo, que finalmente se iba a ir. Ya en La Soledad, esto comenzó a ser algo que ocurría cada semana, cada sábado. Antonia siempre había querido escuchar esas palabras; sin embargo, ahora que lo hacía, algo en ellas no le terminaba de sonar como lo esperaba. Al día siguiente de esas fiestas, en el desayuno de los domingos, Teresa tendría una terrible jaqueca y no probaría bocado, estaría de mal humor con todos menos con su hombre y dormiría casi todo el día. Este sistema de recompensa construido con base en la relación amor-rechazo, sería registrado por el sistema de

Antonia para después ser replicado en las relaciones amorosas de su juventud y adultez, todas ellas tóxicas y autodestructivas que, de una manera u otra, lograran replicar ese patrón construido en su niñez, porque al principio Antonia habría preferido que esas visitas que le hacía su madre fueran distintas, sí, pero un día se dio cuenta de que esto era todo lo que había y que con esto se tendría que conformar. Y eso comenzó a hacer, a agradecer ese *amor*, aunque fuera *así*, porque era el único que le generaba la oxitocina que su cuerpo necesitaba.

En el viaje del héroe, este sería el punto en el que se
nos presenta El Mentor
y Cuando Antonia encuentra en la literatura su método
de escapismo y entonces entendemos de dónde viene la
entrañable debilidad del Narrador por este personaje

Un lunes por la mañana, Antonia llegó a tomar el desayuno y se sorprendió al encontrar a una mujer sentada en la mesa con sus padres; las visitas eran en la comida o en la cena, nunca en el desayuno. Era una mujer que parecía de la edad de Teresa, vestida de manera simple, casi aburrida, pero esto último no lo pensaba Antonia, sino nosotros. Pero no importaba lo soso de su vestimenta, y esto lo seguimos diciendo nosotros, porque la desconocida no necesitaba llevar otro accesorio encima más que su simple presencia; irradiaba una paz, una armonía, una agradable tranquilidad que Antonia, que no estaba acostumbrada a usar los seis músculos faciales necesarios para dibujar una sonrisa, lo hizo enseguida que vio a esa mujer. Ella es Juliana, le anunciaba Dionisio, y será tu tutora. Ella te va a enseñar todo lo que tienes que saber del mundo y de la vida. La verás todos los días a partir de las ocho y hasta la comida. Las clases las tomarán en la biblioteca, y un momento después, Veo que te gusta la idea, le decía el hombre a la niña, quien rápidamente movió su cabeza de arriba abajo para después ver a Juliana, que le sonreía de vuelta, y entonces respiró profundo varias veces para regular su ritmo cardiaco que de pronto se había acelerado.

A Antonia no le agradaba la escuela, que le parecía un infierno tan infernal como el de Dante, solo que un poco menos poético; le aterraban los niños y lo que estos hacían y los espacios abiertos donde había muchos de ellos. Sin embargo, sí que le gustaba aprender, descubrir, conocer; leer: eso era lo único que, en esa vida tan limitada que tenía antes de La Soledad, la entretenía. Cuando sus ojos tuvieron la capacidad de identificar símbolos y entonces comunicar palabras de manera coherente a su corteza occipitotemporal, la niña encontró un refugio del que nunca se iría; aprender a leer fue para Antonia la mayor apoteosis que hasta ese corto periodo de vida había tenido. Esta actividad fue tomando más fuerza conforme Antonia coleccionaba palabras y comenzaba a imaginar nuevos mundos, algo que fue haciendo tanto hasta que se volvió compulsivo, y un perenne idilio que ha durado desde entonces hasta ahora.

Porque aún ahora, Antonia a veces llora de agradecimiento al encontrar en algún buen libro todavía de papel, siempre de papel, palabras acomodadas de tal forma que le permiten vivir vidas y descubrir emociones que jamás exploraría en su plano material. ¿Cuántos universos cabían en una hoja en blanco?, se preguntaba la Antonia adulta al pensar en todas las páginas que habían marcado su vida, páginas pobladas de frases construidas con tal detalle y precisión, como si cada letra fuera de cristal y se necesitara llevar extrema precaución al acomodar una a una. Era lo único humano que le quedaba al mundo, pensaba Antonia de la palabra escrita. Leer en esos tiempos futuros era una actividad en peligro de extinción, aunque en los presentes y en los pasados también, claro; siempre lo ha sido, eso lo sabemos muy bien nosotros, que sufrimos en carne propia la tragedia de la demanda cada vez más residual de literatura en este mercado tan deseoso de consumo y placer inmediato, que no puede darle tiempo al tiempo, al enamoramiento lento, palabra a palabra, párrafo a párrafo, página a página; un mercado que no puede dedicar tantas horas de su residual atención a un espacio sin imágenes ni videos ni realidad virtual ni ningún estímulo visual que logre atraparlo lo suficiente como para mantener su vista aquí y no allá. En este futuro no muy distante pero sí muy distinto, uno que está a la vuelta de la esquina, más próximo de lo que usted cree, decíamos, leer y ser leído era un lujo más excéntrico de lo que ahora lo es, porque en este futuro no solo ya no se lee, sino que tampoco se escucha ni se ve. Ni nada, realmente. Reciben toda esa información, sí, sus pupilas y oídos están expuestos a más contenido que nunca, pero este, así como entra, sale, no logra quedarse, no comunica, no dice ya nada, porque tanto ruido, tantos mensajes que reciben los había averiado, ensordecido al fin. La literatura *era* lo único humano que quedaba en el mundo, pensaba nihilistamente nuestra Antonia futurista. *Era,* en pasado, porque ya ni siquiera la literatura era humana en este tiempo venidero, porque ni siquiera esta se pudo salvar del ocaso de nuestra *humanidad,* se decía Antonia mientras decidía si ya era momento de ceder ante la inevitabilidad del transhumanismo y leer por fin una novela escrita por IA, a pesar de que estas ya eran más del cincuenta por ciento de la oferta literaria que había en el mercado. Se le estaban acabando los libros escritos por manos cien por ciento orgánicas, pensaba esta mujer mientras sentía un profundo temor por no saber de qué inhumana manera terminaría su propia historia. Pretendiendo estar tomando una decisión que en realidad había tomado desde mucho antes de entrar a la librería, la única librería que quedaba en toda esa infinita ciudad, Antonia no podía creer que llegaría un día, mismo que estaba segura de que le tocaría vivir, en el que ya no habría libros escritos por seres como ella, totalmente biológicos, cuyas historias emanan de sus emociones y no de algoritmos perfectamente diseñados. La decisión estaba tomada; desde la noche anterior, mientras planeaba su día, Antonia sabía que lo haría, que por fin iba a dar ese paso, tenía que darlo, a pesar de que iba en contra de todo en lo que creía, a pesar de que era en lo último en lo que creía; hacer esto, en consecuencia, haría que ya no creyera en nada más, y menudo vértigo que esto causa, no tener dónde poner nuestra fe. Sabía que estaría varias horas ahí, recorriendo todos los pisos, repasando los estantes, viendo detalladamente las novedades del mes, y de pronto tomaría la última obra de F.S. <<, este autor de la IA que llevaba varios años como líder absoluto de las listas, publicando una obra cada seis meses, cada obra más magna y compleja que la anterior, manteniendo en constante fascinación a su público que no podía tener suficiente de él. *La búsqueda infinita,* la última novela de este *artista* a cuyas presentaciones asistían tantos como al concierto del último ícono pop adolescente, era, según decían los grandes críticos, la mejor obra literaria de los últimos muchísimos años. Pero Antonia se había prometido no leer eso, no promover eso, no ser partícipe de esta locura; ella solo leería historias tecleadas por dedos heridos con uñas mordidas por la ansiedad de ser un humano, eso lo había decidido hacía muchos años, cuando estos *autores* no eran más que una novedad, cuando sus ingenieros no habían perfeccionado tanto sus sistemas operativos, cuando la industria literaria todavía estaba dominada por otros humanos que podían defender la idea, comprobadamente falsa, de que los buenos escritores solo podían ser de carne y hueso. Y ahora estaba frente a la mesa de libros de F.S. <<, con *La búsqueda* en el centro, incómoda de ser vista ahí, interesada en ese autor, tan avergonzada como si lo que estuviera frente a ella fuera porno o literatura de autoayuda, pretendiendo no estar muy segura de tomar el ejemplar, como si no lo hubiera pensado durante horas en las últimas semanas. Qué era este mundo en el que vivía, se preguntaba este alienígena mientras disimuladamente pulsaba su huella sobre el código para que el ejemplar fuera cargado a su cuenta y se descargara automáticamente en todos sus dispositivos, VI incluida, y entonces Antonia saliera de ahí con una cruda moral que no le permitiría disfrutar una sola página escrita por F.S. <<, a pesar de que era, efectivamente, una de las mejores novelas que sus ojos jamás habían recorrido, y vaya que, para entonces, ese par había leído.

Tal vez si sus primeros años los hubiera vivido en La Soledad y no donde los creció, no estaríamos hablando de ella, dedicándole tanto de nuestro tiempo. Pero así es la vida, o la literatura, usted dirá cuál es la vigente aquí, y contra eso no hay mucho que se le pueda hacer; escrito estaba en la historia que Antonia fuera así, ya sea por esta inconveniente disfunción del polimorfismo 5-HTTLPR o porque había más actividad en el lado derecho que en el izquierdo de su corteza prefrontal, contrario a Dionisio o a todas esas personas que son naturalmente felices, energéticas y apasionadas por la vida. ¿Qué habría sido de ella si le hubiera tocado del otro lado? ¿Sería una Antonia alegre y jovial, con amigos, un par de hijos, una pareja a la que ama y con la que despierta cada mañana? ¿Sería una mujer que trata bien a su cuerpo y lo alimenta como debe, que vive una vida en balance, que hace yoga y medita y tiene una profunda conexión con la divinidad porque vive en el aquí y el ahora? Tal vez. Pero de esa mujer nunca habríamos hablado nosotros, porque su falta de conflictos internos haría que no tuviéramos el drama que necesitamos como para elaborar una historia que lo mantenga a usted aquí, entre estos versos y estas páginas y este mundo que letra a letra vamos construyendo, usted y yo, nosotros. No fue así y, mientras tanto, qué podía hacerle ella, más que aceptar que esas ganas de volverse etérea las cargaría consigo para siempre; eventualmente, Antonia haría las paces con esa realidad. Solo dios sabe qué karma tenía que pagar esta hija suya para otorgarle tan desafortunadas características desde la construcción de su ADN.

Pero estábamos en ese desayuno en donde se le informaba a la niña que aquí, alejada de ese mundo que le provocaba ataques de pánico, lejos de ese patio y esa escuela y esos niños, esta mujer que hablaba con tanta suavidad y parsimonia que parecía un ángel o una ninfa o algo así de celestial antes que una mujer, vendría de lunes a sábado para enseñarle todas esas cosas que tanto le interesaba saber. *Ella es Juliana. Ella te va a enseñar todo lo que tienes que saber del mundo y de la vida*; nunca antes había salido una frase tan cierta de la boca de Dionisio, porque Juliana, efectivamente, le enseñó a la niña todo lo que esta tenía que saber para el resto de sus días. Antonia ya conocía muchos libros para el momento en que Juliana llegó a su vida, pero todos ellos eran de formación, ninguno de literatura, esa que le enseña a uno las cosas que de verdad se necesitan saber. Fue Juliana quien se los presentó y, cuando lo hizo, fue como si le hubiera dado a Antonia el tanque de oxígeno que no llevaba mientras buceaba mar adentro, justo como este redentor arte lo hizo con usted y conmigo en su debido momento.

Antonia nunca sabría, ni siquiera en el ocaso de su vida, cuando ya casi nada quedara de ella, que sus días con Juliana serían los que más evocaría en sus delirios; cuando su memoria ya estuviera tan erosionada que viviría en la realidad de su elección; cuando su sistema nervioso parasimpático redujera la síntesis del neurotransmisor acetilcolina, resultando en una degeneración en el lóbulo temporal y parietal y la corteza prefrontal del cerebro que afectara sus capacidades cognitivas y conductuales; cuando la neurotoxicidad de todo el aluminio que su sistema había recibido en los últimos treinta años fuera tal que sus neuronas ya no podrían conectarse unas con otras de la manera en la que lo hacen los cerebros normales, los *sanos*, y por eso Antonia ya no podría entenderse con ellos, porque viviría a destiempo del resto, y eso la convertiría en un sistema dañado, equivocado, porque decidía quedarse en una parte de la historia que ya había pasado para todos los demás y entonces se arruinaba la lógica del tiempo y el espacio que todos preferían seguir; cuando esta decadente Antonia fuera dominada por ese bendito olvido, su memoria la remontaría una y otra vez a Juliana y a los días que con ella compartió. Esto Antonia nunca lo sabría, y es que, en su cabeza consciente, la época dorada de su vida había sido cuando en La Soledad solo eran ellos tres, Alana, Nicolás y Antonia, ese tiempo que durante tantos años fue el que más ansió recrear, el que más intentaba traer de vuelta mientras soñaba despierta. Pero su inconsciente pensaría distinto, porque este la llevaría a sus mañanas con su tutora y sus libros y su voz, esa melodiosa voz leyéndole inolvidables pasajes, esa voz que sonaba como sinfonías, como pianos y chelos y violines bien afinados tocando en una casa de ópera solo para su deleite; el subconsciente de Antonia la traería de vuelta a esos días, a sus tardes de picnic leyendo bajo la sombra de su árbol favorito mientras el viento volaba su pelo y las páginas de sus libros, cuando todo era discutir y entender lo que esas historias le querían decir, porque siempre querían decirle algo más, porque era lo que no decían, lo que no se podía leer letra a letra, lo que más importaba, le decía Juliana. Después de la primera clase, nunca más volvieron a tomar una lección bajo techo; por más grande y cómoda que fuera esa casa, no era tan majestuosa como todo lo que había fuera de ella. Su primera novela fue la épica de Patricio, *Las hojas caídas en primavera*, misma que, como usted bien sabe, se podría considerar un poco avant-garde para cualquier niña de ocho años, pero es que Antonia no era cualquier niña de ocho años, y eso Juliana lo tenía muy claro. Con *El trágico paso de la vida por aquí*, Antonia leería por primera vez sobre la pérdida de las personas que uno ama, de las cosas que uno posee, de la tierra a la que uno pertenece y entendería que, de la noche a la mañana, se puede perder todo lo que uno cree suyo; la ansiedad y tristeza que le generó el destierro de Søren y Lucca, como lo hizo con nosotros y estamos seguros de que lo hizo con usted también, le quitaría el sueño durante noches enteras, que se le irían pensando en ellos, en lo que sentían y en lo que sufrían, reviviendo en su mente su historia y sintiéndola como si fuera propia. A diferencia de los críticos, Antonia no sería tan amante de *Cuando dejamos de ser*, aunque de E.J. Farber sí que le cautivó *La trilogía de la caída*; de esta aprendería sus primeras lecciones sobre la condición humana y lo fácil que es equivocarse al juzgar al otro y todo aquello que nos es diferente. De *La vida según Matilde* entendió lo arduo que resulta no sucumbir ante nuestros miedos y lo cómodo y simple que puede ser justificar nuestros errores. *La familia que mi madre dejó* la leyó tres veces seguidas, y la leería otras muchas más a lo largo de su vida, justo como lo haría con Dickens o Pelayo o Austen o Elliot o Kushida o Gerasimov o Stevenson o De la Cruz o Zijianó. La desaparecida Maria Renaud sería por mucho tiempo su escritora favorita. Cuando años más tarde se enteró de que un día, sin más, Renaud había desaparecido y nadie volvió a saber de su paradero, Antonia pensó en lo mucho que le habría gustado ser como ella y hacer eso. Así como disfrutaba de las novelas clásicas de fantasía heroica de Ellis Willis, igual amaba los mundos contemporáneos y cosmopolitas de Olafur Olafsdottir; sin importar el género ni la temática, nuestra niña se podía perder en cualquier obra cuya razón de existir fuera una genuina necesidad del autor por entender el mundo que habita.

La madre de la alumna rara vez se aparecía y, cuando lo hacía, no preguntaba por ella ni se enteraba de nada, notaba Juliana con coraje cada que veía que cualquier cosa captaba la atención de esa mujer antes que su hija, y entonces sentía un afecto por la niña que le quebraba la voz y humectaba sus ojos y la hacía pensar cosas que la asustaban un poco, como qué pasaría si se la llevara, si la adoptara y se encargara de ella, de guiarla y amarla como se lo merecía, y entonces la inundaban unas ganas de abrazarla, de decirle que era un ser muy bello y muy especial, que se enterara de eso, que lo recordara siempre.

Tan pronto como ya, Teresa comienza a descender en una
conocida y peligrosa espiral
o Sobre el arte de sedar los sentidos

Y, de un momento a otro, así como ocurre todo en esta vida que se viene y se va sin avisar, llega el cuadragésimo aniversario de Dionisio. Durante las tres semanas previas, Teresa se entregó en cuerpo y alma al ambicioso proyecto de su celebración. La fiesta duró tres días. Ochocientas cincuenta y seis botellas de tinto. Trecientas veinte de blanco. Doce mil ciento cuatro cigarros. Cuatro reses. Treinta pollos. Tres cerdos. Dos borregos. Dos millones novecientas noventa calorías consumidas por cuatrocientos cincuenta y tres invitados. Ocho grupos musicales. Ciento dos empleados. Dos años y medio de sueldo de toda la servidumbre de La Soledad. Cuatrocientos treinta kilos de basura no biodegradable. Ciento cincuenta kilos de plástico que se convertirá en microplástico a lo largo de quince años y terminará siendo ingerido por un delfín rosado que en un principio no sufrirá daño notorio, pero que terminará muriendo cuatro años más tarde, después de que se fueran acumulando todas esas micropartículas en su organismo, tantas que este ya no tendría espacio para almacenar nada más. Todos los felicitaron por haber dado la fiesta del año. Dionisio, orgulloso y pleno, les respondía que había sido su Teresa la autora intelectual y material, la única responsable de todo eso, porque su nueva esposa no solo era un pedazo de mujer, no, si detrás de esa cara y ese cuerpo había muchas cosas más.

A todo esto, y a pesar de ser plenamente feliz, o eso decía ella, Teresa seguía tomando, nada más por no dejar, la bendita pastilla que la nueva Sara le había dado hacía años ya. Ese pastillero se había convertido en una suerte de amuleto, pensaba esta mujer, porque desde que lo llevaba con ella a todas partes, su vida había tomado el camino que siempre debió, todo era alegrías y dichas y abundancia. El primer día de la fiesta tomó dos pastillas en la mañana, otra al mediodía y otra un poco más tarde, antes de salir a atender a sus invitados luciendo frívolamente bella; nunca pensó en la diferencia que había entre tomar una o seis, ella solo las tomaba cual mentitas cada que sentía que lo necesitaba, que no era todo el tiempo, pero sí muy seguido.

Durante los tres días de la celebración, Teresa la pasó divino. Y es que el mundo era tan maravilloso y divertido, pensaba ella mientras bajaba con su mimosa la pastilla número diez del fin de semana, siendo apenas sábado a mediodía. Se sabía admirada y deseada, y es que no había manera de no hacerlo, de no fantasear con ella y echar a volar la imaginación con todas las cosas que podríamos hacerle de tenerla para nosotros; yo lo hice, y usted lo hubiera hecho también de haber estado ahí. La primera noche vistió de negro, como pocas veces lo hacía, porque siempre prefería colores más vivos, de los que resaltan entre la masa. Pero en esta ocasión el negro era el color correcto, porque le daba el toque de pudor que necesitaba el minúsculo vestido y esa exquisita espalda descubierta que remataba en sus hoyuelos de Venus.

Esa noche, Teresa y Dionisio, cada uno por su lado y sin decírselo al otro, porque a ninguno de estos dos se les daba eso de las palabras, llegaron a la conclusión de que esto que sentían era el amor verdadero, el amor *real*. Nosotros, sin embargo, que tenemos la favorable facultad de ver las realidades ajenas de manera imparcial y objetiva, sabemos que, lo que esto era en verdad, era más bien una perfecta suma de poderes, una en la que cada uno cumplía magistralmente con el papel que le tocaba jugar: él, el del superhombre, aunque no el Übermensch de Nietzsche, claramente; ella, el de la encantadora y adorable mujer que, además de eso, resulta tener una gran personalidad. Ambos formaban una sociedad en la que cada socio aportaba de manera precisa lo que era necesario para que el valor en el mercado del otro se incrementara de manera potencial; un gran negocio, sin lugar a duda, como lo son todos los buenos matrimonios. Pero en la mente de este par ellos eran el amor de su vida, y quiénes somos nosotros para desilusionarlos haciéndoles ver la realidad. Tal vez lo fueron, el amor de su vida, como todos los son, al menos por los meses en que dura el efecto de este alucinógeno.

Teresa tomó otras dos pastillas cuando las tres que se había tomado apenas comenzaban a disolverse en su sistema, y es que una molesta ansiedad la dominó cuando, regresando del tocador, encontrara al festejado muy alegre con la sosa de la maestra esa que no tragaba ni a pedazos. Un ardor en su pecho, violento, molesto. Una charola con copas burbujeantes pasó a su lado y entonces tomó una y abrió su bolso y sacó otras dos pastillas y se las bebió. Esta no era la primera vez que Teresa se sentía así. De hecho, la última vez que lo hizo fue precisamente con esa misma mujer, el día que la conoció en ese nefasto desayuno, cuando veía cómo, conforme escuchaba hablar a esa, el semblante de Dionisio cambiaba, se suavizaba, se hacía más dulce, más infantil, como el de un niño estúpido. Y lo mismo sucedía con su hija, notaba Teresa esa mañana en la que sus huevos pochados le cayeron mal y terminó vomitándolos una hora después. Ambos parecían como hipnotizados por su pálida e insípida cara y sus palabras blandas e insoportablemente aburridas, pensaba Teresa mientras maceraba la uña de su otro pulgar sin percatarse de ello. Y es que no entendía qué le veían esos dos a esta mujer que usaba vestidos de monja, que nunca arreglaba su pelo, que solo tenía dos pares de zapatos: unos mocasines tan sosos como ella y unas sandalias que seguramente tenían más años que Antonia. Pero la gente parecía fascinada por ella así, al natural, sin condimento ni parafernalia, y esto era algo que confundía mucho a la señora de la casa, para quien el aderezo y el ornamento eran algo indispensable. Cada que a Dionisio se le ocurría intercambiar palabras con Juliana, al cruzarse en los viñedos o cuando la invitaba a desayunar con ellos, Teresa sentía ese ardor en el pecho que hacía que ya no le entraran los benedictinos y que el café que había tomado comenzara a cocinar en su sistema digestivo una gastritis que la tendría insoportable el resto del día. Había sido él el que le insistió en que asistiera a la fiesta; la maestra se había excusado con que los fines de semana tenía que hacer todo lo que durante la semana no podía; él le dijo que podía hacerlo el mismo viernes, que cancelaran la sesión de Antonia y ya está; ella le respondió que la realidad era que prefería los encuentros tranquilos, con poca gente, de preferencia de día; él le aseguraba que la pasaría muy bien, que conocería gente muy diversa e inteligente y divertida, ¿No es así, mi vida?, le preguntaba Dionisio a Teresa, y menos mal que lo hizo, porque de haber tardado una palabra más en incluirla en la conversación, solo dios sabe qué hubiera pasado, un ictus le hubiera dado a esa mujer solo de ver cómo Dionisio prácticamente le rogaba como un niño chiquito que por favor, por favor, por favor fuera a su fiesta. Pues si no puede, no puede, Dionisio, qué le va a hacer, respondió Teresa, buscando acabar de una vez por todas con esta conversación que comenzaba a marearla. Pero luego se le ocurrió hablar a Antonia, que insistía en que los acompañara, Pero si tú ni vas a estar en la fiesta, interrumpió la madre, ¿Cómo no? Claro que va a estar, ¿verdad, princesa? Antonia tiene que cantarme las mañanitas, decía el padre mientras tomaba en sus brazos a la niña y le daba un beso en la mejilla. Entonces a la maestra no le quedó más que aceptar. El ardor, ese ardor, el mismo que sentía ahora que lo veía reír con esa mientras él bebía de su whiskey y ella de su ridícula limonada. Quería acercarse y ponerle fin a ese encuentro, pero sus piernas no le respondían, no andaban, estaban como ancladas. Sintió que por dentro todo su cuerpo comenzaba a arder. Y lo hacía. Sintió pánico. Por eso abrió su bolso, tomó otra pastilla y se la tragó. Enseguida sintió la calma. Y entonces caminó. ¿Y Antonia?, le preguntaba ahora a la maestra. Antonia se acababa de ir a dormir, le respondía Juliana, a quien le quedaba claro que lo mejor era que ella también lo hiciera, que se fuera, porque era evidente para su alma vidente que esa mujer la estaba odiando más a cada minuto que pasaba. Muchas gracias por la invitación. Muchas felicidades, doña Teresa: nunca antes había presenciado un evento así, y estas palabras hacían sonreír a la doña, aunque el subtexto de las palabras de Juliana no daban razones para hacerlo. Y feliz cumpleaños, don-, Nada de don, mujer, si solo cumplí cuarenta, Pues feliz cumpleaños, Dionisio. Linda tarde, dijo Juliana antes de desaparecer entre la multitud, mientras pensaba en que los claroscuros de esa mujer le recordaban a Madame Bovary y a Mrs. Dalloway y a Scarlett O'Hara con un dejo de Lady Macbeth, figuras que igual le aterraban como le atraían. Teresa vio cómo la mirada de Dionisio se iba con el peor vestido de toda la fiesta, y entonces nuestra mujer volvía a sentir el ardor, ese puto ardor que solo pudo mitigar un poco plantándole un largo beso a su hombre.

¿Cómo una madre podía ser así?, se preguntaba la maestra mientras pensaba en todo lo que esa mujer ignoraba de su hija. Juliana era de la edad de Teresa, tenía poco más de treinta, pero igual sabía que, por más horas que pasara en sus meditaciones visualizándose siendo madre, de su cuerpo jamás saldría vida, y esa sería la gran pena que cargaría a lo largo de sus días, desde sus veintitrés años y ocho meses, cuando se enteró de que así sería, y hasta el último suspiro que dio a sus noventa y cuatro; cada uno de esos veinticinco mil quinientos setenta y tres días, uno a uno de sus minutos fue cargando esa pena, porque qué no habría dado ella por enmendar el error que había cometido años atrás cuando, invadida por el pánico que puede llegarle a causar a una creatura de catorce años llevar a otra dentro de ella, decidió acabar con esa posibilidad. Hasta Antonia, ninguno de sus alumnos había vuelto a despertar en Juliana esa necesidad de ser madre, la cual, después de cientos de horas de meditación, había logrado mitigar; tal vez era el hecho de saber que esa niña necesitaba de manera urgente a una madre, y que ella ansiaba una hija, una así, una Antonia, lo que le provocaba este desasosiego. Pero el ardor en el pecho de Teresa estaba ahí, latente y presente y, aunque Juliana prefería ignorarlo, algo le decía que ese ardor, tarde o temprano, la terminaría quemando a ella también.

Cuando vemos un ejemplo de la capacidad de destrucción nuclear que puede tener Teresa gracias a sus miedos y debilidades, dejando a nuestro personaje principal a la deriva y Donde el Narrador nos propone una hipótesis muy determinista sobre el destino y nuestra ubicación en el mundo

Tres días después, Teresa todavía sufría las secuelas de su épica celebración. Esa mañana, con una molesta jaqueca que comenzó a torturarla aún con los ojos cerrados, desde la ventana que daba a los viñedos, veía a su hija y a su maestra caminar. Lo intentó, pero le resultó imposible levantarse de esa cama a esas crueles horas en ese devastado estado para acompañar en su caminata matutina a su marido, al que no entendía cómo lograba ser así de imbatible, como si no se hubiera bebido dos botellas de whiskey, dos de champagne, cuatro de tinto, un par de blanco y una variedad de licores durante los tres días en los que solo durmió unas cuantas horas. Trató de volver a dormir, pero no lo conseguía, y es que no podía estar tranquila sabiendo que en cualquier momento estarían caminando uno al lado del otro, platicando de las cosas aburridas que esa mujer solía platicar. Entonces se salió de la cama y anduvo por los pasillos de la casa, tratando de calmar su ansiedad y hacer que el tiempo pasara más rápido. Entró al estudio, donde estaban los cuadernos y los libros de Antonia. Comenzó a registrarlos. Después de un rato en eso, se le quitó el malestar, y es que había encontrado lo que buscaba. No dijo nada hasta la hora de la cena, cuando solo estaban Dionisio y ella. Esa maestra no era la correcta para su hija, decía Teresa. ¿Cómo podía decir eso? Si esa mujer era justo lo que la niña necesitaba. Además, ¿qué no la veía? Cómo la quería, cómo se llevaban tan bien. Antonia adora a Juliana. Entonces la madre sacó un par de libros, *El oro y el cobre* de Lúis Naam y *La vida en guerra* de Anna Anain, y abrió el primero, como si lo hiciera al azar, como si no hubiera escogido muy bien la página desde antes ni doblado una esquina para que se abriera ahí. Y comenzó a leer. Lo que leyó, aquí nosotros no lo diremos, porque le pertenece a esas obras, y lo mejor es que usted las busque y ahí lo lea. De la de Naam, en la única edición en la que se ha hecho, página cincuenta y tres, el tercer párrafo. De *La vida en guerra,* en la última edición que hizo Halston Press, la página ochocientos cuatro, párrafo dos. Qué diablos le estaba enseñando esa mujer a su hija, le preguntaba con signos de exclamación la falsamente indignada madre. Pero-, respondía Dionisio sin saber qué iba a decir en realidad, e igual no tuvo que saberlo porque Teresa lo interrumpió para continuar leyendo con aquel ignorante desdén versos inmortales de las letras clásicas y contemporáneas que tanta sabiduría le han dado al mundo, leyéndolos como si fuera la primera plana de un diario amarillista; menuda hija de puta. ¿Qué hace una niña de siete años leyendo esto?, reclamaba Teresa. ¿No va a cumplir nueve en unos meses?, Daba lo mismo, le respondía molesta la madre al sentirse evidenciada, porque era verdad que su hija cumpliría nueve, ahora que lo pensaba bien, y no fue hasta ese momento que esta se daba cuenta de que los años también pasaban en los hijos, de que estos no se quedan de siete toda la vida, y que ya habían pasado dos años y medio desde la última vez que lo notó. Daba lo mismo, decía al padrastro, seguían siendo muy pocos como para estar leyendo *esto,* Podemos hablar con ella, decirle que-, No, ¿No?, No. De ninguna manera. Era evidente que esa maestra no era la correcta para su hija. Hablar con ella no cambiaría nada, Pero, Pero que por favor no insistiera. Era su hija y, en esto, ella iba a tener la última palabra. Pues si así lo creía, así iba a ser, le decía Dionisio, que sabía escoger muy bien sus batallas. Contratarían a una nueva maestra y no se diga más. Maestro, aclaró Teresa, porque los hombres definitivamente son mejores para la disciplina y suelen ser más inteligentes en general, le respondía esta mujer enemiga del feminismo gracias a que podía conseguir cualquier cosa precisamente por la gran ventaja que le daba frente a un hombre el ser mujer.

La madre habló con la maestra al día siguiente al acabar la clase, mientras la niña tomaba su ducha, que parecía que la habían revolcado en tierra, y no había cosa que pusiera peor a Teresa que el que su hija luciera como niña de pueblo. No le explicó mucho, y es que no tenía interés en excusar su decisión; solo se limitó a decirle que prefería una educación distinta para Antonia y que muchas gracias por sus servicios, pero estos ya no serían requeridos por aquí. La maestra no dijo nada durante lo que pareció un largo rato pero que en realidad fueron ocho segundos; sabía que ardería, pero no sabía que lo haría tan pronto. Juliana quería decirle tantas cosas a esa mujer, que no sabía por dónde empezar, aunque igual sabía que no tenía caso, porque no escucharía ninguna de ellas. Por eso solo dijo Gracias, y lo dijo de verdad, porque después de esos años en solitud e introspección, efectivamente había aprendido a manejar mucho mejor su relación con el dolor y con la pérdida, con soltar, dejar ir, fluir. Gracias, y después, ¿Me puedo despedir de Antonia? Pero Teresa prefería que no lo hiciera, no quería hacer de esto una escena, lo mejor para la niña era que así lo dejaran. Juliana solo podía pensar en el irreversible daño que causaría en esa infancia lo que acababa de ocurrir ahí, un daño que no tenía por qué pasar, pensaba la maestra, y luego se retractaba, porque rechazar los hechos y cómo estos se desvelan es de ignorantes y necios, se recordaba, Suelto y confío, suelto y confío. Así era como tenía que pasar, aunque en este momento le costara trabajo entenderlo, se convencía Juliana siguiendo sus principios budistas.

Dieciocho alumnos después, Juliana recordaría a su alumna releyendo un pasaje de *El trágico paso de la vida por aquí*. Recordaría que, cuando le leyó este párrafo por primera vez, debajo del monumental árbol frente al lago, Antonia, de golpe, le pidió que parara su lectura. Así lo haría y, después de un momento, le preguntaría por qué, a lo que la alumna no sabría qué responderle; tal vez solo necesitaba pausarla para que ese momento durara más, para que no pasara a otra escena así de rápido, que le permitiera permanecer en esta un poco más. Tal vez fue eso, pero esto no lo supo decir la niña, y solo dijo No sé, y entonces volteó su vista hacia el horizonte, uno donde se apreciaba la montaña mágica que Antonia observó tantas veces en su vida ahí. Juliana recordaría a esa alumna y se preguntaría qué había pasado con ella, y le dedicaría unos buenos minutos a esa memoria y a esa vida que había vivido quién sabe cuántas vidas atrás. Y su recuerdo la acompañaría a lo largo de ese día, pocas horas después le regresaría mientras lavaba los platos, y luego más tarde, en la noche, cuando retomara su lectura. Al día siguiente, vagamente, lo haría también. Para ese entonces, a Antonia ya le habrían roto el corazón varias veces; Juliana fue apenas su segunda. Esta Antonia ya estaría familiarizada con ese sentimiento y con su efecto, con su olor y su forma, con cómo se muere cada vez que se prueba la parte ácida del amor.

Antonia nunca olvidará esa mañana de miércoles. ¿Dónde estaba su maestra?, preguntaba la niña al ver que no llegaba. Su maestra ya no vendría. Tenía su semana libre y el próximo lunes llegaría su nuevo tutor, le decía la madre sin verla a los ojos, y es que, a pesar de haber actuado como el villano de una telenovela de bajo presupuesto, Teresa, muy en el fondo, un fondo muy profundo, al que se tiene que nadar muchos kilómetros para llegar, sentía vergüenza por lo que había hecho, una vergüenza que no se aceptaría ni a ella misma, mucho menos a los otros, pero que igual estaba ahí, y por eso concentraba su mirada donde fuera menos en la de su hija. Pero a esta mujer eso de no poder ver de frente a los demás por haber hecho algo indecente era algo que, así como el feminismo y las minorías y la extinción definitiva de especies de flora o fauna y muchas, muchísimas cosas más, le importaban tanto como le importan a este mundo los niños desnutridos y enfermos de malaria de ese lejano continente que en la mente de todos no es más que una enorme y triste y paupérrima tierra seca en la cual, bendito sea dios, no nos tocó nacer. Al escuchar esto, Antonia se quedó en un silencio que la madre fue incapaz de aguantar y por eso lo interrumpió con alguna solicitud a la nueva Sara. Antonia quería preguntar por qué, pero no podía; pronunciar cualquier palabra la haría estallar en llanto ahí mismo.

Los días más tristes y más largos vivió Antonia esa semana, y la siguiente, y la siguiente, y las siguientes, hasta que ya no lo sintió, lo triste y lo largo, no porque dejaran de serlo, sino porque finalmente se acostumbró al sentimiento, como lo hacemos todos tarde o temprano. Pensó que siempre la extrañaría, y así lo hizo, aunque, en algún punto de su vida, Antonia logró encapsular esa pena en su cuerpo, específicamente en la garganta, en el quinto chakra, estacionarla ahí para que no le estuviera estorbando tanto, para que la dejara un poquito en paz; y luego se pregunta que por qué el ER-POG que la está matando; para su desgracia, en esa infancia a esta creatura nadie le habló de los centros energéticos del cuerpo, de la relación entre emoción y enfermedad, ni de la teoría de biodescodificación.

Juliana ahora se llamaría Alberto. El nuevo maestro tenía cincuenta y siete años, era apasionado de las matemáticas y la física, medía un metro sesenta y pesaba un número muy grande como para caber adecuadamente en ese cuerpo tan pequeño. Era gordo y feo y desprendía olores y su sistema digestivo hacía ruidos un momento sí y el otro también y respiraba como si constantemente se estuviera quedando sin aire. Antonia entendía la mitad de lo que decía, seguramente porque Alberto siempre tenía algo en su boca que obstruyera el flujo correcto de sus palabras. Se quedaba dormido fácilmente y comía sin masticar. Ya no había caminatas bajo el sol, qué va, si sin moverse de su eje en toda la clase el desgraciado vivía empapado en sudor. Antonia ahora tomaba las ocho horas de clase sentada en un pupitre encerrada en un salón. La alumna, que seguía sin comer, comenzó a subir de peso, tal vez por la falta de movimiento a la que la obligaba su tutor o tal vez solo de verlo comer, porque lo hacía todo el tiempo, sin exagerar; sin exagerar nosotros, vaya, porque ese era su pecado precisamente, la exageración, porque como dice el diccionario de este verbo, exagerar es hacer algo traspasando los límites de lo verdadero, natural, ordinario, justo o conveniente, y ese hombre cumplía con todas esas características en relación con su ingesta de frutos secos o fruta fresca o repostería o chocolates o pasteles o café o gaseosas o dulces, lo que fuera, siempre desmesurada, siempre inconsciente.

Y es que su madre no era una mujer de mucha paciencia, la de Alberto, y por eso cada que de pequeño lloraba, prefería darle cualquier cosa para que se callara, la más exitosa siendo la comida, y gracias a este exceso de gratificación, este adorable bebé que eventualmente se convertirá en este grotesco hombre no aprendió que la satisfacción no siempre es inmediata y, por eso, según los términos del desarrollo psicosexual, este personaje vive en una perenne etapa oral, completamente esclavo de su ello. ¿Cómo no se cansaba de masticar? O no, porque esa boca no masticaba, solo tragaba, meditaba Antonia, a quien le era imposible no sentir un poco de náuseas solo de pensar en todo el exceso que había dentro de él, en todo lo que seguía y seguiría entrando, en que un día ese cuerpo iba a explotar, y sobre ella caería todo lo que este contenía, toda esa materia semiprocesada por sus jugos gástricos. Le era imposible concentrarse en la clase; solo escuchaba sus ruidos, el incesante abrir y cerrar de su boca, el olor de sus humores, el crunch de las mordidas compulsivas de ese triste agujero cuyo vacío no se iba a llenar jamás. Era un ser desagradable y a Antonia le causaba repulsión; esta era la primera vez que la niña conocía tan de cerca ese sentimiento, el del rechazo y la aversión. No podía entender cómo una cosa tan bella, como para ella lo era aprender, se había convertido en esta pesadilla de tiempo completo, porque ahora odiaba sus clases y, en consecuencia, sus días, porque pasar tanto tiempo viendo ese cuadro tan antiestético por supuesto que perturba, que deprime, que lo atormenta a uno.

Donde el Narrador olvida cuál es su papel (no será la primera ni la última vez) y arremete contra los hombres de poder, perdiendo el control de tal forma que afecta la claridad de sus pensamientos, confundiéndonos con una impacientada y desestructurada sintaxis

Un par de devaluaciones después, una Antonia ya adolescente que contaría con un bagaje de conocimiento bastante interesante y nutrido, aunque no muy útil, porque mientras más sabía, menos entendía cómo ser un ser humano; una Antonia de seis o siete años después a estos, por fin entendería por qué su rechazo hacia esa creatura. Leyendo el capítulo seis del segundo libro de la *Ética Nicomaquea,* Antonia entendió que la virtud, la belleza, lo divino, era aquello que estaba en su balance perfecto, en su justo medio, *everything in its right place,* como otros sabios recitarían en coro, porque al estar un poco más para la derecha o para la izquierda se está, irrefutablemente, pisando en el terreno de lo mucho y de lo poco, de lo que no es exacto ni correcto, porque lo virtuoso es aquello que está entre dos vicios, decía el gran Aristóteles.

Ni tanto que queme al santo ni tanto que no lo alumbre, decían en un pueblo en el que mucha gente vivía, y luego toda dejó de hacerlo, las mil quinientas treinta almas, con todo y sus perros y pericos y gatos, que también son consideradas almas, pero que no se contabilizaron para no hacer el drama más grande porque ya lo era lo suficiente, todos ellos y más después de ellos dejaron de vivir o simplemente no llegaron ni siquiera a existir, como estaba diseñado en el plan divino antes de que el hombre viniera a estropearlo, porque la única fuente de vida de este pueblo era el mar que lo rodeaba, ese mismo en el que un día, sin que nadie les advirtiera, sin que nadie les anunciara agua va, en este caso contaminada, se habían derramado accidentalmente cuarenta millones de litros de cobre acidulado, tres mil litros de ácido sulfúrico y cuarenta mil metros cúbicos de sulfato de cobre, si acaso es prudente llamar como *accidental* a una tragedia tan anunciada como la muerte que un día todos habremos de enfrentar. Si uno no necesita ser muy competente para saber que, cuando las cosas no se hacen bien, salen mal, así de sencillo, y muchas veces muy mal, como en ese pueblo donde había gran sabiduría popular y toda ella desapareció gracias a este accidente que ofende a los accidentes que sí suceden de verdad. Y la gente de ahí nunca supo lo que había pasado, será por bruta o por ciega, porque es increíble que no hayan visto la enorme mancha oscura que había en el agua mientras de ella pescaban, daltónicos habrían de ser, o tal vez lo hacían de noche, porque en el día no les daba tiempo, porque ya sabe usted cómo es esta vida, donde uno siempre anda corre y corre, desde que te levantas hasta que te duermes, sin saber por qué ni a dónde, y por eso no le da espacio a uno para lo esencial, para lo básico, como en este caso ir a buscar un buen alimento al mar bajo la luz del sol, como dios manda. Pero aparentemente ni siquiera a la gente de ese que era un simple pueblo y nada más, le da ya tiempo de eso. Por eso, o porque todos los que sabían lo que le había ocurrido al mar de ese pueblo se encargaron de que nadie más lo supiera, de callar lo sucedido, de hacer como si nada hubiera pasado, como si los miles de metros y litros cúbicos de esa mierda convivieran naturalmente con ese ecosistema, como si no fueran un agente extraño y violento que solo llegaba a corromper su vida y su paz. Ni tanto que queme al santo ni tanto que no lo alumbre, decían en ese pueblo y en muchos otros, pero mencionamos a este en particular para aprovechar la ocasión y cumplir con una de las funciones esenciales y morales del arte de contar cuentos, de por qué todo este esfuerzo de ponerse a narrar, que aunque parezca menor, mire que no lo es, que andar construyendo mundos, aunque sean imaginarios, no es cualquier cosa, no señor, porque, como se le dijo en un inicio, toda la molestia de inventarse esta historia no es solo para que vea las infinitas gracias que se pueden hacer con las letras. Hombre, si para entretenerlo ya cuenta con tanta oferta que resulta agobiante, por aquí y por allá, por esta pantalla y aquella; contenido, le dicen, a la gente le gusta consumir *contenido*, el que le pongan enfrente, la mierda que sea, contenido de afuera para no lidiar con el vacío de adentro. Mencionamos a este pueblo, decía, para cumplir con uno de los propósitos básicos de este arte, que es el de despertar la conciencia de quienes en sus versos se encuentran, se leen, se ven.

Ni tanto que queme al santo, ni tanto que no lo alumbre, o algo así habría traducido la gente de este pueblo a la sabiduría aristotélica sobre la importancia del balance, el cual, ahora que Antonia lo pensaba bien, nadie a su alrededor, ni siquiera ella, lograba conseguir, porque todos tenían algo que necesitaban hacer mucho o muy poco, siempre fuera del centro, ese que es tan difícil de mantener como lo es para cualquier humano que no haya trabajado como cirquero, el balancearse con un monociclo sobre la cuerda que cuelga de un lado al otro de la carpa; ese balance perfecto que tanto nos cuesta, y por eso insistimos en convencernos de que solo un poco, un poco más es todo lo que necesitamos; otra copa, otro toque, otra raya, otra cucharada, otra cogida, otra jalada. Porque está en nuestra naturaleza desear mucho de algo, nunca saciarnos de eso, perder el control sobre esto, ser dominados por ello; sabemos que es más posible que, sin haber nunca sido cirqueros, podamos cruzar la carpa con el monociclo antes de permanecer en ese anhelado centro durante un buen tiempo. Ahí estaba Antonia, que comía muy poco; ahí estaba Alberto, que comía por todos. Después del par de veces que casi se ahoga frente a ella por comer de esa manera acelerada y compulsiva, la alumna no entendía cómo este no podía parar; no podía dejar de transgredirse, de violentarse, de violarse. Antonia veía con asombro y pena el tormento que transmitía su cara, la pesadumbre que le resultaba a ese cuerpo pertenecerle a esa masoquista alma.

Para sumar tragedia al drama, a este hombre no le importaba la literatura, no creía en ella, el muy imbécil decía que había muchos libros *de verdad* qué leer antes que esos, siendo los libros *de verdad* aquellos que en sus páginas cargaran información pura y dura de las distintas ciencias. Se enorgullecía de decir que solo había leído cinco obras de ficción en su vida, la Torá siendo una de ellas, y solo porque en su casa así se le obligó, porque él únicamente creía en el conocimiento, decía sonriente esta obesidad mórbida, como si Medea y los Karamazov y Otelo siguieran vivos solo porque resultan graciosos. ¿Y ahora, qué?, se preguntaba la niña; fuera de los que Juliana le dejó, mismos que ya había leído y releído hasta saberlos de memoria, en esa inmensa hacienda no existía un solo libro que pudiera suavizar su aburrimiento y soledad. Por eso, durante los siguientes siete meses, Antonia se limitó a existir, así, llanamente, *existir*, sin energía ni fuerza ni ganas ni razones para hacerlo, existir porque no le quedaba de otra, porque su mente todavía era muy casta como para pensar que uno mismo puede ponerle fin a este hastío que muchas veces representa el vivir. A veces se preguntaba si alguien se daba cuenta de lo miserable que era ahora; todo indicaba que no, y tal vez era lo mejor, porque cómo justificarse si lo tenía todo, si su papá le repetía una y otra vez que solo tenía que pedir lo que quería y se le daría. Pero cuando se atrevió a pedir unas novelas, las que fueran, daba igual, Teresa enseguida le dijo que no, que con los libros que le daba su maestro tenía suficiente, que se dejara de tonteras y se pusiera a estudiar cosas de verdad, a lo que Antonia se limitó a aceptar. Por fortuna, una vez que Teresa estuvo segura de que la maestra no volvería, se olvidó también de sus absurdas instrucciones. Siete meses, decíamos, en los que la vida de nuestro personaje hasta ahora favorito resultó tan vacua, tan fútil e intrascendente que preferimos dejarla aburrirse sola y mejor dirigir nuestra atención a los mayores.

Trouble in Paradise
o Sobre frustraciones, paquidermos y la insoportable elementalidad de la vida de los mayores

Como se dijo ya, Teresa tenía de vocación de madre lo que usted y yo de frívolos, vanos e inelegantes. Sin embargo, ahora que estaba con el hombre correcto, con el que sí tenía la intención de quedarse para siempre, tener un hijo de él, darle un hijo a él, sí que era algo que esta mujer ansiaba. Quería darle cuatro, seis, veinte hijos; a él podría darle todos los hijos del mundo. No era un tema que pensara mucho en sus primeros años juntos, y es que su vida, una fiesta a la vez, era tan divertida como ocupada para pensar en algo así. Pero Teresa sabía que, en su cuerpo, para su desgracia y en contra de su voluntad, el tiempo también pasaba y seguía pasando, y su reloj biológico recordándole que despabilara, que hiciera lo que tenía que hacer antes de que su alarma sonara para avisarle que el tiempo se le había terminado. A pesar de que los cuerpos de estos amantes embonaran tan bien, a pesar de que lo hicieran con esa pasión y esas ganas y esa entrega, nada más que placer resultaba de ello, y esto comenzó a ser una preocupación para Teresa, un pensamiento que cada vez estaba más presente, que comenzaba a perturbarle la paz y la mente, aunque esas estaban bastante perturbadas desde antes, y por eso lo prefería evadir, dejarlo pasar, hacer como si no existiera. Pero existía, y, una vez que las fiestas acababan, especialmente a las mañanas siguientes en que su cuerpo le reclamaba el ingrato maltrato, cuando, a pesar de todos los cuidados y remedios, la señora de la casa pasaba miserables horas en cama, su cabeza no tenía las fuerzas ni la energía para seguir evadiendo ese pensamiento que se esforzaba tanto en ser escuchado, y esto la ponía peor, esto la ponía muy mal, porque ya tenía suficiente con su resaca corporal como para lidiar todavía con este pesado pesar.

Pero uno se puede hacer pendejo ante lo evidente solo hasta cierto punto y nada más, porque los elefantes también se cansan de permanecer tanto tiempo encerrados en la misma habitación esperando a ser vistos por fin, si bien sabemos que esos reducidos espacios no son el hábitat idóneo para estas mastodónticas creaturas, con todo ese tamaño y ese peso, más de seis mil kilos y tres metros de altura, sin poder alzar su trompa ni hacer mucho o nada, además de que hay también otras habitaciones que exigen su presencia, que no hay muchos de estos animales en el mundo para que hagan esta tarea que un mal día y sin mayor razón les fue encomendada, como si no hubiera otros animales que pudieran cumplir con esta absurda y aburrida función de ser el invisible y monumental paquidermo en la habitación. Pues este elefante que Teresa se negaba a ver perdió su paciencia, dijo Basta, me niego a ser partícipe de esta estúpida tarea, y se hizo notar con fuerza para por fin concluir su misión en esa casa en el tercer aniversario de bodas de nuestra pareja estrella, a la mañana siguiente de una epopéyica celebración, cuando, en su lecho, Teresa padecía una más de sus resacas, esas que la ponían tan sensible que la hacían odiarse a sí misma, porque se sentía frágil y poca cosa, mientras su hombre entraba ya impoluto, fresco y oliendo a esa fragancia que, aunque para el olfato de cualquier persona con un mínimo sentido del gusto resultaría poco apetecible, incluso desagradable, a esa mujer le fascinaba. A esa habitación entraba él, y detrás suyo venían otros cinco hombres más, cada uno de esos cinco cargando un rimbombante arreglo floral que costara la vida de al menos treinta rosales cada uno, quinientas rosas en total que fueran mutiladas para adornar esa habitación durante menos de seis horas, porque ya no estarían ahí para la noche, porque el olor mareaba al hombre que las pidió cortar; cargando en sus manos una pequeña caja, entraba él, sonriente, triunfante, siendo tan alfa como el mismo génesis, y a cada paso que este daba, Teresa se hacía más consciente de lo deplorable y patética que resultaba la figura de ella, ahí, tirada en la cama, oliendo a alcohol fermentando, sintiéndose morir. Una lágrima salió de su ojo izquierdo, seguida por otra en el derecho, seguida por más y más, hasta que la fuga se volvió imparable y esas mejillas se convirtieron en un par de rápidos donde el agua corría con la fuerza necesaria como para llevarse consigo todo lo que hubiera a su paso; era la primera vez que Dionisio veía llorar a su mujer. Al principio, este mantuvo su sonrisa, convencido de que las lágrimas eran de alegría; sin embargo, ahora que veía bien ese rostro al que tanto le gustaba besar, donde no encontraba una sonrisa que aclarara ese llanto, Dionisio entendió que ese sollozo era como la mayoría de los sollozos que suelen darse en el mundo: el resultado de una pena y un dolor. ¿Qué pasa, amor?, le preguntaba confundido a su mujer, pero ella solo lloraba y con la sábana se tapaba la cara, porque no quería que la viera así, como si no fuera suficiente el resto del lamentable cuadro que ella misma protagonizaba. ¿Qué hice?, le preguntaba este hombre que, como solemos hacerlo todos los hombres, estaba seguro de que él era el centro del mundo. Él no había hecho nada, al contrario, él era perfecto, él era lo mejor que había pisado esta tierra jamás, le respondía Teresa una vez que logró calmarse. ¿Entonces?, y se quedaba callada, y es que ni siquiera ella sabía qué le sucedía, o cómo explicar lo que por su cabeza pasaba. Por eso lo dijo así, como se le vino, sin pensar ni elaborar, sin darle vueltas, Quiero un hijo tuyo y no sé por qué no lo tengo, después de tres años, no lo entiendo, amor, no lo entiendo, y a esto Dionisio no supo qué responder, porque su mujer tenía razón, eso no era lógico, si con esa frecuencia y esa virilidad suya, pensaba este, que, aquí entre nos, tampoco era cosa del otro mundo, su virilidad, pero ya sabe usted cómo son los aires de grandeza de hombres como estos; con esa potencia suya era para que ya hubieran tenido al menos un par, y solo porque el tiempo de gestación impedía tener más, concluía Dionisio ahora que lo pensaba bien. Y me lo vas a dar, le respondía con seguridad el hombre a su mujer mientras la abrazaba y le repetía que así sería, y esto la hizo llorar aún más, porque estaba convencida de que todo era su culpa, de su cuerpo, de su defectuoso sistema, porque por supuesto que la imperfecta era ella, no él, él, nunca; el problema era ella, y era humillante y vergonzoso que no fuera capaz de hacer lo único que le correspondía hacer, procrear, darle hijos a su hombre, que para eso era una señora, para eso estaba hecha esta mujer que a cada página se vuelve más la némesis y antagonista de cualquier feminista. El mejor médico de la región vendría a verla y harían lo que tenían que hacer y todo estaría bien, ya vería cómo tendrían tantos hijos que no sabrían qué hacer con ellos. ¿Y si no puedo dártelos?, ¿Por qué no habrías de poder? ¿De dónde salió Antonia, si no de ti? Y, si fuera así el caso, no me importa, que tampoco los necesito, con Antonia y Nicolás me basta, respondía este comprensivo hombre, aunque fuera mentira lo que decía, porque usted y yo bien sabemos lo vital que es para un macho con estos tamaños el tener pruebas de lo que su potente simiente es capaz de hacer, de lo cardinal que resulta en sus instintos más básicos el asegurar que sus genes sobrevivirán, que su legado prevalecerá aún después de él, esa necesidad grabada en su cerebro reptiliano, el más antiguo y primitivo de todos, al que miles de años de evolución han hecho lo que el viento a la montaña y, aunque nuestra Teresa no haya estudiado biología y no tenga la más remota idea de cómo funciona el sistema neuronal de las creaturas con cromosoma XY, ella sabía que lo que este decía era mentira, que no le podía dar igual y que, aunque así fuera, eso de nada le servía a ella, porque solo un hijo suyo le daría la seguridad que esta necesitaba, solo un descendiente de él calmaría la ansiedad que de pronto la invadía, esa que surgía cuando por su cabeza cruzaba la idea de que, así como Dionisio había llegado a su vida, igualmente se iría, con otra, una más joven, una más guapa, una más *todo* que ella.

Dionisio era un caso distinto a todo lo que hasta ahora había conocido, se decía esta infatuada mujer, él era un ser único e irrepetible y superior a todos, incluso a ella misma, y esto era lo que la atraía a él como a un budista llegar a la iluminación o a un antiguo artista pop caído en desgracia tener su *revival*. Sin embargo, eso mismo era lo que la ponía tan mal, la volvía histérica e irritable. Celosa. Pero nuestra Teresa tampoco era ninguna pendeja, y sabía que evidenciar sus celos sería el peor de los errores, porque eso es para seres deleznables y patéticos, y dígame quién quiere compartir sus días con creaturas como esas. Si algo debemos de aplaudirle a esta señora, es su capacidad de reprimir magistralmente estas tóxicas emociones frente a su marido, aunque bien sabemos que no hay represión que tarde o temprano no encuentre su salida. En este caso, se manifestaba en arranques de ira contra los empleados, por ser tan inútiles y torpes, o contra las cosas, por atravesarse en su camino, o contra Antonia, por ser como era. O contra ella misma, jalándose frenéticamente las cutículas de sus pulgares cada que se le presentaba una situación que la hiciera sentir amenazada, soportando estoicamente el fuego que le quemaba el plexo solar y todos los órganos a su alrededor, que le nublaba el pensamiento, y no le dejara ver las cosas como eran. Cada que Teresa veía a su hombre a las risas con la mujer de alguno de sus invitados, que siempre eran pocas porque ella se aseguraba de que solo asistieran las estrictamente necesarias, ni una más, para qué más, si nadie las necesitaba, si solo terminaban dando problemas, sintiéndose mal por cualquier estupidez, intoxicándose o manchándose o desmayándose, siempre exigiendo cuidado y atención, siempre complicándolo, arruinándolo todo; cada que veía a su hombre haciendo lo que cualquier anfitrión tiene que hacer y lo que a este le resultaba tan natural también, el encantar y complacer, a Teresa no le quedaba otra salida más que desquitarse con esos pulgares hasta que ya no podía hacerlo más porque comenzaba a manar tanta sangre de ellos que en breve empezarían a gotear y la gente a notar y qué escena tan desagradable resultaría eso; eso, y sedar el dolor con otra copa de vino. Cuando la mujer era más joven que ella, con algo más fuerte, un coñac o un whiskey, siempre en las rocas, y los bebía con la urgencia que tiene alguien que a toda costa quiere callar lo que por ningún motivo quiere escuchar;

una maravillosa colección de negaciones resultaba este personaje nuestro. Tal vez por eso nunca se dio cuenta de en qué momento había pasado de tomar una copa a tomar cuatro, a tomar seis, a tomar diez en una noche; cuándo había pasado de tomar una, a tomar tres, a tomar seis pastillas en un día; del momento en el que el jugo de naranja del desayuno se había convertido en mimosa, una que cada vez era menos jugo y más champagne; de cuándo habían pasado de una a dos botellas de vino por cena; de que esa jaqueca con la que amanecía un día sí y el otro también ya se había convertido en algo habitual y que solo podía curarse repitiendo la rutina de la jornada anterior.

Maldito el día en el que el elefante se cansó de esperar, porque Teresa no solo tuvo que ver eso a lo que tanto rehuía, sino un par de cosas más. El mejor médico de la comarca y sus alrededores era, por supuesto, amigo de Dionisio, quien lo llamó enseguida, porque claro que eso no podía esperar más, Es urgente, amigo, le decía nuestro hombre al eminente doctor Fausto Alcázar. Fausto había estado ahí mismo la noche anterior celebrando con ellos, solo que se había ido temprano, él siempre se iba temprano, porque como buen médico que debe de estar disponible y alerta a toda hora, siempre estaba sobrio, y usted y yo sabemos lo insoportable que puede resultar para un cuerdo estar rodeado de la torpeza e insensatez de las mentes alteradas por esta y aquella sustancia. Por eso nunca le había tocado ver a la Teresa que el resto conocía, a la que se le trababan las palabras al hablar, la del rímel ligeramente corrido, la de los labios desgastados porque todo su bilé se había quedado marcado en el cristal de las muchas copas que se había bebido. Fausto solo conocía a la pulcra, a la graciosa, a la divina, por eso cuando la encontró en cama con ese aspecto enseguida pensó que estaba gravemente enferma. ¿Qué le pasaba? ¿Qué le dolía? ¿Cuál era su problema?, le preguntaba el médico a Dionisio, como si ella no tuviera boca para hablar. Teresa estaba bien, le respondía el marido, le habían llamado solo para una revisión general.

¿Bien? Pero si se ve fatal, mira cómo está de pálida. Ah, eso. Eso no era nada, solo el desvelo de la fiesta. Qué divertida estuvo, ¿no?, le afirmaba Dionisio, a lo que el médico solo se limitó a decir que sí, que muy, total que ya estaba acostumbrado a mentir, a vivir en una realidad muy distinta a la del resto, con toda esa sobriedad y disciplina que desde estudiante había tenido que seguir para llegar a ser el hombre que quería ser. Le habían llamado por otra cosa: querían tener un hijo y, por alguna razón inexplicable para ellos, cada uno habiendo comprobado anteriormente y por separado que podían hacerlo y, a pesar de que, con apenas tres años de matrimonio, pues ya te imaginarás cuántas oportunidades de que eso suceda ha habido, pues nada resulta. ¿La habían revisado antes?, No, él era el primero. Pues habría que empezar por hacerle unos estudios. Te haces esto y esto y esto, y cuando estén listos me avisan y los revisamos. Tienes, ¿cuántos?, Treinta, Recién cumplidos, enfatizaba Dionisio, Treinta: la edad perfecta. Ya verás que no tendremos ningún problema, Y, si lo tenemos, lo resolveremos, no es así, mi Fausto, decía Dionisio sin signos de interrogación, porque, aunque gramaticalmente esa línea estuviera construida como tal, el *no es así* no era una pregunta, sino una afirmación. Por supuesto, le respondía el médico, que, si algo trataba de evitar, era el dar falsas esperanzas a sus pacientes, y es que después de veinte años en el negocio de la vida, literalmente, había aprendido que no hay nada más sano que la verdad. Pero ya sabía cómo era su amigo, tantos años conociéndolo le habían enseñado que lo mejor era siempre decirle que sí a todo, porque era de esos hombres convencidos de que su verdad era La Verdad, hombres cuya confianza radicaba en que nadie le dudara ni cuestionara, y Fausto no comenzaría a hacerlo ahora, mucho menos frente a su mujer, menos aún con este tema.

Teresa se hizo los estudios tan pronto como fue posible, lunes a primera hora, y los estaba recibiendo el viernes por la tarde, pero entonces Fausto estaba en una cirugía a corazón abierto; iría a visitarlos tan pronto acabara, cuestión de unas horas más, le decía a la asistente que avisara, a lo que Teresa dijo que estupendo, que esa noche habían organizado una pequeña reunión con otros más y lo esperarían el tiempo que fuera necesario, el cual fue diez horas más de las cinco que el médico había planeado. Y es que el corazón con el que llevaba horas en el quirófano hacía todo lo posible por resistirse a vivir, alguna pena muy grande habrá sufrido, pensaba Fausto mientras peleaba con él.

Con el paso de los años, a este médico le había quedado claro que la mayoría de los padecimientos del ser humano no eran otra cosa más que el resultado de emociones no resueltas, y que mientras más tiempo se tardaban en resolver, peor era la enfermedad; a pesar de su educación científica, Fausto estaba convencido de que el dolor emocional era el padre y la madre de cualquier malfuncionamiento de las células del cuerpo, si lo había visto una y otra vez este médico que, de no haber sido cardiólogo, y uno de los mejores, se habría ido a estudiar chamanismo en alguna selva remota para aprender terapias del *new* new age con plantas medicinales sagradas. Eran las tres de la mañana cuando la cirugía acabó; entonces no lo sabía el médico, pero tanto esfuerzo no serviría para nada, porque apenas cerraron ese pecho, el miocardio dentro de él se puso en huelga, porque ya se había cansado de que lo forzaran a funcionar de manera correcta cuando su portador insistía en no solucionar sus asuntos, en guardar consigo todo ese enojo hacia ese padre que hacía tantos años que ya ni existía. Eran las tres de la mañana cuando la asistente le informaba al médico que la señora de Manetto había vuelto a hablar, esta ya era la quinta vez que lo hacía, muy insistente ella, doctor, preguntando si ya había terminado la cirugía, si por fin iría a verlos. Dejaba el recado que no importaba la hora a la que acabara, ellos lo estarían esperando. Sonaba extraña, intranquila, algo perturbada, le informaba la asistente. ¿Habrían preguntado su opinión a otro médico y encontrado que algo no estaba bien? Probablemente, pensaba Fausto. Que fueran las ocho de la noche o las tres de la mañana no hacía mucha diferencia en este hombre, quien ya se había acostumbrado a no tener una vida propia. Se había quedado solo, sin mujer ni hijos, precisamente porque nunca se podía contar con él, porque siempre tenía que estar disponible para todos menos para los suyos, Como si las necesidades del cuerpo fueran más importantes que las del alma, le decía en un tono dramático su mujer, Yo también te necesito, ¿o precisas que me quiebre un brazo para que lo entiendas?, le reclamaba una semana antes de que se cansara de esperarlo y finalmente lo dejara. Y por eso este médico salió a las tres de la mañana para La Soledad, total que Nino, su corgi diabético de catorce años que también estaba a dos de dejarlo, tampoco lo necesitaba mucho. Entre esto y lotro, eran casi las cuatro cuando por fin llegó, preocupado y apresurado, y es que en los minutos de camino pensaba en la angustia que debía de estar sintiendo esa mujer para insistir de esa manera, Le habrán encontrado un cáncer, algo grave, algo terrible, pensaba este Fausto que, de habérsele presentado la oportunidad en su juventud, cuando lo único que pedía era conocimiento, sabiduría e inteligencia infinita, habría hecho lo mismo que el otro Fausto, el de Goethe y Marlowe y Spies, Doktor Faustus, en el caso de Mann, habría vendido su alma al diablo con tal de tener acceso a toda la información que deseaba, porque entonces estaba convencido de que la mente era el único camino para el entendimiento de la vida y, por ende, la felicidad. Cuánto había cambiado este hombre de entonces a ahora, y eso habla muy bien de él, porque con los años aprendió que estaba equivocado, que el conocimiento no lo era todo, que este no era nada, realmente, porque la vida dominada por la mente era una prisión; que había mucho más fuera que dentro de ella. Lástima que tuviera que llegar hasta esto, a ser un ermitaño de la vida, para darse cuenta de eso, aunque usar la palabra *lástima* sería muy ignorante de nuestra parte, si bien sabemos que los caminos de la vida así están diseñados, que no se puede llegar a un punto sin haber cruzado antes otro, que primero se tiene que recorrer el desierto y morirse de insolación para finalmente llegar al oasis; *lástima* no, porque de otra manera no habría aprendido la lección que venía a aprender.

Una Soledad muy concurrida fue la que encontró el doctor al llegar; risas, música, gritos, gente. Cuando finalmente llegó al salón donde Teresa se encontraba, esta alzó los brazos en señal de bienvenida y dijo en un volumen superior al necesario, Por fin llegó el doctor, a lo que nadie le dio importancia, y es que el resto de los invitados parecía estar en otra dimensión; solo uno de ellos reaccionó y fue porque el grito lo despertó. No había un gramo de gracia ni elegancia en esa mujer que nada tenía que ver, notaba este solitario hombre, con la que en varias ocasiones había usado como musa para autosatisfacer sus viriles necesidades. Enseguida, Fausto comenzaba a observar con su visión de rayos X lo que dentro de esos cuerpos estaba pasando, cómo las membranas celulares eran permeadas por el alcohol, que ahora corría por el torrente sanguíneo, esparciéndose en todos los tejidos del cuerpo, alterando los neurotransmisores, modificando su estructura y sus funciones, perturbando las emociones, el juicio y los procesos de pensamiento, provocando alucinaciones y la pérdida de autocontrol, afectando la memoria y la concentración, dañando las células cerebrales y los nervios periféricos, aumentando la presión sanguínea y deteriorando el músculo cardíaco, inhibiendo la producción de glóbulos rojos y blancos, causando infertilidad y disfunción eréctil; todas esas y otras consecuencias más observaba el médico mientras analizaba la escena que le recibía. Tráiganle algo de tomar al doctor, ordenaba un Dionisio tan lleno de energía como si fueran las diez de la mañana y él acabara de tomarse doce tazas de café. Solo agua, por favor, respondía el médico. ¿Qué pasa?, le preguntaba Fausto a su amigo sin elaborar ni meditar mucho su pregunta, ¿Por qué la urgencia?, *¿Por qué la urgencia?* Porque mi hijo es un tema urgente, doctor. ¿Por qué más?, ¿Alguien ya ha revisado los estudios?, Para eso lo estábamos esperando, le decía Dionisio muy sonriente, y a Fausto le costaba concentrarse en las palabras que este le decía porque un tic que no le conocía parecía dominar las gesticulaciones del anfitrión. Venga, venga, le decía ahora la mujer mientras lo tomaba de la muñeca y lo llevaba con ella. Al verla caminar, Fausto solo podía pensar en los absurdos tubos inflables que bailan con el aire y que estaban presentes en todos los establecimientos de compra-venta de autos, como si ver uno de estos plásticos volando a diestra y siniestra convenciera a uno de que necesita hacerse de un coche usado. El médico se soltó de la mano de Teresa, él conocía el camino, le decía, y es que esa mujer caería al piso en cualquier momento y mejor que fuera una que dos. Venga, venga, le repetía ella para que entrara al estudio, y este la seguía, trastocado, desconcertado, como lo haría cualquier niño que viera a sus padres cogiendo o a su superhéroe favorito quitarse la botarga y descubrir su penosa realidad. Los estudios decían que todo estaba en orden, notaba el médico mientras los revisaba, pero eso no se los diría, no sería responsable, no ahora que entendía cuál era el problema. Mira, Teresa, no sé qué tan consciente estés de que el alcohol es uno de los principales inhibidores de la fertilidad. Si quieres embarazarte, debes dejar de tomar, decía un Fausto molesto, con cierta rabia y un dejo de coraje, y es que tantos años en esto lo habían convertido en un defensor de la vida, y presenciar cómo otros la destruían era algo que le ponía fatal. A esto la mujer no dijo nada, dejando que el silencio hiciera más incómodo el momento, hasta que el médico levantó la mirada de las hojas y entendió que le había hablado al aire, porque Teresa dormía profundamente en el sillón, cargando una copa de champagne en la mano derecha que en cinco, cuatro, tres, dos, cae para hacer un estruendoso crash; ni eso la despertó. Fausto se retiró sin despedirse de Dionisio, mismo que le estaba llamando al día siguiente para preguntarle en qué momento se había marchado y si podía venir de nuevo, porque su mujer no sabía darle razón de su diagnóstico de anoche. No es necesario que vaya, le decía el médico aún indignado, No hay ningún problema, tu mujer solo necesita evitar el alcohol. ¿Eso era todo?, preguntaba la mujer a su marido, Eso era todo, Pues tan fácil como que lo dejo y ya está.

Sobre la cruda realidad
y Donde el Narrador nos propone reconsiderar a
nuestros dioses

Ay, mujer nuestra, no sabía lo que estaba diciendo. Resultaba muy fácil *dejarlo* mientras convalecía por la noche de anoche, pero es que la repulsión le duraba lo que la jaqueca y el malestar, y una vez curados estos todo volvía a la normalidad, bienvenidos sean los bellinis para el desayuno y el vino blanco para las comidas y el tinto para las cenas y el espumoso para las fiestas. Y por eso en la siguiente cena, ya recuperada, Teresa sentía como que le faltaba sal a la vida, que la comida estaba insípida, que el tiempo transcurría más lento, y todo, absolutamente todo, incluso Dionisio, le resultaba terriblemente aburrido. Entonces el pie derecho de Teresa comenzaba a cobrar vida propia, moviéndose intranquilamente, compulsivamente, con una ansiedad que le impedía pensar, que no la dejaba estar, y duro y dale con el pulgar. Esa noche no pudo dormir. La mañana siguiente no desayunó; la comida tampoco la tocó; en la cena se retiró a la mitad, y es que estaba harta de sus empleados y de que todo lo hicieran mal, que no fueran capaces de cocinar una simple pasta como se debe, Una puta simple pasta bien hecha, no pido más. ¿Qué es esto? ¿Eh? ¿Qué porquería es esta?, le reclamaba a la infeliz de Dolores, que llevaba trabajando en esa casa desde que era una niña y que ahora, desde la llegada de esa mujer, su existencia se había vuelto tan miserable e ingrata como su propio nombre, ella que ni siquiera había sido la que cocinó y a la que no le quedaba más que aguantar la humillación, el maltrato, la locura de esa mujer, ni modo que se le pusiera al tú por tú, así tan pronto la echarían a ella y a sus hijos y a su marido de ahí, porque toda su familia dependía de ellos, y por eso mejor cerraba la boca y sus puños con toda la fuerza que tenía, que tampoco era mucha porque vaya chinga que era servir en esa casa, aunque solo fueran tres, con todas sus ridículas demandas y sus caprichos absurdos; cerraba los puños hasta que las uñas se clavaban en sus palmas y le rasgaban la epidermis y le sacaban tantita sangre, y no importaba, porque haría lo que fuera con tal de contenerse de restregarle el plato en la cara a esa insoportable mujer, de hacerla que se ahogara con su puta pasta para que ahora sí tuviera razones para quejarse, y así hacer callar de una vez por todas a esa vieja loca y malcriada. Hija de puta. Maldita puta. Puta culera, todas las combinaciones que esta popular palabra pudiera tener y ofensas más creativas le pasaban a Dolores por la cabeza mientras permanecía parada ahí, con la mirada baja, recibiendo toda la mierda que salía de esa boca como si la infeliz de Lola fuera el hoyo de un baño seco; contenerse mientras todos observaban el acto, confundidos y sin entender nada, nadie teniendo los huevos como para ponerle un alto a la demencial violencia de esa mujer. Entonces Dionisio y Antonia probaban de nuevo su rigatoni para tratar de encontrar el error, el pecado mortal, pero no lo hallaban, al contrario, si eso estaba exquisito. Que le hagan de nuevo la pasta a la señora, ordenó él, pero No, ya perdí el apetito, ya no quiero nada, decía ella, por primera vez hablándole a su marido en ese tono tan característico suyo para con los demás, uno de desdén y de desprecio, al mismo tiempo en que se levantaba de la mesa y se retiraba a su cuarto para rematar con un azote de puerta que alteró todo el sistema nervioso de nuestra niña. Esa noche Teresa tuvo que tomarse tres pastillas de la nueva Sara para concebir un intermitente sueño lleno de pesadillas.

Le tomó tiempo y un par de eso que su genética no le dio, sin embargo, después de unas semanas así, a esta mujer que eso del juicio y la sensatez poco se le daba, por fin le dio la cabeza para unir A con B, y asociar su estado, uno que incluso ella era capaz de notar que era insufrible, con esa incómoda sobriedad a la que la habían sometido. No era que Teresa fuera una subnormal, aunque ejemplos como este nos convencieran de lo contrario; más bien era que, bueno, pobre mujer, de haber sido ella uno de los prisioneros de la cueva de Platón, digamos que esta habría sido de los que se quedarían ahí hasta su muerte, porque su mente no sería capaz de ver más allá de lo que sus prosaicos ojos veían. Pero una vez entendido esto, no le quedó más que aguantarse, porque si eso era necesario, eso haría, todo haría con tal de ser madre, esta misión que se había convertido en una obsesión. Aguantarse e incrementar sus dosis de esas pastillas mágicas, lo único que lograba menguar un poco la histeria que de pronto la poseía. Las primeras semanas la pasó muy mal, sobre todo después de la primera fiesta, de la cual, al poco tiempo de que se sirviera la cena, se retiró con la excusa de que algo no le había caído bien, el *algo* siendo ellos, claro, todos ellos, Dionisio incluido, con esas explosiones de risa que aturdían a cualquiera, y es que ahora recordaba por qué no le gustaban las personas, la pesadilla que era tener que lidiar con ellas, con sus tediosas conversaciones, tener que escucharlas hablar de sus ideas y sus creencias y sus problemas y de lo que creían desto y aquello, como si sus innecesarias opiniones le interesaran a alguien fuera de ellos mismos, asumiéndose como el centro del universo, sin darse cuenta de que había tragedias mucho peores en la vida, como la de ella, esa sí que lo era, y no sus pendejadas abstractas de impuestos y política y la sequía y la reseca concha de su madre; porque eso era de todo lo que hablaban, del *país,* como si este no fuera tan grande como para que nadie pudiera controlarlo; del gobierno, como si todas esas horas discutiendo sobre él fueran a cambiar algo. ¿Qué sabían ellos de la vida si no habían vivido dentro de su piel, si no sentían lo que ella? Era insoportablemente infeliz, se daba cuenta esta mujer mientras escuchaba todas esas conversaciones sin sentido; cuánta estupidez son capaces de decir estos hombres, y qué ridículas, qué torpes, qué desagradables podían llegar a ser las mujeres cuando se tiene que lidiar con ellas sin la ayuda de ningún analgésico, pensaba ella, lo cual no era del todo cierto, considerando que, aunque lo ignorara, sus pastillas, no siendo otra cosa que benzodiacepinas, justamente cumplían con esa función.

La mañana siguiente, sin jaqueca ni malestar físico, que no emocional, porque ese ahora lo tenía siempre, Teresa se levantó junto con su hombre y lo acompañó a recorrer sus tierras. No quiero más fiestas, le anunciaba, Ya me aburren, me fastidian. La gente puede llegar a ser tan, ¿cómo decirlo? Ridícula. Molesta. Innecesaria, decía ella mientras su piel se convertía en dorada gracias al sol que comenzaba a aparecer en el fondo del panorama, detrás de esa inmensa acumulación de piedra que choques tectónicos de miles de años habían construido, dando como resultado esta imagen tan descomunal, y, vaya ironía, tan invisible para cualquier ser ensimismado como lo era esta creatura. ¿Qué cosa dices, mujer?, le decía Dionisio, a quien la noticia le caía como un sismo después de un huracán después de un golpe de Estado. Mal le caía esta noticia a Dionisio, como si no fuera suficiente teniendo que lidiar con la Teresa abstemia, esta nueva versión de su amada esposa que hasta entonces empezaba a conocer y a la que le estaba costando su buen trabajo apreciar, porque, ah, cómo podía ser difícil esta mujer cuando se lo proponía, que cada vez lo hacía más, no con él, que todavía tenía sus límites, pero sí con el resto, con todos, con esos infelices empleados suyos que no hacían otra cosa que dedicar su vida a tenerla contenta, pero el esfuerzo era en vano, porque si no estaba muy caliente, estaba tibio, o frío, o lo que fuera, pero mal, siempre mal. Y esto, aunque no lo dijera, molestaba a Dionisio, que durante tantos años había hecho lo suyo para tener de aliadas a todas esas personas de las que estaba consciente que dependía si quería que La Soledad y su vida funcionaran correctamente, porque sabía que eran él y ellos, nada más, y ellos eran muchos, y él, aunque el dueño y señor de todo eso, era solo uno. Dionisio tenía sentido común y entendía que el anarquismo y las revoluciones no sucedían nada más porque sí; que, para tener realmente el poder, es necesario que te lo quieran dar, y aunque pobre y miserable, la gente no es tan pendeja como para querer dar a quien solo les quita, menos aún a quien les humilla. ¿Cómo que no más fiestas? Si tú amas tus fiestas, tan bien que la pasas y tan bien que te salen, Pues ya no. Ya no habrá más.

A partir de ese momento, el silencio resonó en La Soledad de manera tan estridente como las cigarras bajo el cielo soleado en pleno verano, o más bien como un mosquito que aparece cuando apenas se está conciliando el sueño, porque, el incesante cantar de las chicharras, al poco tiempo, se vuelve como un mantra al que uno se acostumbra y lo termina apaciguando, nada que ver con el perturbador mutismo que ahora se vivía en esta festiva casa y que solo alteraba al que lo oía, porque qué ruido tan molesto puede llegar a hacer el silencio, y es que es tan elocuente todo lo que nos dice, que nos hace sentir estúpidos y elementales, y dígame a quién le gusta que le digan sus verdades. Y ahora el tiempo en esa casa pasaba como lo hace para un hombre en agonía la espera de su final, avanzando tan lento y torpe, como si de pronto se hubiera quedado sin baterías y fuera a marcha forzada, el tiempo, el dos como que queriendo y no queriendo pasar al tres. Todo parecía tan pesado y sombrío, tan aburrido, que, así de fácil, de un momento a otro, a ambos, marido y mujer, se les olvidaba qué era exactamente lo que los tenía ahí. No había nada qué hacer para Teresa ahora que su único pasatiempo estaba prohibido por ella misma, y vaya problema, porque no hay peor cosa para una mente que no tener en dónde invertir la energía de su pensamiento, aunque esta sea poca y frívola; sobre todo si es poca y frívola.

Por eso la obsesión se volvió aún más obsesa, si acaso es posible hablar así de este sustantivo tan absoluto, y no existiría para esta mujer otra actividad que no fuera encaminada a cumplir su objetivo; ya si tanto esfuerzo estaba haciendo, mínimo que valiera la pena. Mañana, tarde y noche las partes de ese hombre se embonaban con los huecos de esa mujer, una y otra vez, con gusto y placer, y qué maravilla que esta fuera su tarea, lo podría hacer todo el día si sus responsabilidades se lo permitiesen, pensaba nuestro Eros moderno durante las primeras semanas. Pero incluso el manjar más exquisito con el tiempo fastidia, y su emoción inicial, poco a poco y sin enterarse de cuándo, información a la que nosotros sí tenemos acceso, y fue a los tres meses y dos semanas de que este maratón comenzara, en el coito número doscientos ochenta y tres, esta inicialmente hedonista actividad pasó de la maravilla a la monotonía, y luego al tedio para, otro par de meses después, finalmente convertirse en hastío; menuda tragedia que a este hombre le arruinaran una de sus actividades más preciadas y favoritas.

La rebelión de las masas
y Cuando empezamos a entender la animadversión del
Narrador hacia el género humano por la destrucción
sostenida que durante siglos mantuvo en contra del
equilibrio de la naturaleza, y la que infaustamente le ha
tocado presenciar a lo largo de sus diversas vidas

Esta desgracia coincidió con la de la plaga de filoxera que de pronto infestó todos los viñedos de esta vasta Soledad. Cómo es eso posible, pregunta usted totalmente incrédulo, si aunque desconozcamos en qué años estamos ubicados, es imposible que sea el siglo XIX, la previa mención de un televisor respalda esta certeza, nos dice el atento Lector, y cualquier vinicultor que sea afectado por la filoxera después de la gran plaga de mil ochocientos setenta que casi erradicara al vino del mundo, no tiene derecho de ser llamado vinicultor. Y tiene razón, ahora que lo dice; que le cayera esta plaga tan conocida y controlada por el gremio no hacía el más mínimo sentido, no ahora, que es como si un niño de nuestras épocas todavía muriera de varicela o de polio, algo absurdo para los tiempos que corren. Qué bueno que lo cuestiona porque, ahora que lo pensamos bien, se nos viene a la mente la hipótesis de que esta plaga no pasó nada más porque algún dios lo quiso, que no fue un accidente, que fue, más bien, un acto de venganza de alguno de estos empleados para con la doña, que tan bien ganado se lo tenía La Hija de su Puta Madre, como muchos de estos empleados la conocían. Qué estúpida y mal encaminada venganza, si la pena es antes para el Patrón que para ella, y él que culpa, replica usted, a lo que le responderíamos con un, Mire nada más qué tan inteligentes pueden ser estos indios, como les solía llamar Teresa, ignorante de que el término no aplicaba para esta raza, Qué astutos eran, porque hay que ser visionario y muy observador para saber que esta tragedia de la filoxera obligaría a Dionisio a ausentarse de La Soledad para ver de dónde demonios abastecerse de lotes de vino y así no perder la venta de ese año; no podía haber mejor venganza para esa mujer, sabían muy bien esos indios vengadores, que arrebatarle a su hombre de su lado. Aunque, si seguimos meditando en la lógica de esta posible maquinación, también se nos ocurre una segunda hipótesis, esta un poco más descabellada pero igualmente posible, y es la de que el mismo Dionisio haya provocado que esto pasara, porque para ese entonces estaba necesitando urgentemente salirse de ahí, de la monotonía de esa casa, de esa vida, y solo con una hecatombe así lograría justificar el que este no tuviera más remedio que estar fuera durante la mitad de la semana. Lo que realmente pasó tal vez nunca lo sepamos, porque si bien sabemos mucho, aquí tampoco lo sabemos todo, y hemos de aceptar que muy probablemente andábamos distraídos con nuestros asuntos cuando se perpetró el plan, en caso de que haya habido tal, y entonces no estemos más que ideando teorías en vano. Pero tampoco crea que la idea de que el responsable haya sido el mismo Dionisio es muy absurda, porque, como dijimos antes, el amor dura tres años, en especial en los hombres, sobre todo en los hombres como este y, siendo ahora un semestre después del mencionado tercer aniversario, ya habíamos rebasado su fecha de caducidad.

Y con esas ausencias, y con esa falta de resultados, y con esa maldita sobriedad, la ansiedad, la angustia, la inquietud, la zozobra, la intranquilidad, el desasosiego, la impaciencia, el nerviosismo, la desesperación, todos esos molestos sustantivos y otros más, juntos y por separado, dominaban a Teresa como a los pobres el populismo y a los influencers la fama banal. ¿Por qué putas no pasaba nada? ¿Por qué no se embarazaba? Nuestra amada Antonia pasaba todo el tiempo que podía fuera de casa, y es que cómo no iba a preferir la paz que el campo le daba antes que la histeria que cualquier cosa podía desatar en su madre. Y en una de las ausencias de Dionisio, sucedió lo que este tanto temía: el que uno de sus empleados se cansara de su imposible mujer y dijera A la verga con usted y con todo, yo me voy. El valiente fue Ricardo, el jardinero, marido de la Dolores abusada unas cuantas páginas atrás. Ricardo, para su desgracia, era un hombre muy sensible, de esos que no tienen idea de por qué dios los castigó haciéndolos nacer en un lugar así. Su única fortuna había sido la de terminar en ese trabajo que ya llevaba quince años haciendo con tanto gusto, y es que después de haber pasado por todos los puestos en la hacienda, todos oscos y brutos, por fin llegó a la jardinería, bendito dios que aprieta pero no ahorca, y aquí encontró su lugar, y poco a poco fue alimentando esa pasión, la única que tenía en la vida, porque ni los primeros tres años con Dolores sintió por ella nada este hombre cuyo único pecado era sentir de más, pero no por las cosas que se suponía que debía de hacerlo, y por eso hizo de su trabajo su culto, su vida, y cuidaba esos jardines más que a sus propios hijos, año tras año perfeccionando su técnica y su gusto, criando esta flor exótica y esta otra planta, amándolas y disfrutándolas como no lo haría nunca con Dolores ni cualquier otra mujer. Con los años, y aunque ninguno de los hombres de La Soledad lo dijera, todos esperaban la llegada de la primavera para conocer la nueva creación de Ricardo y admirar las maravillas que hacía en su bucólico jardín. Él hizo la costumbre de que cada lunes un lozano arreglo floral estuviera en el foyer para dar la bienvenida a las visitas. Ricardo dedicaba a esa tarea la mitad de su domingo, a veces todo su día de descanso, como en esta ocasión, en la que había seleccionado una variedad de cacalosúchils, una de sus flores favoritas por su complejo y sofisticado aroma, el cual de solo olerlo le podía poner de buen humor y hacerlo olvidar por un momento este mundo hostil y adverso. Esta *fragancia del cielo producida en la tierra,* como un buen día le bautizaran, era tan intensa que invadía toda la casa, y, si usted hubiera estado ahí esa mañana, al olerla, su mente se habría transportado a las más exclusivas perfumerías del viejo occidente, aunque originalmente fuera oriunda de este lado, pero es que su olor a almendra amarga y vainilla fresca había conquistado muchos años atrás los gustos más refinados y aristocráticos, no por nada los guantes de Luis XIII eran perfumados con su fragancia; nada de esto lo sabía Ricardo, claro, que era un sibarita nato a pesar de haber nacido y crecido entre bestias, humanas y animales. Un aroma tan seductor que las abejas tenían una trágica debilidad por él y por su polen, y por eso ahí andaban un par de ellas, tratando de entrar a su capullo para hacerla suya ese lunes en el que Dionisio salía desde temprano para ausentarse por los tres próximos días, tal vez más, porque ahora que el vino, al tener que comprarlo, les daría mínimas utilidades, y después de la millonaria pérdida que acababan de sufrir, otras fuentes de ingreso tenía que idear este hombre emprendedor, y en esas andaba, o eso decía. Y entonces Teresa lo despedía y cerraba la gran puerta detrás de ella con coraje, con resentimiento, como lo hiciera una niña cuando le quitan un juguete, y es que, aunque su hombre tuviera sus razones para marcharse, estas le daban lo mismo, porque igual la dejaba ahí, aburrida y abandonada, sin un hijo en sus adentros y varios días perdidos para conseguirlo.

Y en eso pensaba esta mujer, en esas andaba cuando una de las dos abejas que rondaban por ahí, dichosas porque habían recogido su polen de tan galantes flores, cometió el fatídico error de dejarse llevar por su atracción fatal y perseguir el hipnótico aroma a sándalo que portaba la exquisita de Teresa, aunque en este caso era tan falsa, la esencia, como la sonrisa que dibujó segundos antes para despedir al que la dejaba. Ensimismada como lo ha estado desde el primer párrafo en que apareció en esta historia, Teresa no se percató de la presencia del venerable y útil insecto hasta que este reposó en su cara sin más ambición que la de disfrutar de su perfume y nada más, porque esa abeja no tenía el mínimo interés de atacarla, pero hágale entender a esta mujer que el mundo entero no está maquinando en su contra, flora y fauna incluida. Teresa sintió a la abeja en su pómulo derecho e, histérica por este contacto tan directo con la naturaleza, experiencia tan desconocida y amenazante para ella, sin pensarlo se dio un manotazo para quitarse a tan terrible animal, no logrando otra cosa que matar a una más de estas creaturas tan esenciales para el mundo, aumentando con esto la crisis por la que cruza esta especie en peligro de extinción, y lo que lleva a que la raza humana y otras muchas más lo estemos también, porque, como bien sabe usted que tan informado está de los temas cruciales del mundo, si estas creaturas desaparecieran, al hombre le restarían cuatro años de vida, cuatro y si bien le va, y ya se imagina qué bonito desmadre ahora sí se armaría, bonito decimos ya sabe en qué tono, como nuestras santas madres nos decían Mira, qué bonito, cuando acabábamos de hacer alguna gracia que no les parecía, porque nada del bonito de diccionario tendría esto; tal vez solo el que, por fin, se extinguiría esta raza humana nuestra que igual tantas ganas le echa para autoextinguirse, lo cual sería lo ideal para este sobreexplotado planeta. No logrando otra cosa, decíamos, que matar a esta abeja, pero no por el aplastamiento, sino por haberse clavado el aguijón en su pómulo, extirpando el tracto digestivo, los músculos y los nervios de esta desafortunada creatura, desgarrándola abdominalmente y poniéndole fin a esa corta pero próspera y bella vida que había pasado recorriendo los hermosos jardines de Ricardo. Entonces, la locura. Teresa comenzó a gritar, enajenada, frenética, demencial, como si estuviera presenciando a un gran meteorito acercándose a la Tierra, como si una lluvia de granizos prendidos en fuego estuviera cayendo, como si las destrucciones de las siete trompetas estuvieran ocurriendo de manera simultánea sobre ella; una cosa risiblemente ridícula. Entonces se percató de la presencia de la otra abeja, y ya estaba obstinada en la tarea de acabar con ella, no la fuera a atacar también, y mientras el insecto se protegía entre las flores de Ricardo, la que se creía la víctima arremetía contra el arreglo al mismo tiempo en que llegaban Amelia y Dolores y Ricardo, este último completamente indignado frente a lo que esa desquiciada hacía con su creación, Estúpida. Muere, estúpida, decía esta ignorante mujer a esas sabias creaturas, Soy alérgica. Me voy a morir. Quiten esto de mi vista, gritaba con tal volumen que hizo que Antonia, que andaba afuera y bastante lejos, viniera corriendo, temiendo que su madre estuviera en un terrible peligro. Ante esta escena Ricardo permaneció impasible, observando, meditando en qué tan pobre se puede llegar a ser aun teniéndolo todo, y en la lástima que le daba esta infrahumana creatura a la que le faltaba recorrer un largo camino para convertirse en persona. Me voy a morir, gritaba Teresa mientras se tocaba la cara y corría al espejo para ver el abultamiento que comenzaba a sentir en su pómulo, mismo que, en cuestión de segundos, cobró sus buenas y alarmantes dimensiones. Si usted está familiarizado con esta ola post new age, que de *new* no tiene nada, porque no es más que sabiduría ancestral explicada para nuestros tiempos involucionados; si usted es partidario de la teoría de que la física cuántica se superpone a la newtoniana, de que la energía es la que rige a la materia y no lo contrario, porque siendo nuestro cuerpo noventa y nueve punto nueve nueve nueve nueve nueve por ciento energía y punto cero cero cero cero uno materia, entonces coincidirá con nosotros en que no es una casualidad inventada para efectos de esta trama el que las células de esta mujer sean alérgicas, *muy* alérgicas, a este contacto, porque era tan profundo el rechazo que sentía hacia cualquier animal, que naturalmente su cuerpo físico lo expresaba así, haciendo un absurdo espectáculo de ello. Ah, ah, gritaba Teresa, con tantas haches que en cualquier momento se le iban a acabar. Y Amelia y Dolores no sabían qué hacer, y Ricardo solo permanecía ahí, maravillado frente a la inteligencia que en cada momento nos muestra la naturaleza, solo es cuestión de prestar atención. Parecen estúpidos ahí parados. Hagan algo por salvar mi vida o lárguense, les ordenaba la señora de la casa, que no merecía un título de semejante respeto, pero qué le van a hacer ellos, si así de ilógica es la vida, dándole importancia a quienes no la merecen. Lárguense, decía, y a esto Ricardo sí obedeció, no sin antes recoger todas sus flores y llevárselas con él. Amelia y Dolores, menos temerarias, se acercaban a Teresa para intentar quitar el aguijón. Pero la mujer seguía fuera de sí, gritando todas las sandeces que por su cabeza pasaran, empecinada en culparlas, porque de sus problemas el mundo entero era responsable menos ella, claro. Y tanto va el agua al cántaro que un día se rompe, sí señor, como lo hiciera en este caso, mientras Dolores veía a su marido ser todo un señor que se da su lugar, A la verga con usted y con todo: yo me voy, y se marchó sin más. Al verlo, Dolores recordaba todas las que le había hecho esta puta hija de puta, que eran tantas que no alcanzaba a repasarlas todas, y entonces cruzaba miradas con Amelia, que también tenía su largo repertorio de abusos, y en esa simple mirada, sin necesidad de decirse nada, estas dos mujeres se dijeron todo, Vámonos, que aquí no hay quien viva. A ver cómo le hacemos, pero cualquier cosa será mejor que esto, le comunicaban las córneas de Dolores a las de Amelia, y estas contestaban, tímidas aún, inseguras, y es que la creatura nunca tuvo una madre que la cargara de pequeña y le diera la confianza que necesitaba para enfrentar sin miedo a la vida, ¿Estás segura, Lola?, Segura, ya verás cómo nos las arreglamos, igual llevamos toda la vida haciéndolo, Pues vámonos, dijo Amelia, y entonces dejaron de intentar salvar a esa mujer que no tenía salvación y se marcharon, no sin antes quitarse sus delantales y decorosamente dejarlos doblados sobre la mesa, porque ellas sí tenían educación y hacían las cosas como dios manda. Por respeto a usted, Lector, y a todas las Dolores y Amelias y Ricardos del mundo, no diremos la letanía de pendejadas que salieron de la boca de esta Teresa nuestra una vez que se quedó sola, pero tampoco es necesario que lo hagamos si ya la conoce usted tan bien como nosotros. Lo más fascinante, sin embargo, era que mentaba madres a pesar de que su alergia estaba cerrando su garganta y ya comenzaba a faltarle el aire.

Entonces llegó Antonia. Menudo susto se llevó la niña al ver el ojo de su madre hinchado como el sapo con el que cruelmente jugó una vez, y solo esa, porque no era su intención hacerle daño, pero la curiosidad mató al gato, o al sapo, en este caso, y pues eso. Sácamelo, gritaba enloquecida, y la mano de Antonia, temblorosa y nerviosa hacía lo mejor que podía, Por favor no te muevas, le decía la hija, pero la histeria no paraba, Que no te muevas, Teresa, le cuadró por fin, y entonces la madre se gobernó un poco y la pequeña por fin lo logró. Llama a Fausto, dile que es urgente. Que ya se ponía en camino, le decía la asistente que ya estaba desarrollando cierto desprecio hacia esta demandante paciente. A los pocos minutos, sonaba el teléfono de la casa y Antonia lo contestaba segura de que sería el doctor, pero no, hablaban preguntando por Dionisio, Papá no está, ¿Quién es?, preguntaba Teresa desde su cama. ¿De parte de quién?, De Mónica, Mónica, le informaba la hija a la madre, ¿Mónica? ¿Qué Mónica?, preguntaba esta alarmada, y esa misma pregunta hacía la niña al auricular, La mamá de Nicolás. Tengo algo importante que hablar con su papá, y esto Antonia no lo comunicó enseguida, pues bien conocía a su madre, y no estaba el horno para bollos, ¿Qué Mónica?, exigía la que se moría, y entonces no le dejaron de otra, La mujer que fue esposa de papá, que necesita hablar con él, que es importante, Cuélgale, y Antonia no lo hacía, porque a pesar de que su modelo a seguir y su única figura de referencia se lo ordenaba con esa seguridad, la pequeña sabía que eso no era correcto, que este era otro de los comportamientos erráticos de su madre, esos que había que perdonarle. No quería colgarle a esa mujer, no entendía por qué habría de hacerlo, si solo le estaba-, Que cuelgues te digo, irrumpía Teresa en las bienhechoras reflexiones de Antonia, Papá no está, perdón, y entonces, con su pena, colgó. El *perdón* era por su madre, para que por favor la disculpara, que no se sentía bien, le acababa de picar una abeja y su ojo izquierdo ya no lo podía abrir, su cara estaba toda hinchada, un poco deforme, daba un poco de miedo, por eso gritaba de esa manera, de esa manera que por supuesto se había escuchado hasta el otro lado del auricular, y por eso *perdón*. Perdónela, que no sabe lo que dice, le habría dicho Antonia de haber tenido más tiempo. ¿Qué quería esa? ¿Qué te dijo?, Nada, ¿Cómo que nada?, Solo preguntó por papá, que tenía algo importante que hablar con él, Esa mujer no tiene nada qué hablar con él, y ante esto Antonia solo se quedó callada, porque qué tanto podía decirle a su madre, aunque por dentro todo su sistema de razonamiento estuviera trabajando a su máxima capacidad, Ay, madre mía, pensaba la niña con condescendencia, aunque sin saber que así lo hacía. Entonces llegó Fausto. Teresa vio el gesto de impresión que este hizo cuando entró al cuarto, y esto, claro, alteró aún más a la ya irascible mujer. Me voy a quedar ciega, aseguraba Teresa, Me voy a morir; a Fausto le fue imposible no soltar una carcajada al escuchar esto. Enseguida sacó de su botiquín un frasco y una jeringa y le inyectó la epinefrina. En unos minutos vas a estar como si nada, le decía con aquella parsimonia, pero Teresa seguía mal, lo sentía en su corazón, en todo su cuerpo, esa angustia, esa ansiedad, aunque bien sabía quc nada tenían que ver con la abeja, sino con esa maldita estúpida, ¿Cómo se atrevía a llamar a su propia casa? Pásame las pastillas que están en el buró, le ordenaba a Antonia. Teresa sacó dos y enseguida se las metió a la boca. Agua, le dijo entonces, como si decir las palabras necesarias para formar la frase adecuada la fuera a enfermar más. ¿Qué es esto?, preguntaba Fausto mientras tomaba la caja de las manos de Teresa y la analizaba, Unas vitaminas o algo así, ¿Por qué no me habías dicho que tomabas esto?, Hombre, no pensé que tuviera que hacerlo, ¿Desde cuándo las tomas?, Uhm, ¿unos cuatro años, tal vez?, ¿Cuántas tomas al día?, Depende, ¿De qué?, De qué tan imposible me estén haciendo el día, ¿Cuántas, mujer?, No sé, a veces dos, a veces cuatro, ¿A veces más?, preguntaba el médico con alterados signos de exclamación. ¿Cuál es la dosis más alta que has tomado?, Uf, no sé. ¿Ocho, tal vez?, ¿Pero qué coños te pasa? ¿Eres imbécil?, y esta era una pregunta retórica que le salió del alma. ¿Tienes idea de lo que esto es para tu cuerpo? ¿Cómo no me lo habías dicho? ¿Quién te lo recetó?, Un médico, mintió ella, ¿Y no te advirtió de la dosis? ¿No te dijo todos los efectos secundarios que tenía? ¿Nunca intentó que dejaras de tomarla después de tanto tiempo? ¿Qué clase de médico es ese, por dios?, a lo que ella ya mejor no respondió nada, ya se desquitaría con la nueva Sara en su debido momento. No lo puedo creer, decía Fausto más para él que para ella. Pero por supuesto que no te ibas a embarazar. Y qué bueno, porque de haberlo hecho seguramente habrías tenido a un bebé enfermo, con retraso, qué sé yo, y al escuchar esto Teresa pensaba en qué habría hecho ella con una creatura así, y enseguida borraba la idea de su cabeza, porque eran tan temibles las cosas que la hacían pensar, como la de dejarlo en un centro para que especialistas se encargaran de él, porque ella no podría, no lo soportaría. Antes se mata. O lo mata, y al desfilar esta idea por su cabeza Teresa sintió escalofríos, porque era un pensamiento real, algo que, dado el caso, aunque dudaba que lo hubiera hecho, al menos lo habría considerado. Debes de dejarlas, ordenó Fausto, Pero, doctor, y al ver la mirada severa del médico la mujer optó por dejar de hablar. Si continúas tomándolas, olvídate de ningún embarazo. Necesitamos sacarte toda esta mierda de tu cuerpo, o no solo no te vas a embarazar, sino que tu sistema va a colapsar; si no entiendo cómo no lo ha hecho ya, ¿Y qué tengo que hacer?, Internarte, Ay, Fausto, pero qué locura dices, Veintiún días al menos, tres semanas, ideal un mes, ¿Pero internarme para qué? Fausto, ¿no te parece un poco exagerado? Las dejo y ya está, así como dejé de tomar, así de fácil, decía ella, consciente de la mentira que decía, a lo que Fausto respondió con otra carcajada; le parecía insólito qué tan inocente, o estúpido, se puede llegar a ser. Así de fácil, repetía él, No, señora: no es así de fácil. ¿Alguna vez has dejado de tomarlas?, No que recuerde, Pues ahí está. La vas a pasar mal. *Muy* mal. Tu química ya está acostumbrada a esta sustancia, tu sistema ya es adicto a él. ¿Sí lo entiendes? Adicto, y en el momento en el que deje de recibirlo te lo va a reclamar, y lo va a hacer sin piedad, vas a pasar noches en las que no vas a poder dormir un minuto, que de eso no te quepa duda, por eso necesitamos tenerte bajo supervisión. No es ninguna exageración, Teresa; personas mueren en el intento, Está bien, está bien. De acuerdo. Tú habla con él, ¿Con Dionisio?, Sí, yo no sabría qué decirle. Entonces Fausto se percató de Antonia, ¿Vas a estar bien mientras mamá se mejora?, le preguntaba este hombre que hubiera sido un gran padre de no haberse inclinado por esta profesión. La niña solo movía la cabeza de arriba abajo. Tiene quien la cuide, ¿no?, De sobra. Aunque tampoco lo necesita, si ya sabe cuidarse sola, ¿cierto, Antonia? Y Antonia movía de nuevo la cabeza en Sí. ¿Ya, ya?, Cuanto antes, mejor, le respondía Fausto a Teresa, ¿Ahora mismo?, Cuanto antes, mejor. Un profundo suspiro y un Pues vamos. Antonia ayudó a su madre a empacar esto y aquello, aún confundida, sin poder descifrar lo que sentía. No era tristeza ni miedo. ¿Paz, acaso? ¿Podía la ausencia de su amada Teresa hacerla sentir bien? No lo sabía, o no lo quería saber, porque así no se supone que debería ser, y, aceptarlo, aunque solo fuera consigo misma, le haría sentir como una mala hija, pensaba sin pensar esta niña que solo dios sabe de dónde sacó tanto pudor moral, si esta característica claramente no la llevaba por carga genética ni epigenética.

Antonia explora el curioso mundo de los adultos y,
en el proceso, el de ella misma

Mientras desde la gran puerta del pórtico, Antonia veía cómo se iba haciendo cada vez más pequeño el coche de Fausto, poco a poco reduciéndose al tamaño de una hormiga, esas creaturas cuya vida era tan frágil, tan breve, tan efímera, pensaba la niña, solo que no usando esa palabra, el concepto de lo *efímero,* porque, aunque muy familiarizada con él, ignoraba con qué término se expresaba; lo conocería hasta cuatro años después, leyendo a Séneca. Tan fugaz y breve la vida de esos organismos, analizaba la niña, y cómo ella podía acabar con su vida así de fácil, la de una o la de muchas hormigas, de comunidades enteras, con tan solo arrojarles una cubeta de agua. Y enseguida pensó en que si, así como ellas, en su tamaño, en su miniatura, son observadas y fácilmente dominadas por una fuerza superior siendo esta la suya, ¿no pasaría lo mismo con ella, con ellos, con todos? ¿Quién nos está viendo? ¿Quién nos puede echar agua y acabar con nosotros? Esta sería la primera reflexión ontológica que construyeran las hermosas redes neuronales que formaban el pensamiento de esta mente precoz. Y mientras veía que el coche desaparecía y se preguntaba esta cuestión que ilusamente pensó sería capaz de responder en no mucho tiempo, el pecho de Antonia se expandía, entraba en ella más aire, y sentía que podía respirar. La casa se sentía extraña tan grande y tan sola, porque incluso los empleados que se encargaban de ella se habían ido ya, la nueva Sara incluida, a quien Teresa, antes de marcharse, sin más ni más le dijo que se largara de su casa si no quería terminar en la cárcel, porque estuvo a punto de matarla, a ella y a todos los hijos que pudo haber tenido y por su culpa no tuvo, y que, si nunca se lograba embarazar, ella sería la responsable y la haría pagarlo, le decía con rencor esta patrona cuya capacidad de no asumir la responsabilidad de su vida merecía ser un caso de estudio.

Sin embargo, a pesar de la solitud que imperaba, curiosamente ya no se escuchaba ese silencio, el molesto, el irritante, el que obligaba a Antonia a salirse de la casa en cuanto despertaba; ya no se escuchaba ese ruido mudo que había permeado todo el espacio desde hacía meses; este era un silencio distinto, uno pulcro, impoluto, en el que resonaba toda la vida que allí había, la sinfonía de las hojas siendo removidas por el viento; las conversaciones que había entre todos los seres que en los árboles moraban; y ese cantar, tan delicado y fino, música por mucho más sublime que la que solía haber en las fiestas de sus padres; la *paz*, misma que, así como *efímero*, no era un concepto que Antonia tuviera en su vocabulario. Qué extraña se sentía la casa así, pero solo porque resultaba diferente a como siempre, no porque la hiciera extrañar a lo de siempre, notaba Antonia. Y qué distinta se sentía ella, ahí, así, con todo ese exceso de oxígeno dentro de su cuerpo despertando moléculas que llevaban años dormidas, con toda esa energía que sentía, y, al mismo tiempo, esa calma que le recordaba a sus tardes con Juliana. De nuevo sonó el teléfono. Ahora sí le podría explicar a Mónica que no la comunicó con su padre porque este no estaba en casa porque se habían muerto todos los viñedos y necesitaba solucionar esa situación que al parecer era supergrave, pensaba Antonia segura de que era Mónica la que llamaba. Pero ahora era Dionisio, para preguntarle cómo estaba, para decirle que no tuviera miedo, que tenía a todos los empleados a su disposición, y esto la niña prefirió no aclarar, porque para qué, y además no los necesitaba. Que estuviera tranquila, que su mamá estaba bien, le decía su padre, pero que con estos días lejos iba a estar mucho mejor, que por favor no se preocupara, que a él le era imposible volver hoy a casa pero que lo haría mañana mismo, y le llevaría una sorpresa que le iba a encantar, ¿Qué es?, preguntó Antonia mostrando los pocos signos que solía dar de impaciencia y niñez, a lo que el padre le dijo que No te puedo decir, mi princesa. Si lo hago ya no sería una sorpresa, ¿o sí?

Los siete meses de aburrimiento y tedio que nos hicieron voltear nuestra mirada de ella acabaron, por fin, esa tarde. Qué distintos se sienten los espacios cuando estamos solos y nadie nos ve, notaba la niña mientras caminaba por los mismos pasillos que llevaba ya varios años andando y, sin embargo, ahora se veían y se sentían tan diferentes. Sus pies la llevaron hasta la cava de la casa, una habitación fría y sin ventanas cubierta de botellas del piso al techo, a la que solo una vez había entrado acompañada de su padre, Este es mi lugar favorito en toda La Soledad, probablemente en todo el mundo, le dijo este mientras contemplaba sus botellas con una mirada mesmerizada y perdida de amor. Este es un museo, princesa, porque estas son obras de arte, piezas únicas con un valor incalculable. Ahora Antonia observaba las decenas de botellas y pensaba en qué había dentro de ellas, en qué era lo que tenían para ser tan deseadas y queridas, para que fueran tan protagonistas de todo, siempre. Entonces tomó una que ya estaba abierta, quitó el corcho y bebió. Enseguida lo escupió; era una botella no tan vieja, pero tampoco tan joven, solo lo suficiente como para valorarse en decenas de miles. ¿Por qué disfrutaban de este sabor? Sabía peor que la emulsión que le hacían tomar por no comer todo lo que debía. No entendía a los adultos, esa idea la había concluido desde siempre y esto solo lo confirmaba. Antonia no entendía y quería entender, por eso volvió a beber. Y este desagrado ya no fue tan fuerte como el primero, pero igual seguía sin dejar de serlo. Tal vez no era el sabor lo que les gustaba, tal vez era algo más, porque tantas personas no podían estar equivocadas. ¿O sí? O tal vez era necesario beber más para por fin encontrarle el gusto. Tomó la botella consigo y comenzó a andar por la casa.

Entró al estudio de Dionisio, un espacio en el que muy pocas veces había estado. Era grande y fastuoso, imponente, aunque no parecía muy interesante; cuando mucho había cinco libros y todos ellos sobre procesos de cosas que no entendía y en este momento tampoco le interesaba entender, porque ahora comenzaba a sentir un dulce letargo, una relajación en todo su cuerpo que la contenía de hacer cualquier esfuerzo para pensar o moverse. Me siento extraña, dijo en voz alta, como si estuviera dictándolo para la bitácora que una mano invisible estuviera registrando sobre este experimento de sustancias en el que se estaba embarcando. Entonces se dejó caer en la silla que estaba detrás del escritorio, una que era enorme para la niña, aunque bastante chica como para albergar el inconmensurable ego de Dionisio. Podía oler a su papá, el aroma que llevaba consigo a donde quiera que fuese, ese mismo del que este espacio estaba impregnado. Abrió este cajón y el otro. Encontró la fotografía del abuelo Tomás cuando era joven y fuerte y guapo, tan parecido a su padre, acompañado de un par de niños a su lado y cargando sobre su pierna derecha a otra niña: Dionisio, con unos ocho años, calculaba ella, la hermana mayor, que ya se notaba incómoda sobre el regazo de su padre, y el que seguramente era su hermano, que era más alto pero que parecía más chico porque su cara era delicada y fina como la de una niña; hubiera pensado que era una niña si no fuera porque la vestimenta indicaba lo contrario. Y esto la confundía aún más, porque su papá no tenía hermanos, estaba segura, se lo preguntó en una ocasión, cuando le hablaba del abuelo Tomás y cómo este había empezado todo; le habló de su hermana Anna, pero no de un hermano. Los dos niños tenían la misma cara, pero la diferencia entre uno y otro no podía ser mayor, notaba Antonia; no sabía qué era, si ambos estaban vestidos igual y sus formas eran tan similares, pero era evidente que eran muy distintos, veía ella, esto a pesar de que, cuando la foto fue tomada, Ignacio, el mayor, hiciera un gran esfuerzo por ser como ellos dos, como su padre y su hermano, porque todo indicaba que ser diferente, así como desde que tuvo consciencia este niño sabía que lo era, estaba mal. Muy mal. Lo más mal que podía uno hacerle al mundo.

Dionisio no mintió cuando le dijo a Antonia que no tenía hermanos, solo una hermana, y es que no lo tenía, ya no, porque once años y dos meses después de que fuera tomada esa fotografía, ese cuerpo que llevaba esforzándose veintitrés años hasta su límite por ser otro, por no ser el que era, por ser el que no era, ya no pudo más y prefirió dejar de serlo por completo, mejor ya no ser nada. Fue Dionisio quien lo encontró frente al lago, colgado con su cinto del mismo árbol que ahora fuera el favorito de Antonia. Seguía caliente cuando lo bajó y en su adonizado rostro aún se podía ver el sufrimiento que parecía no cesar a pesar de que dentro de ese cuerpo ya no hubiera un alma que lo pudiera sentir. Dionisio lo golpeó una y otra vez, porque era un imbécil, porque le había hecho esto cuando no tenía por qué hacerlo, porque él ya le había dejado claro que lo defendería de cualquiera, hasta de su mismo padre, ¿qué no se lo había comprobado? ¿Qué todos los golpes que había dado y recibido en su nombre no le bastaron? ¿Qué no entendía que Tomás era un bruto agreste, una bestia, y como tal tenía que tratarlo? ¿Qué no pensó en él, en su hermano, ese que lo adoraba fuera como fuese, porque tal vez hubiera sido más fácil que en lugar de ser como era, simplemente fuera normal, pero al parecer eso no era posible, y para qué pelearse con la realidad? Lo golpeó hasta cansarse y luego lo abrazó tan fuerte como nunca antes lo hizo. Y gritó gritos que todo el valle escuchó. Y lloró las lágrimas que jamás había llorado y desde entonces no ha vuelto a llorar. Y odió a su padre y a su madre, a él por ser el responsable y a ella por no ponerlo en su lugar, por no hacerlo callar. Y odió al mundo entero por ser como era, tan injusto y sanguinario, por matar a su hermano y, de paso, a una parte de él. ¿Por qué? ¿Por qué? ¿Por qué?, le preguntó sin cesar a ese cuerpo, pero adentro ya no había nadie que le diera razón. Y nunca volvió a pronunciar su nombre, y nunca más habló de él, pero no por las mismas razones que su padre, que fue un animal hasta el día de su muerte, sino por el simple hecho de que pensarlo, recordarlo, revivirlo solo le hacía querer matar a Tomás y al mundo entero otra vez.

Junto con esa estaba otra fotografía, esta de un Dionisio ya adulto, de hacía algunos diez años, tal vez un poco más: él, sentado, cargando a un niño sobre su regazo, y una mujer de pie abrazándolo por detrás. Qué extraño era verle así, siendo el esposo de otra mujer y el padre de otro hijo, siendo otro hombre, uno que amaba a otras personas. ¿Cómo era eso posible?, pensaba Antonia, ¿Pasaría lo mismo con esta familia? Y esta idea la hizo sufrir, porque, ¿qué harían ellas entonces? ¿Qué haría ella lejos de La Soledad? No, ella quería vivir aquí toda su vida, no irse jamás. Mónica, decía Antonia en voz alta para que quedara registrado en esa bitácora que nadie estaba haciendo, Qué bonita es, notaba la niña, y entonces se preguntó cuál había sido la razón por la que esos tres que un día fueron tan felices dejaron de serlo. Y sintió pena por ella y por el niño, porque seguramente habían sufrido mucho sin su padre, allá afuera, lejos de La Soledad, donde ella jamás querría volver. Documentos que parecían ser importantes, una pequeña bolsa de plástico transparente con azúcar o sal, una postal de un mar muy lindo pero que no decía dónde era ni tenía escrito nada detrás.

Cuando se levantó de la silla, su mareo la hizo entender un poco más, y es que, aunque la sensación era extraña, no se sentía mal, al contrario; su cuerpo comenzaba a tener vida propia, pensaba la niña, porque reaccionaba con independencia de sus pensamientos y sus instrucciones o, al menos, con un ritmo distinto al usual, uno que su cuerpo dominaba, no ella, y eso le gustaba. Sus pies la llevaron al cuarto de sus papás. Era, como todo aquí, muy suntuoso y solemne, con una enorme y alta cama que tenía muchos cojines encima y cuatro pilares en cada esquina de donde colgaba una tela que hacía como cortina, y a Antonia le recordaba algún cuento de hadas, los que menos le gustaban de todos, esos que mucho tiempo atrás leyó. ¿Habría sido esta la misma cama en la que Mónica durmió, cuando era la Teresa de la casa, cuando era la esposa de papá? En la cómoda del lado derecho de la cama, donde dormía Dionisio, reposaba un cenicero con los restos de varios cigarros y un puro a medio fumar, una lámpara y una foto de la abuela Soledad, la que, a diferencia de las otras mujeres en la vida de Dionisio, no parecía haber sido muy agraciada, tampoco muy feliz. Abrió el cajón con cuidado. Más papeles, más cigarros, más cerillos, más azúcar o sal, nada más. Gateó sobre la cama al otro extremo. Y aquí estaba el par de la otra lámpara y la fotografía que les tomaron a sus padres el día de su boda. Qué guapos eran y qué jóvenes se veían entonces, pensaba la niña, a pesar de que habían pasado menos de cuatro años de eso; su mamá se veía distinta a la mamá de ahora. Tomó la imagen para observarla de cerca. Teresa era otra, sí, pero igual seguía siendo la mujer más bella que sus ojos habían visto jamás. Y entonces bebió el quinto sorbo. En su cajón estaba un blíster casi lleno de las pastillas por las que su madre se había tenido que ir. Las revisó, pero las palabras impresas en el aluminio no le decían nada. Sacó una. Abrió su boca. Sacó su lengua. La tragó con el sexto sorbo. Una cajetilla de los cigarros que su madre fumaba. Misceláneos sin importancia. Al ponerse de pie, sintió el vértigo causado por el movimiento del suelo, como cuando se ponía a correr alrededor de su árbol y de pronto paraba. Era verdad: esto era divertido; extraño, confuso, pero divertido. Una vez que recuperó el balance, se dirigió al vestidor, un espacio del mismo tamaño que la habitación de la nueva Sara, esa donde ya no dormiría más. Vestidos y trajes y zapatos y botas y sombreros y bolsas y aretes y joyas y abrigos y cientos de objetos que reposaban ahí, a la espera de que alguien recordara que existían. Del lado izquierdo estaba lo de ella, del derecho, lo de él. Comenzó a repasar uno a uno los vestidos, y a recordar las ocasiones en las que su madre los había usado. Y luego los trajes de su padre, sus camisas perfectamente planchadas, todas blancas, todas iguales, tan distintas que al principio, cuando él escogía su vestimenta, fracasando épicamente, pero de eso ya se había encargado Teresa, y por eso tiró su guardarropa entero y le hizo uno nuevo y desde entonces se viste como el hombre de mundo que es, camisas blancas con su inmaculado cuello y puños almidonados, trajes azules índigo u oscuro, nunca corbata, muchas veces sombrero porque el sol, siempre panamá, nunca esas cosas horribles y rancheras como las que usaba antes y lo hacían confundirse con sus empleados. Antonia abrió los cajones de él, y en el primero encontró

141

calcetas y camisetas y calzones. Tomó uno y lo extendió; tan enormes y diferentes a los de su madre, tan feos, también. Cuando lo acomodó de vuelta, sintió algo duro debajo de las prendas. Removió y sacó. Se maravilló ante la presencia de semejante objeto, sobre el que tantas veces había leído pero que nunca había visto, mucho menos tocado, menos aún cargado. Al tomar el revólver con ambas manos, su vértigo se incrementó; era muy pesado, muy sólido, un objeto que, así como su cuerpo en este momento, parecía ser una entidad por sí sola, tener vida propia. Lo estudió, lo observó con el mismo grado de maravilla que de temor. ¿Cómo un simple objeto, algo sin alma propia, podía contener tanta vida? Tal vez porque le era tan fácil atentar contra ella, contra la vida, traer tan fácilmente a la muerte, pensaba. No podía soltarla, era como si se hubiera adherido a sus manos y no le permitiera dejarla. Arriba las manos, le dijo a la Antonia que se ponía frente a ella en el espejo que iba de pies a cabeza, ese con el que la vanidad de su madre convivía al menos una hora al día. Pero esta Antonia no levantó las manos, solo la amenazaba con dispararle de vuelta, directo en el pecho. Y entonces esa máquina de carne y hueso que era independiente a su control llevó su mano a su sien derecha y la dejó ahí, sintiendo el frío sólido del metal, su violencia, su autoridad, su fuerza superior y absoluta. Boom, dijo el espejo. Boom, boom, boom, repitió. Con ambas manos, puso el revólver de vuelta en su lugar. Un sorbo más. Abrió el primer cajón de Teresa, donde estaba su delicada y fina lencería. Sus manos comenzaron a desabrochar el vestido que cubría el cuerpo que las cargaba, y Antonia solo observaba cómo esas manos le iban quitando una tela y otra, hasta dejarla desnuda. Tomó uno de los brasieres, uno de encaje negro que hace tiempo fue adorado por Dionisio y ahora solo era una prenda más. Se lo puso. Y luego una de sus diminutas bragas, y la incomodidad le sorprendió. Se observó durante muchos segundos y se lo quitó. Y entonces se probó la ropa interior de él. Y ahora se paraba con ambos brazos en la cintura, irguiendo la espalda, levantando el

142

pecho, como lo haría su padre, y le gustaba el poder que sentía con tan solo pararse así. Y ahora tomaba el vestido que más le gustaba, uno largo de flores que llevaba años sin ser usado. Y ahora tomaba un par de tacones. Y ahora se observaba con ello puesto, y no se reconocía, no se encontraba ahí, no se gustaba, porque no se le veía como a su madre, porque nunca nada se le vería como a ella. ¿Quién era esa a la que veía? Tal vez una Antonia que vivía en otro planeta, que era ella pero no era ella, tan contradictorio y real como un agujero negro que está lleno de vacío. Y ahora se lo quitaba y tomaba una camisa y un pantalón y volvía a convertirse en su padre. Y ahí se veía un poco más. Y ahora se ponía un pañuelo y un chaleco y un saco. Ahora daba otro sorbo. Era un juego divertido, pensaba mientras lo bebía. Se contempló durante minutos que se fueron acumulando hasta convertirse en un largo y permanente momento, uno incalculable y dilatado, hasta que su vista se fue nublando hasta irse a negros.

No supo cómo llegó a la cama de sus padres en la que ahora se despertaba con lo que parecía una bomba que segundo tras segundo explotaba dentro de su cabeza. La luz que entraba por sus párpados era como pequeñas y continuas puñaladas a sus ojos para continuar al resto de su cuerpo; se puso bocabajo para protegerlos de esa mutilación. Permaneció ahí, sin poderse mover, sin saber qué hacer para que eso parara. Volvió a dormir. Tuvo pesadillas. Volvió a despertar. En la casa había ruido. Pasos, voces, objetos chocando con otros objetos. Entonces recordó dónde estaba. Una taquicardia. Se levantó como pudo, tomó la botella y su ropa y se apresuró para salir corriendo. Antonia, gritaba su padre, Ven a conocer tu sorpresa, y el corazón de nuestra niña estaba a punto de colapsar por la velocidad de sus latidos a la que no podía seguirle el paso. Y tal parecía que nuestra protagonista se salvaría de esta porque estaba por entrar a su habitación, cuando un extraño apareció en el pasillo. Ambos se paralizaron, ninguno de los dos entendiendo un gramo de lo que estaba pasando. Antonia sentía cómo la mirada de ese extraño la cuestionaba, con juicio, con duda, que le preguntaba Qué haces con esa ropa, Qué haces con esa botella, Qué haces huyendo, Qué haces. Y ella no sabía qué responderle, solo se quedaba ahí, tratando de encontrar las palabras para explicar lo que ni siquiera ella entendía, pero era en vano, porque su cabeza no procesaba ninguna línea, ninguna idea, solo estaba ahí, tratando de digerir el shock de existir, de estar dentro de ese cuerpo con el que no sabía qué hacer para volverlo invisible. Finalmente se movieron sus piernas, la metieron a su cuarto y se encerró en él. Se quitó la ropa de su padre, tiró en el escusado el poco vino que quedaba, guardó la evidencia debajo de su cama, puso la regadera y se metió. ¿Qué acababa de suceder? No lo sabía, lo único que sabía era que el sentimiento que ocupaba cada una de las células de su cuerpo era imposiblemente incómodo, pensaba Antonia mientras el agua ardiendo caía sobre ella sin que esta se percatara de que le estaba quemando la piel. No tardaría mucho tiempo en entender que el nombre de esa emoción era *vergüenza*, con v de venganza, porque esa era la manera en la que la vida se cobraba lo que mal se hacía: haciéndonos sentir mal de quienes somos. Podía escuchar a su padre preguntando por ella mientras su cuerpo era ya una masa rojiza y su piel comenzaba a llorar del ardor y le pedía que parara, pero lo hacía en vano porque en esa cabeza no había espacio para nada más. Era una mala persona, pensaba Antonia sin saber cómo dejar de sentir lo que sentía. Vergüenza: un personaje que entonces conocería de cerca y que, a partir de ese día, se volvería tan presente en la vida de nuestra niña. Y es que ese evento se quedaría grabado en la memoria emocional de Antonia, encapsulado en una esfera del tamaño de su puño para asentarse cerca de su plexo solar, en el tercer chakra, el encargado de regir la personalidad y la identidad social, la manera en la que nos aproximamos al mundo e interactuamos con los demás, bloqueando el flujo correcto de este centro energético, y que permanecería así desde ese día y para siempre, porque, aunque muchos años después se trataría de desbloquear con yoga kundalini y meditaciones de alineación y liberación de chakras, con terapia cognitivo-conductual y un insustancial y excesivo consumo de cannabis, ya serían muchos años de que esta emoción hiciera de ese lugar su casa, siempre preparada para desprender las mismas vibraciones que la entonces niña sintió en el momento en que este bloqueo fue creado, y esta energía negativa viajaría por sus circuitos y su sistema hasta llegar al cerebro, reforzando una y otra vez esa red neuronal, la de la pena y la vergüenza y la duda y la inseguridad, hasta volverlo un sentimiento tan familiar que entonces lo asumiera como parte de su carácter y de su persona, como algo de lo que no se podía deshacer porque así era ella y siempre había sido así, creería la Antonia de muchos años después, esa que no recordara la que originalmente fue.

Una vez que entendió que, por más que permaneciera debajo de la regadera, esa sensación no se le quitaría, el agua dejó de correr y la niña se preparó para salir.

Nicolás entra en escena

En el comedor estaban su padre y el extraño, este en el lugar que solía ocupar ella. Vaya, por fin ha salido la princesa, anunciaba Dionisio con su clásica efusión. ¿Le había dicho el extraño a su papá lo que había visto? ¿Se había callado? ¿Se lo diría más adelante? ¿La chantajearía con eso? El extraño la observaba desde su silla con cierta apatía. Ven, Antonia, siéntate. No: todo indicaba que su papá no lo sabía, pero eso no significaba que no lo haría. ¿Todo bien, princesa?, y Antonia movía la cabeza de arriba abajo con la mirada clavada en el piso. ¿Segura?, Sí, No sabía que Dolores y Ricardo y Amelia se habían ido; de haberlo sabido habría vuelto enseguida. ¿Te dio miedo?, No, ¿Estás triste por mamá? Y entonces se dio cuenta de que solo otra mentira la sacaría de ahí, Sí, Mi princesa, le decía Dionisio mientras la abrazaba con fuerza, Todo va a estar bien. No te preocupes, le decía el padre al mismo tiempo en que levantaba con su dedo índice la barbilla de la niña, Te lo prometo, y Antonia movía su cabeza en afirmación, aunque las gotas que corrían por sus mejillas decían lo contrario; el mismo dedo índice las limpió. Mira: este es Nicolás. La niña por fin fue capaz de alzar la mirada para enfrentar la del tal Nicolás, aunque solo la pudo sostener por un instante. Regresó sus ojos a los de su padre, en parte para huir de los otros y en parte para preguntarle quién se suponía que era este Nicolás. Nicolás es tu hermano, y ahora vivirá con nosotros. Y venga esa marea súbita que salía de su estómago y subía por su esófago hasta llegar a su faringe y ser expulsada por su boca. Nunca antes había vomitado negro; de ese color era su interior ahora, pensaba Antonia, que no dejaba de rumiar en su pecado, en su culpa, en su error. Salió corriendo.

Estaba metida en su cama, tapada hasta la cabeza, su pena desbordando su cuerpo, cuando tocaron la puerta y, sin esperar respuesta, se abrió. Sé que no estás dormida, le decía esta voz que hasta ahora escuchaba por primera vez. No le diré nada a papá, entonces cerró la puerta y se fue. Antonia salió de su habitación hasta la mañana siguiente, parte por la pena moral, pero también por la física; ahora entendía el humor de su madre después de que lo hacía; lo que no entendía era cómo seguía haciéndolo a pesar de esto.

¿Cómo amaneció la princesa? ¿Ya mejor?, le preguntó Dionisio cuando se apareció en el comedor, a lo que esta movió la cabeza en Sí, solo que ahora sus ojos sí encontraban a los de su padre y, aunque más tímidamente, a los de su nuevo hermano; hasta ahora podía ponerle una cara a esa presencia que no logró registrar en su primer encuentro. Nicolás era tan hermoso como su madre, como Mónica, notaba la niña. Ahora recordaba la fotografía y encontraba en su cara los rasgos que el paso de los años había ido modificando. Y, observándolo bien, también se parecía al otro niño que salía con su papá y el abuelo; esas facciones finas, delicadas, exquisitas, pensaba Antonia mientras invertía todo su esfuerzo en ingerir alimento, no siendo muy exitosa en el intento. No parecía hijo de su padre; lo único que compartía con él eran la altura y los ojos, esos que eran tan profundos y hondos que te podías perder en ellos como en un *mise en abyme*. Podía sentir una tensión entre su padre y el hijo, una que ambos se esforzaban para que no se notara, pero eso solo hacía que fuera más evidente; Antonia nunca había visto a su padre así de- ¿incómodo? Yo tengo doce años, decía Antonia, ¿Y tú?, Catorce. Y de nuevo el silencio amenizado por el choque del metal con la cerámica y los dientes con los alimentos y la tensión que invadía todo el comedor. No vayas a creer que eres tú, princesa: es él, decía el padre, a lo que Antonia no entendía muy bien, El problema es él. A este parece que le cobran por cada palabra que pronuncia, decía Dionisio sin dirigirle la mirada a Nicolás, mientras este pensaba en que ese hombre no podía ser más ordinario y más básico, usando esa figura literaria tan corriente y común como la de que a alguien de pocas palabras le cobran según el número que dice, y esto al joven le provocaba indigestión y ganas de decirle que se callara, que sus palabras no eran más que un ruido insoportable y una ofensa para el arte de la dialéctica. Si no escuchas mucho de él, no es tu culpa; siento decirte que tienes un hermano un poco nefasto, O más bien no veo el sentido de incrementar la cacofonía que tú provocas. *Cacofonía*, qué interesante palabra, pensaba Antonia, que por primera vez la escuchaba. ¿Qué es cacofonía?, le preguntaba a Dionisio ahora, pero este permanecía callado, concentrado en no perder la paciencia y explotar de una vez por todas con ese hijo suyo, comprobando que, a pesar de todo este tiempo, ninguno de los dos había cambiado. Cacofonía es la disonancia que produce la inarmónica combinación de sonidos, básicamente el ruido causado por hablar solo porque se tiene boca y cuerdas vocales que lo permiten, decía el adolescente, a lo que el padre respondía con, Tu hermano tiene esta idea absurda, seguramente heredada de su madre, de que es un ser superior a su mundo inferior, porque al parecer fueron paridos por los dioses o qué sé yo, y algo que suelen hacer para demostrar eso es usar palabras rebuscadas y complicadas, que nadie usa ni conoce, para hacerlos sentir menos, sin darse cuenta de que los pequeños en realidad son ellos. Nicolás soltó los cubiertos y se levantó de su silla, Eso es un muy buen ejemplo de cacofonía, Antonia, le dijo antes de retirarse. No le hagas caso, mi niña, es un malcriado. Pero aquí se va a componer, ya verás, decía Dionisio mostrándonos una sonrisa que reflejaba más enojo que alegría.

¿Quién era este nuevo personaje?, se preguntaba una Antonia cautivada. Quería descubrir lo que había dentro de su cabeza y quedárselo para ella. Lo que le causaba su hermano era algo muy similar a lo que le provocó tiempo antes Juliana, el efecto de los cuerpos que atraen, que provocan quererlos tomar y beberlos hasta dejarlos secos; de ser querida y pensada por ellos así como ella lo hacía, de manera absoluta y total, una manera que, tiempo después, sabría que su nombre correcto era *obsesiva,* esa que a lo largo de su vida le causaría tantos problemas y la desgastaría como pocas cosas podían hacerlo; para fortuna de su salud mental, pocas veces conocería a personajes que la llevaran a ese disfuncional estado mental.

Antonia, sintiéndose mejor por fin, y no tanto porque su organismo ya estuviera recuperado, sino porque, como usted y yo y todos lo sabemos, no hay mejor antídoto para el dolor que la ilusión, y esta niña de eso ahora tenía una sobredosis. Antonia, decíamos, salió al campo esperando encontrar a su nuevo hermano y así dar comienzo a la fascinante e idílica historia que en su cabeza ya se había empezado a contar. Pero Nicolás no estaba afuera ni por ninguna parte. Entonces fue a su habitación y llamó a la puerta. Nada. Llamó de nuevo. Le respondieron con un Qué, plano, sin signos de interrogación, algo como Que, y a esto Antonia no supo qué decir, porque, aunque fueron solo tres letras, eran suficientes para transmitir el mensaje de rechazo que ahora percibía la receptora detrás de esa puerta. Tal vez cree que soy papá, pensaba Antonia, y aclaraba, Soy Antonia, Nicolás. Silencio. ¿Quieres salir a jugar?, No, y estas dos letras, una palabra aún más breve que el violento Que, fueron suficientes para que el corazón de la niña se comprimiera hasta ocupar el menor espacio posible en su pecho. Su cuerpo sintió una punzada que le llegó de golpe y la dejó sin palabras. Líquido salado comenzaba a acumularse en sus ojos cuando la puerta se abrió, Pasa, le dijo él en su tono molesto, y así lo hizo Antonia, no sin antes borrar cualquier rastro de llanto. El suelo estaba cubierto de cajas de cartón llenas de libros; la cama, llena de libros; el escritorio, las maletas, los muebles, todo lleno de páginas llenas de palabras llenas de historias, pensaba Antonia, quien nunca había visto tantos libros juntos. ¿Has leído todo esto?, Casi, ¿Cuántos son?, No lo sé, Qué bello, fue todo lo que pudo decir la niña, lo que a Nicolás le hizo sospechar que ella no era como su padre, que tal vez era más como él. Antonia no había leído ninguno de ellos, y esto la hacía sentir infantil e ignorante, aunque también le daba esperanza, porque ahora tendría todos esos a su disposición. ¿Me prestas uno?, ¿Te gusta leer?, Mucho, ¿Qué te gusta leer?, No sé, todo, menos lo que me da Alberto, ¿Quién es Alberto?, Mi tutor. Seguramente también será el tuyo, Yo no necesito un tutor, ¿No vas a la escuela?, No, ¿No tienes maestros?, No, ¿Por qué?, Porque no me parece que otros vengan a imponerme sus ideas, seguramente erróneas, cuando por mi propia cabeza debo ser capaz de encontrar la verdad, ¿Cómo?, Leyendo, ¿Y ya?, No se necesita más, ¿Por qué estás aquí?, Te diría que porque no tengo otro lugar a dónde ir, aunque eso es mentira, porque en realidad podría irme a donde fuera, nadie me lo impediría. Entonces estoy aquí porque soy un cobarde que no se atreve a asumir su libertad y hacer con su vida lo que cree correcto. Pero esta respuesta no respondió a la duda de Antonia, más bien la hizo más grande. ¿Por qué ya no estás con tu mamá?, Porque ella ya no podía estar conmigo, no que antes lo haya estado, y en esto Nicolás estaba siendo injusto con su madre, porque si bien Mónica no era la mejor, vaya que lo intentaba, ¿Por qué?, La crisis de los cuarenta. El tedio de la existencia. Haberse casado tan chica. Haberse casado con él. Haberse casado y punto.

Haberme tenido. Yo qué sé. Se cansó de su vida, y eso me incluía a mí, ¿La extrañas?, No, mentía, ¿Dónde está?, No sé, seguramente en la playa inmunda a donde su novio diez años más joven que ella le haya dicho que se fueran a vivir.

Vivir: necesitaban *vivir* su vida, eso fue lo que dijo la madre cuando le informó al hijo que dejaban todo para comenzar una nueva vida, ¿Y yo para qué quiero eso?, le respondía este adolescente marcadamente anal que no soportaba los cambios en su rutina. Lo habían decidido una noche después de tomar mucho vino en una cena con unos amigos que habían hecho eso mismo: dejarlo todo y comenzar de nuevo. La única diferencia era que esos amigos no tenían hijos y sí muy claro su plan a seguir, pero eso le quitaba el romanticismo aventurero a la hazaña y por eso mejor omitían esa parte, haciéndolo ver todo tan fácil y simple. Esa noche, Mónica y Carlos, como nos pareció que sería bueno llamar al insufrible novio, se habían dado cuenta de que eso era lo que necesitaban: un cambio de vida, una aventura, descubrir otros mundos, nuevos horizontes, porque todavía eran jóvenes y había tantas cosas que les faltaba por vivir. Se irían a una playa donde él podría surfear todas las mañanas, aunque nunca había tocado una tabla en su vida, pero eso no importaba, si de eso se trataba precisamente, de aprender cosas nuevas, y, mientras él rompiera las olas, ella haría yoga en la playa, iluminada con los primeros rayos de la mañana, aunque solo hubiera practicado la disciplina un par de ocasiones y eso de levantarse de madrugada le sentara pésimo, pero todo eso cambiaría una vez que mudaran de escenario, porque serían otras versiones de ellos, unas reinventadas, mejoradas, renovadas. ¿Y qué se supone que vas a hacer en la playa, además de morirte de cáncer de piel? ¿Vender cocos? ¿Hacer trenzas?, le preguntaba este insolente hijo que con tal noticia terminaba de perder el poco respeto que aún le quedaba por su madre. ¿Por qué todo tiene que ser difícil contigo, Nico? ¿Por qué no puedes dejarte llevar? Fluir con la vida, ¿Dejarme llevar? ¿A la playa, a que por fin me maten los rayos UV?, le reclamaba Nicolás, cuya epidermis era hipersensible al sol, característica que el joven se había encargado de asumir y convertir en uno de sus atributos más representativos, como la falta de movilidad en las piernas a un inválido o la depresión clínica para un escritor, ¿Has escuchado al menos una sola de las miles de veces que he dicho cómo detesto la playa? ¿Se te olvida que me puedo morir?, Por Dios, no exageres, le decía Mónica riendo, y esto lo ponía peor. Estaba furioso, y es que no podía creer que su madre fuera tan insensible, que sus necesidades fueran tan ignoradas, que toda su persona le resultara de tan poca importancia a esa mujer que era la culpable de su existencia. Todos, incluso su padre que tan poco lo conocía, sabían que Nicolás era alérgico a los exteriores, al sol, al calor, a la naturaleza, a la aventura, a los espacios abiertos y prácticamente a todo eso que su madre tan jovialmente le estaba tratando de vender. Y antes de seguir, entendió: no era que lo hubiera olvidado o no lo supiera, no podía *no* saberlo, habría que ser muy estúpido para eso, y Mónica no era brillante pero tampoco podía ser tan bruta. No, si su madre lo sabía muy bien, y precisamente por eso se iba a un lugar así, para que no la acompañara, para que ni siquiera lo considerara, para que no le quedara más opción que tomar otro camino y, entonces sí, ella pudiera reinventarse y tener esa vida nueva que tanto deseaba y en la que él ya no cabía, si es que en algún momento lo había hecho. Y darse cuenta de esto hizo que el corazón de Nicolás estallara de una manera brutal, igual que como lo hiciera en aquellos días la burbuja de las criptomonedas: ¡boooooooom!, provocándole un trauma que dañaría este órgano vital y que permanecería dañado para siempre, acompañando a ese cuerpo titulado Nicolás en todas sus decisiones de vida, convirtiéndolo, todavía más, en un ser con miedo y con una profunda necesidad de protegerse de su alrededor, porque este era uno amenazante antes que bondadoso, uno de rechazo antes que de amor, uno de odio antes que de compasión, y lo volviera este hombre emocionalmente inseguro, incapaz de mantener relaciones estables y duraderas. Una herida que no quiso asumir en su momento, que prefirió hacer como que no sintió, que no ocurrió, pero que le estuvo doliendo desde que se formó y hasta el final de su irresuelta vida. Un dolor absurdo, cabe mencionar, de a gratis, como dicen por ahí, porque fue un dolor inventado por su cabeza, resultado de su soberbia y su ego, por estar convencido de que las decisiones de los otros están basadas en él, cosa que no podría ser más absurda, tanto para él como para cualquiera, porque todos creemos lo mismo, que somos el sol, no me lo va a negar, tan graciosos nosotros, y por eso nos resulta tan importante nuestra intrascendente y pasajera vida, y por eso vivimos absortos en nuestros deseos y nuestras agonías, nuestros planes y manías, tanto que no tenemos tiempo para pensar en la agenda de nadie más. ¿Sí se da cuenta de que las matemáticas no dan?

La eterna búsqueda de la felicidad de Mónica se había convertido en un calvario para su hijo. Y es que todo indicaba que su madre nunca hallaría lo que buscaba, porque siempre que creía que ya había alcanzado ese anhelado estado, al poco tiempo se daba cuenta de que no era más que una ilusión, de que otra vez se había equivocado, como lo hizo cuando conoció a David, el que apareció después de Dionisio, y luego con Samuel, y luego con Carlos, y así pasaría con este también, estaba seguro su hijo. ¿Cuánto tiempo iba a durar la creencia de Mónica en este último redentor? A Nicolás no le interesaba saberlo. Detestaba lo ilusa, idealista y fantasiosa que era su filosofía; que creyera en el karma y los mantras y los dioses y las reencarnaciones y la astrología y la energía y las cartas astrales; su manera tan laxa de ver la vida y su paso por ella, esa completa irresponsabilidad sobre sus actos, esa forma tan fácil de convencerse de que todo estaba bien, de que si las cosas no habían salido como deseaba, por algo era, porque así estaba escrito, porque los dioses así lo quisieron. Y esto a Nicolás le parecía una grosería, una manera fácil y vulgar para no responsabilizarse de su existencia, de sus acciones y sus decisiones. ¿Por qué tenía que ser el hijo de unos padres que actuaban como niños?, se preguntaba constantemente esta creatura. Y en esa ausencia de adultos, a Nicolás no le quedó de otra más que convertirse en uno, porque al menos alguien en esa casa tenía que tomarse las cosas en serio, carajo. Y por eso nada era simple, nada era fácil, nada era *cualquier cosa*, con él. Y por eso tanto libro y tanta filosofía y tanta dialéctica, porque se sentía tan abandonado a su suerte que creía que solo esto podía protegerle del insensato mundo que le rodeaba.

Muchos años y muchas cosas habrían de pasar para que Nicolás entendiera que los padres, cuando se vuelven uno, siguen siendo personas, personas que siguen cargando con el peso de su propia historia, una historia que, gracias a estos hijos, se vuelve aún más pesada; que ellos intentan, bien o mal lo hacen, pero la vida sigue sucediendo en esta espiral que no para y no parará, y a los hijos nos toca vivir sus temas irresueltos, así como a los nuestros les tocamos nosotros, igual de inconclusos y rotos, igual de heridos, y aun así seguimos avanzando en este infinito vórtice, y eso no es culpa de nadie y es culpa de todos, y dígame entonces dónde quedó la bolita. Muchos años después, cuando a Nicolás le tocara enfrentar a sus hijos, este lo entendería, aunque de poco le serviría, porque sería muy tarde ya, como siempre lo es, porque sus hijos se habían ido de este mundo años antes que él, dejándolo aquí, con sus temas pendientes, solo que ahora sin la oportunidad de resolverlos, porque no diremos que es una tarea imposible pero sí una mucho muy difícil, eso de resolver temas de este tipo cuando la persona con la cual se mantiene el conflicto ya no está en este plano mundano, cuando ya no es más que una colección de memorias que ya no tendrán oportunidad de reescribirse, y entonces uno se queda con las palabras en la boca, porque jamás pensamos que un día el corazón de un hijo se pararía antes que el nuestro, por favor, si eso es contra natura, y ahora sí que resulta imposible decir todo lo que en su momento, por cobardes o por pendejos, no nos atrevimos a decir, y verá cómo le lía a uno la existencia, cuántas sesiones de terapia y miles de millones terminamos gastando solo por no haber hecho lo que tuvimos que hacer en su debido momento.

   ¿Me lo prestas?, le preguntaba Antonia a Nicolás al mismo tiempo en que tomaba un libro cuya portada decía *El príncipe*. No presto mis libros, ¿Por qué?, Porque la gente no cuida las cosas. Y mis libros son muy importantes para mí, Para mí también: yo nunca los rayo ni dejo que sus esquinas se doblen o que sus pastas se ensucien ni que les pase nada malo, Me imagino que mientras esté aquí no me quedará de otra que hacerlo, ¿Hacer qué?, Prestártelos. No se me ocurre otra cosa que se pueda hacer en este infernal lugar más que leer, ¿Tú qué eres?, le preguntó Antonia después de meditarlo por un momento y no dar con la respuesta, ¿Perdón?, Sí, ¿tú qué eres?, No entiendo, Dices que la gente no cuida las cosas; tú, sí. Por lo tanto, tú no eres gente, ¿entonces qué eres? Nicolás nunca había conocido a alguien que usara la lógica aristotélica y su construcción de los silogismos de manera tan puntual y fiel. ¿Se estaba burlando de él?, fue lo primero que pensó. No lo sé; soy el único habitante de un planeta que aún no se descubre, Qué lejos de casa suena eso; qué solo te has de sentir aquí, Tú tampoco pareces ser gente. ¿Qué eres? Y después de pensarlo unos segundos, Soy una parte de la historia, le contestaba Antonia, y esa respuesta le gustó a su hermano, porque le recordó las meditaciones de Marco Aurelio, las que aún no lograba comprender del todo pero que sonaban muy bien en sus páginas. Quédatelo. Igual ya no lo necesito, me lo sé de memoria, decía Nicolás tratando de disfrazar torpemente su pedantería. Antonia tomó el libro y se fue corriendo, así, sin siquiera agradecer, pensaba Nicolás, a quien no le dejaba de sorprender la ingratitud y la poca educación de *la gente*. Apenas pensaba eso cuando la niña ya estaba de vuelta. Ten: estos son mis tres libros más favoritos y, estirando los brazos y cerrando los ojos, hacía entrega de esos objetos que eran tan valiosos para ella como si fuera una parte de su cuerpo, sus ojos o un riñón, una parte de su pasado o de su futuro, algo así era lo que estaba entregándole a su hermano, y este lo sabía, porque no todos los días nos topamos con gente como uno. Nicolás los recibió con el mismo respeto y los puso sobre su cama. ¿Qué más necesitas?, ¿Te ayudo a desempacarlos?, No. No los toques. Y ya déjame solo. Ya vete, y estas palabras hicieron que por la espina dorsal de Antonia corriera un frío helado, porque le hicieron ver que, a diferencia de lo que ya creía, ese intercambio de objetos amados no los hacía cómplices, ni amigos, ni nada, y, sumergida en la vergüenza que esto le puede provocar a cualquier ser tan consciente de sí mismo, como para su desgracia lo era nuestra Antonia, esta hizo como se le dijo y se retiró.

Era obvio que alguien como Nicolás no iba a interesarse en una niña como ella, que no había leído ni siquiera una décima parte de todo lo que él conocía, que no era exquisita ni elegante, sino lo contrario, con esa estatura tan anormal, con esa voz tan grave, casi masculina, con sus vestidos simples y aburridos, con esa prominente e imperfecta nariz suya, la misma que años después sería una de las principales razones de su éxito para conseguir parejas con inclinaciones artísticas e intelectuales, *modernos,* les decíamos por aquí, y es que a esa nariz se le atribuiría gran parte de su atractivo, algo que le sumaba aún más a su, dicho en palabras de sus amantes, *devastadora personalidad.* Con el paso de los años, Antonia descubriría que lo perfecto no siempre es lo más bello, y que, incluso, había mucha más belleza en la imperfección. Sin embargo, eso nunca sucedería con la percepción que tenía de su cuerpo o de toda ella. Alguien como Nicolás no tendría por qué interesarse en una niña como ella, con esa cara y sus miles de pecas que la invadían, entonces más que nunca, después de todas las horas que pasaba bajo el sol, y ahora sus pómulos y su nariz y su cuerpo eran como el mapa de un gran archipiélago, con esas manchas que recorrían sus hombros y sus brazos y partes que ni siquiera conocía. En esas largas y meditativas duchas que tomara en su adolescencia y juventud, Antonia se preguntaría si algún día vería su piel completamente limpia, sin esas marcas que la hacían ver tan sucia, y esta sería un lastre más que le añadiría al costal de insuficiencias que llevaría cargando ese maltratado e injustamente devaluado cuerpo. Esto lo pensaría a pesar de que esas supuestas imperfecciones fueran el objeto de adoración de las personas con las que, años después de esta infancia, Antonia intercambiara sus fluidos de una u otra manera.

Un viaje al pasado para entender el presente

Nicolás se quedó rumiando en sus recuerdos, bajo el mismo techo que lo protegiera de ver las estrellas desde que nació y hasta seis años atrás, la madrugada en la que su madre llegara nerviosa e histérica, como lo había estado en las últimas semanas, y le pedía que tomara sus libros favoritos, Solo tres, Nicolás, que tenemos que andar ligeros, y un cambio de ropa, y que no hiciera ruido, que no querían despertar a su papá. Toma, le decía su madre, entregándole sus muletas para que pudiera moverse. Pero apúrate, mi amor, insistía una Mónica muy drogada de miedo y barbitúricos que igual no le ayudaban a conciliar el sueño. Nicolás desconocía cómo era que uno jerarquizaba su amor así de simple, cómo dividía el apego que tenía por esos objetos tan queridos todos por igual. Y rápido y sin hacer ruido. Solo tres, repitió Mónica, Pero mamá-, Tres o ninguno, Nicolás. Eso no era justo, pensaba el pequeño nacido virgo con ascendente en libra, esculpiéndolo el cosmos, si aquí creyésemos en corrientes de pensamiento basadas en la astrología, como un espíritu vehementemente atraído por la justicia y las formas, por el orden, la disciplina, lo correcto, el deber ser, o lo que gráficamente a usted le evocaría a una pequeña figura cuadrada. Y por esta razón, de nuevo, si creyésemos en los astros y el significado de sus bien conocidos y comercialmente explotados arquetipos, por haber dado su primer grito de vida el segundo día del noveno mes a las cero horas con veinte minutos en las coordenadas geográficas donde se ubica La Soledad, siendo definido por las constelaciones como un alma esencialmente moralista y juiciosa, por esta razón, el dilema al que su madre lo enfrentaba partía el corazón del niño en pedazos tan diminutos que se convertían en polvo que con cualquier corriente de aire se podría perder y volverse nada, porque eso que le estaban haciendo era inmoral, impropio, indigno. ¿Por qué le hacían esto a él, que no hacía más que cumplir dignamente con la insostenible responsabilidad de poseer un cuerpo y tener una vida, esa que le habían otorgado estos mismos irresponsables que ahora se desentendían? ¿Por qué le hacían esto a él, que nunca lo pidió ni lo quiso, que tan cómodo podría estar siendo una posibilidad irresoluta de un simple espermatozoide perdido entre los otros millones, no siendo más que energía dispersa por el universo, libre y feliz en la maravillosa nada? A él, que no hacía más que desempeñar estoicamente su papel, como lo hubieran hecho Cicerón y todos esos nobles hombres que conocería diez meses después de esa noche y a los que les entregaría toda su confianza y su fe, porque en algo tenía que creer esta creatura, una guía habría de buscar, porque, como diría mi espiritual e iluminada madre, Uno necesita tener algo de dónde agarrarse, hijo, y cada que lo dice me imagino que estamos, nosotros, mundanos humanos, navegando en un barco de madera esculpida a mano, y es importante que cumpla estas características porque esto que habremos de decir es una analogía de la vida, como lo son todas ellas, y un barco de metal, mecánico, ya sabe, de esos yates jetseteros, no nos funcionaría para esta representación. Me imagino que estamos navegando turbulentas aguas en medio de una inmensa masa de un azul casi negro, perdidos en una nada que muy pocos ojos humanos han visto en los miles de años que este sacrosanto planeta ha existido, una nada exclusiva, casi nuestra, imagino que estamos aquí, en el mar de la vida, como un vulgar y predecible poeta diría, con estas olas que suben y bajan y nuestros buenos sustos nos dan, porque estamos a merced de esta vasta y poderosa fuerza que no hay poder humano que se anteponga. Y ahí estamos, siendo arrastrados en la cubierta de un lado al otro en nuestro barco de madera esculpida a mano, golpeándonos la cabeza y las rodillas y los codos, rompiéndonos los huesos, carajo, indefensos, sin saber cómo parar este triste espectáculo que un poder infinitamente superior a uno, a toda la embarcación junta, está haciendo de nosotros. Y después de varios revolcones, porque nuestro tiempo nos toma darnos cuenta, claro, uno nota que en medio de la embarcación hay un mástil, firme y erguido, plantado como una vieja sequoia a la tierra, y de pronto uno suma dos más dos y se da cuenta de que si quiere parar esta turbulencia que está a dos de matarnos, entonces ese mástil es el camino, la verdad y la vida, el alpha y el omega, la salvación y lo único que puede mantener a uno, bien sea dicho, a flote. Uno necesita tener algo de donde agarrarse, diría sabiamente mi madre, porque si no, en tiempos de tormenta, que en este monumental cuerpo azul que usted bien entiende personifica la vida, ocurren más seguido que no, y uno se la vive putazo tras putazo, putazo tras putazo hasta que sale volando por la borda y ni siquiera se entera cuando todo acabó. Y eso Nicolás lo entendió desde muy pequeño, que era necesario agarrase de algo si no quería terminar ahogado por la marea de la existencia. Por eso cuando se topó con la edición ilustrada de *Mitología: Relatos atemporales de dioses y héroes griegos, latinos y nórdicos* de Edith Hamilton, Nicolás se aferró tan fuerte a ella como pudo, e hizo de Zeus y Hércules y Poseidón y Odín y Thor y Apolo sus superhéroes, y el pequeño de ocho años podía pasar horas imaginándose siendo como ellos, discutiendo con ellos, hasta que las figuras en su cabeza se volvían tan reales que tomaban forma fuera de ella, y nadie entendería con quién hablaba el niño, pensarían que se había vuelto medio loco, pobrecillo, después de tan violento divorcio, cómo no iba a quedar así, aunque de igual manera siempre había sido medio rarito, un muchacho difícil. Uno tiene que dejarlos ser, decía Mónica cada que le hacían algún comentario sobre su hijo, No seré yo quien le mate a sus amigos imaginarios, si son los únicos que tiene mi niño; ya madurará al tiempo que le toque, respondía la madre sin que se le pudiera ver la cara por el humo del cigarrillo que frenéticamente ponía y quitaba de su boca, y cuya combustión terminaría, años después, treinta y seis para ser más precisos, restándole dos años de vida, porque en los libros estaba escrito que Mónica de Vega y López se iría de este misterioso mundo a los setenta y dos, pero ya sabe cómo nos gusta retar los deseos divinos, y tanto va el cántaro al agua que fue al segundo mes de que cumpliera su séptima década terrestre que el sistema hidráulico de las venas de Mónica dejara de correr y su corazón de bombear.

¿Cómo llegaba esa lunática mujer como juan por su casa a perturbarle el sueño de esta manera, como si fuera una cosa inerte y no un niño frágil y lleno de temores al que se tiene que proteger? Como si esta no supiera lo mal que se ponía con cualquier sonido inesperado que lo asaltaba, cuando los truenos que iluminaban el vasto cielo parecían ocupar todas las ondas vibratorias a la redonda para hacerlas colapsar juntas en los oídos de la creatura, así lo sentía él, haciéndolo estallar en gritos durante horas, porque ese trueno del cual Nicolás no se podía prevenir representaba una aterradora figura en su psique, la de un evento que este no había calculado, algo que estaba fuera de su control, y no había cosa que pudiera poner peor a Nicolás que sentir que no tenía el control. Que lo obligaran a deshacerse de sus libros, lo único que lo hacía sentir a salvo, era algo que él no terminaba de entender, y por eso permanecía pasmado frente a su librero, tensionando todos los músculos de su pequeño y quebradizo cuerpo, el mismo cuerpo que guardaría en la memoria de sus átomos esta información que resultaba tan violenta para una consciencia tan impoluta como entonces lo era esta.
Cuando su alma ya no fuera tan pura, no mucho tiempo después de esto, Nicolás reaccionaría mal cada que fuera orillado a tomar decisiones importantes, y le vendría la migraña

y su dolor de cuello se volvería tan intenso que comenzaría a arderle la espalda alta, aunque de estos dolores ya no se percataría, porque estaría tan acostumbrado al malestar generalizado que le provocaba el mero coexistir que solo iría ajustando su umbral de dolor según el peso que el paso de los años le fuera agregando, y se familiarizaría con la sensación de incomodidad hasta que esta y él se volverían uno mismo, hasta que el malestar se volviera parte de él e incluso lo necesitara para sentirse bien. Y es que Nicolás viviría tan desconectado de su cuerpo y tan inmerso en su mente que sería natural que no hubiera una buena conversación en ese organismo, y por eso nada funcionaría como debería, diría un profesional de la medicina oriental tradicional, seres cuya sabiduría ancestral respetamos profundamente por estos pasillos. Y por eso, cada que se le presentaran este tipo de situaciones, este niño que se convertiría en adulto y terminaría siendo, por desgracia, tan parecido a la mayoría de ellos, reaccionaría como un animal que de pronto se descubre encerrado en una jaula, porque se sentiría amenazado y esto lo haría entrar en pánico y entonces respondería peor que de costumbre y fumaría más cigarrillos y tomaría más café y bebería más vino y comería sin darse cuenta de lo que está metiendo por su boca y consumiría más de los sedantes que tuviera a su alrededor, todos, los que fueran, no importaría cuáles con tal de callar esas memorias formadas tantos abriles atrás por personas que ya no existían, siendo alguien que ya no era.

¿Estaban huyendo de su propia casa?, se preguntaba el niño esa madrugada, ¿A dónde? ¿Y por qué? Porque si bien Nicolás ya tenía suficiente edad como para convencerse de que estar lejos de su padre era lo mejor que le podía pasar, el niño también era lo suficientemente consciente de que su destino no podía estar en manos de su madre, porque entonces su historia se convertiría en una tragedia griega, y era verdad que estas le gustaban mucho, pero solo como espectador, nunca como personaje, mucho menos como protagonista.

Su madre tomando cargo de su vida era la negligencia más grande que este niño podía concebir, y vaya que, siendo Nicolás pesimista de nacimiento, su capacidad de pronosticar catástrofes podía ser muy amplia. A su madre no se le podían confiar criterios tan básicos como el de no usar como proyectil de ataque todo lo que hubiera sobre la mesa cada que las discusiones entre ella y Dionisio se elevaban, lo cual, en las últimas semanas, ocurría todas las noches, cada una peor. De pronto Dionisio decía algo y esto a Mónica no le parecería y dos segundos después surgiría desde sus entrañas una furia y un coraje y unas ganas de golpear a ese hombre hasta hacerlo callar, y por eso tomaría lo que tuviera enfrente, una copa, una botella, un cuchillo, la sopa, el lechón, y lo lanzaría sin importarle dónde caía. Últimamente, de Mónica no se podían esperar cosas tan esenciales como la de controlar sus impulsos y comportarse como el adulto que se suponía que era, mucho menos el que supiera qué hacer con el futuro de una creatura. Apúrate, mi amor, le repetía esta, sacándolo bruscamente de su meditación. Nicolás se negaba a emprender este viaje del cual ignoraba cuándo iba a regresar. ¿A dónde iban? ¿Con la abuela? Pero si la abuela sufría de demencia, hablaba con la tele, confundía a su nieto con su hermano, de pronto gritaba y se ponía a insultar al aire y lloraba y golpeaba a cualquiera que se le acercara; estar con ella era aterrador. Ahora que lo pensaba bien, Nicolás no sabría determinar cuándo dejó de ver a su madre como su madre y cuándo comenzó a verla como su hermana menor. Y no sabría decirlo porque ese cambio nunca sucedió, porque siempre la vio así, como una niña inmadura a la que había que cuidar de ella misma. Seguramente, el gran meollo del asunto, el conflicto angular de la vida de este ser que llegaría, pasaría y se iría de este plano solo un poquito, muy poquito realmente, cosa de nada, evolucionado; tal vez lo que le hiciera vivir su vida de manera tan limitada y poco gozosa fue el hecho de que se sintió como un huérfano desde que nació, porque de madre tenía una hermana a la que proteger, y padre sí tuvo, pero a este prefirió matarlo a sangre fría, en términos freudianos, claro, no sofoclianos; matarlo una y otra vez porque todo lo que su padre representaba, él lo aborrecía.

Y ahora, mientras Nicolás identificaba en su vieja habitación el olor de los años de antaño, despertando tanta información que había permanecido dormida en sus neuronas, este pensaba en si sería capaz de anteponerse al pasado, y se respondía que sí, porque ahora era un hombre, uno que por fin se había emancipado y nada tenía que ver con su padre. Tan inocente, mi niño, que de nada le servía haberse leído la *República* y *El contrato social* y el *Leviatán* y cargar en su cabeza todas esas páginas que iba acumulando dentro de ella de manera cada vez más compulsiva, porque desde que su mente aprendiera el mal hábito de pensar y hasta que dejara de hacerlo, no haría otra cosa que buscar las respuestas a todas sus preguntas, las cuales eran muchas y muy difíciles de responder, como la clásica y siempre vigente de qué demonios hacía aquí, y cuál era el sentido de esta vida que le obligaban a vivir. A pesar de llevar sobre los hombros esa gran mente, llevaba también esa gran ingenuidad, porque su construcción de la realidad estaba equivocada desde la base, desde los cimientos, desde la raíz, y perdone si a veces le sonamos repetitivos, pero nos resulta muy importante ser claros en lo que decimos, y eso solo se logra dando varios conceptos de la misma idea para reafirmarla, o tal vez eso es solo algo que nos contamos nosotros para excusar esta muletilla nuestra, la de repetir, reiterar, insistir en la idea, es eso o es una mera e irrespetuosa falta de confianza de nuestra parte en la capacidad del Lector, pero no nos referimos a usted, cómo cree, si usted es brillante y de su intelecto nunca dudaríamos; usted no, sino el otro, el que no es tan erudito ni es tan brillante ni tan hermoso como lo es usted. Y decíamos que de nada servían todas esas neuronas colmadas de raciocinio si era tan inocente como para no darse cuenta de que él mismo se había encargado de llevar a su padre impregnado en cada célula de su organismo, porque la definición de toda su persona no era más que una en reacción a la de Dionisio; no ser lo que el padre era determinaba lo que era el hijo. Para pesar de Nicolás, Dionisio era el yang de su yin, esa energía con quien mantenía una danza que se necesitaba mutuamente para formar un todo. De haber yo terminado mi carrera en psicología, en una breve sesión le hubiera demostrado a Nicolás lo obscenamente evidente que esto resultaba para cualquiera. Pero no hay por qué sentirse mal, Nicolás, le habría dicho también, porque es algo que todos hacemos: *somos* en función a nuestro entorno, aunque nos cueste tanto trabajo aceptarlo. ¿Estás diciendo que de haber sido mi padre un intelectual atormentado, un tipo cuadrado, ciertamente aburrido, enajenado, difícil y arrogante, entonces yo me habría puesto un disfraz distinto a este, habría construido otro personaje, ocupado otro rol, el de bufón, por ejemplo, como el que representa él?, me habría cuestionado Nicolás, ¿Estás diciendo que yo no soy *yo*, que no soy más que el resultado de la mezcla de condiciones y circunstancias totalmente aleatorias? ¿Que la construcción de mi persona pudo haber sido muy distinta de haber cambiado una condición, un factor? Pero cómo te atreves a decir semejante estupidez. Yo no puedo ser eso; yo no puedo ser una simple casualidad, una mera serendipia de la vida. ¿O sí? No, imposible. ¿O sí? ¿Lo soy? ¿Entonces quién putas soy? Si yo no soy *yo,* si pude haber sido cualquier otro, ¿entonces qué soy? ¿La representación de lo que sale de una gran mente creacionista que ha decidido todos los ingredientes, todas las situaciones, toda la historia para que terminara siendo *esto* que soy y no soy? ¿No soy *nada*?, preguntaría Nicolás sin dirigirse a nosotros, porque para este punto ya estaría absorto en su mente, tratando de encontrar dentro de ella la respuesta a estas preguntas, sin terminar de entender que justamente ahí es donde no las encontrará. Y como esta pregunta no esperaba respuesta, nosotros no le diríamos que no era nuestra intención ponerlo así de mal, pero que sí, algo así más o menos era: *nada*. No nos pondremos nuestra hermosa túnica budista para explicarle a esta creatura ideas tan alejadas de su entendimiento como la de que el Yo no existe, o que solo existe en nuestra mente y, por lo tanto, el concepto de uno mismo es una farsa; no lo haremos no porque hacerle entender esto tome muchísimo tiempo y disciplina, que lo toma, sino porque una cabeza tan enamorada de sí misma como lo es la de Nicolás jamás le abriría la puerta a una idea que atentara tanto contra ella.

Pasarían los años como solo ellos saben pasar, rápido y lento al mismo tiempo, y entonces pasaría lo que pasó entre el padre y el hijo, y vaya que lo que pasó fue muy fuerte, eso no se lo discutimos a nadie, si cuando sucedió tuvimos que cerrar los ojos porque era una imagen muy dura para nuestras córneas, estas que han visto tanto y que aun así fueron incapaces de presenciar esta parte de la historia. Y de antemano le ofrecemos una disculpa si lo estamos confundiendo con esto que decimos, si bien sabemos que no entiende de lo que estamos hablando, dado *que lo que pasó* aún no ha llegado a pasar aquí; cientos de páginas más adelante lo hará, eso sin duda, y entonces entenderá muy bien a lo que aquí nos referimos y nos dará la razón. Pasarán las páginas, decíamos, y, con ellas, los años, suficientes como para llamarlos una vida, y Nicolás seguiría viviendo el pasado como si fuera su presente, no dejándolo ir, creándolo y recreándolo en su cabeza una y otra vez. Y este personaje al que incluso nosotros apenas estamos empezando a conocer, porque inicialmente había sido concebido como uno distinto, uno mucho menos aciago y molesto, pero este fue el que empezó a salir, y contra eso no hay nada que se le pueda hacer, porque así son estas creaturas ficticias, nada más les das el toque divino y al poco tiempo empiezan a empoderarse y quererse emancipar y hacer con uno lo que se les viene en gana. Decíamos que este personaje que se está construyendo en cada letra que estos dedos teclean, se quedaría anclado en las formas y los mecanismos de supervivencia que le funcionaran en su infancia y que desde entonces repetirá día tras día, reforzando esas creencias hasta volverlas más reales que la realidad misma, redundando con los mismos fantasmas y tratando de huir de las mismas sombras, hasta hacerse codependiente de ellas, reiterando su versión de la historia día tras día hasta creer que era *esto*: este costal cargado de miedos y traumas y penas y furia y coraje y enojo. El hijo de Dionisio y Mónica viviría siempre en el pretérito, uno que solo sucedió en su cabeza, como todos los recuerdos y registros que construyen nuestra historia, no esta, sino la de cada uno de nosotros, la suya y la mía y la de todos; las supuestas *realidades*, nada más que creativos productos de nuestra mente y lo que esta quiere creer. Y hay algo de razón para esto, claro, y es que le resultaba más fácil a este hombre que con los años se fuera llenando cada vez de más limitaciones, el rumiar sin cesar en los hubieras, en los errores, especialmente en los ajenos, antes que mirar adentro, enfrentarse y hacer algo de provecho con esta vida que algún dios le había otorgado y en la que pudo haber sido tanto y no lo fue.

Cuando Mónica y Nicolás dejaron La Soledad, el hijo no volvió a saber del padre. Así pasaron los primeros meses, y su cumpleaños, y la navidad, y de nuevo otro cumpleaños, y otro curso, y otra navidad, y otro cumpleaños y así hasta llegar a este día. Mientras tanto, Mónica estaría entretenida tratando de encontrar a su nuevo Dionisio, porque, aunque la envoltura fuera distinta, al final siempre querría más de lo mismo, Es que hasta parece que me los busco, diría Mónica decepcionada, un poco borracha, con los ojos hinchados de tanto llorar después de terminar otra relación. De haber tenido nosotros todavía un esqueleto cubierto por músculos y piel que nos permitiera andar por su mundo, habríamos pasado por ese bar para sentarnos con ella y Frida, su mejor amiga y cómplice, nos habríamos pedido un Campari y entonces le habríamos dicho que No *parecía* que se los buscara, que eso era exactamente lo que hacía, *buscárselos,* para que cumplieran los mismos defectos, para que abrieran las mismas heridas, tropezando con la misma piedra, como si no hubiera tantas otras piedras en el camino que seguramente se ajustarían mejor a su pie, sin hacerla tropezar de esa manera tan catastrófica. Esta manía suya de caer en profundas depresiones cada que, después de creer haber encontrado la tan buscada respuesta a la tan anhelada felicidad, descubriera que había caído, de nuevo, en otra ilusión óptica, otro engaño, y cada vez que pasaba esto, el sentimiento de decepción era más fuerte que el anterior, y el daño que esto provocaba a su alrededor, más irreparable, porque en cada nueva ocasión había más fatiga, más cansancio, más fastidio de haber repetido la historia con puntos y comas, de estar caminando en este eterno círculo que no llevaba hacia ningún otro camino que el que ya se había recorrido y el cual deseaba tanto dejar atrás.

Sobre el problema con el tiempo y su paso por nuestra vida según este atormentado Narrador

Ese es el problema con el tiempo y su paso por nuestra vida, por eso este eterno conflicto con él, porque mientras más avanza, más trabajo cuesta deshacerlo, corregirlo, enmendarlo, el tiempo, porque cada día que pasa es una oportunidad menos para hacerlo bien y una más para reprocharnos que otra vez no lo hicimos, y así se van amontonando uno tras otro esos archivos que día a día, mes a mes, van llenando nuestro disco duro hasta que lo saturan y hacen que el sistema se atrofie, tanto almacenaje de datos basura no da espacio para su desempeño óptimo, y espero que la figura retórica que se está utilizando sea clara, porque de lo contrario significaría que no estoy haciendo bien mi trabajo y, siendo esta la única función para la que fui creado, me parecería muy vergonzoso no cumplir. Y decía que ahí viene un mes detrás del otro hasta que se juntan paquetitos de doce y se convierten en años, años que pasamos como a los indigentes en la calle, que casi los pisamos y uno ni cuenta se da, y cuando apenas lo hacemos, cuando nos percatamos de que ya no es seis, sino siete el último número que va después del lugar y la firma en los documentos burocráticos que uno ha de llenar hasta el día que se muera, cuando apenas se está acostumbrando a que es siete y no seis, llega el ocho y así el nueve y luego un cero y luego otro, cayendo encima de uno como el granizo que nadie vio venir, lloviendo sobre nosotros como las cajas de cereales en el estante del supermercado que no logramos tomar sin hacer de nuestra torpeza un espectáculo público, y así pasan y siguen pasando los dígitos del título del calendario, y sin darnos cuenta de cuándo ni cómo, como todo lo que sucede en nuestra vida, así se va saturando el disco duro, si se nos permite retomar la figura previamente usada, un disco que de pronto ya no soporta actualizaciones, y así nos vamos acostumbrando a aguantar esta pesadez, esta fatiga, este mal funcionamiento del sistema, este que cada vez es más insostenible porque desde que nace va acumulando tanta basura dentro de esta bolsa de piel. Y por eso uno se levanta un miércoles por la mañana sintiéndose el Atlas, cargando sobre la espalda, qué decimos la Tierra, todo el sistema solar, carajo, el universo entero con todo y sus agujeros negros, y cómo no va a sentirse así uno, si llevamos dentro de este saco de dermis no solo nuestras mundanas incomodidades, que ya son bastantes, sino que además, como si el universo entero fuera poco, también llevamos encima el peso de la culpa, esa por la que inicialmente abriéramos esta meditación donde las metáforas y figuras literarias comienzan a mezclarse entre sí, volviéndose confuso para cualquier lector que no nos siga el paso, que, como sabemos muy bien, no es el caso de usted. La culpa, decía, esa mancha indeleble que no se borra por más que se le talle y que cargamos a donde sea que vayamos; la culpa que sentimos por no ser suficientes, por no ser todo lo que podemos ser y en su lugar ser *esto, humanos,* este desgraciado concepto que, cuando se escucha, en nuestra cabeza resuena una connotación negativa, y no sabemos qué hacer con toda esta *humanidad* que cargamos, porque definitivamente no queremos ser así, en verdad que no, si nada más mire cuántos problemas nos ha dado el serlo. Y cada que postergamos el día en que habremos de anteponernos a esta esencia nuestra, se incrementa el peso que insoportablemente cargamos por no enfrentarla, dejándolo para después, una y otra vez, hasta que una noche cerramos los ojos y no los abrimos más. A esto se resume nuestro miedo a la muerte, porque sabemos que, cuando se acabe el tiempo, y entonces el recuento del cuento se haga, no tendremos ninguna excusa que dar.

Una pausa, por favor

Chaque homme porte la forme entière de l'humaine condition, diría originalmente Montaigne, o *Todo hombre lleva en su interior la forma entera de la condición humana*, lo traduciría un hispano, aunque *Every man contains within himself the whole condition of humanity* es como más exquisito nos parece que suena. No entraremos en discusión sobre si le parece así o no; tratemos, por favor, de no desviarnos todavía más del tema, si conscientes estamos de que desviados ya andamos, y aquí aún queda mucho qué contar, y la verdad es que uno empieza a cansarse, porque uno ya no es el de antes, desde que nace deja de serlo. *Every man contains within himself the whole condition of humanity*, fue como la leímos y, cuando lo hicimos, enseguida pensamos en Nicolás. Y es que, poco a poco, este iría olvidando su infancia y el tiempo en el que su espíritu aún era libre y virgen, su ser uno lleno de energía pura y viva, cuando su ego aún no existía, cuando no había miedo, cuando no pensaba en el pasado porque este aún no ocurría. Con los años, Nicolás irá borrando de sus memorias los muchos momentos en los que Mónica y Dionisio y él fueron felices, cuando su madre amaba a su padre y este la amaba de vuelta y ambos lo amaban a él de esa manera tan honda e intensa en la que lo hacen los padres. El hijo no recordaría las lágrimas de emoción y orgullo que su madre no pudiera contener cuando, a sus cinco años, este tocara su primera canción en piano frente a todos esos invitados, imaginando las infinitas posibilidades que había en el camino de su pequeño, un camino bien pavimentado, con todo resuelto para que lo anduviera con placer y alegría. No mucho tiempo después del fin de su infancia, seguramente la misma noche en la que lo obligaran a escoger esos tres libros, Nicolás olvidará cuando su padre volvía de trabajar para llegar directo a su cuna, cargarlo y alzarlo, y entonces ver su diminuta cara mirándolo de vuelta y cómo en ella se replicaban sus mismos ojos, su boca, su nariz, sus cejas, solo que con los gestos de Mónica, y no lo podía creer, Dionisio no podía creer los milagros que hacía la vida, cómo era posible que en ese pedacito estuvieran todos esos sistemas funcionando de manera tan perfecta y sincronizada, que tan solo necesitaban un poco de oxígeno para cumplir todas sus funciones, y entonces un arrebato de amor infinito lo hacía dejar de ser el hombre que era para convertirlo en un bebé más, balbuceando insensateces con el propósito de que el pequeño entendiera lo que le decía, que era la cosa más hermosa que el mundo había visto jamás, que era un ser muy amado al que le deparaba una vida perfecta, que él haría todo para que así fuera. Con el paso de los inviernos, ese amor, esa entrega, todos esos recuerdos se irán borrando de la memoria de Nicolás como las marcas en la arena a cada ola que viene y va, viene y va, viene y va, hasta que nada queda ya. Y aquí es cuando usted hace una pausa a su lectura, levanta la mirada, toma un respiro y, más molesto que contento, en un tono fastidiado, piensa, Cómo le gusta a este narrador construir estas oraciones barrocas y cansadas, agotadoras y repetitivas, a las que no se le ve para cuándo va a llegar al puto punto, o punto y aparte, o al menos un punto y seguido, carajo. Piensa usted, Cómo disfruta de saturarle a uno con estas líneas frenéticas, convulsas, que no paran, que lo ahogan, porque pasan de una cosa a otra, sin ton ni son, sin inicio ni fin, como si fuera tan complicado hacer buen uso de la sintaxis y respetar las formas, piensa y reclama en su pensar, harto, irritado, aprovechando la ocasión para desquitarse de algún otro pesar que traiga cargando por ahí, la familia que no lo valora, el trabajo que lo sobrexplota, algún amigo que no lo apoya como usted cree que debería, siempre traemos cargando algo por ahí, algo que nada tendrá que ver con nuestro arte y su calidad, pero que igual nos lo tendremos que tragar. Y aquí entre nos, lo comprendemos, en verdad lo hacemos, porque uno necesita sus respiros, sus silencios, sus pausas. Por eso adelante, tómese un receso de nosotros, se lo merece; déjenos aquí encerrados unos días o el tiempo que sea necesario, que nosotros también necesitamos una pausa, no de usted, sino de nosotros mismos.

SEGUNDO ACTO

Prólogo

Ay, y decimos este Ay con un suspiro profundo y cargado de desesperanza, Ay, si usted viera lo que es ahora, lo que ha quedado de ella, lloraría con nosotros. De ella no quedó nada más que el enorme cascarón que ya no tiene a qué proteger, porque dentro ya no hay libros ni música ni fiestas ni risas, ya no hay vida, ya no hay nada. Y cuando por fin lo hubo, cuando el ejército llegó a ocuparla, maderas, paredes, pisos, techos, puertas, vitrales, ventanas, cortinas, todo ahí ya llevaba marchito mucho tiempo; solo quedaron los cadáveres de muebles que poco a poco también se fueron muriendo, porque no había quien los viviera ni les recordara para qué estaban; solo quedaron restos carcomidos, destruidos, arruinados; de ahí ya se habían ido hasta las termitas responsables de que las enormes y labradas vigas que cubrían los techos se cayeran.

De La Soledad solo sobrevivió su nombre, que tan bien le iba; solo quedó la muerte, que llegó para quedarse. Y donde un día se celebraron las más memorables fiestas, donde un día sí y el otro también se reunieron esos que decidían lo que sucedería con el futuro de su pueblo, ahí, donde tantas decisiones de Estado se tomaran entre carcajadas intoxicadas de vino y whiskey, del aroma de sus pretensiosos cigarros y tantos otros artefactos de sedación mental que tan necesarios son para aligerar el peso de la culpa, aunque una distinta de la que le hablábamos páginas atrás, una culpa mucho menos ontológica y más real, y que todos tenían, conscientes o no fueran de ello, porque era mucha, muchísima la que cargaban todos, unos más que otros, claro, si tampoco se trata de ser parciales e injustos, que no todos esos hombres son iguales, pero, joder,

173

cómo se parecen. En ese enorme salón en el que Teresa y Dionisio hace ya tantas lunas firmaron su bienintencionada pero ilusa promesa de amor eterno, aquí y ahora solo queda la sangre seca que ya jamás se quitará de ese mármol que un día fue pulcro y reluciente, sobre el que los pies descalzos, suaves y tersos de nuestra Antonia se desplazaran con tanta libertad, cuando aún no habían caminado terrenos ásperos y espinosos que, como al alma, los curtieran; ya solo queda el olor añejo de deshechos orgánicos, todos los que el cuerpo humano y animal pueden generar, acumulados unos sobre otros, en todas las habitaciones, en la que fuera la recámara de nuestra protagonista; en donde durmiera Nicolás, reducidas a nada las cuatro paredes que un día estuvieron cubiertas de libros del techo al suelo, albergando páginas que, de haberlas entendido los nuevos inquilinos, esos guerrilleros que luchaban solo ellos sabían para qué, su vida habrían cambiado, pero sus ojos jamás habían leído una, porque no sabían cómo hacerlo, porque escrito no reconocían ni su propio nombre para creaturas como estas, que bien justificada tenían su ignorancia y su odio y su rabia, esas páginas representaban lo mismo que para un judío los mantras del Buda, garabatos sin sentido que no les hablaban, que no les decían nada, y por eso no eran más que basura, objetos sin importancia que nada valían, y por eso ninguna pena les causó prenderles fuego y conformarse con que el mayor beneficio que de ellos podían obtener fuera el calor que les daban para las noches heladas en las que les tocaba hacer guardia. Purines emanando sus toxinas en donde un día fuera el vestidor de Teresa, esa habitación que protegiera con tanto cuidado todo lo que esta mujer amaba; en la cava de Dionisio, de la que ya no queda ni una gota, porque los okupas, si así es correcto llamarles a estos supuestos justicieros, se las bebían como agua de uso, las reservas más selectas de la casa, las joyas más preciadas de este hombre y de cualquier conocedor del arte de la enología consumidas directo de la botella, sin el más mínimo protocolo, tratadas como ahora era tratado el que en La Silla ya no se sentaría más porque finalmente estos iletrados lo quitaron de Ella. Todo tipo de desechos habitando la cocina y el estudio y la sala, el salón de fiestas y la biblioteca y las bodegas y los cuartos de servicio, invadiendo cada esquina, envenenando todo el aire. Restos de cuerpos que un día fueron capaces de convertir oxígeno en dióxido y que ahí mismo dejaron de hacerlo, porque había que terminar con esa mala sangre, había que comenzar de nuevo, y, para eso, no podía quedar ningún rastro de quienes escribieron el pasado.

Por fortuna Dionisio ya no está aquí para presenciar este amargo espectáculo, porque, de lo contrario, habría osado intentar evitarlo, cosa que solo habría terminado con él crucificado en el campo o algo igual de salvaje y sanguinario. Habría sido un buen final o, al menos, uno más digno, prenderle fuego no solo a los libros, sino a todo, y que ni uno solo de esos árboles, de esos campos y ese viento y esa tierra, que ninguna de las habitaciones que sobre ella se posaban, ni una sola de sus pesadas cortinas y sus extensas alfombras y sus solemnes tapices, ni una de las miles de botellas, ni su fina y excesiva vajilla, que ninguno de esos inocentes objetos cuyo mayor pecado era el de ser considerados burgueses y ostentosos, fuera testigo de esto, y que ese vasto cielo que todo lo ve no fuera espectador de este penoso ocaso producto del terror, del odio y la sinrazón, de la inmundicia a la que puede llegar nuestra raza, de todo lo malo que el hombre puede llegar a hacer cuando lo supera su bestialidad, su más cruel humanidad. Habría sido mejor prender todo en llamas y dejarlo arder hasta reducirse a cenizas, para al menos dejar intacto el recuerdo de lo que un día fue. Qué vergüenza puede dar pertenecer a esta especie, piensa usted y piensa bien.

Pero, como todo, esto no pudo haber sido de una manera distinta de la que fue, porque era tanta y tan vieja la suma de frustraciones e injusticia, tanto el coraje por ser humillados y abandonados, insonoros a los oídos de quienes los tenían que proteger y no lo hicieron, tanta la ofensa y la burla, que solo se necesitó una gota más de eso para que este vaso que muchos creyeron que jamás se iba a llenar, por fin se desbordara, y, en cuestión de segundos, comenzara a inundar todo a su alrededor; solo fue necesaria una gota más para hacer todo estallar. Es verdad: merecido se lo tenían, tanto los unos como los otros, gobernantes y gobernados, porque el ritmo de esta danza lo ponemos todos los que la bailamos, nos guste o no, y aunque aquí no promovemos ni aprobamos la barbarie, aunque aquí seamos partidarios del diálogo, de la razón y de la palabra, también entendemos lo que la indecencia causa en el alma de los maltratados, en especial cuando es creada por aquellos cuya promesa es salvaguardarlos. Y por eso la furia, por eso la rabia, por eso las ganas de acabar con todo de manera brutal y absurda, porque uno se cansa del abuso, se emputa del absurdo, se fastidia del despotismo y la insensatez, y eso era lo que había creado durante tantos años este salvador que con el tiempo fue confundiendo su papel, olvidando las líneas de su guion, y, de pronto, el que un día había luchado con su vida en nombre de su gran familia, el que con su bandera de revolución y cambio había logrado derrocar al que bajo su dominio los tenía, se había convertido en otro igual, solo que uno peor, porque mire qué fácil es caer en el seductor vórtice del poder, quedarse atascado en su dulce y adictiva miel, volviéndonos estos niñitos insaciables que siempre querrán más. Merecido se lo tenían, aunque resultara tan difícil encontrar la razón en tanta destrucción, pero es que, si no hubiera sido así, bestial y atroz, entonces no hubiera sido de ninguna otra manera, y eso *tenía* que ser, porque ya había sido suficiente, desde hacía mucho tiempo ya había sido demasiado, y así no se podía seguir.

Seguimos en el pasado para entender el presente
y Donde comenzamos a identificar en el Narrador cierta
avidez en la búsqueda de la iluminación, y esto nos gusta
porque ya entendemos de dónde viene tanta soberbia

Es muy curioso, usted lo sabe tan bien como nosotros, lo irónicos y absurdos, lo contradictorios y discordantes que podemos llegar a ser como humanos; tal parece que esa es nuestra naturaleza, ser paradójicos, seguramente porque así nos diseñaron las deidades para su entretenimiento, porque qué aburrido sería ver que todo siempre resultara como lo planeado, como debería de ser. Esto sucede con todos, claro, pero en esta ocasión lo mencionamos por nuestro igualmente amado y odiado Dionisio. Y es que cualquiera que hubiera visto cómo el padre trataba al hijo cuando era tan solo un niño, habría juzgado que había una falta de amor y cuidado de su parte, pero ese cualquiera habría estado muy equivocado. Es cierto que Dionisio jamás trató a Nicolás con dulzura, pero esto no fue, en un principio, porque no lo quisiera profundamente; que este hombre, por ser hombre y contar con los conocidos déficits de inteligencia emocional con los que cuenta este género al que, por desgracia, durante muchas de mis vidas pasadas pertenecí, que este discapacitado emocional no haya logrado transmitir su paternidad de la manera correcta, es algo muy distinto.

¿Recuerda a Ignacio? Pues desde su muerte, Dionisio hizo su mejor esfuerzo por no hacerlo, por olvidarlo y no llorarlo, Porque un hombre se aguanta y se traga la mierda que se tenga que tragar, le decía Tomás, mismo al que su padre, el abuelo de Dionisio, se lo dijo también, padre tras padre heredando sus traumas, perpetuando el error con la siguiente generación, porque qué es un hombre si no eso: huevos, agallas, cojones, pantalones, o cualquier denigrante metáfora que se use por sus barrios. Por estas razones y otras más que la vida siempre nos presenta, Dionisio nunca supo qué hacer con la herida que su hermano le había dejado. ¿Cómo se curaba? ¿Cómo se cerraba? ¿Echándole alcohol? Pues algo así, muchacho.

Cuando los brazos de Dionisio cargaron por primera vez el cuerpo de su hijo todavía bañado de sangre y restos de placenta y líquido amniótico, cuando esa masa de carne a la que meses después se le bautizaría como Nicolás lo vio a los ojos, llorando con una agonía que parecía que desde entonces sabía lo que la vida le deparaba, una paralizante angustia invadió al padre, y es que no podía creer lo que sus ojos veían: su hijo era la reencarnación de su hermano; su hijo *era* su hermano: su mirada, su boca, sus gestos. Su llanto. ¿Cómo era eso posible?, se preguntaba este hombre que no tenía una comprensión metafísica de la vida, por lo que este tipo de fenómenos que van más allá de la razón le resultaban desconcertantes e incomprensibles. En ese momento, Dionisio podría haber llorado hasta deshidratarse, esto si el bárbaro de su padre no le hubiera cortado de niño las glándulas lacrimales cual vasectomía; en su lugar, lo que hizo el nuevo padre fue entregar el pequeño paquete a la enfermera, salirse de la sala, sacar su ánfora, darle varios tragos, sacar sus cigarros y ponerse a fumar.

Lo peor llegaría después, cuando el niño comenzaba a existir, a *ser*, a mostrar rasgos que el padre se preguntaba de dónde putas los había aprendido, si ni siquiera los había visto, si nada a su alrededor se los había enseñado, y es que Dionisio, este personaje nuestro limitado de información tan esencial, también desconocía de fenómenos como la epigenética, que bien le hubiera ayudado para entender un poco mejor todo esto. Lo peor, decíamos, fue cuando comenzó a caminar, a hablar, a expresarse, a preferir esto en vez de aquello, a ser de cierta manera, una tan diferente al padre y tan parecida a Ignacio. Así se fueron confirmando los miedos más profundos de este hombre, al que, en teoría, no le importaba cómo fuera su hijo, si él lo podía aceptar de la manera en la que fuera; el problema eran los otros, pensaba, parafraseando a Sartre sin saberlo, el infierno era el resto del mundo, un mundo donde se tiene que ser como este dice si no se quiere morir desterrado. Nunca nadie supo que todo esto pasaba por la cabeza del padre, porque ni siquiera Mónica sabía que su marido tuvo un hermano; nunca nadie supo que, poco a poco, a cada forma y cada manera que iba mostrando el hijo, la obsesión del padre por tratar de evitar lo inevitable cobraba más fuerza, hasta dominar sus pensamientos como a un heroinómano el momento en el que insertará la jeringa o a una bulímica cuando pondrá el dedo en su boca o a mí el alcanzar esta jodidamente ansiada iluminación.

Él no cometería el mismo error que Tomás, ese que ni siquiera se molestó en presentarle a su hermano las herramientas que necesitaba para enfrentar la vida y que simplemente optó por dejarlo a la deriva. Ensimismado, retraído, temeroso, introvertido, precavido al punto de la cobardía, insociable, frágil por dentro y por fuera, enfermizo, alérgico, una amplia colección de debilidades: esto era el hijo que a Dionisio le tocó. Pero para eso estaba su padre, para tomar esa pieza imperfecta, trabajarla y esculpirla hasta convertirla en lo que debía de ser: una estructura sólida que, así como su padre, sería capaz de soportar cualquier cosa. Por eso a los tres años ya lo estaba acomodando sobre un caballo y enseñándole a montar; a los cinco, levantándolo de madrugada para llevárselo a cosechar los viñedos junto con el resto de los trabajadores; a traerlo consigo para todas partes, enseñándole cómo se trataba a los empleados, cómo no podía dudar de sus decisiones frente a ellos, cómo tenía que dejar a un lado sus sentimientos, porque estos engañaban y lo volvían débil a uno, y Nicolás no podía permitirse eso, porque en un futuro no muy lejano él se encargaría de todo esto, que era mucho, era un chingo. Porque su padre, le decía Dionisio a su hijo, refiriéndose a sí mismo en tercera persona como cualquier megalómano lo haría, Su padre había construido este emporio de la nada, viles tierras secas e infecundas que no valían ni el esfuerzo. Y mira en lo que se han convertido, le decía mientras ponía ambas manos en su cinturón, como si todos esos campos y esos frutos los llevara cargando en sus cojones y tuviera que agarrar muy bien sus pantalones si no quería que el peso de tanta gloria se le cayera al piso.

Nicolás fue a la escuela hasta que cumplió seis años, y no lo hizo antes porque el padre quería asegurarse de que estuviera bien preparado, porque sabía cómo podían ser los niños: unos completos hijos de puta, como él mismo lo fue con todos esos insufribles omegas que le provocaban furia cada que se hacían bolita para protegerse de sus golpes; tan estúpido: nunca le cruzó la idea de que estos eran del mismo clan que Ignacio, y que, al hacer eso, de alguna manera se lo estaba haciendo también a su hermano. Para sorpresa del pequeño, la escuela fue lo mejor que le pudo suceder, y es que ahí estaba lejos de su padre, quien había sido tan fiel a su tarea de esculpirlo a su imagen y semejanza que el hijo ya comenzaba a detestarlo. Además, ahí se hacían cosas con la cabeza, lo cual resultaba mucho más interesante que lo que se hacía en el campo, donde lo único que se necesitaba era una fuerza bruta que no tenía ni le interesaba tener. Aquí aprendió a leer, y, tan pronto como pudo, comenzó a encerrarse en su cabeza y huir del *aquí,* ese que cada día le gustaba menos. Así como Antonia lo hiciera y muchas otras almas solitarias lo hemos hecho y lo seguiremos haciendo hasta el final de los días, bendito sea dios, Nicolás encontró en los universos construidos por tinta y papel los mundos que le habría gustado habitar. Un día, leyendo uno de los pocos libros de ficción que leería en su vida, *Viaje al onceavo planeta,* del gran genio de la literatura fantástica Fyodor Serov, Nicolás encontró la palabra que mejor definía a Dionisio: *némesis:* su adversario, su enemigo, el antagonista de su historia. Su padre era un ignorante que solo sabía del campo, que usaba términos como *maquiavélico* sin tener idea de su origen, que decía *gentes,* y b grande a la b y b chica a la uvé, y usaba un léxico que se reducía a quince palabras, aplicando la misma para cosas tan distintas. Un hombre que daba la impresión de ser mucho, pero realmente no era nada. Le parecía tan vulgar, tan básico y pretensioso que su hijo no lo soportaba.

Contrario al padre, que solo lo quería cambiar, la madre aceptaba a su hijo tal cual. Y si su Nico no era como todos los niños, si no tenía amigos, si no le gustaba jugar, si no sonreía, si prefería ser así como era, ella no le exigiría que fuera distinto. Llegó el cumpleaños número siete del niño, y de regalo le pidió a su madre que lo llevara a una librería; se llevó dieciséis libros. Un par de meses después, para la Navidad, la solicitud fue la misma, aunque su padre insistió en que le regalaran otras cosas, cosas para que se haga de amigos, para que sea un poquito más normal, carajo, más como los demás, Así no va a llegar a ninguna parte. Necesita saber relacionarse, ser parte de un grupo, tener influencia, le decía a su mujer este padre estratega que estaba genuinamente consternado por la isla cada vez más remota que era su hijo. No está bien que Nicolás sea *así,* Mónica, ¿Cómo *así?,* Pues como es, cómo va a ser. No me digas que no lo ves, Tú hazlo a tu manera y yo lo hago a la mía, y así ni será muy así, ni muy asá, porque yo no veo nada malo en un niño como él; al contrario, me gusta que sea así, como mi padre, Pues con que no termine como él, le respondía Dionisio, y entonces salía de la casa, dejándole la duda a su mujer de a qué se refería con eso, a lo que nosotros, de haber tenido acceso a ella, le habríamos aclarado que se refería a las innumerables ocasiones en las que su suegro terminó internado en el psiquiátrico por sus catatónicos estados depresivos.

Una vez que descubrió la biblioteca del colegio, Nicolás comenzó a llevarse libros a casa y a evitar las actividades de su padre con el bendito pretexto de que tenía tarea que hacer. Ahora, la cara de Nicolás estaba permanentemente oculta detrás de un par de cubiertas, durante el desayuno, la comida y la cena, en el camino al colegio, en el colegio y de vuelta, en todo momento, en todo lugar. Al principio, Dionisio se esforzaba por dejarlo pasar, convencido de que este niño chiflado, como todos los niños lo son, pronto se cansaría de este juego, uno que además era tan aburrido. Pero con el paso de los meses y de las páginas que Nicolás consumía, Dionisio comenzó a perder la paciencia y a parecerle que ya iba siendo hora de que esta tontería parara.

Un domingo por la mañana, meses después de que comenzara esta reta silenciosa, Nicolás llegaba a la mesa acompañado del *Leviatán,* que como no entendía bien de qué iba, no lograba pasar de las primeras páginas, pero le daba igual, porque el simple hecho de llevarlo consigo para todas partes ya lo hacía sentir inteligente y superior. En la cabecera, Dionisio, con la nariz hinchada, un pómulo morado, los ojos inyectados y unas ojeras tan profundas como la depresión de Nietzsche, todo él siendo una catástrofe, tomaba su desayuno, cuyo menú era un whiskey neat acompañado de un cigarro tras otro y un huevo tibio que nunca tocó. De sus poros emanaba una intensa furia que incluso Nicolás que, viviendo siempre en mundos paralelos y lejanos, poco se daba cuenta de lo que ocurría a su alrededor, incluso él, lo olió. Nadie más lo acompañaba en la mesa. El niño, confundido con la escena, se sentó, abrió su libro y continuó con su incomprensible lectura. Levanta la cabeza, carajo, le exigía el padre, al mismo tiempo en que le arrebataba el libro de las manos y lo lanzaba contra la pared. Con esa misma mano ahora sujetaba la cara del niño para decirle, A ver si te enteras de una vez: en la mesa se come, no se lee. Y mírame a los ojos cuando te hablo, le exigía. Nicolás, apretando la mandíbula y los puños tan fuerte como podía, reprimía su cólera concentrando la mirada en la fruta que reposaba sobre su plato. A partir de mañana te levantas conmigo y haces tus deberes antes de irte a la escuela, sus *deberes* siendo irse al campo a cosechar o plantar o cuidar lo que fuera necesario, ver a su padre ordenar a su gente, empaparse del negocio que en un par de mañanas él dirigiría y ser brutalmente infeliz para el resto de sus días. Y tomarás equitación todas las tardes después del colegio. Que tienes tarea, pues la haces antes o después de tu práctica, que muchas horas tiene el día si uno las sabe aprovechar. El hijo lanzó su plato de un manotazo y puso ambas manos sobre la mesa para levantarse y marcharse, lo cual no pudo ocurrir porque en ese momento la inmensa mano del padre se cementó sobre la suya, No te vas de aquí hasta que te lo comas. Odiándolo, Nicolás tomó de la mesa un plato vacío y se hincó con la intención de poner en él los trozos de plátano y guayaba y mango y fresas que reposaban en el piso. No, señor: te lo comes ahí mismo, si fuiste tú el que lo puso ahí. El desprecio que estaba sintiendo por ese hombre era infinito. Quería agarrar los pedazos del plato y clavárselos en los ojos; tomar su puta fruta y restregársela en la cara hasta que se ahogara con ella; golpearlo sin cesar hasta deshacerse por completo de todas esas emociones que le estaban quitando el aire. Tomó los trozos de fruta con ambas manos, se los metió a la boca y los tragó. No se dio cuenta de que entre esto iba un pequeño pedazo del plato; tampoco se dio cuenta de que este le había rasgado la garganta, y es que Nicolás era insensible de cualquier otra cosa que pasara con su cuerpo excepto esta rabia que lo estaba asfixiando. Recoge el plato que rompiste y limpia el piso, le ordenaba, Amelia, gritaba Dionisio, y la pronta doméstica aparecía, Por favor tráigale la escoba y el recogedor a Nicolás, mire el desastre que hizo, No se preocupe, señor, enseguida se lo recojo, No, no: le digo que le traiga la escoba y el recogedor a Nicolás, que él lo tiene que recoger, Como usted diga, señor. Segundos después aparecía de nuevo Amelia y le entregaba al niño lo solicitado; él solo mantenía la mirada fija en el piso y se concentraba en dejar de sentir, de existir, porque de lo contrario sabía que rompería toda la vajilla que había en la mesa, y la que se guardaba en el buffet, y los grandes espejos y los vitrales y las ventanas y todo contra lo que pudiera deshacerse de esto que no sabía cómo nombrar. Entonces vino la náusea, y con ella, lo recién tragado, que caía de vuelta al piso en trozos a medio procesar. Entonces comenzó a correr. Mientras lo hacía, escuchaba la voz de su padre al fondo, exigiéndole que regresara, y, de pronto, sus sonoros pasos, acelerados, detrás de él. El niño llegó a su habitación y le puso llave. Abrió la ventana y, mientras Dionisio forcejeaba para entrar y con el puño golpeaba la puerta, el hijo salía de ahí para continuar su huida a campo abierto; ya no era él el que estaba moviendo ese cuerpo, era una fuerza ajena y desconocida, sobrehumana, que no se cansaba, que no sentía, que no pensaba. Te odio. Te odio. Te odio. Te odio. Te odio. Lágrimas corriendo por su rostro como las gotas de lluvia contra un parabrisas cuyo coche avanza a alta velocidad. Corría y seguía corriendo. Le faltaba el aire, le temblaban las piernas, se le salía el corazón por la boca. Y corría. Porque no solo sentía odio, sino terror, de que de pronto volteara y se diera cuenta de que el leviatán estaba detrás de él, listo para matarlo. Desde que tenía memoria había sentido ese rechazo hacia su padre, pero jamás miedo. Hasta este día. Esa mañana su padre era otro, uno mucho peor que el de siempre, lo notaba en sus ojos rojos, en su cara hinchada; se había transformado en una bestia, en un animal. Corría y corría, hasta que su pie derecho se encontró con una piedra y entonces tropezó, desplomándose en el suelo contra el que chocaba su cabeza, quedando, por fin, felizmente inconsciente.

Cuando Nicolás abrió los ojos estaba en su cama. Afuera era de noche. Le dolía todo el cuerpo. Le explotaba la cabeza. Bendito sea, decía la madre con los ojos hinchados de tanto llorar, al mismo tiempo en que abrazaba con fuerza a su hijo que por fin había regresado del más allá donde estuvo todas estas horas. Dios mío, dios mío, decía Mónica, que nunca había rezado ni creído en ningún dios, pero ya sabe usted cómo somos los humanos de convencieros y qué tan fácil nos encomendamos a lo que nos digan que nos salvará en tiempos de tormenta y oscuridad. Mamá: no puedo respirar, dijo Nicolás ante el opresor abrazo, pero ella ni enterada. Mi niño, gracias a dios ya despertaste. En ese momento Nicolás no recordaba nada de lo sucedido, eso lo fue haciendo a los pocos minutos y continuó haciéndolo hasta la última exhalación de dióxido que su cuerpo dio. ¿Estás bien? ¿Quieres agua? ¿Quieres comer? ¿Qué quieres, mi vida?, Quiero estar solo y dormir, respondió esta creatura que ese día dejó de ser un inocente niño para convertirse en algo distinto, aunque no sabía en qué; sabía que una parte de él se había roto, que le habían quitado algo que ya no podría recuperar, y esto le hacía sentir perdido. Descansa, mi amor. Aquí tienes agua, y con este timbre puedes llamar a Amelia para lo que necesites, ¿está bien?, Sí, Mi amor, solo dime una cosa: ¿qué hacías tan lejos? Si tú para allá nunca vas. A esto Nicolás se dio la media vuelta, tomó la sábana que tenía encima y cubrió su cuerpo hasta la cabeza, Buenas noches, mamá.

A los pocos minutos, Nicolás escuchaba a su madre gritando histérica desde el pasillo, Ni pienses que dormirás aquí, y entonces un portazo y el ruido de cosas que chocan con otras cosas violentamente. Pero, mujer, ¿dónde quieres que duerma?, A mí qué más me da: en el sillón, en los cuartos de visitas, en las caballerizas. O con ella, Por favor, Mónica: déjate de tonterías. Ya te expliqué lo que pasó, no pasó nada. Lo juro por mi madre, Sí, para lo que te importa tu madre. Y el forcejeo de la manija, Ábreme, mi amor, por favor, No me digas *mi amor*, no seas cínico, pendejo, Suficiente, mujer. Ábreme, y entonces golpeaba incesantemente la puerta, como si todavía fuera necesario recordarle que estaba esperando a que le abriera. Carajo, Mónica, déjame explicarte. Pero de Mónica ya no se escuchó más. Los pasos de Dionisio alejándose, y, en cada paso que daba, Nicolás podía sentir su frustración y su ira. Entonces el anhelado silencio reinó de nuevo. ¿Qué hizo ahora este hijo de la gran puta?, se preguntaba el hijo, Sí, ¿qué hizo?, nos cuestiona usted también, porque algo nos hace creerle a ella antes que a él; miles de años de historia, tal vez.

Lo que (realmente) hizo el supuesto hijo de la gran puta

Veinticuatro horas antes había sido el cumpleaños número treinta y cinco de Dionisio, el cual, como siempre, fue celebrado con un exceso de todo; hasta que les diera reflujo; hasta que tuvieran que vomitar para poder seguir bebiendo; hasta que a más de uno le comenzara a torturar la gota de tanto ácido úrico que toda esa carne le había sumado; hasta que la glucosa en su sangre se incrementara a tales niveles que comenzaran a ver borroso; hasta que se carcajearan de cosas que no daban risa y dijeran estupideces de las que en la mañana siguiente se arrepentirían o ni siquiera recordarían; hasta que ya no pudieran controlar su sistema motriz; hasta que su comportamiento y el de un animal sin domesticar difícilmente se diferenciaran. Porque cómo nos gusta perder la consciencia, cómo nos urge deshacernos de nosotros mismos y olvidarnos de lo que somos, estos subyugados humanos, porque qué cansado es, qué putamente agotador resulta tener que ser siempre tan comportado, tan digno, tan correcto, si naturalmente se es tan ordinario, tan vicioso, tan corrompido; y por eso bienvenida sea cualquier oportunidad para dejar ser a esa indómita creatura, a ese *ello*, a la verdadera naturaleza de esta especie reprimida por la sociedad en la que vive; venga cualquier excusa para desahogar este autocontrol tan antinatural al que nos hemos sometido.

Todo iba de acuerdo con el plan: todos reían y bebían y comían y seguían bebiendo y comiendo y fumando y comiendo y deshaciéndose la corbata y subiendo el tono de voz y la carcajada, convirtiendo la celebración en un tétrico carnaval a cada nuevo trago que daban. Entre estos bárbaros civilizados se encontraba Georgina, la cual fue bautizada como Georgina, así como se lee, con g de Gisela, sin más, pero que a sus trece años exigió ser llamada Yeoryina, porque le daba más caché, decía esta mujer que de elegancia y clase tenía la del líder de un sindicato petrolero. Era verdad que *se caía de buena*, como normalmente la describiera un semental a otro cuando hablaban de ella. Yeoryina de Vega y López era la hermana menor de Mónica y el ser que más animadversión pudiera despertar en ella. ¿Por qué la invitaste? Parece que no escuchas, carajo, le reclamaba Mónica con signos de exclamación a su marido mientras iban en el coche después del funeral del tío Luis, en donde estas hermanas, para desgracia mutua, tuvieron que encontrarse, Pero si es tu hermana, mujer, ¿cómo no la iba a invitar? Yo solo quería ser educado, No entiendes, Dionisio. No entiendes nada, le decía ella sabiendo que ni caso tenía decirlo, si de eso siempre había estado consciente, de que los hombres no entendemos, no entendemos nunca nada.

Mónica siempre se había sentido opacada por esta hermana menor, aunque esas eran más inseguridades suyas que una realidad, porque si Yeoryina había conseguido tener a todos esos hombres detrás de ella, había sido solo porque a estos les resultaba más fácil de conquistar que la difícil de Mónica. Y como resultaba tan sencillo obtenerla, así también la desechaban; justo eso acababa de suceder la noche antes del funeral, lo cual la tenía llorando como Edipo lo habría hecho de no haberse arrancado los ojos. Nadie entendía por qué tanto llanto, si el tío, en la vida de Yeoryina, ni figuraba, años de no saber de él, ni a quién le importara ese alcohólico caído en desgracia que más de una vez se quiso pasar de listo con ella cuando niña; al contrario, qué bueno que por fin tuvo lo que merecía, si por eso terminó como terminó, ahogado en su propio vómito, una muerte digna para la asquerosa vida que tuvo, pensaba la sobrina. Por ese llanto tan dolido, Dionisio la abrazó con fuerza cuando le dio el pésame y le dijo que de verdad sentía mucho su pérdida, lo que ella agradeció con una sonrisa muy discordante al estado que mostraba un segundo antes.

Un soponcio mezclado con náusea y un pico de colitis fue lo que le dio a Mónica cuando Yeoryina llegó a la fiesta, toda sonrisas y tacones de aguja y escote profundo y piernas al aire y labios inyectados y ese aroma a feromona que sus presas olfateaban a kilómetros a la redonda cual elefantes africanos. Pinche ridícula, vestirse así con este frío, pensaba la mayor mientras forzaba una sonrisa. Para evitar que arruinara su noche, Mónica optó por hacer como si esa mujer no estuviera ahí; sin embargo, a donde fuera, todo lo que escuchaba era el familiar timbre de esa voz que desde adolescente comenzó a fingir para gustar, una vulgar combinación entre sensualidad y dulzura. Y su risa, tan falsa como sus pechos de silicón que dios quiera que un día le estallaran, de preferencia uno en el que estuviera rodeada de gente, como lo hacía ahora. Era verdad que esa noche hacía un puto frío y era evidente que la desprotegida de Yeoryina lo estaba sufriendo, a pesar de sus intentos fallidos por disimularlo, con sus dientes tiritando y los pezones de su plástico pecho resaltando de su vestido de piel falsa. Pero si te estás helando, mujer, le decía el festejado con esa empatía que enseguida siente uno después de una botella y media de whiskey y otras cuantas de vino, sobre todo hacia seres tan indefensos como estos, Un poco, le respondía ella con una risa suave y una mirada que Dionisio no sabía cómo interpretar, No tenía idea de que aquí era tan frío, Claro, es clima continental, el mejor para nuestra uva: un ardiente sol de día y un frío seco de noche, a lo que la mujer se limitó a responder con una sonrisa, porque incluso ella sabía que, en cualquier situación, su versión más favorecedora era cuando se mantenía callada. ¿Me regalas un cigarro? Eso me calentará un poco, y apenas terminaba la frase Dionisio ya estaba encendiéndole uno, Qué dices, si esto no te quitará ningún frío, cuñada, decía él mientras observaba con atención a esta mujer que era tan parecida a la suya y, al mismo tiempo, tan distinta; su mirada, su sonrisa, su cuerpo, y ese perfecto y redondo par que tan bien cargaba y que resultaba inevitable que la mirada fuera absorbida por el precipicio que entre ellos había. Yeoryina lo sacó de su trance al disculparse por lo mal que la había encontrado en el funeral, Pero qué dices, mujer, si era un funeral, eso es lo que se hace en ellos, ¿no? Ponerse mal, a lo que ella sonreía de nuevo con una perversa dulzura, igual que cuando el pésame. Desde niña, Mónica había crecido con la psicosis de que su hermana siempre había deseado lo que era suyo; cualquier cosa que ella tuviera, ella también lo querría, pero no otro igual, si no eso mismo: sus juguetes, sus amigos, su ropa, sus cosas. Sus hombres. Por qué putas, era algo que la mayor no entendía, si la menor podía tener lo que quisiera sin tenérselo que quitar. Toma, le decía Dionisio a Yeoryina mientras se quitaba su abrigo y se lo ponía a ella encima, No, cuñado, cómo crees, Nada, nada. Tómalo, por favor. Me está dando neumonía solo de verte. A pesar de los veinte centímetros que le elevaban sus inhumanos tacones, el abrigo de su cuñado quedaba demasiado largo para la minúscula de Yeoryina; ambos rieron como un par de niños tontos al notar cómo le arrastraba la prenda. Olvídalo, te lo voy a arruinar, decía ella mientras se lo quitaba para devolvérselo; en realidad, lo rechazaba porque sabía que con esa enorme cosa encima, ninguna parte de su exquisito cuerpo se podía lucir como debía, y antes moría de hipotermia que hacerse eso, habiendo aquí tantos posibles prospectos con los cuales ocupar el lugar del que la había dejado. Entonces vamos a que te preste algo de Mónica antes de que te dé un resfriado.

Mientras esto ocurría, Mónica estaba en la cocina a las risas con Frida, esa mejor amiga que la acompañaba en el bar hipotético mencionado en el acto anterior, en el que nos echábamos unos Camparis con ellas, ¿recuerda? Frida resultaba ser la mejor compañía mientras tuviera en su mano un vaso con vodka, lo cual era la mayor parte del tiempo. Torpemente, ambas intentaban quitar la enorme mancha de vino que por tanta carcajada y manotazo Frida había tirado encima del vestido de su querida amiga, Amiga, le decía este personaje que no por ser terciario es menos cardinal en nuestra historia, Yo veo solo que más grande se hace, vamos a que te cambies. Y la secuencia de eventos que a continuación sucedió es algo que usted, con toda esa sabiduría que dios le dio, predice correctamente. Bueno habría sido, o, al menos, no tan malo como lo terminó siendo, que ambas parejas hubieran emprendido su viaje hacia la habitación al mismo tiempo, lo que habría hecho que se encontraran en el camino, y, aunque esto habría resultado mucho muy molesto para la anfitriona, las consecuencias no habrían ido más lejos de un ataque de ira y de no dirigirle la palabra en toda la noche al festejado, el cual ya muy advertido estaba de que no le moviera por ahí, si parecía que lo hacía adrede, o que de plano era pendejo. Pero ya sabe usted cómo son de maravillosas las bromas que nos juega la divina providencia encargada de trazar el destino de este absurdo, aunque siempre sorprendente teatro llamado vida, con sus tiempos tan precisos y atinados, como si fuera esto una novela escrita para generar en el público emociones prediseñadas y no la realidad misma; cuatro minutos entre la llegada de los primeros y las segundas eran necesarios para construir una tragedia digna del talento de las tres Moiras. Tanto Dionisio como Yeoryina sabían lo que dentro del resguardo de esa puerta iba a ocurrir, que no era mucho, hombre, un inocente flirteo, nada grave, solo lo normal, lo natural entre un hombre como él y una mujer como ella, a esas horas, en ese relajado y festivo estado. Era verdad que Yeoryina siempre había deseado las cosas de Mónica, y mira nada más esto, que no era un vestido, ni un juguete, ni un amigo, sino el kit completo. Su intención no era quitárselo, para nada, y es que, a pesar de todo, esta mujer tenía sus límites, unos muy lejanos, sí, bastante laxos, ajá, pero en algún punto los tenía; no se lo quitaría, solo tendría una probadita. ¿Qué opinas?, le preguntaba a Dionisio, modelándole el abrigo que este le había regalado a Mónica tres navidades atrás, ¿Te gusta? Por supuesto que le gustaba, como en hombres como el nuestro lo hace lo prohibido, el peligro y todo aquello que nos advierten de no tocar porque nos puede quemar, Si yo mismo lo escogí, respondía mientras se le acercaba para acomodarle el cuello. Y entonces ella lo miró a los ojos y le dibujó otra de esas sonrisas suyas, esas que tan bien le funcionaban, porque todo lo que tenía lo había conseguido gracias a ese simple gesto, ese que siendo tan inocente resultaba el culpable de todo, porque Yeoryina sabía que, una vez que lo hacía, ya no había marcha atrás; porque sabía que así somos los hombres, tan indefensos ante nuestros instintos, tan incapaces de reprimir nuestra naturaleza reptiliana y esta ancestral necesidad de meter eso que tenemos entre las piernas en donde se pueda y cuantas veces nos lo permitan, y muchas veces aunque no haya permiso también. Te queda divino, le decía Dionisio con el mismo gesto que tan poco va con su papel viril, una sonrisa que lo hacía ver ridículo e infantil, con la cabeza totalmente inclinada, porque qué alto era él y qué bajita le quedaba ella, quien alzaba su cabeza lo más que podía para poder encontrar su mirada, tan cerca uno del otro que podían oler el aroma de su piel, de la penetrante química que esos cuerpos emanaban mezclada con la intensa loción y el dulce perfume, con whiskey y ron y tabaco, una combinación ni mandada hacer para generar una sobredosis de dopamina en el núcleo accumbens y poner en marcha una necesidad irreprimible de saciar estos estímulos. Y entonces ella se alzó de puntas para estar al nivel de esa boca y juntarla con la suya en agradecimiento por las atenciones recibidas. No fue nada, hombre, si muy apenas rozaron sus labios; a ese contacto de piel no se le podría llamar un beso, qué va, a eso no se le puede llamar nada, aunque tan efímero roce de igual manera haya dejado su marca, ya sabe usted cómo es de cotillero ese pintalabios, sobre todo cuando es rojo, ese que desde su invención ha metido en aprietos a millones de hombres y mujeres. Entonces ya se había abierto la puerta. Por un momento, los cuatro permanecieron confundidos de lo que sus ojos veían, porque eso no podía ser real, eso tenía que ser una broma, porque estas escenas tan burdas y absurdas solo ocurren en el horario estelar de los programas de televisión abierta, no en la vida real, no seamos ridículos, por favor. ¿Estaba alucinando?, pensó por un momento Mónica, que estaba consciente de lo mucho que había bebido y de cómo la mente en este alterado estado puede jugar con uno, haciéndole pensar cosas que no son, y entonces abría y cerraba los ojos, a ver en cuál parpadeo esa satírica imagen iba a desaparecer, pero por más que lo hacía, todo permanecía igual. Después de varios segundos así, a Frida solo le quedó decir Híjole, amiga, ahora sí se la mamó, lo cual a la referida le hizo entender que, por más imposible que eso pareciera, lo que veía resultaba ser verdad. Entonces Mónica soltó la copa que cargaba, una reacción que no parece natural para la secuencia de eventos, porque debería de haber sucedido en el instante en que se encontró con esa escena, no tanto tiempo después, pero le decimos que a esta mujer la señal le llegó diferida y fue hasta entonces que por fin lo procesó. Fue ahora que Mónica se lanzó contra su hermana, como lo hiciera cuando niñas cada que esta le quitaba algo o le decía de cosas o simplemente le quería joder, eso que le salía tan bien. Encima de Yeoryina, Mónica la cacheteaba una y otra vez, Puta. Eres una pu, ta. Una pinche puta arrastrada, esto mientras Frida permanecía en su sitio, disfrutando de la función, terminando de beber lo que quedaba de su vaso, Es verdad, decía Frida para sí misma pero igual en voz alta, Siempre supe que era una puta, pero nunca pensé que llegara a tanto. Dionisio, por su parte, trataba de controlar a su esposa sin éxito, y es que ya conoce usted la indómita fuerza que la furia de una mujer puede tener en estos casos. El momento en el que este logró tomarla para hacerla parar, lo único que recibió a cambio fue un puñetazo en la cara, paralizándolo por un momento mientras se trataba de componer, No te metas tú, es entre ellas esto. Si bien que se lo buscó. Y tú también por andar de pendejo, verdad, le decía tranquilamente la amiga al de la hemorragia en la nariz, observando la escena como si estuviera viendo un programa en la tele que le parecía muy entretenido. Suéltame imbécil, le gritaba Mónica a Dionisio una vez que logró quitarla de ahí, aunque igual sus piernas seguían libres y pataleando; con estas logró darle varias patadas a la que seguía en el suelo. Cálmate, Mónica, por favor, Tú cállate, pendejo. Suéltame, decía esta rematando con muchas es, Suéltameeeeeeeeeeee, Basta.

Contrólate, carajo. ¿Quién se cree este hijo de su reputa madre para decirme que me controle, cuando el pendejo que no puede controlar su pinche puto pito es él?, fue lo que en microsegundos razonó Mónica, al mismo tiempo en que acumulaba todo el fluido que había dentro de su boca para escupirlo cn la cara de ese hombre que hacía tan solo unos minutos adoraba y que ahora despreciaba con cada órgano que hacía funcionar a su humillado cuerpo, Me das asco, le dijo mientras Dionisio instintivamente la soltaba para limpiarse la cara. Del brazo de su amiga, luciendo fatal, la señora de la casa se retiró de su cuarto y continuó con su celebración, solo que en privado, porque por supuesto que así no la verían sus invitados; solo ella y su amiga, encerradas en la biblioteca sin libros, con una botella de vodka para cada una y varias cajetillas de cigarros para amenizar todas esas palabras de odio y despecho y repulsión que tenían para esos seres despreciables. Putos hombres todos ellos son, decía una Frida a la que, después de tres copas de lo que estuviera bebiendo, el arte de la sintaxis no se le daba, haciendo que casi nunca se entendiera lo que decía.

Donde se acaba el amor y empieza la guerra y Cuando el desprecio y la crítica hacia el género masculino es tal que nos preguntamos si, antes de ser hijo de madre soltera, el Narrador tuvo un padre muy cruel con quien mantuvo una relación de abuso (físico, emocional, sexual, no lo sabemos) y por eso este fuerte conflicto hacia ellos y todo lo que tenga que ver con su mundo

Por supuesto que aquí no justificamos la violencia ni la incapacidad de manejar las emociones de uno, pero es que, Dionisio, hombre, se te advirtió lo suficiente, ¿no te parece?

Dionisio no durmió en toda la noche, se pasó hablándole a la puerta, rogando que le abrieran, golpeándola hasta que de sus nudillos manaba sangre. No era que Mónica le estuviera haciendo la ley del hielo; la realidad era que esta de eso ni se enteró, porque para entonces ya estaba tan sedada, que ni siquiera los sonoros ronquidos de Frida la despertaban. Y después de una noche como esta, en la que ya había gastado toda su paciencia y poco más que eso, Dionisio necesitaba de tan solo un empujoncito para explotar con lo primero que encontrara a su paso esa mañana, o con lo que más despertara su ira contenida, siendo esto su hijo y sus libros, dándonos como resultado la escena en la que este infeliz lanza al inocente de Hobbes contra la pared y la vergonzosa secuencia de eventos ya conocida.

Un par de horas después del desencuentro entre estos dos, Mónica por fin sale de la biblioteca, cargando una resaca que la hizo arrepentirse de hacerle caso a la propuesta de Frida de beber hasta quedarse dormidas. Dionisio, que se encontraba en su despacho fumando un cigarrillo tras otro, bebiendo un whiskey tras otro, todavía irritado por su discusión con Nicolás, se apresuró para encontrarla. Cuando lo hizo, la mezcla de desprecio, enojo y decepción combinada con la náusea que el deshidratado cuerpo de Mónica estaba sufriendo se hizo notar de la manera más literal posible, porque, enseguida que lo vio, esta le vomitó encima todo su asco; curioso: algo tenía este hombre que eso de ser vomitado encima se le daba tan bien. Se quedó ahí, perplejo, esperando una disculpa o algo; tan ingenuo. Sin decir una palabra, la señora pasó de él, se retiró a su habitación y se encerró con llave. Joder, Mónica, gritaba detrás de la puerta mientras permanecía patidifuso frente a la auténtica indiferencia que recibía de su parte. Pero Mónica nada, Mónica no pensaba escuchar una sola palabra que saliera de su boca, esa boca que ahora le causaba tanta repulsión, porque era la misma que había besado a la putífera esa, a esos labios que solo dios sabía en qué bajos lugares habían estado, Seguro contagió a este pendejo de sífilis, pensaba ella, que en la suma de toda su vida no había pronunciado tanto esa palabra, *pendejo*, como lo había hecho en las últimas horas. Esto era ridículo, gritaba él a la puerta, qué chingados tenía que hacer para ponerle fin a esta locura, y golpe y golpe y golpe, cada uno más fuerte que el anterior, y Ábreme, Mónica, puta madre, ya me estoy cansando de este teatrito. Este también es mi cuarto, carajo. Después de lo que a Dionisio le parecieron varias estaciones pero que en realidad fueron veintiocho minutos, Mónica por fin abrió la puerta: sus gritos y su golpeteo no la estaban dejando dormir, así que más valía que se largara o que dejara de joder de una puta vez, porque hasta que no se le pasara esa maldita resaca que gracias a él y a sus pendejadas estaba padeciendo, no pensaba hablar de nada con él. Dé· ja· me· en· paz, le dijo, como si el oyente fuera un niñito que no entiende de palabras y se las tuvieran que decir sílaba a sílaba para que las procesara; aunque igual el *como si* sale sobrando, porque, como me dijeran varias de mis exes en sus momentos de más desesperación y rabia hacia mí y todo lo que yo hacía, los hombres no somos más que niños chiquitos en cuerpo de grandes que suplen a su madre con su mujer; nada cambia más que la edad de quien nos cuida. He de confesar que durante mucho tiempo rechacé semejante idea, hasta que, en una reencarnación, ya muy avanzado en vidas, por fin me tocó ser una de ellas, y entonces entendí. ¿Entendiste?, le preguntaba esta mujer que no estaba nada familiarizada con el concepto del feminismo pero que, de haber nacido y vivido en una metrópoli del siglo veintiuno, seguramente habría liderado varias marchas en contra del maldito estado patriarcal y represor, Lár· ga· te, le ordenaba con una certeza y unos huevos que ni siquiera nosotros pensábamos que tenía, y olé, querida señora, porque qué bien los cargaba, volviéndola aún más apetecible de lo que ya lo era, y es que, qué deliciosas son cuando se ponen en ese plan, ¿a poco no? Como lo hacía ahora, desconcertando a todo su público con este virtuoso arco tan inesperado, Lár· ga · te, te digo, y, mientras lo repetía, clavaba ese par de ojos miel en los negros enrojecidos que tenía enfrente, solo para confirmarles que no estaba jugando, que esto no era ningún paripé ni qué ocho cuartos, que esto iba muy en serio, dejando, de nuevo, desconcertado al observador y, de paso, a nosotros, su público. Entonces le cerró la puerta en la cara y se metió a su cama.

Mientras Dionisio bebía su quinto whiskey y fumaba su segunda cajetilla en su despacho, Lucho entraba a cuadro cargando el cuerpo de su hijo, al que había encontrado tirado en el campo, insolado, hirviendo en temperatura, inconsciente, El niño no se ve bien, patrón, ¿Qué tiene?, preguntaba el padre mientras observaba el frágil cuerpo de su sucesor y experimentaba todas las emociones que la debilidad de este le provocaba, Parece que se cayó y se golpeó en la cabeza, Llévelo a su cama y dígale a Amelia que lo atienda. Lo que necesiten, véanlo con la señora. Tengo que salir. Un par de horas después, Amelia le decía a la madre recién levantada, Señora: el niño no despierta, y la señora no entendía lo que sus oídos escuchaban, ¿Qué niño? ¿De qué hablas?, preguntaba aún confundida y no del todo sobria. El niño se recuperó de ese golpe sin mayor consecuencia que el trauma emocional que se quedaría grabado en su cuerpo energético para siempre, lo cual, como bien sabe usted que todo lo sabe, resulta peor que si solo se hubiera quebrado el brazo.

El siguiente lunes, después de una semana cuya banda sonora estuviera amenizada por gritos, portazos, cristales rotos y discusiones histéricas entre los adultos, el niño, sobresaltado, despertó a media noche de la pesadilla que estaba teniendo, una que no era muy distinta a la realidad, porque en ella corría y corría sin parar y sin destino, huyendo de una fuerza terrible que lo perseguía, su cuerpo ya no dando para más, justo como aquel día, solo que en este caso de pronto se topaba con que ya no podía seguir corriendo porque un precipicio se presentaba frente a él, y entonces volteaba hacia atrás y veía cómo eso que no sabía qué era se acercaba a cada segundo, y volteaba hacia enfrente y solo veía una fosa que no tenía fin, y no sabía qué hacer, y entonces lo invadía una angustia innombrable, porque sabía que iba a morir, de la manera más trágica y dolorosa. Entonces abrió los ojos y se encontró en su cama; salió de una pesadilla para entrar a otra. Una hora después, Dionisio entraba a la habitación de Nicolás ya vestido y oliendo a tabaco, listo para comenzar la jornada, Venga. Como él tampoco podía dormir, pues mejor empezar el día de una vez, daba lo mismo que fueran las horas que fueran, Venga. Espabila, insistía al mismo tiempo en que quitaba de tajo las cobijas que cubrían al niño, Hay mucho qué hacer. El hijo no entendía, ¿Seguía soñando? Nicolás veía el reloj que reposaba en su buró: 04:45. Pero si son las, Cinco menos cuarto, ya se nos está haciendo tarde, ¿Tarde para qué? ¿Para dormir?, Vamos. Ropa de campo, botas y una buena chaqueta. En quince minutos en el comedor. Al niño no le quedó más que hacer como se le dijo. Con los años, Nicolás, entenderás que en esta vida todo tiene un precio, de una manera u otra, todo cuesta y cuesta un chingo, mucho trabajo y sacrificio, porque nada que valga la pena se consigue fácilmente, le decía el padre, una perorata tan cliché que parecía que estaba leyendo un discurso presidencial, y entonces bebía café de su termo y le daba otro a su discípulo, No me gusta el café, Pues ya te gustará. Toma, y continuaba mientras observaba sus campos con aquel placer que parecía que en cualquier momento se vendría, Naciste privilegiado, con todo a tu disposición sin tener que hacer ningún esfuerzo, por eso crees que la vida es así de fácil. Y entiendo que así lo creyeras, digo, si eras un crío, qué coños ibas a saber, y entonces el padre ponía su pesada mano sobre el delicado hombro del niño, el que instintivamente se encogió para quitársela, Pero ya eres un hombre, Nicolás, y por eso ya es hora de que te enteres de que en la vida real las cosas no son así. Como tu padre, es mi responsabilidad enseñarte de qué se trata este juego, porque eso es la vida: un juego, uno en el que siempre gana el más fuerte. ¿Que qué?, gritaba Nicolás en el silencio de sus pensamientos, ¿Cómo puede venir a darme lecciones y hablarme de la vida este impresentable imbécil que no tiene ningún tipo de valor moral?, rumiaba desde su resentida amígdala este hijo que, durante esos ocho días, se había encargado de repasar el evento una y otra y otra vez, cada vez más distorsionado y con diez gramos más de rencor, como lo hiciera con todos los eventos en los que, a lo largo de su vida, su ego se sintiera herido. El más fuerte, sí, pero no me refiero a la fuerza de los músculos, que son importantes, por supuesto, pero no tanto como la fortaleza de carácter. Y es mi obligación el que aprendas a ganarle, a la vida, hombre, porque no hay placer más grande que saberse capaz de vencerla, de domarla. Huevos, Nicolás: tener huevos, decía este machito con aquella suficiencia que solo alguien que lo prueba y lo comprueba día a día puede tener, mientras su mente recordaba las innumerables ocasiones en las que había superado la prueba, cualquiera que le pusieran, esto pensaba mientras recorría esas vastas tierras suyas, suyas todas y todo lo que en ellas había, cada uva de cada parra, cada gramo de tierra donde reposaban, cada gota de agua, de aire, suyo el cielo que lo contemplaba, ese profundo azul que ya comenzaba a tintarse de naranja; dueño y señor, omnipotente creador. A la vida se le toma por los cuernos, hijo, continuaba este amante de las frases prefabricadas y clichés, y con ambas manos hacía la representación del acto para mejor entendimiento, Este es un juego de acción y creación, de salir al mundo, tomarlo y hacerlo tuyo, porque el mundo no va a venir a ti. Por eso te digo que no vas a descubrir nada que valga la pena si te la vives encerrado en tu cuarto y con la vista enterrada entre las páginas de un triste libro. Eso no te llevará a ningún lugar, Nicolás, porque la teoría nada tiene que ver con la realidad. Una vez que dijo esto, Dionisio respiró profundo, sorprendido por la facilidad con la que sus frases se construían, de la elocuencia con la que hablaba, satisfecho de ser un padre que estaba cumpliendo magistralmente con la tarea de iluminar a su hijo. Y yo lo único que quiero es que vayas a lugares, que llegues lejos, que triunfes, como yo, como tu abuelo, como todos los hombres que han estado antes de nosotros, y en esto Dionisio mentía olímpicamente, porque el abuelo Tomás había llegado lejos, sí, hasta este país a tantos kilómetros de distancia del que lo vio nacer, pero solo porque no le quedaba de otra, porque tenía que huir si quería vivir; Tomás en realidad era un cobarde, un hombre frustrado que, así como el nieto que nunca conoció, se quedaría congelado en el pasado y en todas esas historias que su cabeza se contó pero que nunca sucedieron. Y es que verás, Nicolás: ser hombre es un privilegio muy grande, pero como todo privilegio, representa una gran responsabilidad. No es fácil ser un hombre y no cualquiera lo es, no creas que solo por nacer con esto entre las piernas se es uno, no, qué va: el hombre se *hace*, se construye, se convierte en uno, día a día, a través de la disciplina y del trabajo. En menos de lo que pienses todo esto será tuyo, pero no lo será porque seas mi hijo, sino porque te lo vas a ganar, con el sudor de tu frente, con esfuerzo, con-, Pero yo no quiero nada de esto, Dionisio, y con estas palabras, el padre, al que por primera vez su hijo le llamara por su nombre, interrumpió su paso y con fuerza le tomó la cara para que lo viera de frente y con atención, No digas pendejadas, cabrón. No sabes lo que dices. Entiende que no sabes nada, Tal vez no sé nada, pero al menos sé más que tú, pensaba este niñato soberbio que, por más que detestara a su padre, era incapaz de decirle esas palabras en voz alta y a la cara por miedo de lo que le pudiera hacer. A cada paso que daba, Nicolás odiaba más su vida y al responsable de que la tuviera. ¿Qué quería de él? ¿Que fuera como él? Eso jamás sucedería. A partir de hoy, tú y yo nos veremos dos horas por la mañana, antes del colegio, y una por la tarde, antes de tu práctica, Pero mi tarea, No te preocupes por eso. No importa, A mí sí, Pues si tanto te importa, ya encontrarás tiempo para hacerla. El día tiene veinticuatro horas, es increíble todo lo que se puede hacer con ellas cuando las sabes aprovechar; apenas van a ser las siete de la mañana y mira todo lo que has aprendido.

Y así fue el lunes y el martes y el miércoles, pero ya no habría jueves, de eso se encargaría Nicolás, porque esa pesadilla tenía que acabar antes de que esta acabara con él. Y por eso ese miércoles durante el receso, en lugar de resguardarse entre los guardianes libreros de la biblioteca, como lo había hecho en todos los recreos desde que la había descubierto, Nicolás subió al segundo piso, donde estudiaban los mayores y, mientras todos allá abajo jugaban a ser niños, cruzó el barandal que limitaba al piso del abismo. Primero su pierna derecha, luego la izquierda. Una vez ambas juntas, sujetándose con las manos, puso sus pies al filo, la mitad en el suelo, la mitad en el aire, y observó el panorama, ese que no lo observaba de vuelta, porque todos estaban tan ocupados haciendo lo suyo, viviendo su vida, todos esos cuerpitos a los que les era tan fácil correr por correr, andar uno detrás del otro y divertirse haciéndolo, como si tuviera sentido, como si no fuera absurdo, todos siendo tan felices, tan libres, tan niños, pensaba este nihilista que entonces desconocía el significado del término y la desgracia que representaba el seguir esta ideología como filosofía de vida, mientras miraba para abajo y se decía que no era tan alto, y se convencía de que el golpe no sería tan grave, que sería solo de la gravedad necesaria, de que, aunque le diera miedo, merecía la pena el sacrificio. Respiró profundo y largo. Cerró los ojos. Saltó. Era verdad que no era muy alto, aunque sí lo suficiente como para que el impacto entre su masa y la superficie con la que chocara le quebrara la pierna izquierda y le abriera de nuevo la herida que se había hecho en la cabeza mientras huía, también, de ese hombre. Cuando abrió los ojos, un círculo de pequeños rostros traumatizados, unos ya en llanto, la mayoría confundidos, le obstruían el paso de los rayos de sol. Retírense, niños, muévanse, por favor, decía una de las maestras mientras intentaba llegar al alumno. Madre mía, Nicolás, decía asustada al ver la pierna de la víctima en una posición absolutamente discordante, grotescamente asimétrica a la debida. Nicolás no recuerda mucho de lo que ocurrió a continuación: más y más caras mostrando su impresión, esa que sentimos cuando vemos la desgracia de otros y nos damos cuenta de todo lo que nos puede ocurrir, de todo lo que puede salir mal; ese pánico que nos invade cuando nos recuerdan lo frágiles, lo vulnerables, la *nada* que en realidad somos, porque en eso pensaban todos esos niños, cuya breve existencia muy pocas oportunidades les había dado como para enterarse de lo efímero que es todo, esta vida que creían tan suya, que nunca pensaron que un día acabaría o dejaría de ser como era; su pena, su miedo, su desasosiego, aunque esto no lo supieran, era por ellos mismos, no por la víctima, si a ese niño raro ni lo conocían, ni a quién le importara, y es que desde chiquititos tenemos esta obsesiva necesidad humana de preservar la vida, esta que muchas veces ni sabemos para qué la queremos tanto, si vivimos quejándonos de ella, ayer, hoy y mañana, por esto y por lotro, porque es injusta e insensible con uno, porque nos trata así, tan mal, tan dura que es, culera, carajo, y aun así nos da tanto miedo perderla, como la relación codependiente y tóxica que al menos una vez en nuestro paso por la tierra siempre habremos de tener. ¿Por qué este apego si tanto nos molesta? Vaya si seremos incongruentes hasta el día en que dejemos de tenerla.

Tirado en el suelo, incapaz de mover su cuerpo, Nicolás también estaba confundido; veía su pierna descuadrada e incoherente; sentía un líquido que salía de su cabeza, que pasaba por su ceja y por sus párpados, y recorría su cara hasta llegar a su boca y entonces la probaba para identificar su sabor, No sabe a nada. ¿Estaré muerto?, pensaba el herido, que nunca antes había probado su sangre. Veía las lágrimas de su público y notaba la ausencia de las suyas; veía el desconcierto de todos aquí en la tierra y entonces mejor veía al cielo, al sol que le daba directo a los ojos ahora que se habían quitado todos; de entre el cielo y la tierra, pensaba él, de entre la cegadora luz y el oscuro caos, prefería lo primero, prefería estar arriba, donde todo se veía tan limpio y claro, en un bello silencio, tan lejos y a salvo de todo este ruido, y por eso concentraba su mirada en ese punto que en un principio era amarillo pero a cada segundo lo era menos para hacerse cada vez más grande, cada vez más blanco, hasta que su blancura era total y nada quedaba ya más que tranquilidad.

Nunca pensó que su plan le saldría tan bien. Lo más importante, le decía el médico a Mónica, era que el niño reposara, que permaneciera en cama al menos durante los primeros días. O semanas. Las muletas pueden ser muy cansadas, y él las llevará al menos por dos meses. La menor actividad posible, Nicolás, por favor. Ya tendrás tiempo cuando te recuperes para andar corriendo en el campo, pero por ahora nada, y con estas palabras los músculos faciales de Nicolás dibujaban, por primera vez en mucho tiempo, una sonrisa. Dionisio no entendía, ¿Cómo se había caído de un segundo piso? ¿Lo habían empujado? ¿Él mismo se había tirado? Cualquiera de las dos opciones significaba una derrota para el padre; la primera porque significaba que su hijo ya formaba parte del grupo de los débiles y los abusados; si era la segunda, la situación era aún peor, porque solo confirmaba su miedo más profundo: la increíble y terrible similitud que había entre su hijo y su hermano, tan idénticos como el aire que nos rodea. Cómo era posible, si tan solo era un crío, inocente e ignorante. A pesar de que le dijera que ya era un hombre, por supuesto que era mentira, su hijo era un niño, y los niños no tienen esos pensamientos, esas son ideas de mayores, de mentes contaminadas y corrompidas por su paso por la vida, y este llevaba muy poco recorrido como para andarse con estas ideas. ¿Qué pasó? ¿Alguien te tiró? ¿Te están molestando? Podía decírselo, no lo regañaría, al contrario, le enseñaría cómo defenderse, porque uno no puede permitir eso, no, señor, uno tiene que-, No, nadie me tiró y tampoco me molestan, ¿Entonces? El barandal es muy alto como para que de pronto te encontraras del otro lado, así como así, No sé, ¿Cómo no sabes?, le reclamaba el padre cada vez más desesperado ante semejante insensatez, Déjalo en paz, ¿qué no escuchaste al médico? Necesita estar tranquilo, y entonces Mónica a Nicolás, No te preocupes, mi amor. Descansa, ya verás que pronto estarás mejor. Te dejo estos libros y, si quieres otros, solo dime cuáles y te los traigo, y a estas palabras Dionisio ya no pudo más y se retiró con ganas de prenderle fuego al mundo entero. ¿Pero qué tú no te das cuenta?, le reclamaba a Mónica mientras tomaban la cena, Tenemos que hacer algo, tenemos que educarlo, ¿Educarlo? ¿Y qué crees que hace en la escuela? ¿Y qué crees que hace leyendo? ¿Y qué crees que hago con él día a día? ¿Emborracharlo, como lo haces tú?, y con esta pregunta retórica la madre exageraba un poco, pero solo un poco, porque era verdad que un cuerpo como ese a una edad como esa, con tres sorbos de vino, bastante mareado quedaba, y justamente era lo que había sucedido en esos días, o madrugadas, más bien, cuando Dionisio le daba a catar de esta cosecha y la otra, porque cómo iba a desarrollar su hijo el amor por ese arte si ignoraba a lo que sabía el resultado de todo ese esfuerzo, si desconocía la belleza de la pieza final. Le daba poco, cosa de nada, era verdad, aunque lo suficiente como para que, años después, el hijo justificara su incapacidad de mantenerse sobrio gracias a aquellos días en los que su padre lo hiciera beber a la fuerza, porque así lo recordaba, y por eso se daba el derecho de culparlo de la dependencia que desarrollara desde sus quince años y hasta el último de ellos, porque se había leído todo lo que había que leer al respecto, y la ciencia no miente, solo cuando le conviene, claro, y todos los estudios demostraban que un cerebro a esa inmadura edad recibiendo semejante depresor tiene consecuencias irreversibles, porque afectaba el desarrollo de la corteza prefrontal y el hipocampo y el cerebelo, que entonces ni siquiera estos saben lo que son ni cuál es su función, menos aún si se le agrega dicha confusión. No exageres, por favor, no seas ridícula, que bien sabes que nunca lo emborracharía. Te digo que necesitamos componerlo, no podemos *dejarlo ser*, porque no puede ser *él*, si *él* es su propio enemigo, ¿cómo no lo ves? Si sigue así, va a terminar mal, te lo digo yo porque lo sé, ¿Y qué es lo que sabes, según tú?, Yo también fui niño, yo era de los que acababa con los que se dejaban, con los maricas, con todos los que eran como él, decía Dionisio mientras pensaba en su hermano. Pero Mónica no estaba tan segura de que ese fuera el caso de su hijo, y tal vez lo decía solo para darle la contra a ese con el que la guerra seguía sin tregua, o tal vez porque, como madre, su entendimiento sobre la vida y de cómo esta se tenía que vivir era mucho mayor que la visión simplista y arcaica de ese hombre.

La Caída

Esa cena terminó mal, como lo habían hecho las seis anteriores. Aunque, más bien, esta terminó todavía un poquito peor, como fueron haciéndolo las siguientes. Lo intentaba, en verdad que Mónica intentaba olvidar, ignorar, pretender que esa escena nunca sucedió y creer en las palabras que ese hombre le decía, convencerse de que eran ciertas, de que ella estaba exagerando, de que había que ser más racional y saber perdonar, porque no era solo ella, sino toda una familia la que estaba de por medio; lo intentaba, con todo su ser lo hacía, pero no podía. Su memoria era incapaz de engañarse, y por eso ni una palabra de amor, qué decimos amor, un trato medianamente cordial podía tener hacia él, y su boca ya no lo podía besar, ni sus manos lo podían tocar sin que sintiera que se estaba traicionado a ella misma. En ocasiones se daba cuenta de que lo estaba llevando demasiado lejos, porque, hombre, todos sabemos que, a partir de un momento, eso es el matrimonio: ningún pastel de chocolate, vaya, por no usar la sobreexplotada figura de la miel sobre hojuelas; más bien un purgatorio, una perpetua penitencia que no se sabe ni por qué se está pagando; un historial de discusiones y decepciones que jamás pensaste tolerar, y mírate ahora que no te queda más que aguantar. Porque de eso se trataba esto, bien se lo había advertido su madre, que tantas le tuvo que soportar a su padre, porque nadie es perfecto, y por eso a veces lo mejor que nos queda hacer es cerrar los ojos y ponerse a cantar, ni ver ni escuchar, Porque así son todos, ya verás. Está en su naturaleza, le decía a Mónica su madre, quien, como muchas otras madres, era en parte responsable de los grandes problemas de este mundo, por perpetuar esta ridícula justificación de que así somos y así siempre seremos los hombres, por tratar al supuesto sexo fuerte como si le fuera imposible el no ser débil, como algo en lo que no se podía confiar, como uno que simplemente se tiene que indultar por ser tan incapaz de superar su naturaleza. Pobres hombres, y esto lo digo yo, pobres de nosotros, pobres todos, que tenemos a estas mujeres que nos engañan tan bien que por generaciones nos han hecho creer que somos la mera pera, tan superiores e intocables por ser tan brillantes, y mire cómo nos hemos tragado completito el cuento. Y por eso terminamos siendo estos bodrios que de tantas maneras necesitan menguar este complejo de inferioridad velado por todos y todas, porque no nos vaya a dar algo el día en que nos demos cuenta de nuestra realidad. Que no nos muevan nada, que todo lo dejen igual que como estaba, porque si nos cambian las reglas, este juego ya no nos va a gustar. Aunque igual lo sabemos, no me va a decir que no, varón Lector, por más que lo neguemos, ahora más que nunca lo sabemos, lo chiquito que somos, y el profundo terror que nos da serlo. Usted y yo lo sabemos, ellas, de sobra, lo sabemos todos, lo sabemos tanto que hacemos todo tipo de acrobacias para ignorarlo, y por eso los gobiernos y las empresas, y por eso los reinos y todo el poder y la gloria por siempre señor; por eso jugamos a las guerritas, a que mandamos, por eso todo este gigantesco simulacro. Y si usted fuera un mundano y vano humano, que gracias a dios no lo es, bendito sea usted, pero si lo fuera, refutaría estas líneas, porque su mente terrenal y nada espiritual estaría convencida de que este monopoly que nos hemos inventado para pasar el rato mientras por aquí cruzamos, es lo que vale, que los sacos de billetes y las torres de oro y los terrenos y los cochecitos y todas las piezas del tablero que no son más que lo que son, eso y ya, cosas y ya, instrumentos para pasar el rato, para hacernos pendejos, vaya, para darle validez al cuento que nos contamos; si usted fuera otro del que por fortuna es, incapaz sería de notar la gran diferencia entre lo que importa de verdad y este cómico cósmico teatrito que solo un frívolo consideraría como real. Pobres de nosotros, pobres todos, porque por más que tengamos, pobres seremos hasta el final.

El buen Dionisio, y con esto no estamos siendo sarcásticos, porque bueno era, a su nivel, claro, y con las infinitas limitaciones que su creador le dio, pero nadie dirá que este hombre no hacía su esfuerzo para ser el mejor que podía; si en sus formas estaba profundamente equivocado, ese es otro tema, que la ignorancia del ignorante en muchas ocasiones no se puede culpar. Dionisio, decíamos, tuvo que cultivar una paciencia con Mónica que nunca en su vida. Ya había hecho todo lo que estaba en sus manos para enmendar su mala fortuna, eso y más, se convencía él, pero todo seguía igual o peor, y ya se estaba cansando, porque ya había sido suficiente castigo, pensaba este hombre que nunca consideró que esto pasaría de un par de días de ruego, que nunca dudó que las cosas se arreglarían, que todo volvería a ser como antes, y es que, para desgracia suya, Dionisio desconocía las cuatro nobles verdades de la filosofía budista; nadie le enseñó que la vida es impermanencia, y que por eso resultaba imposible *que todo volviera a ser como antes*, porque cada segundo estamos siendo y dejando de ser, porque nada puede mantenerse igual, ni el hombre ni el río, decía el buen Heráclito, y eso es una verdad tanto espiritual como científica, pero por alguna razón nos rehusamos tanto a entenderlo. Él solo quería regresar en el tiempo y borrar el instante en el que ese fatídico evento había ocurrido, porque era cierto que amaba a esa mujer, esa que mientras más lo rechazaba, más se aferraba en recuperar. Desde esa noche dormían en cuartos separados, ofensa que ya era bastante inconcebible para un hombre como este, cuyas necesidades fisiológicas le reclamaban que hiciera algo, que pusiera un alto a esta denigrante situación de la que todos sus empleados ya estaban enterados. Mónica únicamente era capaz de tomar la cena con él, y todo parecía que con el único propósito de discutir y echarle en cara que si estaban como estaban era por culpa de sus pendejadas. Cada noche era lo mismo: empezaba mal, continuaba fatal, y terminaba de la chingada. Para el segundo plato, Mónica comenzaba a subir el tono, a soltar los cubiertos sobre la mesa en ese cinematográfico gesto de enfado, a dejar intacta la comida, a vencerse ante su furia, a ser dominada por sus demonios y ya no escuchar nada más. Por supuesto que, al final de la cena, él también gritaba y explotaba e insultaba. Porque uno aguanta vara, como diría mi otro abuelo que vivió ciento veinte años y de tonto no tenía un pelo, uno le echa ganas, pero también tiene sus límites, hombre, porque una cosa es eso y otra cosa es el abuso y que le vean la cara de imbécil, y esta mujer hacía rato que se estaba pasando, pensaba su víctima.

Que ni pensara que ese fin de semana lo acompañaría a la fiesta del alcalde, porque ella no pensaba fingir, qué va, por ella que todos se enteraran de la verdad, para lo que le importaban sus amigos y su pinche qué dirán, que digan lo que tienen que decir, que bien merecido lo tienes, que sepan lo que eres en realidad, Una mieeeerda, y, al escucharle decir esto, hemos de confesar que ya comenzaba a asustarnos un poquito esta mujer, porque era verdad que pasaban las semanas y no se veía que en algún momento fuera a haber una tregua, y este ya estaba resultando un ambiente desquiciante incluso para nosotros. La excusa que Dionisio dio por llegar solo a la fiesta fue que Mónica estaba enferma, con lo que no estaba precisamente mintiendo, porque para él, ese crónico estado neurótico definitivamente ya era una enfermedad. Y la pasó bien, aunque solo al principio, porque conforme fueron avanzando las horas comenzó a beber, digamos, que de más. De pronto resultó muy evidente que Dionisio necesitaba bajarse la borrachera que traía, que ya andaba desvariando y dando pena ajena. Su querido amigo, el mejor de todos, no podía andar así, le decía el festejado a Dionisio. Hombre, si la noche es joven y aún faltan muchas horas para celebrar. Toma, socio: una ayudadita, le decía el alcalde, al mismo tiempo en que estrechaba su mano y Dionisio lo recibía agradecido;

a partir de entonces y hasta la última página de su historia, Dionisio cargaría con este apoyo a donde quiera que fuera. Porque, ah, qué cosa tan maravillosa era esto, puta madre, y qué bien la puede pasar uno cuando se da el permiso, y eso era justamente lo que Dionisio estaba haciendo, porque se lo merecía, carajo, porque era un chingón, una verga, la más grande de todas, y ahora, después de esnifarse toda la bolsita, este hombre sentía que, por fin, veía todo muy claro. Ahora entendía que no tenía por qué andar del pendejo de nadie, menos de una pinche vieja loca, rogando por el perdón de algo que ni siquiera hizo, porque esa mujer ya había cruzado su límite, y él no tenía por qué aguantar sus chingaderas, Si mira nada más cómo me ven todas, puta madre, si no se me tiran encima solo porque aquí están sus maridos, pensaban las neuronas de este hombre. Ya. Ya estuvo bueno de sus ma- madas, y por eso pondría un alto a esta situación enseguida. O bueno, una vez que llegara a casa, que no fue hasta seis horas después de la que le pareciera la mejor fiesta de su vida y que en realidad no era otra cosa que una más de las decadentes reuniones que había entre la gente de su tipo.

Donde podríamos decir tanto, pero mejor no lo hacemos para no interrumpir el flujo natural de este funesto pasaje

Primero pasó por la habitación de Nicolás. Encendió las luces, dio tres estridentes aplausos, tomó la silla del escritorio, la puso frente a la cama y se sentó. Ahora sí me vas a decir qué chingados pasó. El cuerpo que reposaba en la cama, con sus ojos bien abiertos, permanecía inmutado, Y no me voy a mover de aquí hasta que lo hagas, así que tú dices. Pero nada, los treinta y dos kilos de carne solo lo observaban en silencio. Tengo toda la noche, le advertía estúpidamente el padre, porque era mentira que tenía toda la noche, si la noche misma ya se había acabado, si afuera ya comenzaba a ama- necer, No tengo prisa, y sacaba sus cigarros y encendía uno;

también cargaba con su botella de whiskey, e intercambiaba su boca entre una cosa y la otra. Y después de unos segundos así, Vas a tener los cojones para no decir nada, decía el de la silla. Tan sordo: ¿de verdad no escuchaba todo lo que los ojos de enfrente le estaban gritando? Fueron solo veinte minutos los que permaneció ahí, aunque ya sabe cómo se modifica el sentido del tiempo cuando uno está así, como estaba este señor, moviéndose de un lado a otro, incapaz de estarse quieto. Era una genuina repugnancia la que el hijo estaba sintiendo por ese al que se negaba a ver como su padre; sus ojos perdidos, su olor a alcohol y tabaco y sudor, su terrible dicción, su estúpida manera de intentar imponer su fuerza. Todo él resultaba patético, y Nicolás estaba dispuesto a morir antes que doblegarse ante su barbarie. Por eso tomó el libro que reposaba en su buró y lo abrió; esa era su respuesta a esa declaración de guerra. Y el mensaje le llegó claro y directo al receptor, que ante esa provocación se levantó de la silla para arrebatar de esas manos las páginas cuyo frente leía *Dialéctica erística o el arte de tener razón, expuesta en treinta y ocho estratagemas* para luego impactar la áspera palma de su mano contra la delicada piel de la mejilla enemiga. Te crees muy listo, verdad, te crees muy verguita. No eres más que un malcriado, y, si sigues así, no serás más que un pobre pendejo. Olvídate de que te vas a quedar aquí sin hacer nada. Si te tienen que llevar cargando en una silla, pues en una silla te van a llevar, pero de mí te acuerdas que vas a aprender, a la fuerza si así lo quieres, pero lo vas a hacer, y con un predecible portazo detrás de él, el leviatán desapareció.

Quince pasos más y Dionisio llegaba a su habitación, esa a la que llevaba semanas sin poder entrar. La muy hija de puta seguía cerrándola con llave, y seguramente fue eso lo que le provocó la furia necesaria como para que, en uno, dos, tres choques de su cuerpo contra la puerta, esta se abriera, porque qué chingados se creía como para prohibirle el paso en su propia casa, Ahora resulta que los patos le tiran a las putas escopetas, pensaba esta mente que por la falta de literatura en su vida no llevaba en su acervo frases menos pedestres y básicas. Mónica ya se había despertado para cuando este entró. Qué te pasa, le preguntaba la mujer, pero no como lo había hecho en los días anteriores, porque ahora no estaba enojada, sino aterrada, porque ese que veía no era el hombre que conocía, lo notaba en su mirada, donde lo buscaba y no lo encontraba; este era un completo desconocido, un extraño que sabía que ella no podría controlar. Y fueron segundos los que esta señora necesitó para saber con punto y coma lo que en el script continuaba; desde antes de escuchar el zíper, esta mujer, que en su memoria genética llevaba grabada la historia de las miles y millones que antes que ella han estado y sufrido y llorado y soportado, todas esas que han tenido que pagar el precio de esta fuerza bruta producto de nuestra debilidad. Y como si ser capaz de tanta vulgaridad no resultara suficientemente vergonzoso, imagine usted el nivel de frustración al que este hombre llegó cuando, al intentar hacer lo que quería, no lo lograba porque, como usted y yo y todos los que en algún momento hemos tenido una existencia medianamente terrenal sabemos, ese polvo hace polvo a aquello otro, que no se logra mantener firme y erecto ni aunque se le ponga una vara para que lo sostenga; una escena que me hace querer ser trans y volverme una de ellas del asco que me provoca ser uno de ellos. Mónica, aterrada y consciente de que ni dios podría parar a esta bestia, permaneció donde estaba, recostada de espaldas, con su mirada absorta en el techo mientras todo eso pasaba, odiándolo a él y a todos los de su especie; odiándose a ella por no poder hacer nada; odiando al mundo entero por permitir y ser partícipe de esto. Esto también pasará, se obligaba a pensar para no pensar en nada más, Mañana, como en Tara, será otro día; se levantará y se meterá a la regadera y dejará caer sobre su cuerpo agua limpia y por el drenaje se irá todo eso que no es de ella, toda la inmundicia y la mierda y la rabia y la injusticia y la violencia y la furia y el asco, la repugnancia, el aborrecimiento, el odio, Te odio, Te odio, Te odio, le repetía en su cara, aunque este ni enterado, tan desconectado del mundo, obsesionado en tratar de hacer lo suyo. No siento. No pienso. No existo. No soy. No soy. No soy. Este no es mi cuerpo. Esta no soy yo, se convencía Mónica sin mucho éxito, y es que, por más que quisiera pretender lo contrario, sí que lo era, sí que lo estaba, sí que lo sentía cada una de sus partes. Después de no conseguir nada más que escupirle a la vida, el hombre, al que decirle hombre ya es decirle mucho, porque en ese momento era un simple animal, y aquí estamos ofendiendo a los animales, claro, porque ellos de sus limitaciones no tienen la culpa; después de sentirse humillado y frustrado por su incapacidad de ejecución, y por esto lanzar contra el ventanal lo primero que encontró, siendo esto el cenicero de plata que reposaba en su buró, haciendo estallar el cristal en un acto innecesariamente dramático, Dionisio, a pesar de este miserable espectáculo y de todos los gramos que por su sangre navegaban, quedó profundamente dormido. A su lado, mientras ese roncaba, Mónica seguía concentrada en el techo, pensando que Ni una más. Nunca más.

Solo tres, Nicolás, que tenemos que andar ligeros, le estaba diciendo minutos después la madre a su hijo que, para su sorpresa, estaba muy despierto, Pasó por aquí, ¿verdad?, ¿Por qué solo tres?, Ya te dije que tenemos que andar ligeros, luego te los compro todos de nuevo. Por favor apúrate, mi amor. Una hora después estaban llegando a casa de la fidelísima Frida, que ya los esperaba en la puerta, con chocolate caliente para el niño y una botella de vodka para ellas, con las camas puestas, piyamas limpias, tina caliente, servidumbre, todo lo necesario, porque para eso estaba ella, y ahí nada les faltaría, solo tenían que decir qué y enseguida lo tendrían, les recordaba esta mujer cuyo éxito en la generación de riqueza era directamente proporcional a su fracaso en el amor, y no necesariamente porque una cosa esté peleada con la otra, como muchos erróneamente creen, sino porque durante todos esos años, esta mujer evidentemente había estado apostándole al género equivocado, porque mire qué bien que se entendía con ellas.

Antes de abrir los ojos, Dionisio ya estaba arrepentido de lo que su borrosa memoria le contaba que había ocurrido; nada de esto lo habría dicho o hecho de su cuerpo haber estado libre de aquello que distorsiona la mente, la visión y el habla. Pero contaminado estaba, alteradas cada una de sus neuronas, y así es como sucede todo aquello de lo que nos arrepentimos. Había perdido su gobierno, es decir, lo había perdido todo, porque de qué le sirve al hombre ganarse el mundo entero si se pierde a sí mismo, o algo así diría el buen Lucas. Se le hincaría y le diría que sabía que no merecía su perdón, pero que le rogaba que olvidara lo que pasó, porque ni siquiera él lo entendía, ella lo conocía mejor que nadie y sabía que ese no era él, porque había sido un arranque de desesperación, porque ya no aguantaba más esta situación, porque la amaba y lo que ocurrió no volvería a pasar jamás. Pero Frida se encargaría de que esas promesas de su boca nunca pudieran salir, porque si su amiga le había dicho que de ese hombre ya no quería saber nada más, así sería, porque Dionisio podía ser lo que fuera, pero esta mujer empoderada era otro tanto, y que a este pendejo no se le ocurriera ponerla a prueba, porque se sorprendería de con quién se iba a topar. Por más que la buscó, no la encontró. Todo se trató por medio de sus abogados. Estos dos, a la fecha, siguen sin verse la cara.

A raíz de esto, Nicolás estaba viviendo el momento de su vida, tan lejos de su padre y de su mundo, comprobando, según escuchaba a escondidas las conversaciones entre su madre y su tía, que él tenía razón en no querer seguir sus pasos, porque su padre era una basura y lo peor que ha existido en el mundo jamás. Torres de libros todos para él, tantos que, aunque pasara los días leyendo, no conseguía terminarlos; sin ir a la escuela porque, temiendo Mónica que Dionisio diera con ellos, para nada salían de casa, además de que era evidente que con tanta lectura el niño por sí solo se podía educar, Si el sistema educativo que ahora tenemos es una mierda, una bola de ignorantes que no hacen otra cosa mas que inmortalizar su ignorancia, decía Frida, quien dirigiera la secretaría de educación antes de que llegara este gobierno y enseguida la quitara de su puesto, por lo que tenía mucho que opinar al respecto. Mejor que aprenda solo, tan disciplinado que es, si será todo un intelectual. Mientras pretendía que leía, Nicolás escuchaba. Un intelectual, pensaba él, Qué bella palabra. Eso seré, y entonces el niño se imaginaba en unos años más, ya siendo un hombre, con su jersey negro de cuello alto, unas gafas redondas de pasta negra que su vista no necesitaba, su mano derecha cargando un cigarro cerca de su boca y un rostro triste y decepcionado, como aparecería en las contraportadas de sus libros donde hablaría de los dilemas y los conflictos de los tiempos que corrían. Sí: un intelectual sería. Y por buen camino andaba para cumplir su objetivo, porque iba directo a convertirse en uno más de esos eruditos que saben mucho pero que siguen sin entender nada.

Nicolás, ahora
y Donde el Narrador nos muestra finalmente que su
obsesión por la belleza estética nace de su miedo y
profundo rechazo a toda corporeidad que, por definición,
decae y muere

Y el Nicolás de ahora, en el tiempo vertebral, por así decirlo, que más o menos sigue esta historia, la que comprendemos que puede prestarse a la confusión, porque esta obtusa narración, con sus vaivenes incesantes que en un momento lo tiene aquí y el que sigue lo tiene hasta allá, a años o décadas o milenios de distancia, esta narrativa que salta de un punto a otro cual tren de pensamiento de un bipolar o de un pacheco, puede fácilmente enredar a uno, sobre todo si este narrador hace varios siglos que dejó de practicar la profesión y, para variar, trabaja en este proyecto mientras tiene que cumplir con los deberes que exige este extenuante camino a la iluminación: que la práctica de yoga, que el tai chi, que la memorización de los sutras, que el estudio de los Upanishads, que las clases de pali, que las horas de contemplación a la no-permanencia, que el seguimiento a la respiración, que la meditación sobre la vacuidad, que el ayuno, actividad que no quita tiempo pero vaya que roba concentración, que las dudas de si vale la pena tanto esfuerzo o si lo mejor es aceptar que viviremos eternamente en el samsara y entonces mandamos todo por la borda y nos entregamos al placer, que el incesante cuestionamiento de dilemas ontológicos aún no resueltos, que la vida y la muerte, que la historia sin fin. Como se lo hemos dicho ya, para nuestra fortuna hace varias vidas, después de miles de años y un arduo trabajo espiritual, que nos deshicimos de nuestro cuerpo físico, ese vehículo que no era más que una carga, la más pesada de todas, diría yo, y lamentamos mucho que ese aún no sea el caso de usted, porque, ah, qué cansado resultaba depender de esa máquina que solo nos daba problemas, dolencias y enfermedades, que solo nos pedía placeres, perversiones e indulgencias. Tanta distracción mundana, sumada a los años que ya cargaba uno, fácilmente liaba a esta memoria que cada vez estaba más lejos de ser confiable y más cercana a la inevitable y triste decadencia, a lo que igual digo que menos mal, porque tampoco crea que nos resultaba muy provechosa, esta memoria, cuando de todo se acordaba, de cada ofensa recibida, cada palabra hiriente y todos esos traumas y rencores y pesares que de nada le sirven a uno más que para carcomer nuestras células y darnos cáncer. Y unas cosas por otras, claro, porque luego henos ahí batallando en traer a la luz esa palabra que teníamos en la punta de la lengua, Cómo era, carajo, nos reclamábamos, irritados, mientras nuestro impaciente oyente esperaba a que diéramos con ella, Empieza con a. Ace-, azu-, coño, ¿cómo era? Y ahí estábamos, fastidiando a nuestras inocentes neuronas, molestos de que nos fallaran de esa manera y nos hicieran quedar en ridículo frente a nuestro público al evidenciar que éramos igual que todos, unos simples mortales que, palabras más, palabras menos, terminaríamos igual que los millones que antes de nosotros por aquí han pasado y los millones que después pasarán:

algo que se descompone y, después de un rato, se tiene que desechar; nada especial. Ay, este cuerpo nuestro que solo servía para darnos preocupaciones, por lo que le pasara dentro, por lo que le pasara fuera, por lo que no le pasara, por lo que le fuera a pasar, y si estaba demasiado grande o demasiado chico, si no se veía tan bien como se veía aquel, si comenzaba a no-társele una rayita por aquí y un exceso por allá, que esto se caía y esto otro ya no se levantaba, que ya solo nos daba tristezas y dolores de cabeza. Hace varias vidas, decía yo, que logramos deshacernos de esa maldita corporalidad que tanto nos limi-taba, y mire nada más, cómo aun así seguimos fallando con nuestra labor narrativa. Dígame usted con qué argumentos refuta uno el adoptar la corriente transhumanista.

Volvemos con el Nicolás de ahora, decíamos, el joven que acaba de volver a esta Soledad, y que, una vez que se quedó a solas en su antigua habitación, se hundió en sus historias y sus memorias, ahogándose entre sus olas, que eran tan fuertes y tan vívidas que le hacían olvidar lo que sucedía fuera de ese océano, en el aquí y ahora del mundo coloquialmente co-nocido como real; volvemos con ese insolente adolescente que ahora vemos dormido en su vieja cama que ya le queda chica. Lo vemos dormir, pero no parece descansar, porque lo vemos intranquilo, con unas ondas cerebrales muy lejos de estar en el anhelado y sereno delta, o al menos un pací-fico alfa; no: más beta no pueden ser, con los ojos debajo de sus párpados moviéndose frenéticamente en MOR, su pecho agitado, subiendo y bajando, desesperado por encontrar un respiro. Podemos ver el sufrimiento que Nicolás está experi-mentando en su realidad alterna, esa que está sucediendo solo dios sabe dónde, otro gran misterio esto de dónde se encuen-tra el mundo onírico. En su sueño, otra vez está intentando escapar de ese que lo persigue, el mismo que durante estos siete años lo ha hecho, y después de tantas noches que le ha visitado y repetir la misma escena, este cobarde soñador sigue sin saber qué es, quién es, porque es incapaz de parar, voltear y enfrentarlo; él solo corre. Y luego el abismo. Y siempre es lo mismo. Entonces vemos que el torso se alza súbitamente, como sucediera en tantas películas, aunque sabemos que rara vez ocurre así, porque en la vida real uno de pronto solo abre los ojos y se da cuenta de que está aquí, en su apacible cama, a dios gracias que solo era eso, un mal sueño. La cabeza que carga el torso abre los ojos, y por su boca inhala y exhala compulsivamente, como si hubiera estado sumergido en el agua más tiempo del idóneo, o como si hubieran estado tratando de sacarle la confesión de un crimen que no cometió explotándole en la cara el contenido de una botella de agua con gas recién agitada, esas técnicas tan comunes en países como de los que en estas páginas se habla, empapado en sudor, confundido y perturbado, intentando hacer sentido de lo que ahora ve, de entender dónde está, si hace apenas un abrir de ojos estaba en un mundo completamente distinto, uno en el que casi perdía la vida, uno donde lo iban a matar. Pero ya no, ya estaba aquí. ¿Aquí?, y entonces recordaba que había vuelto a La Soledad, que despertaba justo donde pensó que no volvería jamás; y si le hubieran dado a escoger, no sabría qué pesadilla elegir. Aunque resulte tan evidente, a Nicolás le tomaría doce años de psicoanálisis y miles de billetes no generados por su trabajo para lograr, por fin, descifrar lo que su sueño quería decirle. Permaneció en su cama, boca arriba, observando la nada durante toda la mañana. No había energía en su cuerpo ni tampoco motivo alguno para salir de ahí. En cualquier momento, estaba seguro, esa puerta se abriría de golpe, como todo lo que hacía ese hombre, y entonces le reclamaría el que siguiera en cama cuando hacía más de cuarenta horas que el día había comenzado; él y su estúpida hiperactividad, él y esa incapacidad de mantenerse en paz, él, para arriba y para abajo, siempre en movimiento, siempre haciendo algo. Su padre era adicto al ruido porque no soportaba escuchar todo lo que el silencio le tenía que decir, pensaba el hijo, y pensaba bien.

Pero llegaba la tarde, y no aparecía nadie que alterara la tranquilidad de Nicolás, excepto él mismo, claro, y esto comenzaba a aburrirle. Desde el ventanal que corría de pared a pared frente a su cama se exhibían las extensas viñas colmadas de vides que, siendo septiembre el mes en el que nos encontramos y una zona del hemisferio norte la región en la que nos ubicamos, deberían de estar llenas de uvas listas para la vendimia, de no haber sido, claro, por la misteriosa plaga que acabó con todas ellas. De eso no había nada y, aun así, resultaba un soberbio panorama: estirpes de árboles que llevaban habitando esa tierra desde antes de su independencia, hará algunos quinientos años de eso ya, por ahí de mi reencarnación antepasada, cuando era Lorenzo, aunque por las noches me llamaban Lola.

Se hizo de noche, y entonces este entendió que a nadie le importaba su presencia en esa casa. Intentó forzarse a dormir y mantener esa huelga de hambre de la que solo él se estaba enterando, pero no aguantó y salió por algo de comer. En el camino de regreso, Antonia lo vio cruzar y entonces le llamó, Hermano, le dijo, y Nicolás tardó en procesar que le hablaba a él, siendo esta la primera vez que alguien le llamaba con este título. ¿Quieres cenar conmigo?, Prefiero hacerlo en silencio, Entonces no hablo, Lo digo por él, ¿Por papá? Papá no está, ¿Dónde está?, quería preguntar, pero su orgullo no se lo permitía. Sin saber qué decir para matar el silencio que comenzaba a construirse y que la hacía sentir tan incómoda, Antonia le dijo, Ya lo terminé, refiriéndose al ejemplar de *El príncipe* que traía con ella, Ah, dijo él, sintiéndose incómodo porque alguien más compartiera su pasión, eso que lo hacía sentir tan único y diferente a los demás, Sí, es muy rápido y fácil de leer, continuó con desdén. ¿Te gustó?, y a esto la niña agachó la cabeza avergonzada y la movió de izquierda a derecha en No, a lo que Nicolás soltó esa risa sardónica que todos los de su tipo aman hacer porque creen tener la última verdad, Entonces no le entendiste, Eso pensé. Y para matar otro silencio, Es que solo habla de guerra y no entiendo la guerra, y con esto Antonia se refería al sentido del acto, a la razón de que existiera, si todos sufrían, si todos perdían. Pensaba que era la historia de *El Principito* ya de grande, continuó, y a esto Nicolás se rio de nuevo, No lo es, pero como si lo fuera; todos los hombres empiezan como ese y terminan como este. Antonia no entendía a lo que su hermano se refería, pero tampoco quería preguntar por miedo a equivocarse y decepcionarlo todavía más. Entonces dámelo, decía él mientras tomaba el libro de vuelta y retiraba la silla para sentarse frente a Antonia. Él, que en realidad era mucho más tímido que ella, tampoco sabía qué decir, y es que llevaba tanto tiempo sin practicar el arte de conversar con otro individuo, que todas las frases que imaginaba en su cabeza para iniciar el diálogo le resultaban estúpidas, y mejor parecer un ser impenetrable, pensaba este adolescente, que comprobar que era un pendejo, como en el fondo sabía que lo era. Por eso mejor usó esos ojos tan negros y grandes como el vacío que dentro de ellos vivía, y los clavó en los de ella; frente a esto, Antonia, que no soportaba ser observada, mucho menos de esa manera, menos aún por esos ojos, se concentraba en el plato, se obligaba a comer y a beber eso que no le apetecía, a hacer lo que fuera con tal de protegerse de esa mirada que le parecía tan violenta que le daban ganas de llorar. Una vez que logró sacarle una lágrima, Nicolás se levantó de la silla y se fue.

Esa noche Antonia no pudo dormir; la presencia de Nicolás había alterado la poca paz que con el tiempo había logrado conseguir. Desde la llegada de su hermano, la niña había invertido toda su imaginación pensando en ese nuevo personaje que se incorporaba al reparto de su vida. Pasó toda la noche en vela, dándole vueltas a por qué no le encontraba el gusto a ese libro que, no solo le parecía aburrido, sino que le resultaba triste; entonces la niña ya sabía lo que era la guerra, para lo que servían los ejércitos, lo que les hacían a los hombres. Alberto se lo había explicado muy bien en sus clases de historia, en la que tal parecía que lo único que había ocurrido en el mundo, con excepción de este invento y aquel, eran guerras. Y es que este maestro del que, poco a poco, vamos descubriendo de dónde vienen esas compulsiones e insondables vacíos, había sufrido muy de cerca las consecuencias de esas guerras, cuando a sus cinco años su padre se tuviera que ir de casa porque tenía la obligación de servir a su Nación, como si esta fuera un sujeto, como si no estuviera formada por esos hombres que, todos muertos, entonces dejarían de existir.

Alberto Castro Uribe, padre de Albertito y Ofelia y Patricio, marido de Sandra, hijo de su padre y de su madre, dejaría de tener un nombre para convertirse en Nº13,847, un número tan parecido a cualquier otro que sería muy fácil confundirlo y en su lugar mandar el comunicado de defunción al 13,874 o al 13,784; un número que se perdería entre todos esos otros numeritos enlistados como si fuera el inventario de un almacén con sus miles de productos, y el ítem 13,847, que nunca trece mil ochocientos cuarenta y siete, porque eso ya sería invertir mucho en él y no hay tiempo para eso; este, decíamos, tendría que dejar de hacer lo que estaba haciendo, que no era nada extraordinario, simplemente ser un padre, un marido, un hijo, un amigo y un periodista, dejaría de hacer eso que no cambiaba al mundo pero sí a los suyos, para irse a continuar con una discusión que ya nadie recordaba cómo era que había comenzado, unas palabras mal dichas por quien dirigiera su país y que en ese momento no estaba pensando claramente por la resaca que sufría o porque se acababa de pelear con su mujer o porque traía diarrea, vaya usted a saber, palabras que otro de igual rango que él interpretaría de la manera en la que sus oídos en ese momento desearan, otro que justo en esa mañana había amanecido sensible también, y por eso le sonaría como una imperdonable agresión, como la peor de las humillaciones, solo porque en ese momento él también tenía resaca o pelea o diarrea, y les daría tanta importancia a esas palabras dichas sin pensar, sin querer, al azar, las tomaría tan enserio, y algo que pudo simplemente no ser escuchado, no haber existido jamás, porque el primero ni intención tenía de decir eso, la mera verdad, era el calor del momento, hombre, era el enojo de la discusión con su mujer, era el dolor de la indigestión, era la terrible jaqueca y deshidratación; palabras que el viento bien se pudo llevar se convirtieron en una sangría que ahora cumplía treinta años y cientos de miles de números ya. Y para recordarlos un monumento, una enorme piedra que llevaría grabados esos números que hasta ahora se volvían a convertir en nombres, en hombres, porque ni tumba sobre la cual llorarles, porque de estos quedaron solo pedazos. Desde entonces Albertito se dio cuenta de que esa era una historia que no tenía final, y la que tampoco le interesaba continuar, porque no por él matar a los que a su padre mataron cambiaría algo; es evidente hasta para la mente más elemental que el curso de tantos años no viraría de pronto, probablemente jamás.

Al día siguiente, para la hora de la comida, Dionisio estaba de vuelta en La Soledad. Estaba contento porque había conseguido negociar que unas bodegas amigas le vendieran de su vino, y así no perder la venta que tenía comprometida para ese año; no sería de su cosecha, esa de la que tanto presumía como una de las más selectas del país y que tantos premios había ganado, sino de una cualquiera, de las mismas que producen los vinos que venden por mucho menos en los supermercados, pero daba igual, porque de eso nadie se enteraría. Así como con el personaje que había creado de sí mismo, Dionisio sabía que la historia que se cuenta alrededor del objeto en cuestión es lo único que importa, no la sustancia, porque es toda la parafernalia que lo envuelve, el storytelling que se hace de este, lo que el mercado termina comprando. Una y otra vez lo había comprobado Dionisio en las catas a ciegas: llegaba presumiendo de lo buena que le había quedado este año su gran reserva cuando en realidad era un crianza, el más joven y simple de sus vinos, y, con solo decir eso, ya empezaban los olfatos a identificar barricas y olores y sabores que jamás estuvieron ahí; solo se necesita de tantita seguridad para manipular la realidad y que todos crean tu verdad. El vino no podía estar avinagrado, claro, no podía ser una basura, pero bastaba con ser uno estándar e ir embotellado con la etiqueta de sus bodegas para que se vendiera en su precio de siempre, uno que, por ser muy superior al promedio, alteraba el juicio de los enólogos, que, por más expertos que fueran, no resultaban inmunes ante los juegos psicológicos de la mente y, como todos, terminaban ajustando su sentido del gusto y del olfato de acuerdo con sus expectativas. Y así es como todos terminamos montándonos historias, tragándonos la farsa, haciéndola crecer, y volviéndola real. Y así es como gente estúpida termina dirigiendo una nación.

Dionisio, decíamos, estaba satisfecho de su capacidad para manipular el mundo y su *realidad* a su manera y según sus reglas, como tantas veces lo había hecho, como lo hacía cada vez más, porque ya nadie osaba en dudar de lo que su nombre era capaz de mover. *Todos ven lo que pareces, pero pocos palpan lo que eres*, había leído Antonia en *El príncipe*, y pocas frases podían quedarle mejor a su padre. Y porque estaba de buenas, cuando Dionisio vio pasar a su hijo por el corredor, el padre le llamó, Nicolás, en un tono no suave, pero tampoco duro, un simple llamado sin mayor intención que la de que se acercase, a lo que el hijo paró su andar, molesto desde que escuchara la primera letra de su nombre salir de la boca de su padre, y entonces apareció en el marco de la puerta, Ven, No tengo hambre, Nadie te está invitando a comer, Qué, A partir de mañana tomas clases con tu hermana y su tutor, No voy a perder mi tiempo estudiando con una niña ingenua de doce años; tengo casi quince, por si se te olvida, Y sin embargo, sigues actuando como un niño de seis, a lo que Nicolás no dijo nada, al estar muy entretenido visualizando sus dos manos alrededor del cuello de su padre, imaginando que poco a poco las juntaba hasta que dentro de esa laringe ya no pudiera transitar oxígeno. Antonia, por su parte, experimentaba la peculiar y punzante sensación de decepción, y es que al escuchar lo que pensaba su hermano de ella, instintivamente soltó los cubiertos y bajó su mirada, concentrándose en el dolor que estas palabras le generaban. Entonces te vas a trabajar con los muchachos y ya está, Sabes que soy alérgico al sol. Me puedo morir si paso tiempo en el campo, Si serás ridículo. ¿Qué no ves que ni siquiera hay trabajo en el viñedo? ¿No ves que no hay cosecha, que todo se fue a la mierda? ¿No ves, carajo?, le decía señalándole las ventanas desde donde se mostraban las vides muertas. Háblele a Lucho, le decía a Guillermina, la que ahora ocupara el puesto que Dolores dejara vacante. A los dos minutos, en el cuadro aparecía Luciano, el jefe de bodegas, tratando de recuperar el aliento por venir corriendo. Lucho: a partir de mañana Nicolás te va a ayudar para lo que necesites. ¿A qué hora empiezan mañana?, A las seis, jefe, Pues ya está. Gracias, Lucho. Era todo. Se pueden retirar los dos. Yo también puedo ayudar, papá, le decía Antonia, a lo que Dionisio enseguida dibujaba una sonrisa y ponía su mano sobre la cabeza de la niña, Gracias, princesa, pero no es necesario. Una niña como tú no tiene nada que andar haciendo ahí. El problema con tu hermano es que necesita aprender muchas cosas, y, si no quiere hacerlo, no me deja de otra que obligarlo. Lo que no puedo hacer es no educarlo. Soy su padre. Y después de un silencio, Por cierto, mamá te manda muchos besos, mentía Dionisio, y continuaba el movimiento mecánico de su brazo derecho del tazón a la boca, ¿Viste a mamá?, Sí, la visité antes de venir, ¿Cómo está?, Está muy bien, cada día está mejor. Te extraña mucho, decía al que mentir le resultaba más fácil que decir la verdad, porque Teresa ni siquiera había preguntado por su hija, muy apenas la recordaba ahí donde estaba, donde lo único que echaba de menos era a su marido y las sustancias que ya no podía meter a su cuerpo, Yo también la quiero visitar, ¿me llevas a la próxima?, En donde está mamá no pueden ir niños, princesa, ¿Por qué?, y a esto el hombre no supo qué decir, por lo que mejor decidió que la sopa se le fuera por la laringe, se le fuera chueco, pues, y comenzar a toser convulsamente para olvidar la cuestión. Lo bueno es que ya falta poco para que regrese, decía este al recuperar su voz, ¿Cuánto?, Pues, ¿qué serán? ¿Unas dos semanas?, lo que para Antonia y su distorsionada concepción del tiempo era una barbaridad, algo así como cuatro años, pero igual la niña movió su cabeza de arriba abajo. Mañana tendré que salir otra vez, estaré de regreso en unos días. ¿Se han portado bien todos contigo?, Cabeza de arriba abajo, ¿Tu hermano también?, Cabeza de arriba abajo, Es muy necio tu hermano. Necesitas tenerle paciencia. Pero, si se pasa de tonto, tú solo mándalo a la mierda, no le hagas caso, princesa.

Lejos quedaban los días en los que este hombre veía a su hijo con interés y cariño. Y es que, para Dionisio, este adolescente ya era un hombre más como cualquier otro, uno que ya estaba corrompido, contaminado, descompuesto; uno que se parecía tanto a su madre, también, y por eso le resultaba imposible verlo y no verla a ella; verlo y no revivir toda la frustración y la impotencia y lo mal que le hizo pasar esa mala mujer. Porque este hombre había tocado fondo después de esa separación a la que nunca le encontró sentido; su vida tal como la conocía, y la que tanto amaba, había sido destrozada sin justificación alguna, y por eso ya no la podía ver, mucho menos perdonar, y por eso le era tan fácil desquitar su resentimiento con la consecuencia material de esa unión, su hijo, de ella, que ya no de él, porque desde que se lo llevó y le impidió tener contacto con este, el entonces niño se convirtió en un extraño para el padre y en una insufrible réplica de su madre. Y después de esa sombría época que le costara varios años superar, Dionisio, por fin, había recuperado su vida, y no permitiría que nadie viniera a jodérsela de nuevo. Si ese desconocido que llevaba su sangre quería ser débil o puto o pobre, adelante, que a él no le podía importar menos. Pero si iba a vivir en su casa, se tendría que buscar la vida, ya no con la intención de que se hiciera un hombre de bien, si de ese proyecto el padre se había olvidado por completo, sino porque de mantenido, bajo su techo, jamás.

Nicolás encuentra un Falstaff en Lucho
y ¿A qué sabe ser Dionisio?, se pregunta su hijo

Al día siguiente, muy a pesar de Nicolás, a las seis menos cuarto ya estaba en la planta, listo para recibir las instrucciones de Lucho, un tipo de algunos cuarenta años que llevaba trabajando en La Soledad desde sus trece. Lucho había visto nacer y crecer a Nicolás, y por eso le tenía cierto cariño. Él sabía que, si quería, podía ser duro y hacer con el muchacho lo que quisiera, y que su patrón, lejos de molestarse, se lo aplaudiría. Pero no lo haría; le quedaba claro que Nicolás no estaba hecho para el campo y que nada de esto le interesaba, por eso le pondría tareas simples y le dejaría que se pusiera a leer o hacer lo que quisiera una vez que las terminara. Esa mañana le dio un recorrido por la planta, que ahora era más grande que la que años atrás su padre le había mostrado; desde donde se trataba el mosto, pasando por los inmensos tanques de fermentación, y hasta llegar al sótano donde se guardaban las barricas. La verdad es que no hay mucho qué hacer en estos días, le confesaba el bodeguero, al que la simpleza de su actual labor, al no haber cosecha, le molestaba. Ahora, el único trabajo que tenían que hacer era embotellar el líquido de los tanques que habían estado llegando desde la semana pasada. Se supone que ya viene estabilizado, clarificado y filtrado, que ya viene listo, pues. Lo que necesitamos hacer es asegurarnos de que el vino no se haya oxidado en el camino, porque es muy fácil que lo haga, cualquier infiltración de oxígeno lo puede joder así, mira, y Lucho tronaba los dedos para representar la rapidez con la que el esfuerzo de tantos meses se podía ir a la mierda por un simple error. ¿Te gusta el vino?, a lo que su aprendiz le respondía moviendo la cabeza de izquierda a derecha, Pues te terminará gustando, ya verás. Y, si no, no importa, que igual lo puedes probar y luego lo escupes, para catarlo, digo. Era verdad que no había mucho qué hacer, si la línea de embotellado era automatizada y todo el proceso se hacía prácticamente solo. Durante los primeros días, Nicolás acompañaría a Lucho a donde fuera para que observara y aprendiera cosas básicas, nada complicado; después ya vería qué le pondría a hacer. Luciano era un buen tipo, pensaba Nicolás, él no tenía la culpa de haber nacido jodido y tener que dejarse subyugar por el imbécil de su padre. Después de un par de horas de enseñarle cómo se hacía esto y lotro, que hasta eso tampoco era *tan* aburrido, Luciano lo mandaba al sótano, donde estaba el salón de degustación en el que se probaban los lotes; ahí nunca había nadie y Nicolás podía leer todo lo que quisiera. Si los lotes son de la misma añada, es decir, de la misma producción, lo probamos cada trescientas botellas: abrimos una y la degustamos, con un sorbo es suficiente. Si está bueno, se va para el centro de distribución; si no, se revisa a ver qué tan jodida está la cosa y vemos si lo acomodamos como vino de otra categoría.

Y en eso estaban el jueves, al tercer día de sus clases, A mí este vino no me gusta, me parece muy suave, pero es lo que tu papá consiguió y pues ni qué hacer. Primero respíralo, le decía Lucho al joven y entonces este metía su nariz a la copa, ¿A qué huele?, No sé, Huélelo bien, hombre, saca todo el aire, y entonces inhala. ¿A qué huele?, Uhm, no sé, como a madera, Eso, ¿y qué más?, Eh, pues, como chocolate. También como a cereza, pero más como la mermelada, no fresca, a lo que Lucho sonreía, Tienes buena nariz, le decía mientras le daba un par de palmadas en la espalda, a lo que Nicolás no decía nada, aunque por dentro se sentía bien, extrañamente contento. Me sigue pareciendo un sabor desagradable, Lo mismo pensaba a tu edad, y entonces Lucho abrió el cajón y sacó una barra de chocolate, rompió un cuadro y se lo dio, Prueba con esto, así me enseñó tu abuelo, ¿Cuánto llevas haciendo esto?, ¿Qué serán? ¿Unos veinticinco años? Desde que llegué a La Soledad, ¿Y por qué llegaste aquí?, Uy, larga historia, hijo, Pues dale, que igual no hay mucho qué hacer. Entonces Lucho sacó una silla, se sentó y se sirvió una copa. Tu abuelo Tomás me adoptó. Papá y él eran muy amigos. Papá era jefe de policía, pero de los pesados, de los que ya no hay, pues, controlaba toda la comarca, línea directa con el gobernador y esas cosas que sucedían antes cuando el gobierno sí tenía el poder. Nos iba bien, vivíamos muy bien. Pero un día lo mataron, ¿Cómo?, Con seis balazos, dos en el pecho, cuatro en la cabeza, ¿Por?, Ve tú a saber, dicen muchas cosas, pero yo la verdad no sé. A la semana se incendió la casa, tampoco me preguntes cómo. Y yo me quedé solo y sin dónde vivir, mamá y mi hermano se habían ido de la casa hacía años porque no les gustaba la vida de aquí, y por eso se fueron de vuelta a la comunidad de donde era mamá, un lugar donde ni dios llega. Papá había dejado dinero, pero bien dicen que todo por servir se acaba, y el dinero pues se acabó, En este caso no aplica esa frase, se refiere al desgaste natural de la materia, de los objetos y del cuerpo, es distinto con el dinero, Pues será el sereno, muchacho, el caso es que se me acabó. Y pues yo era un niño. Un día me topé con don Tomás, y me dijo que cuando necesitara un trabajo y una casa, también una familia, aquí estaba La Soledad; esa misma noche yo ya estaba aquí. Come un trozo de chocolate, le decía Luciano a Nicolás al mismo tiempo en que terminaba de servir lo que quedaba de la botella, y entonces alzaba su copa y la chocaba con la de enfrente, Por tu abuelo, muchacho.

Era verdad que después de cuatro sorbos las papilas gustativas se iban ajustando a los sabores del líquido y que, una vez pasado el primer golpe, uno comenzaba a agarrar gusto a la acidez y a la astringencia que provocaba en la boca; también era verdad que comenzaban a relajarse los músculos de su cuerpo y de su cara, y eso se sentía bien; el estupor que de pronto sentía, lejos de molestarle, le agradaba. Y era mucho más fácil reír, notaba Nicolás, encontrarle gracia a lo que Lucho le contaba. Sentirse *bien*. Ahora entendía por qué la afición de su padre, se decía Nicolás, mientras sentía una suave simpleza hasta entonces desconocida para él. Y al día siguiente ya eran dos copas las que se mezclarían con la sangre que ahora corría felizmente por sus venas; ya eran las cuatro de la tarde, pasada la hora de que por obligación tenía que estar ahí, y Nicolás se decía que, si así serían los días por venir, pues bienvenidos sean.

La semana siguiente, después de su nueva rutina matutina, Nicolás se sentía ligero y contento. Curioso, también. Se metió al despacho de Dionisio, quien no volvería hasta dentro de tres días, y se encerró en él. Se puso cómodo. Se prendió un puro; le supo asqueroso, como el vino al principio, y por eso continuó fumándolo. Siguiendo los pasos que poco antes hiciera Antonia también, se sentó en la silla de su padre, y entonces empezó a actuar como él lo haría, hablando con absoluta confianza y despreocupación sobre cosas que desconocía, explicándole al hombre imaginario que tenía enfrente cómo le iba a solucionar su problema, carcajeándose con él. Tenía que admitir que se sentía bien ser su padre, tener ese poder y ese dominio sobre los otros. Detestaba aceptar que, muy en el fondo, él también deseaba eso, y lo deseaba mucho. Porque qué cómodo era ser Dionisio, pensaba el hijo, ser un hombre al que todo le resultaba fácil y todo le salía bien, que todos respetaban. ¿Por qué él no podía ser así?, se preguntaba mientras se servía un vaso de licor de avellanas que olía dulcísimo y que le supo mejor que el terrible sabor del coñac. Aunque, en estas últimas semanas, meditaba el chico que se sentía adulto mientras chupaba de su puro, en estas últimas semanas ya no veía su vida como la cruel existencia que había vivido desde que empezó a tener consciencia. Y es que Nicolás había encontrado, al fin, la fórmula, la manera para sobrevivir al mundo y a sí mismo, pensaba él. Y en eso andaba, en su séptima copa de algo, cuando Antonia apareció por la ventana que permanecía abierta para que se ventilara el humo, Hermano, le dijo, y este, que no esperaba interrupción alguna a su agradable estado, reaccionó como solía hacerlo, Deja de llamarme hermano, niña: tú y yo no somos hermanos, Pero eres hijo de mi papá, Pero él no es mi papá. Y, objetivamente hablando, tampoco es el tuyo. Me llamo Nicolás, así que llámame Nicolás, no hermano. Y esto,

227

como todo intercambio de palabras que hasta ahora había tenido con él, le había hecho una lesión más al cuarto chakra de Antonia, que ya se había ido acostumbrando a esto. ¿Qué haces?, Nada que te importe, ¿Te puedo acompañar?, No. Déjame en paz, niña. Vete.

Cuatro horas más tarde un Nicolás entorpecido, risueño y con los ojos muy rojos se sentaba, por primera vez desde su llegada, en el comedor para tomar la cena. Ocupaba la silla de Dionisio; Antonia no entendía nada. Les sirvieron un sándwich, mismo que Nicolás terminó en tres mordidas. Enseguida pidió otro. Perdón, dijo de pronto, a lo que Antonia volteó para ver a quién se lo estaba diciendo. Perdón, repitió, Sé que lo único que intentas es ser amable conmigo. Perdón, a lo que Antonia no sabía cómo responder. ¿Te sientes bien?, Mejor que nunca, hermanita. Qué confusión, ¿ahora sí somos hermanos?, se preguntaba esta niña a la que la inestabilidad emocional de los demás le podía afectar considerablemente al tomarse tan en serio cada palabra dicha por cada boca. Hagamos algo divertido mañana, salgamos por ahí, no sé, tú decide, le decía él. Entonces Guillermina ponía el segundo sándwich frente al adolescente y le preguntaba si querría otro más. No, con este es suficiente. Gracias, Guillermina. Lo comió igual que el primero, bebió toda su agua, dijo Buenas noches, Antonia, y se retiró.

¿Donde Antonia explora un nivel superior de consciencia?
y Cuando el Narrador siente el dolor de su personaje
favorito que, aun siendo hermosa, sufrirá el resto de
esta vida suya por no encontrarse acorde a la definición
de belleza de su entorno, de su tiempo, de su mundo
(uno que es **tan** *equivocado)*

Esa noche Antonia experimentó, una vez más, lo que es ver pasar los segundos de su tiempo tan lentos y eternos como lo era esperar la carta del ser amado en un romance decimonónico. Logró dormir hasta que los rayos del sol comenzaban a aclarar las gruesas telas de las cortinas; a lo largo de esa sempiterna noche, nuestra niña recreó en su mente tantas escenas, una y otra vez, que sentía que ya había vivido el día que estaba por ocurrir. Imaginó los diálogos, lo que ella le diría, lo que él le contestaría, sus caras, las risas; al final de la noche, su hiperactiva mente habría producido un total de ciento treinta mil quinientos cuatro pensamientos, más de un doscientos por ciento de los sesenta mil que recrea una mente promedio. Repasaba su librero para recordar las novelas que había leído y seleccionar de las que le hablaría, ella en su vestido favorito, el amarillo de lunares blancos, su canotier, sus alpargatas, todo se lo había probado ya en algún punto de esa insomne noche. Se paraba frente al espejo que reposaba en la esquina de su habitación y se estudiaba; se recogía el pelo y se lo soltaba, se ponía el sombrero y se lo quitaba, se probaba todos sus vestidos y confirmaba que el primero era el mejor. Practicaba sus líneas, sus gestos, pronunciaba su nombre, Nicolás, le decía al espejo, y entonces trataba de ajustar el timbre de su voz, porque este resultaba, como toda ella, tosco, grave, inapropiado, y entonces repetía, Hola, Nicolás, con una voz más fina, y estudiaba cómo se veían esas palabras dichas por su boca, y luego reía para ver si la risa que daría cuando este le dijera algo gracioso era la correcta, o si tenía que pulirla para que lo fuera; por momentos era consciente de su sentido del ridículo, de la vergüenza que sentiría si alguien más la viera haciendo eso, practicando ser natural de manera calculada, pero igual no le importaba, prefería ensayar y asegurarse de que, en esta ocasión, sí lo haría bien, que ahora sí sería la niña que tenía que ser: espontánea y encantadora y adorable; que mañana sería tan perfecta como él o su madre o su padre. Al final de su tarde juntos, una vez que por fin le diera motivos para creer que valía la pena compartir su tiempo con ella, Antonia le propondría que él le hablara de sus libros de filosofía, y ella haría lo mismo con sus novelas que, aunque él creyera lo contrario, también eran superinteresantes; fundarían su club de lectura conformado únicamente por ellos dos, en el que intercambiarían sus descubrimientos y sus ideas y sus dudas, y juntos serían el par más inteligente e increíble. Y, de pronto, de la manera más natural, como todo lo que habría ocurrido hasta ese momento, a ella se le ocurriría que fueran al lago, a pasar la tarde debajo de Grande, su árbol más favorito en toda La Soledad, que era tan enorme que sin duda protegería la delicada piel de Nicolás del sol, y pasarían las horas mientras ellos platicaban de tantas y tantas cosas, y todo sería divertido y perfecto. Antonia se veía en el espejo y permanecía así por cinco, quince, treinta minutos, cada segundo de ellos tratando de descifrar qué era lo que no le gustaba de su cara, de su cuerpo, de toda ella, qué era lo que estaba mal y lo que tenía que hacer para que estuviera bien. Lo que fuera necesario, se decía, haría lo que sea por corregir todas sus inadecuaciones. Y la realidad era que, por más que ese fuera el vestido más lindo, esos los mejores zapatos, por más que vistiera el mejor atuendo, ella no lo era, demasiado lejos estaba de serlo, se decía, porque no era bonita, no era elegante, no era admirable, no era nada; porque era demasiado delgada, tan aburrida como una monótona vara, y demasiado alta, sobre todo para una niña, casi de la misma estatura de Nicolás, que era hombre y casi tres años mayor que ella, su cara demasiado grande y tosca, completamente desproporcionada con el cuerpo que la sostenía, con esos labios tan gruesos y esos ojos tan enormes y esa ceja tan poblada y esa nariz que tanto resaltaba. Era fea, se repetía Antonia mientras estudiaba su perfil, uno tan distinto al de su madre, al de su maestra, al de las novelas, al de todos los hermosos perfiles que en su vida había conocido y leído. Era horrible, se decía, mientras estudiaba de cerca su piel invadida de lunares y sus dientes separados, el par de incisivos del centro, cuya distancia entre uno y otro era tan grande que entre ellos podía meter las puntas de sus lápices; su cabello rizado, esa bola de pelo que la hacía ver aún más enorme, porque le sumaba al menos unos cuatro centímetros de altura, y era tanto y tan desordenado, todo un caos; no había una sola cosa rescatable en todo su cuerpo. Se detestaba, a ella y a cada una de las partes que la formaban. No había mucho que pudiera hacer para cambiar la mayoría de esos elementos. No podía cambiar de piel, que bien ya lo había intentado, rascándose hasta arrancar las manchas, pero igual quedaba la piel enrojecida y a veces sangrante. Tampoco podía achicarse las piernas, a lo más que podía llegar era encorvar su espalda y bajar su cabeza para no estar *tan* alta; ni cambiar sus ojos o sus labios o sus dientes, nada. Lo único con lo que podía hacer algo era con su pelo, pensaba. Una y otra vez, lo tomaba y lo ajustaba hasta sus hombros, luego un poco más abajo, luego más arriba, se ponía y se quitaba el canotier, se evaluaba en todas las variables posibles; tenía que cortarlo, se decía, tenía que cambiarlo. Se decidió por dejarlo un poco más arriba del hombro, como se imaginaba que era el de la Claudine de Colette. A juicio de Antonia, el resultado final no cambiaba mucho, aunque mejoraba un poco, porque al menos ya no cargaba con ese garrafal enjambre que la hacía ver tan sucia y tan *demasiado;* a nuestro juicio, este curioso frankenstein cuyos elementos en lo individual no cumplían en lo absoluto con la sucesión de Fibonacci, este cuerpo que no era ni femenino ni masculino, o que era tanto de los dos que en sí mismo contenía todo lo necesario, este ser tan alejado de las formas finas y correctas para su edad y su género era, precisamente por eso, una atípica obra de arte, de esas piezas raras que en tiempos pasados uno encontraría en tierras lejanas, esas cuyo encanto es romper con los patrones establecidos por el canon, algo distinto a lo que se está acostumbrado, a lo que marca la regla, a lo que todos esperan. Es una lástima que nuestro personaje jamás lo pudiera ver así, ni entonces ni después; es una pena que, por más que años más tarde tantos le desearan, le lloraran, le adoraran, ellas y ellos por igual, por más que terminaran obsesionándose con ese rostro, con esos ojos y su mirada, con esa boca y las palabras que de ella salían, por más que le repitieran lo dolorosamente amada que era,

Antonia nunca les creería, y, en ocasiones, incluso los odiaría por hacerlo, por quererle de esa manera, por ser incapaces de ver lo que ella veía, lo que para sus ojos era la única verdad. Vaya miopía.

Esa mañana, la niña estuvo con su vista perdida en lo que había detrás de la ventana, pensando en todo lo que había por hacer allá afuera, tan pronto acabara su clase y Nicolás terminara sus deberes, construyendo en su memoria recuerdos aún por suceder. Me siento mal, ¿podemos acabar la clase antes?, le mentía a Alberto. Usó ese tiempo para tomar el baño más largo que hasta entonces había tomado en su vida; con el agua cayendo sobre su cabeza, sus pensamientos se reproducían como burbujas de agua hirviendo, brotando uno tras otro tras otro, chocando entre sí, todos ellos sobre la tarde que estaba por vivir, abstrayendo su atención al grado en que se olvidara de su cuerpo, del tiempo en el que este existía, de su otro *mundo*, este: en el que no quería estar. Se vistió con cuidado, asegurándose de que todo quedara en el lugar correcto, especialmente el canotier, que le tomó tantas pruebas decidir si se veía mejor inclinado al lado izquierdo o al derecho o en el centro; después de veinte minutos, se decidió por el izquierdo. Una vez que terminó de vestirse, permaneció frente al espejo lo suficiente como para entrar en un trance. Observaba la imagen que se le presentaba enfrente y no sabía qué era, quién era. ¿Era ella? ¿Y entonces por qué se sentía tan ajena a esa? Esta fue la primera vez que Antonia experimentara esta disociación, que sintiera que el cuerpo que ocupaba no era suyo, que su ser existía más allá de esa masa, de esa materia, de ese disfraz. ¿Quién eres?, le preguntaba a esa niña, pero la niña permanecía ahí, callada, sin responderle nada. Y el tiempo seguía corriendo, y entonces sentía como si este, el tiempo, fuera un tiovivo y ella estuviera montada en él, andando sin parar, sin parar, sin parar. ¿Por qué no paraba?, se preguntaba, y esto le parecía absurdo, que no hubiera un botón de pausa para pulsar, que no pudiera detener el tiempo y ponerle un alto a este frenético y delirante contínuum, para entonces poderse comunicar con esa que tenía enfrente, ese ente que Antonia estaba segura de que vivía bajo los términos de una dimensión de tiempo y espacio distinto al suyo, para que ella le explicara qué era esto, quién era ella, la que veía, y quién era ella, la que se lo preguntaba, dónde estaba una y dónde la otra, cómo era ahí, en el lugar en el que vivía, y por qué ella estaba aquí, y por qué ella estaba allá. Entonces le gritaba Alto, esperando que su instrucción se acatara y de pronto todo, o, al menos, el tiempo en este plano, parara. Pero nada, ella seguía ahí, y la otra también, y el tiempo corriendo, perenne, incesante, desquiciante. Y no lo entendía. La experiencia fue breve, unos quince minutos del tiempo que marcan los relojes de su mundo; en la cabeza de la niña no fueron ni muchos ni pocos, no sabe qué fueron, porque fue un momento que vivió en una dimensión distante y distinta a esta, una donde sí se podía parar el tiempo, seguramente, y por eso estaba tan segura de que, cuando diera esa instrucción, este desaparecería, dejaría de existir, de contarse. Y esto lo experimentaría hasta sus quince años de manera esporádica, algunas veces al año, no muchas como para que le resultara familiar, ni tan pocas como para que lo sintiera desconocido; solo las suficientes como para recordarle que *eso*, lo que sea que *eso* fuera, estaba ahí, existiendo, siendo, aunque no lo viera. Experimentaría algo parecido ya en su juventud, solo que entonces sería necesaria la ayuda de psicodélicos, mágicas plantas medicinales que bebiera, fumara o comiera con la intención de curarse, de borrarse y reinventarse, de disolverse y volverse a construir, porque todo en ella estaba peor que entonces, y tal vez volver al origen, volver al *entonces* para curarlo y reescribirlo, era una manera de corregirlo; sería parecido, pero no sería lo mismo.

Una vez que salió de ese estado mental, aún con las reminiscencias, pero más aquí que allá, Antonia se dio cuenta de que ya eran las tres menos cuarto; habían pasado más de tres horas. Se fue al comedor a esperar a Nicolás. ¿Y esto?, le preguntaba Guillermina al notar el empeño que había puesto en su arreglo, ¿Y este pelo?, y esto lo preguntaba con un tono más juicioso, Pero qué le hizo a su pelo, niña, le decía después de dejar la sopa tan pronto como pudo para observarla bien. ¿No te gusta?, Pues, qué le digo, no se le ve mal, pero, ¿Pero?, ¿Usted se lo cortó solita?, Sí, ¿Por qué?, Porque ya no lo quería; nunca me gustó. ¿No te gusta?, Pues no se le ve mal, pero me parece muy corto para una niña. A ver qué dice su mamá, a ella sí dudo que le vaya a parecer, Tal vez cuando vuelva ya estará como antes, Qué dice, si ya falta nada para que vuelva. ¿La extraña mucho?, a lo que respondió que Sí, aunque lo hizo más por instinto que por sentirlo; en realidad, Antonia no había tenido tiempo para extrañar a su mamá. No tocó la comida. Pasó una hora, luego otra. Fue por la novela que entonces leía, *La gloria y la pena,* la cual, personalmente, digan lo que digan los críticos, esos que siempre tienen algo qué decir, y que muchas veces nos recuerdan a los enólogos a los que engañaba Dionisio; personalmente, decíamos, si no la ha leído, no se la recomendamos por parecernos predecible y sosa, también un poco pretensiosa, y por eso mismo no ayudaba mucho para distraer a nuestra infanta. Pasó otra hora y otra más. El sol comenzaba a acercarse a las montañas y el cielo a convertirse en amarillo, luego naranja, luego rosado, dando la sensación de que se estaba incendiando, y desde el sillón de la sala, en su vestido y alpargatas, con su pelo nuevo debajo de ese sombrero tan minuciosamente acomodado, Antonia veía cómo la luz se terminaba de apagar detrás de las monumentales piedras. Hasta entonces fue que comenzó a dudar de que sus planes tomarían vida, aunque el amargo reconocimiento de la decepción ya llevaba sintiéndolo desde la primera hora en espera. Estaba leyendo sin leer cuando escuchó que una puerta se abrió. Entonces ajustó su postura y obligó a sus ojos a concentrarse en las páginas, o, al menos, a parecer que así era. Quince segundos después, Nicolás, en pijamas y sin bañar, caminaba por el pasillo hacia la cocina; el abrir y cerrar del refrigerador, de los cajones, las puertas de la alacena, largos tragos de agua. Antonia escuchó pasos de regreso, y entonces tosió para asegurarse de que este se percatara de su presencia; no fue así. Nicolás, le dijo la niña, a lo que el joven detuvo su andar y volteó hacia ella, Qué, decía, otra vez con su infantil falta de signos de interrogación. Parecía no haberse bañado en todo el día, ¿Estaba enfermo? Eso lo explicaba todo, pensaba Antonia mientras no decía nada, Qué quieres niña. Qué fastidio, carajo. Por qué siempre te quedas callada, y entonces Antonia espabiló de su cavilar, Dicen que en el silencio encontrarás la respuesta, le respondió ella por fin, a lo que Nicolás primero hizo una cara de confusión y luego emitió una más de sus predecibles risas sardónicas, No se refieren a *este* tipo de silencio; se refieren al silencio meditativo, introspectivo; lo que tú haces es simple mutismo, una parálisis cerebral que no lleva a nada. Envidiaba su inteligencia, pensaba Antonia. Qué le pasó a tu pelo, y a esto nuestra niña no sabía cómo reaccionar, porque esa expresión no le estaba diciendo si de su parte había rechazo o aprobación. Entonces Antonia se tocó el pelo instintivamente, como para recordarse que eso que la había acompañado durante tantos años, ya no formaba parte de ella, Eres un tedio, remató él mientras retomaba su andar.

Decir que el alma de Antonia se fragmentó en nanopartículas al escuchar estas palabras sería un error, porque todos sabemos que el alma no está formada por nada material que se pueda desintegrar, pero ya entiende usted la idea. Ocho pasos después, el andar se detuvo, y enseguida se escuchó el inconfundible sonido de una arcada, luego otra. Antonia llamó por Guillermina y se fue corriendo al auxilio del que ahora estaba en el piso, ¿Estás bien?, Qué no ves, te parece que estoy bien, y entonces Nicolás se ponía de pie, ¿Necesitas algo?, Que te vayas, que me dejes en paz, niña. Gotas que dentro cargaban todo el peso que implica poseer un alma corrían por las mejillas de Antonia mientras lo veían desaparecer por el pasillo; la niña se fue corriendo al lago. Debajo de su árbol, ese en el que hablarían por horas esa tarde que ya era un pasado que no sucedió, Antonia lloró tanto hasta que olvidó qué era exactamente por lo que lloraba: ¿por la eterna ausencia de su madre? ¿por el desaparecido padre? ¿por su soledad? ¿por la vida tal cual? ¿por qué? Ya no sabía, pero no importaba. Ella solo lloraba; días después, el césped creció más rápido y más verde en la tierra donde ese llanto cayó.

Este evento se quedó impregnado en la amígdala de nuestra niña hasta convertirse en una más de esas memorias imborrables que no importaba cuántos nuevos recuerdos produjera, ahí se iba a quedar. Y por eso la Antonia adolescente, y luego la adulta, rara vez llegaría a sus citas, siempre cancelando de último momento, desapareciendo sin razón alguna, haciéndole esperar a alguien que nunca llegaría. ¿Por qué me haces esto? ¿Por qué eres así?, le reclamaría Cayetana un día, cansada de sentirse una estúpida por ella, y nuestro personaje no sabría qué responderle, en parte porque en verdad no entendía por qué lo hacía, y en parte porque no era algo personal, no tenía nada que ver con la otra persona, porque lo hubiera hecho con cualquiera; la Antonia del futuro no será tan auto analítica como para identificar que esta reacción no era más que un mecanismo de defensa desarrollado a partir de ese evento. Nunca más, se dijo entonces, y nunca más sucedió.

Esa noche, la niña se sumergiría en una melancolía que resultaba tan seria y formal que parecía la de un profesional. No se levantó para su clase la mañana siguiente. Estoy enferma, fue todo lo que le dijo a Guillermina, Me voy a quedar aquí, decía la voz debajo de la cobija, ¿Qué le pasa? A ver, déjeme ver, No, déjame, ¿Cuál déjame? ¿Qué le pasa? Necesito revisarle. No estaba mintiendo, porque el frío de anoche efectivamente la había resfriado, aunque Antonia de eso ni se había percatado. No salió de su cama en todo el día, ni al día siguiente, tampoco leyó nada, solo permaneció ahí, siendo un objeto, una naturaleza muerta; esta, también, sería la primera ocasión que nuestra niña practicaría esta indulgente y autodestructiva actividad que tantas veces haría en sus años por venir; entonces, por fin, entendería a Teresa; entonces, también, le reclamaría en silencio por habérselo enseñado.

Entonces Teresa volvió. Esto, contrario a lo pensado por la niña y por nosotros, no ayudó mucho a su situación, más bien la empeoró. ¿Qué le hiciste a tu pelo?, le decía la madre al separarse del abrazo que su hija le daba, ¿Quién te hizo esto?, preguntaba apenas daba los primeros pasos en casa, con los exclamativos suficientes como para dejar clara la reprobación. Dios mío, Antonia, pero si pareces un varoncito. ¿Tú te hiciste esto?, y la cabeza de Antonia, de estar agachada, se movió ligeramente hacia arriba y luego otra hacia abajo, ¿Por?, y esto lo preguntaba con más os de las necesarias, unas seis u ocho y, a diferencia de Nicolás, un exceso de signos de interrogación, a lo que la hija contestó encogiendo los hombros, vencida, totalmente derrotada antes de siquiera comenzar nada. No puede ser que te dejo un momento sola y hagas esto, remataba la madre en un tono, también, rendido, como si fuera un caso perdido. Nuestra niña se aguantaba lo mejor que podía para no llorar frente a su madre, a la que le ponía tan mal que lo hiciera, Ya basta, Antonia, por Dios, le decía siempre que lo hacía, y la niña lo intentaba, pero una fuerza interior por mucho superior a su fuerza de voluntad le hacía imposible el acatar la orden. A pesar de esto y a partir de entonces, Antonia llevaría así su cabello, corto, decisión que cualquier peluquero avant-garde, de esos con los que usted que es tan moderno y sofisticado se hace el pelo, también habría aplaudido.

Su madre se veía distinta, su piel lucía fresca, luminosa, con vida. ¿Se sentía mejor ahora que Teresa había vuelto?, se preguntaba Antonia mientras los tres esperaban a que les sirvieran la cena. No, concluía. En realidad, se sentía peor, porque antes, la idea del regreso de su madre al menos le servía como esperanza de que, el día que volviera, todo estaría mejor; pero ahora, ya con ella aquí, todo seguía igual, menos la esperanza, que no existía ya. ¿Y dónde está ese hijo tuyo? ¿No nos va a acompañar?, preguntaba la mujer con ese dejo de distancia y rechazo que las hembras de su tipo sienten hacia lo que no es suyo, hacia cualquiera que invada su territorio. No, y es mejor así, le respondía él, y esto la tranquilizó, porque le decía que entre esos dos había una división, y qué mejor que eso para vencer y dominar. Llegó Guillermina con el vino; le sirvió un poco a Dionisio. Lo degustó. Lo aprobó. Estaba por servírselo a Teresa, cuando esta puso la mano sobre su copa, Yo ya no tomo. Y lo mejor es que para ti sean como mucho dos copas, amor, a lo que Dionisio soltó una mofa, ¿Por?, El alcohol en exceso es dañino, si eso no es novedad para nadie, mucho menos para ti, que perdiste a tu padre gracias a eso, Papá murió de viejo, ¿Viejo a los sesenta años, mi amor? Pues mira que ya te faltan pocos. Tu padre murió porque el hígado le dejó de funcionar, por tomarse una botella en la comida y una en la cena todos los días, y frente a este golpe bajo el marido no supo qué decir, pero sí qué sentir, y sintió traición, enojo, y un dejo de rabia ante este repentino cambio de guion. Llegó la sopa. No. Espera, le decía segundos después Teresa a su marido, que ya tenía la cuchara en el aire, listo para comenzar, Espera. Entonces la mujer ajustó su postura por una solemne y seria, puso sus codos sobre la mesa, juntó ambas manos, entrecruzó sus dedos, inclinó su cara, cerró los ojos y en voz alta oró, Dios Padre, gran Señor dador de vida y de todas las bendiciones que en esta casa recibimos: te agradecemos por estos alimentos que hemos de tomar, fruto de tu infinita generosidad y misericordia, amén. Se persignó en el nombre del Padre y del Hijo y del Espíritu Santo, abrió los ojos y entonces tomó la cuchara. Dionisio seguía con una media sonrisa en su cara, esperando el momento en que su mujer ya no pudiera aguantar la risa y le aclarara que todo era una broma; Antonia no entendía nada. ¿Y esto?, le preguntó finalmente, al ver que la esperada aclaración no sucedía, Lo menos que podemos hacer es agradecerle a Dios por las bendiciones que nos da, y que en nuestro caso son muchísimas, Ya. Pero si tú no crees en Dios, Ahora lo hago, y mucho; estoy convencida de Su existencia y de Su poder.

Puta madre, ¿dónde estaba su mujer?, se preguntaba Dionisio, molesto de recibir a esta extraña de regreso. Aprendí mucho en estas semanas, decía Teresa al aire con una auténtica convicción, con la certeza de aquellos que han descubierto el camino, la verdad y la vida, Podría decir con toda seguridad que estos días han sido los más reveladores de mi vida. Sé que todo lo que ocurrió antes tenía que suceder para que llegara hasta aquí, para que encontrara a Dios. ¿De qué vergas estaba hablando? ¿Quién chingados era esta esposa que le habían traído de vuelta?

El lugar en el que Teresa había estado internada era, en realidad, un monasterio católico en donde se reformaban aquellas almas que habían perdido el rumbo de su vida. Ahí, gracias a Dios y con la ayuda de los doce pasos, las personas transformaban su camino, ese que les estaba llevando hacia el vacío, hacia la muerte, hacia una vida tan lejos de Dios. Por supuesto que los primeros días habían sido un infierno, el peor de todos, pero uno que, si se seguía andando con valentía y coraje, como lo habría recomendado ese erudito que frases tan ilustres le dejó al mundo, finalmente se cruzaría y se dejaría atrás, *If you're going through hell, keep going,* y eso mismo había hecho Teresa de la mano del Ejército de Cristo. Una vez que esta mujer anduvo ese doloroso camino de brasas y fuego, con una piel más gruesa y segura, vio claro y entendió todo; encontró la Luz. ¿Cómo había tardado tanto en ver a Dios, si Este estaba en todas partes, en cada momento y lugar? ¿Cómo había sido tan ciega?, se reprochaba la nueva y ferviente creyente, a lo que el sacerdote le decía que Los tiempos de Dios son perfectos; no pudo haber sido antes, tampoco después, sino ahora, hija. Solo Él entiende sus designios. Tu problema con esas pastillas, por ejemplo, fue una bendición, la más grande de todas, porque mira a dónde te trajo, mira el hermoso camino en el que te puso: te trajo aquí, con nosotros, con Él, y a esto Teresa sonreía y asentía con la cabeza, y entonces a ella no le quedaba más que irse a hincar y entregarse en oración, pedir perdón y dar gracias, dar gracias por todo, por lo bueno y por lo malo, porque lo malo también era bueno, porque era voluntad de Dios, y qué sabemos nosotros de lo que necesitamos, de lo que nos hace bien o mal, qué sabemos nosotros que tan ignorantes somos de su plan. Rezaba y rezaba, rosarios enteros, duro y dale ahí estaba, aunque nunca le fue fácil eso de concentrarse en las palabras que tenía que repetir tan mecánicamente, una y otra vez, no era fácil estarlas diciendo y que su cabeza no se le escapara, que no se fuera corriendo junto con todos esos malos pensamientos que por su mente corrían y que le hacían perder la paz y la concentración en las líneas que decía, pero poco a poco fue mejorando en su tarea, cada vez haciéndola con más fe y devoción y certeza de que le estaba hablando a Dios y Este la estaba escuchando atentamente, como si fuera la única hija que estuviera necesitada de sus favores y de su protección. Ella era especial, sabía Teresa, incluso frente a Este que amaba a todos sus hijos por igual, ella era diferente, mejor que la mayoría; que todos los que estaban ahí, seguro, porque en el grupo había cada caso, Dios mío, hombres y mujeres que habían hecho cosas tan vergonzosas e indignantes, impronunciables, vaya, que habían caído tan bajo, en lo más profundo del inframundo, allá donde ni Virgilio se atrevía a llegar, donde ya no queda ni oxígeno para que arda el fuego, Pobres creaturas, pensaba Teresa mientras escuchaba sus testimonios en las reuniones matutinas. *Creaturas,* sí, porque no se les podía considerar personas, Pobres creaturas, decía ella, notando ese sentimiento que nunca antes había experimentado y que le daba orgullo sentirlo, de tener *compasión* por el prójimo, justo como ahí se lo habían enseñado, ignorante, claro, de que lo que esos desgraciados en realidad le generaban era lástima, ese sentimiento tan arrogante y soberbio que nada tiene que ver con la compasión inicialmente profesada por el Hijo de Dios hace tantos años, antes de que su mensaje se distorsionara tan grotescamente gracias al teléfono descompuesto que la humanidad hizo de él. *Lástima,* una de las emociones más ofensivas y humillantes, era lo que sentía esta mujer, porque veía a esa gente como seres inferiores, débiles, de lo peorcito, pues; ella jamás habría llegado a los niveles de bajeza que esos confesaban en sus reuniones, por supuesto que no. Lo suyo había sido algo de paso, un evento que, como el padre Sebastián bien lo había dicho, tenía que suceder para llevarla hacia el camino al que estaba destinada. Además, ninguno de esos alcohólicos y adictos a cada cosa podía dar las donaciones que esta daría una vez que saliera de ahí, y todos sabemos qué tan importante resulta eso de ayudar al tan necesitado y desgraciado prójimo para conseguir el perdón. Se entregaría a Dios y, en esta entrega, facilitaría todo lo material que Este necesitara para cumplir su misión evangelizadora, para hacer el bien y corregir este mundo corrompido e inmoral. Y es que favor con favor se paga, y esto lo sabía muy bien esta reformada mujer, que haría todo lo que fuera necesario para que su Dios le diera de vuelta el don de la maternidad, ese mismo que tiempo antes tanto rechazó. Tres semanas después de su llegada con los soldados del Ejército de Cristo, cuando ya le hacía sentido eso que en los sermones le decían de los designios del Señor, de Su infinita misericordia y Su poder universal y redentor; cuando Teresa ya se había tragado estos y muchos otros de los dogmas que todos alguna vez hemos escuchado por una u otra razón, esta, después de la misa matutina, se dirigió hacia el Santísimo y se arrodilló. Le hacía una propuesta: ella dejaría sus hasta ahora identificados vicios, ni una copa más, ni una pastilla más, nada, Y mira que es fácil decirlo estando aquí, alejada de toda tentación, rodeada de Ti, pero imagínate, Dios mío, lo difícil que será en casa, donde todo es alrededor de eso. Ella le ofrecía su pureza de cuerpo y alma, el diezmo y cuanta cosa, a cambio de que le concediera el milagro de darle, ya que andaban en estas, no solo uno, sino muchos hijos a su amado Dionisio porque, gracias a Dios, y mire qué atinada quedó aquí la tan prostituida expresión, a sus treintaiún años este cuerpo todavía daba para mucho.

Y por eso ahora, sentada en esa mesa con su marido y su hija y una crema que ya comenzaba a enfriarse porque nadie procedía a comerla, porque su público continuaba confundido y ella hablando y hablando, ahí, con un rostro tan radiante como el que tenía a sus quince años, con un organismo libre de todas las toxinas generadas por el etanol y el bentazepam y sus diversos agregados, Teresa anunciaba que Antonia, y de preferencia ese otro muchacho que acababa de llegar a su casa, tomaría catequesis con el padre Sebastián a partir de la siguiente semana para hacer su primera comunión. A cada palabra que su mujer pronunciaba, Dionisio se arrepentía cada vez más de haberla mandado ahí. ¿Qué le habían hecho a su mujer? Él no creía, ni lo convencerían de creer, en esas pendejadas religiosas para gente ignorante y estúpida que prefería otorgarle la suerte de su vida a un personaje imaginario que no es más que otro producto de la mercadotecnia y la industria del entretenimiento, solo que peor, porque este no te daba nada divertido a cambio, solo culpabilidad y falsas ilusiones, y, como si eso no fuera suficiente, te vendía caro el espectáculo. Y, viendo para dónde iba la cosa, este amante del capitalismo y el mundo material, enseguida advirtió a su mujer que Desde ahorita te digo que no voy a andar dando el diez por ciento de mis riquezas ni leches de esas a esa bola de parásitos, Mi amor, solo se disfruta la riqueza que se comparte, Lo mismo digo yo, por eso la comparto contigo, con mi hija, con mi gente, mis trabajadores, y mira cómo la disfrutamos, todos felices y contentos de ver cómo nuestro trabajo nos da la vida que queremos. ¿Quién es este tal Sebastián?, El obispo Sebastián, que no es un hombre cualquiera, y al que le debes agradecer que ahora esté aquí, tan llena de paz, y al escuchar esto, Dionisio lo odiaba más, El obispo Sebastián es uno de los sacerdotes más importantes del Ejército, ¿Qué Ejército, mujer?, El Ejército de Cristo, amor, nuestra congregación, Vaya nombrecito, Pues eso son: soldados que entregan su vida para hacer realidad el proyecto de Dios. Aunque no lo creas, el obispo Sebastián es tan poderoso como cualquiera de tus amigos, No, si eso sí lo creo, conozco a los de su tipo, No solo de pan vive el hombre, Dionisio, el alma también necesita alimento, decía esta mujer que parecía haberse memorizado todas las frases repetidas hasta el cansancio en ese lugar. Antonia necesita conocer a Dios y, de paso, tu hijo también, que, a como veo, bastante falta le hace, ¿Y cómo es que un obispo, que es algo así como el gobernador, tiene tiempo para venir a darle clases privadas a una niña?, Así de grande es su corazón y sus ganas de ayudar, respondió Teresa, a lo que Dionisio mejor se quedó callado porque sabía que esta era una batalla perdida. Si no fuera porque, efectivamente, tanta pinche pureza la volvía aún más deleitable que antes, este matrimonio no hubiera durado mas que unas cuantas cenas, pero era verdad que Teresa estaba mejor que nunca, y que, en esta ocasión, Dionisio tendría que encontrar un punto medio entre la cordura de él y la locura de ella. Además, estaba seguro de que Teresa pronto abriría los ojos frente a tan gran tomadura de pelo y, Dios mediante, pero el Dios coloquial, el del pueblo, el que no es más que una expresión popular, no Ese que se quiere meter a la fuerza a su casa y robarle todo su dinero; Dios mediante, pensaba él, pronto todo volvería a la bendita normalidad.

Antonia escuchaba mientras los adultos planeaban su vida como si no estuviera presente, y por eso mejor invertía su mente en procesar lo que esto significaba en su vida. Al menos compartiría esta clase con Nicolás, fue lo único que le interesó de esta nueva situación. ¿Quién era el tal Dios? Ya algo le había mencionado Alberto de esta persona, pero no eran cosas muy buenas. Más bien parecía que su maestro lo detestaba, lo consideraba alguien malo y dañino, porque por su culpa se habían peleado tantas guerras y matado tantos hombres. Le hablaría de todo eso más adelante, le decía Alberto, cuando llegaran a la época medieval en su clase de historia, pero ella tenía que saber que esas eran tonterías, porque esto que nuestros ojos ven es todo lo que hay, porque la realidad y lo que vivimos está regido por la razón, no hay magia ni milagros ni santos ni ángeles ni nada de esas tonterías que la gente primitiva solía creer, solo hay ciencia y consciencia, porque Dios no existe y, si lo hiciera, entonces sería un completo hijo de puta, el mismo Satanás, un ser al que deberían de quemar en la hoguera como lo hicieron con todos esos inocentes por su culpa, porque solo alguien así permitiría que sus supuestos hijos se mataran a diestra y siniestra en su nombre. Pero ya llegarían a esa parte, una que el maestro a propósito retrasaba porque le parecía bastante brutal enseñarle a una niña toda esta crueldad y el nivel tan vergonzoso al que puede llegar la irracionalidad y la estupidez humana. Antonia solo pensaba en cuál sería la verdad de este tal Dios, de dónde era, qué hacía, por qué causaba tanta controversia, qué le había hecho a su madre como para convertirla en la persona tan distinta que ahora era.

La mañana siguiente, Teresa buscó al hijo de su marido. Aún no habían tenido la oportunidad de conocerse, ni siquiera de presentarse, le decía la nueva esposa de su padre. Ella era Teresa y solo buscaba lo mejor para él. Entendía que tuviera una relación difícil con su padre, pero eso era normal, algo de hombres. Con ella las cosas no tenían por qué ser así. Ese día tendrían una visita importante, le decía, vendría un hombre muy inteligente y culto que le podría enseñar muchas cosas. No estaba interesado, le respondía el adolescente, incapaz de levantar la mirada ante semejante venus. Él podía educarse solo, como lo había hecho hasta ahora; había demasiados errores en las personas, demasiada estupidez que no le interesaba aprender, le decía, aunque lo que en realidad quería decirle a esa mujer era que Sí, que Claro, que lo que ella le pidiera él haría, porque lo que ordenaran esos labios sin cuestionamiento debería de ser obedecido, todos sus deseos cumplidos. Pero este era el papel que le había tocado interpretar, el del adolescente al que nada le acomoda, y contra eso no había nada que este pudiera hacer, aunque se estuviera odiando por lo que estaba diciendo, por no ser más fuerte que esa fuerza que lo dominaba y que entonces ignoraba que se llamaba inseguridad, la misma que tantos conflictos le generaría a lo largo de su vida.

Sebastián entra en escena

Un aristocrático coche negro con el que algunos miles de sintecho pudieron haber comido durante un año llegaba a La Soledad justo cuando Alberto terminaba de explicar un tema de álgebra que Antonia no entendía ni le interesaba entender. Desde la ventana del salón de estudio, la niña observaba a un hombre de pelo oscuro con tintes blancos que bajaba por la puerta trasera después de que el chofer se la abriera inclinando su cabeza, como lo hicieran los trabajadores más novatos al paso de Dionisio por los campos. De pronto, apresurada, efusiva y en un atuendo que resultaba un tanto demasiado para un martes cualquiera, aparecía la señora Teresa para recibirlo con los brazos abiertos. Desde donde estaba sentada, Antonia no podía escuchar lo que esas bocas se decían, pero seguro eran puras cosas buenas, porque eran todo sonrisas. Pocas veces Antonia había visto a su madre tan entusiasta por alguien. Ahora Nicolás aparecía en el cuadro, al parecer sin querer. Una mirada entre Teresa y el hijo hizo que el obispo identificara que ese era el joven del que le había hablado, y en ese momento se lo preguntó, ¿Él es el hijo de tu marido?, a lo que Teresa respondió que Sí, y entonces la anfitriona le llamó, Nicolás, ven, y este, con esa cara que muchas veces tenía que exagerar, como en esta ocasión en la que realmente no estaba de malas, pero se forzaba a estarlo frente a este desconocido, para que no se fuera a confundir creyendo que era una persona fácil; con esa cara, Nicolás paró su andar, se dio la media vuelta y dijo su tradicional Qué, Ven. Mira, quiero que conozcas al hombre del que te hablé. Este es el obispo Vallejo, Nada de eso, hija, interrumpía a la mujer el soldado de Dios, al mismo tiempo en que estiraba su mano, Soy Sebastián. Nicolás

245

se quedó como estaba, y ya cuando le pareció que su desinterés había quedado suficientemente claro, hizo un gesto hacia la caja de vino que con ambas manos cargaba como para decir No lo puedo saludar, estoy ocupado. A esto Teresa gesticuló una cara de reprobación para advertirle que, con ella, esas chingaderas de niño malcriado no iban a suceder. Claro, disculpa, le decía el religioso al muchacho, al mismo tiempo en que lo observaba con unos ojos llenos de serenidad y paciencia. Mucho gusto en conocerte, Nicolás. ¿Cómo estás?, y esta actitud desubicó al chico, que podía sentir que eso que el hombre le decía era con un interés genuino, el gusto y la pregunta, y esto lo perturbó aún más porque lo dejaba sin armas, porque le obligaba a bajar su guardia y cambiar su estrategia, pensaba el joven ya con sus sentidos narcotizados después de las tres copas de cabernet que había bebido mientras sus ojos recorrían las *Opiniones sobre las pasiones* de Epicuro. Bien, fue todo lo que le pudo responder, Me da gusto, hijo, le dijo el cura con una sonrisa libre de posturas y limitaciones. Fueron segundos los que la mirada de uno permaneció en la del otro, absorta, profunda, completamente sumergida; Nicolás experimentó una especie de hipnosis, una extraña conexión hacia esos ojos que lo observaban, una sensación tan desconocida para él que no supo qué hacer con ella y por eso solo bajó su mirada y se marchó sin más. Ya ve: es un chico difícil, le decía Teresa a su guía espiritual mientras este seguía con su mirada al que se marchaba, Esos son los casos que más interesan al Señor, hija.

Cuando por fin terminó la clase, Antonia fue corriendo a su cuarto para revisar que su cara y su pelo y su vestido fueran los adecuados. En la mesa había cuatro lugares puestos, y ella tomó el suyo. Al poco tiempo llegaba su padre, y enseguida entraba Teresa sostenida del brazo de Sebastián, lo cual para nada le acomodó al marido, que, sin darse cuenta, apretó la boca y carraspeó al verlos llegar. ¿Por qué su mujer estaba vestida así, peinada así, arreglada así en un día *así*? ¿Por la visita de este pendejo? La pareja llegaba alegre, plena, riendo de algo que solo ellos sabían, y esto emputaba al marido que resultaba tan ajeno a esta dinámica. Le presento a mi marido: Dionisio, este es el obispo Vallejo, Basta de formalidades y títulos. Soy Sebastián. Es un verdadero placer conocerte, Dionisio, Teresa me ha hablado tanto de ti. Y aquí sería cuando nuestro hombre tan poco innovador con su discurso habría respondido con una línea tan predecible y manufacturada como Espero que puras cosas buenas o Nada de lo que le dijo es verdad o alguna ordinariez de este tipo, pero no lo hizo, porque no estaba para esas gracias, porque nada de esto le estaba cayendo en ninguna puta gracia. Simplemente se paró de su silla, estiró la mano y respondió con un Bienvenido, que nadie le creyó. Dionisio sabía que tenía que hacer eso que tan bien le salía, pretender, porque es de grandes dominarse y nunca mostrar las emociones reales, mantenerse relajado e imperturbable, como si nada estuviera pasando, aunque el mundo entero se estuviera incendiando. Pero a veces costaba mucho trabajo, sobre todo con personas como esta, que sabían engañar mejor que nadie, que siempre encontraban a creyentes ilusos que cayeran en sus falsas quimeras, y no había nada que pusiera peor a Dionisio que este tipo, será porque él mismo era uno de ellos, y cómo nos molesta que nos pongan un espejo de nosotros. Y esta es Antonia, continuaba Teresa, la que tendrá la suerte de formarse con usted, y entonces Antonia se levantó de su silla y estiró la mano y sonrió como debía, y él hizo lo mismo, Vamos a aprender muchas cosas juntos, le dijo Sebastián, y la niña se armó de valor para responderle que a ella le gustaba mucho aprender, y eso le sacó una sonrisa al invitado. ¿Y Nicolás? ¿No nos va a acompañar?, preguntaba el sacerdote, Ese barco ya naufragó, Sebastián. Puedo llamarte Sebastián, preguntaba sin preguntar el hombre de la casa, Por favor, Dionisio, reclamaba la mujer, Claro, me puedes llamar como prefieras, que el título que me pongan no cambia lo que soy, Pues sí, Sebastián, te digo que ese hijo es un caso perdido, ¿Cuántos años tiene?, ¿Catorce? O quince, algo así, A mí me gusta pensar que los casos perdidos solo necesitan de una guía para encontrarse, Y a nosotros nos daría mucho gusto si usted se diera el tiempo para guiarle, decía ella, Para eso estoy aquí, hija. Entonces Guillermina sirvió el vino. Dionisio se bebió su copa en un trago y medio, y la mujer hizo otro gesto de reprobación, mismo que se quedó solo para ella, porque su marido ni la estaba viendo. Entonces tú también bebes, le decía el de la cabecera a Sebastián, que no negó que le sirvieran una copa, Disfruto el vino, sí, pero solo un par de copas como mucho. Conozco tus vinos, por cierto, soy un gran admirador: de los mejores que he probado, y con estas palabras y la copa bebida, Dionisio bajaba un poquito la guardia, cayendo en su misma trampa, en esa estrategia siempre implementada por él, la de aludir a la presa en cuestión y hacerle sentir único y especial. Pues cuando quieras te mandamos una caja. Es más, te llevas unas ahora. ¿Cuál es tu favorito?, le preguntaba más para ponerlo a prueba de lo que decía que porque le interesara, El tinto, Ya, pero cuál, Te tendría que mentir, Pero si los curas no mienten, Disfruto mucho del Melancolía, el ensamble de cabernet y shiraz. La cosecha de hace dos años me pareció exquisita, pero mi favorito es el Nostalgia, nebbiolo Gran Reserva. Una maravilla, ¿Y por qué mentir, Sebastián?, Porque sé que es el más caro. No necesito una caja de eso, sería un acto hedonista, respondía el invitado con una sonrisa. El religioso sabía de lo que estaba hablando, notaba Dionisio, que, así como Sebastián, consideraba que el mejor de sus vinos era ese. El padre es amigo de muy buenos amigos tuyos, continuaba Teresa, Seguramente. ¿Como de quién?, ¿De quién?, preguntaba el cura a la anfitriona con cierta confusión, Ah, es verdad, ahora recuerdo que saludaste a varios en las misas de los domingos, Como Leonel Ibarra, por ejemplo, El secretario, Así es, confirmaba Teresa, y esto para nada le sorprendió a Dionisio, que siempre había considerado al secretario de medio ambiente un mocho, pero de esos que lo son porque tienen que reprimir sus instintos, porque tienen miedo de toda la mierda que puede salir de ellos si no lo hacen, un hombre que le parecía patético, pero con el que tenía que lidiar porque necesitaba tenerlo de su lado. Él y su familia son muy queridos en la congregación, un hombre muy generoso, don Leonel. Y su esposa Fernanda una gran persona, pasa mucho tiempo en el monasterio ayudando en todo lo que puede. Y Marcelo de Lucas, continuaba Teresa. Marcelo, claro, le seguía el obispo, Tiene una familia hermosa. Desde que fundamos el colegio sus dos hijos estudiaron con nosotros; unos jóvenes ejemplares. Carlos, como seguro sabes, está en proceso de ordenación. Esto Dionisio no lo sabía, porque de ese abogado que tenía todo menos escrúpulos sí que le parecía un abuso de la doble moral. Pero de eso se trata esto, confirmaba este hombre: cometer tantos pecados como se pueda y luego ir corriendo a pedir el perdón de su Dios, pagando su redención con donaciones del dinero generado por ese mismo pecado. Muy interesantes los proyectos que está impulsando el secretario, por cierto, una visión muy progresista y moderna, justo lo que necesitamos para los tiempos que corren. Ya es hora de que hagamos algo por proteger este sagrado hogar que el Señor nos dio, decía el cura. Dionisio terminaba su tercera copa y Guillermina ya estaba por servirle la cuarta, cuando Teresa dijo que más tarde, a lo que el hombre emitió una risa burlona disfrazada de gracia y respondió que más tarde ya no iba a poderla tomar porque ya habría acabado la comida; que se la sirvieran. ¿A cuál proyecto te refieres?, A todos, pero en especial al del Corredor Eólico, y al escuchar esto Dionisio compuso su postura, que ya estaba demasiado relajada, casi hundido en su silla cual adolescente rebelde. Pues qué bueno que le guste, le decía con una sonrisa, pasando del tuteo al usted después de que el religioso superara las pruebas que le había puesto, y después, claro, de que el etanol se distribuyera por su cuerpo lo suficiente como para que el invitado de su esposa le empezara a caer un poquito menos peor. Qué bueno que le guste, porque justamente en ese proyecto estamos trabajando juntos Leonel y yo. Somos seis inversores locales y cinco extranjeros, tres de ellos traídos por mí, decía orgulloso este hombre al que, después de unas copas, le resultaba imposible controlar su ego y su necesidad de reconocimiento, ¿En serio? Pero qué sorpresa, le decía el que tanto repetía a sus feligreses el octavo mandamiento, No mentirás, y que conocía esta información desde hacía mucho tiempo, como lo hacían todos los habitantes de la comarca y muchos tantos del país. ¿Qué tanto sabe del proyecto, padre?, No mucho, en realidad, solo que traerá mucho progreso y crecimiento a la comunidad. Escuelas, trabajo, servicios, salud, todo eso que nuestra gente tanto necesita; eso, por un lado. Por el otro, y me parece igual de importante, que será una fuente de generación de energía verde. Me resulta una maravilla que el aire se pueda convertir en electricidad, en calor, en luz, en tantas cosas, Así es, padre. Ese proyecto mejorará la vida de todos, es un ganar-ganar, como dicen por ahí, y algo que se tiene que hacer porque, si seguimos así, solo su Dios sabrá en qué mundo van a vivir nuestros hijos, y al decir esto ponía su palma en la cabeza de Antonia, Yo solo quiero lo mejor para mi gente, para mi comunidad, para mi hija y para todos los hijos que vienen, Y así será, Dionisio, con la bendición de Dios, así será. Con la bendición de su Dios, repetía él, y esta frase se quedó colgando en la mente de Dionisio, que la dejó ahí, en pausa, para retomarla después, porque sabía que algo importante tenía que decirle.

Esa tarde, Antonia tuvo su primera clase de catecismo. Sebastián comenzó por explicarle lo que eso era, porque la niña no tenía ni idea; Antonia lo escuchaba y entendía que esto de Dios era como las historias griegas de dioses y humanos que Alberto le había empezado a enseñar desde el año pasado. Un mito, concluía Antonia, y, cuando por fin se aseguró de que así era, orgullosa, se lo dijo al sacerdote, el cual, indignado, le corrigió, diciéndole que una cosa y la otra no tenían nada que ver, porque la mitología griega eran historias creadas por los hombres, y esta era la única, última y más fiel verdad; Antonia no terminaba de comprender dónde estaba la diferencia, porque si esta historia no había sido escrita, también, por hombres, ¿entonces quién la había escrito? Después de este error, el que claramente molestó a su tutor, Antonia optó por ya no preguntar nada, y limitarse a escuchar y asentir. Para su pena, la idea de que al menos esta clase la compartiría con Nicolás se descartó ese mismo día, y esto hacía que su tiempo aquí resultara aburrido y pasara leeeeento. Volvería el jueves, les recordaba a los padres al despedirse. Si estaban de acuerdo, le gustaría platicar con su otro hijo, al menos para escucharlo, muchas veces eso es todo lo que necesitan, alguien que los escuche; es increíble lo mucho que esto les puede ayudar. Teresa hablaría otra vez con Nicolás, haría un último intento, le decía a su marido durante el desayuno la mañana siguiente. Invítalo de nuevo a comer, ¿A quién?, Al padrecito, hombre, y esto a Teresa le pareció un milagro y una maravilla, porque vaya que sabía que sería una tarea difícil, si no imposible, hacerle entender a ese hombre tan amante de los placeres mundanos lo importante que resultaba cultivar el espíritu. Claro, mi amor, le respondía la mujer, que si por ella fuera tendría al obispo viviendo en su casa.

Entonces Teresa buscó de nuevo a Nicolás. Entiendo que te sientas muy solo aquí, sin chicos de tu edad con los cuales puedas divertirte, Igual nunca me he llevado con chicos de mi edad, le respondía el hijastro con la mirada concentrada en el piso, en un tono menos duro del que usara con todos, incluso con cierta admisión de derrota, de entrega. Pues con más razón. Las personas necesitamos tener cómplices, amigos con los que podamos hablar de nuestras preocupaciones y ansiedades, compartir con alguien más lo que sentimos, al menos para sacarlas de nosotros mismos, porque si se quedan tanto tiempo encerradas aquí, nos pueden hacer mucho daño, le decía ella, sorprendida de las palabras que salían de su boca, tan humanas, tan conscientes, tan sabias; vaya que Dios la había cambiado. Nicolás permaneció callado, con la mirada gacha, su pie jugando tímidamente con la tierra del campo como si hubiera gran entretenimiento en ello. Mañana el obispo nos visitará de nuevo, vendrá cada martes y jueves para darle clases a Antonia. Creo que te haría bien platicar con él. Es un hombre muy inteligente y muy culto, y yo sé que a ti eso te interesa mucho. Tal vez puedas encontrar en él esa guía que yo sé que en el fondo estás buscando, porque todos la necesitamos. Todos. El adolescente mantuvo su mutismo, aunque levantó, finalmente, sus ojos, y tomó todo el valor que dentro de ese débil espíritu no había para encontrarlos con los de Teresa, a la que, a diferencia del resto de los humanos, había sido incapaz de clavar el peso de su mirada como solía hacerlo. Está bien, dijo por fin, y estas dos breves palabras que representaban un gran triunfo para ella en verdad la emocionaron, al grado que, de la manera más espontánea y natural, sus brazos rodearon al muchacho y lo sujetaron con fuerza, transmitiéndole en ese contacto de dermis su energía, su alegría, su contento. ¿Cuándo había sido la última vez que su piel había tenido contacto con otra? Años, de eso estaba seguro. Y la sensación le resultaba tan extraña, ajena y amenazante. Sentía que le ardía, que le quemaba, pero al mismo tiempo era un grato ardor. Permaneció estático, procesando estas emociones tan desconocidas para su cuerpo. No te vas a arrepentir, le decía ella durante el abrazo, tan cerca de su oído que los vellos que cubrían todo su cuerpo delataron la impresión que se negaba a expresar, todos alzados como si fueran agujas y la piel de esa mujer un potente imán. De pronto le dieron ganas de llorar, por sentir tanto, por sentir demasiado, entonces mordió su labio inferior y con eso controló la emoción.

La escena que Antonia observó detrás de la ventana desde su escritorio dos días antes, se repitió: el coche negro, el chofer, la reverencia, el obispo, Teresa, perfecta, hermosa, excesiva, apresurada a su encuentro, y ella, la niña, observando todo eso desde lejos. Alberto notó la distracción, identificó la patria del que llegaba y le fue imposible ocultar su desprecio hacia eso, esa ignorancia y falsedad que marcara su infancia y adolescencia, solo que, en su caso, judío. ¿Sabes quién es él?, le preguntaba a su alumna, Es el obispo Sebastián, mi maestro de catecismo, y al escuchar esto Alberto sintió pena e impotencia de no poder hacer nada para evitar esa tragedia.

Dionisio y Sebastián

A Dionisio le costaba trabajo creer que Nicolás se estaba sentando en esa mesa con todos, y que, para variar, no cargaba con su insufrible jeta. ¿Qué le dijiste?, le preguntaría después a Teresa, y esta le respondería con que la compasión y el amor todo lo podían, y esta respuesta ya le quitaría el encanto, porque solo confirmaba lo lejana que esta mujer estaba de la que él se había enamorado, y a quién le gusta, dígame usted, que de pronto le cambien a su mujer, o a su hombre o a su no-binario, aunque sea para bien, aunque sea lo mejor, es lo peor que a uno le pueden hacer, porque lo obligan a cambiar toda la dinámica que tenía construida, el lenguaje que entre ambos inventaron, ese entendimiento en el que ya se habían acomodado y en el que ya estaban tan a gusto, carajo. Qué pesadilla y qué amenazante nos resulta, porque nos mueve todas las piezas del juego, un juego que funcionaba solo si era así, con esas reglas, con esas trampas y deficiencias, con esas fuerzas y esas faltas, y que de ninguna otra manera podría funcionar.

Nicolás permaneció en silencio durante toda la comida. Antonia muy apenas tocó lo que había sobre su plato, pero igual ningún adulto estaba prestando atención como para insistirle en lo contrario. Y gracias a esa falta de protagonismo, la niña podía estudiar cada movimiento y cada gesto de los que estaban ahí, el lenguaje no hablado que siempre dice más que las palabras: cómo su padre observaba el intercambio entre su madre y el sacerdote; la forma en la que Sebastián distribuía tan democráticamente su contacto visual entre todos los de la mesa; la manera en la que Nicolás podía mantener su mirada fija y fría hacia ambos padres, pero no hacia Teresa; cuando ella hablaba, Nicolás retomaba sus cubiertos y hundía sus ojos en su plato. Ahí todos tenían un papel menos ella, notaba Antonia, a la que tampoco le importaba no participar en esta obra, porque era mejor ser una externa, un ente invisible que solo observaba la escena, antes que ser parte de ella. ¿Llegó bien la caja de nebbiolos, padre? ¿No se le rompió ninguna?, Llegaron todas completas, hijo, pero de verdad que no era necesario, es demasiado lujo para unos hombres que buscan llevar una vida de ascetismo, Y sin embargo vea nomás el carrazo que trae, decía riendo el anfitrión, con ese tono pasivo agresivo que tan bien le salía con personajes como este, que le daban tanto material para jugar. Es verdad, ese coche es una ostentación innecesaria. Es un regalo que nos hizo un miembro de la congregación. Él necesitaba cambiar de coche, y le pareció que lo mejor era donarlo a la iglesia antes que malbaratarlo. No me siento cómodo andando en él, pero bueno, a veces no queda más que simplemente agradecer las bendiciones que Dios nos da a través de nuestros generosos feligreses. Mientras Sebastián justificaba esto, Dionisio terminaba de darle vueltas a lo que había estado pensando desde la comida anterior. ¿Cómo no se le había ocurrido antes al imbécil del secretario? Qué bella familia tienen, cambiaba de tema este hombre de treinta y siete años del que Dionisio tenía razón de tener celos, de sentir cierta inseguridad y amenaza, porque era refinado, agradable, exquisito, con esas canas que solo eran las suficientes como para hacerlo ver más atractivo; esto, incluso él, que solo las veía a ellas, podía notarlo. ¿Tú crees en Dios, hijo?, le preguntaba el religioso a ese macho que bien sabía que solo podía creer en él mismo y en sus huevos. Yo creo en la vida, padre, y en todo lo que la hace grande. Creo en el progreso y en que con esfuerzo uno puede alcanzar la gloria, eso que ustedes llaman cielo, vaya, solo que en la tierra. Para qué esperar tanto, hombre. Creo en el trabajo duro y en la disciplina. Se podría decir que el trabajo es mi religión, porque entregarse a él lo hace sentir muy bien a uno, que tiene una misión, que provee y protege a los suyos. Pero tampoco considero que una cosa y la otra, su religión y la mía, tengan que ser excluyentes, porque igual creo que usted y yo nos encontramos, coincidimos, pues, en un mismo punto, porque el resultado que buscamos al final es el mismo: amar al prójimo, como ustedes dicen, o darle lo mejor que uno pueda darle, como yo lo hago, hacer todo lo que esté en nuestras manos para que el otro tenga una vida digna. Cada quien tiene su manera de hacerlo: unos lo hacen rezando, otros lo hacemos chambeando. Porque alguien tiene que mantener todas esas iglesias, ¿o no, padre?, y con este cierre Dionisio le dibujó otra de sus sonrisas al sacerdote, solo que esta más en complicidad, en camaradería, como diciéndole No se haga pendejo, padre, si bien es verdad que no solo de pan vive el hombre, bien que lo necesita para no morirse de hambre. Mientras esto pasaba, lo único en lo que Nicolás podía pensar, además de la extrañeza de estar ahí sentado, era en ese Gran Reserva que reposaba en el centro de la mesa. Ese, también, era su favorito, y le era imposible no pensar en que, si estuviera bebiendo con ellos, toda esta situación le resultaría mucho más llevadera y fácil, una donde quizás, incluso, sería capaz de interactuar, y, de paso, por fin atreverse a ver a la mujer de su padre a los ojos. Se había preparado bien para el encuentro: había desayunado media botella de tinto y un pan tostado mientras sus neuronas se estimulaban con las líneas de *La República* como si fueran líneas de coca; después de leer la alegoría de la caverna, Nicolás había desarrollado una fascinación por Platón. Era verdad, pensaba Nicolás: el hombre podía permanecer en su ignorancia hasta la muerte, pensando que el pequeño mundo que sus ojos conocían era el único que existía, aterrado de salir de él y explorar, porque lo desconocido descoloca, porque nuestra naturaleza es aferrarnos a nuestra zona de confort, justo como lo que le sucedía a Dionisio con su remodelada esposa: rechazar el inminente cambio, permanecer donde se cree que se está seguro, siendo cero budista. Y ahora estaba ahí, escuchando a este desconocido tan aferrado a sus creencias ridículas, a ideas que, de lo poco que este joven conocía de esa religión, no le hacían en absoluto sentido, porque, para empezar, como base fundamental exigía el tener fe: creer en Algo que no se ve, no se cuestiona, no se analiza, no se explica. Y por eso Nicolás no lo entiende, y le parece que son cuentos, los cuentos que bien se podrían estar contando los hombres encadenados de esa caverna platónica. ¿Qué tienes ahí, hijo?, le preguntaba el cura al mismo tiempo en que estiraba la mano para que Nicolás le mostrara el libro que reposaba al lado de su plato, y que este había puesto ahí con el simple afán de dejarle claro a su padre que su presencia en esa mesa no cambiaba nada, porque él seguía siendo el mismo. Y también, claro, para joderle. Te felicito, Nicolás. Qué buen gusto. Platón es mi filósofo favorito, al menos de los griegos, que son los maestros, claro, le decía el cura al muchacho con una emoción tan genuina que lograba transmitirse a través de las moléculas del aire, viajando desde la boca de Sebastián hasta las fosas de Nicolás para entrar a su sistema y penetrar su masa cerebral y causar en él un efecto extraño, un cierto encanto, algo que rayaba en la alegría, porque jamás hubiera pensado que alguno de los amigos de su padre tuviera la más remota idea de lo que significaba, siquiera, la palabra filosofía, mucho menos quién era Platón, menos aún que amara cualquiera de sus obras. Le fue inevitable sonreír de vuelta. El obispo Sebastián es el director de Filosofía en el instituto. A ti te interesan mucho esos temas, ¿no es cierto, Nicolás?, le decía Teresa con los ojos fijos en él, esperando ser vistos de regreso, pero este no logró más que bajar su mirada al pedazo de carne que tenía en el plato y concentrarse en el ribete de sangre diluida que corría debajo de él y que invadía el puré de patatas y el brócoli y el arroz. Sí, y, después de unos segundos, Mucho. Qué casualidad, hasta parece que Dios te lo puso en tu camino, No parece, hija: estate segura de que así fue, interrumpía el sacerdote, con una sonrisa plena, la de alguien convencido de que todos sus pasos están siendo guiados por la mano que sabe por dónde se tiene que ir. Oiga padre, cambiaba de tema el padre de familia, que no quería dejar crecer el entusiasmo de su audiencia por esta estupidez, Dígame algo: ¿qué tal es su congregación?, ¿Qué tal, respecto a qué exactamente, hijo?, Quiénes la forman, en dónde están presentes, a qué lugares llega, La palabra de Dios llega a todas partes, hijo, al fin del mundo, Ya, ya, pero no nos vayamos tan lejos, padre. Aquí. En la región. Con nuestra gente, ¿dónde?, Pues tratamos de llegar a todas partes, hacer lo mejor que podemos con lo que tenemos, Que es bastante, le interrumpía Dionisio, Gracias a Dios, sí. Como bien dicen, de todo hay en la viña del Señor. Con nosotros llegan personas de todas partes y de todo tipo de condición de vida. Nuestras puertas están abiertas para todos. Nuestros fieles van desde personas como el secretario y su familia, que han sido bendecidos con los privilegios de la riqueza material, hasta el más humilde campesino. Una de nuestras tareas más importantes, por supuesto, es llevar la palabra de Dios a donde no se conoce. Visitamos mucho a nuestros hermanos que viven en las comunidades más rezagadas, aquellos que no tienen cómo llegar al monasterio o a nuestras sedes, los que nunca han escuchado siquiera el nombre de Dios, ahí es donde más nos necesitan, ¿Y qué tal los reciben por ahí? Ya ve que a veces puede ser muy difícil la gente de esas comunidades, Al principio, hace unos cuarenta, cincuenta años ya, sí que fue difícil entrar. El Ejército, de la mano del cardenal Juan Cuenca, quien fuera el fundador de nuestro monasterio, emprendió muchas misiones a todos esos lugares. Fue un trabajo retador, pero no hay sacrificio que Dios no recompense. Después de varios años de trabajo, se comenzaron a ver los frutos. Cuando llegamos a esta región del país, Dios no existía por ninguna parte, por decirlo de alguna manera, porque de existir, ha existido siempre y en todo lugar, pero por aquí nadie sabía de Él. Gracias al apoyo de nuestros fieles, hemos logrado construir parroquias en lugares muy remotos, donde ni siquiera la luz llega, eléctrica, digo, porque la de Dios llegó con todo su esplendor. Son iglesias muy modestas, pero el Señor no necesita de lujos para regocijarse con la compañía de sus hijos. Hoy podemos decir con gran alegría que toda esta región ha sido evangelizada; esta es una de las zonas del país donde tenemos más fieles, y fieles de verdad. No importa lo que pase, y créanme que a estos hermanos nuestros les pasa de todo, no fallan a misa un solo domingo. Es muy vivificante ver cómo se va expandiendo la palabra del Señor, Pues muchas felicidades, padre, porque justo eso es lo que nuestra gente necesita: alguien que los guíe hacia un mejor camino, porque solos no pueden, carajo, no saben cómo hacerle, le decía a su invitado este hombre paternalista que, reiteramos, de haber sido político, habría terminado muy fácilmente siendo un populista. Justamente, hijo, justamente, coincidía el que era cinco años más joven que al que se dirigía como su descendiente, y este absurdo le causaba gracia a Dionisio, que no expresó su sentir, solo lo pensó, pero solo en una fracción mínima de su cerebro, porque la atención de gran parte de este órgano estaba ocupada en pensamientos mucho más importantes. Hablar de una vez o esperar un poco más, se preguntaba Dionisio mientras Guillermina recogía los platos y él mismo le servía otra copa al sacerdote y, de paso, una quinta para él; mientras Nicolás pensaba en si, así como lo hacía con Lucho, también podría compartir una botella de vino con Sebastián mientras disfrutaban de una buena conversación. Esperar, concluía el que, con los años, se había vuelto cada vez un mejor estratega, Lo mejor era esperar, reiteraba mientras tomaba un trozo de su tarta de chocolate y se metía esos treinta gramos de azúcar a la boca sin siquiera degustarlos, con su atención abstraída en la planeación del movimiento de piezas que haría en la siguiente partida. Disfrutamos mucho de nuestras comidas con usted, padre, decía ahora de nuevo para sorpresa de su mujer, e incluso del cura, que de pendejo no tenía una cana; para sorpresa, también, de Antonia, cuya capacidad para entender el lenguaje corporal le había dicho todo lo contrario. Nos gustaría, de su agenda permitirlo, claro, que estos encuentros se hicieran más a menudo. Entendemos que no pueda hacerlo siempre, pero sepa que esta es su casa y que está invitado a compartir nuestra mesa siempre que lo desee.

Nicolás y Sebastián
y Donde el Narrador, querible ser, finalmente conecta con
nosotros al abrir una ventana de su intimidad que nos
deja ver su profunda humanidad

Nicolás aceptó estar como oyente en la clase de Antonia. Con esta nueva presencia, Sebastián apenas si volteaba a ver a la niña, con toda su atención invertida en el adolescente. ¿Qué le gustaba de la filosofía? ¿Cómo había llegado a ella? ¿Qué otros autores conocía?, y, observando ese intercambio de diálogos tan cerrado entre estos dos, Antonia solo confirmaba lo ignorante y aburrida que ella resultaba. En esta ocasión no se vio nada de religión ni del tal Dios ni de los pecados ni los mandamientos. No se aburrió, al contrario; le parecía interesante estudiar esta interacción; la hacía sentir invisible, sí, pero a eso ya estaba acostumbrada. Solo una vez interrumpió para preguntar, ¿Aquí no?, No, Antonia: Aquino, santo Tomás de Aquino, le corregía el cura, que enseguida cambiaba su atención hacia Nicolás para explicarle que este santo era un devoto seguidor de Aristóteles, La prodigiosa mente de Santo Tomás, era, en verdad, un milagro del Creador, tomando en cuenta que murió con apenas cuarenta y nueve años y logró concebir una obra de cerca de mil setecientos escritos sobre el catolicismo, más de ochocientos artículos sobre Aristóteles y cientos de manuscritos sobre la doctrina cristiana, todos profundamente elocuentes, le decía entusiasmado el cura al joven. Eso sin tomar en cuenta que recorrió más de diez mil kilómetros en viajes a pie. Imagínate, y este énfasis en la segunda persona del singular, en la que ella no cabía, sí que lo notó la pequeña, Imagínate: con tan poco tiempo y escribir tanto y tan bello. Este santo, el que fuera el favorito de Sebastián por buscar incansablemente la luz a través del pensamiento, había logrado comprobar que la filosofía aristotélica no hacía más que sustentar la existencia de Dios, porque la ideología del griego, contrario a lo que muchos pensaban, era perfectamente compatible con la fe católica. Te traeré uno de sus libros, el de *Comentario a la Ética a Nicómaco de Aristóteles*; verás lo genial que es. Y su emoción emocionaba al joven.

Lo mejor sería que cada niño tuviera su clase, porque era muy distinto lo que necesitaban uno y el otro, le explicaba Sebastián a Teresa. Para lograr entrar al alma del muchacho, que no sería fácil, era necesario andar por el camino racional, el de la filosofía, algo muy distinto de lo que la niña exigía y entendía. La madre no podía estar más de acuerdo, pero ¿podía el cura invertir tanto de su valiosísimo tiempo en ellos? Por eso no tenía que preocuparse, ya vería él cómo multiplicar las horas de su día que, aunque la física diga que eso es imposible, y aquí el padre se equivocaba, porque desde hacía rato que la física había concluido que el tiempo no existe, por lo que la idea de alargarlo o hacerlo más breve no se consideraba como posible ni imposible, simplemente absurdo; aunque el día solo tuviera veinticuatro horas y él tantas tareas que cumplir, con la ayuda de Dios encontraría el tiempo para lograrlo. A la fuerza en el alma nada entra, hija, continuaba, mientras él y su discípula caminaban por los jardines de la casa. Imponerle a Nicolás cualquier cosa sería un error. Es un joven muy inteligente. Estoy seguro de que él mismo vendrá a buscar a Dios. Qué bendición era para su familia contar con él, le decía la mujer más bella de cientos de kilómetros a la redonda, posiblemente de todo el país. La bendición es mía, hija, le respondía el cura, que no apreciaba el delicioso atardecer que se exhibía frente a él al estar cautivado por las exquisitas sombras que se plasmaban en el rostro de su acompañante debajo de su sombrero. Los veía en misa el domingo, se despedía el cura ya dentro de su coche, con el culo quemándosele por la piel del asiento, esa piel que emanaba, como todos los coches de lujo, ese aroma que provoca un cierto mareo, sobre todo cuando es nuevo, como era este el caso, porque ni madres que tenía dos años de usado, si muy apenas dieron una vuelta a la cuadra con él solo para justificar que no era de agencia antes de que se los *donara* don Justo Leal, el dueño de los supermercados que abastecían a toda la comarca y cuyo nombre bautismal era la antítesis de su moral, como el Lector bien debió de anticipar, porque es usted tan listo, tan hábil en su disección, en su análisis y lectura, que a estas alturas ya es como si fuéramos de la mano en este andar, usted y yo, tan cómplices, coautores, vaya, leyéndonos el pensamiento, entendiéndonos tan bien. Y qué cosa tan bonita es eso, ¿a poco no?

Y es que, ay, Lector, Lector, Lector, si usted conociera las penas que ahogan esta alma, la nuestra, vaya, porque de que conoce las penas de la vida en general, por supuesto que lo hace, si no, no fuera Lector. Qué ganas las nuestras de invitarlo a tomar un café y ponernos a platicar desto y lotro, de lo que sea, que cualquier cosa será interesante, y escuchar de su vida, de eso que le duele, que le angustia y no le permite respirar a un ritmo cardiaco normal, que le trae el insomnio en las noches y que lo agobia hasta sudar. Y no solo de las desgracias, claro que no, si en ocasiones la vida afuera de las páginas es bella, o eso dicen; hablar también de las gracias, digo, las pequeñas victorias que en su camino conquista, los sueños que tiene cuando sí logra dormir, que me cuente de sus proyectos, de sus planes e ilusiones y, de paso, yo contarle de lo mío, que la verdad es que no es mucho, porque de este lado no hay más que hojas en blanco que se necesitan llenar, una rigurosa disciplina, y poco más. Sentarnos usted y yo y un par de tazas que contengan un líquido caliente, porque ya ve que en esa temperatura la conversación se suelta mejor. Dos tazas y un cenicero en caso de que usted llegase a fumar, que no lo juzgamos, claro que no, quiénes somos nosotros para hacer eso, pero la verdad es que seguramente terminaremos recomendándole, sutilmente, haga de cuenta que como si no lo hiciéramos, que intentara dejarlo, porque eso mata, poco a poco, o a veces muy rápido, y es que para ese entonces, al final de nuestro encuentro, ya habremos desarrollado un entrañable cariño por usted y nos daría mucha pena el verle toser, decaer, arrugarse, sufrir y morir, por un vicio tan absurdo como ese. Pero habría un cenicero para su máximo placer, en caso de que esta irracional e insensata actividad por alguna extraña razón fuera de goce para usted. Nuestras mascotas también nos podrían acompañar, que a mí eso de dejarlas solas en casa como que me estresa, además de que son buenísimas para romper el hielo, porque ya ve cómo son al principio los encuentros, un poco tiesos, rígidos, como que le falta aceite al pensamiento para que las tuercas se muevan con naturalidad, más aún cuando es el primero. Y no es por nada, pero la realidad es que mi Séneca es un verdadero encanto, y se lleva bien con todas las especies, perros, gatos, conejos, hurones y humanos por igual, y es el mejor de los apoyos para quitar de mis hombros el peso de la expectativa de los otros, porque una vez que le conocen ya toda la atención es suya, y qué bendición es eso para mí, porque así no siento la presión de que tengo que agradar o hacer reír ni ser carismático, cualidades que no tenía ni cuando bebé, imagínese usted a estas alturas del partido. Un día será, un buen día nos encontraremos, usted y yo, ya verá.

Nicolás terminó las ciento veinticinco páginas que le quedaban de Platón ese mismo día. Si antes tenía un gusto exagerado por leer, si antes el consumo intelectual de este joven era un tanto frenético, después de ese encuentro, este se convertiría en algo así como una urgencia. Y es que ahora más que nunca tenía que comprobar que eso que parecía ser y que los demás decían que era, un joven difícil pero muy inteligente, era verdad. El sábado por la tarde, cuando tocaron a su puerta y este dijo su Que sin acento, y en respuesta escuchó la voz de Teresa preguntando, ¿Puedo pasar?, Nicolás, nervioso, cerró ese libro que tanto lo estaba perturbando, y es que mire la manera tan curiosa en la que se acomodan los eventos de la vida, porque precisamente estaba leyendo *Edipo Rey*, y este ingenuo lector que lo había tomado sin saber muy bien a lo que se estaba metiendo, sin poder decidir qué le aturdía más, si el incesto o la arrancada de ojos; el parricidio, por supuesto, le parecía de lo más natural. Salió de su cama, corrió al espejo, medio se acomodó el pelo, y por fin dijo, Pasa. ¿Cómo era posible que se viera tan bien a cualquier hora del día, no importando si vestía vaqueros o de largo, falda o piyamas, con o sin maquillaje?, se preguntaba el adolescente que tenía el nombre de Yocasta muy presente y que no sabía cómo deshacerse de todo lo que le evocaba. Levanta los ojos, se decía, pero al mismo tiempo buscaba cualquier ocupación qué darles para no hacerlo, para no verla, mover la silla, acomodar los libros, estudiar sus propias manos. Mañana a mediodía iremos tu papá, Antonia y yo a la misa del obispo Sebastián, ¿te gustaría acompañarnos?, y ante esta invitación, la que quería aceptar, pero que sabía que hacerlo resultaba muy disonante con el personaje al que tanto empeño había invertido en construir, mejor dijo No sé, Sería solo una hora. ¿Alguna vez has ido a una misa?, No, Te gustaría. Es una experiencia muy linda, y, después de un silencio, Pero no tienes que tomar la decisión ahora, solo piénsalo, ¿está bien?, y mientras hacía esta pregunta que no esperaba respuesta, Teresa tomaba con su mano derecha la barbilla de Nicolás para levantar dulcemente su cara, como lo haría una madre, como nunca lo hizo con su hija, para que este por fin la viera a los ojos y, en ese contacto, esta le pudiera transmitir su genuino interés, convencerlo de que estaba de su lado, que ella no era el enemigo, que se dejara de tantas defensas. Y este simple gesto hizo que el pulso cardiaco del hijastro pasara de sesenta a cien latidos por minuto, fenómeno mejor conocido como taquicardia, y que de su cuerpo comenzaran a secretarse diminutas gotas por cada uno de los más de dos millones de poros que habitaban la piel que lo cubría. Y su cabeza a marearse y su vista a nublarse. Y qué falta de aire, madre mía. Está bien, logró decir como pudo, y, al decirlo, apartó su rostro de esa mano que con su contacto le estaba succionando todo el oxígeno.

Esa noche, después de acabar con Sófocles, Nicolás tuvo una noche cargada de pesadillas. En ellas, era su deseo más profundo hacer lo que Edipo y matar a su padre, pero lo que ocurría después de hacerlo en su experiencia onírica no era precisamente lo que le hubiera gustado que sucediera, lo cual, cuando despertó, no logró recordar qué era; solo sabía que había angustia y un punzante dolor en todo su cuerpo, el que no dejaba de moverse frenéticamente sobre esa cama, y por eso había empapado de sudor sus sábanas; a nosotros también nos hubiera gustado saber qué ocurrió dentro de ese inconsciente, pero no somos dios ni nos otorgaron este papel con la virtud de la omnisciencia, por lo que nuestro conocimiento es limitado. Aunque era domingo, a primera hora Nicolás ya estaba en la bodega, toda para él porque, a pesar del incansable espíritu emprendedor de Dionisio, ese día todos lo libraban. Se llevó con él a Schopenhauer y su cosmovisión en *El arte de sobrevivir*; después de leerse *El arte de insultar* y *El arte de tener razón,* este se había convertido en su pensador moderno favorito. Su realismo crudo y esa manera misántropa de ver el mundo era justamente lo que esta amarga alma necesitaba para validar sus creencias y sentirse un poco menos solo. No sería hasta que leyera *Sobre el sufrimiento del mundo,* tan solo unos meses después, cuando Nicolás confirmaría, profundamente satisfecho, que su manera de ver la vida estaba también validada por este filósofo, porque, así como él, este también consideraba que la forma más inteligente de andar por la vida era simplemente perder la voluntad de vivir, porque estar vivo conlleva un constante e ininterrumpido sufrimiento, porque siempre se desea algo, y desear nos hace sufrir, sufrir por no tener lo que queremos o por el miedo de perderlo si ya lo hacemos, por lo que la única cura a dicho dolor es no apegarse, no desear nada, ni siquiera la vida, pensamiento similar al que Buda había concluido cientos de años atrás, solo que desde una óptica menos tóxica y pesimista. Pero esa mañana Nicolás no terminó ni la primera página. Y solo había una manera, con el tiempo había comprobado, para calmar esa ansia y la desesperación que le provocaba ocupar ese cuerpo del que no sabía cómo escapar.

Todos cantando: Qué alegría cuando me dijeron,
vamos a la casa del Señor
*y Donde el Narrador se proyecta en nosotros y entonces
nos damos una idea de lo miserable que seguramente fue
su vida terrenal*

No dijo nada, solo se subió a la camioneta antes de que todos lo hicieran y se quedó ahí, esperando. Nicolás, dijo Teresa con alegres signos de exclamación al verlo, Qué gusto que vienes. Al escuchar esto, Dionisio volteó incrédulo para confirmar la noticia. Antonia, por su parte, hacía su mejor esfuerzo por disimular su emoción. A los pocos minutos de iniciada la travesía, la niña comenzó a identificar un aroma intenso, rancio y que le resultaba muy familiar. Venía de Nicolás, y era, su memoria olfativa rápidamente relacionó, el mismo olor que solía emanar su padre; no le gustaba, le causaba náuseas. Bajó un poco la ventana para dejar que aire fresco entrara. Sube eso, ordenaba enseguida la madre, que tanto esmero había puesto en su peinado perfecto, misma perfección que se veía amenazada por el fuerte viento que corría en esta parte del istmo, la región más ventosa de todo el mundo, según decían los expertos, tan seguros de esto como si ya hubieran pisado cada esquina del planeta. Pero era cierto: por estas tierras, las corrientes de aire iban tan de prisa como las masas de gente que va uniformada con sus trajes, maletines y dispositivos en mano, como los soldaditos del ejército capitalista que, sin darse cuenta, son, desplazándose apresuradamente desde las siete de la mañana de su casa a su trabajo y de nuevo doce horas después en sentido contrario, en esos mundos donde el espacio es vertical, torres y torres que quieren alcanzar el cielo, pero que, por más que intentan, no lo logran, como la de Babel, y que terminarán también como esta, devoradas por su propia ambición de grandeza.
A doce metros por segundo corre el aire por las tierras donde sucede La Soledad, siendo seis el promedio mundial. Antonia amaba estos vientos, pararse en medio del campo,

abrir los brazos en cruz como el Jesucristo que le acababan de presentar y sentir el golpe del aire fresco, tan potente que le sacaba el aire; permanecer ahí, jugando a las vencidas, porque a veces era tan fuerte que tenía que plantar muy bien los pies en la tierra para no ser derribada; cerrar los ojos y solo escuchar el ensordecedor sonido del ventarrón que la transportaba a un lugar distante y distinto, uno que no se encontraba ni aquí ni allá ni en ningún lugar.

Sentados en primera fila, porque hasta en estos lugares los beneficios del poder se dejan ver, estaba nuestra querida familia, vecinos a la familia del secretario. Y más allá el de educación. Y detrás de ellos el de defensa. En la otra ala don Justo con los suyos, y así todas las bancas que ocupaban la primera mitad de la parroquia. Aquí se podía hacer más lobbying que en una fiesta de Estado, pensaba Dionisio mientras el obispo guiaba el confíteor y todos le seguían, tan formales que parecían la mera verdad, con sus cabezas inclinadas y sus ojos cerrados, pegándose en el pecho con el puño, *Por mi culpa, por mi culpa, por mi gran culpa,* y Antonia no sabía qué hacer, porque sabía que era culpable, pero no sabía de qué, porque algo le contó el padre la primera clase, eso de que todos habíamos nacido siendo ya unos pecadores, en el momento de nacer uno se lo ganaba por default, era como el ticket que se necesitaba para entrar a la feria, y esta paradoja la niña aún no la comprendía, porque era tonta, claro, era lenta y le tomaba mucho tiempo entender cosas que cualquiera entendía, como lo hacían los cientos de personas que estaban ahí, y que, a diferencia de ella, evidentemente tenían todo tan claro. Teresa, por su parte, pensaba en que, estar ahí, con Dionisio sentado a su lado, no podía ser otra cosa más que un milagro. ¿Cuándo habría pensado que resultaría tan fácil sumarlo a su proyecto? Un tercio de su cabeza pensaba eso; otro pensaba en el mal gusto de la mujer de don Justo, con esos tacones que parecían de cabaret y que resonaban por toda la iglesia a cada paso que daba, ese vestido tan ajustado en ese cuerpo tan abultado, y ese peinado tan ridículo y

266

exagerado, Dios mío, como si no tuviera seis días a la semana para vestirse como puta fuera de aquí; el tercer tercio de sus células pensantes cavilaba en la misma obsesión que tenía desde hacía meses ya, en cuándo su Dios Todopoderoso, Señor del cielo y de la tierra, de todo lo visible y lo invisible iba a cumplir con su parte del trato, pero ese pensamiento trataba de reprimirlo, porque sabía que los tiempos del Señor son perfectos, como tanto le repetían y ella quería creerlo, se obligaba a hacerlo, aunque su reloj biológico le decía lo contrario, que *the clock is ticking, darling*. Pero ya ves Sara, se recordaba Teresa a ella misma, Ya ves Sara, esposa de nuestro padre Abraham, y media hermana suya, también, porque en esos tiempos esas invenciones modernas del incesto todavía no existían. La hermosa Sara, que hasta en eso nuestra Teresa se parecía a ella, porque era bella como ninguna otra, enloqueciendo a reyes y faraones por igual; Sara, que nunca dejó de orarle a Dios, y por eso a sus noventa años le concedió el milagro de dar a luz a su hijo Isaac, el segundo de los patriarcas del pueblo de Israel, como seguramente sería el suyo, pensaba Teresa, un hombre poderoso y grande, porque de su tierra fecundada por Dionisio solo frutos de ese calibre se podían cosechar. Ella no era quién para andar apresurando al Padre ni exigiéndole resultados, claro, pero nunca estaba de más recordárselo, no se le fuera a traspapelar la petición entre tanta solicitud. Nicolás, por su parte, no sabía qué pensar. Su mente era una masa nebulosa que no entendía lo que veía ni lo que escuchaba; se arrepentía de estar aquí, con la resaca comenzando a cobrar vida, la imposible sed a reclamarle ser saciada, la aglomeración ahí reunida a sofocarle. Todos los ahí presentes eran unos ignorantes, pensaba; aún no se había leído ninguna obra de Marx, pero sí que se había topado con la frase más popular que el filósofo del pueblo formulara en su crítica de Hegel, esa conocida frase de que *la religión es el opio del pueblo*, y, mientras el joven veía este circo y cómo todos participaban en él, Nicolás se sentía cada vez más alienado y más solo en su lucha por la verdad.

Ninguno de estos cuatro, ni de los doscientos treinta y tres feligreses que estaban sentados ahí supo de qué trató el sermón, como ha pasado siempre desde que estos se empezaron a escuchar por obligación. Ya sabe usted cómo es este show, porque, pertenezca o no a esta religión, estamos seguros de que alguna vez se ha visto obligado a asistir a una de estas ceremonias, donde es tan fácil estar sin estar, ponerse a divagar, en la decoración de la construcción, en esas imágenes tan curiosas e innecesariamente crueles, Pobre hombre, ese Jesús, piensa usted, Qué necesidad de hacerlo pasar tantas humillaciones, y qué putada de su Padre de no mover un dedo para salvarlo, al contrario, casi que hundiendo el pulgar en la llaga; incomprensible, inconcebible que un Padre haga esto con su Hijo, hay que ser culero, de veras, juzga usted mientras pasan a recoger la limosna y un coro bastante decadente canta *Pescador de hombres,* y vaya título, reflexiona el Lector después de dar una risita sardónica, Osado título para la famita que estos se cargan. Que, por cierto, y solo porque aquí somos amantes de los datos curiosos: ponga en el buscador autor pescador de hombres y lea un poco sobre él; nunca más certera su reflexión. En estas ceremonias, decíamos, donde es tan fácil aburrirse y entonces ponerse a especular en cuánto les habrá costado esta construcción, en si esos detalles dorados en lo alto de los techos son pintura o láminas de oro; en de dónde demonios habían sacado ese dinero. Y luego a pensar en esto y lotro, en cuántos minutos quedaban para que acabara este martirio, porque usted comienza a tener hambre y sed, y en qué darán de comer en la recepción, porque seguramente está ahí impuesto por un compromiso social, boda, bautizo, funeral, ya sabe cómo somos que de todo hacemos un gran escándalo. O en cómo hacerle para no tener que darle la paz a ese Cuñado al que trata de evitar desde el último encuentro que tuvieron, cuando se le hizo tan fácil al muy imbécil burlarse sobre el año sabático que usted estaba por tomar después de descubrir que necesitaba un tiempo para pensar y encontrarse, porque ah, qué perdido estaba, menuda depresión la que entonces se manejaba, ya hasta se nos iba a suicidar, no lo hacía solo porque tampoco era *tan* necesario, suicidarse, vaya, si ese trabajo ya lo tenía muerto en vida al infeliz de usted, sin una brújula que le hiciera ver que un dígito más en el banco no iba a menguar esa melancolía, esa falta de sentido, esa necesidad por encontrar una razón que justificara su participación en esta divina comedia, que le hiciera entender por qué despertarse a esa hora y hacer todas esas absurdas rutinas, pasar tanto tiempo en ese tráfico, respirando ese oxígeno lleno de dióxido que también lo estaba matando, repasar con sus dedos todas esas noticias que lejos de animarle le convencían de su nihilismo, y después de una hora y media respirando ese aire tóxico, por fin llegar a esa oficina, tan amplia en comparación con las de sus subordinados, tan elegante y fina, con su nombre en la puerta, que el nombre pasa a segundo plano, porque el título que viene abajo es realmente lo que vale, para que todo mundo sepa que no todos somos iguales, que usted es Usted y ellos son ellos; su despacho con sus detalles de roble y sus muebles de piel y ventanales del piso al techo para que cada que se canse de ver las pantallas de sus cuatro ordenadores observe desde ahí, desde lo alto, todo eso que hay afuera, y entonces se haga la ilusión de que está en la cima del mundo, más cerca de la gloria y el cielo, al menos mucho más en comparación con el resto, tanto trabajo, tanto sacrificio, tantos dolores de cabeza y posibilidades de infarto lo habían llevado hasta ahí, tan arriba, hasta el piso no-sé-qué-número de su torre de Babel, acompañado de todos esos artefactos que le hablan y le cuentan de lo que usted le pregunte, lo que les pida le dirán y darán, con sus algoritmos tan bien diseñados, que no se equivocan, tan distinto a los humanos que solo se la pasan errando; abrigado por sus múltiples pantallas, por aquí y por allá, en todos los colores y tamaños, grandes, chiquitas y enormes, para que ahí aparezca el rostro de uno igual de miserable que usted hablando desde la otra parte del mundo sobre temas que, honestamente, y aquí no nos dejará mentir, a usted le valen cinco kilos de verga, y habrá de disculpar la expresión, pero es que no hay manera más fiel de ponerlo. Y es que, desde sus breves cinco años de vida, usted tuvo clarísimo que de grande sería ingeniera o ingeniero o ingeniere o el género o no-género gramatical que guste ponerse; que usted inventaría todos esos juguetes que el mundo necesitaba para ser mejor y más feliz, para solucionar sus problemas, para llegar a la luna, para hacer un campamento en las estrellas, para salvar a la humanidad de los malos, para hacer lo que sea que la humanidad necesite para dejar de sufrir y, de paso, para que sus padres estuvieran orgullosos de usted. Para eso se suponía que fueron esos seis años de carrera y dos de maestría, aunque ya cuando llegó la hora de esta última, el sueño heroico que en un principio lo había llevado ahí ya se había difuminado en gran parte, si no es que en su totalidad, porque así es la vida, porque así se maneja el mundo, de realidades, no de sueños, le repitieron hasta el cansancio. Y así pasó con todas esas maravillosas ideas que desde niño imaginó y que ahora una junta de consejo tiene razones de sobra para hacerle ver que no es posible realizarlas, y a usted ya le quedó eso claro, desde hace años que ya ni siquiera lo piensa, mucho menos lo intenta, porque hay cosas urgentes que se necesitan solucionar antes, como que el incremento en utilidades de este año es de cinco y no de nueve por ciento, como eran los objetivos fijados por este consejo, y que el EBITDA, que parece ser más real que cualquier ser humano, no resulte como inicialmente estaba proyectado sí que es una tragedia colosal. Pero tampoco se crea muy especial, porque, la realidad, es que ese colega que desde la otra parte del mundo le habla desde su enorme pantalla, piensa lo mismo que usted, que esta videoconferencia es una actividad más de las miles de actividades diarias que tiene que hacer sin saber por qué, porque a él también le importa cinco kilos, él también está deprimido, él tampoco sabe qué hace aquí, hablando de abstracciones absurdas, cuando debería estar con la madre que se le está muriendo y ser él quien le da la papilla en la boca y no la enfermera que contrató, pero es que el

EBITDA, y quisiera dividirse en tres, en cinco, clonarse y estar aquí y allá, solucionando todos los frentes que se le presentan, pero eso todavía no se puede, en poco tiempo se podrá, eso seguro, pero aún no, y por eso está ahí, frente a esa pantalla, pensando de usted lo mismo que usted piensa de él. Y de esto usted ya no podía más, otra reunión de esas y de ahí mismo se iba a tirar, porque qué vida es esta, carajo, Que alguien me diga de qué se trata, reclamaba usted, que no hace otra cosa que buscar incansablemente dar con la verdad, con lo que *es*. Y por eso dijo adiós a esa realidad virtual a la que no sabía cómo ni en qué momento fue que terminó ahí; dejó todo eso y decidió hacer lo correcto, darse un tiempo para pensar, para estar en silencio, meditar y encontrarse de nuevo, porque mire que estaba perdido; para reinventarse, volverle a hallar gusto a la vida y hacer algo con ella que le haga sentir vivo. Y cuando en la última reunión familiar llegó la hora de las preguntas obligadas y políticamente correctas, esas que se hacen no porque nos importe saberlo sino porque no tenemos nada más de qué hablar, por fin llegó la pregunta de que cómo estaba, que qué tal iba el trabajo, porque al parecer es para lo único que uno está, para trabajar, y si esto está bien, todo lo demás también, y si esto está mal, pues todo está de la chingada, y entonces usted se atrevió a decir que todo estaba muy bien, de maravilla, mejor que nunca, decía, con una sonrisa afable y real, porque vaya que le estaba sentando bien eso de meditar y hacer yoga cada mañana; exudando plenitud les decía a todos que había dejado su trabajo y que se había dado un sabático para estudiar y explorar todos esos temas que siempre había querido, leyendo todos los clásicos que no había podido, descubriendo tantas cosas nuevas e interesantes, Una cosa muy bonita, decía usted con una cara tan iluminada y plena como la de Siddhãrtha, y entonces que se le ocurre abrir la boca al Cuñado, ese al que en esta misa usted se rehúsa a saludar y el que nos hizo elaborar en este pasaje, ese pinche contador asalariado y godín que jamás llegará a rozar ni siquiera con las yemas de su limitado pensamiento la verdadera razón por la que uno está aquí, pisando este mundo, consumiendo este oxígeno, como el muy infeliz ni siquiera está consciente de que es un infeliz, porque es más robot incluso que los artefactos que en su oficina usted usaba, un robot de nueve a siete de lunes a viernes, y de siete en adelante también, solo que con una modalidad distinta y frente a otra pantalla, sábados y domingos no siendo tan diferentes, su sistema participando en eventos como este en el que ambos están, que usted ya no recuerda si es un bautizo, una boda o un funeral. Pues este pedazo de carne todavía se atreve a burlarse, a decir que eso de los sabáticos no son más que mamadas, que él ha trabajado cada día de su vida y mírelo cómo está, enterito, decía este cuerpo con obesidad, si no mórbida, sí suficiente como para que en unos cuantos años le diagnostiquen diabetes; que qué pendejo usted, decía el Cuñado, no usando esa palabra pero casi, porque en qué estaba pensando al hacer eso, le decía, si cuántos miles no ganaba en este trabajo, millones, además de que lo traían viajando gratis, recorriendo el mundo, para acá y para allá, por todas partes, volando en business, cenando en michelines, y todo con cargo a la tarjeta de la empresa, cómo pudo ser tan soberbio, tan malagradecido, tan sobrado como para huir de esa suerte, si está viendo la tempestad y no se hinca, que a poco no se da cuenta de cómo están las cosas, las jubilaciones cada vez más lejos, Y uno aquí, echándole tantas ganas y como quiera batallando, remataba él, a lo que usted habría podido responder que precisamente por eso estaba así, ahí, de jodido, por su visión estúpida, o más bien nula sobre cómo debe vivirse la vida, por estar pegado a una puta pantalla, mañana, tarde y noche, por evaluar la importancia de las cosas de esa manera tan básica, por representar la definición perfecta del Cuñado, por estar obsesionado con partidos de fútbol y box y americano, por ser alérgico a los libros, por decir comentarios misóginos cada que tiene oportunidad, por ser un pinche burócrata, por peinarse con gel, por usar popotes y bolsas de plástico, por comer carne roja todos los días de la semana y burlarse de los veganos, por llamarle jotos a los jotos, por querer una televisión más grande, una casa más grande, un coche más grande, por querer lo que no tiene y tampoco necesita, por hacerse el gracioso con la asistente de la oficina a ver si chicle y pega, por llamarles chinos a los japoneses o a cualquier asiático, por ser tan vulgar e insoportablemente ordinario, por eso y muchas cosas más es que no lo quiere en su casa ninguna navidad, y por eso, también, es que está donde está y siempre estará, le habría respondido usted a ese filisteo a mitad de la cena, manteniendo a todos pegados a su silla con los ojos abiertos como personajes de manga, incrédulos de lo que salía de su boca, aunque todas fueran verdades que ellos ya habían pensado; eso le habría respondido de ser el usted que antes era y que ya no es gracias al precioso proceso espiritual al que con todos sus cojones se embarcó. Por eso, ante su sarta de pendejadas, usted solo se quedó callado, porque tanta contemplación y meditación de algo tenían que servir, y de qué si no para enfrentar a este tipo de personajes con la debida compasión, si le digo que uno no hace tanto vipassana y se queda como si nada, algo de provecho debe de sacar de nosotros todas esas horas de seguimiento a la respiración. Y, aun así, cuánto trabajo nos cuesta porque, para nuestra desgracia, seremos humanos hasta el día en que nos muramos. En ese momento logró quedarse callado, respirar profundo y con calma, sonreír y no decir nada, pero igual prefiere evitarlo ahora, porque a nadie le gusta que le recuerden las inmundicias del mundo, y eso es precisamente lo que este Cuñado hace. Y en estos pensamientos se entretiene usted mientras todos repiten el Credo de memoria pero sin entender muy bien lo que dice, *Creo en la Iglesia, que es una, santa, católica y apostólica*, y, al escuchar esto, le es imposible no emitir una risita mordaz, porque si bien es verdad que, a partir de su tiempo introspectivo, ha puesto una distancia entre usted y el exceso de información de los medios, al menos se mantiene informado de lo que importa, y los deslices cometidos por esos que forman esta iglesia santa, católica y apostólica vaya que merecen su atención, Si hay que tener huevos, piensa usted en contra de su voluntad, porque bien sabe que juzgar es cometer el mismo error de todos, como le repitiera una y otra vez su gurú espiritual, pero es que se ponen de pechito. Y en esas andaba en esta misa, viendo de reojo a cuántos asientos de usted estaba el Cuñado, haciendo mapas mentales para evaluar distancias y movimientos, calculando que, si primero le da la paz a los de la fila de atrás, igual y para cuando llegue a él ya habrán pasado los treinta segundos que en promedio lleva este trámite, y así todos felices y en paz, válganos la redundancia. *Espero la resurrección de los muertos y la vida del mundo futuro,* y con esta se vuelve a reír, pero ahora ya con más buena onda, porque esta línea le pareció un muy buen pitch para una serie de sci-fi, de zombis y extraterrestres y mundos apocalípticos, y entonces invierte su atención en pensar en cómo sería esta serie, porque con eso del sabático y que se está redescubriendo, como que esto del guionismo le ha empezado a llamar la atención. Y así como le pasa a usted, le pasa a todos en esta iglesia, porque sus hologramas están aquí presentes, dándose golpes de pecho y repitiendo frases y amenes y dando la paz al que no quiere, siguiendo el libreto al pie de la letra, sí, pero con su pensamiento lejos, muy lejos, todos absortos en sus devaneos, rumiando en sus pesares, dándole vueltas y vueltas a lo mismo, igual como lo hacemos en estas páginas, como si tanta vuelta en círculos no nos hundiera más en este atolladero.

Y por eso, decíamos, ninguno de nuestros cuatro personajes, ni de los feligreses que estaban sentados ahí supo de qué trató el sermón del cura, casi casi ni el mismo cura lo hizo, porque mientras daba sus palabras, que, palabras más, palabras menos, eran siempre las mismas, su atención se desviaba mucho hacia esos que ocupaban las bancas de enfrente, Teresa y su esposo, Nicolás y la niña. Solo un momento alcanzó a llamar la atención de Nicolás, y esto fue en la Eucaristía, *Del mismo modo, tomó el cáliz y se lo dio a sus discípulos diciendo: Tomad y bebed todos de él, porque esta es mi sangre, sangre de la alianza nueva y eterna, que será derramada por vosotros y por muchos para el perdón de los pecados.* Eso explicaba tanto, pensaba el muchacho; si todas las invenciones que esta gente decía, de alguna ilógica manera resultaban ser verdad, entonces podía entender por qué ese líquido que era cierto que parecía sangre, era la única cura, el elixir que hasta entonces había logrado darle un poco de calma y cierta felicidad. Ese sería el primer domingo de muchos que la familia Manetto Zaragoza estaría sentada en la primera fila de la misa de mediodía de la parroquia del Sagrado Corazón de Cristo Rey y de Nuestra Señora del Perpetuo Socorro, ya ve cómo le encanta la rimbombancia y la exageración a estos hombres.

«Dad al César lo que es del César y a Dios lo que
es de Dios»,
¿y qué no es el mismo?

Ese domingo Nicolás soñó con el cura: los dos iban por el mismo camino en el que siempre corría en sus pesadillas, solo que ahora, por primera vez en todos estos años, lo hacía caminando, y Sebastián se ofrecía a cargar la mochila que llevaba, una que iba llena de basura y era muy pesada, y el joven se la daba, y ahora se sentía ligero, tanto que podía flotar. Y aquí nunca llegaban al final, no había abismo al cual enfrentarse, el camino seguía y seguía y era tranquilo y bucólico, rodeados de árboles que rozaban un cielo azul brillante, un camino tan distinto al que siempre había soñado, aunque fuera ese mismo que había recorrido hasta el cansancio. Despertó sudando y confundido y enojado; le molestaba el interés que este intruso le despertaba, esa repentina invasión de su atención, descubrirse pensando en él y en las palabras que había dicho en la mesa y en la misa, no poder negarse que su prisa por terminar de leer el libro de Platón era solo por él.

Llegó el martes y, con él, la nueva tradición de comer con Sebastián; Nicolás lo hizo también. Ya vi que es muy popular,

275

padre, le decía Dionisio apenas sentados los cinco, Bueno. Mi misa no tiene comparación con la de las seis del cardenal Cuenca, se llena hasta la plaza. Tuvimos que poner bocinas afuera para que le escucharan todos. Mientras hablaba, el joven lo analizaba. Físicamente se parecía a él, a Nicolás, pensaba este: alto, delgado, con una complexión más fina que el promedio, una que seguramente no jugó muchos deportes ni estuvo al aire libre. Entonces se preguntaba cómo habría sido el cura de joven, qué había estudiado, qué leía, si tenía amigos, si tenía hermanos, por qué creía en ese Dios, cómo había llegado a esa decisión. Y aunque la atención de Sebastián estaba en la conversación con los adultos, de pronto el cura viraba la mirada hacia él, y le sonreía, y ante esto el joven no sabía qué hacer, y entonces desviaba su vista o la clavaba en su plato o en sus piernas, y se sentía tonto, y se odiaba por eso. El otro día me dijo que el secretario le había platicado sobre el proyecto del corredor, Así es, hijo, ¿Y qué tanto le contó, padre?, Me habló de los beneficios que le traerá a nuestras comunidades, ¿Y ya?, Y ya. Y después de un silencio, ¿Por qué lo preguntas?, Nada, padre, nada. Ideas que de pronto me cruzan por la cabeza, asuntos de poco interés para un hombre de Dios, y entonces Dionisio bebía de su copa, dejando un aire de intriga en la mesa. Pero cuéntanos, amor, que me ha entrado la duda, decía Teresa, tan atinada en su insistencia que parecía que ella también conocía el script que su marido había desarrollado en su cabeza. Que no es nada, mujer; no les quiero aburrir con estos temas, No se me ocurre ningún tema que no sea de mi interés. ¿Qué pasa por tu mente, hijo? Noto que es importante, Lo es, padre, la verdad es que lo es, y entonces Dionisio mantenía su vista perdida al fondo del salón, como si estuviera muy metido en sus pensamientos, consciente de que estaba creando un momentum para por fin hablar y decir, Usted conoce muy bien toda la región, ¿no es así, padre?, Así es, A la comunidad, su gente, Claro, he convivido mucho con ellos. Como les dije antes, con las misiones hemos llegado a lugares tan remotos y abandonados del ojo del hombre que se podría cometer el error de pensar que ni siquiera Dios llega ahí, Pero para eso están ustedes, ¿no? Para recordarles que eso es mentira, que Dios está ahí más que nunca, Así es, hijo, Verá, padre. El único interés que tenemos nosotros, y cuando digo *nosotros* me refiero a los que estamos impulsando el proyecto del Corredor Eólico, nuestro único interés es el progreso, de nuestra gente, de nuestra tierra, de nuestro país. Volteamos para acá y volteamos para allá y solo vemos pobreza, carencia, necesidad. Niños sin futuro, padres sin oportunidades, malas condiciones. Los muy desgraciados viven sin agua, sin luz, siempre al día. No tienen hospitales de calidad, no tienen escuelas de calidad- qué digo de calidad, hombre, si ni jodidos los tienen. No tienen transporte, no tienen nada, solo tierras y tierras que les dan unas cuantas monedas cada cuando, tierras que muchas veces son áridas y que de nada les sirven. Muchos de ellos viven peor que los animales de esta hacienda, y qué jodida comparación, pero es la verdad. Y sabemos que no hay peor peligro para una sociedad que la desigualdad, así que esto tampoco es una cuestión de filantropía; es, como le dije, un ganar-ganar, para que todos estemos felices y contentos. Y como bien dice su gente, padre: la riqueza que no es compartida solo empobrece el alma. ¿Dinero? El dinero no me importa, ni a mí ni a mis socios, tenemos todo lo que necesitamos y más. Verá, padre, cuando el secretario Ibarra me presentó el proyecto hace un par de años, me pareció una maravilla, Lo es, Lo es, por donde lo vea. Es un proyecto de primer mundo: generación de energía renovable, millones de inversión local y extranjera, desarrollo social y, lo más importante, un ingreso seguro y digno para nuestros campesinos. La riqueza de recursos que hay en estas tierras es infinita, tantos beneficios que esta gente podría estar recibiendo de sus campos y de su agua, hasta del aire, carajo. Hombre, ¿qué más se puede pedir? Claro que enseguida le dije a Leonel que contaba con todo mi apoyo, en lo que fuera. Y, aquí entre nos, padre, la verdad es que, para lo único que soy bueno, si acaso soy bueno para algo- lo que ha hecho que La Soledad sea La Soledad, y al decirlo la segunda vez, Dionisio alargó el Laaaa, como cuando se busca reiterar grandilocuencia, No ha sido más que este talento que su Dios me dio para hacer que la gente se entienda, de juntar las partes, de conectar uno más uno y así sumar tres, o cuatro o veinte, para que unamos fuerzas y juntos hagamos grandes cosas. Sentar en una misma mesa al secretario y al empresario y al extranjero y traducir el idioma de todos para que hablen el mismo. No sé si me explico, padre, Perfectamente, hijo, Se me da eso de hacer que se pongan de acuerdo: tú tienes agua, él tiene sed, ¿qué hacemos para que ambos ganen? Y con esto mismo me pidió apoyo el secretario, porque mire que son muchos los que se tienen que poner de acuerdo para que este proyecto vea la luz. Y la verdad es que todo iba de maravilla: tenemos el dinero, que no es cualquier cosa conseguirlo, estamos hablando de muchos miles de millones; tenemos los permisos, el apoyo del gobierno, por supuesto, federal, estatal y local, y tenemos un proyecto desarrollado por los mejores ingenieros del mundo; tenemos todo lo que necesitamos para hacer de la comarca una de las regiones más ricas y de más desarrollo, ya no del país, sino del continente. Y a que no sabe con qué pared nos estamos topando, padre, y esto el padre claro que lo sabía, si no por ser religioso es pendejo, al contrario, astutísimo que era precisamente por esto, ¿Con cuál, hijo?, Con nuestros campesinos, padre: los mismos que son los que más ganarían con esto. Para no creerlo, ¿no? Ridículo, y ante esto Sebastián fingió extrañeza, Pero, ¿cómo?, Lo mismo me pregunté yo, ¿cómo? No tiene lógica, no hace sentido que uno les ofrezca la solución a todos sus problemas, y que de agradecimiento solo reciba huelgas y reclamos, Pero ¿cuál es el problema en sí?, preguntaba el que conocía perfectamente *el problema en sí*; cualquiera que viviera por ahí y tuviera ojos u oídos sabía cuál era el-problema-en-sí. Las tierras, padre: necesitamos cien mil hectáreas para desarrollar este proyecto. Eso es lo único que solicitamos de parte de nuestra gente, y no lo estamos consiguiendo. Pero no vaya a creer que se las quitaríamos ni nada de eso, cómo cree, es más: ni siquiera se las compraríamos, si las tierras seguirían siendo de ellos. Se les pagaría por ellas una renta vitalicia, y se les pagaría muy bien, se les daría un ingreso mensual, les haríamos un contrato, con abogados y todo, como su Dios manda. ¿Usted cree, padre, que lo que estén recibiendo ahora por sus predios sea equiparable a lo que podrían recibir a cambio con todo esto? Por supuesto que no, si esas tierras sin el corredor valen para pura madre, decía un Dionisio ya excitado y un poco fuera de sí. Nada, se lo digo yo, unas cuantas cosechas de maíz y sorgo, y eso cuando el clima lo permite, que últimamente cada vez menos. Si esas son ganas de chingar, carajo, y esta última línea la decía para sí mismo, al mismo tiempo en que aventaba su servilleta sobre la mesa y luego bebía de su copa hasta dejarla vacía. Yo me reuní con el alcalde, y claro que es de los más interesados en que esto se haga, nada más imagínese la derrama económica que representa, cuándo iba a pensar que se haría millonario ese hombre salido de una colonia popular, y, al percatarse de que el vino lo estaba haciendo hablar de más, Dionisio se interrumpió; no estaba diciendo nada que no se conociera, pero ya sabe usted que hay cosas que son tan obvias que es mejor no mencionar, como el indudable hecho de que, para que el alcalde diera su *apoyo*, varios millones necesitaban caer en sus arcas. Y el señor, no el suyo, padre, me refiero al alcalde, a Villar, el señor ha hecho su trabajo, continuaba Dionisio, Ha hablado con quien se tiene que hablar, porque, como seguro sabe, todo está en entenderse con los líderes de las comunidades, pero la realidad es que no está resultando tan sencillo como pensábamos. Para empezar, ahora sí que, literalmente, no hablamos el mismo idioma. Ya ve que esos isagos, Izaqüoos, le corregía el cura, Esos, pues. Ya ve que tienen su propia lengua y casi ninguno de ellos entiende la nuestra, entonces por más que queramos explicarles de qué va todo esto, resulta imposible. Necesitamos el apoyo de los líderes campesinos para que nos interpreten, y tampoco crea que nos entienden a la perfección, tantos términos técnicos y conceptos de ingeniería, cosas que ni siquiera yo entiendo, ahora imagínese ellos. Y vaya usted a saber si realmente comunican lo que les dicen. Pero tampoco tenemos alternativas, así que es de esa manera o no es de ninguna. Yo hace poco intenté hablar con uno de sus líderes, y entenderá que a mí ese nivel de diálogo ya no me compete. Yo me puedo sentar con el secretario, con el gobernador, todavía con el alcalde, hombre, y nos entendemos perfecto, pero es que soy de la idea de que solo se pueden poner de acuerdo las personas que son del mismo calibre, usted me entiende, padre, y el cura solo respondía moviendo su cabeza de arriba abajo, porque vaya que entendía, le entendía perfecto, si mucho había aprendido Sebastián en todos los años en los que llevaba formando parte de esa institución religiosa en la que, si algo había, era jerarquías y niveles. Tratar de ponerme de acuerdo con un regidor o con un líder sindical o campesino resultaría injusto para ellos. Es como si a mí me pusieran a negociar con el presidente, ¿qué le puedo decir yo más que Sí, mi presidente, lo que usted diga? Pero viendo que no estábamos avanzando, decidí hablar con este líder porque es un conocido mío, desde niñitos, jugábamos juntos y todo, es el hermano de mi mano derecha, el jefe de los viñedos. Lo invité a comer para platicar del asunto, se sentó en esa silla que ahora ocupa usted. Y mire que hice bien mi trabajo, pero la verdad es que eso no terminó nada bien, padre. Qué difícil se pone esta gente, de veras. Imagínese que Ulises, como se llama este hombre, imagínese que me empezó a sacar lo del canal, ¿Lo del Canal del Norte?, Imagínese, padre, como si nosotros tuviéramos algo que ver con eso. Si ese proyecto fue hace cuántos términos, ¿seis? Veinte, treinta años tiene ya que se construyó, si yo era un niño, cuando Domínguez, joder. Y que se arranca a decirme que la construcción del canal había destruido los aluviales de su comunidad, que había erosionado la tierra, que desde entonces ahí ya no se daba nada, que cualquier lluviecita los inundaba porque se había alterado el curso del agua. Pero claro que lo iban a hacer mal, le decía a Ulises, si Domínguez y su gente se quedaron con más de la mitad del dinero para ellos, y que con el resto se hiciera el proyecto. Por eso contrataron puros ingenieros de mierda, por eso todo malhecho, por eso tantos problemas que salieron después, por eso los derrames y tanto desmadre. Y, aun así, padre, aunque lo hayan hecho de la manera más chafa que pudieron, ¿es o no verdad que el canal ha traído muchísimo comercio?, y Sebastián movía la cabeza en afirmación. Si no éramos nadie, la comarca no era más que un punto perdido en medio de la nada, hombre. Ahora somos una referencia comercial, cuánto dinero no entra al país gracias a ese proyecto hecho con las patas, decía Dionisio mientras partía su pedazo de filete con cierto disgusto, para luego meterlo a su boca y tragarlo después de dos breves mordidas. Ahora imagínese algo hecho con toda la mano, con los mejores especialistas del mundo, ahora sí que como su Dios manda, y a esto el cura repetía su movimiento afirmativo de arriba abajo, recordándonos a los figurines de cerámica con la cabeza de resorte que ponen los taxis de calle en el tablero. Y yo le explicaba a este Ulises que el corredor era algo totalmente distinto al canal, que ninguna de esas barbaridades se iba a cometer aquí, que este proyecto era justamente a favor de la naturaleza, para generar energía renovable, para dejar de explotar las minas y las reservas de petróleo que tanto contaminan, que esto era la tecnología más moderna, la del futuro, que con esto todos íbamos a ganar. Todos son lo mesmo, continuaba Dionisio, interpretando la pronunciación que, según él, tenía este *pinche aborigen primitivo*, como le llamaba a *esta gente* cuando se molestaba con ellos por no hacer las cosas como él quería. Todos ustedes: sus gobiernos, sus empresas, sus iglesias, todas las estructuras que los sostienen, todas son lo mismo, fue lo que realmente dijo Ulises en esa reunión y que Dionisio tan prosaicamente parafraseó. Solo les importa acumular riqueza aquí y ahora, sin pensar en el mañana ni en nadie además de ustedes. ¿Hasta cuándo se darán cuenta de que así no es? Dionisio: si no hay que ver el futuro para saber lo que va a pasar. Por eso desde ahora te advierto: esas tierras no tienen precio, y, de tenerlo, no podrías pagarlo, le decía un Ulises que invertía una gran parte de su energía en no perder la cordura frente a este personaje que lograba despertar sus peores demonios. Todos son iguales. Y de ahí no lo sacaba, padre. Si por eso están como están. Discúlpeme, pero es que es la verdad. Parece que están peleados con el progreso, carajo, que les gusta vivir así, jodidos. Le digo que esa comida terminó mal, y mire que muy rara vez no me entiendo con la gente, pero es que, padre, a ese hombre no había cómo hacerle entrar en razón, necio como su puta madre, habrá de disculparme.

Sobre la Odisea de Ulises

¿Que esa comida terminó mal? Sería más certero decir que terminó de la chingada, y esto se lo está diciendo la voz narradora, que estuvo ahí para presenciar el evento, porque mire que es importante que uno sea el testigo, porque luego nos andan distorsionando la historia, porque cómo nos encanta recordar los hechos como mejor nos acomoden, y eso no es culpa de nadie, si acaso es culpa de dios, porque no es más que simple naturaleza humana, eso de modificar el cuento según nuestros gustos y preferencias, porque así es la memoria, traicionera, o convenenciera, o compasiva, no sabría decirle con certeza por qué juega con nuestros recuerdos de esa manera, como ahora lo estaba haciendo con la memoria de Dionisio, que no estaba mintiendo, pero sí minimizando el desenlace del encuentro, el cual no nos sorprende que haya terminado así de mal, si antes diga que no terminó peor. Y es que el tal Ulises, este necio campesino que hace algunos años fuera un crío y buen amigo de Dionisio, antes de que ese vasto y virgen campo se convirtiera en Laaaa Soledad, en esas tardes que están borradas de los recuerdos de Dionisio como las efímeras huellas en la arena por las olas del mar, como las nubes que se han de formar y deformar, como las promesas hechas en campaña electoral, así de olvidadas están; el tal Ulises, decíamos, sus buenas razones tenía para ponerse como se puso, y la verdad es que, si ahí mismo hubiera agarrado a putazos a ese con el que jugó tantas tardes en su infancia, nosotros no lo hubiéramos juzgado ni intentado evitar, porque era mucho el dolor que *esos hombres* le habían hecho pasar a este otro. Lo que Dionisio también *olvidó* mencionarle al cura y a su público sobre su encuentro con el hermano de Luciano fue el hecho de que, a cambio del apoyo de Ulises, de que este hablara con su gente y les convenciera de que firmaran sus tierras, Dionisio le ofrecía un cargo en el ayuntamiento, además de un *apoyo* para alivianarlo del peso de la vida, que, como todos sabemos, no era nada ligero. Ahá, ¿y luego?, nos dice usted, Si así es como se maneja el mundo, aquí y allá, al país al que vayas, si ese es el único lenguaje universal con el que nos entendemos los humanos, ¿qué de novedad hay en eso?, cuestiona usted, cuya moral es sólida como el grafeno, claro, y si le pusieran en una situación como esta jamás que la aceptaría, pero tantos años de vida y lectura y decepción no han sido en balde, porque bien le han hecho conocer las tristes verdades de nuestra especie, esa que es tan fácil de doblegar ante la seducción de cualquier estímulo terrenal. Hombre, ¿a quién le dan pan que llore?, dicen, y aquí la frase no puede ser más precisa, porque era justamente ese *pan,* ese dinero, y cómo este se había obtenido, lo que durante muchos años había hecho llorar a Ulises, tanto que, de haber sido inteligente y acumulado sus lágrimas, bien se pudieran haber usado para resucitar los aluviales. Y esta técnica de *negociación* usada por Dionisio suele tener éxito cuando el sujeto en cuestión no tiene mucha opción, cuando tiene esta pinche y culera necesidad, y por eso es tan fácil que los muy desgraciados acepten, que digan que sí a lo que sea, aunque no quieran, en comparación con aquellos que ya tienen suficiente y, por ende, más oportunidad de ser fieles a sus creencias, ¿no es así? Pues por supuesto que no, por dios, si mientras más se tiene, más se quiere, como bien nos ha educado nuestro insaciable sistema económico. ¿Por qué le das tantas vueltas, Dionisio? ¿Por qué no dices las cosas como son? Me estás sobornando, le decía Ulises enfurecido. Y sí, eso era precisamente lo que Dionisio estaba haciendo, sobornándolo, justo como lo había hecho, de una u otra manera, con todos esos a los que tenía que *poner de acuerdo*: con el alcalde, los senadores, uno que otro diputado, uno que otro consejero y secretario. ¿Cuál era el problema?, se preguntaba confundido el negociador. Dilo, hijo de puta: di que me estás comprando para que vaya con mi gente y les cuente el cuento que todos los tuyos nos han estado contando desde hace tantos años, y aquí Dionisio seguía sin entender cuál era el drama del asunto, porque le parecía inconcebible que un vil campesino tuviera los tamaños para ponerse tan digno y rechazar eso que cualquiera quisiera.

Y la verdad es que a nosotros también nos sorprendió la reacción del tal Ulises, al que entonces tampoco conocíamos, y cuyo nombre original, por supuesto, no era Ulises, sino Ahyukitú'a, que en el üoot, el indescifrable dialecto de los izaqüoos, quiere decir *hombre verdadero que habla y protege*, y mire qué belleza porque, como bien sabe, las historias de nuestro mundo no están hechas de casualidades, sino de planos y dimensiones muy bien definidos por ese dios y su Gran Mano, y por eso en las estrellas del cosmos de este izaqüeño estaba escrito que así se llamara y que con sus actos su nombre honrara, aunque este se tuvo que rebautizar, al menos para su contacto con los g'aquxits, con los Otros, esos hombres con los que cada vez se hacía más grande la distancia y más fuerte el conflicto, porque eran fundamentalmente distintos, como si hubieran llegado aquí de un planeta lejano, y por eso no se entienden, no solo porque no hablen el mismo idioma, sino porque no hablan la misma vida. A Ahyukitú'a le ponía muy mal que cada que tenía que tratar asuntos con ellos, los g'aquxits se rieran al escuchar su nombre, y que les resultara imposible pronunciarlo de manera correcta, siempre diciéndolo como no era, siempre inventándole un nombre distinto, y no le quedó de otra más que hacer como todos los demás, inventárselo él mismo, y entonces tener dos, uno para los suyos y otro para los Otros, y de ahí que para estos haya decidido llamarse Ulises, porque ahí donde lo ven, con sus ropas tejidas a mano y su aspecto de nativo desconectado de la tan aclamada civilización, este hombre resultaba más culto que el mismo alcalde, aunque, bueno, esa parece ser siempre la norma por estos rumbos; era más letrado que todo el ayuntamiento, y por eso en algún momento se había leído la *Ilíada*, y luego la *Odisea,* y había encontrado en el personaje de Ulises a su avatar, porque, así como este, él también estaba en una lucha campal, aparentemente infinita, llena de obstáculos y problemas que no terminaban nunca, en su eterno deseo de regresar a los suyos, al origen, a su Ítaca, que en su idioma se llamaba Kütz'o, eso a lo que los Otros generalizaban una y otra vez como *las comunidades,* porque ni para distinguir una de otra, todas les parecían iguales, completamente ciegos a la evidente diferencia que había entre todas ellas. Y su único deseo era volver a ese lugar que en realidad no era un lugar físico, sino mental; del físico nada quedaba ya. En el caso de nuestro Ulises o Ahyukitú'a, de por fin superar esta odisea y lograr llegar al destino, no habría Penélope ni Telémaco ni Ctímene que lo esperara en casa, porque ya no quedaba nadie, porque ya todos estaban muertos. Y esa era la gran pena de este personaje, ese era el dolor que lo había matado y al mismo tiempo en que lo mantenía vivo para seguir luchando, para que lo que les pasó a los suyos no les pasara a otros, para que su historia no se repitiera. Y no había puesto que valiera, ni monto que pagara, nada que enmendara el infierno que lo habían hecho pasar. Y es que, ¿qué precio pueden tener treinta y cuatro niños? ¿Cinco monedas? ¿Tres mil? ¿Un millón? ¿Nada? La respuesta a esa pregunta, para vergüenza nuestra, es bastante relativa según dónde se pregunte. Para los habitantes de esta región del istmo, el precio de cada creatura no se podía medir en números, así como tampoco el valor de su campo ni su cielo ni sus árboles ni sus ríos ni su aire, porque un número es una invención del hombre, y todos estos eran asuntos divinos, lejanos de su dominio y su comprensión. Para los Otros, sin embargo, sí que había una fórmula matemática para hacer el debido cálculo: entre los treinta y cuatro niños, representaban un punto cero cero cero cero cinco por ciento de la inversión total del tan presumido y aplaudido Canal del Norte, que, por cierto, vaya creatividad que tiene esta gente para bautizar sus proyectos, ¿a poco no?: la Presa del Norte, el Canal del Norte, el Oleoducto del Norte, el Corredor del Norte. Estos hombres.

No quedó un solo niño izaqüoo; unos más temprano, otros más tarde, todos terminaron siendo quemados sobre su debida cama de hojas de palma, como lo indicaba su tradición, para que su espíritu volara hasta lo más alto y llegara a ese lugar inalcanzable para el cuerpo, pero de donde el alma nunca se va. Durante años, cada par de esos padres que ya no tenían con qué comprobar su derecho a este título, se castigaron y atormentaron, se reclamaron, se dijeron de todo, a ellos mismos y al otro, la madre al padre, el padre a la madre, porque estaban convencidos de que algo muy malo habían tenido que hacer para que sus dioses los castigaran de esa manera. ¿Qué hicieron?, eso no lo sabían, pero daba igual, porque no cambiaría la realidad: el que todos los niños de Kütz'o, desde el más chico, que en esta comunidad tan pequeña era de tres años, hasta Akhela'u, de trece, hija mayor de Ulises, una tarde de domingo habían aparecido con las panzas para arriba, flotando en el río, como si estuvieran jugando al muertito, con la única diferencia de que no era una simulación. ¿Cómo era posible? Si esos niños se movían en el agua igual que los peces, si ahí mismo habían nacido, eran hijos del río, el río era su madre y su casa, este no podía haberles hecho eso.

No, Kü, no, gritaron Tzaul y Üqzael, quienes, después de que acabaran los rituales dominicales de los mayores, fueron a buscar a los niños que jugaban en el río para compartir todos juntos los alimentos. Al verlos ahí, así, estos dos gritaban y lloraban, al mismo tiempo en que corrían como podían para sacarlos de ahí. Después de esperar un tiempo que no se medía en nuestros occidentales y abrumadores segundos, minutos y horas, ya cuando todos en la mesa veían que la luz empezaba a apagarse y que ni Tzaul y Üqzael ni los niños venían para comenzar su banquete, no desesperados, pero sí extrañados, los adultos comenzaron a cuestionar por qué no llegaban. Entonces Ulises que, aunque muy joven en esos días, ya figuraba como uno de los perfiles más confiables y fuertes de los izaqüoos, se dirigió al río. Tranquilo iba él, como benditamente solían estarlo los habitantes de Kütz'o, ligeros en su andar, sin nada qué cargar sobre sus hombros, solo fuerza y dignidad, solo paz y voluntad, como a sus madres les habían educado las madres de sus madres de sus madres desde que dios las convirtiera en humanos para que bajaran a la Tierra porque esta necesitaba que la defendieran y la protegieran; tranquilo iba Ahyukitú'a, pensando en que ya había llegado el momento de que todo cambiara, como sucedía cada año, porque las verdes hojas de los árboles comenzaban a pintarse de amarillo, otras más rápidas en marrón, y las más apresuradas ya caían al suelo; ya llegaba el tiempo de la xaurtlä'i, su época favorita del año, en donde todos se entregaban al silencio y la contemplación, a entender la vida y la muerte, cómo todo surge y vive y muere para volver a nacer, una y otra vez, una y otra vez, en esta maravillosa y eterna espiral. El tiempo de la xaurtlä'i, lo que por nuestros rumbos conocemos como otoño, ese periodo que durante toda nuestra vida y la de los que vivieran antes de nosotros pensáramos estático e inamovible, un concepto cuya definición nunca se modificaría, pero que ahora ya no se sabe a ciencia cierta lo que es ni cuándo va a suceder; la xaurtlä'i en ese entonces todavía era lo que había sido durante tantos siglos antes, y en eso pensaba él, en lo mucho que amaba esa estación que venía, no solo porque era tiempo de sabiduría, sino porque disfrutaba el clima que este traía, la lluvia, el aire fresco, las tardes grises, Qué cosa tan bonita, decía en alto en su üoot, en su lengua, como lo hacían los izaqüoos con todo lo que pensaban, lo decían en voz alta, porque no había nada de sus pensamientos que tuvieran que esconder. En eso estaba cuando por fin llegó a donde se abría el sendero, y entonces encontró tirados en la orilla del río los treinta y seis bultos que hacía tan solo unas horas eran, cada uno, treinta billones de células activas, cada una de ellas cumpliendo disciplinadamente con sus funciones, entregadas a su trabajo, tan ordenadas en sus tareas, organizadas solo dios sabe cómo, y aquí la expresión no la decimos por decirla, sino porque literalmente solo dios lo sabe, porque evidentemente eso supera por mucho nuestra capacidad de organización, si entre dos no logramos ponernos de acuerdo, imagine ahora todas esas. Y ante esta imagen surreal, las neuronas de Ahyukitú'a rechazaban la información que por sus nervios ópticos estaban recibiendo, como sucede con todo eso que resulta ilógico y absurdo para uno; abría y cerraba sus ojos, le pedía a su dios que lo sacara de ese terrible hüyiol'd, de esa pesadilla, pero nada sucedía, él seguía parado ahí, frente a todo eso que permanecía igual, el cielo, el río, los cuerpos, los muertos y un hedor que jamás en su vida había conocido, y que no venía de ellos, porque él ya había olido la muerte y la muerte no olía a esto. Tzaul estaba en el borde del río, como si muy apenas le hubiera dado la vida para salir de esas aguas malditas, con el pequeño Ëuzatil en los brazos. Ulises gritó hasta perder la voz y la consciencia, tanto y tan fuerte que no fue necesario volver a la casa comunal para que todos supieran con certeza que una tragedia había caído sobre ellos. Comenzaron a llegar uno a uno a presenciar esta imagen que dejara mudos a mujeres y hombres por igual, fuera de sí a unos, devastados a otros, incrédulos a todos. La tortura de ver esto era suficiente como para que molestias menores como ojos rojos, nariz y garganta irritados, comezón en la piel y malestares varios ni siquiera fueran percibidos, pero todos los que estuvieron ahí, y esos fueron los ciento doce habitantes de Kütz'o, las presentaron. Nadie habría de tocar esa agua, se ordenó. Todos habrían de permanecer lejos del río, sin excepción. Y así se hizo. La mañana siguiente, en una ceremonia que durara cinco días, el viento del istmo le entregó a los dioses las almas de Qäutroii, de cinco, Tëuoliz, de once, Xú'huyoi, de ocho, Öotuzal, de diez, Äl'tezú, de seis, Qúeerzú, de trece, Ïhzt'asú, de cuatro, Ëuzatil, de cinco, Ríaz'uil, de cinco, Xánadú, de siete, Miu'özta, de diez, Húil'zat, de ocho, Häueqrz'u, de once, Núil'sué, de tres, Äouyé, de nueve, Xánadú-tzú, de doce, Zult'óalt, de seis, Qílte'pozt, de cuatro, Jültipo'd, de siete, Miu'özta-tzú, de trece, Ütelec'z, de cuatro, Núil'sué-tzú, de once, Ülit'alp, de nueve, Qëurv'la, de diez, Zult'óalt-tzú, de once, Ötzulpé, de cinco, Ïhzt'asú-tzú, de once, Hülipostz'a, de ocho, Qëurv'la-tzú, de doce, Yóter'zaé, de seis, Ëpoz'riltl, de nueve, Akhela'u, de trece, Ötzulpé-tzú, el otro hijo de Ulises, de diez, Tzaul, de dieciocho y Üqzael, de dieciséis. Sepa que no le ponemos a leer esta ilegible lista de nombres porque andemos de posmodernos y, por ende, de pesados, sino porque hay una diferencia en cómo se procesa la tragedia cuando simplemente se dice *treinta y seis,* y es que no hay nada más fácil que decir números, Mueren doscientos cuarenta y cuatro en accidente de avión, Fallecen trescientos veintiocho por colapso de la represa en tal mina, Ocho mil quinientos niños mueren de desnutrición cada día, Ciento doce presos aparecen muertos en reclusorio, así, de la manera más vulgar y genérica, como si en cada uno de esos números no hubiera una historia de la que desembocaran tantas miles de historias más, como si fueran granos de maíz o bultos de cemento; hay una diferencia entre leer un simple número y entre, al menos, invertir un poco de tiempo en traducirlo en una persona física, nombrar y visualizar esa cifra como seres que nacieron y vivieron, que fueron hijos de un padre y de una madre, que ocuparon un espacio en el mundo, que tocaron el mundo de otros, que duelen igual como en su tiempo dolerá la ausencia de uno mismo. Esos treinta y seis, por supuesto, no fueron todos lo que *se fueron.* Se fue también una cuarta parte, aproximadamente, de cada uno de los que se quedaron, es decir, veintiocho en total si se lograra la imposibilidad de juntar cada uno de esos ¼. Y eso al principio, porque a las pocas semanas comenzaron a relucir las consecuencias de la insoportable melancolía y la cruel depresión, sobre todo la de ellas, que desde el momento en que sus ojos vieron a sus creaturas ahí tiradas sintieron que les habían abierto el pecho con un hacha para arrancarles el äuizl, el corazón, y de paso las entrañas, y desde entonces así andaban, muertas en vida.

Y pasaban los días y eran todos negros, porque nadie reía, nadie corría, nadie jugaba, todos, unos más lento, otros más rápido, todos morían. Entre ellas Hüil'tzá, la mujer de nuestro Ahyukitú'a, que llorara a sus pequeños Akhela'u y Ötzulpé-tzú mañana, tarde y noche, despierta y dormida, cada día desde entonces hasta dos lunas después, cuando su llanto por fin dejara de caer porque ese organismo ya no podía producir una lágrima más, y es que no tenía con qué, porque por esa boca no había entrado ni un grano de sal, ni una gota de agua, no le entraba la comida, decía ella, y cuando la forzaban a que lo hiciera terminaba devolviéndola, y por dentro estaba toda seca y ella en los huesos, hasta que una mañana, esos párpados que ya pasaban más tiempo cerrados que abiertos simplemente se quedaron así, bien sellados, para no volver a abrirse nunca más. Antes de la pérdida de su mujer, Ulises estaba seguro de que la vida ya no podía herirle más, porque con lo que había sucedido, este ya había llegado al clímax del dolor. Pero ya sabe que la vida nunca deja de sorprendernos, unas veces para bien, otras no tanto, y eso fue algo que Ulises comprobó cuando, después de llamar varias veces a su mujer, esta permaneciera inmóvil, su pecho ni para arriba ni para abajo, los orificios de su nariz sin provocar la más mínima alteración a la corriente de aire que le rodeaba. Un peso más grande que la densidad total del universo fue el que cayó desde la altura del corazón de Ulises hasta el fondo de su ser, que no era en sus pies, sino un fondo mucho más hondo y distante; un peso que hundió su alma hasta las más oscuras profundidades, más o menos por ahí donde queda el centro de la Tierra. Esta vez no lloró, tampoco gritó, ya no le quedaban fuerzas para eso; simplemente se quedó ahí, frente al objeto que reposaba sobre la cama, ese que veía y veía y no comprendía. ¿A dónde se había ido? ¿Dónde estaba ahora? Tanto hablar de la vida y la muerte, tanto saber que su paso por este plano no es más que un instante en la eternidad, tantas lecturas y tantos rituales, para que ahora que por fin llegaba la hora de la verdad, todos esos conceptos se le borraran, Pero si hace apenas un amanecer ahí estaba, y ahora no. ¿Dónde quedaban todas esas memorias e historias, toda esa vida que habían vivido juntos? No le dijo a nadie; dentro de su ïuoot', su casa, Ulises tomó un racimo de xiutlespí, la planta curativa y purificante de cuerpo y espíritu a la que su gente recurriera para momentos como este, en los que hay una urgencia de hablar con La Vida para entender qué es lo que esta les quiere decir. Lo puso a hervir para prepararlo en té y, una vez listo, lo bebió. Las revelaciones que haya tenido este hombre gracias a esos cinco sorbos es algo a lo que nosotros no tuvimos acceso, no porque no pudiéramos, sino más bien por respeto a algo tan íntimo y personal. Lo que sí pudimos ver fue a un Ulises que indudablemente estaba en contacto con sus dioses y con el universo en toda su infinita extensión. Una vez aterrizado del viaje, Ahyukitú'a dijo sus rezos y permaneció el resto del día al lado de su mujer, contemplando ese cuerpo al que por momentos muy breves envidiaba, porque ya estaba con ellos, y en cambio él seguía en este lugar que cada vez le resultaba más parecido al terrible ju'plïzá, ahí donde solo se sufre, lo más parecido al infierno occidental. De madrugada, cuando la luna estaba en su punto más alto y todos dormían, Ulises salió a recolectar hojas para hacer la cama de la que un día fue la madre de sus ausentes hijos, y entonces puso encima a esa masa de carne, vísceras y sangre que por las venas ya no corría, eso que representaba todo, pero ya no era nada, y le prendió fuego. Ulises contempló ese bulto arder igual que lo hacían sus entrañas.

Continuó su vida como pudo, cumpliendo sus obligaciones como buen izaqüoo, pero nada más; no le daba para más. Pasaba la mayor parte del día dentro de su ïuoot', tirado en su tendido, observando el palmillo que le cubría del cielo, pensando. Su dios no solamente le había quitado a sus niños, a otros miembros de su familia extendida, a su mujer y a su río, no; le había quitado el suelo también, y lo que este les daba, porque era cada vez menos lo que de la tierra lograban cosechar. Después de tantas muertes, la falta de comida no resultaba un problema todavía, en parte porque había menos bocas que alimentar y en parte porque las bocas que quedaban poco apetito tenían ya, pero eso no quitaba el que algo muy mal habían hecho todos ellos, porque era evidente que estaban siendo castigados, Kü, el que da y quita la vida, estaba muy enojado, y en eso meditaba Ulises día y noche, ¿Qué mal habían hecho? ¿Y qué más tenían que hacer para estar en gracia con Kü otra vez? Sacrificios, rituales, todo lo habían intentado ya, pero, aun así, lejos de ver la luz, solo había más oscuridad. Así estuvo este hombre durante dieciséis lunas llenas.

Era luna menguante de güilplitz'a, de verano, cuando un grupo de cinco g'auxits, dos mujeres, tres hombres, apareció en Kütz'o. Cada que esto sucedía, sus habitantes se ponían nerviosos y no sabían qué hacer, a pesar de que ese era su territorio y, en realidad, eran los Otros quienes debían de sentirse intimidados. Aunque estos g'auxits parecían distintos a los que habían visto antes por sus tierras, que tampoco era muy seguido. Hacía más de quince de sus amados otoños que Ulises no convivía con esa gente como solía hacerlo de niño, cuando su padre y su madre y su hermano y él vivían en la ciudad, antes de que su familia se separara y él y su madre se fueran de vuelta a Kütz'o, y su padre y su hermano Húil'zat, que les tenía prohibido que le llamasen así, porque él era Luciano y solo a ese nombre iba a responder, decidieran quedarse en el zt'áitl, en *el lugar donde el hombre manda,* en la *civilización.* Desde niño, Ulises supo por experiencia propia cómo la vida de los Otros arrasaba con todo a su paso, y es que justamente eso era lo que había dividido y arruinado a su familia; vivir en el zt'áitl había convertido a su padre en un hombre violento y detestable. Y por eso su madre un buen día dijo Me voy a casa, porque no pertenezco a este lugar ni lo quiero hacer. El mayor dolor para Ulises no fue separarse de su padre, sino de Húil'zat, aunque de este, del hermano que originalmente era, tampoco quedaba mucho, y por eso hacía sentido ya no llamarlo así y mejor decirle Lucho, porque ese era ahora, un Otro, y un completo extraño para Ahyukitú'a.

Los cinco g'auxits que ahora llegaban parecían fantasmas, su piel tan pálida que era casi transparente; considerablemente más altos que un izaqüoo promedio; antiestéticos para los cánones izaqüeños, porque la complexión de estos foráneos era delicada y frágil, débil para ellos, una que difícilmente podría plantarle cara a los retos de la vida al natural. Los izaqüoos consideraban bello a aquello que era fuerte, que transmitía vitalidad, y a estos cinco parecía que un ligero viento los podía mandar a volar. Una de ellas fue la que inició la comunicación. Bien, lo que se dice bien, solo diez izaqüoos hablaban el t'záitlö, el idioma de los g'auxits, ese que usted está leyendo aquí; entre ellos estaba Ulises, que solía ser elegido para establecer el diálogo. El t'záitlö que hablaban estos cinco g'auxits sonaba extraño, como que sí era pero como que no del todo, pensaba Ulises; era evidente que, así como en el caso de él, su lengua natal tampoco era esta. Cargaban mochilas del tamaño de todo su cuerpo, cajas, aparatos y cosas de metal. ¿Qué les traía aquí?, preguntaba el líder izaqüoo, ¿Estaban perdidos? ¿Necesitaban comer?, No estaban perdidos, tampoco *necesitaban* comer, pero si tenían algo de comida que quisieran ofrecerles, lo agradecerían mucho. Estaban ahí porque querían conocer más sobre su comunidad, de cómo había sido la vida en Kütz'o en los últimos años, si habían sufrido cambios muy drásticos en su rutina diaria o si todo seguía igual, y ante estos cuestionamientos Ulises no sabía qué decir, ¿Por qué hacen estas preguntas? Les tomó un muy buen rato explicarle al líder que ellos eran periodistas y estaban ahí porque estaban haciendo una investigación sobre las consecuencias medioambientales que las comunidades del istmo habían sufrido a raíz de la construcción del Canal del Norte. Todo eso que traían en sus mochilas era el equipo de vídeo, porque todo lo explicarían en imágenes, en un documental que querían que se viera en todo el mundo para que este supiera del crimen a la humanidad que aquí se había cometido y se seguía cometiendo. Ya habían visitado tres comunidades antes de la suya: Mulitzá, Tünilo'i y Zatlauitl; en las tres habían encontrado un importante deterioro de la calidad de vida en los últimos dos años. Solo les faltaba Kütz'o y Xoltlí. Estaban conscientes de que eran unos extraños y que, por lo tanto, no les tuvieran confianza, pero les aseguraban que estaban de su lado, y que lo único que buscaban era mostrar esto al mundo con la esperanza de que se hiciera algo al respecto. Sabían que seguramente otros foráneos como ellos les habían dicho estas mismas palabras antes y que los habían engañado, pero les pedían que por favor confiaran en ellos, que respetarían en todo momento sus reglas, que solo buscaban documentar la verdad y nada más. ¿Qué había pasado en Mulitzá y Tünilo'i y Zatlauitl?, les preguntaba Ulises mientras Denise, Veronika, Omar, Hector y Teodoro comían en la mesa de la gran familia con el resto de los izaqüoos, quienes estaban entre extrañados e interesados con su presencia. ¿Que qué había pasado? En Tünilo'i, le decía Omar, estaban teniendo serios problemas de erosión, lo que provocó que sufrieran de una terrible hambruna y aproximadamente un treinta por ciento de su población muriera de desnutrición, mayormente niños y ancianos, a pesar de que era a ellos a los que se les daba prioridad al racionar los alimentos que difícilmente conseguían. En Zatlauitl se habían quedado sin agua y, por ende, sin cosecha, esto porque los trabajos realizados para la construcción del canal habían modificado el curso de los ríos, lagos, manantiales y manglares, y por esto, lo que siempre había llegado a ellos, poco a poco dejó de hacerlo hasta que, finalmente, no llegó ni una gota más. Mulitzá para mí ha sido el caso más triste, decía Denise, ahí la mitad de los habitantes había muerto por el agua del río, y casi no terminaba de decir *río* cuando Ulises reaccionó ante esto. ¿Qué había pasado con el agua de su río? Grandes cantidades de ácido sulfhídrico, ese gas incoloro, altamente tóxico y cuya principal característica era su terrible olor a huevo podrido, eso había pasado. La construcción del canal, por supuesto, exigía que se dragara una parte importante de los mares a ambos lados del istmo. Como con muchas de las cosas que se desarrollaban en este país, no se realizó ningún estudio del impacto medioambiental que esto ocasionaría, por lo cual todos ignoraban que, al extraer toda esa tierra, se encontrarían con reservas de este gas que, de no haber sido tocado, habría permanecido ahí otros miles de años más sin molestar a nadie, pero que, una vez descubierto y al aire, no había manera de controlar, porque era muchísimo, y todos sus compuestos habían permeado por las corrientes de agua, contaminando a los cuerpos hídricos de la región, como el río Atlatl'é, en Mulitzá. ¿No sabía de esto?, le preguntaba Teodoro incrédulo, a lo que Ulises solo movió su cabeza en No, porque la voz no le salía, porque en su garganta había un nudo que no dejaba a las palabras salir. ¿Qué le hace ese gas al cuerpo?, logró preguntar después de un rato. El H_2S actúa en los centros metálicos de las enzimas, de tal forma que impide la respiración celular-, Asfixia al cuerpo en cuestión de segundos, interrumpía Denise a Teodoro. En la obra, murieron enseguida veintitrés trabajadores. Los desarrolladores pararon los trabajos durante unas semanas, mientras veían cómo controlar las relaciones públicas. De estas muertes nadie se enteró, al menos no los medios ni el resto del país, solo los familiares que se quedaron sin padre, sin esposo, sin hijo y, a cambio, con una indemnización que incluso por estos rumbos, donde todo es tan asequible, resultaba insuficiente. En menos de un mes dieron con la *solución* para continuar con los trabajos. Comenzaron a realizar un proceso de desodorización del agua a través del tratamiento del gas con aminas, que son compuestos químicos orgánicos derivados del amoníaco, decía Teodoro, el más científico de todos y, por ende, el más desconectado de la realidad que le rodeaba, reportando la información como si se la estuviera diciendo a investigadores en su laboratorio, Usadas a presión, las aminas eliminan el sulfuro de hidrógeno de los gases, convirtiéndola en agua dulce donde podían trabajar. Se cambió de contratista para ahorrarse problemas con el resto de los obreros, y se continuó con el proyecto. Muertes directas, como la de los obreros, también ocurrieron en Mulitzá; ahí fallecieron cuarenta y ocho, y de eso tampoco nadie se enteró, mucho menos los indemnizaron, concluía Denise. Al escuchar esto, Ahyukitú'a, este hombre al que ya no le quedaba nada más qué perder en la vida, hizo que la mesa retumbara por todo Kütz'o al golpearla con toda su fuerza que, aunque se había debilitado mucho en los últimos años, seguía siendo bastante; golpear esa superficie con ambas manos, con esas mismas dos manos que habían cargado el cuerpo de Hüil'tzá y Akhela'u y Ötzulpé-tzú y tantos otros para postrarlos sobre sus lechos finales, con las mismas manos con las que compulsivamente se había quitado el líquido que no dejaba de salirle por los ojos mientras sus almas se convertían en vapor y se mezclaban con el infinito; con esas mismas manos golpeó la tabla sobre la que ahora comían muchos menos de los que un día lo hicieron, y rugió un grito que resonó tan lejos que estamos seguros que fue escuchado por todos sus difuntos, hasta allá arriba o cual sea la ubicación espacial en donde la vida después de la muerte se llegue a localizar. Un grito con muchas As, de esos que se dan cuando a uno le están cortando una pierna o está dando a luz, que en cada segundo lleva sus buenas toneladas de energía de la que uno se tiene que deshacer porque, de quedarse con ella, terminaríamos explotando; muchas As llenas de furia e impotencia y coraje y todas esas emociones que, generadas en exceso, bien dicen los médicos holísticos, son las responsables de las peores enfermedades. Después de este grito se sintió mejor, más integrado, como si al darlo se hubiera podido deshacer de eso que le quitaba espacio para pensar y actuar. Recuperó el aire. Ofreció disculpas a sus visitas, las que, por muy temerarias y valientes que fuesen, su buen susto se habían dado. Se puso de pie y les pidió que lo siguieran. Caminaron hacia el río, ese que seguía siendo intocable. A cada paso que daban, Ulises desvelaba la historia de los cada vez más extintos izaqüoos. La contaba sin titubear, sin llorar, sin adjetivos, sin adornos descriptivos, sin hacerla más o menos trágica que lo que era. Nunca se nos ocurrió que esto pudo haber sido hecho por las manos de los hombres y no las de los dioses, y hasta ahora veo la ceguera en nuestro pensar, decía Ulises mientras observaba ese cuerpo de agua que desde entonces hasta ahora se había convertido en el misterio más grande de su vida, y que ahora descubría que no había sido otra cosa más que una simple vulgaridad. ¿Nunca los han vuelto a visitar?, preguntaba Denise, ¿Quiénes?, Los grupos que los convencieron de que hacer el proyecto era lo mejor para la comunidad, y aquí Ulises por fin soltó una risa, porque ya todo le parecía tan absurdo que no le quedaba más que reírse. Aquí nadie vino a convencernos de nada. Simplemente un día nos enteramos por unos conocidos de Mulitzá que se estaba haciendo eso, pero nada más. Ni nos explicaron ni nos preguntaron, Pero en los resultados de las consultas está registrada la participación de los izaqüoos, decía sin dar crédito el ingenuo de Teodoro que, por haber crecido en un país progresista y desarrollado, como les llaman a esos en los que los crímenes se tienen que realizar con un poco más de precaución, ilusamente creía que las leyes que lo regían a él eran las mismas que gobernaban al resto del mundo. En Mulitzá sí que lo hicieron, decía Omar, Y terminaron votando a favor, en parte porque convencieron al líder con dinero y una camioneta, la cual usaron entre todos para solucionar problemas de transportación urgente, como cuando alguien necesitaba llegar a la clínica del pueblo, y en parte porque los desarrolladores y la gente del alcalde les prometieron de todo: empleo, escuelas, servicio médico, acceso a luz y agua y drenaje y una serie de beneficios que por supuesto no se han visto por ninguna parte. Pero es que con la comunidad de Mulitzá no les quedaba de otra más que negociar y convencerlos, lo tenían que hacer porque necesitaban tener acceso a sus ejidos para la construcción del canal.

Los cinco extranjeros fueron invitados a que se quedaran con ellos cuanto tiempo necesitaran para que terminaran de hacer eso que estaban haciendo. Además, en Kütz'o ahora había muchos ïuoot' vacíos, y qué mejor que compartirlos y volverles a dar uso y vida. Los g'aquxits agradecieron la invitación y decidieron quedarse durante quince amaneceres más, partiendo un veinticuatro de septiembre en simbología extranjera, justo dos amaneceres después del día más importante del iüyz't, año, izaqüoo, en el equinoccio de otoño, el momento en el que Kü, ese dios invencible, incansable e intocable, pero igualmente dadivoso y compasivo, se encarnaba en el Sol, que ese día alcanzaba el cenit, ubicándose justo sobre la cabeza de los mortales; ese es el día en el que Kü los llenaba de sabiduría y energía para continuar su breve paso por este mundo un iüyz't más.

La ceremonia duraba tres días, uno antes y uno después de cuando el sol está situado en el plano del ecuador celeste. El día del equinoccio, mientras los niños dormían, que igual aquí apenas había unos cuantos recién nacidos, los adultos izaqüoos hacían su ritual para hablar directamente con Kü después de horas de danza y cantos y con la ayuda de su té de xiutlespí. No tenían que cantar ni bailar, probablemente desarmonizarían toda la ceremonia si lo intentasen, les decía Tzáa'l, el chamán más respetado por todos los izaqüoos, a los extranjeros, Pero podían beber de su té; les abriría esos ojos ciegos que llevaban puestos, les haría ver la realidad, les haría vislumbrar por un momento la verdad; todos terminaron aceptando la invitación. Los más indecisos fueron Veronika y Teodoro, que ya habían tenido una experiencia con este tipo de plantas divinas, no las mismas pero parecidas, hacía un par de años en un país todavía más al sur y que, aunque logró cumplir con su promesa de depuración y renacimiento y todo eso que estaban buscando, había sido tan catártica y tan intensa, que temían lo que llegara a ocurrir en esta ocasión. Pero, así como los de Dios, los tiempos de Kü también son perfectos, y se presentan en el momento en que lo tienen que hacer. Por eso, después de una noche de darle vueltas a la idea, estos dos, Veronika y Teodoro, en su idioma, también dijeron Pues va. Las consecuencias del viaje de estos cinco, aunque con sus debidas y conocidas turbulencias, fueron buenas. Muy buenas. Magníficas. Teodoro fue el que, si acaso osáramos en medir los resultados de dicha experiencia, más *verdad* logró encontrar. Vio a Kü, que no era *algo,* no era alguien, no era nada, sin embargo, lo era Todo. Conversó con él durante siglos, aunque igual donde estaban realmente no existía el tiempo. Teodoro no hablaba, solo escuchaba atentamente a ese Kü que tan solo unos días antes era un desconocido y que ahora le resultaba más real y verdadero que el dinero o la estructura sociopolítica en la que había crecido. Me quedo, fue lo único que dijo la mañana siguiente, cuando le preguntaron sobre cómo le había ido. Aquí me quedo, y ni Denise ni Veronika ni Omar ni Hector entendían a qué se refería, pero no importaba, porque él sí. El mensaje había sido muy claro: Kü le había dicho que este era su lugar, que aquí era donde tenía que estar, al menos durante el tiempo necesario para descubrir quién era él en realidad. No había un gramo de duda en su decisión, y es que una vez que escuchas a Kü, no hay nada qué dudar.

El resto de los extranjeros se fueron una semana después, una vez que visitaron Xoltlí, la última comunidad pendiente, donde el cuadro era tan sombrío como un Hopper, y es que aquí ya se había armado una guerra civil, por usar un término conocido para nosotros, porque los habitantes de esta comunidad cuya existencia había logrado sobrevivir valerosamente los retos del último siglo, los huasos, gentilicio de estos, se habían dividido en dos, entre los que sí querían disfrutar de todas esas novedades que el desarrollo les prometía, los mismos que decían que tenían mucho de *eso*: muchos árboles, mucha tierra, mucha agua, de todo eso que estaban rodeados y sobrados, en cambio un hospital, una escuela, un camión para llevar y traer medicinas y comida, una línea de luz, de eso no había ni uno solo, y era muy necesario, decía uno de los líderes, que era tan joven como el mediodía, menos de veinte solsticios habría observado apenas, y por eso había sido tan fácil para los regidores y esos que andaban ahí haciendo su campaña, convencerlo de todo lo bueno, de todo lo nuevo, del gran avance que esto representaba para los suyos, darle una camioneta que en nuestro mundo ya era vieja y decaída pero que ahí era la última generación de los inventos y la envidia de todos, porque, a diferencia de los recursos recibidos en otras comunidades, estos eran solo para José, como ahora exigía que le llamaran el joven líder. No solo le habían dado esa camioneta destartalada a José y a los suyos, sino también rifles para que protegieran lo que les pertenecía, para que armaran su revolución y abrieran camino al cambio. Y como bien entrados estaban en su conflicto civil, no notaban lo que estaba sucediendo alrededor, lo poco que se estaban dando las tierras, el ruido de motores trabajando que se escuchaba cada vez más presente, hasta quedarse permanentemente. Y por esto, para Denise y su clan, hacer su trabajo de campo en la última comunidad que tenían en su lista resultó muy complicado, al punto en que se convirtió en una situación de vida o muerte, y no les quedó más que desertar.

Después de cinco inviernos, la cara de nuestro Ahyukitú'a se proyectó en decenas de pantallas de festivales de cine en las ciudades en las que esto normalmente ocurre, lugares que, de Ulises haber pisado algún día, habría sentido que estaba en otro planeta y, a pesar de su temeridad, se quedaría paralizado y lleno de miedo, porque qué era esto, Kü mío, qué diablos eran esos sitios donde uno tenía que andar con la cara cubierta para que no lo matara el aire que respiraba, qué eran esos paraísos plásticos y falsos de cemento y metal y basura y smog. El documental causó un ruido de moderado a bueno entre los que están interesados en estos temas. Ganó varios premios en países muy distintos a este, suficientes como para que sus realizadores pudieran continuar con nuevos proyectos. Teodoro se rebautizaría como Ötzulpé-tzú en honor al difunto hijo de Ulises, convirtiéndose en el único g'aquxits en la historia de Kütz'o en cambiar su nombre original por uno de lengua üoot y no lo contrario. Ötzulpé-tzú vivió con los izaqüoos durante muchos equinoccios, cada equinoccio abriendo más su ojo interior. Aprendió üoot y, junto con Ulises, desarrollaron un plan para proteger a su comunidad y comunidades vecinas de futuras amenazas por parte de los Otros. Hablaron con g'auxits que también eran buenos y que los apoyarían en su causa, organizaciones que justamente existían para eso. Defender esas tierras de ser devoradas por las bocas de las excavadoras era la única misión en la vida de Ahyukitú'a, y a esta causa había entregado su alma. Con excepción de los habitantes de Xoltlí, cuya situación era penosa hasta para José, el responsable de que comenzara esta sangría, los líderes de todas las comunidades del istmo, después de años de reuniones y pláticas, habían elegido a Ulises como el vocero oficial para negociar los temas relacionados con las ambiciones de los Otros. Y por eso, cuando le pidieron a Dionisio que moviera sus cuerdas para hacer esto avanzar, este, confiado de que llegaría a un fácil acuerdo con ese campesino con el que había compartido sus juguetes y correteado por el campo, ese mismo cuyo hermano, Lucho, tenía todo lo que tenía gracias a él: su casa, sus camionetas, sus tierras, la educación de sus hijos, la buena ropa que vestían, todo. Qué afortunado era como para que siempre le tocara hacer negocios con quienes tenía un favor pendiente por cobrar. Por eso es bueno dar antes que recibir, meditaba el dueño de La Soledad mientras observaba sus tierras, satisfecho de su humana filosofía de generosidad, Porque uno nunca sabe cuándo los va a necesitar, concluía al mismo tiempo en que veía que Ulises por fin llegaba a su reunión.

Dilo: di que me estás comprando para que a cambio traicione a los míos, que mate a los míos, y cuando dijo esto, lo dijo con toda la rabia que podía contener un hombre que llevaba la mayor parte de su vida pagando el precio de esas prácticas, de esa manera impune de hacer las cosas, de no pensar en el futuro ni en el pasado y olvidarse de que hay una eternidad que todo lo sabe y un Kü que todo lo ve. Porque de eso estaban seguro Ulises y todos los que lo seguían: la vida es eterna, muere nuestro cuerpo, claro, ese es desechable, pero el alma vive para siempre, y aquel que no actúa como debe, el que no es respetuoso de Kü y de su divina creación, en esta vida o la que sigue, tarde o temprano lo paga, porque nadie puede engañarle, a él no, y quien lo intenta no hace más que engañarse a sí mismo, ¿y qué puede ser más absurdo que eso? No quería sus puestos públicos ni su dinero, de nada le servían. Estaba dispuesto a revisar el plan del proyecto y, si este respetaba las exigencias y solicitudes de las comunidades del istmo, entonces lo presentaría en una junta con las cabezas de cada pueblo. Pero de este desarrollo atentar contra el futuro de su gente y de sus tierras, él mismo lucharía con su vida para que el Corredor Eólico no se realizara, ni ahora ni en diez ni en veinte años más, y esto lo dijo con una seriedad elocuente y hermosa, con la dignidad que solo puede tener un hombre que es fiel a lo que ama y a lo que cree. Eso me suena a amenaza, le respondía Dionisio a Ulises, todavía incrédulo de que un vil indígena hubiera rechazado semejante oferta, a lo que el indígena le respondía que no, que él no tenía necesidad de eso, que solo estaba diciendo lo que iba a suceder, y era verdad, era verdad que sus palabras no buscaban amenazar a nadie, simplemente así hablaba, de manera franca y directa, sin darle vueltas a las cosas, sin la parafernalia con la que Dionisio y su gente estaba acostumbrada a entenderse. Eso fue lo que realmente sucedió en esa comida hacía un par de meses, exactamente sesenta y tres días antes de este *ahora* en el que Sebastián escuchaba la versión de Dionisio sentado en la misma silla donde Ulises había pronunciado esas palabras.

Ahí hay una mafia, padre. Todos esos que se hacen llamar líderes campesinos no son más que agitadores que solo les meten ideas a estos pobres ignorantes para convencerlos de que el fin de cualquier desarrollo es atentar contra sus pueblos. ¿Como por qué habríamos de ensañarnos con esos desgraciados? ¿Con qué afán? Como si nos diera la vida para esas pendejadas. Hágame el puto favor, le decía Dionisio al cura ya sin disculparse, mientras masticaba su tarta de limón, y luego bebía de su café y de su licor, Ellos son los opresores, que solo los quieren tener ahí, sometidos, para que no vean más allá de sus propias narices los muy infelices, y mientras decía esto, Nicolás pensaba en los esclavos de la caverna, y en si este era el mismo caso. Y eso es injusto, padre, pudiendo disfrutar a manos llenas de todo lo que su Dios les ha dado, y solo porque a esos que se creen los mandamases no les pasa por los huevos abrirse al cambio, y entonces prefieren que su gente muera por falta de tantas cosas. *Eso* es un pecado, *eso* es atentar contra la vida, y Sebastián seguía con su movimiento de cabeza de perrito de cerámica de taxista cada que el momento lo requería. ¿Y qué ha pasado desde entonces?, quería saber el cura, ¿Te has vuelto a reunir con este hombre?, Sí, nos vimos tres semanas después, en mi despacho, ya no me aceptó la comida el muy sobrado. Vino con otros tres líderes y un extranjero que según esto era de una ONG que dice defender a los pueblos indígenas. ¿Esos qué tienen que andar metiéndose aquí? Como si necesitáramos que un foráneo venga a explicarnos nada. Vinieron únicamente para decirme que, por unanimidad, el Consejo de Pueblos Unidos del Istmo había votado por el No. *El Consejo de Pueblos Unidos del Istmo,* padre, dígame de dónde se sacaron esa jalada, y por más gestos que hacía Teresa frente a estas expresiones, Dionisio ni se enteraba. ¿Dígame quién coños legitima esa payasada? ¿Su mamá? Por favor, hombre, si es una organización inventada. Porque, que yo tenga entendido, en la estructura de nuestro gobierno ese tal consejo ni figura. Pero sí que figuraba: hacía diez años que el entonces gobernador había firmado un acuerdo con el anciano Tzáa'l, el chamán mencionado un poco más arriba, el hombre más longevo y, por ende, la mayor autoridad de las comunidades, y habían establecido este consejo para que tuvieran, por fin, voz y voto en los temas que les incumbían, aunque, por supuesto, antes que darle poder a las comunidades, lo que buscaba el entonces gobernador, actual fugitivo de la ley, era la cobertura mediática. Y estaba pensando, padre, digo, es solo una idea que de pronto me vino a la cabeza, y la verdad es que no me pareció del todo descabellada, al contrario, hasta me hizo creer más en su Dios, porque ahora me hace mucho sentido esa frase de que uno propone y Dios dispone, decía este, aplicando el dicho de una manera catastróficamente equivocada. Pensaba: evidentemente, ni yo ni los míos vamos a entendernos con esta gente, y esto por la simple razón de que se han empeñado en vernos como los malos del cuento. No importa lo que les digamos o les ofrezcamos, para ellos somos el diablo. Por ahí no va a salir. Y entonces pensaba, padre, que lo que necesitamos es un mediador, alguien que se entienda con ellos y al mismo tiempo esté convencido de que esto es lo mejor para todos, sobre todo para sus comunidades, y mientras Dionisio decía esto, los extremos de la boca de Sebastián se alzaban en ese gesto conocido como sonrisa, ese contento que a uno le nace cuando siente que su interlocutor le ha leído la mente y que su cuerpo está en el lugar y en el momento correcto. El otro día mencionaba que su iglesia ya tiene una buena presencia en toda la región, que han llegado hasta donde Dios no llega, Hasta donde Dios no llegaba, así es, Pero la cosa es que ellos tienen sus propios dioses, ¿no, padre? ¿Cómo le han hecho con eso?, No ha sido un trabajo fácil. Cuando llegamos, hace casi ya medio siglo, parecía una misión imposible, y así fue durante muchos años: seguían con sus dioses paganos y sus rituales, en unos poblados incluso hacían sacrificios animales, Y luego nos critican a nosotros por las corridas de toros, interrumpía Dionisio infantilmente mientras de su boca salía el humo de su cigarro. Pero en los últimos veinte años, más o menos, las cosas han cambiado mucho, continuaba el cura, Por supuesto que la construcción del canal trajo transformaciones importantes en el tejido social. Muchos dejaron sus tierras, se vinieron para la ciudad y ahora tienen acceso a otro tipo de vida. Pero esto les hizo enfrentarse a situaciones y problemáticas distintas, unas que sus cultos y creencias no saben cómo solucionar. Por ejemplo, muchos comenzaron a beber. En sus comunidades el alcohol no existía; tienen una planta, la guyabu, que beben mucho, pero es más una bebida que les da la energía que necesitan para los arduos trabajos que tienen que hacer, y no distorsiona sus sentidos ni es algo realmente adictivo. Pero, bueno, todo parece indicar que los genes de estos pueblos son aún más sensibles al efecto del etanol que los nuestros, y esto desató un problema muy grave, problema que por más rituales y ceremonias que hacían no cambiaban. Cuando llegaba la quincena, los hombres en lugar de volver con comida y cobijas y todo lo que su salario debía de darles a cambio, simplemente ya no volvían más, se quedaban acá, se lo gastaban todo en bebida, hasta que lo único que encontrabas era indígenas borrachos tirados en la calle, Claro que me acuerdo, si parecían una plaga, Ese fue un momento clave para nuestra congregación. Ahí fue cuando logramos acercarnos a ellos y conseguimos que por fin abrieran sus oídos a la palabra de Dios. No sé si estés familiarizado con el programa de doble A, Tengo una idea vaga, pero la verdad es que no mucho, padre, Es un programa de rehabilitación que ha salvado muchas vidas. Muy efectivo. Lo creó un hombre que sufría de alcoholismo y, un día, durante un proceso de desintoxicación tan terrible que sentía que moría, en su sufrir rogó a los cielos que, si era verdad que existía un Dios, que entonces Este se le manifestara, porque estaba listo para hacer lo que fuera por estar en gracia con Él en caso de que así fuera. De pronto la habitación del hospital se iluminó con una luz brillante y cegadora, y entonces le invadió un éxtasis jamás antes experimentado por él, indescriptible, extraordinario, y enseguida le inundó un sentimiento de liberación absoluto, una profunda paz. Gracias a esa experiencia este hombre llegó a un nuevo nivel de consciencia: vio el irrefutable poder de Dios. A partir de ese momento entregó su vida a la creación de una organización que apoyara a las personas que sufrían del mismo mal que él. Y de ahí nació el programa, cuyo fundamento es, básicamente, aceptar que somos impotentes ante el poder que el alcohol tiene sobre uno, En caso de ser alcohólicos, claro, que no todos los que tomamos lo somos, Por supuesto. En caso de ser alcohólicos. El alcohol o cualquier otra sustancia e incluso comportamiento que pueda llegar a gobernar por completo nuestra vida. Una vez que se acepta esta vulnerabilidad, entregamos nuestra vida a Dios, que es el único que podría devolvernos el sano juicio, y entonces confiamos plenamente en que Él nos dará la fuerza necesaria para anteponernos a eso que resulta tan dañino para nosotros. Como bien dices, hijo, era una plaga que estaba acabando con pueblos y ciudades por igual, porque muchas veces se ponían muy agresivos, sobre todo cuando se les acababa el dinero y ya no tenían cómo conseguir más alcohol, y entonces comenzaban los problemas y la violencia. Por eso retomamos nuestras misiones a los pueblos y nos acercamos a los que ya vivían aquí. Todos los centros de AA de la región fueron fundados por nosotros. Como les decía, no fue fácil, pero no hay imposibles para la palabra de Dios. Cuando las mujeres comenzaron a recuperar a sus hombres perdidos, nuestra iglesia tomó una tracción que ya nada pudo parar. Yo llegué aquí justamente en esa etapa. Fue una experiencia muy gratificante, que llena el alma de fe y esperanza, y mientras Sebastián decía esto, Dionisio sonreía también, porque en su cabeza estaba visualizando claramente el movimiento de piezas que le iba dar el hermoso jaque mate que llevaba días maquinando. Pues cada vez me está convenciendo más de que su Dios existe, padre: tal parece que fue Él el que nos sentó en esta misma mesa para cumplir cada uno con nuestra misión, y a esto Sebastián alzaba su copa para brindar con la de Dionisio y sellar ese acuerdo, porque sin necesidad de decirse más, ya todo estaba claro ahí, pensaba Dionisio, quien sentía que ahora se estaba entendiendo mejor con el cura que con su propia mujer.

Era una reata, carajo, un chingón, la verga más grande del oeste, y estas no son palabras nuestras, cómo cree, sino las que corrían por la cabeza de Dionisio mientras en su despacho bebía un último trago de su coñac y repasaba la jugada que acababa de hacer, tan seguro de que había sido el autor intelectual de este plan maestro, tan cegado por su ego que era incapaz de ver la realidad, que él resultaba ser la pieza movida sobre el tablero de alguien más. Y precisamente aquí es donde se ve la maestría de un buen estratega, aquí donde está la gracia del arte de la guerra: ser la mano que mueve todas las piezas sin que nadie te vea, o, mejor aún, de que crean que fueron ellos y solo ellos los que decidieron ese movimiento. Ser la mano invisible, como la mano de Dios, que nadie ve pero que todo lo mueve, pensaba Sebastián mientras se llevaba el café a la boca. Nicolás, Teresa hablaba ahora, El padre Sebastián y yo estábamos pensando en que tienes razón: eres mayor que Antonia y cada uno tiene un nivel de educación distinto, por eso cada uno tendrá su clase. Contigo se puede profundizar en temas de filosofía, ¿qué te parece?, y ante esta propuesta la respiración de Nicolás se aceleró, provocándole cierta incomodidad, aunque también cierto gusto. Está bien, respondió, no a ella sino a él, que de vuelta le respondía con su perpetua sonrisa. Pues estupendo. Por cierto, Nico, te traje algo. Toma: *El banquete*. Mi favorito de Platón. Es el mismo ejemplar que yo leí por primera vez hace muchos años, por eso está todo desgastado y rayado, le decía Sebastián a él y solo a él, con su profunda mirada entrando por los ojos de Nicolás y ocupándolo todo. Gracias, fue todo lo que le pudo decir, logrando mantener su mirada a la par, aunque solo por un momento, porque de pronto era demasiado; esa mirada lo dejó agotado. Podría ser martes y jueves con Antonia y lunes y miércoles con Nicolás, ¿qué les parece?, Padre: no tenemos cómo agradecerle. De verdad no sabe lo mucho-, Nada, hija, nada. Este es mi llamado, este es mi trabajo, y con gusto lo hago. Qué mejor inversión de tiempo que en aquellos que en pocos años serán los responsables de guiar este mundo.

Los martes y jueves de cuatro a cinco Antonia se sentaba en esa oscura habitación que el tiempo había convertido en su salón de clases, y escuchaba las lecturas de ese hombre que nulo espacio le daba para el diálogo o cualquier duda que le llegara a surgir, las cuales eran muchas, porque de lo que él le decía ella no entendía nada. Pero la niña ya había aprendido que así serían las cosas con él y que lo mejor que podía hacer era permanecer ahí y dejarlo hablar mientras el tiempo se iba deshaciendo como el hielo al aire libre en día soleado, y mejor concentraba su atención en lo que ocurría detrás de las ventanas, en el estremecimiento de los árboles y sus hojas, las mutaciones de las nubes, en el sonido del viento que corría, moviendo su cabeza en Sí una y otra vez cada vez que el cura esperaba que lo hiciera; los martes y jueves de cuatro a cinco se convirtieron en las horas más aburridas y largas de su semana, mucho peor que con Alberto. Solo había algo rescatable, y eso era la lectura de la Biblia, que conforme la iba conociendo, le parecía cada vez más divertida, con todas esas historias fantásticas e imposibles y esos milagros que tanto la maravillaban.

Los lunes y miércoles y, después de dos semanas, los viernes también, de cuatro a seis y a veces hasta siete, porque ya que faltaba poco para la cena, qué mejor que continuar con la lección y que el padre se quedara a compartir con ellos también esa comida; esos días a esas horas, en cambio, se respiraba un aire muy distinto en ese mismo salón. No se hablaba de catecismo ni se leía la Biblia. Sí se hablaba de Dios, pero desde una óptica filosófica. En su primera clase repasaron las *Confesiones* de Agustín de Hipona, donde el teólogo más brillante del primer milenio meditaba sobre su juventud pecadora, el hondo vacío que le generaba la vida entregada al placer y cómo, finalmente, después de tanto hedonismo que solo le generaba más sufrimiento, un sentimiento de culpa y maldad, decidió convertirse al cristianismo y entregarse a Dios; una filosofía que Nicolás sentía que le hablaba directamente, porque se identificaba con esa necesidad de dejar de sentirse *así*. Si supuestamente existía Dios, ese personaje Todopoderoso que solo quiere nuestro bien, que es también el Creador de todo lo que hay, ¿entonces por qué existía el mal?, cuestionaba el joven al maestro, el cual, satisfecho, le decía, Buena pregunta, Nico. Hasta ahora, Sebastián era la única persona que le llamaba así, Nico, y al que este no se molestaba en corregir. Y, con su envidiable elocuencia, el cura le explicaba que ese mismo cuestionamiento había sido formulado por Epicuro en los tiempos antes de Cristo: *Si Dios puede, sabe y quiere acabar con el mal, ¿entonces por qué existe?* Y la respuesta es que el mal en verdad no es una entidad que *exista,* porque el mal es la ausencia del bien, no una realidad en sí misma. Y aquí estamos hablando de filosofía pura, le decía el maestro. Esta idea la había tomado San Agustín precisamente de Platón, que decía que el mal no existe per se, sino que es solo mera ignorancia. Y es importante que sepas que la ignorancia no se erradica únicamente con los libros y el conocimiento, que, por supuesto, ayudan mucho, pero no lo son todo: *Somos demasiado débiles como para descubrir la verdad por la sola razón,* le citaba el cura a este joven puramente racional. *Debes de vaciarte de aquello con lo que estás lleno para que puedas ser llenado de aquello de lo que estás vacío,* recitaba esta mente en cuyos canales neuronales guardaba cientos, miles de frases irrefutables y elegantes y que no pueden generar otra cosa más que una gran admiración por quien las pronuncia. Tú aún no lo sabes, hijo, pero lo único que buscas en esa lectura compulsiva, en la bella profundidad de la filosofía, es la paz. Bien decía San Agustín: *El propósito de todas las guerras, es la paz*, y con esas guerras no se estaba refiriendo a las de los hombres contra los hombres o, al menos, no solo a esas, sino a las guerras más difíciles: las de uno contra uno mismo.

Piénsalo, Nico: ¿qué conflicto puede haber más grande que el que se tiene en el interior, de donde no hay escapatoria?, y al concluir con esta pregunta retórica, el joven solo pensaba en cómo le hacía este hombre para hablar así de bello. ¿Qué te pareció la lección, Nico?, le preguntaba el cura al ver que ya era de noche y muy pasada la hora de concluir su sesión, Porque si no te convencí, entiendo que prefieras continuar con tu indagación filosófica en solitario, y a esto el joven permanecía en silencio, con la mirada perdida en el vacío y, después de un momento así, decía No con la cabeza. ¿Entonces nos vemos el miércoles?, Está bien. ¿Me puedo quedar con el ejemplar de San Agustín? Solo hasta la próxima clase, Es tuyo, le respondía el sacerdote, satisfecho por tan fructífera clase. Estuve pensándolo bien, y creo que lo mejor es que leas *El banquete* hasta más adelante; yo te diré cuando sea el momento, le decía a su alumno mientras salían de ese salón y caminaban por el pasillo. ¿Sí sabes que Aristóteles fue alumno de Platón, que a su vez fue alumno de Sócrates? No, el muchacho no sabía esto. En la antigua Grecia, la transmisión de la enseñanza era algo muy importante, una de las actividades más respetadas y formales, una relación a la que, tanto mentor como aprendiz, se comprometían profundamente. Se construía un vínculo muy estrecho entre ambos, como si fueran padre e hijo, el *padre ideal* del *hijo ideal,* porque bien sabemos que el Señor nos da nuestros padres carnales, y Sus razones tendrá para que nazcamos en esta y no en otra familia, y al decir esto el cura bajaba un poco la voz, Pero siempre es una familia que, difícilmente, logra sacar lo mejor de nosotros. Puedo hablar por mí: todo lo que he aprendido del cardenal Juan, quien se volviera mi mentor desde que fui un niño, jamás se podría comparar con lo que me enseñó mi padre, que claro que me enseñó cosas, pero era algo muy distinto. Es extraño, pero así es, y a esto Nicolás asentía esbozando una tenue sonrisa. Solo piensa en esto, Nico: toda la sabiduría que conocemos de Sócrates fue gracias a su discípulo Platón. Sócrates jamás escribió ningún libro ni ningún texto, porque sostenía tan fuertemente su *Yo solo sé que no sé nada*, que no creía, o eso decía, que alguna de las ideas que formulara su cabeza mereciera ser registrada. Esto lo decía al que el oráculo de Delfos llamara *el hombre más sabio de toda Grecia*, y mientras el joven escuchaba estos datos curiosos que tanto le interesaban, más lentos y cortos eran los pasos que daba, porque no quería que llegaran a la puerta del foyer donde la lección inevitablemente tendría que concluir, porque afuera estaría esperándolo su coche o de pronto aparecería Dionisio o Teresa para invitarlo a cenar con ellos, y entonces tendría que compartir la atención de Sebastián con toda la mesa, arruinando este intercambio en el que solo existían ellos dos. La palabra mentor viene de Méntor, le decía Sebastián, Méntor era el consejero y maestro de Telémaco, el hijo de Ulises en la *Odisea*, y a quien este le encomendó la enseñanza de su hijo cuando tuvo que marcharse de Ítaca. Yo nunca he tenido un Telémaco, un Platón, un discípulo, y es que para ser un mentor es necesario contar con mucha sapiencia y experiencia, cosas que antes sentía que me faltaban, pero que ahora creo estar más cerca de tener; me falta mucho, claro, y me seguirá faltando hasta que Dios me lleve con Él, pero en algún momento uno debe de dar el paso. Y, después de nuestra clase de hoy, la que, no sé tú, pero para mí fue muy gratificante, porque eres un muchacho muy inteligente, Nico, y eso hace que la enseñanza sea de ida y vuelta, algo dinámico, donde yo puedo aprender de ti también y juntos crecemos. Y, no sé, estaba pensando en que, para mí, sería un honor el que fueras mi discípulo, mi Platón, y yo ser tu mentor, y a esta propuesta Nicolás no decía nada. Pero no tienes que tomar una decisión. De hecho, no es algo que se decida realmente, más bien el tiempo nos lo dirá.

Seguro conoces a Kierkegaard, le decía Sebastián en su siguiente sesión mientras ponía en las manos de Nicolás un ejemplar de *El concepto de la angustia*. Entonces ponía sobre la mesa un maletín grande y cuadrado, y lo abría: era un tocadiscos, algo que Nicolás jamás había visto. ¿Wagner?, le preguntaba el maestro al mismo tiempo en que con su mano derecha le mostraba un vinilo cuya portada decía *Tristán e Isolda* y con la izquierda otro que decía *Tannhäuser*, ¿Cuál prefieres?, y Nicolás no sabía qué decir, porque ni siquiera sabía lo que eso era, ¿No te gusta Wagner?, No lo sé, no lo conozco, tuvo que admitir a su pesar. Pues mejor aún, porque te va a encantar. Empecemos por este, y entonces sacó el de *Tristán e Isolda* y lo puso a girar. Cierra los ojos y escucha, le dijo al joven; el cura hizo lo mismo. ¿De dónde salía esta maravilla?, se preguntaba Nicolás al poco tiempo. Así estuvieron alumno y maestro durante los casi once minutos que duraba la introducción. Soberbio, ¿no?, decía el cura, a lo que Nicolás simplemente asentía con la cabeza y una sonrisa, de placer, de agradecimiento, de plenitud. Wagner escribió esta ópera inspirado en Schopenhauer, decía Sebastián, Cuando el compositor descubrió al filósofo, entró en un estado de ánimo que lo inspiró a buscar transmitir una emoción de éxtasis, cargada de amor y tragedia. ¿Lo sientes?, y el joven volvía a mover la cabeza en vertical. Kierkegaard. *El concepto de la angustia.* ¿Sabes lo que es la angustia, Nicolás?, a lo que este le respondía con una mirada incierta, en parte porque sabía de la existencia de ese filósofo, sí, pero no conocía ninguna de sus obras ni postulados, y en parte porque *creía* saber lo que era la angustia, pero se daba cuenta, al menos frente a este hombre, de que lo que él creía seguramente estaba equivocado. Angustia. *Angst.* Angosto, algo reducido, estrecho, que nos oprime: el pecho, la garganta, el estómago, el espíritu. La Angustia, en letras capitales, es una de las emociones más estudiadas por los filósofos. ¿Qué es la angustia para ti?, a lo que Nicolás, después de un largo silencio le respondiera, Creo conocer la emoción físicamente, pero no la sabría traducir en palabras, por lo que creo que lo más correcto es decir que no sé. No sé. Mejor dígamelo usted, padre, Tú. Sebastián; ni padre, ni usted, ya te lo he dicho, y, aunque esta familiaridad le generaba cierto conflicto al joven, Mejor dímelo tú, Conceptualmente, la angustia es un estado emocional de una intranquilidad muy intensa a razón de una sospechada amenaza, una desgracia o un peligro inminente que muchas veces no existe como tal, no tiene nombre como algo en particular, es más bien un temor a un evento que siempre existe en el futuro, nunca en el ahora. Decía Freud que la angustia es como un enigma cuya solución traería mucha luz a nuestra vida. Y es que no es más que una falta de paz, algo que inquieta y desasosiega profundamente, aunque, por eso mismo también resulta ser un potente motor. Tomás de Aquino, sí lo recuerdas, decía el cura en afirmación, a lo que el alumno confirmaba, Santo Tomás decía que la esencia de esta emoción estaba en el *recessus,* del latín *recēdō*: retroceder, retirarse, alejarse, que es lo que hace el hombre en su relación con Dios por la profunda melancolía que le genera saber de Su existencia y al mismo tiempo estar consciente de la insondable distancia que lo aleja de Él. Ser conscientes de esa distancia nos perturba y nos abruma y nos hace sentir derrotados antes de siquiera comenzar nuestro andar, porque nos hace pensar que el camino a la salvación que tanto anhelamos es un destino al que jamás lograremos llegar. Pero es algo tan deseado, estar en gracia, que mientras más imposible parece la meta, más nos obsesionamos con ella, y aquí es cuando entramos en una paradoja, porque sabemos que hay un punto al que queremos llegar, a Dios, pero no vemos cómo, y de esta encrucijada no podemos escapar, porque no se puede escapar de lo que jamás se ha tenido ni siquiera cerca, O sea que viviremos en una eterna angustia, Algo así, sí, pero también es posible tener una buena relación con ella, *vivir* armoniosamente con ella, porque la angustia tampoco es del todo mala. Solo es cuestión de ser lo suficientemente estoico, y con esta palabra el joven sonreía al escuchar un término que sí le era familiar, Porque aunque sabemos que estamos a años luz del Señor, que somos tan humanos e indignos que jamás podremos ni siquiera rozar Su aura con nuestras yemas, a pesar de eso, es verdad que si cada día hacemos nuestro mayor esfuerzo para ser virtuosos, cada día estaremos un poco más cerca de Él, y creo que esa es razón suficiente para sobrellevar este perenne desasosiego. Pero analicémoslo ahora desde la óptica de Kierkegaard, decía Sebastián, y entonces tomaba de vuelta el ejemplar que reposaba sobre el escritorio. Vuelve a cerrar los ojos, Nico. Imagina ahora que estás al borde de un precipicio. Alto, muy alto. Te provoca náuseas y vértigo el solo saber que estás aquí. ¿Ya estás ahí?, Sí, Ahora mira hacia abajo. Observa cómo caen las rocas hacia el fondo, un fondo tan profundo que cuando por fin las escuchas chocar con la tierra, ya han pasado muchos segundos, y entonces Nicolás se imaginaba en el mismo escenario en el que noche tras noche se encontraba corriendo, ese abismo que era tan presente y tan vivo en sus sueños como el estar despierto. ¿Qué sientes?, Miedo, ¿A qué?, A caer, ¿Qué más?, No sé, Indaga, y después de un silencio, Miedo de mí, de una fuerza interna que quiere tirarse al vacío, Eso mismo, le decía el cura mientras daba un par de entusiasmados aplausos, Ya puedes abrirlos. Así pensaba Kierkegaard. Esa era la analogía que utilizaba para describir a la angustia: un hombre frente a un precipicio. Este decía que tanta libertad de elección, tener la opción de arrojarnos o no, detona un gran miedo, porque nos genera el temor de que la decisión que tomemos pueda estar correcta o equivocada, pueda resultar a nuestro favor o en nuestra contra. A este efecto le llamó el *mareo de la libertad*. Que paradójico, ¿no? Que nos abrume tanto nuestra propia autonomía. Bien decía Sartre: *El hombre está condenado a ser libre*, Al parecer hay muchas paradojas en la filosofía, y a esta conclusión Sebastián sonreía, orgulloso de su alumno, Precisamente, hijo: en gran parte, *eso* es la filosofía: una gran paradoja que siempre nos llevará a cuestionar. El joven Kierkegaard, y vaya que era joven, solo piensa en que se ganó el título de *padre del existencialismo* a pesar de haber muerto con tan solo cuarenta y dos años, apenas cinco más que yo. Kierkegaard decía que existe una relación intrínseca entre la inocencia, la ignorancia y el pecado en relación con la angustia. Te explico: nacemos en un estado de perfecta inocencia, misma que perdemos cuando nos hacemos conscientes de ella, y esto tiene que ocurrir, tarde o temprano, por la simple razón de que permanecer inocentes significaría permanecer en la ignorancia, pero no la que seguramente se te viene a la cabeza, no la de conocimientos, sino de algo más importante aún: la de la diferencia entre el bien y el mal. Según Kierkegaard, la inocencia se pierde al cometer un pecado, y aquí está la parte más interesante, porque nos lleva a otra paradoja, porque haber cometido este pecado, resulta, en cierta manera, una evolución en la persona, porque al pecar, al menos en esta primera ocasión, uno sale de la inocencia y, por ende, de la ignorancia. La angustia se origina en la ignorancia que como hombres tenemos respecto a todo, incluso a esa diferencia entre el bien y el mal, porque podemos creer que lo sabemos, pero también estamos conscientes de que no es así, porque siempre podemos estar equivocados. Esto nos lleva a una nueva encrucijada: nos es imposible escapar de la angustia que inherentemente llevamos con nosotros, porque es algo tan nuestro que la amamos, pero amarla no podemos propiamente porque al mismo tiempo nos atormenta y huimos de ella. Para hacer más irónico el dilema, como te dije antes, la angustia nunca es por algo en concreto, nada que, una vez resuelto, elimine esta pesada emoción, no; lo genera algo innombrable, ambiguo, y entonces se puede decir que, en realidad, el hombre se angustia de *nada*. Para mí, la angustia es una poderosa fuerza que nos puede llevar hacia el camino de la salvación. Hay ansiedad en la angustia. Esta misma ansiedad es lo que nos hace plenamente conscientes de esa agobiante libertad que nos deja decidir entre tomar el camino incorrecto y pecar o, por el contrario, nos permite darnos cuenta de que somos seres libres que por sí solos deciden andar el camino del bien, simplemente porque es lo correcto por hacer. Y tomar esa decisión aun sabiendo que se puede tomar la otra, pacifica e incluso fortalece el espíritu, Pero acabas de decir que en realidad nunca sabemos si lo que creemos que es el bien en verdad lo es, Es cierto, pero también creo que, en el fondo de cada uno de nosotros, hay una consciencia divina que lo sabe, que nos dice, Esto sí, Esto no. Cuando oramos logramos silenciar todo el ruido que hay a nuestro alrededor, el ruido, incluso, que hay dentro de nosotros mismos, y entonces es posible escuchar a esa Voz que, por más que la queramos callar, por más que tratemos de huir de ella, ahí estará. Siempre. Hablándonos. Recordándonos la Verdad. Es la conciencia, Nicolás. Es la Voz de Dios, y estoy seguro de que la has escuchado más de una vez, ¿o me equivoco?, y ante esta pregunta, el joven agachaba la cabeza, pero esta vez no para desviar su mirada, sino para ponerla en la nada y así despejar su mente y pensar sobre esta cuestión de manera más profunda. Todas las respuestas están dentro de nosotros, decía Platón, y este joven quería comprobarlo. Sí, respondía finalmente, había escuchado una voz interna, una que no era la suya y que le molestaba porque le decía algo contrario a lo que quería. Tú todavía dudas de la existencia de Dios, decía el sacerdote en indicativo, a lo que el alumno permanecía callado, Y eso está muy bien, hijo. Créeme: lo está. Otra de las afirmaciones que Kierkegaard decía era que es normal, incluso *necesario* tener dudas sobre Su existencia porque, sin la duda, no habría una *verdadera* fe en Dios; sin duda no hay más que una fe insustancial; dudar es, precisamente, el elemento esencial de la fe: tener fe sin nunca haber dudado de la existencia de Dios sería una fe banal y mediocre. Kierkegaard era un promotor del fideísmo. El fideísmo es la doctrina filosófica que dice que solo a través de la fe es posible llegar a Dios, que nunca se llegará a Él a través de la razón, porque la razón es muy limitada para entender algo tan grande. Decía que tener fe es superar la racionalidad, eso tan material y humano de nosotros, a favor de la trascendencia, de lo extraordinario. Aquí, y con su dedo índice el cura señalaba el título de *El concepto de la angustia*, Aquí es donde Kierkegaard mejor describe su concepto de *salto hacia la fe:* ese paso que como hombres tenemos que dar si lo que queremos es trascender y alcanzar a Dios. Y después de un silencio en el que Nicolás lo miraba consternado, sin saber qué decir,

¿Crees que eres el único? Yo también fui como tú: solo escuchaba a mi mente, solo confiaba en sus razones, solo creía en lo que esta, y con el mismo dedo el cura se daba en la sien, podía comprender. No siempre creí en lo que creo ahora, y, una vez que lo hice, lo cuestioné; lo cuestioné una y otra vez, lo cuestioné tanto que por eso terminé estudiando filosofía. Por años no creí en Él, en casa de mis padres Dios no existía; existían los héroes revolucionarios y la lucha por la supuesta libertad, esa que creían que iban a conseguir matándose unos a los otros. Para mi padre, Dios y todos los que tuvieran que ver con Él, eran el enemigo a vencer, y, mientras decía esto, el sacerdote desviaba su mirada hacia la pared, como si en ella pudiera proyectar y repasar las memorias de ese pasado, y toda la violencia que con tan pocos años tuvo que ver. Pero poco a poco irás comprendiendo que muchas de las cosas que ahora estás seguro que *son*, pues no son o no existen o son falsas o simplemente distintas. Crecerás y abrirás tu mente y verás el mundo desde una óptica muy diferente. No te preocupes, y al decir esto el cura salía de su trance y con su mano derecha alborotaba los rizos del incrédulo, No hay prisa, porque los tiempos de Dios, Son perfectos, completaba el alumno con cierta ironía. Quise que habláramos sobre la angustia porque necesito que entiendas todas las aristas que construyen a esta emoción, y que sepas que sentirla es algo natural, que nos acompaña siempre. Tratar de evadirla es un ejercicio de ignorancia, porque luchar contra ella es una batalla perdida. Nicolás: no importa cuántas botellas de vino te bebas, a la angustia no la vas a ahogar, y, al escuchar esto, el gesto relajado del alumno se endureció, sus pulmones dejaron de respirar y su corazón se aceleró: ¿cómo sabía lo que solo él sabía? No me digas que pensabas que no me había dado cuenta, y entonces el maestro soltó una risa que ni siquiera nosotros sabríamos clasificar como tal o cual por lo críptica. Por favor, Nico, me ofendes si así lo creías. ¿Te parezco tonto? ¿Ciego? Hombre, pero si es algo que cualquiera puede ver. Cualquiera que ponga un poco de atención, claro, cosa que al parecer no pasa mucho en esta casa. Nicolás enterraba sus ojos en el piso. ¿Lo iba a denunciar? ¿Lo iba a castigar? ¿Dejaría de ser su mentor? Un miedo que hacía mucho tiempo que no sentía rompió la calma que hasta hacía unos segundos regaba su amígdala y todo su sistema límbico. Sentía vergüenza. Culpa. Que los había traicionado, a ambos. Que había roto algo que ya no se podía reparar. Que era indigno, falso, hipócrita. Que era un pecador. Que era lo peor. Con su mano derecha, Sebastián alzaba esa cara cuya pena era tan grande y pesada que ni siquiera con la ayuda de este se lograba sostener. Mírame, Nicolás. Levanta la cara, le ordenaba al joven, y este lo hacía poco a poco. Cuando sus ojos por fin aparecieron, estaban empapados. Al ver esta imagen, Sebastián sintió una infinita ternura y una incontrolable necesidad de hacer parar ese llanto, de resolver ese dolor. Se puso de cuclillas para estar a la altura del que de pronto volvía a ser un niño y lo abrazó fuerte, como si con ese abrazo quisiera protegerlo de caer al abismo, Tranquilo, hijo. Todo está bien. Juntos lo vamos a arreglar, y estas palabras, lejos de calmar el llanto, lo detonaron. Respira. Respira. Aquí estoy. Nada malo te va a pasar, te lo prometo, le decía Sebastián mientras las ondas del aire que ocupaban el salón vibraban con el preludio del tercer acto de *Tannhäuser*. Nicolás lo abrazaba de vuelta con la fuerza de quien se aferra a su último suspiro, a lo único que podía salvarlo de este destierro en el que vivía, porque él era un hombre flotando en el espacio y Sebastián la nave que lo traería de vuelta a casa. Te propongo algo, decía el padre una vez que Nicolás había logrado tranquilizarse, Yo voy a guardar este secreto, solo tú y yo sabremos de esto; no le diré nada a Teresa ni a tu padre, a nadie. Pero a cambio de mi silencio tú me prometes que lo dejarás de hacer o, mínimo, que dejarás de escondérmelo. Si tantas son tus ganas de beber, entonces hazlo, pero que sea solo una copa, máximo dos, y no más. Y esto solo en las primeras dos semanas, para que la química de tu cuerpo se vaya reajustando sin sufrir tanto los efectos de la abstinencia; si dejas de tomar de un momento a otro, el efecto resultaría contraproducente, porque, por un lado, será mucha tu necesidad de consumirlo y, por el otro, la idea de no poder hacerlo estaría tan presente que no podrás pensar en nada más, y entonces entrarías en una espiral de la que sentirías que no tienes escapatoria. He trabajado con miles de personas con este problema, y, al decirle eso, el cura tomaba los brazos del chico fuertemente con ambas manos, Y *créeme,* Nicolás: *no* lo quieres tener, *no* lo quieres dejar crecer, porque se convertirá en tu peor infierno, y de eso sí que no puedes tener la menor duda. Recuerda, hijo: el vino es la sangre de Cristo, bebe un sorbo y te llenas de Él; bebe de más y lo desangras, decía Sebastián al mismo tiempo en que alguien tocaba a la puerta. Era Teresa. ¿Podía el padre quedarse a cenar? Le haría muy feliz si lo hiciera.

«Dios recompensa a quienes lo buscan con empeño»,
Hebreos 11:6

Estás guapísima, decía Dionisio en alto para que toda la mesa lo escuchara. Y era verdad; no era el vestido, ni el arreglo, ni el peinado; era un aire que emanaba, un algo etéreo, un aura. Y ya venía Guillermina con la sopa cuando Teresa le pidió que esperara en servirla, que dejara ahí las cosas, que se uniera a ellos. Entonces la señora de la casa se puso de pie, cerró los ojos, inclinó la cabeza y con aquella reverencia dijo Gracias, Dios Padre, por todas las bendiciones que nos das. Gracias por estos alimentos, por esta casa, por estos campos. Gracias por haber puesto en nuestro camino al padre Sebastián y por la oportunidad de tenerlo en nuestro hogar, guiándonos. Gracias por esta familia. Gracias, muchas gracias, decía con una profunda devoción aquella agradecida mujer, Gracias, gracias, gracias hasta donde Estés por, y aquí se interrumpía el discurso porque se le quebraba la voz. Y entonces tomaba agua y trataba de controlar aquella emoción que la rebasaba, Gracias, Padre nuestro, por concedernos la bendición de hacer más grande esta familia, por concedernos este milagro que tanto anhelábamos. Gracias, mi Dios Todopoderoso, y esto ya lo decía con enormes gotas cayendo por sus mejillas, arruinando la perfección del maquillaje que innecesariamente cubría la perfección de su piel natural. Solo Sebastián entendía de lo que esta mujer estaba hablando; con una gran sonrisa, enseguida se puso de pie y fue hasta ella para abrazarla y felicitarla, Dios recompensa a quienes lo buscan con empeño, hija. Vas a ser papá, le hacía entender el cura a Dionisio, que seguía perdido, Vas a ser papá, hijo, repetía, mensaje que todavía le tomó varios segundos al informado en procesar, Voy a ser papá, se decía Dionisio, y entonces se puso de pie y con ambos brazos cargó hasta lo alto a la que lo iba a hacer padre. ¿Cuándo lo supiste?, Hoy mismo, tonto. ¿Cómo iba a aguantar más sin decírtelo?, y entonces Dionisio le volvía a pedir a Guillermina que dejara lo que estaba haciendo, que en realidad no era más que presenciar el acto sin mayor emoción, y es que no entendía por qué esta gente hacía tanto escándalo por todo, si por donde ella vivía eso pasaba todo el tiempo, nacían niños al por mayor, caían sobre ellos como la lluvia ácida, como una triste maldición, y luego no sabían qué hacer con estos hasta que por fin tenían cinco años y ya les servían para algo. Que dejara esa caldera, le decía este hombre que ya podía sentir que había cumplido con su obligación para con su especie, ahora sí, vaya, porque su experimento anterior, Nicolás, claramente había sido un fracaso; que trajera una botella de su champagne favorito porque tenían que celebrar, le decía a la insensible servidora. Y la verdad es que, como suele suceder, las ganas de Dionisio de ser padre no tenían comparación alguna con las de Teresa, de la que ni siquiera se podría decir que eran *ganas*: era, en realidad, una genuina necesidad. Por supuesto que a nuestro hombre le causó alegría, o, más bien, satisfacción, orgullo, para ser más precisos, confirmar que su información genética se reproduciría y trascendería más allá de él mismo, porque esa es la última función del hombre, ¿no? Asegurar la supervivencia de su especie. Y por eso esta viril necesidad de hacer tantos ejemplares de uno mismo como sea posible, porque así nos lo ordenó nuestro creador, quien sea que se haya encargado de diseñar tan defectuoso sistema, porque mientras más críos, más probabilidad hay de que alguno de ellos sobreviva y este pase sus genes y este también pase los suyos y así ad infinitum, y entonces nuestro diseño no desaparezca, por más malhecho que sea, y nuestro paso por este mundo no será en vano, y nuestra ansiedad se apaciguará gracias a esta absurda idea de que, por haber procreado, seguiremos viviendo aún después de la muerte. Y por eso aquí, entre estas páginas, creemos que puede resultar un poco injusto que se nos reclame el que queramos meter nuestra cuchara en cualquier sopa que se nos ponga enfrente, porque cómo nos piden a nosotros, simples y ordinarios animales, que superemos un condicionamiento genético que tenemos integrado en nuestro sistema desde antes de que inventáramos a Dios; cómo se nos culpa de ser tan esclavos frente a algo sobre lo que no tenemos control, que más bien nos controla por completo. ¿No le parece eso una crueldad? Y aquí volvemos a decir, con el perdón de la repetición: Pobres hombres, y con *hombres* nos referimos a los que viven presos del impulso de ser simples sementales, Pobres de nosotros y de nuestra condena de ser lo que somos. ¿Qué le habremos hecho a los dioses para que nos crearan tan desgraciados, tan inferiores, tan impotentes ante nuestra naturaleza? ¿Y de qué demonios hablaba Sartre con eso de que estábamos condenados a ser libres, si no somos más que unas máquinas vergonzosamente predecibles?

La mañana siguiente, Nicolás se fue a la bodega con Kierkegaard bajo el brazo y su termo de café. Y así lo haría a partir de ese día, y ningún trabajo le costaría, porque su compromiso con Sebastián era más fuerte que su debilidad, porque lo que ese líquido llenaba en él, había sido, en su lugar, llenado por sus conversaciones y su compañía. La siguiente sesión fue amenizada por los sonidos de Haydn y la visión de Hegel, un filósofo que, así como Sebastián, había estudiado en un seminario y dedicaría su vida al entendimiento de Dios y de la relación del hombre con Este. Según Hegel, el amor era el único principio unificador, porque en el amor el hombre se encontraba a sí mismo, porque es lo único que borra la división y la alienación con el mundo que tanto sufrimiento le generan. Toda la sangre, las guerras y el dolor sufrido por el ser humano a lo largo de la historia no era más que la consecuencia de la vanidad de esos hombres que se creen capaces de gobernarse a sí mismos; por eso, una y otra vez, la historia se burlaba de ellos y de su soberbia, produciendo resultados completamente contrarios a los buscados. Elevar el intelecto humano al nivel de Dios y poner en duda la fe genera esta confusión, esta idea de que todo puede ser cambiado en manos del hombre revolucionario; vaya broma cuando quienes ponían toda su fe en esos hombres se topaban con la sorpresa de que cada líder, cada fracción insurrecta, una vez conseguida su aclamada revolución, no terminaba más que imponiendo una nueva utopía, la suya, creando un nuevo mundo según sus propios gustos y disgustos, jugando a ser dioses, uno más de estos dioses falsos que, empeñados en traerle libertad a la humanidad a pesar de las miles de vidas que esto costase, no hacen más que pelear unos contra otros con aquella obstinación que solo puede tener alguien que se cree superior que su prójimo. Y eso le había tocado entenderlo en carne propia, le decía el cura a su discípulo, con su propio padre, ese hombre empecinado en *liberar* a su pueblo, y que no logró más que condenarse a sí mismo, y, de paso, a toda su familia, porque este cura un día también había sido niño e hijo de alguien, había dependido de las decisiones de sus adultos, decisiones en su mayoría irresponsables, tomadas con base en el ego y no en el amor al prójimo, diría este niño ya adulto si alguien se lo preguntara ahora. Sebastián había nacido en un país distinto a este, no tan lejano como el de Denise y su equipo, uno varias rayas menos desarrollado, no tan diferente al que ahora habitaba, con tormentos y traumas muy similares, con heridas abiertas, todavía sangrantes, con gobernantes igual de desvergonzados y culeros, con batallas qué luchar que eran prácticamente idénticas. Putos derechistas hijos de su reputa madre, era la frase que seguramente más le tocó escuchar al niño Sebastián salir de la boca de su padre, Putos todos esos que querían controlar al pueblo con sus ideas retrógradas, con su puta religión, esa maldita droga que no hacía más que nublar la mente e inyectarnos temor, *Porque uno de los efectos del miedo es perturbar los sentidos y hacer que las cosas no parezcan lo que son,* citaba a menudo al ingenioso hidalgo, al que leyera una y otra vez, dieciocho en total, porque lo describía tan bien a él, a Damián, el que fuera el padre de nuestro cura, un hombre que jamás pensaría que su hijo menor terminaría convirtiéndose en uno de los representantes más fieles del que era su enemigo a vencer. *La libertad es uno de los preciosos dones que a los hombres dieron los cielos; con ella no pueden igualarse los tesoros que encierran la tierra y el mar: por la libertad, así como por la honra, se puede y debe aventurar la vida,* le decía a sus tres hijos y a su mujer, esta que, como él pensara y a donde fuera, fielmente lo acompañaba. *Cambiar el mundo no es utopía ni locura, es justicia,* y esta le fascinaba a Samuel, el hijo mayor. Y *Más hermoso parece el soldado muerto en la batalla que sano en la huida,* y esta era la frase que más odiaba Sebastián, porque enseguida se veía huérfano y sin nadie en el mundo, y no era que tuviera una especial conexión con su padre, pero de eso a nada, cuando se tienen cinco años, pues ya me dirá usted. ¿Y por qué no citaba la de *No sabes tú que no es valentía la temeridad*?, se preguntaría Sebastián años después, cuando por fin leyera esa obra que fuera como la Biblia de su padre, ya sin él y sin su madre. La Iglesia y los de derechas y todos aquellos que buscaran tener un mínimo grado de estructura y orden, un camino, vaya, esos eran los enemigos de su padre, y Sebastián no terminaba de entender por qué. *Venser o morir* mal decía el tatuaje que le cubría de un lado a otro la parte alta de la espalda a Damián. Vencer o morir, y él y los suyos y el resto del país, aunque la ignorancia de algunos de ellos no se los hiciera ver hasta años después, fueron los vencidos. Siete años tenía el menor de los hijos de Damián y Francisca cuando este se quedó sin ellos. La mañana en la que los amigos de sus padres llegaron a darles la noticia a Samuel y Rita y Sebastián, a este último no le sorprendió para nada, de hecho, sintió una extraña calma, porque había temido que sucediera ese momento desde que tenía cierto grado de consciencia, y era agotador soportar eso que más debilita durante su espera que cuando sucede, porque, cuando al fin lo hace, uno hasta paz siente de que ya pasó. Ese mismo día llegaron los militares, se llevaron a los tres, y acomodaron a cada uno en un orfanato distinto, con la excusa de que los niños con los niños y las niñas con las niñas, y de que entre el mayor y el menor había tal diferencia de edad que no podían estar en el mismo lugar. Y aquí, en el orfanato, por supuesto, reinaba El Enemigo, con Jesuses en cruces escurriéndoles pintura roja de sus frentes de cerámica y sus manos y sus pies mal labrados, colgados al frente de cada uno de las decenas de salones que ahí había, con oraciones mañana, tarde y noche, y entre tiempos también, con sus soldados de la fe enfundados en sus vestidos negros y largos y lúgubres, con su disciplina militar, con sus misas todos los días a primera hora, con todo eso que para Samuel, de quince, era demasiado y, someterse a esto, la traición más grande que podía hacerle a la memoria de sus padres. Por eso, a las pocas semanas de estar encerrado en ese terrible lugar, pensando como su padre lo haría, logró escaparse. Diez años después, mismos en los que Sebastián no supo nada de él, no porque Samuel no lo hubiera intentado, sino porque los enemigos habían hecho todo lo posible por evitarlo; leyendo el periódico, Sebastián se enteraría de que su hermano había muerto, casi igual que su padre, con la misma absurda descripción, *Las Fuerzas Armadas abaten a ocho sediciosos del Estado.* Los terroristas, leía el subtítulo de la nota, planeaban detonar una bomba en el Palacio de

Gobierno durante las celebraciones nacionales. De tal padre tal hijo, pensó Sebastián al ver esto. Cuando lo leía, en el comedor del mismo orfanatorio en el que había crecido y en el que ahora era profesor, ya vestía la sotana que tanto aterraba a su hermano. Mientras lo hacía, Sebastián pensaba en los pocos años que compartieron juntos, y en cómo, de alguna manera, siempre supo que su hermano terminaría igual que su padre. Qué pena cómo la vida los había llevado a caminos tan distintos, a su hermano y a él, pensaba. Ese día rezó un rosario por su alma, para que esta lograra encontrar la paz, para que al menos aterrizara en el Purgatorio y no terminara combustionando eternamente en las llamas del Infierno, a pesar de que eso era muy poco probable después de toda la destrucción que seguramente había causado. *El propósito de todas las guerras es la paz*, recordaba Sebastián, pero la paz se puede obtener sin necesidad de una sangría, solo era necesario estar en contacto directo con Dios, pensaba entonces, aunque años después cambiara un poco su opinión, cuando sus colegas le hicieran ver que, en ocasiones, con tal de hacer cumplir la Palabra de Dios, el fin podía justificar los medios.

En otra de sus clases, el mentor llegó, puso a sonar a Bruckner y anotó en el pizarrón:

	Dios existe (Dios)	Dios no existe (¬Dios)
Creer en Dios (Creer)	$+ \infty$ (Cielo)	$- N$ (nada)
No creer en Dios (¬Creer)	$- \infty$ (No-cielo: infierno)	$+ N$ (nada)

Blaise Pascal, 1623 a 1662, treinta y nueve años, aún más joven que Kierkegaard. ¿Te suena?, No, Fue polímata, físico, matemático, filósofo, escritor y teólogo católico. Esto, y con su mano Sebastián alzaba la calculadora de Alberto que reposaba sobre su escritorio, Esto existe gracias a él. También el sistema de medición de la presión atmosférica y su entendimiento en relación con el vacío. Es considerado el padre de la teoría de la probabilidad, que se aplica desde juegos de azar hasta en la economía y la ciencia actuarial. En 1654, Pascal tuvo un accidente que le hizo vivir una profunda experiencia religiosa. Esa misma noche se convirtió, se rindió a Dios, y decidió dedicar el resto de su vida a explicar Su existencia de manera lógica y racional. Por eso construyó esto, y al decirlo señalaba la tabla del pizarrón, Esta es *La apuesta de Pascal,* un argumento fundamentalmente matemático que explica que es más *rentable* creer en Él que no hacerlo, porque:

1. Puedes creer en Dios; si existe, entonces irás al cielo.
2. Puedes creer en Dios; si no existe, entonces no ganarás nada.
3. Puedes no creer en Dios; si no existe, entonces tampoco ganarás nada.
4. Puedes no creer en Dios; si existe, entonces no irás al cielo.

Probablemente este sea el personaje que más profundizó con paradojas filosóficas a lo largo de su vida: el alma y la materia, el corazón y la mente, el infinito y la nada, la fe y la razón, el significado y la superficialidad, el fondo y la forma, la vida y la muerte. Según Pascal, nuestra constante necesidad de distracciones y pasatiempos, las fiestas, la guerra, los juegos, lo que sea que nos quite la atención de nuestra propia existencia, no son más que escapes que buscamos para no sentir el paso del tiempo y así evitar pensar en la profunda e insoportable angustia que nos genera estar conscientes del fin de nuestra vida. Mientras lo escuchaba, Nicolás se convencía cada vez más que él estaba equivocado y que lo que su mentor le decía, por más que le costara trabajo terminar de aceptarlo en su totalidad, era la verdad porque, ¿qué no eran estos los hombres más brillantes en la historia de la humanidad? ¿No sería lo inteligente ser un poco más humilde y entregarse a sus teorías? Al final, él solo tenía catorce años, en una semana, quince, y en su vida no había descubierto nada importante ni formulado ningún tratado que cambiara el curso del mundo, como lo había hecho Pascal a sus dieciséis, por ejemplo; no tenía razones como para creer que él estaba en lo correcto y que estos hombres no. Y a esos nombres, con las semanas, se les fueron sumando Erasmo y Mahler; Boecio y Mozart; Anselmo y Dvořák; Descartes y Liszt; Moro y Beethoven; Tocqueville y Vivaldi; Heidegger y Poulenc; Newman y Zelenka; todas sus teorías y filosofías partían de la existencia del Dios del que hablaba Sebastián. La mayoría de ellos habían tenido experiencias religiosas, un contacto directo con Él, ¿no sería por eso que sus neuronas habían experimentado tal claridad de pensamiento como para que llegaran a ver lo que vieron y ser lo que fueron? Nicolás no supo exactamente cuándo fue que, por fin, dijo Vendido: lo compro; él no lo supo, pero nosotros sí: fue cuando leyó los *Pensamientos* de Pascal, su nuevo preferido. Las meditaciones de este pensador le resultaban exquisitas: *La grandeza de un hombre consiste en saber reconocer su propia pequeñez*; *Muy débil es la razón si no llega a comprender que hay muchas cosas que la sobrepasan*; *El hombre está siempre dispuesto a negar aquello que no comprende*. ¿Cómo rechazar esas verdades tan absolutas?

De qué hablamos cuando hablamos de amor
(en tiempos de los griegos)

Estuve pensando y creo que lo mejor es que leas *El banquete* hasta más adelante, le había dicho el cura a Nicolás varios meses antes. Media primavera y un verano después, por fin había llegado el momento de que su alumno conociera esa obra que estaba seguro de que cambiaría su vida, así como en su momento había cambiado la de Sebastián.

Sobre las primeras páginas, donde Pausanias decía que tanto alcohol bebido la noche anterior le había sentado fatal, Nicolás intuyó que esta lectura trataría sobre los vicios y el daño que le generan al espíritu. Pero luego vino la parte en la que Fedro proponía el tema de conversación del cual iría su noche, y esto descolocó a Nicolás, porque no se esperaba que uno de los más grandes filósofos de todos los tiempos se dedicara a hablar del Eros, del Amor. Al terminar de leerlo la primera vez, Nicolás se sintió confundido: todo lo que decían esas páginas le hacía sentido y, al mismo tiempo, resultaba fundamentalmente contradictorio con lo que hasta ahora conocía. Y usted, nuestro letrado Lector que se ha leído *El banquete* unas quince veces ya, sabe muy bien por qué esta confusión, y es que, por más avant-garde que seamos, estos son los tiempos en los que vivimos, unos muy parecidos y al mismo tiempo muy distintos a los de hace más de dos mil años, y, por más que muchos de nuestros conceptos sociales estén evolucionando y esto modificando la construcción del imaginario colectivo actual, poco a poco cambiando lo que este considera como *normal* y lo que no; por más que las letras que representan a cada tipo de orientación sexual vayan incrementándose a tal ritmo que en poco tiempo el término será más largo que el abecedario, la realidad es que, si uno nació en los últimos cuatrocientos años, entonces ha crecido con una idea sobre el mecanismo de las relaciones afectivas entre los seres humanos muy diferente a la de los griegos y a la que durante gran parte de la historia se había tenido. Porque, aunque uno piense que el mundo se inventó el día en que uno nació y que todo lo que ahora es, así ha sido siempre, la verdad es que no, nada más alejado de la realidad, porque nuestra era no es otra cosa que un minúsculo grano de arena más en el extenso desierto del tiempo, eso es nuestro paso por la historia, nada, por más que nos neguemos a aceptarlo. No: las cosas no siempre han sido *así*, cualquier *así* que usted me diga, porque el país más poderoso hoy, no era más que una colonia hace unos cuantos años, porque hace unos cuantos amaneceres el sistema económico que ahora nos domina como antes lo hiciera el Sol, no existía, porque incluso el concepto del dinero, vaya, la invención más poderosa del imaginario colectivo contemporáneo, no lleva viva más que una parte muy mínima de la historia del *todo*. Porque el cuento que nos contamos siempre cambia, todo cambia, hasta lo que ahora creemos más inamovible y elemental, en un momento no lo fue.

Nicolás volvió a abrir el libro y comenzó a leerlo de nuevo, dos, cinco, ocho veces; con Schubert de fondo, estuvo sumergido en él todo el fin de semana y, poco a poco, en cada lectura, lo fue entendiendo mejor.

En principio, corrigió su errónea idea de que el amor era una emoción débil. Según Fedro, Eros era una fuerza tan poderosa que inspiraba al hombre a hacer las cosas más grandes e imposibles, como ser valientes en batalla, por ejemplo, porque nada puede avergonzar más a uno que el que el ser amado lo vea cometiendo un acto indigno; el amor es una energía tan potente que el amante está dispuesto a sacrificar la vida por su objeto de afecto sin pensarlo. Gracias al discurso de Pausanias, tal vez de lo más iluminador que el lector descubriera en estas páginas, entendió que existían dos tipos de amor: el pandemos y el uranio; el mundano y el divino; el carnal y el espiritual, dos amores muy distintos en su profundidad y en su emoción. Pandemos, atraído por la forma, el cuerpo, lo mortal y perecedero. Uranio, por el fondo, el alma, lo elevado, lo inmortal. Y esta diferencia le interesó mucho a Nicolás, porque le ayudó a entender, por fin, un poco mejor sus propias emociones, esas que llevaban confundiéndolo un rato ya, y ahora le parecía todo tan claro. Efectivamente, Nicolás podía encontrar belleza en ellas y, por ende, un tipo de *amor*, el más común y básico, el pandemos, como lo hacía, y aquí se lo confesaba a él mismo con gran dificultad, con el cuerpo de Teresa. Pero solo con eso, porque no sentía ninguna atracción por lo que había debajo de su piel, en las profundidades de su mente y de su alma. Ese *amor,* no tenía nada que ver con el que sentía, y aquí volvía a admitirse en la intimidad de sus pensamientos, por Sebastián, el uranio, ese que era excelso y sublime, el de la sabiduría y la inteligencia, el más puro y trascendental, según explicaba Pausanias. Y ahora que lo entendía así y veía que no solo era normal, sino que era lo correcto, el joven encontraba un poco de paz, porque sí: Nicolás había desarrollado hacia su mentor un profundo aprecio y respeto, algo que rayaba en la devoción, aunque esta palabra no la pensó él, porque el solo pensarla le abrumaba. Cómo le habría gustado vivir en la época de los griegos y celebrar esos banquetes, pensaba el joven, tener largas conversaciones con los oradores más cultos de esos tiempos y empaparse de su sabiduría y no hacer nada más que dialogar y debatir hasta llegar a la verdad.

La intervención de Aristófanes, sin embargo, hizo que tuviera que golpear su cabeza como una castaña para abrirla y reajustar lo que había dentro de ella. En esta, el dramaturgo decía que, en sus orígenes, el ser humano era uno muy distinto. Por un lado, existían tres géneros, no dos. Además del masculino y el femenino, existía una combinación entre estos: el andrógino. Por otro lado, los humanos estaban formados por un *entero:* cada uno tenía cuatro manos, y el mismo número de piernas, dos caras idénticas, acomodadas en dirección opuesta sobre un cuello circular que formaba una misma cabeza, con cuatro oídos, un par de genitales y todo lo que ahora se tiene, multiplicado por dos. Hacía muchos años, explicaba Aristófanes, estos seres que tenían una inmensa fuerza y vigor, en su gran y estúpida ambición, habían osado transgredir los límites impuestos por Zeus subiendo a los cielos y atacando a los dioses. Los seres terrenales fracasaron en su intento, por supuesto. Entonces Zeus y el resto de los dioses debatieron en cómo castigarlos; no los podían matar, porque, si lo hacían, los mismos dioses dejarían de recibir los sacrificios y honores que sus humanos les hacían, pero tampoco podían dejar pasar este reprobable comportamiento de sedición. Entonces Zeus decidió separar a cada creatura en

330

dos, así serían más débiles y más útiles para ellos, porque los dioses tendrían aún más creaturas a su servicio. A partir de esa separación, cada uno deseaba encontrar a su otra mitad para así volver a estar completo; en caso de no lograrlo, morían de melancolía. El ser humano es, por naturaleza, un ser incompleto, uno que se convierte en un entero únicamente gracias al Amor, decía el dramaturgo. Los que estaban formados por dos partes masculinas venían del sol; dos partes femeninas, de la tierra; las parejas andróginas, una parte masculina, una femenina, o lo que se entendiera como heterosexuales en los tiempos que corren, de la luna; estos últimos, decía Aristófanes, suelen ser las parejas más adúlteras e infieles para con su contraparte. Los que estaban formados por hombre + hombre, decían estas líneas que habían sido subrayadas con tinta roja por la mano de un Sebastián mucho más joven al de ahora, son los más masculinos y más valientes de los tres, los más virtuosos y honorables, y la evidencia estaba en que estos, al menos en los tiempos de los griegos, terminaban siendo políticos y hombres de Estado, personajes como los que estaban sentados en ese banquete y tenían todo el poder. Esto sí que lo tuvo que meditar Nicolás una y otra vez, y es que, durante sus catorce años y once meses de existencia, a su alrededor únicamente había presenciado el binomio andrógino, masculino + femenino. Y ahora que lo había pensado y repensado, esta mente prácticamente virgen en estos temas, concluía que le hacía sentido eso de que el par formado por hombre + mujer resultara el más débil, porque por naturaleza era el menos compatible, y es que solo con otro símil es que uno puede identificarse realmente. Otro hallazgo, que para este adolescente era más una reiteración, era el hecho de que las mujeres eran una especie inferior, tanto intelectual como físicamente, una idea que se había ido cocinando en su cabeza desde siempre, y se confirmaba ahora gracias a las enseñanzas de su mentor, al que, poco a poco, desde que entrara en el seminario, donde únicamente estaba rodeado de otros hombres, estos fueran moldeándolo a sus ideas, las mismas ideas que a estos sus maestros les habían transmitido de niños, asegurando así la perpetuación de esta estupidez.

La última parte, cuando Alcibíades, completamente borracho, llegaba al banquete y daba su discurso de elogio a Sócrates, fue la que más perturbó a Nicolás; conscientemente, no sabría por qué, aunque en su inconsciente estaba muy claro: Sócrates era Sebastián, y Nicolás era Alcibíades, este seguidor que deseara con tanto anhelo ser amado de vuelta por Sócrates, y que en ese banquete hiciera tan evidentes sus celos hacia Agatón. Esa escena le recordaba a las comidas y las cenas en las que quería que todos desaparecieran, incluso Teresa, para que Sebastián siguiera centrando toda su atención en él y solo él, como lo hacía en su salón de clases, porque nada de lo que decían en esa mesa era tan interesante como las conversaciones que había entre ellos dos. El que entendiera sus emociones de una manera más clara, sin embargo, no evitaba que Nicolás se sintiera extraño e incómodo, y es que, por un lado, era verdad que el amor era una emoción interesante, que hacía que uno se sintiera invencible y fuerte, que buscara ser honorable, correcto, virtuoso; pero, por el otro, esta emoción también lo hacía sentir frágil y vulnerable, como un Alcibíades, y eso le molestaba, porque nunca antes se había sentido en una posición con tal desventaja.

¿Y bien? ¿Qué te pareció?, le preguntaba Sebastián el lunes siguiente, mientras sacaba un vinilo cuya portada decía *L'Ascension, Quatre méditations symphoniques pour orchestre* y ponía a sonar la trágica devoción de Messiaen en el tocadiscos. Para muchos, yo incluido, el músico más importante de los últimos tiempos, le decía el maestro, y, mientras lo hacía, Nicolás solo podía pensar en que todo era diferente, y es que ahora sabía algo que ya no podía *no* saber. No te gustó, le decía después de un largo silencio en el que Nicolás permaneció inmóvil, observándolo a los ojos, tratando de decir algo que no se permitía salir de su boca. Me gustó, respondió finalmente. ¿Alguna vez has amado, Nicolás? Estoy seguro de que sí: a tu padre, a tu madre, a tu hermana, tus amigos, Con mi padre nunca me he entendido, incluso creo que lo que hay entre él y yo es lo contrario a lo que se describe como amor. Tampoco siento eso por mi madre ni por Antonia. Nunca he tenido amigos; tal vez Luciano se podría considerar como uno, pero no siento por él nada parecido a la emoción de la que hablaban Fedro y todos ellos, ¿Entonces crees que nunca has amado a nadie?, Sí, a ti. Después de pensarlo bien, llegué a la conclusión de que la única persona por la que he sentido algo como lo que aquí se describe, *exactamente* como lo describe, es por ti, le habría respondido Nicolás de no ser porque el solo hecho de pensarlo le generaba un pánico que le paralizaba las cuerdas vocales y lo dejaba mudo; lo habría confesado de no ser porque la simple idea de aceptarlo y comunicarlo le llenaba de miedo, a pesar de que, según lo que leyó, esto que sentía era algo bueno y noble y correcto, algo que solo les ocurría a los grandes hombres. Pues es una lástima, hijo, porque experimentar ese sentimiento te puede llegar a enriquecer como ninguna otra experiencia en la vida lo puede hacer. *Ama a tu prójimo como a ti mismo,* dice el segundo de los mandamientos. Hay un goce muy gratificante, muy bello cuando nos olvidamos de nosotros por amor a los otros. La felicidad, Nicolás, jamás la encontrarás cuando diriges todos tus esfuerzos hacia ti, sino cuando lo haces hacia fuera, hacia los demás; con los años lo aprenderás. Abre tu corazón; te sorprenderás de lo que vas a encontrar en él una vez que lo hagas. Mientras Sebastián decía esto, la amalgama del pan tostado con mantequilla de maní y mermelada de fresa, mezclado con el litro de café que Nicolás había tomado esa mañana, retaba los principios físicos de la gravedad al ir subiendo desde el estómago, para luego pasar por el esófago hasta cruzar la faringe y finalmente salir expulsado violentamente por su boca; por fortuna, Sebastián estaba escribiendo algo en la pizarra, y nada de esto llegó a tocarle. ¿Estás bien?, le preguntaba el maestro, a lo que el alumno le decía que no del todo, ¿podían interrumpir su clase? Por supuesto. Necesitas reposo. Vamos, yo me encargo, decía el cura al mismo tiempo en que ponía sus brazos alrededor de Nicolás para ayudarle a ponerse de pie, y ante este contacto el caído no sabía qué sentía, no sabía qué nombre ponerle, solo sabía que era una emoción demasiado intensa para su cuerpo. Estás temblando, Nicolás. ¿Qué has comido?, pero el joven no respondía nada. Ya no has bebido, ¿cierto?, y moviendo la cabeza el cuestionado decía que No, Sí, lo sé, lo noto, y entonces Sebastián hizo un alto en su andar, se puso frente a Nicolás y lo sujetó de los costados con ambas manos, Estoy muy orgulloso de ti. Lo sabes, ¿verdad?, y con esto el cuerpo de Nicolás se estremeció como suele hacerlo cuando viene una arcada, aunque en esta ocasión de su boca ya no salió nada. Una vez que lo dejó en su cama, Sebastián le dijo que le hablaría a un médico, a lo que el joven le dijo que no, Pero Nico, estás pálido, no te ves bien. Que no, que solo necesitaba descansar, que no hablara a nadie, por favor, que mejor tomara la silla que estaba en su escritorio y le platicara o le leyera o rezara, lo que fuera, eso le haría mejor. Deja que al menos le diga a tu madre, Teresa no es mi madre, Bueno, a Teresa, No, y después de ver la convicción de su discípulo, el maestro por fin dijo, Está bien, solo voy por algo al salón y ahora vuelvo. A los pocos minutos estaba de regreso con el tocadiscos y un nuevo vinilo, *La Transfiguration de Notre Seigneur Jésus-Christ*. Esto te hará sentir mejor. También de Messiaen. Como su nombre lo dice, es una meditación sobre la transfiguración de Jesucristo, cuando en el monte Tabor, Pedro, Santiago y Juan, junto con Jesús, se ponen a orar y, de pronto, Dios Hijo comienza a resplandecer con potentes rayos de luz iluminando todo su cuerpo. Entonces se abrieron los cielos y la Voz le llamó *Hijo* por primera vez ante nosotros. La composición está formada por textos de la *Suma Teologica* de santo Tomás de Aquino y del Evangelio de San Mateo, decía Sebastián con su mano sobre la cabeza del enfermo para luego pasarla por sus ojos y su cara, Cierra los ojos y trata de descansar, Nico, y este hizo lo mejor por obedecer, aunque en un principio le parecía imposible, con su cuerpo bañado en sudor, su respiración alterada gracias a ese corazón suyo que insistía en latir convulsamente, como si estuviera corriendo, y no inmóvil en su cama, ¿cómo era eso posible? Le faltaba el aire. Estás muy agitado. Dime qué pasa, Nicolás, a lo que este, forzándose a mantener sus ojos cerrados, mentía que no sabía. Entonces Sebastián puso su mano derecha sobre el pecho de Nicolás, Respira hondo contando mentalmente hasta cuatro: uno, dos, tres, cuatro. Ahora exhala, cuatro, tres, dos. Tranquilo, hijo, todo está bien, le decía mientras con su otra mano secaba la frente empapada. Trata de hacerlo así, respirando con ritmo cada vez más pausado. Yo lo hago contigo, y así lo hicieron los dos. Después de decenas de monótonas respiraciones, su sistema comenzó a retomar su ritmo normal, hasta que, por ahí del cuarto movimiento de la composición, *Récit évangélique,* antes de comenzar el segundo septenario, Nicolás, finalmente, cayó en un profundo sueño. Esta vez no soñó nada, solo descansó en paz, como tuvieran la suerte de hacerlo solo ciertos muertos. Despertó horas después, cuando la gran bóveda que cubre la tierra estaba iluminada por ese punto blanco y brillante que a pesar de estar a trescientos ochenta y cuatro mil kilómetros de distancia es capaz de controlar la energía de toda esta esfera, la velocidad con la que gira, la duración de sus días, el nivel de sus mareas, los ciclos reproductivos de sus especies, el humor de sus mujeres, el descanso de sus hombres. La silla ya estaba vacía y puesta en su lugar; del tocadiscos ya no sonaba nada, pero seguía ahí, junto con tres vinilos de Messiaen: *Méditations sur le mystère de la Sainte Trinité, Saint-François d'Assise* y *Chants de terre et de ciel*, con una nota encima que decía No olvides respirar. Puso a sonar *Méditations*. ¿Cuánto tiempo estuvo ahí Sebastián, observándolo dormir?, se preguntaba, y la respuesta a su duda es que estuvo tres horas, las cuales habrían sido más de no ser porque Teresa, al no encontrarles en ninguna parte y ver que el coche del cura seguía esperando, se puso a buscarlos. Permaneció ahí diez minutos más, esperando a que acabara el lado B del vinilo que sonaba; una vez que lo hizo, lo quitó, lo guardó, hizo la nota, acomodó la silla, pasó su mano por la cabeza ya más templada, lo miró con una ternura inconmensurable y, después de apagar la lámpara, inclinó su torso para besar su frente, Buenas noches, Nicolás.

Sobre las cosas que pasan

Han pasado varios meses ya, cinco meses y veinte días, para ser más precisos, desde la última vez que estuvimos sentados ante esa mesa en la que, aparentemente, solo se come y se bebe, pero donde en realidad tanto sucede. Ha pasado tiempo y, con él, lo que suele ocurrir: cosas. Unas aparentemente más importantes que otras, aunque en realidad eso no sea más que una ilusión óptica, porque en esta historia, no la de estas páginas, o al menos, no solo en esta, sino en la de la vida que se vive fuera de ellas también, la de usted y los suyos, la que cada día que pasa está más cerca de acabarse, en esta y esa historia, decíamos, no hay suceso menor, porque cada evento cuenta, por más inocente que este parezca, sus consecuencias enfrenta: cada mirada, cada pensamiento, cada pormenor, cada acción o inacción va marcando la dirección, definiendo el camino que la historia va tomando, porque así se construye la vida, momento a momento, detalle a detalle, y lo que en un punto parecía una reflexión vaga o un evento sin importancia, de pronto, tiempo después, nos sorprende tomando un protagonismo inesperado, y todo porque no se le dio el cuidado que en su momento merecía, porque no prestamos atención, en verdad que no lo hacemos, y así es como nacen las tragedias. Tómese un momento para meditar sobre esto y coincidir con nosotros: piense en que, si a ese joven artista que no era lo suficientemente talentoso no se le hubiera rechazado dos veces de la Academia de Bellas Artes, acabando con su sueño de ser pintor, este no se habría convertido en el hombre que poco después terminó siendo, uno frustrado y lleno de resentimiento hacia la humanidad, a tal grado que buscara destruirla casi en su totalidad. Imagínese lo diferente que sería el mundo que conocemos ahora: las más de sesenta millones de muertes y los otros tantos de huérfanos que se hubieran salvado, la casi extinción de un pueblo que se hubiera evitado de tan solo haberle abierto las puertas de la academia y soportado unos cuantos malos cuadros. Pero fue como fue, y mire nada más cómo este hombre y ese aparentemente intrascendental evento cambiaron el curso de todo un mundo.

Han pasado muchas cosas ya que, no porque no las hayamos visto ni leído, significa que no estuvieran ocurriendo, si uno no debe de ser tan vanidoso como para pensar que en nuestra ausencia el mundo deja de suceder, si lo ha hecho miles de años antes y lo seguirá haciendo miles de años después de que nuestro cuerpo termine siendo fertilizante para los pocos campos orgánicos que entonces habrán de quedar.

Han pasado cosas, como el constante crecimiento del abdomen de Teresa, o el enterarse de que lo que había ahí dentro era, para desgracia de la creatura, lo que el mundo errónea y genéricamente cataloga como un *hombre* solo porque tiene eso y no lo otro entre las piernas, definiendo y limitando en un cincuenta por ciento todo lo que también pudiera ser; para su desgracia, decíamos, aunque si hubiera sido mujer, igual desgracia habría sido, porque ya ve que ellos lo pagan de una manera y ellas de otra, pero ambos lo terminan pagando de igual forma. Cosas, como una época de vendimia no muy buena para la comarca, y es que la uva no estaba en su punto cuando debía estarlo, y es que la temperatura había subido en toda la región, cosa de nada, medio grado más arriba que te habrá de sacar unas diez gotas de sudor más, aunque un detalle bastante notorio para las vides cuyo sincrónico funcionamiento depende totalmente de las condiciones atmosféricas que a su alrededor existan. Cosas, como que en el país vecino, el de abajo, el partido de derecha llegara al poder y comenzara a ir por todo aquel que no se apegara a sus centenarias ideas, esas que tenían que volver porque mire cómo estaban de mal las cosas ahora, estas nuevas generaciones que solo nos están llevando al camino de la perdición, de la falta de valores, de la pura y dura distorsión de lo que es el hombre y la mujer y la vida que estos deben vivir, y por eso había que retroceder algunos cien, ciento cincuenta años en el tiempo y borrar por completo todo lo que durante esos años se había construido, borrar a los que se encargaron de construirlo y, de paso, a los que lo defienden también; y por eso estaban llegando muchos de los que vivían allá abajo para acá arriba, porque ahí no hay quien viva, dicen ellos, porque ahí desaparecen, torturan y matan solo por ser quien uno es. También comenzaron a llegar de países de más abajo, estos no porque su gobierno anduviera detrás de ellos, sino más bien porque no había gobierno, no había dinero, no había comida ni trabajo ni derechos ni nada, y por eso resultaba más esperanzador emprender un viaje a pie de más de cuatro mil kilómetros sin saber a dónde demonios se va a llegar, que permanecer allá. Cosas, como que, a cada día que pasaba, cuando Antonia se paraba desnuda frente al espejo, encontrara un cuerpo ligeramente distinto, uno que le resultaba cada vez más extraño y ajeno, algo que no le pertenecía y que tampoco quería; cosas, como descubrir y alimentar un curioso placer en eso de rascarse la piel, en un principio con el ambicioso afán de borrarse las pecas, aunque poco a poco este fuera evolucionando a una compleja manía, encontrando cierto deleite en lo que la herida le hacía sentir, el ardor de la piel viva al contacto con el aire o con el agua caliente, y ahí estaba, rascándose cada noche en su cuarto, los hombros y los muslos, rascándolos hasta sacarse sangre, y luego seguir rascando, siempre con la esperanza de que eventualmente esa imperfección desaparecería y entonces ella sería más bella, más limpia, más pura.

Cosas, como que, en zonas remotas de la comarca, sobre la tierra en la que un día se cosechara el más puro maíz y el más negro frijol, ahora se estuvieran construyendo cinco nuevas parroquias del cada vez más omnipresente Ejército de Cristo, todo posible gracias a los generosos donativos que estaban haciendo a la congregación gente como Dionisio y sus amigos, gracias a Dios y a la Madre que a Su Hijo parió. Cosas, como que los habitantes de la comunidad de Xoltlí, de la que poco quedaba ya, estuvieran enemistados al punto del conflicto armado con los de Mulitzá, esos que durante cientos de años habían sido sus hermanos, y es que los xoltlíes, lide-rados por el antes mencionado José, que ya no era tan joven como el mediodía, sino más bien un mayor que rozaba el oca-so, y que tampoco era ya un líder como tal, sino un tirano, como en lo que todo líder suele convertirse, al menos cuando lo es más tiempo del necesario; este pueblo controlado por este hombre se había declarado a favor del desarrollo del co-rredor, contrario a los mulitzás que, después de la tragedia vi-vida una generación atrás, se oponían firmemente a que algo así volviera a ocurrirle a su gente. De dónde habían sacado las armas, las camionetas y todo el equipo con el que José y los suyos contaban, eso hasta el nativo más inocente lo sabía, así como el hecho de que, de no estar de acuerdo con los pla-nes de este hombre, se era un xoltlí muerto, porque ningún pinche indígena ignorante vendría a arruinarle eso por lo que tanto tiempo había luchado; una batalla injusta por donde la vea, porque los mulitzás ni armas, ni camionetas, ni dinero, ni brazos para luchar tenían, esto último porque, después de lo ocurrido gracias al canal, su población se había visto redu-cida a un tercio. Pero, sobre todo, ni ganas de pelear, porque eso de verdad que no iba con ellos, les parecía una estupidez, un acto suicida, porque hacer eso de andar matando a sus propios hermanos era sinónimo de atentar contra los dioses, aunque, por desgracia, esto era algo que sus vecinos no en-tendían. ¿Que qué opinaban los otros pueblos, la gente de Tünilo'i y Zatlauitl y Kütz'o? Con los dos primeros, no resulta tan fácil definirlo, y es que lo que había pasado en Xoltlí, un pueblo que había sido dividido en dos por influencias exter-nas, también había pasado ahí, con la única diferencia de que, en estos casos, había más resistencia por parte de los que se oponían, además de que los autonombrados *líderes,* que no eran más que unas risibles marionetas de los Otros, al ser bastante nuevos, tenían mucho menos poder y experiencia, aunque eso no minimizaba su capacidad de destrucción, sino lo contrario. Kütz'o era la única comunidad donde el No era unánime, aunque eso no importaba mucho porque, si la guerra se perdía en Tünilo'i y Zatlauitl, lo que los habitantes de Kütz'o quisieran o no terminaba dando igual. Por eso y porque sabían con quién se toparían ahí, fue que los Otros prefirieron no meterse, porque eso, más que ayudar a sus planes, habría complicado todo, y es que ONGs extranjeras encenderían sus focos rojos y para qué quieres que esos pinches entrometidos vengan a joderla. Cosas, como un dramático cambio de discurso en los sermones de las misas dominicales, tanto en la ciudad, como en el pueblo y las comunidades, donde ya no se estaba con el duro y dale del amor a Dios y al prójimo y la fe ciega y esa infinita cantaleta que los feligreses ya tenían bien memorizada, no; ahora hablaban sobre todas las bendiciones que Dios nuestro Señor, tan generoso Él, les daba, las oportunidades que se veían venir para el bienestar de todos ellos, una vida donde habría más salud, más trabajo, más comida, más prosperidad, todo gracias a Dios que se manifestaba a través de aquellos que traían empleo y progreso a sus tierras, porque todo esto era bueno, hijos míos, muy bueno, para todos, pero sobre todo para los que menos tienen, porque por fin tendrían, y gran parte de sus problemas comenzarían a desaparecer, porque ya no habría miseria, ni enfermedad, ni hambre, solo bendiciones y bonanza. Bienaventurados los hombres de fe, dicen las Sagradas Escrituras, y miren qué claro está, hijos míos, toda la fortuna que aquí en la Tierra, por ser un pueblo cada vez más fiel a Él y a Su causa, nuestro Señor nos ha otorgado, decía el cardenal Cuenca en su popular misa dominical, y a esto Dionisio y el secretario y el alcalde y el regidor y toda esta caterva asentían con su cabeza y sonreían, porque cuánta verdad había en las palabras del sacerdote, ¿a poco no? Alabado sea el Señor en la Tierra como en el Cielo, Aleluya, proclamaban estos hombres que tenían toda su fe en que Él también cumpliría con su parte del trato, porque dando y dando, así funcionan las cosas, y a Este le tocaba el hacerle ver a esos hombres necios lo que era lo mejor para ellos y sus familias. Y todo parecía indicar que lo estaba logrando, y cómo no lo iba a hacer, si era el mismísimo Señor, puta madre, el único e inigualable, el nunca antes visto Dios, Ese que ni los físicos más ilustrados, ni las mentes más brillantes han logrado descubrir dónde es que se esconde, así de chingón es, carajo; cómo demonios no iba convencer a unos desamparados campesinos de que cumplieran Su Santa Voluntad, por Dios.

Pasaron todas estas y muchas cosas más que sería imposible repasar sin que usted se nos desespere y nos diga que ya estuvo bueno, que prosigamos con la narración si no queremos que nos cierre el libro en la cara.

Y ahora estamos de vuelta en este comedor, como si el tiempo no hubiera pasado, aunque vaya que lo ha hecho, si más de cincuenta y seis millones de personas han nacido y otros veinticuatro millones se han ido de este mundo desde la última vez que aquí nos sentamos hasta ahora. Y ahí vemos venir a la incansable Guillermina otra vez, como lo hiciera cada día tres veces al día, todos iguales, siempre lo mismo, porque así le tocó esta vida, que a veces puede ser muy hija de puta y muy culera, insensible, inhumana, ay, esta pinche vida, no me va a decir que no, si aquí las cosas como son, no hay por qué mentir, si el que usted sea un suertudo como muy pocos lo son no significa que esa sea la estrella de todos, no, señor, lindo sería que así fueran las cosas, cuántas alegrías no habría vivido ya esta mujer, Guillermina, la que sin deberla ni temerla tuviera el infortunio de nacer en la choza en la que nació, que llamarle choza ya es pecar de exageración, porque usted escucha choza y se imagina algo modesto, rústico, pobre, vaya, pero no se imagina esa *cosa*, cosa con itálicas, sí, para enfatizar su carácter despectivo, vaya inmundicia, vaya indigencia, vaya miseria, y ahí le tocó nacer, como si antes de hacerlo le hubiera escupido a Dios en la cara y este fuera su castigo, si es un verdadero milagro que haya sobrevivido, si ahí no había ni una tela con qué taparla, ni dónde ponerla, la tierra helada era su cuna, y ahí pasaba sus noches, durmiendo en el piso con el perro, del que se agradecía el calor de su aliento. Unos poquitos años así, y estos serían los buenos tiempos, porque los que vinieron después, cuando ya tenía cierta consciencia y algunos cuatro inviernos, cuando el daño ya también era a la moral y no solo físico, pues ahí sí que hay que chingarse, porque que a esa edad, o a cualquier otra, claro, le ande tocando a uno su propio padre, noche tras noche, y a veces dos veces por día, eso sí que da ganas de escupirle mil veces a ese pinche Dios culero. Y por eso aquí, en La Soledad, no tiene nada de qué quejarse, porque tiene su cama, su techo, su comida, y nadie que la toque, gracias a dios, piensa esta mujer, aunque no crea en él y sea una más de las que usa la expresión como eso, una expresión y ya. Y ahí va y ahí viene ella, diligentemente haciendo los quehaceres, esos que nunca acaban, porque por más que se joda, nunca podrá ver su obra terminada, sentarse con un whiskey en mano frente a todas esas horas de arduo trabajo y apreciar su resultado, no; ahí va y ahí viene, como la esclava que es aunque nadie lo diga nunca, desde las cinco de la mañana hasta la medianoche o incluso más tarde si es necesario, todo depende de qué tan ambientada se haya puesto la cena; ahí va y ahí viene, sin fantasear siquiera con la idea de que la vida puede ser distinta, de que puede ser más que eso. Ahí va, decíamos, cargando esa caldera llena de crema que pesa pocos kilos menos que ella, para servirla a estas personas que no voltean a verla cuando la pone en sus platos, que muy apenas se percatan de su existencia, que cuando la llaman la piensan como algo muy distinto a ellos, no como una persona, sino como un ser de otra especie o un robot o una máquina, algo que no se cansa, que anda y anda y no siente ni piensa ni anhela, que solo nació para hacer eso que hace, para trabajar día y noche, para servirles, y no porque estos amos sean particularmente desconsiderados, no tienen que serlo, si como patrones son de lo mejorcito que por aquí hay. Y mire que incluso nosotros pudimos haber pecado de eso, de no verla, o verla como ellos, como un personaje ambiental y ya, que aparece y desaparece a nuestro antojo cada que la necesitamos, como nos educaron en nuestra casa, porque bien es cierto que contar o no su historia, en este caso, nada repercute en el curso de nuestra narración, es verdad que son unas líneas que, sin mayor problema, nos pudimos haber ahorrado, pero después de tanta reencarnación y supuesta evolución, pues eso ya sería el colmo.

¿El padre necesitaría que prepararan algo para la celebración de la primera comunión?, preguntaba Teresa, Solo necesitaba las ganas de Antonia y Nicolás de recibir el cuerpo y la sangre de Cristo, y, al decir *Antonia,* el cura le daba una mirada cálida a esa que, para su desgracia, poco a poco iba perdiendo su derecho a llamarse *niña,* y esta mirada hacía que la mano derecha de Antonia instintivamente se dirigiera al costado de su pierna y comenzara a rascarlo sobre la tela de su vestido. Será una celebración muy linda, decía Teresa. En un principio queríamos que fuera algo más íntimo, con pocas personas, pero ya sabe cuántos amigos tiene este hombre, y no podíamos invitar a unos y no a otros, Pero así será más divertido, interrumpía Dionisio, Además, hace mucho que no hacemos una buena fiesta, y esto lo decía mirando a su mujer, a quien, en el fondo, y en la superficie también, aún le reprochaba este cambio tan drástico y, desde su punto de vista, innecesario en su vida, esa que tan feliz era así como estaba, Va a ver lo bien que la va a pasar, padre. Van a venir buenos amigos que me gustaría que conociera y que estoy seguro de que estarán interesados en apoyar a su causa. Sebastián sonreía y agradecía a esto, y es que qué bonito se siente cuando las cosas le resultan a uno, ¿a poco no? Cuando sabe que está haciendo bien su tarea, justo como lo sentía ahora Sebastián Vallejo, ese hombre que, quién lo habría pensado, en estos meses se había convertido en uno de los hombres favoritos de Dionisio. Y es que este personaje no solo era un hombre de Dios, si eso era lo menos: era un sociólogo, un psicólogo, un empresario, un político, un estratega, un consultor, era de todo y en todo era muy bueno. Gracias a él, Dionisio estaba convencido, el proyecto del corredor estaría no solo aprobado en unas semanas, aunque eso daba igual, si aprobado siempre había estado, sino que completamente aceptado por todos aquellos que en un principio se habían opuesto, y esto parecía cosa menor, pero para nada que lo era, porque los conocía muy bien, y sabía que eran capaces de montarles un numerito y complicarles la vida en el momento en que se lo propusieran.

Y mientras los adultos se ocupaban de los preparativos para algo que no quería y en lo que no creía, Antonia y su aburrimiento encontraban refugio en lo que había detrás de ese cristal que separaba lo de adentro de lo de afuera. Todavía era una niña, sí, y precisamente por eso aún tenía la inteligencia suficiente para entender las cosas mejor que cualquier adulto, porque después de todos estos encuentros, después de escuchar todas las conversaciones entre su padre y el padre, Antonia se había vuelto una experta en el tema del famoso corredor. En un principio no entendía por qué las personas que tantos beneficios recibirían por su construcción lo rechazaban de esa manera, pero no le tomó muchas comidas y cenas para comprenderlo, y es que las cosas realmente no eran lo que parecían, lo que con palabras se decía, así como sucedía con ella y el padre Vallejo, el cual le desagradaba no porque no la tratara igual de bien que a los demás, si eso le daba igual, que por ese personaje nunca había sentido ninguna atracción o fascinación como para desear su atención, sino porque en el trato de este hombre, notaba Antonia, había contradicción e incongruencia, y esto no solo le molestaba, sino que también le aterraba, porque sabía que detrás de eso se escondía algo; no sabía qué, pero sabía que no era bueno. Lo que los adultos decían con su boca rara vez era lo que realmente sentían o pensaban, había aprendido Antonia; había mucha más verdad en el movimiento de sus manos, de sus labios, sus cejas, sus ojos, sus miradas, sobre todo sus miradas, antes que en sus palabras, esas que trataban de disfrazar todo eso que el resto de su cuerpo estaba diciendo de manera tan transparente y clara. Qué extraño era ser adulto, pensaba la niña; ojalá que nunca llegara a serlo, porque le parecía algo totalmente irracional y complejo.

Y esta es una buena oportunidad para señalar las muchas diferencias que había entre Antonia y Nicolás: ella observaba hacia afuera, él solo lo hacía para dentro; ella entendía prestando atención a los hechos, mientras que él creía que todo lo podía aprender a través del pensamiento abstracto y la teoría; ella era emoción e intuición, él, raciocinio y pensamiento, un discurso elaborado y sofista, ese que fácilmente se puede manipular para que se ajuste a lo que queremos llegar. Y por supuesto que aquí no queremos caer en sexismos, aunque sabemos, claro, que ya es muy tarde para eso, pero, sí: ella era mujer, y él, pues hombre.

Nicolás hace su primera comunión
*y Cuando el Narrador nos revela cómo en esta historia
(como en tantas otras) detrás de una elaborada seducción
intelectual hay sencillamente deseo: simple y brutal deseo*

Y ahora es el segundo miércoles de septiembre y solo quedan cuatro lecciones antes de que estos dos jóvenes se conviertan en unos adultos responsables de sus pecados frente al Dios que les han impuesto, lo cual, en realidad, a nadie le interesaba, tal vez a Teresa, y solo porque alimentaba su fanatismo y su neurosis, no porque le importaran las implicaciones del evento en sí. Hoy es la fecha en la que hace quince años, Nicolás, por primera vez, abriera los ojos y observara este mundo que, con sus pocas excepciones, desde entonces y hasta que volviera a cerrarlos para no abrirlos más, le resultaría uno crudo y hostil. Nadie recuerda que hoy es esa fecha, excepto él y su mentor, porque ni siquiera Antonia, esta no porque lo hubiera olvidado, sino porque lo ignoraba.

¿Has escuchado cuando la gente dice que tiene un *amor platónico?*, le preguntaba Sebastián mientras abría uno de los maletines y sacaba un tocadiscos nuevo. No, respondía el joven que, de cultura popular, era un completo analfabeto, Pues qué bien, porque ese es un ejemplo más de cómo se distorsionan los conceptos cuando están a merced de la gente común, que solo repite lo que escucha sin cuestionar ni indagar más, Gracias por dejar el tocadiscos, interrumpía Nicolás, Lo dejé sonando por horas. Mi favorito fue el de *Méditations.* Está en mi cuarto, ahora lo traigo, y ya se estaba levantando el joven cuando Sebastián le dijo Es tuyo, y entonces tomaba una caja y se la entregaba a Nicolás, Y esto también. Feliz cumpleaños, Nico. Dentro de ella venía *La isla de los muertos* y *Francesca da Rimini* y *Études-tableaux* de Rajmáninov; *La mer, Peleas y Melisande, Preludio a la siesta de un fauno* y *El martirio de San Sebastián* de Debussy; *La consagración de la primavera* y *Œdipus Rex* y *Apolo* de Stravinski; *La prohibición de amar* y *Lohengrin* de Wagner; las *Sinfonías 5 y 6* de Bruckner. Nicolás los veía uno a uno y no podía creer que eran todos suyos, estos y el tocadiscos y los tres libros que su mentor ahora ponía encima de todo: *Observaciones sobre el sentimiento de lo bello y lo sublime* de Kant, *Sobre la música* de Schopenhauer y *Lo uno o lo otro* de Kierkegaard. El joven se puso de pie y abrazó con fuerza a su mentor, Gracias. Gracias. Gracias, y al decir esto no hablaba de sus vinilos ni de sus libros, no solo de eso, sino de todo. Gracias por existir. Gracias por encontrarlo y salvarlo. El cuerpo de Sebastián recibía la intensa transmisión de energía que emitía la masa de Nicolás, unas vibraciones tan potentes que conmovían al maestro al punto de que se le humedecían los ojos. Hay mucha filosofía en la música, sobre todo en este tipo de música; también hay mucha paz, le decía Sebastián, Y, sin duda, mucha belleza, belleza sublime y profunda. Te haría muy bien tocar un instrumento, ¿Tú tocas?, a lo que Sebastián movía su cabeza en vertical, ¿Qué?, Piano, chelo y violín, principalmente; el chelo es mi favorito, Yo tocaba piano cuando era niño, pero hace mucho que no lo hago. Tú me podrías enseñar. El chelo también es mi favorito, y a esto el cura ya no respondió nada, simplemente continuó acomodando las cosas para comenzar la clase, lo que a Nicolás le pareció extraño y le despertó cierta inseguridad; tal vez estaba pidiéndole de más, pensó. Amor platónico, escribía el mentor sobre la pizarra. El término *amor platónico*, al que la gente ahora suele referirse cuando habla de amores imposibles, idealizados o no correspondidos, tiene su origen en *El banquete*, decía Sebastián, Pero, como te decía, con el tiempo se ha distorsionado, porque Platón jamás habló así de ese sentimiento. El amor platónico de Platón, el original, vamos, habla de la virtud, algo totalmente contrario a como se usa ahora. Para Platón este sentimiento era algo puro y despojado de pasiones, porque las pasiones, decía, nos engañan, nos ciegan, son efímeras y falsas, Como el pandemos, interrumpía Nicolás, Exacto. Las pasiones son las emociones más pobres, las más *animales*, las que atentan contra nuestra divinidad, y por eso es tan importante anteponernos a ellas, dominarlas y expulsarlas de nuestra alma y nuestro espíritu. Aquí, y tomaba el ejemplar de la ópera prima de Kierkegaard, se habla de manera muy clara sobre la diferencia entre lo estético y lo ético, que no es más que el mismo contraste que hay entre el pandemos y el uranio; lo inmediato y lo eterno; lo sensual y lo espiritual; el amor platónico como se conoce ahora y el amor real del que hablaba Platón. Lo uno o lo otro, he ahí el porqué del título de la obra: *lo uno*, lo hedonista; *lo otro*, lo virtuoso. Y siempre y en todo lugar, no importa la circunstancia que se nos presente, hemos de buscar el último. La vida es una lucha entre estas dos fuerzas, lo blanco y lo negro, lo elevado y lo bajo, la luz y la oscuridad; todo el tiempo se nos presentan dos alternativas, dos caminos qué tomar y, gracias al libre albedrío del que Nuestro Señor nos dotó, es que está en nuestras manos tomar el camino correcto. Como eres muy inteligente, ya lo has entendido muy bien: *lo uno* es la fuerza del mal, la que domina los instintos, la gratificación inmediata, todo eso que nos pide el cuerpo y de lo que, por más que le demos, jamás se saciará. Es una inversión a pérdida, por así decirlo, porque es echar todo nuestro esfuerzo a un barril que jamás tendrá fondo. *Lo otro,* Nicolás, es el poder del bien, eso a lo que le toma tiempo ver los resultados positivos, que exige la firme convicción de que el sacrificio y el esfuerzo, al final del día, serán recompensados. Eso y una profunda fe en Dios, y la certeza de que todo lo ve. Y no solo Él, sino que nosotros también. No hay triunfo más grande que ser más fuertes que nuestras debilidades; en esa fuerza es donde se encuentra la paz, Nicolás. Y después de un momento con la mirada perdida en una íntima y profunda meditación, Sebastián regresaba con su alumno, Sí lo entiendes, ¿verdad?, Sí, decía convencida esta voz que en los últimos meses había ido agravando su timbre y que hoy sonaba ya como lo haría hasta el día en que ya no se escuchara más. Sí, sé que lo entiendes, y no tienes idea del gusto que me da. Eres muy inteligente, Nicolás, repetía el maestro, y, en su repetición, podemos notar que su mente, su atención está siendo absorbida por otro pensamiento, una idea que se está cocinando, que está formulando para expresarla de la mejor manera posible. Y después de un rato así, Es momento de que te enseñe un ejercicio que te será de gran ayuda en la vida. Cuando me lo enseñaron en el seminario, hace muchos años ya, para mí fue un antes y un después, porque esto me hizo mucho más fácil no caer en las fuerzas del mal y anteponerme a mi *humanidad.*

Cierra los ojos, Nico.

Concéntrate en mis palabras.

Piensa que estás solo, que no estás aquí.

Estás en un lugar donde te sientes seguro y libre, donde nadie te juzga, ni siquiera tú mismo.

Relájate.

¿Confías en mí?

Por supuesto que lo hacía; confiaba en él más que en sí mismo, notaba el joven ahora que lo pensaba bien. Muy bien, porque para esta enseñanza se necesita una confianza plena, así como con el *salto de fe*. Piensa en algo que desees profundamente, que sea un deseo carnal, pandemos, algo que a la vista de cualquiera seguramente te haría sentir vergüenza. No importa, porque donde estás no hay nada ni nadie que te esté juzgando, ni yo, ni tú, ni Dios, Él tampoco te va a juzgar. Trae eso a tu mente, y, ante esta instrucción, Nicolás recorría los diferentes caminos de su imaginación para dar con ese pensamiento, aunque no necesitaba hacerlo mucho porque, por un lado, en su repertorio no había muchas opciones y, por el otro, de las pocas que había, una era lo suficientemente presente como para monopolizar todo el espacio. ¿La tienes?, Sí, Muy bien. Ahora imagina que estás ahí, en este lugar libre de todo juicio y a solas con eso que tu mente y cuerpo tanto desea y que por eso te provoca tanta ansiedad, porque lo quieres poseer, hacerlo tuyo, ¿no es así?, Sí, respondía el joven sin dudarlo, ¿Qué sientes?, No sé, Elabora, Eso. Ansiedad. Intranquilidad. Una energía que me controla. Una fuerza que me supera, contra la que no puedo, Muy bien. Suelta tu mente, entrega tu imaginación a la emoción, al pandemos, a ese placer. No tengas miedo de hacerlo, y, aunque en un principio le costó trabajo, Nicolás hizo como se le dijo, y dejó que su mente se liberara y se fuera a sentar en esa mesa donde cada comida se reunía la familia a la que seguía sintiendo que no pertenecía, y a la que tampoco quería pertenecer; se fue a ese lugar donde estaban sentados los cinco, como solían hacerlo desde hacía varios meses ya, él a la derecha de Dionisio, frente a una Teresa de varios meses atrás, antes de que llevara dentro eso que ahora carga y solo deforma su forma, Antonia al lado de ella, Sebastián al lado de él, Teresa viéndolo directamente a los ojos, y Nicolás por fin podía ver los suyos de vuelta. Entonces ella estiraba la mano y tomaba la botella de vino y le servía un poco en su copa, y luego se servía a ella, y a nadie más, todo ocurriendo como si los demás no estuvieran ahí, como si fueran objetos de decoración, lámparas o sillas o cuadros, y entonces la esposa de su padre tomaba su copa y la alzaba y en ese alzar le pedía a él que hiciera lo mismo, y este obedecía, y entonces brindaban, solo ellos dos, porque los demás no importaban, tal vez Sebastián un poco, porque su mano, la de Nicolás, estaba puesta sobre el descansabrazos y, de pronto, la de Sebastián se ponía encima de la suya, como si le estuviera dando su visto bueno, diciéndole Hazlo, tienes mi bendición, pero se lo decía de una manera muy abstracta, porque ahí realmente solo estaban Teresa y él, brindando. Y Nicolás bebía un trago de su copa y al bajarla torpemente se le tiraba un poco de vino encima, y la que estaba de frente notaba esto y enseguida tomaba la servilleta y con su cuerpo cruzaba el ancho de la mesa hasta llegar a él, aunque esto fuera físicamente imposible, porque el cuerpo de Teresa era muy pequeño y esa mesa era enorme como para lograrlo, pero las leyes físicas y espaciales ahí no importaban, porque esa era su imaginación y en ella podía suceder lo que él quisiera. Entonces su objeto de deseo llegaba hasta él y le limpiaba la mancha de la camisa y notaba que tenía, también, un poco de vino en la comisura de los labios y entonces Teresa se acercaba lo suficiente como para limpiarlo con su boca, y comenzaba a besarlo, ahí, frente a su padre, que no hacía nada porque lo que hiciera no cambiaría lo que ahí estaba sucediendo, por eso y porque él ahí, en su historia, no figuraba, y ahora eran sus dos manos, las de ella, las que lo tomaban de la cara con fuerza y lo besaban igual que como tantas veces antes Nicolás la había visto hacerlo con su padre, y mientras eso sucedía allá arriba, en los infinitos campos de su imaginación, allá abajo, donde toda esa ansiedad se concentraba en un mismo centro de energía, Nicolás sentía cómo una fuerza redentora comenzaba a liberarlo y, sin pensar en nada, porque en esos momentos la mente, por fin, no piensa, no analiza, deja de existir, algo que hasta entonces Nicolás creía imposible; sin pensar dijo Más rápido, y sus órdenes fueron acatadas, y las dos manos de Sebastián aceleraron su ritmo, porque ya sabe cómo es la sincronía del cuerpo, uno no puede, al menos no en actividades como estas, llevar una velocidad en una mano y una distinta en la otra, en esos momentos la mente no tiene capacidad como para semejantes cuestiones logísticas. ¿Qué era esto?, se preguntaba Nicolás, Esto, se respondía él mismo de manera abstracta, ya que su mente era incapaz de estructurar palabras, Esto tenía que ser lo más cercano a un encuentro con Dios, con la trascendencia de lo divino, estar cara a cara con las fuerzas sobrenaturales de su Poder, y es que no había otra explicación, porque su ser, su espíritu, se estaba desprendiendo de su cuerpo, Nicolás estaba seguro, estaba alcanzando el cielo, la gloria, el paraíso del que tanto hablaban los hombres de fe; esta era una experiencia mística, espiritual, religiosa, como la que habían tenido San Agustín y Descartes y Tomás de Aquino y muchos otros. Y ante esta explosión nuclear Nicolás tuvo que abrir los ojos, porque era mucho, era demasiado, tanto que no cabía en él, y al abrirlos se encontró con la cara de Sebastián, que estaba tan cerca como en su cabeza estaba la de Teresa, y era igual de bella y perfecta, y por eso hizo con esa cara lo mismo que ella hiciera con la de él, tomarla con ambas manos y acercarla lo suficiente como para encontrar sus labios con los que tenía enfrente, y esto Sebastián no se lo esperaba, y seguramente por eso fue que él terminó antes que Nicolás, porque, como usted bien sabe, no hay cosa que le ponga más a uno que el saberse deseado; cinco segundos después, sin aire, sin mente, sin nada, totalmente despojado, Nicolás tomaba las bocanadas de aire que su cuerpo le exigía para seguir viviendo; con un poco más control de sí, Sebastián hacía lo mismo. El sonido de la respiración, menos convulso a cada inhalar y exhalar, y después un silencio largo y denso que se infiltraba en todas las moléculas que ocupaban el aire de esa habitación. ¿Qué fue eso?, preguntaba finalmente nuestro chico. Con quince años ya y apenas preguntándose que qué había sido eso; así de iletrado de la cultura popular y natural resultaba este personaje. Por favor, si es que eso es imposible, nos dice usted que, habiendo siempre sido sexualmente tan sano y tan *normal,* está convencido de que con quince años uno sí o sí ha experimentado eso, y no solo una sino muchas veces, queriendo o sin querer, sin necesidad de buscarlo siquiera, porque es algo tan orgánico que simplemente sucede, como buscar el pecho de la madre cuando recién se sale de su vientre, nadie nos dice que lo hagamos y aun así, sin haber abierto los ojos todavía, es lo primero que hacemos. Y así esto también, que la mayoría de las veces se descubre a una edad muy temprana, tal vez temprana de más, y entonces todo está muy bien, hasta que lo deja de estar, cuando el mundo nos dice que *eso* está mal, aunque con eso no se le esté haciendo daño a nadie, aunque toda la transacción sea entre uno con uno mismo, aunque nadie se tenga que enterar, está mal, muy mal, por qué, solo Dios sabe, y entonces nacen los primeros brotes de esa vergüenza y esa culpa que ya no nos dejará jamás, esa pena que por un lado nos libera y por otro nos condena. Pero sí: retomando su argumento, por increíble que esto le parezca, Nicolás, tristemente, desconocía esta actividad vital. Y si usted se sienta por un momento en su sofá de pensar, ese donde suele reposar para cavilar y tomar decisiones que exigen cierto nivel de concentración, donde mira hacia la ventana que da a ese hermoso jardín y le ayuda a perderse en su meditación, acompañado de su vaso de coñac o su té de menta o su leche caliente o su tabaco o su porro o cualquiera que sea el lubricante mental de su elección, si se da el tiempo para profundizar sobre este punto, no mucho, unos cuantos minutos si acaso, entonces llegará a la conclusión de que, pensándolo bien, esto que le decimos no resulta tan absurdo como le pareció en un principio, y es que siendo este reciente hombre, Nicolás, uno que solo vive en su cabeza, y que tan nulo contacto tiene con el resto de su cuerpo, pues sí, igual y ya no resulta tan descabellado que este jamás se haya preguntado ni experimentado las diversas actividades, distintas a expulsar desechos orgánicos, que se pueden hacer con esa cosa molesta que tiene entre las piernas. Qué había sido esto, había preguntado el alumno, a lo que el maestro enseguida le respondía que Eso había sido una especie de exorcismo: así es como uno se deshace del mal, como este se expulsa del cuerpo para que su poder no nos domine, nos haga perder los sentidos y actuar con base en sus órdenes y no en las de una mente clara y en su sano juicio. Sentiste esa energía. Arrebatadora, dominante, ¿no es así?, Sí, ¿Y ahora qué sientes?, Siento _____, y Nicolás abstraía su mente para dar con la palabra correcta, aunque no fue necesario que se esforzara tanto porque a los segundos el cura le ayudaba, como lo había hecho antes, y es que, como mentor, esa era su tarea: ayudar a su discípulo a completar las líneas en blanco que había en su cabeza, Paz: lo que sientes, esta sensación de agotamiento, esta extenuación después del éxtasis, después de haber peleado contra y haberte impuesto frente a esas fuerzas, eso es la paz: un maravilloso punto que se alcanza cuando purificamos a nuestro cuerpo del mal. Nacimos condenados al pecado, hijo, este vive dentro de nosotros, nos guste o no, y por eso lo tenemos que expulsar, exorcizarnos de él, antes de que este sea tan fuerte que nos haga seguir sus órdenes y actuar ante esos impulsos, ¿sí me explico? Sí, le decía el joven, todavía experimentando las reminiscencias de ese místico trance al que había llegado. Qué maravilla tan inexplicable, enigmática, grandiosa, divina y profundamente poderosa era la paz, concluía en privado Nicolás. Y ahora entendía tantas cosas, a todos esos pensadores que lo único que buscaban era eso, estar *en paz*. Por supuesto que quería vivir así, en ese *estado de gracia*, por siempre. Es algo muy parecido al sacramento de la confesión, decía el cura, en el punto en que, lo ideal, claro, es que el acto sea consagrado por un sacerdote. Sin embargo, así como con la confesión, si no se cuenta con un clérigo a la mano y nuestra necesidad de redención es muy fuerte, también es posible hacerlo en la intimidad de uno mismo con Dios; no era lo ideal, pero era una opción en casos excepcionales. Una diferencia importante en comparación con la confesión era el que, este acto de *liberación,* como Sebastián se referiría a este proceso de ahora en adelante, no puede ser con cualquier sacerdote, como lo es cuando uno se confiesa; este solo podía consagrarse con uno con el que se tuviera una relación estrecha y de confianza, Como la nuestra, de lo contrario el efecto no es el mismo. No cualquiera tenía acceso a esta práctica; solo aquellos que desarrollaban una relación sólida y de comunicación, de confidencia y lealtad, de profundo amor y respeto, de mentor y discípulo, solo esos podían disfrutar de este privilegio divino; algo exclusivo para los nobles de espíritu, los fieles, *los elegidos*. Gracias, le decía Nicolás a su maestro. Qué sería de él sin él, se preguntaba en silencio. Para mí es un placer, le respondía Sebastián sin pensar en la ironía que usted y yo podemos leer en esas palabras.

Sobre la Hermandad del Santo Cristo Coronado de Espinas y la Virgen Madre de Misericordia y Esperanza

Y en este momento, así como nuestros personajes, usted también está sintiendo emociones complejas, desconocidas y que le cuesta trabajo entender, pero no se precipita para acomodarlas en su cabeza, claro que no, porque su sapiencia infinita le ha hecho entender que eso de formar un juicio de valor a primera vista es de criaturas con universos interiores muy chiquitos, de esas que se les hace tan fácil ir juzgando cuál es la línea que divide el bien y el mal, que están tan claros de que su visión y acción, su manera de actuar, sus creencias, sus formas y dogmas son las únicas y las correctas, porque todo les parece tan evidente, tan claro, si no hay nada qué dudar; esas prosaicas mentes que solo ven la superflua punta del iceberg e ignoran lo que lo sostiene desde su base, el sustancial mundo que existe debajo de él, porque qué fácil les resulta a esos que, para desgracia de ellos, no son usted, qué fácil les resulta eso de saltar a conclusiones, convencerse de sus absolutos y de sus dogmas personales. Como antes hemos dicho, nuestro trabajo aquí es practicar la epojé y simplemente exponer los hechos tal como son para que, a partir de eso, usted con su sempiterna erudición llegue a las conclusiones que le ayudarán a entender mejor esta curiosa y misteriosa vida, conclusiones que no serán ni correctas ni erróneas, simplemente las que puede formular con el camino que hasta este momento lleva recorrido, uno en el que no puede adelantarse por más que su paso acelere, porque todo llega a su debido tiempo, y eso es un hecho, crea o no crea usted en Dios o en dios y sus tiempos perfectos.

Entonces, ¿qué piezas nos faltan para tener el puzle un poco más completo y formar un juicio juicioso y correcto? Las de los cimientos, por supuesto, eso que es tan esencial conocer para dar con *lo que es*. Y para esto es necesario irnos treinta años atrás, aunque en realidad tendrían que ser algunos mil o dos mil, seguramente más, pero, para términos prácticos, lo dejaremos en algo más próximo y a nuestro alcance, cuando este ahora hombre, Sebastián, era solo un niño que llegaba a ese orfanato ahogándose en su miedo, confundido y abandonado en este mundo que le generaba tanto terror. Como si fuera un perro de la calle, lo habían depositado en ese lugar frío y sombrío y fúnebre, donde todo era orden y disciplina y compostura, donde uno tenía que ser lo que no era, donde el niño tenía que ser adulto, donde no había espacio al error o a la debilidad, donde no se podía sentir ni temer ni llorar, porque los hombres no lloraban, los hombres soportaban sin quejarse cualquier pena que Dios les enviara, porque así estaba escrito, porque se es un pecador, y esta vida es el precio que hay que pagar por serlo. Ese niño al que, porque ya no había quién le dijera qué sí y qué no, nadie que le protegiera de aquello que le podía hacer daño, sin querer viera los cuerpos de sus padres torturados, deformados, morados y verdes, siendo más monstruos que humanos, una imagen que quedaría grabada para siempre en su lóbulo frontal como la memoria más omnipresente e indeleble, una que lo asaltaría en pesadillas, que lo embestiría también despierto, en cualquier momento, desde entonces y diez y veinte y treinta años después, una imagen que llevaría cargando consigo como su propio cuerpo. Ese niño que perdiera su derecho de ser niño cuando apenas comenzaba a serlo, pasaba las noches mordiendo la almohada para silenciar el llanto que no podía callar, cuando de sus sueños se despertaba agitado al recordar cuál era su realidad, Estás solo. Están muertos, le decía la voz de su cabeza, y entonces se le venía esa tormenta de llanto que tantas ocasiones le destrozara la garganta por su esfuerzo de reprimirlo, y es que ya se lo habían advertido, ya le habían dicho que si no se comportaba y dejaba a los demás descansar, lo iban a expulsar, y a ver dónde se encontraba una cama y un techo donde dormir. Levantarse a las cinco treinta. Hacer la cama. Ducharse con agua helada y sin emitir sonido. Vestirse. Estar en filas a las seis quince para la oración de la mañana. Hacer la oración de la mañana, hincados sobre el asfalto. Tomar el desayuno, si se le puede llamar así a esa masa pastosa y desabrida que estaba igual de fría que la cama donde dormía o la silla donde se sentaba todo el día. Antes de que sonara el timbre que anunciaba que eran las siete, estar sentado en el pupitre con libreta abierta y listo para tomar la primera clase del día, Religión, tres horas de eso, y después una de Matemáticas, y luego otra de Ética, y luego Geografía, y luego

Historia, y entre clase y clase, diez minutos de oración, y luego de vuelta al comedor, y aquí rezar el rosario durante treinta minutos en agradecimiento por la dicha que Dios les había otorgado para ingerir esos alimentos muertos, y luego de vuelta a las aulas, una hora de Lectura y Ortografía, luego dos de Coro; hacer todo este proceso con la mirada gacha. La risa era un acto sancionado por quebrantar el orden y la paz del recinto; silencio y meditación, estar en constante oración era lo único permitido, porque qué de bueno les habría hecho el interactuar con sus iguales, otros pecadores como ellos que únicamente incitarían más al mal. Y durante cuatro años esta fue la vida de Sebastián, ese que ya no era ni niño ni hombre, que no era persona, tampoco, quién sabe qué era, un ente, una cosa, el fantasma de algo que un día fue y de pronto dejó de serlo. Tal vez por eso Sebastián no recuerda nada de esos años, porque los vivió muerto, o porque fue tanto el terror que la única manera de sobrevivirlo era bloqueándolo, enterrándolo, olvidándolo. Y fue en una mañana de invierno cruelmente fría, una en la que los varones de la Hermandad del Santo Cristo Coronado de Espinas y la Virgen Madre de Misericordia y Esperanza perteneciente a la congregación del Ejército de Cristo no se pudieron duchar porque el agua no corría por las tuberías de lo helada que estaba, un día despiadado e inhumano, justo como lo habían sido todos los días anteriores a ese, fue un día así en el que el sacerdote Juan Cuenca llegara a la congregación para tomar el lugar de monseñor Lope de Rueda, quien fuera la máxima autoridad de este lugar hasta ahora, y el que, sin previo aviso, había sido trasladado a otra diócesis, una muy lejana, donde podría continuar dando sus enseñanzas a otros niños que tanto lo necesitaban. Así como la mañana en la que nació y la noche en la que perdió a sus padres, este día sería uno que marcaría un antes y un después, uno que trazaría el nuevo camino que tomaría la vida de Sebastián. Como nuevo director, el padre Cuenca, que ya tenía mucha experiencia en la docencia, haría cambios importantes en el programa educativo, y es que era de una nueva generación de clérigos, y tenía una visión fresca y muy distinta de cómo se debían hacer las cosas. A partir de entonces, al programa académico de los muchachos se incluiría la clase de Filosofía y Letras, y el Coro ya no sería solo eso, sino que se formaría una Orquesta, con instrumentos de viento y cuerdas e incluso percusiones; él mismo sería el director de orquesta y quien daría las clases de Filosofía. Se modificaría, también, el horario de actividades, las cuales comenzarían a partir de las siete de la mañana, porque qué necesidad había de tener a esas criaturas despiertas a esas horas que no eran de Dios. Los cambios de clase ya no serían marcados por ese terrible timbre que ensordecía y enloquecía esas mentes a las que poco les faltaba para perder la cordura; ahora serían avisados con melodías como el *Ángelus* y piezas de música clásica, las mismas que aprenderían a tocar en sus clases de Orquesta, así irían aleccionando su oído, familiarizándose con esos sonidos, y, de paso, teniendo más contacto con lo estético y lo bello. Cada cama tendría una cobija gruesa, ya nadie pasaría frío; invertir en esto haría que se ahorraran el costo de todos esos niños con fiebre y neumonía que siempre había en la enfermería. Habría agua caliente en las regaderas. La comida no solo sería comible, sino que incluso sabría bien, y es que a partir de ahora todos, sacerdotes y alumnos, comerían lo mismo, y si el padre Torres, quien fuera el encargado de los comedores, estaba dispuesto a ingerir esa cosa asquerosa que les daban a los muchachos, entonces que se quedara todo como estaba, pero lo que no sucedería era que los jóvenes comieran, Con todo respeto, padre Torres, la mierda de comida que les dan, mientras los superiores comemos como Dios manda; eso va en contra de todo lo que predicamos, decía este hombre culto y fino y sensible y amante de lo exquisito, este personaje que, de habérselo permitido su padre, siempre habría preferido quedarse en la que fuera su casa de infancia en compañía de Manuela, su madre, y hacer lo que hacía de niño: tocar el piano mientras ella cantaba con esa voz que solo los ángeles y ella podían tener; estar en el jardín y leer algún clásico mientras ella tomaba su martini y fumaba sus cigarros y hablaba de las trivialidades que a él le encantaba escuchar; escogerle sus atuendos, esos vestidos que eran verdaderas obras de arte y que le quedaban tan bien a ella, y es que no había en el mundo mujer más hermosa, más divertida, más perfecta que su madre, su madre, su madre, esa figura de la que estaría tan enamorado que no habría manera de que ninguna otra mujer pudiera llamar su atención; eso era lo que Juan prefería hacer en lugar de cualquier otra cosa. Y por eso, cuando llegó el momento de decidir qué haría con su vida, no necesitó pensárselo mucho, si este era el camino más lógico y la solución más práctica a ese problema que sabía que era toda su inadecuada persona: la única alternativa para este personaje ambiental que tuviera la desgracia de haber nacido en una *buena* familia, una que antes habrá de llenar los moldes establecidos allá afuera que permitirse crear formas nuevas a partir de los intereses y necesidades de los que vivían adentro; una familia atrapada en los miedos ajenos, esclava de otros igual de esclavos, y no le parece maravilloso esto de que entre todos nos pongamos la soga al cuello, de que ahí andemos juzgando y, al hacerlo, nosotros mismos nos encadenemos, y así todos terminamos siendo presos de nosotros mismos; vaya manía la nuestra de complicarnos más esta existencia.

La única alternativa en el mundo en el que Juan vivía era la de convertirse en un siervo de Dios. El día que llegó al seminario, encontró, efectivamente, la paz, porque aquí no era como allá afuera, este era el paraíso en la Tierra, porque aquí el fútbol ni figuraba y las mujeres no existían, porque había un gusto por lo fino y lo bello, y podía profundizar en lo que le interesaba, Teología y Filosofía y Música, Latín y Griego, y estaba rodeado de hombres mucho más parecidos a él, hombres con los que sí se identificaba y a los que admiraba, no como sus hermanos y su padre y todos los amigos de estos. Entre ellos estaba Pablo, quien por momentos le hiciera olvidar a Manuela, y con el que hacía largas caminatas platicando por horas sin parar, días enteros si se los permitieran,

y cuya figura de pronto inundara los pensamientos de Juan
hasta el punto de temerlos, y es que sabía que eso que pensaba estaba siendo observado por Dios, y no estaba tan seguro
de que a Este le pareciera tanta devoción a otro hombre que
no fuera Él, ya ve cómo puede ser de celoso y egoísta este
Señor con eso de la adoración. Y esto le empezó a quitar el
sueño, en parte porque lo que cruzaba por su cabeza lo ponía
a pensar y pensar sin poder parar, y en parte porque terminaba tomando acción de esos pensamientos, una y otra vez,
compulsivamente, debajo de esas cobijas que, bendito sea su
Dios, eran bastante gruesas y daban espacio al movimiento
sin que fuera tan notorio. Cuando se enteró de que varios de
sus compañeros serían transferidos a otro seminario, entre
ellos Pablo, Juan no supo decir si esto era algo bueno o malo,
y es que era tal la cercanía y lo entrañable que este le resultaba, que tal vez era mejor así, marcar una distancia entre ellos
que le ayudara a acomodar el nombre de ese hombre en un
lugar común, como el de cualquier otro, para que cuando
escuchara a alguien decir Pablo, este le sonara como José o
Pedro o Simón o Matías, no como ahora, que al escucharlo le
provocaba tanto entusiasmo como lo debería hacer el nombre
del mismo Jesús. Y un buen día, pocos meses después de que
Pablo se fuera, evento que mantendría a Juan en un perpetuo
ensimismamiento, el padre Benito le hizo llamar. Lo había
escuchado en el salón de música tocando el piano a desho-
ras. Aunque eso estaba prohibido, no lo reprendería, le decía
Benito al todavía seminarista. A cambio, este Benito, que llevara profundamente deprimido más de ocho años ya, le pedía
que, por favor, volviera a tocar para él esa melodía que estaba
tocando. Y es que los sonidos de esas notas le evocaban sus
días felices, cuando el cura Miguel seguía en el seminario y se
sentaba en el piano un largo rato mientras Benito estudiaba la
Biblia o revisaba las pruebas o simplemente estaba. Todo era
felicidad hasta el día en el que Miguel había doblado su sotana
para ya no usarla más. ¿Por qué dejaba a Dios?, le preguntó
a Miguel, ese hombre que en el alma de Benito ocupaba todo

el espacio, aunque eso no se lo confesara ni a sí mismo. ¿Cómo era capaz de abandonar el proyecto de su Iglesia? No, le decía Miguel, ya vestido como civil, en vaqueros y camisa a cuadros, lo cual le iba muy bien también, aunque no tanto como su hábito, pensaba Benito, mientras con una profunda furia le cuestionaba esta decisión tan egoísta y tan errónea. No: él no estaba abandonando ningún proyecto, simplemente lo ejecutaría desde otro frente. Mi lugar no está aquí; de seguir en este camino que no es mi destino, y tampoco el tuyo, podría causar más daño que bien, y eso tú y yo lo sabemos, le dijo antes de irse. Benito odió a Miguel, le llamó judas, traidor, débil, pagano, apóstata, lo peor. Y es que este le había orillado a enfrentar todo eso de lo que durante toda su vida había escapado con tanto éxito; nada volvió a ser igual para este cura que jamás sanaría esa pena. Ocho años después, escuchando los dedos de Juan reproduciendo esas mismas piezas que tardes atrás le habían traído tanta alegría, a Benito le fue inevitable quererlo escuchar una vez más, aunque le dolira, aunque le refrescara memorias que creía enterradas. Era Messiaen, ¿no es así?, Así era, le respondía un joven Juan, *Tres pequeñas liturgias de la presencia divina*. Y a partir de ese día, Juan tocaría todas las tardes para este sacerdote que, poco a poco, fuera reescribiendo en su cabeza la interpretación de esas partituras. Y algo similar pasaría con Juan, quien iría borrando el recuerdo de Pablo con esta figura que se volvería tan familiar hasta volverse necesaria y, eventualmente, vital. Y así fue como este par fue llenando sus mutuos vacíos, esos que eran tantos y tan abisales.

Había sido Benito el que le presentó a Platón, y quien le había dado su libro, el mismo que años después Juan le diera a Sebastián y que este, en su lugar, treinta mayos más tarde le diera a nuestro Nicolás. Y nos podríamos ir más y más atrás, su Dios sabe cuántos hombres más, tal vez hasta los tiempos del mismo Platón, para llegar al origen de este discurso que durante tantas generaciones se había contado, donde había nacido este argumento tan lógico y bien sustentado;

podríamos hacerlo, pero entonces esta historia no acabaría jamás. Como leía en ese libro y en otras brillantes obras de la filosofía, le decía Benito a su ahora intérprete favorito, el amor entre los hombres era el más noble que había; por eso ellos amaban a Jesucristo y se habían entregado en cuerpo y alma a Él, ¿no? Y una parte de Juan sabía que lo que le decía Benito estaba ajustado de cierta manera para que se acomodara a lo que el cura se quería contar, pero otra parte necesitaba urgentemente que eso fuera cierto, porque de lo contrario iba a estallar, tarde o temprano lo haría, dentro de ese cuerpo tan limitado en el que ya le resultaba imposible respirar. Y por eso escuchó a Benito y se convenció de sus palabras y ajustó la verdad según sus necesidades, como todos lo hemos hecho cuando nos hace falta, que resulta ser casi siempre. Esa historia duró poco, y es que un fulminante cáncer, que para nada nos sorprende después de tanto conflicto interno, acabaría con la vida del sacerdote un par de años después de haber comenzado. Y pasaron los años para Juan, y el seminarista conoció a otros Benitos y aprendió todo lo que tenía que aprender, las prácticas y los usos y costumbres que tenía que adoptar de esta patria a la que se entregaba, y entonces se convirtió en diácono y luego fue ordenado sacerdote y luego conoció al Ejército de Cristo, y descubrió lo bien que le acomodaba su filosofía y sus formas, y enseguida quiso ser uno de sus soldados, y entonces se unió a ellos, y empezó por hacerse cargo de un pequeño colegio, luego de uno más grande, y ahora había llegado aquí, a la Hermandad del Santo Cristo Coronado de Espinas y la Virgen Madre de Misericordia y Esperanza, a salvar la vida de Sebastián y de todos sus hermanos desamparados.

El padre Juan Cuenca era una leyenda viva de la que todos sabían antes de que este siquiera llegara ahí. Cuenca era el líder de una nueva generación de clérigos que estaban cambiando radicalmente las viejas formas de la iglesia, un hombre de mundo, con visión, con la firme convicción de convertir a esta institución en la que estos tiempos necesitaban y alguien que había logrado que la palabra de Dios llegara a lugares nunca pensados. ¿Y qué hacía semejante ídolo dirigiendo un simple orfanato como este?, nos pregunta usted, que bien sabe que las dinámicas del poder funcionan igual en temas del hombre como en los temas de Dios. La Hermandad del Santo Cristo Coronado de Espinas y la Virgen Madre de Misericordia y Esperanza no solo era un orfanato; más bien, el orfanato era una pequeña división de esta cofradía perteneciente al Ejército de Cristo. Pequeña división, sí, pero muy importante, porque aquí se reclutaba un gran número de soldaditos de la iglesia; el ochenta por ciento de estos huérfanos terminaban formando parte de ese ejército que siempre necesitaba de más manos para imponer el bien y luchar contra el mal. Por esto y muchas cosas más, la Hermandad resultaba una pieza fundamental para el proyecto del Ejército, un proyecto que, de igual manera, resultaba de suma importancia para la Iglesia mundial, y es que los feligreses de esta congregación en particular resultaban ser, en su mayoría, de familias como las de Juan, hombres y mujeres que tenían tantos pecados en su alma como dinero en sus morrales para ser exculpados, ese mismo dinero que ayudaba a la creación de nuevas escuelas, mejores iglesias, y vidas más cómodas para esos mártires que se habían sacrificado por el servicio de los demás.

Fue amor a primera vista lo que sintieron el pequeño Sebastián y Juan cuando, en la nueva clase de Orquesta, el alumno cantó el *Ángelus* al son del piano que el cura tocaba. Esa creatura cantaba tan hermoso como su Manuela, pensaba Juan mientras contemplaba a ese ser que, sin lugar a duda, era un ángel. Y así empezó esta historia que eventualmente terminara ligándose a la nuestra, como lo hacen todas las historias ocurridas antes y por ocurrir después, porque como bien dicen los seguidores de cualquier corriente espiritual o científica, todos estamos conectados, todos somos uno en este universal sistema dinámico que nos trae para arriba y para abajo con sus efectos mariposa que uno ni puta idea de dónde nacieron, donde una imperceptible y lejana acción de ahora puede tener inmensas consecuencias mañana; así empezó esta trama en la que no profundizaremos más, y es que no hay gran creatividad en ella, no es otra cosa que más de lo mismo que usted ha leído dentro y fuera de estas páginas, en los periódicos y en otros libros, nada que sea muy distinto a lo que, detalles más, detalles menos, el Lector ve claramente venir: el alumno se volvió el discípulo favorito del maestro, y este le introdujo a su mundo maravilloso, a las bellas artes, a la música clásica y le enseñó a tocar el piano y el chelo y el violín y le presentó las bondades de la filosofía con una profundidad que ninguno de sus compañeros habría soñado jamás, y lo protegió y lo cuidó y lo hizo sentir un niño especial y amado, un ser único, uno de los hijos favoritos de Dios, y le entregó de vuelta toda esa seguridad que en una sola noche le habían arrebatado; el padre Juan, ese salvador, ese héroe, ese hombre que se merecía todo el respeto y amor y lealtad de Sebastián, indudablemente ocupó esa figura paterna que el niño necesitaba tener de vuelta de manera tan urgente y vital. Y no solo llenó ese descomunal hueco, sino que superó los parámetros establecidos por sus antecesores, al punto en que Sebastián se diera cuenta de que, efectivamente, Dios sabe muy bien lo que hace porque, viéndolo en retrospectiva, qué fortuna la suya de que su vida se hubiera escrito así y no de otra manera, porque solo así habría llegado a este universo de amor y tranquilidad. El Sebastián de tres décadas después no estaba haciendo otra cosa, o eso se repetía día a día, que transferir toda la educación y la lectura de la realidad que, en su tiempo, con tanto amor a él le habían enseñado; educar según ese que fuera el único mundo que conoció, y el cual, después de ser tergiversado de la manera que resultara más conveniente para quienes lo diseñaron, era el recto, correcto y perfecto. Y es que, una vez que ese niño de siete años entró en ese edificio, este nunca volvió a salir de él, ni mental ni físicamente; después de la llegada de su Salvador, Sebastián tampoco tenía interés en hacerlo. Y así fue como las paredes del orfanato, y después del seminario, serían los únicos límites fronterizos que este llegara a conocer, y es que ese lugar era tan grande, con sus bellos y amplios jardines, sus pasillos y salones y comedores y bibliotecas y espacios para el recreo, que Sebastián nunca quiso saber de nada de lo que ocurría allá afuera, porque afuera estaba el mal, la terrible amenaza de los hombres que viven en pecado y que no son temerosos de Dios. Y así fue como, para el entonces inocente niño, luego perturbado joven y, finalmente, corrompido hombre, hiciera todo el sentido que *esa* fuera la práctica de la expiación de los pecados, si era tan lógico: nuestro cuerpo es la representación física de los niveles de divinidad. Observado de abajo para arriba, la parte inferior es donde radica lo animal, lo bajo, lo pobre de espíritu, no por nada el infierno se encuentra allá, debajo, en el inframundo, y es por eso que *ahí,* en *ese punto,* en ese órgano que a veces parece que tiene vida propia, se concentra toda la fuerza del mal que vive en nosotros; subimos un poco y encontramos el corazón, ese que es el eje central, el punto de encuentro, el puente entre lo terrenal y lo divino; subimos más y llegamos, por fin, a la mente, esa parte nuestra que se encuentra más cerca del cielo y de Dios, donde viven la consciencia, la fuerza de voluntad, la capacidad de anteponernos a nuestros deseos y dominar nuestra insaciable necesidad de placer. Y era perfectamente normal sufrir de estas debilidades, el mismo San Agustín lo había vivido así en sus días de juventud, le tranquilizaba Juan a Sebastián, justo como lo había hecho Benito con él un par de papas atrás. Eso que salía de su cuerpo al final de cada *liberación,* le explicaba el maestro al alumno, no era más que sangre purificada, limpia, *convertida,* por eso era blanca y no roja, y esa era la señal de que, aunque fuera por un breve periodo, habían logrado deshacerse del pecado que corría por sus venas. Estas sesiones habrían de tenerse al menos tres veces por semana, lunes, miércoles y viernes, de esta manera podían estar seguros de que en ese cuerpo no había cabida para el demonio; el lunes, se realizaba a través de la mano del cura; el miércoles, por la del alumno bajo la supervisión del superior;

el viernes era cuando tenían la sesión más *liberadora*, y es que era cuando el sacerdote, al beberse la emulsión de la liberación que recibía directamente en su boca, transformaba esa sangre purificada en un elixir de vida divina. Al pasar por el clérigo, eso que en un inicio estuviera cargado de mal, ahora no solo estaría libre de pecado, sino que se convertiría en una energía pura que sería entregada a Dios a través de su representante en la tierra, le explicaba Juan a Sebastián. Y si durante tantos siglos hemos sido capaces de creer todo tipo de cuentos fantásticos y vivir fielmente bajo sus doctrinas, ¿por qué este caso habría de ser distinto? ¿Por qué un chaval que sentía que le debía su vida a ese hombre y a esa organización habría de cuestionar algo que resultaba tan coherente y con tal sentido común? ¿Algo cuyo único objetivo era su bienestar, y que, además de todo, lo hacía sentir tan bien? No había por qué, nunca hubo por qué, si todo a su alrededor, hasta la fecha, hasta los días de Nicolás y todavía después de ellos, reiteraba que esa era la verdad absoluta, y eso había que defenderse hasta la muerte, aunque afuera de ese microcosmos todos y todo indicaran lo contrario, pero es que los de afuera qué iban a saber de lo que estaba bien y mal, si vivían perdidos ya, tan lejos de Dios que ni siquiera valía la pena prestarles atención; solo era necesario levantar las cortinas y ver lo que ocurría afuera para saber que el hombre, sin Dios, está condenado a una vida de pecado y sufrimiento. Sebastián nunca dudaría del dogma de su vida: era la voluntad de Nuestro Señor que encontrara los recursos necesarios para construir todas las iglesias y los monasterios y los conventos y los claustros y los colegios y todos los orfanatos posibles para expandir su Reino y así ejecutar Su Plan Divino, y, de paso, para que sus excelencias, reverendísimos, ilustrísimos Señores vivieran *como Dios manda*. Su misión era la de restar el mal con el bien llevando Su Palabra a todos aquellos que nunca han tenido la oportunidad de conocer la Verdad y ver la Luz; solo así, un creyente a la vez, este mundo habría de encontrar la paz. Y qué incongruente resulta, como la mayoría de las cosas que hacemos, qué ironía que la alegoría de la caverna fuese una de las narraciones favoritas de ese hombre que jamás se atrevió a salir de su cueva, que se aferró a esas sombras y nunca quiso enterarse de lo que había afuera; qué fácil es voltear la mirada y no ver, qué fácil es volvernos unos expertos en el autoengaño, no me diga que no, si nos sale tan bien.

Cuando nos enteramos de un dato importantísimo de la infancia del Narrador que por fin nos explica su aborrecimiento hacia el género masculino, su fuerte conflicto con la iglesia, su falta de compasión hacia los otros, su obsesión con el tema de la pedofilia, su desprecio por las pasiones carnales, su desmesurado consumo de cualquier tipo de droga, su...

Y aquí nos gustaría hacer un brevísimo paréntesis para aclarar algo que sabemos que usted se ha estado cuestionando desde muchas páginas atrás, y que ya viene siendo hora de que se esclarezca: ¿es un error de edición el que en unas ocasiones nos refiramos a Dios y en otras a dios?, se pregunta usted, confundido y fastidiado de tener que lidiar con tanta falla y cosa malhecha, dice usted y dice bien. Pero es que, dice también, es algo tan presente que resultaría ridículo ver tantas veces este error y, aun así, no homologar el término en toda la obra, ¿no? No crea, si errores más absurdos se han hecho en la historia de la civilización, solo póngase a pensar en el incendio de la biblioteca de Alejandría, o en el tren de pensamiento de Raskolnikov, o en el Challenger, o en la Operación Barbarroja, o en la batalla de Karánsebes, o en Chernóbil, o en el neoliberalismo, o en el comunismo, o en-; no crea, si algo le sale bien a esta especie nuestra es, precisamente, el equivocarse, una y otra vez, la mayoría de las veces de manera monumental y épica. Por supuesto que esa magistral mente suya tiene una hipótesis de por qué a veces aparece en mayúscula y otras veces en minúscula, si mejor lector que usted no nos podría haber tocado, eso lo sabemos muy bien y lo agradecemos también. Y su hipótesis es la correcta, pero igual es importante que la expongamos para el resto de los lectores que no son tan brillantes como usted.

A ellos sería bueno explicar que esta no es una inconsistencia ni una falta de cuidado editorial; que es así porque, al menos en nuestras páginas, Dios y dios son dos entidades muy distintas. El nuestro, el que aquí nos rige, el que nos ama y al que amamos de vuelta, es dios; el de las iglesias y los hombres y las guerras, Dios. Evidentemente, el nuestro es una deidad más humilde y menos ególatra que no necesita de parafernalia en su título ni tratamientos superfluos que significan algo solo en el mundo artificioso y apócrifo de los humanos. Por favor, no caigamos en el error de pensar que, al quitarle esta formalidad gramatical, buscamos enviar el mensaje de que aquí no hay respeto o que nos mofamos de la creencia de que un ser todopoderoso es el encargado de dirigir esta puesta en escena de la que formamos parte usted y yo y ella y elle y él, todes y todo; de que consideramos la idea de un ser supremo algo para gente que prefiere creer en la insensatez que le digan, en el cuento que le cuenten, la Biblia, el Corán, la Torá, el Bardo Thodol, los que, por cierto, si se fija bien, todos terminan siendo la misma novela, palabras más, palabras menos: los mismos arquetipos, las mismas enseñanzas, los mismos recorridos para cruzar los mismos arcos dramáticos, el mismo héroe que todos quisiéramos ser; cambiarán si acaso los nombres de los personajes y uno que otro nimio detalle con el propósito de tropicalizar el texto sagrado a cada lugar, porque, como bien sabemos, la región determina la religión. Sin embargo, también queremos aprovechar para hacer mención honorífica a los eruditos escritores de estas obras, porque, sin duda, son los más genios de los genios, nuestros modelos a seguir, vaya, porque sus creaciones trascendieron el papel y cobraron más vida que la vida misma, porque solo mire esos templos, esos monumentos, esos millones de seguidores, mire nada más las guerras que por sus historias se sortean.

Es evidente que estas ilustres plumas dominaban el arte del storytelling mucho mejor que las más talentosas de nuestros tiempos, porque Shakespeare podrá ser lo que sea, pero dudamos que alguien haya matado en nombre de su Macbeth o de su Otelo solo para defender frente a un seguidor de Cervantes que estas historias son mejores que las del hombre de La Mancha. No es que aquí aplaudamos al fanatismo y sus consecuencias, que claro nos queda nada bueno trae, pero es verdad que hay que quitarse el sombrero ante los escritores de semejantes fenómenos literarios que tanto furor han causado a lo largo de estos miles de años.

Pero decíamos que, como a nosotros no nos parecía lo que Ese nos vendía, nos vimos en la necesidad de crear a nuestra propia deidad personal, porque creemos en una deidad, por supuesto que lo hacemos, solo que en una distinta a Ese que nos metieron en la cabeza, al que nos enseñaron en el colegio, católico en nuestro caso, pero lo mismo sería si fuese judío o musulmán o usted diga; aquí no creemos en Ese en cuyo nombre a muchos han matado y a tantos nos han tocado. Y en esa vida en la que me sucedió, una de las muchas en la que mi espíritu necesitaba de un cuerpo hecho de carne y sangre para poder *ser*, yo no era particularmente bonito ni güerito ni tenía buena voz para el coro, un atributo que resultaba sumamente deseado entre *los hombres de Dios*; tampoco era muy bueno para la academia y mucho menos para los deportes, solo era un niño más, ni muy listo ni muy tonto, ni muy popular ni muy solitario pero, para mi desgracia, alguna gracia me veían. Cada lunes por la mañana habríamos de confesar nuestros pecados al padre Ernesto. Mi turno siempre era a las ocho menos cuarto, era el tercero, el orden de confesión no siendo por la lista del salón ni ningún dato distinto al que el sacerdote indicaba, y que siempre era el mismo. Antes de mí estaba Julio, un chaval alto y guapo, al que era imposible no admirar las marcas que sus delineados músculos hacían en su bello cuerpo cuando teníamos la clase de natación; yo disfrutaba de verlos, de observar cómo todos se hipnotizaban frente a la armonía de su carne, ese embelesamiento que les causaba la estructura tan perfecta que sostenía a Julio Sáenz. Por muchos años el primero en confesarse fue Guillermo; si Julio era bello, Guillermo era hermoso, un Adonis, y eso lo sabíamos todos los hombres del colegio, chicos y grandes. Un día, consciente de su condición de especial y consentido, de niño tocado por Dios, Guillermo le pidió al padre Ernesto, Neto para sus predilectos, que le regalara su estola de Adviento, la de los bordados en hilo de oro que tanto le gustaba, Por favor, es mi cumpleaños, le decía el niño más divino del colegio a su guía moral. Y cómo le iba a decir este que no, si ver llorar a Memito era lo peor que le podían hacer a este hombre que, en sus orígenes, realmente no le gustaban los niños; de haber tenido la oportunidad de consumar sus urgencias con hombres más maduros, lo habría hecho, pero, a pesar de que entre sus colegas había muchas opciones para ello, ninguno de estos se atrevía a aceptar frente a los otros lo que todos hacían. Por eso, aunque en un inicio la idea de jugar con niños no fuera de su gusto particular, esto era lo que había, así lo había decidido Dios y, probablemente, era para lo mejor, porque al menos los niños eran puros y virginales, algo muy distinto a la distorsión que se engendraba con el paso de los años, se convencía Ernesto. Y porque no podía ver llorar a su alumno favorito fue que el sacerdote le dijo que no le podía regalar su estola, pero sí se la podía prestar para que durmiera con ella puesta, Con cuidado, claro, que nadie podía verla, porque de alguien darse cuenta ambos serían castigados, porque eso estaba prohibido, y lo prohibido se castiga cuando se hace y alguien se entera. La mañana siguiente, en su cumpleaños número trece, el cuerpo de Memito El Bonito amaneció colgado de la cruz que coronaba la capilla del colegio, la estola morada siendo eso que uniera su cuello a la cruz. Lo encontró el mismo padre Ernesto; habían quedado en que Memo se confesaría temprano esa mañana, así lo había deseado el cumpleañero. A Ernesto esto lo confundía, porque no había suficiente tiempo para pecar entre la mañana del lunes y la del martes como para que el niño tuviera esa urgencia de confesarse, pero eso no lo cuestionaría el sacerdote, claro que no, si no había cosa que este disfrutara más que comenzar su día viendo esa sublime cara que le recordaba al San Sebastián de Botticelli, ese que tan serenamente, o con una eterna pereza, eso solo el artista y el santo lo sabrán, posa sobre el tocón de un árbol, observando al infinito sin aparente emoción, como si no tuviera seis flechas clavadas en su cuerpo destrozando todos sus adentros; había algo muy sicalíptico y sensual en la aparente insensibilidad de este hermoso mártir hacia su dolor, pensaba el sacerdote, que despertaba de gran humor al saber que el primer contacto que tendría con el mundo sería con esa hermosa perfección, sus manos acariciando ese precioso rostro mientras las manos de este hacían lo mismo en su entrepierna, como seis años antes se lo había enseñado. Para fortuna de las pequeñas manos, todo el trámite duraba poco, algunos treinta segundos en total que, en un principio, cuando aún no tenía la experiencia ni la condición, a Guillermo le resultaban eternos, pero que después fue viéndolos como lo que eran, uno, dos, tres, cuatro, cinco, los contaba en su mente mientras se concentraba en sus manos y en lo que estas hacían, seis, siete, ocho, nueve, diez, sin entender por qué hacían lo que hacían, once, doce, trece, catorce, quince, ni por qué sentía lo que sentía, dieciséis, diecisiete, dieciocho, una emoción agitada, violenta, que en un principio lo hacía sentir incómodo, aturdido, antes, durante y después de que sucediera, diecinueve, veinte, veintiuno, y que cuando Neto le explicó que esto era *dar amor al prójimo, justo como Jesús les había enseñado*, entonces se sintió culpable, veintidós, veintitrés, veinticuatro, un pecador, veinticinco, veintiséis, porque él detestaba darle amor al prójimo, veintisiete, veintiocho, no había cosa que le provocara más repulsión ni le generara más odio, veintinueve, más ganas de dejar de existir, treinta. A mí me tocó leer la primera lectura en la misa de cuerpo presente. Decía: *Lectura del libro de* la Sabiduría: *El justo, aunque muera prematuramente, hallará descanso; porque la edad venerable no consiste en tener larga vida ni se mide por el número de años. Las verdaderas canas del hombre son la prudencia, y la edad avanzada se mide por una vida intachable. Cumplió la voluntad de Dios, y Dios lo amó. Vivía entre pecadores y Dios se lo llevó; se lo llevó para que la malicia no pervirtiera su conciencia, para que no se dejara seducir por el engaño, pues la fascinación del mal oscurece el bien y el vértigo de las pasiones pervierte a las almas inocentes,* y aquí me perdí de las líneas que seguían al distraerme el llanto abatido del padre Ernesto que no conseguía controlarse. *Llegó a la perfección en poco tiempo y con eso alcanzó la plenitud de una larga vida. Su vida le fue agradable a Dios, por lo cual el Señor se apresuró a sacarlo de entre la maldad. La gente ve, pero no comprende ni se da cuenta de que Dios ama a los justos y se compadece de sus elegidos. Palabra de Dios.* Un mes después, lo único que cambió fue que yo era el segundo y Julio el primero. *En nombre de Dios*, dicen ellos. Pobre Dios, Él qué culpa, si Este nada tiene que ver con la pésima reputación que se carga, esa que sus siervos con tanto empeño le han construido, volviéndolo otra deformación nuestra de la realidad; por eso aquí nos desmarcamos de Ese y seguimos a este. Y con esto cerramos este breve paréntesis.

Una primera comunión, una meditación, un homicidio frustrado y un final

Y ahora, un dictador y varias revoluciones después de haber sido salvado, Sebastián hacía lo suyo para *salvar*, también, a este joven que le recordaba tanto a él. Nicolás, comprometido con su idea de mantener una mente abierta, aceptó esta lección como lo hiciera con todas las anteriores; era verdad que, de cierta manera, esta experiencia le había perturbado, pero era, se convencía él, por el nivel de explosión que sentía en todo su cuerpo, por la experiencia evidentemente religiosa que esto era. Por eso y porque, una vez que se la presentaron, su mente no hacía más que pensar en eso, en la próxima ocasión en la que se *liberaría*, que cada vez le parecía más lejana. Así como había sido el programa académico del cura, sería el de Nicolás: una sesión de entre cinco y ocho minutos cada lunes, miércoles y viernes; martes y jueves, el joven tenía que invertir su fuerza de voluntad para no hacerlo por su propia mano, Porque, de lo contrario, el resultado se podía volver contraproducente: *aurea mediocritas*, le recordaba Sebastián a este joven que, distinto a lo que le había dicho, no era precisamente su primer discípulo, sino su número cincuenta y tantos, aunque en esto el maestro se convencía también de que no mentía, porque los anteriores habían sido casos distintos, nada tan cercano y especial como este, justo igual que como se lo había dicho a sí mismo con los previos. *Aurea mediocritas*. Porque, ¿cómo decía Aristóteles?, le preguntaba a su alumno, y entonces este citaba de memoria que, *La virtud es el punto medio entre dos extremos*, *Ambos malos, uno por exceso, otro por defecto*, concluía el ministro del Señor.

Pero ¿qué no era el amor un extremo, la contraparte del odio?, se preguntaba Nicolás en sus tiempos de solitud, mientras pensaba en la desbordada estima que sentía por su mentor, ¿Cuál era el *aurea mediocritas* del amor? ¿Acaso había una? Al poco tiempo, el mismo día de la tan anticipada primera comunión, Nicolás concluiría que no, que el amor era una excepción en eso de la dorada medianía, porque a alguien se le amaba o se le odiaba, no había un punto medio. Nos habría gustado que nuestro personaje hubiera llegado a esta conclusión de una manera distinta a la que lo hizo, pero qué podemos hacer nosotros ante los designios de quien nos gobierna, que en este caso no es el dios del que le hablamos, sino quien nos dicta las líneas que aquí se han de escribir.

Bello: esa era la palabra que a uno se le venía a la cabeza al ver al joven Nicolás enfundado en su traje ceremonial, todo vestido de blanco, con su pajarita bien puesta, su boutonnière insertado en la solapa izquierda, sus rizos perfectos y una sonrisa plena; un efebo, un serafín, el sueño de cualquier hombre de la Antigua Grecia o cualquier clérigo contemporáneo. Nicolás, vaya sorpresa, estaba contento. ¿Y Antonia? ¿Qué ha pasado con Antonia?, nos pregunta usted al que no se le escapa una en cuestiones de construcción narrativa. Nuestra niña andaba por ahí, más como un elemento de la escenografía que como la protagonista que se suponía que era. A comparación de su hermano, no se veía tan bien, y es que toda esa parafernalia, ese peinado exagerado, ese vestido pomposo, esas medias ajustadas, esas zapatillas de señorita con un pequeño tacón, el sutil e innecesario velo de rubor que Teresa le había plantado en sus mejillas, la cosa pegajosa que le había puesto en sus labios, todo esto se veía ridículo e incómodo en esa criatura a la que cualquier adorno que se le agregara arruinaba la belleza que naturalmente poseía, y es que nuestra niña no necesitaba nada más que ser ella para ser perfecta. Nuestro personaje favorito, o tal vez suyo no pero nuestro sí, nunca se había sentido tan ajena y expatriada de su cuerpo como lo hizo en ese día. Menuda penitencia que era para Antonia eso de llevar un vestido blanco, y es que este no le permitía calmar su ansiedad como solía hacerlo, porque después de pocos minutos rascando su pierna derecha, enseguida pudo ver cómo la pureza de esa tela se teñía de rojo, y sabía que eso molestaría mucho a su madre, que tanto empeño había puesto en cada detalle de ese magno evento que antes parecía una boda aristocrática que la celebración de este sacramento religioso. Pero la realidad es que este pasaje no se trata de ella, a la que muy poco de todo este show le importaba, si en todos estos meses nunca se había tragado nada de lo que salía de la boca de ese hombre, muy a diferencia de su hermano, que ya estaba pensando en ingresar al seminario en cuanto tuviera la edad. Por su parte, Teresa, como no nos cansaremos de decirlo, lucía exquisita, deliciosa, diría algún fetichista, con todo y ese bulto que solo si se le veía de perfil se notaba la deformación que hacía en su inmaculada figura; solo tres meses faltaban ya para la llegada de Mateo, como sería nombrado el tan esperado heredero, porque por supuesto que Nicolás como eso no figuraba. Mateo en honor al hermano de Teresa, por quien los padres tuvieran la gran fortuna de conocerse.

Ciento ochenta y cuatro invitados asistieron a la celebración, de los cuales a ciento ochenta y dos les importaba el que ese par de niños estuviera recibiendo por primera vez el cuerpo y la sangre de Cristo lo mismo que a un burócrata la eficiencia del sistema. Pero ahí estaban el alcalde y los secretarios de tal y cual departamento de estado y varios embajadores, estos de los países ricos que apoyarían a este país pobre a desarrollar su megaproyecto. Y un par de obispos y el cardenal Cuenca, por supuesto, que resultaba ser más celebridad que el mismo gobernador, el cual también logró acomodar su complicada agenda para pasar rápidamente a felicitar a su querido amigo Dionisio. Felicitar por qué, no sabía, pero igual iría a hacerlo. Y ahí están todos, ellos en sus trajes y corbatas, que quién sabe quién fue el hijo de la gran puta al que se le ocurrió establecer este atuendo como el uniforme del hombre exitoso moderno; lo pone a pensar a uno, si acaso querían decirnos algo con esto, o si hay un mensaje subliminal en ello, y es que no entendemos cuál es el objetivo de que uno se ponga, literalmente, la soga al cuello. Lo entenderíamos, claro, si con esto se estuviera haciendo una denuncia silenciosa de lo que significa ser ese personaje, el *hombre exitoso moderno,* uno que está asfixiado por sus propias formas. Y ellas en sus vestidos cargados de piedras, su laca en el pelo y pintura en la cara. Ellas y ellos, todos, un poco o un mucho incómodos, y es que la celebración era en ese versallesco jardín, donde el clima era agradable, unos perfectos veintiún grados centígrados con un aire limpio y fresco, aunque igualmente acompañado de los factores incontrolables que suele haber cuando se está en exteriores y en contacto directo con la naturaleza, y por eso a veces el sol daba muy fuerte o de pronto corría un viento que movía esos peinados que se habían jodido una no modesta proporción de la capa de ozono para mantenerse fijos, porque ni un solo cabello podía salirse de su lugar, porque, de hacerlo, el mundo de la cabeza que lo sostenía podía desmoronarse, porque estaba ahí para ser bella y perfecta, y cualquier cosa distinta a eso sería un inadmisible fracaso. Y es que solo tenían que voltear a su alrededor para ver cómo todas cumplían con la norma y confirmar que no tenían otra opción que ajustarse a esos lineamientos, porque a aquellas desgraciadas que no lo hacían, solo la ruina les esperaba, y es que solo era necesario que se celebraran unos cuantos eventos más para ver al marido siendo sujetado por otro brazo, uno más definido y joven y esbelto. Y ahí estaban todos, personificando orgullosamente eso que creían querer ser, que tantas ganas le habían echado para convencerse de ello, a pesar del precio que esto representaba, no monetario, claro que no, si el dinero no es más que un aburrido mecanismo para organizar las transacciones del mundo y nada más; hablamos del precio vital, la energía y el tiempo y la vida que se iban en estas faenas a las que se asistía sin preguntarse por qué o para qué, si realmente no querían estar ahí, si más felices habrían sido estando en sus pijamas, que ni siquiera tenían que ser de seda, una simple bata de algodón, cómoda y ligera, y estar tirados bajo la sombra de un cedro, con la cara limpia al viento, despreocupados de toda esa pesadez y esa exigencia, de ese pretender que a uno le importa algo que en realidad le vale una vasta hectárea de vergas. Es masoquista, inhumano e insostenible esto que por gusto nos hacemos, y por eso no hay manera de sobrellevarlo en su sano juicio, por eso la urgencia por vaciar esos vasos y sedar estos sentidos que tanto nos echan en cara su profunda insatisfacción. *Todo el mundo es un escenario y todos los hombres y mujeres son meros actores*, decía el Gran Maestro. ¿Y quién putas, que por amor de dios alguien nos diga, quién fue el maldito imbécil que escribió este script?

En estas veintitrés mesas de ocho sillas cada una estaba concentrado el ochenta por ciento de los capitales que movían toda la comarca y sus alrededores. No es que el otro veinte estuviera distribuido entre el resto de la población, por supuesto que no; el otro diez le pertenecía a hombres cuyos países estaban muy lejos como para estar aquí. Y ahí están los funcionarios del Estado y los ministros de Dios, con tantos motivos para celebrar su reunión, todos muy sonrientes por los excelentes frutos que había tenido su trabajo en equipo, un negocio redondo, diría mi madre, que no solo fue madre soltera, sino también una gran empresaria, y una muy chingona, por cierto, bendita sea ella. El Corredor del Norte, a pesar de los contratiempos que cualquier proyecto como este tendría que enfrentar gracias a los amantes de complicar las cosas por el mero placer de hacerlo; a pesar de la intromisión de extranjeros ignorantes que no tienen idea de la pobreza extrema que se sufre aquí; a pesar de las organizaciones de científicos que no salen de sus laboratorios y nunca han puesto un pie en estas tierras; a pesar de esos insensatos ecologistas que prefieren defender la vida de un puto árbol que el futuro de una creatura; a pesar de Ulises que, sin buscarlo, se convirtiera en el ombudsman de la comarca y adversario número uno de este plan, a pesar de este y su gente, esos que lo único que querían era hundirlos a todos en el pasado, en su mundo de tradiciones absurdas, de ignorancia e inmundicia; a pesar de todos esos y otros enemigos del pueblo, el Corredor del Norte, el que fuera el desarrollo más ambicioso de este gobierno, había conseguido vencer todos esos obstáculos y, si Dios quería, aunque de eso no había duda, en cuatro años de arduas obras se completaría en su totalidad. Y para allá iban y para acá venían filas de tractores y excavadoras y camiones de carga y cuanta maquinaria que, para estos campesinos, resultaban tan místicas como lo eran para un hombre del supuesto mundo civilizado las hierbas medicinales que ellos utilizaban. Millones de toneladas de energía cien por ciento renovable se producirían en esas tierras gracias a ese viento que tan gratuitamente corría por ellas. Todos los contratos se hicieron en tiempo y forma, frente a notarios y abogados, los cuales se encargaban de explicarles a los ejidatarios de Mulitzá y Tünilo'i y Zatlauitl que esas tierras seguían siendo de ellos, claro; que sobre ellas solo pondrían estos maravillosos molinos que eran los encargados de hacer el milagro de convertir el viento en luz y calor y energía que podía hacer funcionar tantas cosas; que durante los próximos veinte años ellos recibirían una renta mensual por esas tierras que muchas veces ni cosecha les daba, qué bendición, a poco no, eso de tener el futuro asegurado, uno que no sería solo por veinte años, porque estos molinos habían llegado aquí para quedarse; que este proyecto no solo les daría energía, sino que esta sería considerablemente más barata; que traería empleos, y se harían escuelas y hospitales y deportivos y una serie de privilegios del primer mundo que jamás hubieran pensando tener. Omitieron mencionar unos cuantos detalles sin importancia, como el que esos contratos se reanudaban de manera automática; o que, una vez firmados los papeles, los supuestos propietarios tenían prohibido el acceso a las tierras; que el precio que se les estaba dando por sus metros cuadrados era el punto cero cero cero cero cero cero cero cero cero cero cero cero cero cero cero, y seguramente una decena más de ceros pero ya no los pondremos porque con estos basta para que entienda usted el punto, cero coma cinco de la utilidad que estas empresas obtendrían por ellas, porque esos precios se habían establecido con base en un análisis de tierras desérticas de las cuales no se generaba ningún beneficio, no según lo que ahora valdrían. Omitieron leer estas letras chiquitas y otras más, como siempre se hace por acá, además de que, como hemos dicho antes, eso de poner atención en los detalles como que no se nos da, y es que había tanto trabajo por hacer que no se podían detener en menudencias como estas. Y la realidad es que en gran parte del pueblo había esperanza y confianza de un mejor mañana, y para qué agüitarles la fiesta a estos inocentes hijos de Dios.

Pero volvamos a la primera comunión o, más bien, al festejo de la primera comunión, porque de la primera comunión per se no hay mucho que decir, más que a Antonia se le quedó pegado el cuerpo de Cristo en el paladar y pasó la mayor parte de la reflexión tratando de despegarlo sin mucho éxito, nerviosa de que, si acaso era verdad todo ese rollo que le contaban, el que Este no quisiera entrar a ella, seguramente era porque algo había hecho mal. Nicolás, por su parte, tampoco se pudo concentrar después de tomar la Eucaristía, y es que beber la sangre de Cristo despertó en él a un fantasma que creía muerto, y vaya tormento que le fue estar en ese momento tan pío sintiendo la culpa de haber disfrutado esas escasas gotas, de echar de menos ese sabor y los efectos que este tenía en su mente y su cuerpo, ahí, frente al altar con el Jesús en la cruz colgado desde lo alto derramando Su Sangre Preciosa por sus malditos pecados.

Y ahora sí volvemos a ese jardín, donde han pasado ya un par de horas desde que esta celebración comenzó; las corbatas ya están un poco más sueltas, las lenguas también. Y si concentramos nuestra atención en la mesa principal, podemos ver, primero, al responsable de hacer todo esto posible, el gran Dionisio, ese rey Midas que no hay qué ni quién pueda contra las habilidades de las que su nuevo Dios le dotó para *hacer que las cosas sucedan.* Lo notamos con algunos siete kilos más de cuando lo conocimos por primera vez, en aquella otra fiesta en la que esta historia comenzara tantas páginas atrás; siete kilos más, lo cual es un milagro, un metabolismo muy bendito debe de tener este hombre como para beber y comer y fumar de la manera en la que lo hace y no sufrir de obesidad mórbida; lo vemos con un sesenta por ciento de su cabello teñido de un blanco grisáceo que, lejos de afectar su aspecto, lo hace ver más atractivo; nos muestra una cara cuya piel se ha ido entregando a la fuerza de gravedad, no mucho, pero sí lo suficiente como para notar que este cuerpo no es el mismo que un día conocimos; las bolsas debajo de sus ojos más hinchadas, y esto sí que nos delata cierta fatiga y maltrato; la papada que cuelga de su mandíbula, y que no es cosa mínima, esta no la podemos ver porque, muy astutamente, este hombre que no por ser hombre deja de ser vanidoso, se dejó crecer la barba y esta nos la esconde muy bien. A su derecha está la que aún puede considerarse como un deseado trofeo, la mujer de ese hombre del que no podíamos esperar menos, y que, para fortuna de él, sigue fresca y radiante, y es que a sus treinta y dos años esta pieza tan bien hecha está en su mejor momento, y cómo no lo va a estar si, a pesar de sus tropiezos de juventud, esos que todos tenemos, logró revertir por completo el camino al que su destino parecía dirigirse. A la derecha de esta vemos a Sebastián en su papel de obispo, enfundado en esas vestiduras sagradas que lo hacían ver tan bien y que tanto llamaran la atención de muchas de esas mujeres tan aburridas por su vida y sus maridos y que se ponían a pensar en si, así como sucedió con Teresa, la solución a sus problemas era acercarse a la iglesia y encontrar refugio en las manos de este hombre; a este lo vemos satisfecho, con su copa de vino ahora llena, aunque otras cuatro antes que esa habían sido vaciadas en su boca ya, tal vez por eso esa sonrisa tan relajada y afable, esos ojos tan tranquilos y compasivos que pareciera que rebosan de paz. Continuamos y encontramos a Nicolás, aún intranquilo por la culpa que sentía de desear eso que no debía, por pensar en que lo estaría pasando aún mejor si bebiera aunque fuera solo unos tragos de esas copas que abundaban tanto por ahí; para colmo, ese día era domingo, lo que significaba que no era ni lunes ni miércoles ni viernes como para tener una sesión de liberación que sacara esos deseos mundanos de su sistema. Pero nada de esta agonía se puede ver en esa cara que sonreía como nunca antes lo viéramos hacerlo. A este le sigue Antonia, quien, para deshacer el tiempo que se le imponía como una gigantesca y pesada piedra con la que no sabía qué demonios hacer, invirtiera su atención, así como lo hacemos nosotros, estudiando y tratando de entender la lógica detrás de este circo romano; en eso y, cuando esto ya le parecía muy grotesco, en los platos que se le ponían enfrente, la crema, la ensalada, la carne, los cuales no tocó, y es que toda esta gente y este ruido le hacían sufrir más ansiedad y agitación que de costumbre, y su experiencia le había dejado muy claro que ingerir cualquier alimento en ese estado solo acabaría en tragedia. Y ahora vemos cómo entra esta tropa de meseros para servir el último tiempo, un pastel bastante empalagoso que casi todas ellas dejarán sin tocar. Y esto hace que Dionisio se sienta lo suficientemente relajado y jubiloso como para pararse de su silla y, secundado por el sonido del chin chin chin que hace Teresa para reclamar la atención de todos los presentes, este aclare su garganta y diga en su voz grave que Muchas gracias, amigos queridos, gracias por estar con nosotros celebrando este día tan importante. Y es un día muy importante no solo por las obvias razones, y al decir esto la mano derecha del orador señalaba al par de jóvenes enfundados en blanco como si fueran el mismo Espíritu Santo. Padre Sebastián, continuaba Dionisio, le agradecería mucho si pudiera ponerse de pie, y, con una falsa modestia, porque sabía muy bien a lo que todo esto iba, el cura hizo caso de la petición, y el orador continuó, Después de estos meses en los que abrimos las puertas de nuestra casa a este hombre, y esto, he de confesarles, a pesar de mi duda inicial, y esto último lo decía con ese gesto simpático, uno que exigía que el público le diera de vuelta un par de risas complacientes, Después de una convivencia que con el tiempo se volvió habitual, me siento muy orgulloso de decir que el padre Sebastián es ya un integrante más de esta familia, a la que desde su llegada ha traído tanta dicha, y a esto el cura agacha su mirada como diciendo Hombre, no es necesario el halago, mientras al fondo escuchamos unos cuantos aplausos. Simultáneo a esto, vemos que Teresa, a espaldas de Sebastián, llama a Nicolás. Al oído, esta le dice Ve al despacho de papá. En el cajón derecho del escritorio está una caja envuelta en papel dorado, es para el padre Sebastián. Tráela y, cuando te diga, se la entregas, y entonces la boca se separa del oído y ambos rostros se encuentran frente a frente, ¿Sí?, Sí, confirmaba Nicolás con su cabeza y con su boca. Y en cinco, cuatro, tres, dos el encomendado se levanta de su silla para cumplir su tarea. Sin embargo, continuaba Dionisio en su discurso, ahora nos enteramos, con la misma tristeza y alegría, de que nuestro gran amigo y consejero nos deja. Agradezco al cardenal Cuenca por darnos la magnífica noticia de que el obispo Sebastián dejará de ser obispo, y al escuchar estas palabras notamos cómo, conforme Nicolás camina hacia la casa, este desacelera su paso para terminar de escuchar lo que está diciendo su padre, Porque tendrá el honor de ser nombrado cardenal de la capital de este país que tanto necesita de su apoyo y de su guía. Sin duda lo vamos a echar mucho de menos, pero entendemos que el mundo está muy necesitado de hombres como usted y no nos quedará de otra que compartirlo, y aquí escuchamos más risas, entre ellas la de Teresa, que es más una risa nerviosa que de simpatía, porque era verdad que esta noticia no le había caído en gracia, sino todo lo contrario, le había generado gran tristeza, primero, luego molestia para pasar al enojo, porque no era justo, esto de que le quitaran algo que era tan suyo. Tan falsa como el azúcar que no engorda fue la felicitación que Teresa le había dado al cura un par de días antes, cuando se enteró de la noticia. La mujer tuvo que contener su llanto en el momento en que lo abrazó y obligarse a dibujar una sonrisa alegre que por supuesto no le salió, y en su lugar emanaron esas delatadoras lágrimas que tan imprudentemente arruinaban su rímel y su rostro, Perdón, padre, le dijo a Sebastián para justificar su reacción, Es que estoy muy emocionada por usted y por todo lo que podrá hacer ahora por nuestros hermanos, mintió Teresa, solo ella sabe con qué intención si, desde que lo estaba diciendo, sabía que el cura no se tragaría esta excusa tan poco coherente en esa mujer. Y por eso se ve tan triste esta sonrisa que ahora nos da Teresa mientras escucha a su marido, una que habría sido mejor que no diera porque solo la hace ver ridícula y falsa y plástica. Pero ella la mantiene firme, con la absurda idea de que nadie nota esa mentira, y tal vez eso sea cierto entre los que la rodean, todos esos cuyos sentidos y agudeza ya están muy adormecidos como para notar cualquier detalle o sutileza, pero que en cambio resulta tan evidente para nosotros que tenemos, gracias a dios y a la lectura y a los estudios y las terapias y nuestro ascetismo y los procesos que la vida nos ha hecho vivir, gracias a eso usted y yo tenemos una visión bastante nítida de la realidad. Y Teresa expande aún más su sonrisa, hasta el punto en que le arden los músculos de la cara, cuando Dionisio alza su copa y todos le siguen, y entonces concluye su discurso diciendo Muchas felicidades a nuestro nuevo cardenal. Brindamos por usted. Salud. Salud. Salud.

Entre la gente ya no vemos a Nicolás, que se fuera corriendo hacia la casa en el momento en que terminó de entender el mensaje. Por estar tan atentos en el discurso, tampoco lo pudimos ver correr por los pasillos con esa urgencia como muy pocas veces en su vida, la última vez siendo ocho años atrás, cuando huía de su padre por el campo; no vimos, y esto no porque nuestra atención estuviera en otra cosa, sino por ser viles humanos que no cuentan con visión tomográfica como para observar los interiores humanos, no vimos cómo su corazón, que normalmente mide once centímetros de largo, ocho de ancho y seis de espesor, resultando en una masa cúbica total de quinientos veintiocho centímetros, no vimos cómo este se comprimió, se hizo chiquitito, a tan solo cuatrocientos veinte, y que sus pulsaciones, regularmente oscilantes entre sesenta y setenta por minuto, alcanzaron la mortífera cifra de ciento cinco; no vimos cómo la relativa tranquilidad en la que se encontraban su hígado, su vesícula biliar y su intestino delgado desapareció al momento en que recibieron directo de la amígdala una tormenta de señales disruptivas, disonantes y violentas, que los pusieron en jaque, desbalanceándolos y desarmonizando a todo ese organismo de sistemas tan preciso y perfecto, tan honesto y transparente que es su cuerpo; no vimos cómo el neurotransmisor acetilcolina, desde el sistema parasimpático, envió la señal estimulante que las glándulas lacrimales necesitaban para comenzar a hacer su trabajo; no vimos cómo todo su cuerpo comenzó a temblar cual si fuera un paciente de Parkinson en medio de un sismo. Pero ya estamos aquí, con él, en el despacho del padre, y ya podemos observar en tiempo real, si no todos, al menos algunos de estos fenómenos, como por ejemplo, el notorio dolor que Nicolás, quien de pronto volviera a ser un niño pequeño, está sintiendo en el pecho, al grado en que tiene que poner ambas manos sobre él con la irracional intención de que ese simple gesto le ayude a aminorar esta reacción corporal de la que necesita deshacerse, porque lo está matando, y esta taquicardia que no para, que por más oxígeno que le dé a sus pulmones no cesa, y siente que se va a desmayar, no, más bien se va a morir, en cualquier momento lo hará, y Dios mío, suyo, vaya, Dios suyo cómo duele, cómo duele este golpe, esta herida que no ocurrió en ninguna parte de su cuerpo físico y sin embargo embistió todo su ser. ¿Qué es esto?, se pregunta Nicolás al mismo tiempo en que abre la boca lo más grande que puede para aspirar todo el aire que su cuerpo le exige para cesar este sentimiento de asfixia. Sus piernas tiemblan tanto que en cualquier momento colapsará, por eso lo vemos dirigirse al escritorio y sentarse en esa enorme silla de trono que, ahora que lo vemos bien, ya no resulta tan inmensa para el cuerpo del muchacho como lo hizo la última vez que se sentó en ella. Hasta ahora es que se quita el saco, se suelta la pajarita, se desabotona la camisa. Ochocientos mililitros de sudor son los que los poros de este cuerpo han producido en estos breves minutos, mismos que podemos notar en toda su camisa, cuyo tejido está impregnado de ellos hasta el último hilo. Sentado ahí, vemos cómo la velocidad de su respiración poco a poco se desacelera, aunque nunca logrando llegar al ritmo normal. Se va, piensa Nicolás, se va sin siquiera decirle nada; se va y él se entera después de que lo hiciera el imbécil de su padre y junto con los otros ciento ochenta imbéciles que están allá afuera; Sebastián lo abandona, lo deja aquí, en este lugar que sin él es el mismo infierno del que tanto le habló. ¿Cómo era capaz de hacerle esto? No hay una dorada medianía en el amor, y esto es algo que Nicolás está confirmando en este momento, porque lo que ahora está sintiendo por ese que tanto le había hablado de confianza y de complicidad, de relaciones estrechas y especiales, lo que Nicolás sentía por ese mismo hombre que hace apenas unos minutos adoraba, era odio, odio puro y concentrado, espeso, reducido a su forma más original, más cruda y bruta y salvaje y natural; un odio serio, profesional, comprometido, que por nada se va, que se propaga por todas las células como la peste, como una plaga, como el cáncer que nos ha de matar, que no decae ante nada, que es inagotable e inmortal; un odio profundo e insondable, así como el vacío que siente aquí, en esta parte del pecho que ahora vuelve a tocarse, detrás del estómago, a la altura de la séptima vertebra dorsal, en el plexo celiaco, donde se encuentran las fibras nerviosas del sistema simpático y parasimpático, donde se inerven todas las vísceras intraabdominales, donde se junta todo, vaya, y ahí es precisamente donde siente que hay un hueco, un pozo tan hondo que tiene muchísimos kilómetros de fondo. Un abismo que con algo se tiene que llenar, piensa el protagonista de esta escena, porque si no se llena con algo, con lo que sea, entonces corre el riesgo de caer en ese pozo infinito en el que siempre cae en sus sueños, solo que este, en lugar de ser a campo abierto, es dentro de sí mismo. Ahora Nicolás se pone de pie y camina hasta el mueble favorito de su padre, ese donde reposan los whiskeys, coñacs, rones, vodkas, brandis, todo tipo de destilados, dibujando sutiles olas en sus superficies a cada paso que Nicolás da sobre la madera que cubre el piso. No sabe cuál es la diferencia entre ellos, para él todos son lo mismo, un medio para llegar a un fin, da igual cómo se llame o qué sabor tenga, lo importante es que cumpla su objetivo. Notamos cómo Nicolás toma la botella que está más próxima a su mano, y que resulta ser whiskey. Y ahora vuelve al escritorio, y es que hay una extraña satisfacción en esto de ocupar el lugar de su padre. Qué manera de beber, sobre todo para alguien por cuyas papilas gustativas nunca había cruzado tan intenso sabor; no sé usted, pero a nosotros nos parece un poco preocupante que no veamos ningún gesto en él después de dar su primer continuo y profundo trago. Respira hondo y siente cómo, por fin, cesa el temblor de la estructura que sostiene eso que dice ser él. Respira hondo y deja ese líquido entrar por su boca y caer por su tráquea durante otros uno, dos, tres, cuatro, cinco, seis segundos. Y entonces se encuentra con La Paz. Por cierto, ¿usted la ha conocido alguna vez? A la real, claro, no a esta muerte momentánea de las emociones, este adormecimiento del sistema nervioso que Nicolás y muchos de nosotros confundimos con ella. Aquí entre nos, y decimos aquí entre nos porque en verdad no queremos que lo ande comentando con cualquiera, porque es algo muy personal y de lo que nos avergonzamos bastante; aquí entre usted y yo y nadie más, la verdad es que, en todas estas vidas vividas, aún no hemos tenido el placer de coincidir con esta famosa figura, La Paz, al punto de que a veces dudamos si no es más que otro personaje mitológico, de esos que nos tenemos que inventar para inspirarnos a aspirar a más, como el infalible de Job o Zeus o Apolo. Qué dirá esto de nosotros y el trabajo evolutivo que hemos hecho en todo este tiempo, en todas estas existencias, nos preguntamos con tristeza. ¿Significa esto que hemos fracasado en nuestro cometido? Probablemente.

Pero mire cómo se nos va el tiempo y nosotros sin enterarnos; ya transcurrieron doce minutos desde que esa botella estaba a medio llenar, en ella solo quedan las gotas que escurren por sus paredes y son tan insuficientes que se disipan en el camino a la salida. ¿Qué cajón le había dicho Teresa? ¿Izquierdo o derecho? No recuerda, pero da igual. Abre el izquierdo; no hay ninguna caja dorada, aunque sí hay una caja adorada, al menos por Dionisio, que tanto ama esos cigarros gruesos que con su intenso olor impregnan todo a su alrededor. Nicolás identificaba muy bien esa caja de madera, que iba y venía de ese cajón a la mesa y al jardín y a los campos y a donde estuviera su padre; esa que ya era como una figura literaria, una prosopopeya en la vida de Nicolás, con personalidad y vida propia: La Caja. Ya habían estado a solas en una ocasión, pero no le había prestado tanta atención como ahora; el trabajo de cada cigarro, curiosas hojas enrolladas,

HECHO A MANO, dice el cintillo dorado que envuelve cada uno de ellos. Se pasa uno por debajo de su nariz y lo abraza con su labio superior para olerlo como lo hace su padre, e identifica que es un olor agradable, gratificante, y que, por desgracia, le recuerda a él. De la esquina inferior izquierda, toma el mítico encendedor de oro, el que acompañara a Dionisio desde que Nicolás tuviera consciencia de que era persona, y el cual, extrañamente, el padre no trae consigo en este momento, seguramente porque sabe que, en eventos como estos, donde suceden muchas cosas y se olvidan otras tantas, lo habría perdido fácilmente. Lo destapa, lo enciende, lo observa. El fuego: ese elemento tan fascinante e hipnótico que tan fácil como muere con un viento leve, igual toma fuerza y acaba con campos enteros; ese aire que un momento es azul, otro rojo, otro amarillo, otro nada, y se desvanece y reaparece, y a su propio ritmo baila consigo mismo, y es que no puede hacerlo con nadie más, porque todo lo que toca o roza, su poderosa mano ha de matar; Qué soledad ha de pasar, piensa usted, y piensa bien, porque qué desfavorable es ser intocable, ser *tanto*. ¿Qué es esto? ¿De dónde sale? ¿Cómo existe?, se pregunta un Nicolás tan relajado que, por primera vez, logra bajar las barreras de su mente racional y ensimismada para cuestionarse temas mucho más ontológicos y poéticos, menos como esta máquina que solo observa a su cabeza y más como este humilde humano que es capaz de admirar algo que *es* fuera de él. Pasa sus dedos por la flama y juega con ella, como todos lo hemos hecho alguna vez, literal y figurativamente, porque algo tiene eso de jugar con fuego y ponernos en riesgo, de ser nosotros mismos los que nos subimos a esta cuerda floja que igual sostiene, igual se cae, y el seductor vértigo de no saber qué pasará; vaya manía la nuestra de hacer lo que no debemos. Observamos cómo nuestro personaje deja sus dedos sobre la llama durante más de cuatro segundos, y es posible sentir desde la comodidad de nuestra butaca cómo su piel se calienta y empieza a reclamarle que no joda, que pare, que se quite de ahí, pero este no hace caso, y ahí permanece, ahí reposa su dolor, el real, el de adentro, que es mucho más intenso que el de la carne, ahí se deja con la ilusión de que este fuego lo consuma, y en cierto grado lo hace, o será más bien que el ardor de la piel hace que pueda distraer un poco su atención del dolor interior. El calor traspasa su dermis y llega a su músculo y alcanza a sus falanges y entonces su instinto de supervivencia quita los dedos por él. Regresa a La Caja. Un cortador. Lo abre, lo cierra. Toma un cigarro. Lo corta. Lo enciende. Sigue explorando. Lo que parece un reloj que en realidad es un higrómetro. Otro círculo extraño insertado a la madera. ¿Qué es esto?, se pregunta Nicolás, Es un humidor, le habríamos respondido de haber estado con él, pero no nos han dejado y por eso Nicolás está ahí, insistiendo en despegarlo para saber qué hay dentro de él, no porque le interese, esto ya es solo la necedad que inevitablemente provoca el etanol en el cuerpo. Gracias a esta insistencia, la ahora torpe motricidad de nuestro objeto de observación hace que la preciada reliquia caiga al piso y todo lo que hay dentro de él salga expulsado sin más remedio. Quince cigarros gruesos, diez delgados, una hoja que explica que estos tabacos vienen de muy lejos y son muy finos y exclusivos, un pequeño recipiente circular, de oro, grabado, que parece ser un pastillero y que también se abrió con el impacto, el polvo blanco que este contenía, un billete enrollado igual que los puros, solo que no tanto, como si fuera una pajilla, solo que más corta. Se hinca ante el desastre. Humedece su dedo índice, lo pega al polvo, lo pone en su lengua. Lo vuelve a hacer. Lo hace de nuevo. Lo hace tres veces. Lo deja a la sexta. Se pone de pie. Abre el cajón derecho. Toma la caja dorada. Sale del despacho. Camina por el pasillo. Cruza por el espejo horizontal que recorre la pared. Se mira de reojo en él y no sabe lo que ve, se encuentra y se pierde en el reflejo, es y no es él, ¿quién es? Avanza sin parar, con un paso decidido, con una súbita seguridad de ser él y poseer ese cuerpo que no titubea en su andar. Ha desaparecido la torpeza que hasta hace unos minutos sufrían sus músculos y sus extremidades. Se siente fuerte, invencible. Soy

Dios, piensa. Sale de la casa. Cruza por el jardín hasta estar a un metro del círculo que forman Teresa y Cuenca y Dionisio y otro obispo y un secretario y Sebastián. La espalda de este frente a Nicolás, quien permanece inmóvil entre la marea.

Y, pensándolo bien, la escena que presenciaremos a continuación se apreciaría mucho mejor si dejamos en reposo a nuestro ser racional y conectamos exclusivamente con nuestros sentidos. Sabemos lo difícil que esto resulta para usted, quien, viviendo en el mundo en el que vive, confía exclusivamente en su mente y lo que esta le hace creer, pero le aseguramos que nada perderá con intentarlo:

Suelte.

Suelte.

Suelte músculos, cabeza y pensamiento.

Abandone su mente.

Conecte con su cuerpo.

Siéntalo.

Habítelo. Poséalo.

Hágalo suyo.

Experiméntelo.

Ahora, imagine-

Nos elevamos dos, cuatro, ocho, quince, treinta metros y volamos como los halcones y nos sentimos libres y ligeros sobre este majestuoso valle. Desde acá, identificamos a Nicolás siendo un pequeño punto ubicado justo en el centro de todo el cuadro, ese punto que es el único que permanece fijo, el resto de los puntitos a su alrededor moviéndose constantemente, como si estuviéramos viendo el océano y esos cuerpos que no paran fueran olas que no se están quietas. Y ya que estamos a estas alturas tan altas, sería bueno aprovechar la oportunidad para darnos una vuelta por estas tierras y mostrarle lo que está pasando con ellas, porque seguramente esta sea la última oportunidad que tengamos para que usted conozca la hermosa mancha verde, la poesía visual, vaya, que era esta comarca. Para esto será necesario que pulsemos el botón de pausa en nuestro relato, porque por supuesto que esta parte de la historia no puede continuar si nuestros ojos no la están presenciando en vivo y en directo. Dejamos a los de la fiesta en modalidad de encantados y nos vamos alejando de la sublime vista que nos da La Soledad. Entonces recorremos el Río Profundo, ese que va por toda la comarca y que durante cientos de años, cuando esta tierra era, para fortuna de ella, de nadie, había sido la fuente de vida que alimentara a todas las miles de creaturas que existían dentro y fuera de él; este flujo de agua que un día fue tan puro como el alma del que aún no ha nacido, este elemento que entiende tan bien de qué se trata la vida y nuestro paso por ella, porque si se le pone enfrente un obstáculo, una piedra o el tronco de un árbol, no perderá su tiempo peleándose con ello, simplemente modificará su forma y continuará su andar, y es que es tan flexible que se ajusta a lo que sea que le imponga el camino, ella fluye, ella avanza, ella va despreocupada, porque sabe que preocuparse no sirve de nada, porque más adelante habrá otras piedras, otros troncos, otras barreras que se interpondrán en su corriente, y no hay nada que a esto se le pueda hacer más que aceptarlo. Qué ganas de ser agua. De las cinco mil cuatrocientas tres especies que vivían aquí, jamás podremos conocer a tres mil ciento veinte, cuyas almas reposan, en paz, o eso esperamos, en algún otro plano mucho más elevado que este que fue incapaz de ver que, no porque su comunicación y conciencia se expresen de una manera distinta a la nuestra, significa que no las posean. De las dos mil doscientas ochenta y tres que restan, el sesenta por cierto desaparecerá en los próximos seis años, cuando este río sea mutilado en tantas partes que su corriente simplemente cesará, gracias a esos diques que perturbarán su andar, y es que por su camino habrá de pasar un tubo metálico de tres metros de diámetro, un gaseoducto que transportará todo el gas natural que día y noche, durante doce años, se estará ordeñando de esta tierra, explotándola hasta dejarla completamente seca, y entonces olvidarse de ella como si fuera una puta más del burdel; olvidarse de ella y de todos esos invasores que ahora le dejaban, esos fierros que de pronto se volvieron viejos e inútiles, todos esos que un día llegaron para violarla una y otra vez, como cuando los del viejo continente a las mujeres de estas tierras, porque al parecer eso es para lo que está inventado el hombre. Y cuando esto pase, que para eso no falta nada, si acaso unos cuantos atardeceres más, solo quedarán trescientas de las especies que un día vivieron ahí, aunque a estas se les sumarán unos nuevos, platelmintos y tramátodas y céstodos y triquinelas y áscaris y filarias y las más de diez mil variaciones de nemátodos, todo tipo de parásitos y gusanos que encontrarán su hogar en estas nuevas aguas cuyo color fuera transformándose de esa transparencia impoluta, a uno opaco y contaminado por toda la mierda que día a día fue tan fácil arrojarle, porque aquí comenzó a llegar gente, la misma que se encargara de poner esos tubos y hacer esos diques, y unos llegaron y se fueron, pero otros llegaron para quedarse, para poblar estos campos, y a algún lado se tenían que ir los deshechos que salían de su cuerpo. Y no solo los de ellos, sino también los de las estaciones de bombeo y transferencia, los de los empaques de esos nuevos alimentos que ahora comían, todo lo que ya no servía o nadie quería, ahí iría a dar. Continuamos con nuestra travesía y sobrevolamos estos valles que pareciera que no tienen fin, por más que alzamos nuestra vista hacia el horizonte, todo indica que este verde es infinito, que nunca se va a acabar; nada más lejos de la realidad. En cuatro años, una vez concluido el gran proyecto que justo hace unas semanas diera por aprobado la Procuraduría Federal de Protección al Medio Ambiente de este claroscuro país, ciento cincuenta mil hectáreas de estas doscientas mil que estamos alcanzando a ver, estarán pobladas por mil quinientos gigantes como contra los que soñara luchar Don Quijote, solo que, a diferencia de esos, estos son de cien metros de altura girando unas aspas de cuarenta metros que se podría sentir, si más adelante tenemos la oportunidad de ver esta imagen, cómo van mutilando el aire a pedazos; torres blancas, hileras e hileras de ellas, tantas que darán la sensación de que hemos dado un giro al género de la historia para convertirla en ciencia ficción porque esto figurará que una invasión extraterrestre ha llegado a estas tierras. Y aunque estas aspas generarán más de cinco mil trescientos megavatios al año, lo suficiente como para abastecer de energía al ochenta por ciento del país, ninguno de los habitantes de Mulitzá ni Tünilo'i ni Zatlauitl, mucho menos los de Kütz'o, habrá de disfrutar de los beneficios de dicha energía.

Ahora escuche, escuche bien: el sonido que está entrando por sus oídos, esta melodía que nos canta el viento que corre libre como un niño, será sustituida por el perenne zumbido de las turbinas, por los recortes que las hélices irán haciendo en su incansable paso; por un hu,   hu,   hu,   hu, de esas miles de aspas, día y noche, día y noche. Ahora bajaremos unos veinte metros, a unos diez de distancia del suelo, para estar a la altura de las copas de los árboles. Tranquilo, que el vértigo que siente por este movimiento no tiene fundamento, recuerde que todos sus miedos están dentro de su cabeza, y, en este momento, bendito sea dios, estamos fuera de ella. Para su mayor tranquilidad, vamos a sentarnos sobre este firme tronco, ¿de acuerdo?   Perfecto.   Qué bien huele, ¿no? A fresco, a verde, a oxígeno puro, de ese que tanto extrañamos ya. ¿Sí siente cómo su cuerpo se llena de energía? Cómo todas sus células de pronto empiezan a revivir, sus neuronas a despertar de esa ensoñación en la que las tiene esc oxígeno mediocre que ya está acostumbrado a respirar, lleno de dióxido y monóxido de carbono y restos de hidrocarburos y óxidos de nitrógeno y azufre que nos lo están matando. No me diga que no siente todo su sistema revitalizado como si acabara de salir de las cámaras hiperbáricas a las que tiene que acudir por vivir donde vive. Qué gozada, ¿no? Hasta el dolor de cabeza que nos tortura diariamente se desvanece. ¿Escuchó eso? Ese es nuestro amigo el jilguero, que es al que le toca cantar a esta hora del día; si tuviéramos más tiempo, podríamos disfrutar de las incesantes conversaciones que tienen los ruiseñores entre toda su parvada y, horas después, del trino de los canarios, sonidos que en breve, seguramente poco tiempo después de que su nombre, el de usted, aparezca en un obituario y todos lloremos por ello, que aunque crea que para eso falta mucho, no es más que un engaño suyo, si esta función empieza y se termina en un tris, tan pronto se entra, ya está uno haciendo una reverencia a su público y saliendo de ella; esa bella música que ahora disfrutamos, decíamos, solo podrá escucharse reproducida digitalmente, porque nada de esto se podrá escuchar más, y no tanto por el ruido de los molinos, que vaya que es un factor, sino más bien porque dos de cada tres de las aves que hoy se desplazan felizmente por este cielo que es su hogar, unas más pronto, otras más tarde, serán embestidas por esas hélices cuando estas criaturas, sin deberlas ni temerlas, crucen por ahí como siempre lo habían hecho, y es que nadie les avisará que ya no podrán hacerlo, y es que nadie se tomó la molestia de hacer un estudio de las rutas de migración que cada año estas aves seguían, y mire la casualidad, que de casualidad no tiene nada: esa ruta justo se atravesaba en los planes de estos hombres. Y en las tierras donde estas torres se alzan, en las que un tiempo no muy pasado se cosechó el más puro maíz, ya solo habrá tierra seca y una colección de pequeños cadáveres de pájaros apilados, una imagen que nos recordará a aquella funesta época de nuestra civilización, cuando, el que por su falta de talento no pudo ser pintor, entonces decidiera dedicarse a exterminar a todo un pueblo; y el lubricante que se derramará por el mástil del aerogenerador caerá sobre esas aves mutiladas y muertas como agua bendita sobre los féretros. Qué escenario tan desolador, nos dice usted, No le queda a uno más que pedir perdón y piedad. Y fíjese que eso hubiera estado muy bien en su momento, pero no en este tiempo; ya es muy tarde para eso. Y no lo decimos porque esos contratos estén más que firmados y cerrados, sino más bien porque, no importa qué tanto imploremos, la deidad de nuestra preferencia no nos alcanzará a escuchar, y no porque no quiera hacerlo, sino porque, entre tanta interferencia, no le llegará la señal. Y es que hoy, no en veinte años ni en seis, sino en este mismo momento en el que usted y yo nos columpiamos tan cómodamente sobre este tronco, la órbita del planeta está poblada ya por cinco mil trescientos dos satélites artificiales, dos mil ciento dos en funcionamiento, los tres mil doscientos restantes ya fuera de servicio; más de siete mil toneladas de chatarra que está girando en el espacio hasta que uno de esos cuerpos choque con otro a miles de kilómetros por hora y entonces sus restos caigan sobre las despistadas cabezas de los de acá abajo como lluvia, solo que el golpe será un poco más fuerte, o tal vez no, tal vez el impacto será tan potente que lo dejará inconsciente y ni cuenta se dará o, mejor aún, que pondrá un punto final en su historia y, con suerte, se llevará su consciencia a otro plano. Hoy ya hay en ese cielo más de veintitrés mil objetos metálicos que ya no hacen más que interrumpir nuestra comunicación, esa que un día fue directa, con el cosmos. Y está muy cabrón, está usted de acuerdo, que cualquier ser divino que viva en las alturas escuche nuestras plegarias teniendo tanta mierda de por medio.

Llore, sí, saque su miedo, porque en este caso *sí* que está justificado; este, por desgracia, es más real de lo que usted imagina.   Tome, aquí está nuestro pañuelo.   Y acérquese aquí.   Déjenos abrazarle; tal vez en su consuelo encontremos el nuestro, que no porque no ocupemos un cuerpo significa que no sintamos también ese miedo.   Aproveche para apreciar muy bien esto que sus ojos contemplan, porque será la última vez que lo ve así, y esto no lo decimos para sumarle tragedia al pasaje, sino porque, como bien dijo el filósofo griego, *Ningún hombre puede cruzar el mismo río dos veces, porque ni el hombre ni el agua serán los mismos.*

Y el blanco que a estas palabras le sigue no es más que espacio para que usted respire.

Respire.

Respire.

Porque no nos queda más que intentar seguir respirando.

Le notamos más tranquilo que hace unos momentos y eso nos da gusto, aunque es una pena decirle que este episodio que acaba de sufrir, esto de las palpitaciones aceleradas, el sudor, el temblor del cuerpo, el incontrolable llanto como reflejo de la profunda angustia y miedo que siente por el futuro que a la humanidad le depara, esta ecoansiedad, lo asaltará cada vez con más frecuencia, porque ni el milagro más grande de su dios más favorito revertirá la dirección de este viaje que tan temerariamente hemos emprendido. Pero tampoco se preocupe mucho por eso, que, como bien dicen, *a todo se acostumbra uno, menos a no comer*, aunque nosotros diríamos que incluso a eso, solo pregúnteles a las mujeres de esta fiesta que abajo nos espera y que ya se están acalambrando por tenerlas inmovilizadas durante tanto tiempo.

Necesitamos volver a La Soledad; para nuestra desgracia, necesitamos volver a la realidad, y no es necesario que nos diga lo que nosotros mismos sentimos, sufrimos: esta resistencia, esta urgencia de escapar de aquí, este no querer regresar jamás. Pero qué le vamos a hacer, si esto es lo que hay. Además de que huir es cobarde, y ser cobarde es cero budista; nosotros no hacemos eso. Nosotros mejor-

Meditemos.

Concéntrese en el vacío que existe en su interior.

Explore ese negro que no es todo igual, porque cada negro tiene sus distintas sombras y, si se concentra, podrá descubrir que detrás de esa primera capa, hay otra, y luego otra y luego otra-

Nade más profundo, nade hasta llegar al fondo de ese vacío, ese que nunca se alcanza, pero al que sí se acerca.

Sumérjase en él.

Déjese ir.

Repose su consciencia en ese océano de silencio y calma que vive dentro de usted cuando desconecta su mente y contempla la vacuidad.

Preste atención a su respiración, al recorrido del aire que entra por sus fosas y pasa por su garganta y recorre su tráquea e inflama sus pulmones.

Lo único que existe aquí y ahora es la inmensidad del espacio y su respiración, esa que va, que viene, y va, y viene, inhala y exhala, y así tantas veces cuantas sean necesarias como para que se olvide de su cuerpo y se despersonalice de su Yo.

Lleno

Vacío

Nos olvidamos de todo; no existe nada.

Y cada que su mente se desvíe, traiga su atención de vuelta
a su respiración.

Va muy bien.

Está en el camino correcto.
Está en donde debe de estar.

En cada inhalación, visualice el aire que entra a su cuerpo como una luz dorada que lo purifica todo por dentro, que lo hace brillar como la energía cósmica que usted es.

Usted es un sol.
Usted es luz infinita.
Usted no es Usted.

Usted es mucho más que lo que cree ser.

Es el principio y el fin.
Es Todo.
Y, al mismo tiempo, vacuidad.

Es la Eternidad.

Ahora que usted ya no es Usted, ahora que usted es Nada y, por lo tanto, puede ser Todo, vamos a ser Nicolás. Vamos a pensar y sentir y vivir lo que él. Nuestra mirada ahora es la de esos ojos negros y profundos como el cielo de noche, esa mirada intensa y penetrante e implacable; sus ojos son nuestros ojos; su furia es nuestra furia; su dolor, su rabia, su falta, su lucha, su duda, su pena y tristeza y miedo y soledad, son todos nuestros. Sentimos lo que él está sintiendo, que nos calcinamos por dentro, que explotamos, necesitamos hacerlo, porque este dolor nos desborda; solo incendiándonos podemos consumirlo y consumarlo.

Estamos aquí, frente a la espalda del enemigo, ese que no se percata de que existimos, de que por su culpa por dentro morimos. En una inhalación tomamos todo el aire que nos cabe. Entonces nuestro cerebro envía la señal al brazo derecho de movilizarse con tanta fuerza como este tenga, la cual en este momento es algo cercano a lo sobrenatural, una fuerza bruta y animal que jamás pensamos que este frágil cuerpo ahora nuestro podría contener; que ese brazo derecho se alce y lance esa pesada caja dorada contra la cabeza de ese hombre que en este momento es el único que existe para nosotros. El brazo obedece y, al hacerlo, sentimos una extraña y potente liberación de energía, una descarga eléctrica que nos hace sentir un poco mejor, sobre todo al ver cómo la velocidad de esa caja logra tirar al suelo a nuestro blanco de ataque. Y aunque alrededor hay cientos de pares de retinas observándonos, para nosotros solo existen esas que, después de unos segundos de confusión, ahora se alzan del piso y voltean para encontrarse con las nuestras, y no hay nada en el mundo que pudiera incrementar más nuestra adrenalina y estamina que esta colisión de miradas, porque esto es precisamente lo que queremos, que nos vean, puta madre, que se percaten de nuestra existencia, que nos pongan atención, toda la atención del mundo. La mirada con la que nos responde el ahora enemigo nos ofende y nos llena de furia, porque es una mirada de incredulidad, de desconocimiento, como si no entendiera qué está pasando ni por qué; como si no supiera quién somos, como si estuviéramos delirando. ¿Qué te pasa, Nicolás?, se atreve a decirnos la boca que acompañan esos ojos, y ese es el peor error que pudieron haber cometido. ¿Qué nos pasa? ¿Todavía nos pregunta que qué nos pasa? Y en este campo de batalla donde solo existimos ese y nosotros, clavamos lo punzante de nuestra mirada en la suya. Y sentimos cómo empiezan a incendiarse de nuevo nuestras entrañas. Y duele. Ay, cómo duele. ¿Cuándo fue la última vez que nos dolimos así? Con esta potencia, con esta combustión. Con esta agonía. Pensamos sin pensar y llegamos a la conclusión de que, a pesar de nuestro historial, esta es, por mucho, la primera vez que lo sentimos *así*. Y queremos llorar. Queremos correr. Queremos gritar. Queremos matar. Y no sabemos por dónde empezar. Y entonces lo hacemos todo al mismo tiempo: lloramos mientras corremos mientras gritamos un Ah con muchas aches. Y una vez que lo embestimos tomamos su cara con ambas manos para que nos vea muy bien, para que entienda *qué nos pasa*. Y mientras la interjección Ah sale de nuestra boca en un grito perpetuo, alzamos el brazo izquierdo para impactar nuestro puño contra ese rostro que queremos golpear hasta desmoronarlo y hacerlo desaparecer. Y luego el derecho. Y otra vez el izquierdo. Y entonces entramos en esta perfecta cadencia, un, dos, un, dos, izquierda, derecha, izquierda, derecha. Y no hay quién nos pare. Lo intentan, sí, algo parece quererse interponer en nuestro camino, pero nuestra fuerza es mucho mayor que la suya. Izquierda, derecha. Izquierda, derecha. Izquierda, derecha. El ritmo que tomamos nos hace entrar en un trance. Somos imparables. Y a cada golpe que damos ese rostro se va desvaneciendo, volviéndose etéreo, sus partes desintegrándose con el aire y convirtiéndose en un río rojo. Detrás de nosotros, una fuerza ajena a esta conversación que solo es de dos intenta interrumpir esta danza que tan buen compás sigue. Y por un momento entorpece nuestro perfecto un, dos, pero logramos liberarnos y continuar, aunque solo por un momento, porque una fuerza nos eleva del suelo y paraliza nuestros brazos por completo. Y nosotros buscamos soltarnos, pero no podemos, estamos como encadenados. Pero ahora caemos en cuenta de que solo lo estamos de los brazos. Por eso enviamos toda nuestra potencia a nuestras piernas, para que continúen con lo que nuestros brazos ya no pueden. Pero ya no es lo mismo, hemos perdido el ritmo. Y ahora aparece frente a nosotros nuestro reflejo, nuestro rostro, solo que más hinchado y arrugado y acabado, y nos damos cuenta de cuánto le odiamos, cuánto nos odiamos, porque somos el mismo, él y nosotros, nosotros y él, tan distintos y tan iguales. Y nos damos cuenta de que es a él, realmente, al que queremos hacer desaparecer. Con todo nuestro ser lo deseamos, y por eso concentramos tanta fuerza que logramos liberar nuestros brazos de eso que los tiene atrapados. Y ya estamos alzando el derecho para impactarlo contra nuestro espejo cuando vemos que el del reflejo lleva unos cuantos microsegundos de ventaja, y entonces es su puño el que llega a nosotros. Y sentimos que nuestro sistema hace corto. Y nuestra vista se va a negros. Y entonces volvemos a esa bendita penumbra, a esa bella oscuridad, a ese vasto vacío donde no hay ni tristeza ni felicidad, solo vacuidad, solo eternidad.

Y aquí nos queremos quedar.

TERCER ACTO

Prólogo

¿Quién habría pensado que las cosas terminarían así?, nos preguntamos ahora. Ay, Vida, mi Vida, tú siempre tan creativa. Y es que por más que hubiéramos empujado nuestra imaginación a su límite para crear un escenario inesperado y sorprendente para el Lector, nuestra ficción no habría logrado superar la realidad. Hombre, sí que veíamos venir cierto caos y catástrofe, pero no esto, no este cuadro apocalíptico, este terror, esta sinrazón, este preferir la muerte de uno mismo con tal de ver sucumbir al enemigo. ¿Y cómo es que se llega hasta aquí? ¿En qué momento nos convertimos en *esto*? ¿En qué nos equivocamos tanto como para que acabáramos así? Porque está todo devastado, demolido, porque ya nada tiene sentido; porque ya solo quedan escombros, allá afuera y aquí dentro, en lo más hondo de nosotros.

Aunque bien sabemos que, a lo largo de la historia de esta llamada Tierra, el fin del mundo ha ocurrido un sinnúmero de veces; el fin del mundo está sucediendo todo el tiempo, en la vida de muchos está ocurriendo en este preciso momento. Y no habría por qué alarmarse, si eso mismo ha pasado desde la creación de la humanidad, desde que una prodigiosa e improbable combinación de factores y elementos orgánicos se pusieron de acuerdo para dar forma a este cuerpo que habitamos sin saber cómo fue que llegamos a él. Miles de generaciones han pasado por estos terrenos desde que esta especie nuestra se ganó la lotería entre todas las restantes y le fue otorgado, por alguna razón que supera nuestro entendimiento, el premio mayor de la consciencia; eso que nos hace *ser*. Y cada que una generación ha desaparecido, otra ha ocupado su lugar, y luego otra y otra y no vemos cuándo este círculo infinito de vida y muerte, de creación y destrucción, de incesantes inicios y finales tenga realmente su *fin*. Entonces, ¿por qué ser tan dramáticos?, nos preguntamos también. ¿Por qué pensar que este es el final, si tantas veces antes este mismo cuento se ha contado ya? ¿Por qué somos tan fatuos como para creer que el nuestro será el oficial, el último, el *de verdad*? Que el mundo, *ahora sí*, se va a acabar.

No lo hará.

Lector, es hora de aceptar la realidad: esta historia, con o sin nosotros, habrá de continuar. Y nos duele pensar que, al segundo siguiente de nuestra muerte, el mundo seguirá su rutina habitual. Y en no muchos años todo será muy distinto y, sin embargo, todo seguirá siendo igual. Porque nuestros problemas y dilemas siempre han sido los mismos, porque por más que creemos *avanzar,* realmente siempre seguimos en el mismo lugar; porque, al final, esto es todo lo que somos: simples seres humanos, igual que todos los que han pasado y todos los que pasarán, unos con más suerte que otros, claro, pero humanos igual; los mismos que han logrado habitar Marte y desentrañar el origen del Universo, pero que son incapaces de gobernar sus miedos de infancia y sus invisibles fantasmas.

Y todo lo que como civilización hemos edificado, termina dando igual, porque no nos compensa, de nada nos sirve, porque no nos responde la agonizante duda de qué demonios hacemos aquí. Y por qué. Y para qué. Y dónde estuvimos antes. Y dónde estaremos después. Y esas son las únicas preguntas que importan, las únicas que no logramos responder. Y esta angustia, dios mío, este hacerlo todo por tratar de entender. Y por eso nuestros insólitos descubrimientos e inventos, nuestras laureadas conquistas y aplaudidas victorias no son más que adornos, ornamentos, condimentos. *Entretenimientos.* Elaboradas técnicas de escapismo que nos distraen de esta extenuante tarea de existir. Métodos que sedan la ansiedad que nos genera vivir condenados a intentar descifrar el encriptado enigma de la vida.

Y ahora estamos aquí. ¿Pudimos, de haberlo intentado, llegar a otro destino? ¿O es nuestra historia una cuyo final ha estado escrito desde el principio?

¿Y dónde está el escritor?

La vida sin él
o Sobre lo pesado que resulta el cuerpo cuando no hay
ilusión que lo mueva, por más que sea una quimera

La importancia de un momento. Pensemos en eso: en la repercusión que un segundo puede tener en el curso de la historia, y en cómo un instante es capaz de volverse algo perenne y estar por siempre presente. Y cómo, al mismo tiempo, toda una vida puede resultar tan efímera, tan transitoria, tan poca cosa, que cuando se acaba tan fácil se desaparece en la nada y así es olvidada. Porque el tiempo, al final del día, es algo que se expande o se contrae según el recipiente y el ambiente.

Y por aquí ha corrido el tiempo; han pasado ya muchos segundos, poco más de siete millones, tres meses, entre la última vez que estuvimos en La Soledad, y ahora, en este fresco otoño en el que regresamos a ella. Para Antonia, estos han sido segundos tan largos que de pronto no ha sabido qué hacer con ellos, con tantos que le han dado y que no quiere tener en sus manos. La vida aquí, sin él, le resulta monótona, insípida, incolora. Muerta. Qué curioso, ¿no? Cómo somos capaces de montarnos historias que solo viven en las limitadas fronteras de nuestra cabeza, como en el caso de Antonia, que, como vimos, nunca convivió con Nicolás, mucho menos lo conoció como para añorarlo de esta manera; que, por el contrario, lo único que hizo fue hacerla sentir insuficiente e inferior. Y tal vez precisamente por eso, porque somos seres masoquistas inconscientemente atraídos hacia lo que nos hace daño y nos martiriza, tal vez por eso es que nuestra niña

427

se construyó tantas quimeras sobre este personaje y le concedió una serie de atributos que él nunca tuvo; porque necesitamos creer, en la mentira que sea, pero en algo poner nuestra fe. Y por eso Antonia se contó que Nicolás era la razón para levantarse cada mañana. Y aunque afuera de su creativa cabeza la presencia o ausencia de este personaje en realidad no cambiara nada, dentro de ella, sus endorfinas igualmente se multiplicaban; sin Nicolás, de eso ya no había nada. ¿Por qué lo extrañaba tanto, si sus días seguían el mismo curso de siempre? Será porque a algo hay que imputarle los dolores que el simple vivir nos genera; ponerles nombre, ponerles cara. Nuestra niña no sabía cuándo volvería Nicolás, o si un día lo haría, y esto agravaba aún más el insomnio que comenzara a visitarla cada noche desde que su hermano fue enviado a un instituto militar, cosa que Antonia no entendía muy bien qué era, aunque, después de lo ocurrido, después de que su padre lo tuviera que golpear de esa manera para hacerlo parar, después de dejarle una cicatriz en el pómulo derecho que no se le borraría jamás, y que, cada que Nicolás la viera, se acordaría de ese día y del que se la hizo, y esto solo le haría odiarlo y odiarse, por llevarlo tan grabado en la piel, dentro y fuera de él; después de que tuvieran que llamar a una ambulancia para asegurarse de que la confusión y mareo y vómito del cura no eran las precuelas de un derrame cerebral; después de que Teresa se desmayara y que la fiesta en ese momento acabara; después de la vergüenza y el coraje que toda esta grotesca escena le hicieran pasar a Dionisio, un instituto militar seguramente no era un lindo lugar. ¿Y está muy lejos?, Lejíííísimos, princesa, hasta el otro lado del mundo, le respondió su padre con una sonrisa.

Qué pesado es el cuerpo cuando no hay ilusión que lo mueva, ¿a poco no? Y por eso el inconsciente de nuestra niña comenzó a revivir esos días de antaño en los que su madre le enseñó qué era lo que se hacía con la melancolía: se dormía. Se dormía de día y se lloraba de noche, y ya con esa agenda no quedaba espacio para mucho más. Al menos una vez a la semana, la niña tenía un malestar que la dejaba en cama y le hacía perder la clase del día. Dejó de leer. Dejó de jugar. Dejó de desear, y una monolítica oscuridad ocupó todo ese lugar. ¿Cuántas veces tendría estos episodios a lo largo de su vida? Muchos más de los que le habría gustado. En algunas ocasiones estos se harían un poco más llevaderos, y nuestra Antonia ya adolescente y después adulta lograría salirse de cama gracias a esta o aquella pastilla, este o aquel sedante, este o aquel amante; sin embargo, por más que los tomara, fumara o se bebiera sus cuerpos hasta dejarlos secos, ese sentimiento no se terminaría de borrar. Con el paso de los años, esos que pasarían como si no estuviera pasando nada, siendo todos tan iguales, los años, aunque después de un tiempo su cuerpo se encargaría de dejarle claro que por supuesto que estaban pasando, y que para nada que estos eran los mismos que antes: en su piel, en su pelo, en su cara, en su alma, el tiempo pasaba, aunque con él no estuviera haciendo nada, o precisamente por eso; con el paso de los años, Antonia terminaría por aceptar que esa manera de sentir estaba grabada en el ADN de su sistema y que, excepto por esos momentos de desproporcionada ilusión que le llegaran a provocar contadas experiencias en su vida, no se desharía de ella jamás.

Fue en una noche de estos lúgubres meses en los que usted y yo nos fuimos de vacaciones y dejamos a nuestra niña aquí, que, agotada por su mente convulsa, exhausta por las infinitas conversaciones que se construían dentro de ella con un Nicolás imaginario, Antonia tomó un cuaderno y vertió en sus hojas esas líneas que le clamaban para que las dejaran salir. Se sintió un poco mejor después de que lo hizo; los músculos de su espalda, esos que vivían ininterrumpidamente rígidos, poco a poco se relajaron; sus respiraciones comenzaron a ser más largas, menos intermitentes y cortadas; las batallas que sus uñas emprendían en contra de sus piernas continuaban, y la sangre seguía manando, pero, al menos, eran un poco menos compulsivas y frecuentes; esa madrugada, después de tantas noches, Antonia por fin pudo dormir. A partir de entonces, la niña llevaría ese cuaderno consigo a donde fuera, en parte porque esos asaltos a la mente, esos pensamientos que le venían como arcadas y tenía que vomitar sí o sí, le llegaban en cualquier momento, y en parte porque le aterraba la idea de que otros ojos tuvieran acceso a él.

Poco a poco fue conciliando el sueño otra vez. Y empezó a salir más de esa cama, y a enfermarse menos, y a retomar sus paseos por el campo, y a echarse debajo de Grande con su libreta y un libro, otra vez novela, para quedarse horas debajo de él, y, así, lentamente fue volviendo a la vida. Pasaba tanto tiempo sola, que de pronto se le olvidaba cómo se cumplía la simple y familiar función del habla, cómo era que se formulaban las palabras a través de su lengua y de su boca para transmitirlas a los personajes que vivían fuera de su cabeza. Esto ya sucedía desde antes, sin embargo, ahora, conforme pasaba más días y tardes a la sombra de Grande, este mutismo selectivo se había convertido en su mejor amigo. Había días en los que no salía una palabra de esos labios que, más pronto de lo que creeríamos, serían besados por otros labios con una pasión que ya quisiéramos nosotros. Y en el vasto campo, bajo esta inmensa bóveda que es testigo de todas nuestras penas y glorias, sus oídos tampoco escuchaban palabras, al menos no las humanas. Pero igual escuchaba otro tipo de conversaciones: las tertulias de las abejas y los ruiseñores, de los colibríes y las cigarras y las luciérnagas, de los árboles y sus hojas y sus ramas y sus troncos, de la tierra y del viento que hablaba con todos. Se concentraba en los timbres, en sus sonidos, y de pronto sentía que le hablaban, que le querían decir algo que entendería claramente si escuchaba con atención. De tanto tiempo que pasaba ahí, contemplando, Antonia fue aprendiendo ese lenguaje donde no había palabras, que se comunicaba a través de sensaciones y vibraciones, de energía. Poco a poco, sus conversaciones ya no eran solo con Nicolás, el cual poco a poco se fue disipando de su cabeza, sino también con Grande, y con el lago del que las raíces de Grande bebían, y con las flores, los jazmines, las orquídeas, los rosales, y las aves, y los otros árboles y los grillos y las nubes y ese inmenso cielo que no se cansa de vernos cometer error tras error. Y descubrió que este era su mundo y que en él se quería quedar, porque aquí su voz sí resonaba, aunque no emitiera sonido alguno. Era verdad lo que un día le dijo a Nicolás: en el silencio encontrarás la respuesta. Y es que aquí, alejada del mundo de los adultos, ese que no entendía y al que no pertenecía, ese en el que no cabía, aquí, lejos de su ruido blanco y hueco, sus sentidos descubrían lo que era real; aquí podía escuchar, sentir, ver, tocar y oler *vida*.

Bienvenido seas, Mateo

Un jueves del undécimo mes, mientras la familia tomaba el desayuno, cayó al suelo una gota de la silla donde estaba Teresa. Luego otra. Y otra. Luego muchas, suficientes como para que debajo de ella se formara una lagunilla. Histérica, la mujer gritó. Ya era hora de que ese niño, para desgracia del niño, llegara a este mundo; de hecho, ya se había tardado. Llamo a una ambulancia, dijo el futuro padre, ¿Una ambulancia? ¿Te das cuenta de la tontería que estás diciendo?, le respondía Teresa, por primera vez sin pretender que la absurda lógica que seguían las neuronas de su marido era más sensata que la lucidez de las de ella. Tardaría mínimo tres horas en llegar, y esto *ya está pasando*. Ve por la camioneta y vámonos, ordenaba ella con unos hermosos huevos de oro, dejando ver, por fin, a la hembra que siempre ha existido detrás de esa careta de sumisión y fragilidad, desvelando esa farsa que solo un pendejo, como los que solemos ser, se puede tragar. Apúrate, hombre, le decía, y el hombre, también por primera vez en su vida, no sabía qué hacer, por más claras que fueran las instrucciones que se le daban. Que maneje Lucho, así yo tengo las manos libres para ayudarte en cualquier cosa que necesites, mentía Dionisio, que en realidad desconfiaba de sus habilidades al volante bajo semejante presión,

Y tú también te vienes, le decía a Guillermina, y Dionisio se hubiera traído a su séquito de empleados para que le apoyaran de haber cabido todos en esa camioneta. Ya venía Lucho corriendo cuando Teresa sintió un dolor tan intenso que la dejó ciega por un momento y casi se desmaya; un grito que resonó hasta las afueras de La Soledad; las uñas de sus diez dedos clavándose en los antebrazos de Dionisio hasta sacarles sangre. Muévete, carajo, le decía la mujer entre signos de exclamación, Haz algo, con una chingada, y ante esta indicación el hombre oficialmente se paralizó. Y con esa parsimonia tan característica de ella, la sabia de Guillermina tomó a Teresa de ambos brazos y la fue llevando hacia la recámara, Que calienten agua y lleven toallas y la vasija grande donde hacemos la crema, le ordenaba esta fiel empleada a su patrón, seria y tranquila, como si le estuviera diciendo que la comida ya iba a estar lista, y no un niño. Por supuesto que esa creatura no llegaría a ningún hospital; esa creatura *ya estaba aquí.* Guillermina lo había hecho muchas veces en su vida, como todas las mujeres de su pueblo, por dios, si era lo más común del mundo, eso de recibir una creatura sin necesidad de nada más que algo con qué cortar y con qué secar; millones de críos que habían llegado al mundo a lo largo de la historia respaldaban la efectividad de esta simple técnica. Puje, ordenaba a la que siempre le había ordenado, y Teresa obedecía al mismo tiempo en que gritaba y arañaba y rechinaba y quería matar a alguien. El hombre no encontraba nada mejor qué hacer con sus manos que encender sus cigarros y ponerse a fumar, afuera de la recámara, claro, porque lo mejor era dejar a las mujeres hacer lo suyo. Y aquí se nos sale una carcajada, porque, ay, qué ridículos somos, a poco no, que con tan poquito tenemos para asustarnos y salir corriendo. Puje fuerte, le decía Guillermina a la madre, sin alzar la voz ni cambiar su tono, como si una vida no dependiera del acto. Antonia, por su parte, en silencio, como el fantasma que normalmente era, estaba al lado de Guillermina, hipnotizada, observando esa misteriosa puerta por donde se entra a la vida. Ni los rugidos que estaban rasgando las cuerdas vocales de Teresa, ni su histeria, ni toda la sangre que comenzaba a salir debajo de ella, nada de eso lograba sacar a Antonia de este trance, esta abstracción, este estado alterado de consciencia. ¿Cómo era posible?, se preguntaba la niña. De esa abertura estaba saliendo un ser que tendría pensamientos y sentimientos y emociones propias, que cargaría un cuerpo con un par de ojos que le comunicarán lo que el mundo exterior tiene que decirle, y entonces esa información será llevada a su cabeza poblada por miles de millones de células inteligentes que le harán razonar esas imágenes, que construirá realidades que solo esa mente pensará, porque con el paso del tiempo irá acumulando gustos y disgustos, preferencias y rechazos, formando ideas que lo irán definiendo y haciéndolo único y distinto a los demás. ¿Qué había dentro de esa cabeza en este momento? ¿Estaba pensando en algo? ¿Estaba toda en blanco? ¿Venía con información integrada?, se preguntaba la niña sobre esa historia que apenas llevaba segundos de haber comenzado. Y de pronto los brazos de Guillermina cargaban un bulto, sucio y ensangrentado, de cuyo eje salía un cordón que lo mantenía ligado a ese místico lugar del que había salido; una imagen completamente grotesca y hermosa al mismo tiempo. Y entonces se escuchaba el llanto, hercúleo y pujante, agónico y dolido, y es que por qué le estaban haciendo esto, reclamaba la criatura, por qué lo sacaban de ese mundo perfecto para traerlo a este infierno. Y es que desde que abrió los ojos, todavía con la mitad de su cuerpo habitando su hogar original, notó la hostilidad y la violencia, y apenas estaba saliendo de ahí cuando ya se sentía dividido y confundido, solo y perdido; podía percibir lo que en este mundo le esperaba, y dígame qué ser humano que esté consciente de eso no va a llorar de esa manera. Mi niño, logró decir la madre apenas recuperó el aliento y la consciencia, porque esa fuerza sobrehumana que había invertido en esta tarea la había hecho que se desconectara de su cuerpo por completo. La matrona tomó las mismas tijeras con las que le cortaba las cabezas a los pollos que para esa familia cocinaba y cortó el cordón; entonces Antonia salió de su abstracción; entonces, también, Mateo sintió *la separación*, de su origen, de su raíz, de lo que *era*, una separación que segundo a segundo, a cada día y en cada acción que hiciera a partir de ahora y hasta su último día, buscaría remediar, para regresar a ese hogar de donde nunca lo debieron sacar; de nada le serviría esta ardua lucha, así como de nada nos ha servido a usted o a mí, a nadie. Y cómo duele.

Cuando por fin tuvo a esa extensión de su cuerpo en las manos, ya limpio de los restos y las inmundicias, un insólito llanto comenzó a brotar de los ojos de Teresa, imparables lágrimas que bañaban el rostro y el cuerpo de Mateo y que, de una manera metafísica, lograban transmitirle el infinito amor que esta mujer estaba sintiendo por él, y es que la bendita oxitocina que había producido la hipófisis de Teresa durante su embarazo y que había explotado como una bomba atómica justo ahora, había inundado todo su organismo como el uranio a los campos, llenando su cuerpo y su espíritu con una devoción inconmensurable y universal hacia ese conjunto de músculos y piel y huesos y órganos y vísceras y secreciones, todas esas piezas que formaban un compuesto que era exactamente igual que los de cualquier otra creatura, pero que, para Teresa era, sin duda, el ser más bello y único que había existido en la tierra jamás, ni antes ni después alguien más precioso que él la había habitado ni la habitará. Y en este momento nuestra querida Teresa estaba descubriendo, al fin, lo que era el amor real, incondicional, imperecedero, porque estaba segura de que, aún después de la muerte, la de ella, claro, seguiría amando a este hijo suyo; un amor que rompía fronteras de espacio y tiempo y dimensiones antes conocidas; un amor eterno. Mi niño divino, decía la madre entre el llanto y la risa y los besos que no dejaba de darle. Cuando finalmente entró el padre, apestando a tabaco y whiskey, no lo cargó; menos de cinco veces lo haría en toda su vida. El padre vio al hijo prensado al pecho de Teresa y se sintió extraño frente a este ser que le resultaba completamente desconocido y que, curiosamente, no le hacía sentir mucho. Pero fingir, bien lo sabemos ya, era una de las principales cualidades de este hombre, y por eso Dionisio hizo lo que debía: sonreír y ser alegre y festivo, como siempre lo había sido.

De un momento a otro, esa masa de cuarenta y nueve centímetros y tres kilos y medio, que no hacía otra cosa más que llorar, comer, defecar y dormir, se convirtió en el único hombre que importaba en esa casa. O así lo sentía Dionisio. Antonia, por su parte, estaba ansiosa por poner en práctica su nuevo papel de hermana mayor. Sin embargo, días después del nacimiento, cuando hizo su primer intento de cargar a Mateo, Teresa le advirtió que Ni se te ocurra, Antonia, tú no puedes cargarlo. Pero no solo la niña o el padre o Guillermina, que sabía de esto más que nadie, no podían hacerlo. Tampoco lo podía hacer la abuela, la madre de Teresa, que en realidad no invirtió todas esas horas en llegar hasta La Soledad para conocer al nieto, porque el motivo real que la llevara hasta esas tierras, aunque de esto su consciente no estuviera enterado, era el de juzgar si su hija había corrido con tanta suerte como la primera vez, cuando, a tan solo una semana de la llegada de Antonia, su cuerpo lucía como si no hubiera hecho un niño. Pero en este caso no fue así, confirmaba con cierto contento la abuela Helena, quien, a pesar de todos los años, no había aprendido nada, porque seguía sin darse cuenta de que ese ardor en el estómago que le venía tan seguido y le ponía tan mal, no era gastritis ni reflujo ni nada relacionado con el malfuncionamiento de su sistema digestivo, sino la factura que le cobraban las emociones virulentas que cargaba, el enojo, la envidia, el resentimiento y sus derivados. A sus sesenta y cinco años, esta creatura que en tantas cosas resultaba tan iletrada como el recién nacido de su nieto, seguía creyendo que hacía bien en sentir lo que sentía y actuar como lo hacía, porque ella estaba en lo correcto y el mundo entero, como siempre, era el que estaba equivocado. Inevitable sentir cierta compasión por este ser que desde sus treinta y cinco años viviera atormentado por el inevitable paso del tiempo, por el imparable ocaso del cuerpo, por ya no ser la mujer radiante y hermosa, deseada por ellos y envidiada por ellas, por verse en el espejo y ya no encontrar esa cara y ese cuerpo que, al verlo desnudo, ella misma se sorprendía de lo simétrico y perfecto que era y que ahora no veía en él más que esta masa débil, obscena y denigrante. Y eso era algo que esta mujer no podía aceptar, ¿Por qué a ella?, reprochaba las pocas veces que era capaz de verse al espejo después de salir de la ducha, ¿Por qué le hacían esto?, reclamaba, como si Alguien se hubiera propuesto joderla a ella y solo a ella; todo era personal para esta mujer que no podía ver más allá del perímetro de su ego, el cual abarcaba unas buenas hectáreas. Y por eso ahora que veía que el vientre de su hija estaba un poco abultado y flácido, sus caderas más anchas y sus pechos luciendo un poco grotescos, porque le parecían grandes y desproporcionados para ese cuerpo tan pequeño; ahora que confirmaba que Teresa no había salido tan bien librada, la madre sentía una mala paz, si acaso fuera posible hacer sentido de estas dos palabras puestas en conjunto, porque de esta manera no se sentía tan sola en su pesar, y entonces una curiosa satisfacción alimentada por la desgracia ajena llenaba su interior, y por eso su trato se volvía más amable y suave e incluso alegre. Y todo esto lo sabía muy bien Teresa, que no por ser bella era una pendeja, como absurdamente pensaran muchos, si conocía a la perfección a esa mujer que la había criado, y la que, por más que tratara de maquillar sus frustraciones y pesares, su hija sabía leer mejor que nadie. Por eso, cuando le avisaron que Helena y Manuel estaban ahí para conocer a su nieto, Teresa enseguida se salió de esa cama y se puso un buen vestido, se peinó y se maquilló aunque del cansancio ya no pudiera más, porque llevaba días sin dormir, porque Mateo comía cada tres horas, y el tiempo que había entre comidas, cuando el niño dormía, la mujer no podía hacerlo, porque estaba pegada a la cuna, asegurándose de que la criatura estuviera respirando bien, porque ya ve cómo hay tantos que de la nada lo dejan de hacer, y uno se entera hasta las mil quinientas, el mal de cuna famoso, y ella no podía dormir ni de día ni de tarde ni de noche solo de pensar que a su niño podía pasarle eso. Y es que, al nacer Mateo, la amígdala de Teresa, esta parte del cerebro que despierta nuestras emociones más primitivas como lo es la protección y el cuidado férreo de la descendencia de uno, se había activado, y ahora viviría siempre al borde, porque tantas cosas podían pasarle, y ella tenía que estar ahí para evitar que cualquiera de esos millones de amenazas se materializaran. Por eso, cuando Helena se acercó a Teresa para ver al niño, la nueva madre no se inmutó, porque su bebé no se separaría de su pecho ni de sus brazos bajo ninguna circunstancia, mucho menos para estar en los brazos de esa mujer que solo le transmitiría su vibra densa y oscura al alma pura de su niño, una idea que era más new age que católica, pero que Teresa igual creía.

Y si usted hubiera visto a Teresa en esos días, no la habría reconocido, con esas hondas ojeras que enmarcaban unos ojos rojos, esa piel opaca y apagada, seca y demacrada, ese pelo sin peinar, esas piernas que cargaban una retención de líquido que hacía que su piel pareciera la superficie de un río turbio, ese cuerpo del que era imposible ignorar los kilos que cargaba de más, que no era nada alarmante, algunos tres o cuatro que pronto desaparecerían, pero hoy estaban ahí, deformando la imagen que siempre habíamos tenido de este personaje nuestro. Y esto no solo lo notaba ella, nosotros y Helena, sino también Dionisio, que, por más que se recordara que ese aspecto era algo pasajero y que en unas semanas, un par de meses a lo mucho, todo volvería a ser como antes, la realidad era que, en el fondo, y no era necesario irnos muy profundo, Dionisio sentía un extraño rechazo hacia su mujer, algo muy cercano a la repulsión, y qué palabra tan fuerte es esta, pero no hay como decir las cosas como son. Ya pasaría, sí, pero mientras tanto, ¿qué? ¿Fingir y pretender, como lo hacía con todo lo demás? Dejar que el tiempo pasara más rápido, hacerse de más quehacer, más problemas, más motivos para estar ausente mientras su mujer volvía a ser su mujer y, de paso, se moderaba un poco la exagerada obsesión que tenía por ese hijo que él seguía sintiendo como un intruso y que poco a poco había logrado invadir cada espacio de su casa y de su vida. Desplazado: así se sentía el que fuera el centro de este universo, aunque esto no se lo aceptara, porque quién lo haría, quién podría ser tan patético y ridículo como para sentirse amenazado por un bulto de carne que ni siquiera habla y que, para colmo de males, es hijo suyo. Y aun así lo sentía, y es que, cómo se le hace para no experimentar esas emociones que le asaltan a uno como el cáncer o la muerte, sin anuncio ni previsión, que invaden el cuerpo y el pensamiento y se sienten desde adentro, en los intestinos y hasta los huesos, y no sabemos qué hacer con eso más que dejar que nos dominen y hagan con nosotros lo que quieran; eso o pasar horas en meditación para ver lo que en realidad son: percepciones contaminadas por la mente, esa que nos engaña tan fácil; una bella actividad que, de sobra queda decir, este hombre jamás practicaría.

El Hombre vs. el hombre y Sobre la vida secreta de los árboles

Y por eso a Dionisio comenzaron a surgirle tantos problemas que resolver, ya ve que esos nunca sobran, menos cuando estaba arrancando un proyecto de la magnitud del corredor que, efectivamente, contaba con complicaciones de sobra. Como, por ejemplo, la demanda que el gobierno acababa de recibir por parte de la Organización Mundial para la Protección del Medio Ambiente, misma que había sido interpuesta por un grupo de extranjeros que se habían empecinado en joderle la vida a este desdichado país, porque qué chingados iban a saber esos de los problemas de este pueblo que no era el suyo y que era tan distinto al del que venían, si allá esta tecnología ya llevaba décadas activa, y ellos beneficiándose de esta.

¿Cómo se atrevían a decir que aquí no, si eran precisamente sus países los que habían sido pioneros en activar estos proyectos? Vaya ganas de chingar. Esta demanda no le habría quitado el sueño a Dionisio y a los suyos de no ser porque sí que se lo quitaba a sus inversores internacionales, esos que inyectarían más del setenta por ciento del capital. Y es que, para estos, la reprobación de la OMPMA sí era un problema, porque estar mal con ellos podía dañar multimillonariamente su imagen corporativa en los países donde estos temas sí importaban, y, un error de este tipo, en esos tiempos donde una generación obscenamente sensible puso a la cultura de la cancelación tan de moda, podía llevarlos a la quiebra en tres, dos, uno. Y esta era solo una de las miles de complicaciones que brotaban como hongos de la tierra en primavera. Por eso ahora Dionisio pasaba tanto tiempo fuera de casa, en reuniones con el gobernador y su gabinete, en la capital con el presidente, visitando a los inversores en el extranjero, negociando, acordando, resolviendo, que para eso su Dios le había dado ese talentoso cerebro. Y estas ausencias, por primera vez, Teresa no las notaba, porque su mundo entero se reducía a esos, ahora, cuatro kilos y medio, que tan pronto como al día siguiente se convertirían en cinco y luego en seis y vaya que esto agobiaba a la madre, ver cómo su hijo crecía por segundo, pensar que en cualquier momento sería un niño y luego un adolescente, y en todos los peligros que este enfrentaría y de los que ella no lo podría proteger.

En cuanto a nuestra querida niña, que ya tan poco tiempo nos queda para poder seguirle llamando así, con el transcurso de las semanas que pasaba bajo la sombra de Grande, esta comenzó a notar que algo estaba sucediéndole, no sabía qué, pero algo no estaba bien con él; lo escuchaba, lo sentía, él se lo decía. Y, antes de continuar y para que no nos confundamos, necesitamos dejar muy claro que aquí *no* se está introduciendo ningún tipo de realismo mágico ni nada parecido a esta corriente, a la cual no somos muy adeptos. No: este es realismo puro y duro; que nuestra perpetua soberbia nos haga creer que somos los únicos seres conscientes de este planeta, y que mantener una comunicación con otros seres sintientes no es más que una ocurrencia de la imaginación o una graciosa ficción, es solo porque somos incapaces de prestar atención. Pero eso era algo que Antonia hacía de sobra. Algo estaba pasando, lo notaba en Grande y en sus ficus hermanos, en los cedros y los nogales que le rodeaban. ¿Qué pasa, querido?, le preguntaba.

Y lo que pasaba era que, debajo de la tierra, existía un submundo construido por kilómetros de redes que conectaban y comunicaban a esa vasta comunidad de árboles, muchos de ellos centenarios e incluso milenarios, que a través de sus raíces fúngicas se hablaban y se compartían desde cosas tan simples como azúcar y carbono, nitrógeno y fósforo, agua y hormonas, hasta información vital para su supervivencia, como la advertencia de un peligro; esto último era, justamente, lo que estaba *pasando*. Y es que, a unos cuantos kilómetros de Grande, este árbol que no por casualidad fuera un ficus religioso como en el que Siddhartha alcanzara la iluminación, y en cuyo tronco estuvieran marcados novecientos veintitrés anillos, lo cual le daba el rango de árbol madre y un nivel de sabiduría que ya no existía por estos ni otros rumbos. No tan lejos de La Soledad y de Grande, decíamos, su familia estaba siendo exterminada: millones de raíces que, de pronto, habían dejado de enviar nutrientes a árboles que por ser más jóvenes y frágiles tanto lo necesitaban. Millones de raíces cuyos troncos eran tan viejos como Grande, o incluso más, no estaban logrando comunicarse con sus hijos, hermanos y nietos. Y los que estaban cerca y aún lograban hacerlo estaban cumpliendo con su responsabilidad de enviar la señal al resto de la familia: *Nos están matando.* Por supuesto que, al escuchar este mensaje, usted también hubiera palidecido, así como lo hicieran tantos árboles de la comarca que, de un día a otro y no por ser otoño, mudaran de ese verde reluciente y vivo a un café castaño y seco, un tono cargado de miedo y angustia. Y esto no solo lo sabían los árboles, sino todas las plantas y flores, las aves y otros animales, la tierra y el agua; todos agonizaban por esta masacre.

Era como un tenue, casi imperceptible pero constante zumbido que llevaba semanas escuchándose a lo lejos, desde los primeros rayos de la mañana y hasta que en el horizonte desaparecía ese luminoso punto amarillo; un bzzzzzzzzzzzzzz zzzzzzzzzzzzzzzzzzzzzzzzzzzzzzzzzzzzzzzzzzzzzzzzzzzzzzzzzzzzzzzzz que no paraba hasta que se escuchaba el crujido de las ramas, el retumbar de la tierra, la caída de un gigante, el silencio de la muerte; en minutos, casi un milenio de vida se reducía a escombros, a nada. Y entonces resurgía el zumbido que, en realidad, eran muchos bzzzzz cantando al unísono, y por eso se podía oír a varios caer al mismo tiempo y, si se tenían los sentidos muy agudos, como Antonia lo hacía, escuchar el lamento de los que esperaban su turno sin poder hacer nada para evitarlo.

Ellos no podían, pero el ombudsman Ulises y los habitantes de Kütz'o, la única comunidad que se opusiera a que los g'aquxits exterminaran lo que quedaba de su hogar, estos aborígenes que resultaran ser mucho más educados y evolucionados que los hombres del mundo *civilizado,* sí que podían. Y vaya dolor de cabeza que esto le estaba causando a Dionisio y a los suyos, porque los izaqüoos no solo no les estaban permitiendo acceder a sus tierras, esas donde el viento corría con más fuerza y donde más megawatts se podrían generar, sino porque eran justamente ellos los que habían traído a esos extranjeros y movilizado todo para que se ejecutara la demanda de la OMPMA. Por si esto fuera poco, estaban organizando plantones con las minorías de los otros pueblos que también se oponían, con el objetivo de impedir que se trabajara en los territorios que ya habían firmado los contratos y cedido sus terrenos. También estaban cometiendo actos subversivos, destruyendo las excavadoras y demás maquinaria que tenían que permanecer ahí por las noches, solo para amanecer averiadas y pintadas con leyendas como KÜ VIVE, KÜ MANDA. Y esto no se iba a quedar así, por supuesto que no, si esas máquinas valían más monedas de las que en toda su vida, todo su pueblo, habría de generar. Dionisio no entendía cómo alguien prefería la inmundicia, la pobreza, la carencia cuando se le estaba ofreciendo salir de ella; ese hombre, el hijo de puta de Ulises, era un completo demente y el peor enemigo de su amada comarca. Esto era una guerra y Dionisio y sus hombres no se iban a dejar intimidar por campesinos soeces, ignorantes y obstinados por quedarse en un pasado que pasado era ya.

En esas andaba el mundo mientras el pequeño Mateo, día a día, se hacía más materia y menos espíritu; más oriundo, para su desgracia, de este plano. Ya había cumplido dos meses, y no cumpliría tres, había decidido la madre, sin que recibiera el sagrado sacramento del bautismo. Y a eso se puso Teresa, a organizar la primer gran celebración de muchas que tendría su niño; siempre con la creatura pegada a su pecho, claro, para arriba y para abajo con el crío, tanto que sus brazos no tardaron en volver a su forma original y, al poco tiempo, incluso a estar más esculpidos que antes, porque mire que el nene pesaba. Lo bautizaría, por supuesto, el cardenal Sebastián, quien afortunadamente había entendido que lo ocurrido aquella tarde de domingo nada tenía que ver con ellos, porque ese muchacho, Nicolás, venía mal de fábrica y ellos poco podían hacer para arreglarlo; lo *poco* ya lo habían hecho y mire cómo había resultado. Ella seguía estando en comunicación diaria con su guía espiritual, que, por supuesto, había ido a visitarla cuando nació Mateo. Sería una celebración maravillosa, pensaba Teresa mientras la iba diseñando en su cabeza, sin duda sería mejor que todas las fiestas que había organizado antes, y eso, como bien ha visto a lo largo de estas páginas, ya era poner la vara muy alta. Sería muy privada, tan solo unos sesenta, cuando mucho ochenta invitados, solo amigos cercanos, y todo ocurriría en La Soledad, que Mateo aún no estaba como para estar en espacios públicos como la iglesia del Sagrado Corazón de Cristo Rey y de Nuestra Señora del Perpetuo Socorro. Improvisarían un pequeño templo, que sería mucho más lindo, con el perdón de su Dios, que el de Su casa. Y habría flores, miles de flores blancas, por todas partes y de todo tipo. Y un pastel de muchos pisos que nadie comería. Y un cuarteto de cuerdas, dos violines, una viola y un violonchelo que amenizarían durante la fiesta, y esto a Dionisio no le caería mucho en gracia, si siempre había encontrado ese tipo de música aburrida y anticuada, porque a él le gustaba bailar y que la gente hiciera lo mismo, escándalo, fiesta, jolgorio, relajo, vaya, pero eso no ocurriría en esta ocasión, si era una ceremonia sagrada, y como tal tenía que celebrarse. En una semana ya tenía todo organizado y los invitados confirmados.

La madre lloró de emoción cuando vio a su niño vestido en su ropón, y tenía razones para hacerlo, porque era verdad que se parecía al mismo niño Dios, con sus ojos del color de los árboles y la miel, sus rizos rubios que quién sabe de dónde los había sacado, porque ni ella ni el padre tenían estos tonos, y la respuesta era que esos genes venían desde el abuelo Manuel, que ahora de rubio y bonito ya no tiene nada, pero que si lo hubiéramos visto cuando niño, ahí sí, era el más hermoso de todo el colegio, y si tuviéramos una foto de él, veríamos cómo estos dos eran tan iguales, tan lo mismo como lo son el cielo que cubre estas tierras y el que lo hace al otro lado de la esfera. Era verdad que Mateo era una obra de arte ante la que resultaba muy fácil llorar de admiración e incredulidad, una creación magistral, sí, como lo es cualquier otra criatura que ha pisado la tierra que nos sostiene. Gracias a él, Teresa estaba aprendiendo muchas de las cosas que durante todos esos años tanto se había rehusado, y eso no solo nos da mucho gusto, sino que también nos llena de esperanza, verla hacer su tarea, carajo, ver este grato arco en un personaje del que, no sé usted, pero nosotros ya no esperábamos mucho. Y es que después de la poca madre que fue de nuestra querida Antonia, a la que tanto bien le habría hecho tener la suerte de su hermano, pero que no fue así, sea porque le llegó en mal momento a la madre, sea por haber sido hija de su padre, sea porque así había tenido que ser para que estas páginas un día se escribieran; sea por lo que haya sido, qué gusto nos da que Teresa no haya repetido su historia. Y es que en la breve o larga aparición que nos toque dar en este gran espectáculo del que somos público y actores, absortos en nuestro pasajero personaje, como solemos estar, olvidamos que no es más que una puesta en escena cuyo único objetivo es que dejemos de ser las creaturas limitadas que somos, para estar un poquito más lejos del infierno y acercarnos más a la luz.

La historia de Anna

Una mañana de jueves, Dionisio tomaba el desayuno con Antonia, aunque como si lo estuviera haciendo solo, porque su atención estaba absorta en el ajedrez que jugaba en su cabeza, en sus incesantes movimientos de piezas. En esas estaba cuando Guillermina le trajo el teléfono y se lo dio, Le hablan, le dijo en su adorable laconismo. ¿Quién es?, y entonces Guillermina tomaba de vuelta el teléfono y repetía la pregunta, Dice que Alana, que es su sobrina. Alí, claro, la hija de su hermana Anna, la que llevara años sin ver, exactamente nueve, cuando el funeral de Tomás. La última vez que la vio, Alana tendría algunos seis años. Una niña que podía perturbar un poco de lo alegre y llena de vida y extrovertida, tal vez de más. Acelerada e hiperactiva y amante de la atención de los demás; muy alta para su edad, con unas piernas y unos brazos largos y flacos, un pelo rojizo que le daba vida a esa piel excesivamente blanca. Los ojos que estaban detrás de los cristales que le corregían un menos cuatro de miopía, un par de aceitunas grandes y luminosas. No tenía nada de los Manetto y de Riva; su herencia genética, para bien y para mal, venía toda del padre. ¿Por qué llevaba tanto tiempo sin saber de Anna? ¿Cómo era posible que pasaran meses, años sin que pensara en ella?, se cuestionó Dionisio. Y la respuesta a esta pregunta tampoco la recordaba ya este hombre que, como buen hombre, no tenía memoria, pero la realidad era que había sido su hermana la que, poco a poco, había elegido desaparecer de su vida, de la de todos, realmente, ausentándose primero de las comidas de los domingos, luego de celebraciones casuales, luego de bodas, bautizos, navidades e incluso funerales, y es que siempre le surgía un problema de último momento que frustraba su llegada, mismo que explicaba por teléfono justo cuando la celebración ya estaba puesta, al igual que Dionisio, y entre las conversaciones de los invitados y el sonido de la música y el estado festivo y la distancia natural que generaba el auricular, Dionisio ya no registraba muy bien lo que su hermana le decía ni prestaba mucha atención, y es que daba lo mismo. Que no se preocupara, que la echarían de menos, claro, pero qué se le iba a hacer, así sucedía a veces, aunque, en su caso, *a veces* fuera siempre. Ya sería a la próxima, menos mal que no había pasado a mayores, lo que fuera que haya pasado, lo cual nunca nadie tenía muy claro, y entonces colgaba y la fiesta seguía, porque así era la vida, siempre tenía que seguir. Anna, Annita, ¿en qué momento sus caminos se habían bifurcado?, se preguntaba Dionisio, usando la palabra *separado* en lugar de *bifurcado*, claro. Y la respuesta a esa pregunta es Hace dieciséis treces de agosto, el día en que su hermana se casara con su cuñado Vicente. Ali, dijo Dionisio por fin al teléfono acompañado por un par de signos de exclamación, Qué sorpresa saber de ti. ¿Cómo estás, hija? ¿Cómo está tu mamá?, y entonces un largo silencio mientras escuchaba lo que le decía y que en segundos iba cambiando su semblante de alegre a serio a preocupado. Y luego un ¿Dónde estás? Y, finalmente, No te preocupes, ahora salgo para allá. La vida, como siempre, cambiando por completo nuestro plan del día. Tengo una prima, pensaba Antonia al mismo tiempo en que su padre se levantaba de la mesa y le decía a Guillermina que avisara a Lucho que hubo un cambio de planes, que se iban al aeropuerto. No le avisó a Teresa, total que seguramente ni notaría su ausencia, además de que volvería en unas cuantas horas. Tampoco le dio a Antonia el beso en la frente que normalmente le daba antes de irse; la cabeza de Dionisio ya se había ido, ya estaba llegando a la capital.

Cuatro horas después su cuerpo lo hacía también, entraba por las puertas del hospital, acelerado, impregnado de olor a tabaco y de los whiskeys que se tomó en el vuelo; entraba casi corriendo, preguntando por la paciente Anna Manetto, que había sido ingresada por su hija, Alana Peón, y entonces las de recepción tecleaban el nombre en sus aparatos, sin tanta prisa como la del que se los preguntaba, y es que ya estaban acostumbradas a este tipo de escenas, y ni modo que vivieran siempre así, en la histeria, no, si alguien tenía que guardar la compostura, y eso les correspondía a ellos, que ya habían comprobado una y otra vez que un minuto más o un minuto menos no haría ninguna diferencia en lo que inminentemente ocurriría con esa vida. Después de un par de minutos, estos dedos por fin daban con el registro, que estaba en la habitación seiscientos veinticuatro, y le pedían a Dionisio que les acompañara. Y eso hace, aterrado de lo que, a cada paso que daba, estaba más cerca a encontrarse, aunque de su miedo, como tantas emociones que experimentara en su vida, este hombre no estuviera consciente. Y es que, por más años que hubieran pasado, la mujer que estaba en coma en la habitación seiscientos veinticuatro era su hermana, la niña que con tanto amor lo había cargado cuando era un bebé, la que le regalaba sus dulces porque él ya se había comido los suyos, a la que tantas veces le tocó proteger en la escuela porque ella no era como él, porque, para su desgracia, era más como su otro hermano, como Ignacio, que no sabían cómo defenderse, que le temían a todo, y eso ponía muy mal a este hermano menor que nunca había sido intimidado por nadie, que, más bien, era él el temido por todos. Y ahora, casi cincuenta años después, este niño, ahora físicamente un hombre, psicológicamente, no tanto, estaba haciendo lo mismo, tratar de salvar a su hermana, de protegerla de su debilidad, su miedo y su terror a la vida. Entra a la habitación y encuentra ese cuerpo que no reconoce porque en estos nueve años su declive fue mucho más rápido que el que el paso de este tiempo debería de mostrar; un cuerpo que ahora cargaba dieciocho kilos más que la última vez que lo había visto, catorce líneas que se dibujaban en su rostro y delataban un cansancio, un agotamiento, una extenuación de vivir; una raíz blanca que llevaba dos meses sin pretender que no existía; un tubo insertado en su garganta a través de un orificio que hace veinte horas un médico practicante le tuviera que hacer de emergencia, siendo esta la cuarta vez que hiciera semejante intervención en su breve carrera, y es que la paciente había llegado de madrugada, cuando los doctores que son de verdad descansan, y por eso este hoyo que, la mera verdad, no le quedó muy bien a este aprendiz de médico, este orificio cuyo propósito era llenar los pulmones con el oxígeno de un tanque, porque ellos solos, los pulmones, ya no podían hacerlo, porque ni ellos ni el resto del cuerpo tenía muy claro qué era lo que ahora debían hacer, si su centro de mando no les decía nada, y ni modo de que ellos se mandaran solos. Un cuerpo que se había convertido en una trágica onomatopeya, con el tiiiiin tiiiiin tiiiiin del monitor que seguía el ritmo cardiaco de un corazón que, si los médicos hubieran tenido el detalle de preguntárselo, hubiera dicho que mejor no se molestaran en revivirlo, que lo dejaran como estaba; el sonido del llenado y vaciado, el inflar y desinflar de la bomba de oxígeno, esos ecos rítmicos y constantes que son como los olores de infancia, que al percibirlos inevitablemente nos remontan a un lugar y un lugar solamente, en este caso a la habitación de un hospital donde yace un cuerpo que no está reaccionando como debe, que está fallando, que se está muriendo y por eso necesita de todas estas sonoras máquinas que lo obligan a seguir. Y eso era su hermana, y ahora sí que no tenía idea de cómo la iba a salvar de esta.

A su lado, sentada en un sillón, levantando la mirada de su palma derecha en la que estaba absorta y que contenía el conocimiento del mundo entero, estaba, ¿Alana?, preguntaba

Dionisio igual de sorprendido por la escena de la cama que por la de la figura que la acompañaba, y es que, ahora caía en cuenta, estos nueve años también habían pasado por su sobrina, que ya tenía quince, y no seis, aunque, viéndola bien, pareciera que tuviera dieciocho o veinte. ¿Qué pasó, mi niña?, le preguntaba mientras le daba un abrazo que buscaba contener todo el dolor que esta perfecta desconocida estaba experimentando por esa mujer que ahora resultaba, también, una desconocida para él, porque ya no la reconocía como su hermana, porque le era tan distinta y tan distante como cualquier mujer que se encontrara en la calle. A esto, la sobrina respondió abriendo las compuertas de sus lagrimales para dejar caer el líquido sin contención, abrazando con fuerza a este hombre que no conocía y que ahora era el único refugio en el que podía resguardarse. Gracias por venir, le decía después de minutos de llanto continuo, a lo que él le respondía que Al contrario, gracias por llamarme: no hay ningún otro lugar en el que debería de estar en este momento. ¿Cómo estás, hija?, le preguntaba mientras ayudaba a esta adolescente a sentarse de nuevo en el sillón y él se ponía de cuclillas. ¿Cómo estás?, y la respuesta era la continuación de este llanto perpetuo que solo tenía breves pausas, pero no conocía fin. ¿Qué pasó?, le preguntaba una vez que el llanto de Ali pasaba de ser una violenta tempestad a una tenue y silenciosa brisa. Pero Alana no quería recordar lo que había pasado; se negaba a revivir esa imagen, quería borrarla de cada una de sus neuronas y de sus células, todas las cuales habían sido salpicadas por esa escena, por su violación y su violencia, por su tragedia y su crudeza. Para su desgracia, se quedaría grabada en ella hasta varias vidas después de esta, cuando deje de llamarse Alana y ocupe otro cuerpo físico, porque la llevaría inscrita en su cuerpo energético y espiritual, No sé, mentía Alana mientras su mirada se perdía en un profundo vacío. Que qué era eso que vio, carajo, nos pregunta usted, desesperado, y no porque nuestro talento literario haya logrado despertarle un nivel de intriga sobre lo ocurrido, sino porque ya se fastidió de tanta pregunta sin respuesta. Y le decimos que lo que Alana vio fue prácticamente lo mismo que hace años viera también su madre, esa que ahora yacía en esa cama ya no viendo nada, ya no siendo nada, a lo mucho un cúmulo de vísceras y órganos y carnes inservibles; la misma escena que esos ojos que ahora estaban cerrados para ya no abrirse nunca más habían visto hacía poco más de cuarenta años, mientras permanecía resguardada detrás de la ventana de su cuarto, escondida y desde tan lejos que ni siquiera nosotros nos enteramos de que ella también había sido testigo de eso, y por eso hasta ahora pensábamos que el único que vio a Ignacio colgado de ese árbol había sido Dionisio, pero no; ella también lo vio, no solo el desenlace del acto, sino todo el proceso: cómo Ignacio preparó todo, cómo revisó cada rama del árbol para asegurarse de escoger la que soportara su peso, que físicamente era muy poco, ese no era el problema, lo que le preocupaba era que no pudiera soportar el peso de su alma, una llena de pena y tormento, y usted bien sabe que ese peso es el más insostenible de todos. Aun consciente de lo que ahí estaba ocurriendo, Anna no se inmutó en los veinte minutos que duró todo el trámite; lo único que en ella se movió fue una gota salada que corrió desde su ojo izquierdo hasta desaparecer en su boca. Permaneció donde estaba no porque no quisiera salvarlo, sino por todo lo contrario. Anna sabía que tratar de evitarlo solo haría que este amado hermano suyo sufriera aún más de lo que ya lo hacía; era evidente que Ignacio ansiaba irse de aquí, y Anna lo entendía muy bien, porque era lo mismo que ella quería, solo que, a diferencia de él, ella era muy cobarde como para atreverse. Un día sí y el otro también, Anna fantaseaba con eso, con cómo sería, cómo lo haría y qué pasaría una vez que lo hiciera. A esos pensamientos les dedicaba buenas partes de su día, pero de ahí no pasaba, porque la vez en la que jugó a que la navaja de su padre le cortaba un pequeño pedazo de su piel, al sentir el dolor, inmediatamente paró, y esto la llenó de coraje hacia ella misma, por ser tan débil, por estar atrapada entre estas ganas de acabar con todo, y no tener el valor de hacerlo. Y lo mismo pasó cuando tomó el revólver de su padre; solo logró cargarlo por unos segundos, porque temía que se le resbalara o alguien de pronto entrara y eso la asustara, y entonces boom, por accidente se disparara. Pero ¿qué no era eso precisamente lo que quería? Pues sí y no. Solo Ignacio y Anna, y, antes de ellos, su madre, Soledad, cuyo cuerpo ya descansara en la tierra, no sabemos si en paz, eso lo dudamos bastante, experimentaban estos estados, algo que sentían tan suyo, tan propio, tan real, y que en verdad no era más que un simple desbalance químico, un desajuste técnico en el cerebro, mera mala suerte, se podría decir, esto de haber heredado de Soledad, su madre, una variante corta, y no larga, como Dionisio, del gen SLC6A4 ubicado en la región 17q12 del cromosoma 17, la encargada de transportar la serotonina en el cerebro; la risible razón de poseer una secuencia corta del gen de la proteína transportadora de este neurotransmisor era, si no absolutamente, sí un muy fuerte motivo de que la visión que estos tenían del mundo que les rodeaba fuera así, una llena de desconsuelo y angustia y aflicción y ansiedad y miedo y melancolía. Y esto nos lleva a cuestionar, de nuevo, qué demonios somos, si no somos eso que sentimos, si lo que sentimos y pensamos y cómo lo vivimos, no es más que la consecuencia de un desperfecto que nada tiene que ver con nosotros, ¿entonces qué *sí* somos?

Lo que Alana vio, decíamos, fue lo mismo que viera Anna, solo que, en lugar del campo, era la habitación de sus padres; en vez de un árbol, el ventilador del techo; en lugar de un bello hombre de cincuenta kilos, era una pesada mujer de ochenta y cuatro.

Alana había regresado del colegio a las cuatro de la tarde, sola, como lo había hecho en los últimos meses, ¿o años ya?, en los que su madre había caído enferma, de qué, no sabía, pero no se podía levantar de la cama, le dolían todos los huesos, decía ella, y eso no le permitía caminar. Todo estaba en silencio, como siempre en esa casa, y por eso nunca quería estar ahí y mejor se la pasaba afuera, porque sentía que dentro se ahogaba, se apagaba, se moría, como veía que su madre lo había hecho con el paso de los años. Llegó directo a la cocina a prepararse algo de comer, que no era otra cosa que un plato con plástico congelado que cuando se mete al microondas se convierte en comestible. Tres minutos después ya lo estaba metiendo a su boca, sin enterarse de que lo hacía, con toda su atención embebida en su mano izquierda y el mundo que dentro de ella vivía, ese que era su cosmos entero, y es que todos los universos cabían en la palma de su mano, porque fuera de esta nada de lo que ella era, existía; acá, afuera de ese cristal que era la frontera que delimitaba lo que realmente importaba de lo que no, acá, nada resultaba tan importante, tan vital, tan real, como lo que vivía dentro de la pantalla. En quince minutos terminó de masticar esas mezclas químicas que imitaban sabores que un día, hace no muchos años, se produjeron de manera orgánica pero que esta adolescente pocas veces llegó a conocer. Sin embargo, no fue hasta una hora y cuarenta y ocho minutos después que Alana se levantó de la barra de la cocina y fue a su cuarto para echarse en su cama y seguir haciendo eso mismo que hacía en la cocina. Su habitación estaba al final del pasillo, después de la de sus padres. Ya llegué, anunció mientras pasaba por ahí, pero nadie le respondió. Tal vez su madre por fin se había curado y había logrado salir de esa cama; tal vez, y la curiosidad de esa posibilidad hizo que este personaje nuevo e inesperado, al menos para nosotros, abriera la puerta de ese cuarto para dar respuesta a su duda. Había visto esa misma escena antes, en películas y series, al menos unas cinco o seis veces: un cuerpo que cuelga del techo, como si flotara o volara, eso parecía si no se veía lo que de arriba lo suspendía; una cara de colores atípicos, una silla o una banca tirada; en unas, pero no en todas, una nota que explicaba por qué el testigo estaba presenciando esta desagradable imagen. Había visto esta escena antes, sí, pero resultaba haber una gran diferencia entre eso, Alana descubría ahora, y cuando se observaba así, sin ninguna pantalla protectora de por medio. El cuerpo se columpiaba ligeramente, no porque este se estuviera moviendo, sino por las pulsiones que generaba la ciudad que vivía afuera de esas paredes. Alana permaneció ahí, inmóvil, observando, como lo hiciera tiempo atrás la que ahora estaba colgada, aunque la adolescente no lo hacía por el mismo motivo que su madre lo hizo, sino porque el shock la había dejado en un estado de catalepsia que le impedía cerrar los ojos, salir corriendo, escapar de eso que tenía enfrente, forzada a observar detenidamente cada detalle de ese cuerpo que ya solo era un objeto, de esa cara que tantas ocasiones antes había visto y que ahora le resultaba tan distinta y tan extraña. De pronto, por fin pudo gritar Mamá, tan fuerte que se escuchó por toda la cuadra, o al menos sonó en toda ella, porque de escucharlo, realmente nadie lo hizo, porque los que ocupaban esas casas nunca estaban en ellas más que para dormir, o porque los que estaban solo escuchaban los sonidos que sus audífonos les transmitían. Llamar Papá, dijo su voz temblorosa a su mano izquierda. Llamando a Papá, le respondía esa voz siempre dulce, que le resultara más familiar y le respondiera muchas más dudas a Alana que lo que lo hicieran sus padres y sus maestros o cualquier ser de carne y hueso. Y después de varios timbres, la voz dijo Papá no responde, ¿deseas enviar un mensaje? No, papá nunca leía los mensajes. Alana levantó la silla para subirse a ella y soltar la soga; cayó un par de veces antes de lograrlo. Después de tantos intentos, el cuerpo finalmente retumbó sobre el piso, y ella con él. Y entonces le golpea la cara, le grita Despiértate, Reacciona, Mamá, Mamá, Mamáaaaaaaaaaaaaaaaaaaaaaaaaaaaa.

Llamar Urgencias, ordenaba ahora, como un par de veces antes ya lo había hecho en su vida: la primera, cuando todos en aquella fiesta estaban en pánico porque pensaban que tanto alcohol había matado a Martina, porque esta no se movía, no reaccionaba, con los ojos blancos, y su cuerpo flácido como si fuera un inflable; la segunda, cuando chocaron con un árbol en el coche de Lucio en una carretera desolada, Lucio con sangre corriendo por toda su cara, Martina con el brazo roto, Isaac con la nariz destrozada, André llorando sin parar, gritando Lucio está muerto, Lucio está muerto, y ella, Alana, teniendo que salir de su shock y aguantarse el dolor que su muñeca rota le estaba provocando para ser la única competente y decir las palabras mágicas que salvarían a todos: llamar Urgencias. Llamar Urgencias, ordenaba ahora mientras hacía reanimación cardiopulmonar en el pecho de su madre. Tomó su muñeca para revisar si todavía tenía pulso, pero era tal su nerviosismo que la mano le temblaba y ya no sabía distinguir qué era qué. Respiración de boca a boca. Otra vez ambas manos sobre el esternón y hacer presión para revivir el corazón; todo el proceso que las pelis y las series le habían enseñado que se hacía en estos casos, como tantas de las cosas que esta adolescente sabía de la vida, todo aprendido gracias a ellas. Momentos más tarde escuchaba la sirena de una ambulancia y que golpeaban la puerta de su casa. Y el resto de la secuencia es una gran nebulosa de la que Alana solo rescata fragmentos entrecortados. Un hombre vestido de blanco cortando la blusa de su madre y dejando su pecho al aire. El desfibrilador descargando electroshocks, cinco, cuatro, tres, dos, uno, y el cuerpo saltando varios centímetros. Otra vez. Y otra. La voz de una mujer que le dice Logramos revivirla. Al hospital. Ven conmigo, hija. Nada de esto recuerda, tampoco cuando su vista recorrió toda la habitación, como tratando de buscar una explicación, algo que le ayudara a entender qué había pasado. Y aquí también se cumplían las ilustres enseñanzas de su escuela, porque, efectivamente, su madre había dejado una nota sobre la cama, esa que por fin estuviera bien tendida después de semanas de permanecer deshecha con ella dentro. Hasta un día después Alana descubrió que había tomado esa nota, cuando, en la sala de Emergencias, sedada con calmantes, sola y sin saber qué hacer o a quién recurrir, porque ya había solicitado trescientas cuatro veces Llamar a Papá, mismas que papá le había mandado al buzón; estaba en la sala, decíamos, flotando en un mundo que no era ni este, el terrenal, ni el otro, el virtual, más como un limbo lleno de confusión y vacío, cuando metió su mano a la bolsa de su pantalón y entonces sacó esa hoja, que sería la última que registraría la letra escrita de su madre:

Llama a mi hermano.
645 234 1265
Perdóname, Ali.
Te amo.

¿Quién era *su hermano*? Alana no recordaba su nombre, solo tenía una vaga memoria de hace muchos años, de algún evento que ocurrió no recuerda dónde; jamás lo llamó como tío, su madre siempre se refería a él, al menos las pocas veces que lo hizo, como *su hermano*. ¿De dónde era ese número? ¿Dónde se suponía que estaba ese hermano? Daba igual. Pidió un teléfono y marcó. Le dijo que hablaba la hija de su hermana, que su hermana estaba en el hospital, que su esposo, el papá de la que hablaba, no aparecía y que su madre le había dejado una nota diciéndole que le llamara a él. No sabía qué hacer ni a quién más acudir, ¿podía venir? Por supuesto que podía, estaría con ellas tan pronto como el avión lo llevara.

Y ahora el hermano por fin estaba aquí, y esto, por más comatoso que estuviera el cuerpo de Anna, era algo que una parte de ella todavía podía sentir; su espíritu, su alma, como se llame eso que es eterno y que nunca muere, percibió cuando Dionisio entró a esa habitación. Por eso, una vez que confirmó que su hija no se quedaría sola, que estaba en buenas manos, mejores que las suyas, seguro, unas que la cuidarían y la defenderían de cualquier peligro, Anna comenzó a soltar amarras y a dejarse ir, lentamente se fue yendo hacia esas hipnóticas figuras fractales que le invitaban a avanzar, que le decían que confiara, que todo estaría bien, que esa vida había sido solo un instante, que en realidad todo era un breve instante, un instante que estaba sucediendo en múltiples universos y tiempos de manera simultánea, y que no importaba que no entendiera esto que le estaban diciendo, daba igual, solo tenía que soltar, soltar, soltar. ¿Podía ver ahora cómo todo lo que le preocupaba ya no importaba, que nunca lo había hecho, que nada era tan importante, en realidad? Porque toda pena cesa, todo dolor acaba, como la vida misma. Y entonces el tin   tin   tin comenzó a sonar cada vez más espaciado, más lejos uno del otro, hasta que se convirtió en un tiiiiiiiiin perpetuo, el sonido más temido por el mundo civilizado, ese que anuncia la conclusión del paso por este plano, el cese del funcionamiento del cuerpo, que esa masa, esa carne, ahora solo servirá para oler mal y convertirse en alimento para los animales, porque lo que daba vida a esa botarga ya se ha ido, a dónde, eso nos encantaría saberlo, pero, mientras tanto, nos ha dejado aquí, totalmente confundidos, porque cómo era posible que hace un momento estuviera y ahora ya no, porque alguien tiene que explicarnos a dónde se fue, dónde está, si no está aquí, no pudo haber simplemente desaparecido, porque esta adolescente había reprobado varios meses su clase de química, pero aun así recordaba la ley elemental de conservación: la energía no se crea ni se destruye, solo se transforma, ¿y entonces qué era su madre ahora? En vano intentó ciento noventa veces más llamar a Papá; ya ni siquiera conectaba la línea, mandaba directo al buzón.

Y es que el artefacto que se suponía que los tenía que enlazar, ahora reposaba, sin batería, en la cuneta de una carretera a muchos kilómetros de donde Alana estaba, porque Vicente, su padre, había decidido comenzar una nueva vida, decir adiós a todo eso que lo ataba, que no lo dejaba ser libre, porque ya tenía cincuenta años recién cumplidos hacía una semana, medio centenario no es cualquier cosa, además de un cúmulo de arrepentimientos y *hubieras* que le recordaban momento a momento que el reloj seguía corriendo, y por eso mientras apagaba las velitas puestas sobre una tarta de supermercado que resultaba tan triste y penosa como había sido su vida en los últimos quince años, Vicente se dio cuenta de que ya no tenía nada que hacer en esa casa, porque no amaba a esa mujer con la que había vivido todo este tiempo, cuya innata melancolía pensó que un día se borraría, pero no, resultó todo lo contrario, porque apenas habían firmado los papeles que dijeran que ahora uno era responsabilidad del otro y viceversa, apenas estaban volviendo de su luna de miel, cuando Anna ya comenzaba a presentar esos episodios de abstracción y ausencia, de desconexión con el mundo y no poder abrir los ojos por la mañana, solo dormir, por días dormir. Y Vicente hizo lo que pudo en esos primeros meses y años, en verdad que lo intentó, comprenderla, ponerse en su lugar, buscarle tratamientos y médicos, llevarla con chamanes y cualquier terapia que le recomendaran, lo que le dijeran hacía, y es que Ali necesitaba de una madre que estuviera, de preferencia, despierta, porque era imposible para él encargarse de todo. Y había periodos en los que Anna lograba cumplir con las exigencias de ser una *persona*, que se levantaba de su cama y existía, y no solo eso, sino que preparaba desayunos increíbles, todo desde cero, desde el pan que ella misma horneaba hasta la crema de cacahuate hecha también por sus propias manos. Se levantaba a las cuatro para tener un banquete que comerían solo tres personas listo a las siete, y después se iba a correr kilómetros, veinte, treinta, y pintaba tres cuadros en una semana, y podía hacerle el amor durante toda la noche a Vicente, y salir a cenar y bailar y no parar hasta el día siguiente; organizar viajes exóticos al otro lado del mundo donde bucearían con tiburones y volarían en parapente; cambiar todo su guardarropa y de pronto aparecer siendo otra; inscribirse a una nueva carrera en Filología o Biología marina. Ser cualquier cosa y todopoderosa. Y esos periodos podían durar una semana o un mes o diez; era un exceso de energía, de vida, de todo. Y resultaba imposible seguirle el paso, pero Vicente prefería esto a lo otro, mejor su manía volando alto que hundida en el fondo del abismo. Altos muy altos, bajos muy bajos, nunca en el medio, esa era la guerra que a este personaje le había tocado sortear por meras imperfecciones técnicas en su sistema. Y así no se podía vivir, concluyó Vicente a los pocos años, porque no sabía con quién vivía, ni cuándo aparecería una versión o la otra, ni cuánto llegaría en la tarjeta porque a su mujer, en plena madrugada, se le había ocurrido que lo que necesitaban era irse un mes de safari para que la niña conociera esos maravillosos animales que dios sabe hasta cuándo iban a existir, y una vez que le llegaba la idea no lo pensaba un segundo y se ponía a ello, a reservar billetes transatlánticos o inscribirse en cursos absurdos o comprar coches o adoptar perros o hacer triatlones o. Y, ahora, después de quince años de esto, Vicente había dicho Basta. Lo habría dicho antes, de haberse topado antes con Viviana, esta mujer que llegara a su vida para presentarle lo que era el amor real, o lo que Vicente, en su limitada experiencia, consideraba como tal. No le tomó más que un par de semanas de ese embriagante idilio para que tomara la decisión de dejar todo aquello que no le hacía feliz y entregarse por completo a lo que sí. *Todo aquello que no le hacía feliz,* en realidad, no era más que una sola cosa: su mujer, concluía Vicente; esa mujer que en ese momento llevara ya más de un mes en uno de sus periodos bajos, tomando el desayuno, la comida y la cena en la cama, con la televisión de fondo las veinticuatro horas exhibiendo en mute un canal cristiano en el que no creía, con las cortinas cerradas, llorando, durmiendo y comiendo. Ya no te amo, le dijo Vicente, relajado y confiado después de beberse una botella de vino con Viviana, al bulto que permanecía en la cama, Ha sido más el tiempo que no te he amado que el que sí; tal vez nunca lo he hecho, tal vez nunca te amé. Hice lo que pude, pero ya no puedo más. Me voy. No me busques, no me vas a encontrar. No uses a Alana, porque ni así me vas a convencer de que me quede. Su hija estaría mejor sin él, se convencía este padre para sentirse menos mal por abandonarla. Y es que, a pesar de todo, o tal vez por eso mismo, porque a la niña no le quedaba de otra, porque su madre no lo sería por ella, Alana era muy inteligente, se repetía el padre, y por eso, cuando le explicara por qué hizo lo que hizo, ella lo entendería e incluso lo aprobaría. Pero eso sucedería tiempo después, una vez que todo estuviera en su lugar y él fuera feliz; verlo pleno sería la mejor explicación que le pudiera dar a su hija.

Vicente no se esperó a escuchar ninguna respuesta, no la necesitaba ni la quería; lo único que quería era dejar todo eso atrás y comenzar, por fin, su nueva vida. Se fue sin empacar nada, y es que quería reinventarse, ser otro hombre, un nuevo Vicente. Se fue de madrugada, mientras las células nerviosas de los oídos de Alana sufrían daños considerables gracias a la música ensordecedora que escuchaba para neutralizar el llanto histérico de Anna que resonaba por toda la casa. Desde su ventana, Alana lo vio marcharse, y una parte de ella sabía que su padre se estaba yendo para no volver, que seguramente esa sería la última vez que lo vería. Y sí, justo como él pensaba, su hija lo entendía; ella, de haber tenido opción, habría hecho lo mismo. Pero fue su madre la que se fue por ella. Y si alguien le hubiera preguntado qué la hizo, después de todos estos años, por fin tomar la decisión de hacer realidad su fantasía, Anna no habría sabido qué responder; por supuesto que no fue por el abandono de Vicente, si eso era algo que Anna había estado esperando desde antes de que cumplieran su primer aniversario, y es que nadie en su sano juicio sería tan masoquista como para vivir con alguien como ella, y esta lo entendía. Era verdad que ya no podía más, que estaba cansada de intentar ser algo distinto de lo que esos neurotransmisores la hacían *ser,* pero así había sido siempre; Alana fue la fuerza motriz que la convenció a actuar, a ser valiente y dar el paso. Por primera vez en su vida no sería egoísta y pensaría en lo mejor para su hija, se convencía Anna mientras planeaba cómo sería su acto final. Y en ella estaba pensando cuando su pie izquierdo tiró la silla que la sostenía en lo alto; pensaba en que, a partir de ahora, su hija estaría en buenas manos, lejos de ella, lejos de todo el daño que le había hecho y le podía hacer. Lo hizo por Alana, claro, lo hizo por amor.

Al funeral solo fueron Dionisio y Alana, y es que ser una persona como Anna lo era, hizo que poco a poco se fueran alejando las escasas amistades que milagrosamente había logrado conseguir, hasta quedarse sin ninguna. La hija no le avisó a ninguno de sus amigos, no habría sabido qué decirles, ¿que su mamá se había colgado? Era una frase que ni siquiera ella podía terminar de comprender, menos pronunciar. Alana amaba a sus amigos como a nada, y es que ellos eran su verdadera familia y donde había encontrado su refugio desde que empezó a necesitarlo. Sus amigos eran los mejores amigos que alguien podía tener: los más divertidos, los más guapos, los más audaces, los más fenómeno, los más *más* de todo su cole y de los otros también; eran su todo, sí, pero estas situaciones no cabían en ese todo. Desde niña, Alana había aprendido a dibujar una línea entre la vida dentro de su casa y la de afuera, entre su familia o, más bien, entre su madre, y sus amigos, porque así era mejor para todos, porque desde muy pequeña esta criatura había entendido que su madre no era como las demás, y por eso lo mejor era no mezclarlos, porque ninguno de los dos lados se entendería. Ninguno de sus amigos conocía su casa, al menos no por dentro, algunos habían conocido a su madre, pero solo porque había resultado inevitable, en alguna junta que Dirección había solicitado por los problemas de conducta que tenían su hija y sus amigos; casi ninguno recordaba cómo se llamaban los padres de Alana, y es que nunca los mencionaba. Y este, pensaba Alana, no sería el momento para hacerlo; no tenía energía para explicar algo que le resultaba tan inexplicable, Mi madre se colgó y mi padre se fugó. Y ya se imaginaba a todo el cole hablando de ella a sus espaldas, compadeciéndose de ella, Pobrecita, ¿no sabes lo que le pasó? Se quedó huérfana, ni mamá ni papá; ella estaba loca, él las abandonó. Desconocidos contando y escuchando versiones alteradas de los hechos, diciendo cosas que no les constaban, inventando, hablando de lo que no sabían, por simple morbo, porque las personas se fastidian de su vida aburrida y por eso necesitan meterse en las de los demás, Alana sabía muy bien; no había nada que hacer para defenderse de *la gente,* más que apartarse de ella, desaparecer de su vista para no volverse su presa.

Por eso Alana se iría a La Soledad. A pesar de lo triste del motivo que hasta aquí la traía, esto ilusionaba a Dionisio, al que le sentaba tan bien eso de rescatar hembras desprotegidas. Es un lugar espectacular, ya verás que te va a encantar. Ahí tendrás todo lo que necesitas. La vida es muy distinta a la que se vive aquí, pero verás que es mucho mejor. Aún ahora, más de treinta años después de que sus pupilas fueran sorprendidas por la presencia de este nuevo personaje, Antonia recuerda esa escena tan bien como el momento en el que sucedió, cuando después de tomar un vaso de leche en la cocina, regresaba a echarse debajo de Grande; y vio llegar la camioneta de su padre, y entonces este se bajó y le dijo Ven, Antonia, ven, que quiero que conozcas a alguien. Antonia odiaba eso, *conocer a alguien,* porque enseguida se ponía nerviosa y nunca sabía qué hacer con esos adultos que siempre le parecía que actuaban demasiado efusivos y alegres para el caso, ilógicos y falsos. Pero en su lugar bajó ella.

Y ya no supo qué pasó.

Hola. Soy Alana, le decía este cuerpo tan luminoso que a Antonia le era difícil verle de frente. Ella es Antonia, mi hija, respondía Dionisio por la niña después de que esta se quedara callada e inmóvil. Hola, Antonia, y entonces la luz se le acercaba para darle un beso y un abrazo como se hacía allá de donde venía cuando la gente se saludaba o se conocía. Alana es hija de mi hermana Anna, y, a partir de ahora, vivirá con nosotros. Esto Antonia no lo escuchó, y es que su corazón comenzó a palpitar tan fuerte que el boom boom boom de sus latidos no le permitía oír nada más. ¿Quién es *esto*?, se preguntaba Antonia, y no sabía por qué sus pulsaciones de pronto se habían alterado tanto, por qué le estaba costando respirar, por qué ese repentino nerviosismo si hace un momento estaba tan tranquila, por qué el mutismo y la rigidez y el no poder reaccionar ni hablar ni moverse. ¿No vas a saludar, Antonia?, le preguntaba su padre, y después de un titánico esfuerzo para actuar como un humano normal, Perdón. Hola, ¿Estás bien, princesa? ¿Has comido? Te veo pálida, a lo que Antonia solo movió su cabeza de arriba para abajo, y, sin más, se fue corriendo. Minutos después, varios mililitros de sangre manaban por ambos costados de sus piernas; no podía dejar de hacerlo, de rascar una y otra vez esas heridas hasta sentir la humedad, la carne viva y fresca y el líquido que de ahí brotaba. ¿Qué hacía esa extraña aquí? ¿A qué había venido? ¿Quién era? Permaneció ahí, repasando una y otra vez la escena que acababa de ocurrir, pensando en lo estúpida que esa desconocida pensaría que era, y en cómo hubiera querido que fuera ese encuentro, Hola, yo soy Antonia, y entonces darle un abrazo de vuelta y luego retirarse a lo suyo como si nada hubiera pasado, no huyendo de esa manera ridícula y absurda e infantil, como la niña tonta que era. ¿Por qué era así? ¿Por qué no era como los demás? *Los demás*, Antonia, son una masa que no sabe quién es ni qué quiere, una colección de posturas e imposturas que no te gustaría ser, le habríamos dicho mientras le abrazábamos fuerte, de sernos posible. Permaneció ahí, debajo de Grande, hasta que el sol se cansó y la única luz que se veía era la de las luciérnagas que aparecían y desaparecían en la pradera. Y hubiera seguido ahí de no haber sido porque Guillermina vino por ella, Que la están esperando para cenar, No tengo hambre, No es pregunta. La están esperando. Obedezca. Y no le quedó de otra, claro, porque eso de ser una rebelde jamás se le dio.

Cuando llegó a la mesa, vio que su silla estaba ocupada, Esa es mi silla, le dijo, Mi amor, todas las sillas son de todos, le decía este hombre que jamás había permitido ni permitiría que alguien más ocupara la suya. Perdón, no sabía, le decía Alana mientras se levantaba, ¿Dónde me puedo sentar?, Ahí, le decía Antonia indicándole el asiento después de dos sillas vacías contrario a donde ella se sentaba, ¿Por qué ahí, Antonia?, Porque aquí va mamá y aquí va Nicolás, Pero no está ninguno de los dos. No hagas caso, Ali, siéntate aquí, le decía el de la cabecera a la nueva inquilina, al mismo tiempo en que le ofrecía el lugar de Teresa, frente a Antonia, quien había decidido que simplemente ya no hablaría, ya no diría nada, solo estaría ahí, ocupando un espacio, y, después de mover un rato la comida en el plato, se retiraría a su habitación; así no haría de nuevo el ridículo. Mañana Guillermina te adecuará tu cuarto para que quede como tú prefieras, le decía Dionisio a la nueva inquilina, Vas a ver cómo disfrutarás tu vida aquí. Y Antonia te ayudará para que así sea, ¿verdad, princesa? La niña levantó la mirada del plato para ver de reojo a la que tenía enfrente, solo una vez lo hizo, y eso fue suficiente como para que se le cerrara el estómago. ¿No vas a comer, mi amor?, preguntaba Dionisio al ver que Antonia solo revolvía la crema que tenía en el plato pero que no terminaba de meterse la cuchara a la boca. No me siento bien, mentía Antonia, o no, porque si bien era cierto que no estaba enferma, también era verdad que su cuerpo no se sentía nada bien. ¿Qué te pasa?, le preguntaba ahora ella, y esto Antonia no se lo esperaba, escuchar su voz, que era particularmente grave y rasposa, como la de una mujer adulta que fuma y grita y ha hecho muchas cosas en la vida, dirigiéndose a ella. Respondió alzando los hombros en No sé mientras seguía concentrada en la crema, Me voy a dormir, Dime qué sientes, hija. O dile a Guille qué sientes para que te dé algo, y a esto Antonia movía la cabeza en Sí mientras se levantaba para después retirarse a la cocina, donde tomó un vaso de agua y dio las buenas noches a Guillermina.

De sobra queda mencionar que lo último que hizo fue dormir. Por fortuna eran vacaciones y podría estar todo el día afuera. Pero antes tenía que tomar el desayuno. Lo podía hacer, se decía, podía sobrevivir ese momento y, una vez superado, resguardarse en su refugio y olvidarse de esta situación y esta persona que la perturbaba, que la incomodaba profundamente y ni siquiera sabía por qué. Pero cuando llegó a la mesa solo se encontró con su padre. ¿Te sientes mejor, princesa?, y Antonia afirmaba con un débil movimiento de cabeza, extrañamente decepcionada por solo encontrarlo a él. Ya venía Guillermina con todo para ponerle el desayuno, cuando la niña dijo Solo quiero un jugo, Guille, muchas gracias. Entonces Dionisio estiraba su mano para ponerla sobre la de Antonia, ¿Te puedo pedir un favor, mi amor?, y Antonia permaneció en silencio por unos segundos; finalmente movió la cabeza. Alana está aquí porque acaba de pasar por algo muy difícil, algo que la tiene muy triste. A ella le haría muy bien tener a alguien con quien distraerse, con quien jugar. Es una niña maravillosa, como tú, y estoy seguro de que, si te acercas a ella, terminarán siendo muy buenas amigas. Además, es algo que a ti también te hace falta, una amiga, divertirte con personas de tu edad. Ella no es exactamente de tu edad, pero es solo un par de años mayor que tú, y, mientras escuchaba esto, Antonia concentraba su mirada en los cubiertos de plata que reposaban sobre la mesa. En este momento, ahora más que nunca, Ali necesita a alguien para llevar mejor esto por lo que está pasando, y creo que ese alguien, aparte de mí, claro, eres tú, princesa. Entonces Dionisio levantaba su mano para llevarla a la barbilla de la niña y alzarla para que lo viera a los ojos, ¿Me prometes que vas a intentar ser su amiga y ayudarla en lo que necesite? Hagámosla sentir como si esta fuera su casa, ¿te parece, mi niña? Silencio. ¿Antonia? Y no era que Antonia no quisiera hacerlo, era más bien que no sabía cómo; ahora que lo pensaba bien, se daba cuenta de que nunca había tenido una amiga, eso que, según sus novelas, toda niña tenía. Era en parte por eso, y en parte porque su mente estaba preguntándose qué podía ser lo que le había ocurrido que la tenía tan triste. ¿Me lo prometes?, volvía a preguntar mientras de fondo se escuchaba el llanto de un bebé que cada vez sonaba más fuerte. Pero vaya, ¿y esta sorpresa? Buenos días, le decía Dionisio a su mujer con un dejo de reclamo, El médico dice que ya podemos dar paseos bajo el sol, que nos haría muy bien a Mateo y a mí. Guillermina, prepara la carriola del niño. ¿Desayuna, señora?, y ya estaba por responder que no, cuando por una de las cuatro puertas que dan al comedor entraba esta adolescente que Teresa nunca había visto en su vida. Hola, soy Alana, le dijo la que llegaba recién levantada, despeinada y en pijamas, es decir, perfecta. ¿Y este bebé hermoso quién es?, preguntaba ahora con voz de ternura al mismo tiempo en que se acercaba a Mateo para hacerle un cariño, a lo que la madre reaccionó enseguida alejándolo de ella, No le gusta que lo toquen. Fue hasta entonces que Dionisio se percató, y esto nos hace preguntarnos en qué parte del cerebro masculino está la interferencia que nos hace tener este retraso para leer las situaciones que son tan evidentes para ellas. Mi amor, ella es la hija de mi hermana Anna, y, a partir de ahora, vivirá con nosotros. Y si usted es una mujer, sabe muy bien el efecto que produjo en el ambiente esta noticia que cualquiera que tuviera un mínimo sentido común sabría que tenía que haberse dado en privado y con antelación. Teresa sintió que una mano imaginaria le clavaba un puñal en el pecho. Se quedó en silencio, con el gesto tieso, sin poder disimular lo mucho que esta noticia, por todas las razones que cualquier fémina podría perfectamente entender, le resultaba una agresión y el peor de los insultos. Te lo iba a comentar anoche, pero estabas dormida y preferí no despertarte, ya ves lo poco que estás durmiendo. Una palabra más dicha por este imbécil y esta mujer habría tomado la jarra de cristal llena de jugo de naranja para chocarla con su cabeza y hacerlo callar de una vez por todas. Sin embargo, por más impulsiva que nuestra aún bella y deseable Teresa, más bella y deseable cuando se ponía así de irracional e incontrolable; por más que si, por ella fuera, le habría gritado ahí mismo a este pedazo de pendejo que no puede andar metiendo a su casa, *su casa* dicho en sonoras itálicas para que le quedara claro que era suya y de nadie más, que no puede tomarse la libertad de *avisarle* que va a meter a una desconocida a vivir con ellos sin antes consultárselo y tener su aprobación, porque él podrá hacer y deshacer lo que se le ponga en gana allá afuera con toda esa bola de imbéciles y sus jueguitos de poder, pero aquí, en lo que su familia afectaba, ella era la que mandaba; si por ella fuera, ahí mismo habría hecho una escena que habría incomodado hasta al inocente de Mateo, pero, como antes hemos dicho, esta mujer podría estar loca, pero nunca pendeja, y por eso sabía que no le quedaba de otra más que tragarse esas toneladas de furia, inhalar profundamente, fingir una sonrisa y comportarse como la señora que era. ¿Y dónde están tus papás?, y aquí saltó Dionisio El guardián, Lo que pasa es que-, decía titubeante, pero a Alana le había quedado claro que esa pregunta era para ella, y que esa mujer no buscaba que nadie más que ella la respondiera, porque Alana también era una mujer en mente y cuerpo, desde hacía mucho tiempo lo había tenido que ser, y por eso podía leer la verdad oculta, el mensaje velado que esta otra le estaba haciendo llegar en este código que solo ellas pueden entender, ¿Tú quién eres y qué haces en mi casa? ¿Por qué no te vas a la tuya, intrusa?, le había dicho en realidad, y si esa señora pensaba que con eso la iba a intimidar, estaba muy equivocada, y eso lo tenía que dejar claro la adolescente, por eso enseguida desmarcó su suerte de la capa protectora de Dionisio y tomó la palabra para hacerle saber a esa que, aunque estaba completamente sola en el mundo y no tenía a dónde más ir, tampoco estaba indefensa, porque ella podía defenderse sola, Mi mamá está muerta y mi papá desapareció, respondió con aquella templanza y parsimonia, como si estuviera diciendo que el clima estaba muy agradable o que mañana era domingo. El cuerpo de Antonia había comenzado a transpirar desde que la desconocida apareció en el comedor, con aquella ligereza y libertad y confianza, llena de sí, ocupando todo el espacio de ese amplio salón, siendo total, absoluta, un todo, un planeta completo o una estrella muy grande, como el sol, porque tenía la fuerza de atracción necesaria como para que el resto de las esferas gravitaran alrededor de ella, justo como en este momento estaba sucediendo; Antonia ya estaba empapada en sudor para cuando esta criatura respondió eso que la dejó totalmente perturbada. ¿Cómo murió?, le habría preguntado de no ser porque era incapaz de dirigirle la palabra. El efecto que esta respuesta tuvo en Teresa, sin embargo, no fue uno como el que una noticia así merecía, aunque sí logró que le bajara al menos una raya a su actitud pasivo-agresiva. Lo siento, dijo por cortesía, claro, porque, de sentir, solo sentía la inconsciente amenaza que esa persona representaba en su vida. Y es que, infelices de nosotros, y aquí hablo de ellas, de ellos, de elles, de todos, no somos más que creaturas dominadas por nuestros instintos animales, y solo a veces un poquito más. Mi hermana le pidió que me llamara, ¿Qué le pasó?, Anna toda la vida sufrió de-, Se colgó, respondió lacónicamente Alana, tranquila, sin fatalidad ni drama, para que nadie se confundiera pensando que eso les daba el derecho para sentir lástima por ella. Ali ocupará el cuarto de visitas, anunciaba Dionisio, y esta noticia, a pesar de que lo natural en cualquier llamado ser humano hubiera sido sentir compasión y empatía, fue una tercera puñalada que Teresa sintió en lo profundo de sus entrañas, esas de donde surge toda la fuerza femenina, que usted y yo bien sabemos es inmensa y mucho más potente que cualquier otra, mil a uno en proporción de la nuestra. Silencio. ¿Desayuna, señora?, volvía a preguntar Guillermina, que bien conocía a su especie y sabía que tenía que poner un alto a esa batalla. Y, como decíamos, a esta pregunta, de haber sido respondida antes de que

Alana apareciera, Teresa habría dicho No, y se hubiera retirado a dar un paseo por el jardín con su Mateo, pero esta presencia había cambiado todo el orden de las cosas. Solo un café, Guillermina, respondió la mujer al mismo tiempo en que, con la mirada, ordenaba que se le sacara la silla para que pudiera sentarse.

Teresa habría experimentado la escena de manera completamente distinta a la que, para su pesar, vivenció, si esta intrusa hubiera sido distinta, más bajita, menos esbelta, más insegura, con un físico más ordinario y menos soberbio, menos perfecto. Su reacción también habría sido distinta, aunque solo ligeramente distinta, si antes de aparecer ahí, Teresa no se hubiera probado el vestido que tenía planeado usar para el bautizo de Mateo. Y es que ese vestido lo había comprado hace meses, cuando ni siquiera se notaba el embarazo, y ahora que estaba frente al espejo, veía que el zíper muy apenas le cerraba. Y detestaba lo que sus ojos presenciaban: esa figura constreñida por esa tela que la hacía verse ridícula, patética y absolutamente grotesca, aunque esto solo existía en su visión distorsionada de las cosas, como es la visión de todos nosotros, claro, porque ni ridícula, ni patética, ni grotesca era la imagen que nuestros ojos, que también estuvieron ahí, observaron; ya quisieran tantas, todas, verse como ella en posparto. Bien era cierto que la masa de su cuerpo había modificado su forma, sí, pero nada que hiciera que nosotros, usted y yo, que somos tan preciosistas, tan obsesos con la estética y sus formas, pudiéramos juzgar como indecente u ofensivo; de eso nada, si su figura había sido personalmente diseñada por las manos de su Dios, ese que tantas bendiciones le había dado en su vida, aunque ella no lo recordara ahora, mientras se examinaba en el espejo llena de una injusta repugnancia hacia ella misma. ¿Cómo no se le había ocurrido probarse el vestido antes? ¿En qué estaba pensando? Y ahora solo faltaban tres días para la maldita celebración, y ninguno de sus cientos de vestidos funcionaba para este evento, no por el vestido, sino por lo que iba dentro de él, y contra eso, a solo tres días, ella no sabía qué hacer, fuera de odiarse y restregar su incomodidad contra todo lo que se le pusiera enfrente. Después de esta siniestra situación era que Teresa se topaba con esa desconocida a la que el imbécil de su marido había adoptado; con esta radiante adolescente cuya piel encandilaba de tan tersa y joven, cuyos ojos irradiaban una vitalidad y una luz que resultaba insultante, y por eso daban ganas de golpearlos hasta cerrarlos y apagarlos, cuyo cuerpo era tan simétrico y armonioso, tan preciso y tan precioso que irritaba e insultaba, que daba náuseas, al menos a ella, porque le recordaba, le restregaba cruelmente en la cara todo lo que deseaba volver a ser porque ya no era. Y Teresa nunca lo sabría, no de manera consciente, pero, lo que le despertaba Alana resultaba ser lo mismo que su madre, Helena, sintió muchas veces viéndola a ella, a su hija: amenaza, injusticia y envidia; si ya le decimos que con la epigenética no se juega, si es cosa seria, porque como te ves me vi, como me ves te verás.

¿Dormiste bien, Ali?, le preguntaba Dionisio ya con los cuatro y ¼ sentados en la mesa, Sí. Bueno, más o menos; me fue un poco difícil dormir con todo ese silencio de afuera, no estoy acostumbrada, a lo que Antonia no entendía a qué se refería, si la noche era un desfile de sonidos: el estridular de los grillos, el croar de las ranas, el fuerte viento que sacude los árboles y sus hojas, el aullido de los lobos, la lluvia que anoche había caído, el cantar de los gallos de madrugada, ¿qué nada de eso había escuchado? ¿De dónde venía? ¿Cómo era su mundo?, se preguntaba Antonia. Claro, aquí todo es más tranquilo, le decía Dionisio, El ruido de la ciudad no lo encontrarás aquí, al menos no en nuestra Soledad; aún estamos relativamente retirados de todo el bullicio, aunque igual está habiendo muchos cambios en toda la región, nos estamos modernizando, y no dudo que en unos cuantos años no haya diferencia entre la vida de allá y la de aquí, decía este hombre con cierto orgullo, como si ese escenario fuera uno bueno. Antonia quería levantar la mirada, observarla mejor, estudiar su cara, sus ojos, su pelo, entender qué había detrás de todo eso, y lo intentó un par de veces, pero no lo logró; en el momento en que lo hacía, Alana inmediatamente respondía mirándola de vuelta, con esos enormes ojos, tan refulgentes y verdes que parecía que contenían un bosque entero dentro de ellos, y en ese momento la escopofobia de Antonia le hacía bajar la mirada y dejar de escuchar y pensar y solo concentrarse en la pulpa que se quedaba pegada en su vaso naranja, en su forma y su color, en lo que fuera que le hiciera sentir que no estaba ahí, siendo observada por esa mirada que la hacía tan consciente de sí misma, y es que ya tenía mucho tiempo de que, para su fortuna y la de su fobia, Antonia no se sentía amenazada por la mirada de nadie más. Su cuerpo sudaba y palpitaba como si estuviera corriendo lo más rápido que sus piernas pudieran llevarle a campo traviesa. Reacción de lucha o huida: una de las respuestas fisiológicas más naturales, y posiblemente la más primitiva y veterana, la que todos los animales tenemos ante la percepción de daño, ataque o amenaza hacia nuestra vida, esta de la que, por más que reneguemos de ella día y noche, estamos tan apegados y nos rehusamos tanto a perder. Una descarga general del sistema nervioso simpático que nos prepara para luchar, si creemos que podemos contra la amenaza, o escapar, si no. Entonces la médula adrenal genera una explosión de dopamina y adrenalina y noradrenalina tan potente que prepara al cuerpo para hacer lo que sea necesario para protegerse, que en los tiempos de los bisabuelos de los tatarabuelos de los padres de los padres de los padres de los padres de nuestros padres, o seguramente un poquito más atrás; en los tiempos en los que el hombre aún no se perdía de su origen y seguía perteneciendo a la naturaleza, el Homo sapiens que seguimos siendo tenía que protegerse de las bestias que eran mucho más fuertes que él y así perpetuar la continuidad de esta especie nuestra que ha invadido el planeta como una plaga, esta inmensa tribu que francamente dudamos si mantenerla con vida resultó ser una buena idea. Y es que llevamos grabadas en nuestros genes esas memorias de antaño, ese miedo de ser atacados y devorados, aunque hoy resulten tan obsoletas, aunque, para desgracia del mundo, ya no haya creaturas salvajes que atenten contra nuestra vida si, muy por el contrario, fuimos nosotros los que terminamos dominando la técnica para acabar con ellas. Y por estos asuntos milenarios, ante la mirada de Alana, el cuerpo amigdalino de Antonia provocó una respuesta en el hipotálamo para que este enviara un mensaje de alerta a la glándula pituitaria y secretara la hormona ACTH, que activaba a la glándula suprarrenal, liberando el neurotransmisor epinefrina que, al ser liberado, provocaría la producción del cortisol, hormona que incrementa la presión sanguínea, la concentración de glucosa en la sangre e inhabilita el sistema inmunitario, además de que convierte los ácidos grasos en energía disponible para huir tan rápido como se pueda; lo que toda esta maravillosa orquesta tocaba tras bambalinas se vería reflejado en el exterior en un enrojecimiento de la cara gracias al incremento del flujo sanguíneo; palpitaciones exageradas y respiración exaltada por el aumento de la actividad cardíaca y pulmonar para dar abasto a la próxima sobreactividad; temblor por el exceso de energía generado gracias a la concentración de glucosa; tensión muscular con el fin de proporcionar al cuerpo toda la velocidad y fuerza que este necesita para el combate; dilatación de las pupilas y visión de túnel para ver con mayor claridad al enemigo; incremento de la sudoración para evitar el sobrecalentamiento debido a la sobreproducción del metabolismo; inhibición de la digestión para no consumir energía adicional; exclusión auditiva para tener toda la atención concentrada en el agente de amenaza, principalmente. Y por eso, de pronto, nuestra querida Antonia sentía que no cabía en su cuerpo, que la asfixiaba, con todas esas reacciones tan violentas y excesivas que la delataban, y de las que no sabía cómo deshacerse.

Tengo que ir a la ciudad para conseguir un vestido para la fiesta, anunciaba la señora de la casa, ¿Qué fiesta?, le preguntaba el señor, como si estuviera el horno para bollos, ¿Cómo que qué fiesta, Dionisio? La del bautizo de Mateo, carajo, ¿cuál más?, le respondía ella, sin interés de ocultar su enojo, Claro. Sí, entre esto que pasó y todo, lo olvidé por completo, y esta inocente confesión hacía que el sistema digestivo de Teresa se colapsara, y que los pocos sorbos que había dado a su café enseguida le despertaran su ya familiar gastritis. Ali, ¿no la quieres acompañar? Tú también necesitas un vestido, dudo que tengas entre tu ropa algo para un bautizo, decía este hombre que no era capaz de leer entre líneas, que no entendía nada, que seguía tan ignorante de lo que ahí estaba sucediendo como lo hiciera el mismo Mateo. Es más, ¿por qué no van las tres?, Yo ya tengo un vestido, logró decir Antonia enseguida, Y prefiero quedarme aquí hasta sentirme mejor, Pero me dijiste que ya te sentías bien, Pero ya no, le decía Antonia a su jugo de naranja, Pues entonces van ustedes dos, decía Dionisio y luego, a la adolescente, Vas a ver que Teresa te encontrará un vestido muy lindo, en esos temas es una experta, ¿verdad, mi amor?, y a esto la experta no decía nada, solo le clavaba una mirada lacerante a su marido, aún con la esperanza de que en ella leyera todo lo que le quería decir, las profundas ganas que tenía de darle un par de bofetadas para hacerlo espabilar, para que se diera cuenta, de gritarle que era un pendejo, que cerrara esa maldita boca suya de una vez por todas, porque, mientras más la abría, más oportunidades tenía ella de meter su puño cerrado en ese hoyo que solo emitía sonidos estúpidos; aún con la ilusa esperanza de que ese hombre, en algún momento, dejara de ser un hombre. Y por suerte Dionisio tenía una reunión que atender que lo obligó a retirarse enseguida, porque si no, solo el Dios de Teresa sabe en qué hubiera acabado eso.

Salimos en veinte minutos, anunciaba esta a la foránea sin voltear a verla, al mismo tiempo en que se retiraba. Y entonces solo quedan Antonia y Alana, y ya estaba la última por preguntarle algo a la primera, lo que fuera, le daba igual, que lo único que quería era romper, por fin, ese gélido hielo que sentía entre ellas y que Alana no entendía por qué existía, si estaba tan acostumbrada a que todas quisieran ser su amiga y estar con ella y ser como ella. ¿Por qué a ella no le interesaba ser su amiga? No había nada que pudiera herir más el ego de esta bella creatura cuya posición cósmica habitualmente se ubicaba en el centro del universo, que la inusitada situación de dejar de serlo. Antes de darle oportunidad de decir nada, Antonia se levantó y se fue.

Y ahí van para la ciudad, Lucho al volante, Mateo en brazos de Teresa, Guillermina para lo que se ofrezca y Alana rezagada hasta atrás de la camioneta. Durante los cincuenta minutos del viaje, todos, excepto Mateo, fueron en un estridente silencio, el que resultó especialmente ruidoso para Alana, que no estaba acostumbrada a estar callada, pero es que con los primeros minutos en los que trató de sacarles plática, le había quedado claro que con esta gente no habría modo. Por eso mejor dejó de intentar y se dedicó a consumir todos los megabytes que le restaban al rectángulo en su mano con cualquier video que este le ofreciera. Y aquí es cuando usted, que tan creativo es, aunque juicioso y crítico también, aquí es cuando nos dice que qué lástima, que habría sido un buen momento para que esta joven, foránea y extraña a estas tierras, aprovechara para dar un paseo visual por sus nuevos barrios, para descubrir qué se encontraba en el camino, cómo era la vida por acá, cuán distinto era este lugar, y así, de paso, ayudarle a usted a ubicarse mejor porque, por más que piensa y le da vueltas, no termina de descifrar dónde es que estamos situados; le suena, le suena, pero no tiene los suficientes argumentos como para estar seguro. Y aquí es cuando le decimos nosotros que, de eso, mejor no se preocupe, porque no lo logrará, por más que se lo proponga y lo investigue, y no será por su falta de cultura o de turismo, sino porque el territorio en el que nos ubicamos es todos los lugares y ninguno al mismo tiempo; es aquí, donde nuestros pies están parados, y también allá, la tierra a la que se llega cuando se cruza el mar; donde se habla nuestro idioma y el que tiene otro alfabeto; un territorio donde viven cuerpos cubiertos por pieles amarillas y rojas y blancas y negras, da igual, porque todos son el mismo lugar. Además, y para decepción suya, aun si la batería del artefacto que domina la atención de esta adolescente hubiera muerto y esto la hubiera obligado a levantar su mirada por mero tedio, aún así, lo que sus ojos hubieran visto no habría generado impacto en ella, y es que no había mucho que ver más que kilómetros y kilómetros de troncos con diámetros de al menos dos metros, todos recién cortados, ya sin nada qué sostener más que su propio vacío; raíces que llevaban habitando esta tierra desde antes de que fuera llamada república, incluso colonia, incluso aldea, desde antes de que nadie la nombrara, cuando era *terra nullius* y que habían vivido tanto, todo, que seguramente en sus raíces albergaban las respuestas a los misterios que en trescientos mil años que llevamos siendo hombres seguimos sin resolver. Las pupilas de Alana presenciarían un camino donde se había sorteado una guerra descarnada e injusta, uno cuyo paisaje era el de miles de seres vivos cuyos cuerpos habían sido mutilados sin la más mínima ceremonia, , ahí, ahora, los ojos de esa foránea, de estar alzados, se hubieran encontrado con un valle poblado por máquinas y tractores y excavadoras y grúas y camiones y camionetas y tropas de hombres cansados y sudados, vencidos, derrotados, que realmente no sabían lo que hacían ni por qué, lo único que les quedaba claro era que no tenían otra opción más que ser explotados por perpetuas jornadas construyendo esto que, entonces no lo sabían, pero terminaría por despojarlos de donde vivían y de todo lo que tenían, porque el prometido progreso que sus propias manos estaban construyendo, una vez terminado, sería uno muy caro, inaccesible para ellos, y justo cuando pensaban que ahora sí llegarían a la meta, la meta se alejaría, como toda su vida lo hiciera este inalcanzable fin.

Llegaron a la ciudad, y entonces Alana sentía que volvía a la normalidad, a su hábitat natural, y apenas se bajaba de la camioneta ya podía sentir cómo su piel y su nariz y sus ojos se resecaban y comenzaban a arder y su respiración a ser más pesada, y tomaba una bocanada del aire que resultaba familiar para su organismo y entonces con seguridad se sumergía en esta falsa normalidad a la que su cuerpo había sido habituado ya. Esta ciudad no era como la suya; esta seguía siendo provincial, chiquita, como algo que quiere ser más pero no le alcanza. Seguramente esta era la tienda departamental más grande que había, concluía la joven al ver los aires de grandeza que emanaba Teresa al entrar en ella y ser recibida como una celebridad, Bienvenida, Señora Manetto. Le echábamos de menos, y otro dependiente, Ahora viene Estela para atenderla, y luego la Estela, ¿Le ofrezco algo de tomar? ¿Un té, café, mimosa, champagne?, y luego otra, ¿Y esta joven tan bella? No sabía que tenía una hermana, No es mi hermana, cortaba Teresa, sin esforzarse en disimular el fastidio que la existencia de esta le generaba. Y ahí viene Estela, cargando todos los vestidos en tonos claros, no largos, sensuales pero recatados, que podían ser adecuados para la ocasión. Era verdad, pensaba Alana: Teresa tenía un gusto exquisito, tan distinto al de Anna, que no tenía un mínimo sentido de la estética. La esposa del hermano de su madre había escogido un vestido tejido, color hueso, que llegaba hasta la rodilla y que dejaba la mitad de su espalda descubierta; desde el espejo que reflejaba su figura, Teresa vio cómo, al salir con el vestido puesto, los ojos y la boca de Alana dibujaban un sutil gesto de aprobación; de esto la adolescente no se percató, fue algo totalmente inconsciente, como la sonrisa que se nos dibuja al ver reír a un bebé o al ver al enemigo caer, y esa fue razón suficiente para que la madre de Mateo se decidiera por este atuendo, si bien sabemos que no hay nada que satisfaga más a una mujer que ver a otra admirándola, porque la aprobación de ellas siempre valdrá más que la nuestra. Una vez decidido esto, pasaron al departamento donde se suponía que se vestían las mujeres de

474

la edad de Alana. Y esta apenas iba a responder la pregunta de Estela de, ¿Cómo te imaginas tu vestido?, cuando Teresa estaba respondiendo por ella, indicando que sería uno que le quedara debajo de la rodilla, sin escote, con mangas, de colores sobrios, de preferencia liso, nada llamativo; ese evento era un bautizo y como tal se tenía que atender, con compostura, recato y sobriedad. Y vaya que Alana ahora estaba cosechando los frutos de haber crecido prácticamente huérfana de madre y, por esta razón, verse obligada a desarrollar un sexto sentido que le ayudara a sobrevivir los peligros del mundo. Y es que, con tan pocas horas de observación, ya le había quedado claro a la joven cómo serían las cosas con esta mujer. Por eso dejó que Teresa escogiera el vestido que le diera en gana, aunque este terminara siendo, notoriamente, el más insípido, soso y desabrido de toda la tienda, aunque de entre todos los que les propusieron hubiera tantos mucho más lindos.

Mientras esto sucedía, a varios kilómetros hacia el norte, respirando un oxígeno menos saturado de dióxido de azufre y de nitrógeno y monóxido de carbono, uno un poco más parecido al que respirara el abuelo Manuel, estaba nuestra Antonia, también frente a un espejo, especulando cómo se vería este cuerpo suyo frente a los ojos de los otros. Se probaba el vestido que su madre le había comprado para el tan anunciado evento. Ni antier ni ningún día anterior a ese le hubiera preocupado cómo se veía en él. ¿Cómo sería el vestido que llevaría ella?, se preguntaba. Y se recogía el pelo y se lo soltaba, y dibujaba una sonrisa y la borraba, y alzaba los hombros y ajustaba su postura, Hola, le decía al espejo que personificaba a la nueva inquilina de su casa, ¿Quieres conocer a Grande?, y, al decir esto, estudiaba cómo se veía su cara, y no se gustaba, ¿Quieres conocer a Grande?, repetía, ahora en un tono más serio. Tampoco funcionaba. ¿Quieres conocer a Grande?, ahora con indiferencia. Un poco mejor. ¿Quién es Grande?, le preguntaba el espejo, Mi árbol favorito, y esto le nacía decirlo con ilusión y emoción, con las reminiscencias de la niña que todavía era, y entonces se percataba de eso, de lo infantil que era, y se enojaba con ella misma por serlo. Además, ¿en qué estaba pensando? Las niñas grandes, como lo era Alana, tenían amigos de carne y hueso, no árboles y animales. ¿Qué no veía lo ridícula que se escuchaba? Pero es la verdad, decía su hemisferio derecho; Pero eso no le quita lo ridículo, le respondía el otro. ¿Te gusta leer?, preguntaba con un temple más reservado, *maduro*, ¿Te gustan las novelas?, y entonces se decía que esa era una pregunta muy tonta, porque obviamente le gustarían las novelas, si seguramente ya las había leído todas. ¿Cuáles son tus favoritas?, y entonces se concentraba en la imagen que veía, se perdía en ella, en su cara, que ya no era la misma que había observado durante todos los años que recuerda, y es que había dejado de prestarle atención en estos tristes meses, había olvidado de verse en el espejo, de preocuparse por cómo se veía, y ahora que lo volvía a hacer se encontraba con algo tan distinto, y entonces sentía que ella, Antonia, había dejado de *ser*. ¿Y quién es la que ahora ve? Cuando salió de su abstracción, un par de manchas rosáceas se dibujaban en los costados del vestido. No era la primera vez que esto le ocurría, por supuesto, pero sí la primera en un vestido nuevo y tan claro y que había sido especialmente escogido para el bautizo de su hermano. Y ahí viene de nuevo el pánico, ese fiel compañero que se había propuesto nunca dejarla sola. ¿Y ahora qué iba a hacer?, pensaba esta mente nublada de terror. Se quitó el vestido y se lo llevó a la tina de baño. Abrió la llave, dejó el agua correr y talló; solo agravó el desastre. Y entonces los escenarios más catastróficos, las tragedias más grandes jamás, varios apocalipsis y finales del mundo pasaron por su cabeza, porque esto haría que su madre estallara en furia, por ser tan torpe, tan estúpida, tan- Explícame cómo fue que pasó esto, Antonia, le preguntaría gritando, ¿Cómo llegaron estas manchas aquí, carajo? Y a esta pregunta Antonia no sabría qué responder, y entonces la madre pensaría durante un par de segundos y le diría, A ver, súbete el vestido, y Antonia tendría que hacerlo, no tendría excusa para negarse, y entonces revelaría sus piernas y Teresa le preguntaría, indignada y un poco asqueada, que qué era eso, que qué se había hecho. ¿Qué te pasa, niña?, gritaría la madre hipotética, histérica por tener la hija que tenía, ¿Estás loca? ¿Quién se hace eso? Mírate nada más, mira esa piel destrozada, ¿no te da vergüenza? Por supuesto que le daba vergüenza, mucha; que la hacía sentir inadecuada, incorrecta, dañada; que le daba culpa de ser esto que era y no poder ser mejor. Lágrimas corrían por su rostro con la misma fluidez que el chorro del agua que caía y empeoraba las manchas del vestido. Pensó en todas las alternativas: 1. pedirle ayuda a Guillermina; 2. seguir tallando. ¿Qué más? Nada, no se le ocurría nada. ¿Confesar? Esa no era opción. Por ahora, lo escondería y seguiría pensando en qué hacer. Cada cabeza es un mundo, y cada mundo está peleando su propia guerra, y esta épica lucha que estaba sorteando nuestra querida Antonia resultaba, aunque sonara absurdo, tan difícil y angustiante como la de una madre que está viendo a su hijo enfermo y no sabe cómo curarle; como la del hombre que perdió su patrimonio en la bolsa por una mala decisión del gobierno; como la de la amante que acaba de descubrir la traición de su amor.

Nicolás sale, Alana entra

Antonia tomó su libro y se fue con Grande. Mientras lo hacía, la camioneta llegaba de vuelta a La Soledad. Se encontraron en la entrada, Teresa, Alana, Guillermina y ella. Hola, ¿quieres venir a leer bajo mi árbol?, quería preguntarle, pero al cruzarse con Alana, sus labios se sellaron y, en su lugar, simplemente permaneció frente a ellas un par de segundos y entonces se fue. Ya estaba a punto de correr, pero en el momento en que sus piernas estaban por hacerlo, se recordó no dejarse llevar por ellas. Le fue imposible leer; su mente estaba perdida en esos posibles mundos alternos, en donde oraciones elocuentes y bien construidas salían de su boca con aquella naturalidad y templanza, en donde era una niña llena de certeza y confianza, en donde era divertida y graciosa y encantadora; donde era otra. Así estuvo hasta que se quedó dormida. Soñó que estaba en un bosque, rodeada de árboles que cruzaban las nubes y tocaban el cielo, y era imposible ver hasta dónde llegaban sus puntas. Si los subo, pensaba Antonia, podría llegar a donde dicen que está todo lo bueno. Árboles distintos a Grande, o a los que por La Soledad había, mucho más esbeltos, con otras hojas y troncos de otros tonos. Por ahí caminaba la Antonia onírica, maravillada con esas inmensas creaturas cuando, de pronto, Nicolás aparecía a su lado, caminando como si siempre lo hubiera estado. Y entonces este tomaba su mano, y continuaban andando hasta que llegaban a un río, y, frente a este, Antonia pensaba que se detendrían, pero no, la mano que la tomaba seguía avanzando, y entonces ella le seguía, y cruzaban el río, y se sentía tan tranquila, tan libre y ligera, como si nada la obstruyera, como si fuera gaseosa, y entonces volteaba a ver si Nicolás sentía lo mismo, pero Nicolás ya no era Nicolás, sino Alana, que le sonreía. Y entonces llegaban al otro lado del río. ¿Ves cómo no pasa nada?, le decía la que sostenía su mano, y Antonia asentía con su cabeza, al mismo tiempo en que dibujaba una sonrisa, por fin siendo capaz de ver de frente a ese par de labios con todos los surcos que en ellos se dibujaban, y que le hacían preguntarse a qué caminos llevaban; esa nariz que era tan simétrica y perfecta, armoniosa y proporcionada como las de las pocas muñecas que tuvo en su vida; y esos ojos que, en este sueño, no eran como el color del bosque, sino más como el cielo despejado, tan grandes y profundos como este también; y sus cejas, gruesas y pobladas y despeinadas, y su pelo largo y rojo, ese tono que Antonia nunca antes había visto en alguien; por fin observando de cerca esta estructura que llevaba a todos estos elementos de manera tan afinada, como lo haría una excelsa orquesta. Quería tocar esa cara, sentir la textura de la piel que la cubría, y entonces lo hacía, ponía ambas manos sobre ese rostro y lo exploraba, lo recorría, y pasaba sus manos por los ojos y, al pasarlas, estos cambiaban, y de pronto se percataba de que este rostro que palpaba era el suyo, el de Antonia, y esto la confundía porque, ¿y entonces de quién eran esas manos que la tocaban? Y ahora la boca que tenía enfrente le decía ¿Qué haces? Estoy aburrida, y con su mano derecha empujaba el hombro de Antonia, Despiértate, y de pronto el bosque y el río y todo desaparecía y Antonia dejaba de ser onírica para ser *real*, aunque eso depende del cristal con el que usted mire, porque quién nos dice que esto no es un largo sueño. Parpadeaba un par de veces para hacerse consciente de que ahora existía en este plano y seguía viendo la cara de la del sueño, que ahora le tapaba el sol que brillaba detrás de ella y dibujaba un halo a su alrededor que la hacía ver como un ser celestial, de esos a los que su madre les dedicaba tantos rezos. ¿Qué haces?, repetía la luminiscente figura, Me quedé sin datos y muero de aburrimiento. ¿Qué hace la gente aquí?, y todavía le tomó sus buenos segundos a Antonia reaccionar a esto. No sé. ¿Qué son datos?, respondió por fin, pero esto la otra no lo escuchó, No he encontrado una tele en toda la casa, No tenemos, ¿Y eso?, No sé, nunca ha habido, Qué lugar tan extraño, y esta conclusión hizo sentir incómoda a Antonia, porque *extraño* era sinónimo de raro, anormal, diferente, todos ellos adjetivos con los que no quería relacionarse, aunque se sentía tan identificada con ellos. Sin embargo, esta era su casa, La Soledad *era* Antonia, y lo que este lugar fuera, extraño y aburrido en este caso, lo era ella también. ¿Entonces? ¿Qué haces para no aburrirte?, Leo, le dijo una Antonia seria, con la mirada concentrada en la tierra que la sostenía, ¿Lees? ¿Por gusto?, Pues sí, No, pues wow. Eres la primera persona que conozco que lee *por gusto*. ¿Y qué lees? ¿Cómics?, a lo que Antonia respondió estirando el brazo que cargaba su libro. Alana lo tomó, observó la contracara, la portada, leyó el título, repasó rápidamente sus hojas, ¿No te aburres? Son demasiadas páginas y la letra es superchiquita, parece la Biblia, No, no me aburro, y después de un silencio, También camino por el campo y me siento aquí a escuchar, y esto a la otra le dejó confundida, como esperando más, y es que eso no podía ser todo lo que hacía, ¿o sí? Ya, respondió Alana al ver que no había nada más por agregar. ¿A ti no te gusta leer?, No. Cero. Nada. Lo odio. Prefiero mil veces los videos; los libros me aburren, me dan sueño. Y nunca les entiendo. Es más, creo que nunca he leído algo que no haya sido por el cole, por obligación, decía esta citadina con una voz que, aunque lo que anunciaba resultaba fundamentalmente contrario a lo que defendía Antonia, aun así, su timbre, su tono, su despreocupación al decirlo, le resultaba agradable, amigable, algo que incluso le daba confianza. Y fue por eso que la niña se atrevió a preguntar, ¿Y tú qué haces para divertirte donde vives?, Donde *vivía*. Ya no voy a volver ahí, y al escuchar esto, Antonia experimentó una extraña emoción. ¿Y tú qué hacías antes?, preguntaba Antonia, después de repetir la pregunta en su cabeza varias veces para asegurarse de que la diría bien, ¿Donde vivía? Uhm. No sé, lo mismo que todos. Ver videos. A veces pelis, pero casi nunca las termino porque duran mucho y me desespero. Jugar Castaway. Ficillear. Dingolú, y frente a este nuevo vocabulario Antonia no sabía qué decir, ¿preguntar de qué le estaba hablando? No, Alana lo mencionaba como si todo el mundo supiera qué era eso; ignorarlo la haría ver como una rara, que lo era, pero mientras más lo pudiera disimular, mejor. Ir a fiestas. Conciertos. Festivales. La playa. Salir con mis amigos. Salir con chicos. Bueno, eso hasta Damián, y Antonia la observaba con una cara de confusión; nada de esto conocía. Damián es mi novio. O era, no sé. Ahora que no tengo datos ni siquiera le puedo avisar que ya no andamos. Es más grande. De universidad. Ingeniero en IA. Es un genio, hace cosas increíbles. De cumple me regaló un videojuego que él solito programó. Está divertido, aunque todavía le faltan unos ajustes. Es muy guapo; acepté ser su novia porque todas querían con él. Y porque tiene coche. Y porque vive solo, digo, sin sus papás, con sus amigos. Es foráneo, su familia es de un lugar como este. No, seguramente un poco más grande. Y sus amigos son superdivertidos. Sobre todo, Lucas, él también me gustaba. Y estoy segura de que yo a él. Los fines de semana íbamos al Faena, que es el mejor club de hit funk de la ciudad. Seguramente del mundo. Estaba lo máximo. Y nunca me pedían identificación. Todos ahí nos conocían, siempre teníamos la mejor mesa. Bailábamos hasta la madrugada y entonces terminábamos superborrachos. La pasábamos increíble, decía esta adolescente, y Antonia se sentía de la era del medioevo. ¿Qué era ese mundo del que hablaba? ¿Dónde quedaba? Sonaba como de otra galaxia, de un universo distinto al suyo. Tenía novio. ¿Cómo es?, preguntaba la que ahora sentía que vivía a doscientos años de distancia de ese mundo, ¿Qué cosa?, Tener novio, Uhm. Es divertido. Digo, todo depende del novio. Con Damián era divertido, con otros no tanto, ¿Cuántos has tenido?, Uy, no sé. ¿Qué será? ¿Ocho? No sé. Mi primero fue a los siete, aunque no debería contar porque duramos como tres recreos y medio, ¿Qué se siente?, ¿Tener novio? Pues es distinto con cada uno. Con unos no sientes nada; con otros, mucho. A veces demasiado. Hay unos que besan fatal, hay otros que lo hacen muy bien. Damián era más o menos; Lucas era mejor, ¿Su amigo también fue tu novio?, No, solo nos dimos besos unas veces, ¿Y Damián?, ¿Qué tiene?, ¿No se enojaba?, Si se hubiera enterado, seguramente hubiera matado a Lucas, pero yo no se lo iba a decir, y Lucas menos. Y entonces Antonia pensaba en todas las historias de amor que había leído. ¿Cómo se sentiría? *Amar.* ¿Y por qué sonaba tan distinto el amor que ella imaginaba al del que Alana hablaba? Y entonces Alana la sacaba de sus cavilaciones, ¿Y tú? ¿Cuántos novios has tenido?, y a esta pregunta, las mejillas de Antonia cambiaban de tono y su mirada volvía a enterrarse en la tierra. Silencio. ¿Tantos?, Ninguno, ¿Nunca has tenido novios?, No, ¿Ni uno solo?, Que no, decía molesta, Wow. ¿Cuántos años tienes?, Trece. Bueno, casi catorce, en tres semanas. Y a esto la foránea soltaba una risa que hizo que Antonia sintiera una urgencia de rascar los costados de sus piernas. Entonces Alana se puso frente a Antonia y tomó su cara con ambas manos. La estudió como si estuviera observando el ejemplar de una especie exótica y nunca vista, una totalmente distinta a la suya, con una atención y concentración que, de sobra queda decirlo, incomodaba a la observada. Y después de recorrer toda su cara, de durar varios segundos en su boca, en sus labios gruesos y heridos, con diminutos rastros de sangre fresca recién brotada por el acoso del filo de sus dientes; en su nariz, un triángulo imperfecto y desproporcionado del resto de la estructura, no como la de ella, que era simétrica y delicada, frágil, fácilmente rompible, pensaba Alana; en su piel, en las incontables manchas que cubrían sus pómulos, su nariz, sus mejillas, y que le daban un toque especial a ese rostro, que lo hacían tan diferente a todos, al suyo, pensaba la observadora, que era todo igual, tan monótono y aburrido; en los rizos de su pelo corto, unos rizos grandes de un negro brillante y que enmarcaban muy bien todo el cuadro. Después de observarla así y tratar de descifrar lo que había detrás de esas formas, Alana sintió una poética desolación, como la que provoca una sublime y trágica sinfonía, la de *Adagio para cuerdas* del segundo movimiento del *Cuarteto de cuerdas nº 1*, Opus 11 de Samuel Barber, para que usted tenga una idea más concreta; los gestos de Antonia le recordaban a su madre; había en ellos un velo de profunda melancolía. Alana se alejó para estudiar su cuerpo, recorrerlo con la mirada de pies a cabeza, hasta llegar de nuevo a esos ojos y estacionarlos ahí, y durante el tiempo que esto durara, cincuenta segundos para un pedestre promedio, varias estaciones del año para nuestra niña, Antonia se concentró en no hacer caso a sus impulsos de salir corriendo, y es que el peso de esa mirada era aplastante, y la hacía sentir frágil y abrumada. Le daba ganas de vomitar. Ya no repasaremos todos los efectos biológicos y síntomas físicos que experimentaba el organismo de Antonia cada que este sufría sus cotidianos ataques de pánico; a estas alturas, sabemos que usted ya la conoce lo suficientemente bien como para que, sin necesidad de nosotros mencionarlo, asuma toda la revolución que estos eventos activaban dentro de ese organismo. Sujetando todavía esa cara, a tan solo cinco dedos de distancia de la suya, tan dentro del espacio vital que ambas podían percibir el aroma natural de la otra, el de Antonia era uno verde, a pino y madera y hierba y tierra, uno que cuando se respiraba, paradójicamente, evocaba a la calma, a la idea de un mundo limpio y puro, uno que ya no existe, que tal vez nunca existió, pero al que siempre querremos ir; el de Alana uno cítrico, fresco, radiante, explosivo, cargado de energía, que te saca de tu centro, que es un balance perfecto de agridulce; ambos, aromas que serían registrados por sus bulbos olfatorios, procesados por sus amígdalas y enviados a las cortezas orbitofrontales y los hipocampos de cada una para guardar en su memoria olfativa, desde entonces y hasta la fecha, una figura, un espacio, una significancia que nada ni nadie más podría simbolizar ni ocupar, porque nada ni nadie en todo este mundo tan infestado de algos y Álguienes emanaría, evocaría, desprendería esa exacta mezcla de química y feromonas. Sujetando ese rostro, Alana le decía, Eres hermosa, ¿por qué nunca has tenido novio? Con sus manos, Antonia quitó súbitamente las de Alana y se fue; esta vez no corrió.

Fue a la cocina, se sirvió un vaso de leche y una rebanada de pan y le dijo a Guillermina que esa noche no cenaría, que el sol la había agotado y que mejor se iría a la cama. Y aunque apenas iban a ser las seis, a Guillermina este mensaje no le podía importar menos, si la niña ya se iba a ir a la cama, pues que se fuera, total que había tantos asuntos por los cuáles sí se tenía que preocupar esa mujer. Se encerró en su cuarto. Entonces cayó en cuenta de que había dejado su libro bajo Grande. Desde su ventana observaba su árbol. Alana seguía ahí, hojeando su libro. ¿Con qué más de ella se quedaría?, se preguntaba nuestra niña. Permaneció frente a su ventana, contemplando a ese ser que le generaba emociones que no sabía cómo leer; una mezcla entre enojo y curiosidad. Y es que Alana era todo lo que ella no, y todo lo que quisiera ser, concluía Antonia mientras se daba cuenta de que llevaba admirando a ese oscuro objeto de deseo durante el tiempo que al sol le tomó desaparecer. ¿Qué es lo que quieres?, le preguntaba desde ahí. Tiró la leche y el pan en el escusado. Tomó un libro nuevo, el primero que encontró, *Oliver Twist,* y lo empezó a leer, pero como si no. Qué fastidio era esto de no poder pensar. Y así pasó las horas, desesperada por no poder controlar su mente, deseando que esa foránea desapareciera, que nunca hubiera llegado aquí. De pronto unos nudillos golpeaban la puerta. ¿Sí? Nadie le respondió. Salió de su cama. Abrió. Nadie. Entonces notó que su libro reposaba en el suelo. Lo tomó y, de vuelta a su cama, una hoja cayó.

Lo siento. No se que hice pero no quice hacerlo.
Luego me prestas uno de tus libros?
Lei un poco de este y me gusto :)

La leyó varias veces. Se metió a su cama y hojeó su libro. Notó el pequeño doblez que Alana había hecho en una de sus páginas para marcar hasta dónde se había quedado, página quince. Esa noche durmió mejor; soñó, pero al levantarse no recordó qué. La mañana siguiente, Antonia estaba de nuevo frente a su espejo, ese que fuera el testigo de tantos secretos que se guardaría para siempre, un *siempre* que tampoco sería tan duradero porque, cuando todo se desmoronara, una mano con mucho resentimiento y furia tiraría ese espejo, deshaciéndolo en cientos de pequeños pedazos a los que les sería imposible recordar nada. Y para que esto suceda, con gran pena en el alma se lo decimos, no faltará mucho tiempo. Antonia, frente al espejo, volviendo a cortar su pelo. Trae puesto un vestido que nunca usa; es muy lindo, pero su tela le pica todo el cuerpo; hoy hará el esfuerzo. Toma su libro y se va al comedor, vacío. Cuando llega Alana, Antonia se sumerge en las páginas y hace como si no se enterara. Enseguida aparece Guillermina con su espectáculo habitual, las jarras de jugos y leche, los tarros de mermelada, las mieles variadas, la mantequilla, los cestos de pan dulce y salado, la fruta, el té, el café. A la par llega Dionisio, acelerado, como ahora suele estarlo;

nadie de los suyos lo nota, tal vez solo Guillermina, a la que no se le va una, pero, la adrenalina que este hombre secreta y la celeridad en la que anda, cada día se va incrementando unos cuantos kilómetros por hora, y ya se imaginará usted cómo va a acabar ese cuerpo en movimiento cuando se le atraviese una piedrita en el camino y finalmente se dé en toda su santa madre. Ahora está al teléfono con alguien; últimamente siempre está al teléfono con Alguien, con su voz grave y estridente monopolizando todo el espacio, atendiendo temas cuya importancia parece ser de vida o muerte. Te llamo en cinco minutos que esté en camino, dice, y cuelga. Buenos días, niñas. ¿Qué tal durmieron?, pregunta al mismo tiempo en que toma su asiento, Solo un café que ya tengo que salir, le dice a Guillermina que estaba a punto de preguntarle cómo quería sus huevos. Apenas va a responder Alana que Más o menos, cuando Teresa, con Mateo en brazos, por supuesto, y luciendo perfecta por fuera, aunque pereciendo por dentro, se integra a la escena. Buenos días, mi amor. ¿Qué tal les fue ayer? ¿Consiguieron sus vestidos?, preguntaba él, con su mirada dirigida no a la que acababa de llegar y estaba a su lado de la mesa, sino a la adolescente que todavía tenía el pelo mojado. Breve silencio. Sí, responde Teresa, Y te compré un traje nuevo, Pero tengo el de la comunión, Por Dios, Dionisio. ¿Se te olvida cómo quedó? Ese ya lo mandé tirar. ¿Te lo pruebas?, ¿El traje? ¿Ahora? Qué dices, mujer. No. Ahora me voy, dice Dionisio al mismo tiempo en que se levanta de la mesa y le planta un beso en la frente a Antonia y otro a Teresa, y vaya error haber hecho esto, Dionisio querido, porque, en este momento, no hay gesto que le cause más desagrado y repulsión a esta agraviada mujer que el que su hombre le dé un paternal y condescendiente, soso y humillante beso en la frente. Y ya está Dionisio por apartarse cuando la mano libre de Teresa intercepta el cuello de él para acomodar su boca al mismo nivel de la suya y ser besada como ella merece, aunque de una manera atropellada y forzada; todos y todo se sintieron incómodos frente a esta escena, especialmente Alana, que, como la fémina que era, ya veía y leía muchas cosas que Antonia todavía no y, frente a esta mujer a la que ya comenzaba a descifrar, la adolescente solo sintió pena; nosotros también, y es que es muy triste ser testigo del ocaso de un grande, ver a nuestro ídolo caer. Nos vemos, Ali, que disfrutes tu día, le dice sonriente el hombre de la casa, para luego desaparecer. Y ahora un silencio agresivo y molesto, tanto que lo ha percibido el campo energético de Mateo, que, al haber apenas aterrizado en este ingrato mundo, es todavía muy sensible a estas violentas vibraciones, y por eso ahora estalla en llanto con una desesperación desproporcionada. Teresa se retira, y entonces Antonia siente cierta paz de que su madre no notara el cambio en su pelo; de Antonia, su madre realmente ya no notaría mucho, si no es que nada. ¿Ya no come, señora?, le pregunta Guillermina, que justo estaba llegando con su par de claras, No, le dice la señora al aire mientras sigue por el pasillo, tratando de calmar a la creatura, ignorante de que, mientras permaneciera cerca de ella, esta no dejaría de llorar. ¿Y ustedes?, pregunta fastidiada esta trágica esclava moderna que llevara más de un par de horas invertidas, desde antes de las seis de la mañana, en la minuciosa elaboración de este banquete que estos malagradecidos creían que se preparaba solo. Yo sí, se me antoja todo, responde Alana, Yo solo un jugo de naranja, por favor, Guille, Nada de eso, niña. Usted lleva sin comer varios días. Si sigue así se va a enfermar, le dice esta mujer que creció con la idea de que una persona sobrealimentada era una persona sana, y es que allá donde vivía nunca se sabía cuándo se iba a comer otra vez. Pero usted sabrá, concluye y se retira a su cocina. Y otra vez solo quedan ellas dos en esta inmensa mesa en la que uno tiene que alzar la voz para que el otro lo escuche. Por eso Alana se levanta de su lugar y se planta en el de Teresa, frente a Antonia. Mientras esto ocurre, esta retoma su libro y se resguarda detrás de sus muros, sus retinas ya ni siquiera intentando seguir las líneas, rendidas frente a lo imposible; literalmente solo se está escondiendo detrás de esas páginas. ¿Leíste mi nota?, Sí, ¿Y?, Tienes pésima ortografía, le dice aún con la cara cubierta, ¿Y?, ¿No te importa?, Le entendiste, ¿o no?, Solo porque la leí varias veces, y aquí por fin baja su libro, ¿Y?, ¿Qué? *¿Y qué, Alana?* ¿Qué quieres?, ¿Me vas a prestar un libro? Silencio, Doblaste mi libro, y está prohibido doblarlos o rayarlos o maltratarlos, ¿Lo hice? No me di cuenta. Lo siento, Debes de llevar mucho cuidado de que no se ensucien. No puedes leer mientras comes porque puedes manchar sus páginas, ¿Qué no es justo lo que estás haciendo?, y este touché deja callada a Antonia; por fortuna ya vuelve Guillermina con la comida y su interrupción da pie a un beat en el diálogo. ¿Cuál es tu libro favorito?, Tengo muchos, responde lacónicamente Antonia mientras bebe su jugo y vuelve a cubrirse detrás de ese fuerte que le había ayudado a sobrevivir desde que Juliana había llegado a su vida y hasta ahora, aunque en este momento no lo estuviera logrando del todo. Cuando finalmente acaba con su jugo, Antonia baja su libro. Entonces Alana le dibuja una sonrisa que hace que los hoyuelos de sus mejillas se marquen y la hagan ver especialmente adorable, ¿Qué?, Nada, te espero, ¿A qué?, Pues a que termines y entonces vayamos a ver cuál me vas a prestar.

Sobre la ley de atracción de los cuerpos

Wow. Qué increíble habitación. Está fenómeno, dice la adolescente en un número de decibeles que nunca nadie había alcanzado entre esas cuatro paredes; a espaldas de Alana, Antonia esboza una sutil sonrisa de triunfo; no le queda muy claro qué se supone que significa el término *fenómeno* en el vocablo de la extranjera, pero todo parecía indicar que era algo positivo y aprobatorio. Los ojos de Alana, bien abiertos y excitados, recorren el espacio; de arriba abajo el monumental mueble cubierto de todos los libros amados y las muñecas jamás tocadas por Antonia; la enorme cama donde cómodamente se podría celebrar una orgía, piensa Alana al mismo tiempo en que se lanza sobre ella y gira su cuerpo varias veces para llegar de un extremo al otro; los grandes ventanales y su espectacular vista, su alto techo y sus vigas; todo tan distinto a la ciudad de la que venía, donde el espacio siempre parecía faltar. Y aquí, ¿qué hay?, pregunta mientras abre la puerta, Mi vestidor, No ma- Fe, nó, me, no. ¿Un cuarto entero para guardar tu ropa? ¿Es en serio? Mi habitación es de este tamaño, o sea, en donde vivía. Y aquí sus ojos se abren todavía más, porque cuántos vestidos y zapatos y faldas y sombreros y de todo había aquí, Es como toda el área de juniors de una tienda departamental, Ahora vengo, le dice Antonia, a la que le urge encerrarse en su baño y respirar un poco en solitario. Mientras tanto, Alana recorre ese digno altar al consumismo al que ella está tan acostumbrada y que, por supuesto, no había sido edificado por su dueña, sino por la madre de esta, que insistía en comprarle más de todo a pesar de que la niña siempre terminaba usando los mismos cuatro vestidos y dos pares de zapatos. Qué increíble ser Antonia, piensa mientras repasa una a una esa fila de ropa, la mayoría aún con etiquetas colgando que marcan precios obscenos para cualquier persona que disfrute de un mínimo sentido común; de todos esos, Alana no se habría puesto ninguno, no eran su estilo, todos tan serios y finos, aburridos, vaya, de niñita bien, justo lo que ella no era, pero igual no dejaban de ser hermosos. Entonces se topa con ese bulto de tela mal escondido entre esta ropa pulcramente ordenada y que resulta tan chocante con el orden que reina en toda esta casa. Y con esa misma curiosidad por la que tantas experiencias había coleccionado y tantas cosas nuevas había descubierto, la misma, también, por la que en tantos problemas se había metido; la curiosidad que la hiciera vomitar toda la cama de los papás de Martina a sus doce años cuando estos se fueron un par de días y ellas se bebieron una botella entera, de qué, no sabían, les daba igual, el objetivo era hacer eso que los adultos hacían, saber por qué les gustaba tanto, y por qué se ponían así, riendo como estúpidos por cosas que no daban tanta risa; la misma curiosidad que le hiciera ver a la maestra de Historia convertida en fractales, después de no pensársela dos veces para abrir la boca y sacar la lengua para que André depositara en ella un papelito que haría que su día en el cole fuera como en la peli de *Alicia en el país*, y entonces escuchó a los árboles cantar y habló con los pájaros que reposaban fuera de las ventanas del salón, y casi se tira desde ahí para volar, porque por supuesto que su cuerpo estaba hecho para eso, para recorrer los cielos como las aves e ignorar cualquier ley de gravedad. Ese día, todos, Isaac, Martina, André, Lucio y Ernesto tuvieron una serie de revelaciones bastante esenciales para cualquier mortal, eso de que todos somos uno porque estamos conectados, yo soy el árbol y el árbol es yo y también soy el pájaro y la maestra de Historia, el aire y las nubes, porque todos somos hijos del universo, a esas y otras ilustres conclusiones llegaron estos adolescentes gracias a ese cuartito de papel que era verdaderamente fantástico, tanto, que modificaría su construcción neuronal, y es que esos cerebros todavía eran muy jóvenes y moldeables, y por eso pocos años después, a sus dieciocho, Lucio sí terminaría lanzándose por la ventana, pero no porque creyera que podía volar, sino porque sus niveles de dopamina y serotonina naturales ya serían demasiado nimios en comparación a los que este ya se habría acostumbrado gracias a estos papelitos y otros souvenires. Con la misma curiosidad, decíamos, que a los siete años la hiciera tener la dicha de sentir eso que muchas mujeres en toda su vida jamás alcanzarían, esto, por supuesto, gracias a las habilidades de su propia mano, porque era fecha que los torpes de los chicos seguían sin lograrlo, al punto en que Alana concluyera que ese extraordinario éxtasis era algo a lo que solo se podía llegar sola, nunca acompañada; la misma que la hiciera consumir todos sus datos en maratones para saciar su curiosidad viendo myporn.xxx a los once; tomar la pastilla del día siguiente a los trece; descubrir tantas cosas antes que los demás. Y es que para ella no había tiempo que perder, porque allá afuera había un mundo lleno de experiencias nuevas, y todas, absolutamente todas, las quería vivir. Ella no sería como su madre cuando caía en cama; sería como su madre cuando estaba viva y activa, cuando irradiaba luz en sus ojos, cuando *existía*. En pocas palabras, aunque de esto no estaba consciente, Alana se había propuesto vivir en un continuo estado de manía. Por fortuna, la herencia genética de su madre no había sido tan dominante como para que su hija sufriera de una bipolaridad clínica como la de ella. Por esa misma curiosidad, decíamos, fue que Alana tomó el bulto de tela y lo alzó. Otro vestido con etiqueta, marcado con una cifra que estaba segura de que era muy lejana a todo el dinero que había gastado en toda su vida. Manchado. ¿Le había bajado y le había dado pena que alguien lo viera? ¿Pero por qué en dos lados, y por qué a los costados? Escucha la puerta del baño abrirse. Enseguida deja el vestido donde lo encontró; en cualquier otro momento, con cualquier otra persona, habría preguntado, así como ella lo hacía, qué era eso y por qué estaba ahí, pero no con Antonia. Con tan poco de conocerla, Alana ya iba entendiendo que era una persona distinta a las de su mundo. Y eso le gusta, le intriga, le atrae, el que sea tan extraña, tan opuesta a sus amigos y a cualquier persona que hasta ahora había conocido; tan contraria a lo que ella era; así funciona la ley de atracción de los cuerpos. Sale del vestidor. Escógelo tú, le dice a Antonia, ¿Qué cosa?, El libro. Y entonces nuestra protagonista siente que el destino de la civilización depende de ella y de esa decisión. ¿Cuál de todos esos mundos sería el que convencería a esa persona que tantas cosas había vivido ya, de que una tarde en compañía de un buen libro podía ser muy divertida? No conozco tus gustos, No leo, no tengo. Confío en los tuyos. Entonces la mirada de Antonia recorre una a una las galaxias de ese universo que es su librero; después de veinte minutos así, Alana entiende que esta actividad tomará tiempo, y entonces se echa en la cama de nuevo. ¿Me prestas tu compu?, No tengo, ¿Tampoco? ¿Tienes todo esto y no tienes una compu? Wow, sí vives en otro planeta, A mi papá no le gustan, dice que solo sirve para idiotizar a la gente, como la televisión. Que aquí eso no se necesita, ¿Y entonces cómo le hacen para saber cosas? ¿Cómo se enteran de lo que pasa en el mundo? ¿Y cómo se comunican con los demás?, No sé. Leyendo. Y yo no tengo nadie con quién comunicarme. Solo con Nicolás y donde está no tiene permitido recibir ningún mensaje. Y a papá, si algo tienen que decirle, le llaman a casa, Pero nunca está aquí, ¿qué tal si es algo urgente?, No sé. El otro día dijo que era una ordinariez estar disponible para cualquiera todo el tiempo. Que uno no debe estar al alcance de la mano de cualquiera así de fácil, o algo así. Dionisio siempre dijo, sabiamente, y esto lo decimos nosotros, que él era un hombre independiente y libre, y eso, y con *eso* se refería a las pantallas, *eso* era como un cordón umbilical, que en su caso no era una referencia de amor y conexión, sino de asfixia y muerte, porque, cuando a él le tocó la suerte, no sabemos si buena o mala, de llegar a este mundo, el aún no nacido Dionisio había estado tan inquieto que casi se ahogaba con su propio cordón, y es que desde que estaba dentro de su madre, esa creatura ya tenía esa ansia por salir, por ser y hacer; ya ve cómo estaba escrito en sus libros que, tarde o temprano, esa ambición lo terminaría matando. No me imagino cómo sería una vida desconectada de todos, Pues aquí la conocerás, le dice una Antonia varios gramos más fuerte de la que hoy se había despertado de esa cama, al mismo tiempo en que sube la escalera que recorre su librero y saca el lomo que dice *Vergüenza* por L.L. Herald. Toma, ¿De qué se trata?, Léelo y lo sabrás, y antes de dejar que Alana lo tome, Como si fuera tu objeto más preciado, Que sí, que sí. Se quedan ahí, paradas, como esperando a que suceda algo. ¿Y ahora qué vas a hacer?, pregunta Alana, Leer, Pues te acompaño, y entonces su brazo toma el de Antonia, como la primera lo hacía todo el tiempo con Martina, y se van.

¿Cuándo había sido la última vez que había estado tan cerca de otro ser humano?, se pregunta Antonia al sentir esta curiosa invasión de su espacio. Años, posiblemente; habían pasado años desde que Teresa había tenido un contacto con ella; solo los labios de Dionisio en su frente, eso era lo más próximo que podía registrar, aunque igual eso no contaba, porque era muy efímero. Esta falta de contacto físico haría que años más tarde, durante su adolescencia, Antonia desarrollara una dermatitis nerviosa que no se quitaría con nada. Y aquí están ahora, bajo la inmensa sombra de Grande, este ser que fuera un registro más fidedigno de los días de Antonia que su propia memoria, y quien la conociera mejor que nadie en el mundo, mejor, incluso, que nosotros mismos. Aquí están: Antonia reposando su espalda contra el tronco, Alana haciendo lo mismo a su lado. Y esta vez no se va a parar sin al menos haber avanzado veinte páginas, se promete Antonia. Avanza, aunque de manera muy lenta, porque le distrae la proximidad de ese cuerpo cuyo costado está apoyado sobre el suyo, y el olor que emana, y los gestos y los sonidos que hace mientras sus ojos van descubriendo lo que le dicen esas líneas, la velocidad con la que pasa de una página a la otra; toda ella le distrae, le descoloca. Y eso le molesta. Y ahora ese agente de distracción cierra el libro y voltea a verla, Digo, nunca has tenido novio, pero sí has besado a alguien, ¿no?, le pregunta mientras, al fondo, donde está la casona, un escuadrón de veinte personas descarga de varios camiones mesas, sillas, arreglos, estructuras, cosas y cosas; en eso se concentra la hermana del próximo festejado para mantener la calma, ¿O eso tampoco?, Tampoco, Alana. ¿Y qué tiene?, dice finalmente Antonia, cerrando su libro con fuerza y alzando su espalda del tronco para alejar su cuerpo de ella y, de paso, subrayar su hartazgo de que la hiciera sentir tan anacrónica, Oye, no te pongas así. Lo pregunto en buen plan. Digo, no tiene nada de malo, que ya entendí que aquí todo es distinto, y yo solo quiero saber cómo es, eso es todo. Antonia vuelve a reposar su espalda en las piernas de Grande y entonces Alana cambia de posición y recuesta su cabeza sobre el regazo de Antonia, reposando el libro sobre su pecho, su panorama siendo ahora el perfil de Antonia visto desde lo profundo, el segundo plano del cuadro siendo los muchos y musculosos brazos de Grande, todo iluminado por esos potentes rayos que viajan desde el lejano universo infinito, cada uno de esos millones de kilómetros, todos para llegar hasta aquí y crear este efecto etéreo y celestial en la maravillosa fisonomía de Antonia, una imagen que, de Alana tener aquí su- No te muevas, quédate como estás, le dice Alana mientras se levanta y se va corriendo. ¿Y ahora qué?, piensa Antonia, aunque en este momento prefiere ya no pensar, y por eso mejor cierra los ojos y se concentra en escuchar los sonidos de la vida que la rodea, los cuales son interrumpidos por los gritos y órdenes y ruido del ejército que prepara la fiesta. Después de estar un momento así y confirmar lo mucho que le desagradaban estas celebraciones, volvía la figura que representaba el nombre de *Alana*, un nombre que nuestra niña nunca había escuchado pero que, con el paso de unos cuantos días, fue tomando vida propia en el diccionario de Antonia; un nombre que fue apropiándose de cada consonante y cada vocal que lo conformaba, representando en tan solo cinco letras todo un abecedario, significando un todo y tantas cosas, todas las cosas; un nombre que, de adulta, jamás volvería a escuchar, ningunos labios lo pronunciarían, ni en la calle ni en los libros ni en las pantallas, nadie se lo recordaría y, sin embargo, siempre estaría ahí, sonando como las canciones que se reproducen en nuestra cabeza en automático. ¿Cómo una sola palabra puede *ser* tanto? Ese nombre se iba acercando, hasta estar de nuevo con ella, cargando una cámara, grande y vieja, aunque lo de vieja solo Alana lo sabía, porque Antonia qué iba a saber de los artefactos que entonces ofrecía el mercado. Vuelve a recostar su cabeza en las piernas de Antonia. Esta cámara era de mi mamá; un día decidió que sería fotógrafa profesional y entonces se compró mil aparatos, incluida esta cámara; la usó un mes y no la volvió a tocar, le dice Alana mientras que con suma concentración y curiosidad fotografía a Antonia una y otra vez. Clic, clic, clic, clic, clic. ¿Esto es bueno o malo?, se pregunta la niña. No te molesta que te fotografíe, ¿o sí?, No lo sé, Pues no debería; no fotografío cualquier cosa, solo lo que considero valioso recordar, le dice Alana, como si de pronto pudiera leer sus pensamientos. Trescientas cuarenta y tres imágenes se captaron en total. Mucho tiempo después, Alana imprimiría cincuenta de esas, y esto sería algo muy raro, porque quién hacía eso, quién imprime las fotos, nadie, si todas viven felizmente en las inmensas nubes; por supuesto que fue una odisea dar con el lugar donde se podía hacer eso, imprimir. Y cualquiera que no fuera Alana o Nicolás, diría que las cincuenta fotografías eran la misma cosa, pero ese cualquiera estaría muy equivocado, porque en cada una de ellas se podía distinguir un gesto distinto al anterior, que decía algo diferente, pero eso solo alguien muy observador, o estos dos, podrían notarlo. Si estas imágenes se pasan rápidamente, como se hace con las secuencias de caricaturas para darles vida, se puede ver cómo las cejas y la boca, en un inicio tensas, a cada toma que pasa se van suavizando, hasta relajarse y mostrar un movimiento en la boca que, aunque milimétrico, era suficiente como para confirmar que algo había cambiado. En un momento, en esos años después del ahora en el que en esta página nos encontramos, estas y otras fotografías saldrían de la caja donde estaban guardadas para ser vistas al menos una vez a la semana; con el transcurso del tiempo sería cada vez menos, solo una vez al mes, luego cada seis meses, hasta que se fueran acumulando los años y el polvo y las nuevas experiencias y entonces la tinta que las ilustraba se comenzaría a desgastar, poco a poco a borrar, como la infancia de nuestra memoria consciente, y así pasarían muchos años en los que estas fotos permanecerían encerradas entre las seis paredes de esa caja, abandonadas, hasta que un día la fuerza de un tornado, de esos que no ocurrían por los rumbos donde se ubicaba la casa que guardaba esta caja, pero que últimamente habían estado sucediendo, como los huracanes en el desierto, las inundaciones en las montañas y las sequías en las selvas, y esto a nadie le sorprendía ya; un tornado, decíamos, se formaría y recorrería esos rumbos, y sin esfuerzo levantaría el techo de esa y otras casas, y entonces la caja por fin sería abierta y esas fotografías volverían a respirar, aunque sería un aire aún menos limpio del que había estado encerrado junto con ellas, y ahí irían volando con otras tantas cosas más, corriendo libres por el cielo, y qué bien se sentiría eso, el sentirse despierto después de llevar tanto tiempo adormecido, y después de varias horas así, disfrutando de esa libertad, el impulso del viento cesaría, y una a una esas fotografías irían cayendo, todas desbalagadas, perdidas, sin rumbo, sin saber a dónde correr ni cómo regresar con los suyos, pero el miedo les duraría poco, porque pesadas gotas de agua comenzarían a caer sobre ellas de manera implacable, como si el cielo estuviera harto y con esto quisiera limpiar toda la basura, toda la suciedad e impureza que debajo de él había. Y aquí seguramente lo correcto sería eliminar el *como si,* porque más bien eso sería justamente lo que estaría pasando, porque Gea ya no soportaría más tanta grosería e insolencia, tanta ignorancia y barbarie, tanta desfachatada ofensa, y por supuesto que estaría fastidiada de esta civilización que solo iba para peor, de estos cretinos que, por más oportunidades que se les daban, no las aprovechaban, que simplemente no entendían, y por eso necesitaba hacer una gran limpia y eliminar a todo aquel que le estuviera haciendo daño, a ella, a Ella, carajo, la diosa de la Tierra, ¿con qué cojones esta insignificante especie a la que podía hacer desaparecer con un simple viento se atrevía a ofenderla de esa manera, una y otra y otra vez? Gotas borrando la tinta que calcó fielmente momentos de antaño, haciendo como si esos momentos jamás hubieran pasado. Alana deja la cámara de lado, y Antonia, por fin, se atreve a ver ese rostro directamente; con el sol bañándola toda, es como una figura de oro con incrustaciones de jade en los ojos. Y por primera vez no tiene que evadir la mirada, se queda ahí, contemplándola, así como lo hace Alana de vuelta, y por un momento pareciera que eso es una reta de a ver quién aguanta más tiempo, hasta que Alana dibuja una sonrisa y dice Ya veo, ¿Qué cosa?, Por qué te gusta tanto estar aquí. Y después de un rato, Antonia pregunta, ¿Qué le pasó?, ¿A mi mamá?, Sí, Pues eso, se puso una soga al cuello y se ahorcó.

495

Bueno, no fue una soga como tal, sino la corbata de mi papá, Pero ¿por qué?, Porque estaba aburrida. Harta. Cansada. Atrapada. Porque no le gustaba su vida. Porque era infeliz. No sé. Solo ella lo podría saber, y ahora ya ni siquiera ella, ¿La extrañas?, y aquí Alana toma su tiempo para responder, no porque tuviera que pensar mucho en la respuesta que daría, sino porque se acaba de dar cuenta de que es la primera vez en la que habla con alguien de su mamá, porque ni siquiera con Martina, su cómplice de tantos años, lo había hecho nunca. Y es que siempre que se presentaba la oportunidad de hablar con sus amigos de cualquier cosa que ocurriera en sus casas, Alana tomaba su aparato y se abstraía en él, y regresaba solo hasta que el tema había cambiado. Era algo tan evidente e invariable que todos habían aprendido esa regla, la de que nadie preguntaba por los papás de Alana. ¿Y por qué con ella sí lo hacía?, le cuestiona una fracción de su cabeza. No sé, le responde Alana a su cabeza y también a Antonia, No sé si la extraño. Yo solo quería que dejara de sufrir, y tal vez esta era la única manera en la que lo haría, poniéndole un fin a su vida. Sé que no extraño saber que es miserable, ni verla metida en cama durante días, volviendo loco a mi papá que ya no sabía qué hacer con ella. No echo de menos nada de eso, y *eso* era una gran parte de mi mamá, como un ochenta por ciento de ella, más o menos. Silencio. Alana cierra los ojos y se concentra en el cantar de un cardenal; ¿cuándo había sido la última vez que había escuchado a un pájaro cantar? ¿Los había visto alguna vez aparte de esa ocasión del ácido en la que habló con los colibríes? Con los ojos todavía cerrados, continúa, El veinte por ciento restante, ese claro que lo extraño, por supuesto que la quiero de vuelta, y mientras dice esto, Antonia puede estudiar, ahora sí, sin limitante alguno, los detalles de esa cara, y cómo, al borde del ojo izquierdo, luego del derecho, van corriendo sutiles líneas acuosas, y ya está Antonia por limpiarle esas lágrimas cuando se da cuenta de que está a punto de tocarla, y entonces se detiene. No sabe qué hacer con sus brazos, quisiera ponerlos alrededor de ella y estrecharla fuerte y decirle que lo siente, que lo siente mucho, que le gustaría que pudiera hacer algo para evitarle ese dolor, para que lo pasado no hubiera pasado jamás, para que esos ojos no volvieran a derramar una lágrima más, todo eso quisiera decir, pero en su lugar solo se queda callada, reprimiendo todas esas palabras de las que Alana en este momento está tan necesitada. Sin embargo, aun con esta persona que le genera tanta familiaridad y una intimidad que no le había despertado nadie nunca, a Alana le resulta imposible no sentirse de pronto abrumada por este inesperado exceso de exposición y apertura, y entonces, Pero no te sientas mal, no tiene nada de malo, ¿Que tu mamá se haya colgado?, No, boba, y entonces abre esos ojos que tan perfecto contraste hacían con el rojo de su pelo y el dorado del atardecer, Que nunca hayas besado a nadie. Martina, por ejemplo, dio su primer beso hace, ¿qué? Hace nada. El año pasado, ¿Quién es Martina?, Era mi mejor amiga, ¿Y ya no lo es?, Sí. No. No sé, no he hablado con ella, desde aquí no puedo hablar con nadie, no tengo señal ni datos y tampoco sé dónde recargarlo. Martina es más grande que tú, es de mi edad. Y yo le enseñé. Si quieres yo te puedo enseñar a ti también. Es muy fácil, le decía con una sonrisa. El viento comienza a correr mientras el sol de la tarde muere lentamente, su sangre esparciéndose por el cielo, una orgía de tonos magenta y púrpura y fucsia y violeta y amarillo y naranja y carmesí, todos mezclados para formar un matiz jamás visto por los ojos de Alana, que enseguida levanta su torso y empieza a dar clic, clic, clic; así era por estos rumbos, cuando la Madre todavía tenía cierta autoridad; todo sucedía con una sincronía perfecta, o casi perfecta, porque desde entonces ya era cada vez menos. Alana se pone de cuclillas frente a Antonia para hacerle una última toma. Un fuerte viento alza el vestido de su musa, la que, molesta, lo trata de controlar sin éxito. Ya es tarde, dice Antonia, entonces se levanta y comienza a andar.

En la casa se vive un caos, con gente yendo y viniendo, acomodando y arreglando, gritando, cargando flores y flores, miles de flores que fueron cortadas para decorar el espacio durante unas horas y después ser echadas, sin más ceremonia, en una bolsa de plástico negra que ocultaría su belleza durante el poco tiempo que les restara de vida. Al ver todo esto, Antonia recuerda que no tiene vestido para mañana, y entonces la ansiedad la asalta de nuevo. Va caminando hacia su cuarto y Alana detrás de ella. Antonia se detiene, Voy a mi cuarto, Ya lo sé, te acompaño, Quiero estar sola, Ah. Ya. Está bien. Bueno. Nuestra protagonista llega a su cuarto, abre la llave y deja el agua caliente correr hasta que se llena la tina. Se quita la ropa. Observa su cara en el espejo, tratando de ponerse en la cabeza de Alana y juzgar si lo que veía era agradable o no. No lo era, nunca lo sería, concluye. Con los dedos de sus pies prueba la temperatura del agua. Arde. Mete su pie, su pierna, siente el incendio en su piel. Mete la otra. Baja, baja hasta que todas sus piernas están cubiertas por agua y siente fuego quemando ese par de llagas que siempre están abiertas y disponibles para ella. Cierra los ojos y se concentra en las heridas, en el dolor penetrante, uno que llega hasta el epicentro de su corazón y lo hace detenerse varios latidos. Y entonces la calma, la falsa paz que se siente después de haber alcanzado el clímax de la mortificación del cuerpo, la satisfacción que provoca superar el dolor. Cierra los ojos, respira profundo, y se sumerge hasta que en la superficie ya no hay nada, solo agua calmada. Y por un momento piensa que quisiera quedarse aquí, ya no volver a salir, disfrutar para siempre de esta pequeña victoria. Por eso aguanta su respiración lo más que puede, y, justo cuando cree que ya no puede aguantar más, lo sigue haciendo, Otro segundo, se dice, y así otro y otro hasta que su cuerpo se desgobierna de ella y entonces su torso se levanta con fuerza y respira toda la vida que le fue negada durante un tiempo que le pareció infinito.

Con sus manos siente los costados de sus piernas, esa piel blanda que normalmente es una costra, y con sus uñas quita todo hasta dejar la carne viva. Duele, arde, quema, y eso la hace sentirse viva y tranquila. Ya ni siquiera piensa en la fantasía de que, haciendo esto, las miles de pecas que cubren su piel se van a borrar; esto ya lo hace por mera afición, aflicción, adicción; algo que no puede dejar de hacer, porque, cuando lo hace, le brinda un ilusorio sentido de seguridad y de armonía, de que al menos hay algo en el mundo que puede controlar.

Mientras tanto, en el cuarto que ya nunca será de visitas, Alana toma su cámara y comienza a repasar sus nuevas fotografías. Invierte minutos en cada una, admirando su talento fotográfico, pero admirando aún más la estética de ese rostro, que no era bello, bella era ella, eso lo sabía muy bien, pero, para Alana, el concepto de belleza que ella representaba era uno cotidiano, de molde, por eso las modelos son eso, modelos, arquetipos que son todos iguales, que no tienen nada de especial más que cumplir con la norma. Entonces les da zoom y las vuelve a ver, la luz, la sombra, las hojas, los ojos, o, más bien, la mirada, que es algo muy distinto, esa misma mirada que viera en Anna. ¿Qué era necesario para borrarla?, se preguntaba, como tantas veces antes lo hizo con su madre. Llega a la secuencia que tomó al final, pero en estas fotos el enigmático rostro ya no se deja ver, es tapado por el vestido volado por el viento. Entonces nota las marcas en las piernas descubiertas, y recuerda el vestido manchado y no le toma nada conectar A con B y entender.

Y es que Alana ya había vivido esa historia, o una bastante parecida, con Renata, la que fuera su favorita antes de Martina. La adoraba; ella tampoco era de este planeta. Un día, sin más, Renata dejó de ir al colegio, y de conectarse, y nadie contestaba en su casa, y ninguno de los maestros le supo decir nada, más que la alumna se tuvo que ausentar por un tiempo por cuestiones de salud, ¿Qué cuestiones? ¿Qué le pasa?, No sabemos, ¿Cuánto?, No sabemos, ¿Y dónde está?, No lo sé,

Alana, de verdad que no lo sé, le decía la maestra de Ciencias. Y así, de un día a otro, se quedó sin ella. Pasó por todas las etapas de un duelo, hasta la de estar enojada con la desaparecida. ¿Qué clase de mejor amiga le hacía algo así a su mejor amiga? La *cuestión de salud* duró el resto del curso escolar, lo suficiente como para que Alana le prestara un poco más de atención a Martina, que tanto la amaba, y la convirtiera en su nueva inseparable, aunque no había día en que no extrañara a Renata. Y un día como cualquiera, ya que habían pasado de primaria a secundaria, la pantalla en su mano le notificaba que había recibido un mensaje de Ren vía Mosk, por donde siempre hablaban. Al ver esto la visión de Alana se nubló, haciendo desaparecer al salón y su clase de Historia. Luna llamando a Venus, decía el mensaje; Luna era Renata; Alana, Venus; así empezaban todas sus conversaciones. En ese chat todavía estaba el historial de las pláticas infinitas que durante años habían tenido diariamente, hasta que ya solo eran mensajes de Alana, uno tras otro, exigiendo respuesta, que le dijera dónde putas se había metido. Renata vio que Alana estaba conectada, pero pasaban los minutos y no le respondía nada. ¿Qué iba a responder? ¿Qué quería que le respondiera? *¿Hola, como estas, cuanto tiempo?* Le enfurecía que de pronto apareciera así, como si nada hubiera pasado, como si no la hubiera extrañado y llorado por meses. Y a los diez minutos otro mensaje, *Hey.* Y Alana nada. *Contesta.* Nada. *Por favor. Necesito hablar contigo.* Nada. *Real no vas a contestarme?* Y esto sí que desquició a Alana, que si no hubiera sido porque dentro de ese artefacto se reunían todos los sistemas vitales que la movían, lo hubiera estrellado contra la pared en ese momento. Se levantó de su pupitre y salió del salón. Nunca había sentido tanta furia en sus trece años de vida. Se fue hasta donde estaban las canchas, donde sus gritos se escucharan lo menos posible. Esto no se podía hablar por mensaje. Tomó aire y pulsó el ícono de videollamada. Declinada. *Es que no puedo*, decía Ren en su conversación unilateral por Mosk. *Asi o nada.* Ren escribe. Ren borra. Ren escribe. Ren borra. Ren escribe *OK.*

Alana vuelve a presionar su pantalla. ¿Hola?, dice la cara que se ve en todo el recuadro, una que es muy diferente a la que Alana recuerda. Alana no responde nada, no puede. ¿Al? ¿Me oyes?, Sí, Hola, Hola, ¿Cómo estás? Silencio. ¿Qué te crees tú, eh? ¿Por qué nunca respondiste mis mensajes? ¿Por qué nunca dijiste nada?, le reclamaba a gritos. Porque no podía, no me dejaban. Siguen sin dejarme, pero al menos ya recuperé esto y te pude contactar. En todo este tiempo no lo he tenido conmigo, ni esto ni nada, ¿Dónde estás?, pregunta una Alana un poco más suavizada al notar que el lugar en donde estaba no era su casa y que tampoco parecía muy agradable. Es un cuento muy largo, Pues ya empieza, Estás en el cole, ¿no?, Son las diez de un martes, ¿dónde más quieres que esté?, ¿Cuándo puedes hablar?, Ahora, ¿Y tu clase?, Renata, por favor, Okey, ponte cómoda, Ya habla, Renata. Y eso hizo. Estaba en un, ¿cómo llamarle? Es como una mezcla entre hospital, casa de campo, centro de rehab, manicomio. Es un lugar raro, ¿Qué haces ahí? Y Renata da un profundo suspiro. Te digo que es un rollo bastante largo, Pues lo estás alargando todavía más, Hay algo sobre mí que nadie sabe, ¿Ni siquiera yo?, Ni siquiera tú. Desde que tengo ocho años, más o menos, poco antes de que mis papás se divorciaran, había, uhm, ¿cómo decirlo?, Pues como se dice, Renata, puta madre, No es fácil, Alana, le gritaban los pixeles de su pantalla que ahora mostraban lágrimas corriendo. Está bien, trataré de resumirlo: un día, de esos en los que los gritos entre sus papás se podían escuchar hasta varias cuadras a la redonda, tomó una de las múltiples pantallas que había en la casa y puso cómo se quita el dolor en el buscador. Le arrojó miles de resultados. La mayoría hablaban de analgésicos y cremas y cosas médicas. Ahí estuvo, revisando uno por uno, porque en alguna de todas esas entradas debía de estar la respuesta, porque la pantalla, tarde o temprano, encontraba la respuesta a cualquier duda, de cualquier cosa que se necesitara saber. Y después de decenas de páginas que no entendían su pregunta, que no terminaban de comprender lo que necesitaba, dio con un foro de discusión. Leyó varios comentarios y se dio cuenta de que probablemente estos avatares hablaban su mismo idioma. Leyó y leyó, cientos de opiniones leyó, recomendaciones, guías de cómo hacerlo, todo. Parecía ser una comunidad muy unida, muy leal, porque todos aplaudían los comentarios de todos, lo que hacían y cómo lo hacían. Unos recomendaban pequeñas hojas de afeitar, otros alfileres, tijeras; otros, cera caliente, porque no era un foro exclusivo para cortadores, si arriba bien decía ¿Y TÚ CÓMO MATAS TU DOLOR?; unos proponían el fuego directamente. Había fotografías, instructivos, todo lo que necesitaba saber para cumplir su objetivo. Y así fue como empezó a encontrar una curiosa calma, primero dibujando sutiles líneas en su abdomen que, de pronto, se convertían en líquido rojo. Después de varios meses, cuando este juego ya no le causaba gran emoción, empezó a experimentar con velas, y así fue encontrando un curioso placer en la cera caliente, hasta pasar al fuego directo y disfrutar del sonido de sus vellos al abrasarse y de su piel al quemarse. Y eso dolía menos, mucho menos, que todo lo demás; o eso no dolía, más bien le *mataba el dolor*. Y así estuvo, primero una vez a la semana, luego tres, luego cada noche, ¿Y cómo no se dio cuenta tu mamá?, preguntaba esta hija de otra madre que tampoco nunca se dio cuenta de nada, ¿Por qué iba a hacerlo? Mi torso nunca estaba a la vista; nunca nadie me veía cuando me cambiaba, mis trajes de baño siempre eran completos. Y todo estaba bien hasta que un día me dio apendicitis. Entonces todo valió madre. Alana ahora lo recordaba: cuando Renata desapareció, llevaba todo el día quejándose de que le dolía la panza. Aguanté todo lo que pude para que no me revisara el médico. Pero llegó un momento en el que ya no pude más del dolor; al parecer esa madre, el apéndice, se había reventado y me estaba muriendo. Igual no dije nada, fue mi mamá la que me vio de no sé qué color y me llevó a Urgencias. Y luego ya no supe nada. Me desmayé del dolor. Luego me desperté. Luego me anestesiaron para sacarme lo que se había reventado. Luego me desperté drogada. Luego llegó mi papá. Luego se empezaron a pelear ahí, frente a mí, frente a todos, a echarse la culpa, que si era de él, por ser un alcohólico que no tenía ni para pagar un hospital; que si era de ella, que al final para eso se había quedado conmigo, para cuidarme, y mira qué bien lo había hecho. Y mientras hacían su clásico espectáculo, yo solo buscaba con la mirada algo que, cuando me dejaran sola, me diera de vuelta la calma que ellos y sus estupideces me robaban. Pero ni eso me dejarían, porque ahora tenía que comer frente a mi mamá o las enfermeras porque estaba prohibido que me dejaran sola ni siquiera con los cubiertos de plástico. Ahí estuve como una semana. Rogué para que me dieran cualquier pantalla que me pusiera en contacto con el mundo. Contigo. No me dejaron. Decían que justamente de ahí había sacado estas ideas. Y ya sabes cómo es mi mamá, que piensa que todos son mala influencia para mí, *Todos* es decir yo, Eres mi mejor amiga, obvio no eres su persona favorita. Luego me llevaron a un centro para niñas locas, en pocas palabras. La mayoría anoréxicas y bulímicas. Unas cuantas que se habían intentado matar. Ya sabes, de ese tipo de cosas. Ahí estaba yo, encerrada, volviéndome loca, pero ahora sí de verdad. Porque no lo estaba, yo no era como ellas. Yo no tenía por qué estar ahí. Me prestaron esta pantalla porque tengo que hacer unos exámenes del cole si no quiero perder el siguiente año. Esta es la primera vez que tengo una pantalla desde entonces. ¿Puedes creerlo? Intenté de todo para contactarte. Obvio no he respondido nada del examen. Lo primero que hice fue bajarme Mosk y escribirte, ¿Hasta cuándo vas a estar ahí?, Dos semanas más, ¿Te puedo ir a ver?, Te lo ruego. Al día siguiente, Alana tomó varias líneas del metro que la llevaron hasta Renata. Era un lugar que, aunque grande y limpio y moderno, era horrible. Se podía ver en la cara de todas esas mujeres, en las insostenibles penas que sus espaldas cargaban, en sus miradas agachadas, encerradas en sus propias tristezas, haciéndolas más profundas, más reales. ¿Y llevas aquí seis meses?, Siete, ¿Cómo has podido?, No lo sé. No sé ni siquiera si he podido, ¿A qué te refieres? Y a esta pregunta,

Renata se quedaba callada mientras observaba a una mujer ser paseada en una silla de ruedas al fondo del jardín, Daniela, veintitrés, años y kilos, un esqueleto cubierto de piel que tiene que comer por sonda. ¿A qué te refieres?, A que sé que está mal, que no lo debo hacer, Pero ya no lo estás haciendo. Aquí no puedes. Silencio. Renata, Ya, Alana, te digo que no ha sido fácil. Silencio. ¿Puedo ver tu abdomen?, y Renata movía la cabeza en sí y entonces Alana le alzaba lentamente la blusa. Puta madre, Renata. Líneas y líneas que nunca se borrarían, hoyos en esa piel que cada noche iba siendo quemada y requemada, desde la zona lumbar hasta el pecho, cada centímetro como un campo de batalla después de que la batalla había sido perdida, todo destrozado, mutilado, lacerado. Muerto. Ya sé, es horrible, da asco, ya lo sé. Nunca podré usar un bikini, y, si un chico me viera desnuda, solo vomitaría. Ya lo sé, Alana, créeme: he tenido siete meses para pensarlo, ¿Y sigues queriendo hacerlo? Silencio, Lo sigo haciendo; pero no se trata de que quiera o no, y al escuchar esto Alana se levanta de la jardinera en la que están sentadas en plan No puede ser, cubriéndose la cara con ambas manos, ¿Es en serio, Renata?, Tampoco te lo estoy diciendo para que me regañes como todos. Me pude callar y no decirte nada, Ya. Perdón. Es solo que- Nada. Olvídalo. Perdón. ¿Y ahora cómo lo haces? ¿Qué no se supone que aquí te tienen megachecada?, Sí, pero igual no son tan listos como dicen. ¿Puedes creer que no piensan en las hojas? De papel. Para cortar, Claro que lo puedo creer, yo no lo pensaría, yo creo que nadie lo pensaría, Obviamente no es lo mismo, es un corte muy suave y delicado, casi ni se siente, pero, digo, algo es algo. El otro día me robé un foco de estos, y señalaba una bombilla que iluminaba la jardinera, No me lo robé, porque hubiera sido muy evidente, solo hice que se rompiera y me llevé un par de pedacitos que tengo bien guardados, ¿Dónde?, y a esto Renata se ríe, mete su mano entre esa enorme melena rizada y, asegurándose de que nadie está prestando atención, saca un pedazo de vidrio y luego otro. Alana no puede creer el nivel de creatividad y disciplina que esta manía exigía. ¿Y dónde te cortas? ¿Qué no te revisan?, Sí, todas las mañanas me tengo que poner en calzones frente a una enfermera, ¿Entonces? Y Renata vuelve a revisar que las guardias estén distraídas en sus pantallas, como siempre lo hacían. Se desabrocha los tenis, se quita las calcetas negras y le muestra las plantas de los pies. Al verlo, Alana sintió un punzante dolor en todo su cuerpo y ganas de gritar y llorar. Esta parte nunca la checan, no sé por qué no se les ocurre, o ya están muy desesperadas por confirmar que todo está bien, que lo están haciendo bien, que tienen todo bajo control, y pasar con la siguiente. ¿No te duele horrible al caminar?, Esa es otra de las ventajas. Alana no sabía qué decir. Siempre había sido la rebelde, la que retaba todo, la que no le temía a los maestros ni a los mayores ni a la autoridad ni a ninguna sustancia ni experiencia nueva, ¿pero esto? Esto era otra cosa; esto era un nivel muy superior al suyo, uno que la hacía ver como una inofensiva niña al lado de su amiga; un nivel al que tampoco le interesaba llegar, porque la rebelión de Alana era más una manera de dejarle claro a los demás que nadie, excepto ella misma, la controlaría y, evidentemente, en el caso de Renata, ella era la que estaba siendo controlada. ¿Te interesa parar?, Algún día, pero no por ahora. Por ahora no puedo; yo sé que suena ilógico, pero me duele mucho más el no hacerlo. Alana la visitó todos los días durante las dos semanas que le quedaban. Una ocasión, Ren le enseñó fotos de cuando recién entró; se las había dado su cuidadora para que recordara lo mal que estaba, para que comparara con el presente y se diera cuenta de lo mucho que había avanzado. Alana tuvo que cerrar los ojos varias veces mientras se las mostraba.

Y ahora que estaba en esa habitación que ya no sería de visitas, en su cámara, Alana le daba zoom a las heridas de estas piernas, y lo único que se le venía a la cabeza era Renata; Renata y todo lo que ella, Alana, no hizo para ayudarla, para hacerla parar. Después de esas dos semanas, Renata volvió a desaparecer, y esta vez para siempre; era fecha que Alana no tenía idea de qué había pasado con ella, y esta ausencia le dolió aún más que la primera; todavía la extrañaba, todavía leía, al menos antes de llegar aquí, sus conversaciones, megabytes y megabytes de emociones guardadas en un macroservidor que se encontraba en alguna parte del mundo que ella nunca conocería. Y ahora toma su aparato, abre Mosk, busca Ren, abre la conversación, presiona el botón de Opciones, y da clic en Borrar conversación. ¿Está seguro de que quiere borrar esta conversación? Al dar Aceptar, texto, documentos, imágenes y enlaces compartidos serán eliminados para siempre. *Aceptar.* Sí: ya era hora de que lo aceptara. Enfrentaría a Antonia. Esta vez haría algo, lo que fuera necesario, para que la historia no se repitiera. Tocan su puerta. Es Guillermina. Esa noche no habría cena porque el señor no cenará en casa y además quitaron la mesa para acomodar las cosas para la fiesta de mañana; allá afuera todo era un desastre en el que era mejor no meterse. Le llevaba una charola con un sándwich y un vaso de leche para que comiera en su cuarto. ¿Antonia igual?, ¿Antonia igual, qué?, le respondía esta mujer en su entrañable tono de fastidio y hartazgo, ¿Antonia también va a cenar en su cuarto?, Pues claro, ¿Esta es su cena?, le preguntaba señalando el otro plato y vaso que cargaba en la charola, Y qué va a ser si no, Yo se lo llevo, y Alana toma la charola, Como sea, acepta esta infeliz a la que todo el día lleva ardiéndole la ciática y solo ella y su cuerpo lo saben. Antonia ya había salido de la tina cuando Alana tocó a su puerta, Soy yo, traigo la cena. También traía la cámara colgando en su cuello. Hacía frío. Las ventanas estaban abiertas; Antonia las abría todas las noches para escuchar el baile de las hojas con el aire y disfrutar del viento fresco. Tal vez esa tarde había abusado un poco en la tina, pensaba Antonia, que había tenido que esperar una hora para ponerse la ropa, y es que la sangre de sus heridas, aunque poca ya, no dejaba de manar. Ahora se había puesto papel de baño alrededor de las piernas y tenía que llevar cuidado de que estas tocaran la tela lo menos posible si no la quería manchar. Alana dejaba la charola sobre la cama y se acomodaba en ella; con más cuidado, Antonia hacía lo mismo. Y, sin más preámbulo, como solía hacer las cosas nuestro más reciente personaje, ¿Por qué te haces eso?, ¿Qué cosa?, En tus piernas, ¿por qué lo haces?, y al escuchar esto, Antonia se mareó, ¿De qué hablas?, le respondía en un tono violento. Entonces Alana tomó el borde del vestido de Antonia y lo subió hasta hacerle ver de qué hablaba. Quítate. Qué haces. No me toques, le decía irritada, empujando a Alana con fuerza, Vete de mi cuarto, Hasta que me digas por qué lo haces, ¿Por qué hago qué?, Eso, a tus piernas, Yo no hago nada, ¿Entonces?, Déjame en paz. Vete, Sí. Hasta que me lo digas, Lárgate, gritaba esta niña nuestra que fácilmente podríamos desconocer en estos momentos. Lárgate, repetía, pero ahora con torrentes corriendo desde sus ojos y el volumen de cada nuevo Lárgate en decrescendo, así como su figura, que se iba encogiendo hasta que su cuerpo se quedó en una frágil posición fetal. Alana permanece ahí, experimentando una ternura infinita. Abraza su cuerpo a esa espalda encorvada, mientras esta sigue diciéndole que se largara, aunque ya son solo susurros que se está diciendo a ella misma. Alana pone sus manos sobre las de Antonia, quien las tenía aferradas a sus rodillas, y esta las toma de vuelta con fuerza. Así estuvieron hasta que el llanto cesó, algunos cientos de lágrimas después. Lo pregunto porque me importas, le dijo Alana a la cara después de un largo silencio amenizado por los murmullos de la vida que existía detrás de esas ventanas. ¿Puedo?, y Antonia no decía que no, por eso la mano de Alana fue levantando el vestido suavemente hasta llegar al papel ligeramente teñido de sangre, y entonces lo quitó, y ahí estaban las heridas, frescas, vivas. ¿Desde cuándo lo haces? Alza los hombros en No sé. ¿Por qué lo haces? Alza los hombros en No sé. ¿Te duele si lo toco? Mueve la cabeza en No, y entonces Alana besa las yemas de sus dedos y las pasa sobre las marcas tan lento como puede. Le habla de Renata. Le cuenta todo lo que pasó. Le confiesa cuánto la extraña. Le dice que no se perdonaría si permitiera que pasara lo mismo con ella, porque tarde o temprano se la llevarían a un lugar como al que se llevaron a su desaparecida mejor amiga. Le propone que hagan un acuerdo. Ella, Alana, leería varias horas al día, aunque se desesperara y se aburriera y le fuera prácticamente imposible no distraerse con lo que fuera antes de prestar genuina atención a una inerte y apática hoja llena de letras que no la invitaba en lo más mínimo. A cambio, Antonia dejaría de hacer eso que hacía. Yo sé que es difícil, que se vuelve algo como, no sé, necesario, así era con Ren, por más que yo no lo entendía, no entendía por qué necesitaba cortarse y quemarse para sentirse bien, Yo no hago eso. Jamás haría algo así. A mí solo me da, no sé, comezón y mis manos se van ahí sin que yo me dé cuenta, ni siquiera lo hago a propósito, ni siquiera lo pienso, mentía Antonia, Así se empieza. Comencemos intentando hacerlo cada vez menos, y el hecho de que Alana hablara de la tarea en plural, como un proyecto que era de las dos, hizo sentir bien a Antonia. Cada que tus manos vayan hacia ese lugar, te harás consciente de eso y les dirás que lo dejen de hacer. Contrólalas. Son tuyas. El maestro de Deportes nos decía que todo está en la cabeza, que nuestra mente es quien controla nuestro cuerpo, y no al revés. Un día me pusieron a dar cincuenta vueltas corriendo alrededor de la cancha de fut como castigo por, no me acuerdo por qué, pero la cancha es enorme, y correr todo eso era muchísimo. Aparte de que odiaba correr. Si paraba para tomar aire, me reprobaban en conducta, y creo que si no pasaba esa materia reprobaba todo el año, o algo así. El caso es que no podía parar. Y pues me puse a correr. Cuando me empezaron a arder las piernas, traté de pensar en que eso no estaba pasando, en que no sentía nada, me acordé de lo que decía el entrenador, Olviden el dolor, el dolor no es real, lo que sienten no es real, es su cabeza inventándolo, acostumbrada a leer cualquier cambio de estado como algo malo. Pero si ustedes convencen a su cabeza de que eso que creen sentir es mentira y que pueden aguantar más, lo harán, nos decía. Y en ese momento no me quedó de otra que creerle. Me concentré en el ardor que sentía en las piernas después de las primeras cinco vueltas. Empecé a decirme que ese ardor no era dolor, solo mis músculos en un estado alterado, uno al que no estaban acostumbrados, pero que eso no significaba que no pudieran correr cuarenta y cinco vueltas más, si mi cuerpo era superfuerte. Poco a poco me fui acostumbrando al ardor, hasta que dejé de sentirlo. Se fue convirtiendo en una sensación, ni buena ni mala, simplemente algo que mi cuerpo sentía. Después de que logré continuar en un momento en el que pensé que mi cuerpo ya no podía más, todo comenzó a cambiar, fue como si, una vez que superé ese punto, el más difícil, me hubiera vuelto mucho más fuerte e invencible. Imparable. En ese momento iba en la vuelta treinta y dos. A partir de ahí me concentré en mi respiración, en el inhalar y el exhalar, que también era una técnica que el entrenador nos había dicho que funcionaba para dejar las cosas pasar, para dejar de pensar, para que me olvidara de que me faltaban todas las vueltas que me faltaban, porque pensar en eso solo iba a hacer que la meta me pareciera inalcanzable. Completé setenta vueltas al final. Porque quise. Porque no podía, no quería parar. Y porque me encantaba la idea de demostrarles que sus castigos me daban igual, que ni siquiera eran castigos, que hasta los podía disfrutar. A lo que voy es a que tú puedes, *debes* de controlar tu cuerpo, y no al revés. Es verdad eso que dicen de que todo está en la mente, te lo juro. Y después de dar un par de mordidas a ese sándwich que ya estaba frío y aguado, ¿Entonces? ¿Es un trato?, le preguntaba Alana al mismo tiempo en que estiraba su mano para oficializar el acuerdo.

Afuera, la gente sigue trabajando, subiendo y bajando, poniendo y quitando. Pareciera como si lo de mañana fuera una boda, le decía Alana, ¿Por qué lo dices?, Por todo este desmadre. Si es solo un bautizo, hombre. Se le echa agua en la cabeza al niño y ya está, A mamá le gustan mucho las fiestas; aquí siempre son así, ¿Y te gustan?, a lo que Antonia mueve la cabeza en No, ¿Por?, alza los hombros en No sé, A ver, enséñame qué te vas a poner mañana, y a esto Antonia dio un sobresalto, como si se acabara de acordar de algo que estaba prohibido olvidar, ¿Qué pasó?, El vestido, ¿Qué tiene?, pretendía Alana, Nada, A verlo, y Antonia, con un semblante entre serio y avergonzado, salía de la cama para ir a su vestidor y regresar con el puño de tela. No sé cómo limpiarlo. Hice lo que se me ocurrió, pero solo lo empeoré, confesaba Antonia al mismo tiempo en que Alana extendía el vestido y estudiaba el desastre. Mamá se va a enojar mucho. De estas dos habérselo propuesto, seguramente habrían logrado dejar este vestido, si no como nuevo, al menos lo suficientemente decente como para que se pudiera vestir, total que Teresa estaría muy entretenida con su gran fiesta como para darse cuenta de este pequeño detalle. Pero los circuitos neuronales de Alana, así como los de Antonia, no tienden a transitar caminos predecibles, por eso esta idea nunca corrió por su mente; en su lugar, Alana saltó de la cama y dijo Ya vuelvo. Minutos después lo hacía con el vestido que Teresa le había comprado. Pruébate este. Antonia no entiende. Es el que me compró tu mamá. Es muy lindo, pero cero va conmigo; igual no me lo pensaba poner. Y si Teresa me lo compró es porque le gustó, ¿no? Cuando estábamos en la tienda repitió una y otra vez que ese era el mejor, así que no habrá problema en que tú te lo pongas. Y entonces toma el vestido manchado, Diremos que te lo pedí para probármelo y que por accidente lo manché. Mira qué fácil fue, decía al mismo tiempo en que, de su plato, con el dedo tomaba un poco de kétchup para ponerlo sobre la mancha de un lado, luego del otro. Y si Teresa se enoja, se tendrá que enojar conmigo, y la verdad es que si lo hace no me importa. Los extremos de la boca de Antonia poco a poco se van alzando. Anda, pruébatelo. Lo hace. Le quedaba un poco suelto, y es que Antonia seguía teniendo el cuerpo de una niña, sobre todo comparado con el de Alana, que era oficialmente el de una adolescente. Y mientras ven su reflejo en el espejo, Alana aplaude, Perfecta. A ti sí te va. Y era verdad, porque no era que el vestido fuera feo, para nada, simplemente era muy de niña bien, cosa que a Alana le quedaba fatal y a Antonia le iba tan natural. ¿Y tú qué te vas a poner?, No sé, ya veré. Seguro algo encuentro entre mis cosas. Tocan la puerta y la abren sin esperar respuesta. Váyase a su cuarto, muchacha. Ya es hora de que se duerman, les dice Guillermina, Su mamá quiere que para las ocho ya esté lista. A las siete vengo a peinarla; al parecer no había tarea que esta inagotable mujer no hiciera. Está bien, Guille, decía Antonia, pero la mujer permanecía ahí, esperando a que Alana saliera. Ciao, amore, le dice después de plantarle un beso en la mejilla derecha y otro en la izquierda.

Un bautizo y un funeral

Ya está Antonia sentada frente al espejo que refleja los primeros rayos del día sobre su cara, pintándola toda dorada, esperando a Guillermina que no tarda en entrar. Este es el vestido de su prima, le dice la mujer, y esta es la primera vez que alguien se refiere a Alana con un concepto que la incluya en el árbol genealógico de la familia. ¿Por qué lo trae usted?, El mío se manchó y me prestó este, ¿Y por qué no me lo dio para que se lo lavara?, a lo que Antonia solo alzó los hombros en No sé, y aquí se cerró el tema, que suficientes asuntos tenía que resolver esta mayordoma como para sumarle uno más. No tardó mucho en peinarla, y es que, con el pelo corto como lo tenía, lo más que podía hacer era aplacar un poco esos enormes y gruesos rizos y ponerle una diadema, pero con eso tenía nuestra niña, porque cada día que pasaba sus rasgos iban conviviendo con más armonía, construyendo una estética peculiar que, mientras menos adornos tuviera, más se disfrutaba observar. Mientras Antonia caminaba por los salones donde se celebraría la fiesta, nada de lo que veía la sorprendía, por más sorprendente que todo fuera; Alana, en cambio, no dejaba de expresar lo mucho que este espectáculo era para ella. Se encontraron en el pasillo. Entonces Alana tomaba la mano de Antonia y alzaba su brazo para darle una vuelta y apreciarla desde todos los ángulos, Fe, nó, me, no, decía con una sonrisa mientras la veía, y, por esa sonrisa, Antonia optó por concluir que, dicho de Alana, el concepto de *fenómeno* era algo positivo. Te ves máximo. Me encantas, y a estas palabras que, a pesar de merecerlas, nunca recibía, Antonia no pudo evitar que sus pómulos se tiñeran de rojo y sus ojos esquivaran a los otros. ¿Y yo? ¿Qué tal estoy?, y entonces Antonia se aleja unos pasos para verla completa. Su pelo largo hecho trenzas que cubrían toda su cabeza. Un vestido de tablones que terminaba varios centímetros arriba de la rodilla, no precisamente corto, aunque mucho más que el de Antonia, sin mangas, ajustado del torso, blanco y azul, y de la parte blanca, que era la de arriba, la tela se translucía un poco, solo lo necesario como para meter ideas a la cabeza de cualquier mente ligeramente perturbada, como lo es la de casi todos los hombres, o al menos la de todos los que asistirán a este evento, siendo en su mayoría líderes del gobierno y de empresa, machos alfa que rápidamente identificaban entre toda la manada a la hembra más fértil que les aseguraría la continuación de su linaje. Y es que resultaba imposible verla y no apreciarla como lo que era: una lolita, una exquisita y deliciosa creatura que despertara en el imaginario de su público pensamientos que, sacados a la luz, serían reprobables e indignos. ¿Te gusto?, le insistía a Antonia esta figura cuya presencia evocaba a Calíope y Clío y Erato y Euterpe y Melpómene y Polimnia y Talía y Terpsícore y Urania; a todas las hijas de Zeus y Mnemósine, todas las musas en una. Y Antonia tenía muchas cosas qué decir al respecto, tantas opiniones le cruzaban en ese momento que lo mejor que pudo hacer fue resumirlas todas en un simple y lacónico movimiento de cabeza en vertical. ¿Así nada más? Pues ni modo. Es lo que hay, respondía Alana, tratando de disimular su decepción al recibir tan tibia respuesta. Entonces entra en escena una mujer acelerada, en pantalones y camisa, contaminando el aire de todo el pasillo con el humo de su cigarro, Vengan, niñas, vengan. Son las hijas, ¿no? Claro que lo son, se respondía ella misma, Vengan a la sala que estamos por empezar las fotos de familia. Y ahí van. En el salón encontramos a Teresa, luciendo dos niveles arriba de fe, nó, me, no, acepta Alana en la intimidad de su cabeza; Teresa sentada en una silla, cargando al hermoso bodoque cuyo ropón era más largo que la cuarentena. Primero ellos dos solos, luego pasa usted, le decía la ansiosa fotógrafa a Dionisio, Luego sus hijas. Solo ella es nuestra hija, le corregía Teresa, y en ese mismo momento, al ver a la hija y a la que iba con ella, en Teresa se formaba un gesto de pasmo seguido por uno de molestia y cólera y rabia y furia e irritación y coraje e ira y cuanto sinónimo del concepto *emputamiento* exista en el diccionario; con decirle que casi se le cae la creatura al piso. Antonia, ¿por qué traes puesto su vestido? ¿Y tú qué haces vestida así? Si para eso te compramos algo para la ocasión. Y ya estaba la niña por entrar en crisis, con los dedos de sus manos peleando entre ellos, hiriéndose, incluso, para contener esa ansiedad y cumplir su palabra de que no acudirían hacia su conocido refugio, ya estaba sudando y con su respiración alterada cuando Alana repitió lo que dijo que diría, que había sido su culpa, etcétera, etcétera. Antonia tiene muchos vestidos, podría usar cualquiera de los suyos en lugar del tuyo, decía Teresa, en cada palabra que salía de su boca expulsando un aire tóxico que comenzaba a invadir todas las moléculas de oxígeno que había en la habitación. Hombre, pero si están perfectas, las dos se ven guapísimas, dice la imprudente de la fotógrafa con su cigarro en la boca, tomando a las dos jóvenes de la mano y dándoles la vuelta para verificar que sus palabras eran ciertas, Mira nada más qué monas, y Teresa solo rechina los dientes para contener las ganas de gritarle a esta imbécil que era una imbécil, que nadie estaba pidiendo su opinión ni la de sus asquerosos dientes amarillos. Hermosas las dos, y este era Dionisio, Van a ser las más guapas de toda la fiesta, y todavía le tomó sus buenos segundos para darse cuenta de su imperdonable desliz y corregir, Junto con la madre, claro. Las tres van a ser las más guapas, decía, y al decirlo, no hacía más que empeorar la situación, porque cómo era posible que ahora la rebajara a eso, pensaba Teresa, que la mezclara con otras, que no le diera su lugar, el de la reina que ella era. Por fortuna, antes de esta escena ya se habían tomado varias fotos de Teresa y Mateo solos, todas en las que se podía ver el inconmensurable y desmedido, casi trágico amor que esta mujer tenía por su hijo; se le veía en los ojos, que irradiaban una vibración metafísica al encontrarse con la mirada de él y que, tiempo después, una vez impresas estas fotografías, aún se podría percibir. Un experto en pintura italiana del barroco diría que era tan bello como ver la *Virgen con el niño* de Sirani. Por fortuna, decíamos, ya había estas capturas, porque después de la llegada de *las niñas*, no hubo manera de que alguien le sacara una sonrisa a esa mujer; una cara dura con unos ojos llenos de irritación, de un sentimiento de injusticia hacia su respetable y augusta figura que no podía, ni quería, ni le interesaba disimular. No se movió de su silla que, precisamente, era la misma en la que se ha sentado Dionisio en su comedor todo este tiempo, esa silla-trono que solo al ponerse uno en ella se siente tan eterno y todopoderoso como Marco Aurelio. No permitió que el padre cargara al hijo, ni siquiera para la sesión. Tampoco accedió, por supuesto, a que esa extraña se integrara a las fotos de *su* familia. Retrato a retrato, Gabriela, como hemos decidido nombrar a esta fotógrafa que solo de verla nos pone de nervios y nos recuerda a esas personas cuya vida es un completo desastre, que seguramente nunca ha logrado mantener una relación amorosa por más de un año, y calculamos que ya tiene poco más de cincuenta, que desde hace un buen rato ha dejado de verse en el espejo porque ya se dio por vencida, porque está cansada de intentar, porque ya entendió que si su físico no fue agraciado durante su juventud y su temprana adultez, no hay ley física que vaya a hacer que ahora, cuando todo va en picada, lo vaya a ser, y por eso ha decidido ignorar, desconocer por completo que tiene un cuerpo y una cara, borrarlos y hacer como si no existieran, y por eso la vemos hecha este triste cuadro. Pues Gabriela, decíamos, imagen a imagen fue entendiendo mejor a la mujer que retrataba, porque esa no era una sesión de familia, notaba la de la cámara: esa sesión era sobre esa mujer y su hijo; el resto, el padre y la niña, no eran más que simples ornamentos. Algo le había dado a cambio a esta tal Gabriela el dejar de verse a ella misma, y eso era el tener una gran capacidad para ver muy bien a los demás, para leerlos y descifrarlos, no por nada este era su oficio, y por eso enseguida entendió lo que ahí sucedía y ya no hizo por insistir en que la no-hija se uniera a la sesión. Después de seiscientas cuarenta y tres capturas, Gabriela por fin dijo Listo, creo que con estas tenemos buen material, y al decir esto estaba mintiendo, porque, después de hacer más de quinientos intentos para que esa mujer volviera a irradiar la luz de los primeros retratos, le quedó claro que eso no iba a suceder; incluso pidió expresamente a Alana que por favor le trajera un vaso de agua, para ver si la ausencia de esta lograba suavizar aunque fuera un poco ese semblante, pero nada que cambió. Sin embargo, la imagen de Alana era muy atractiva como para no ser capturada, pensaba Gabriela, quien, como todos por naturaleza lo hacemos, tenía una especial debilidad por lo sublime y lo bello, y por eso, una vez que se tomaron las cientos de imágenes de Teresa y Mateo, Teresa y Mateo y Dionisio, Teresa y Mateo y Antonia, Teresa y Mateo y Dionisio y Antonia, parados, sentados, del lado izquierdo, ahora del derecho, en el centro, haciendo como que se abrazan, sonriendo, serios, todos mirando al niño, etcétera. Después de retratar todas estas combinaciones y, una vez que Teresa se había retirado del salón, Gabriela les dijo Vengan, vengan, al par de adolescentes, y ellas lo hacían, y entonces tomaba a Alana con ambos brazos y la acomodaba aquí, se alejaba y con los dedos hacía un rectángulo con ella dentro y lo observaba, entonces se acercaba de nuevo y la movía, le acomodaba el pelo y los hombros y la barbilla, con su cigarro pegado a su boca, tirando las cenizas sobre ese tapete que Guillermina cuidara como al hijo que nunca tuvo, y entonces Gabriela se alejaba de nuevo y tomaba la foto, y luego la revisaba en su cámara y concluía que no le gustaba, No, no, decían frustrados los rastros que quedaban de esa mujer. Y de nuevo iba y venía, acomodaba y ajustaba, pero no, no y no. Y en ese ir y venir, revisar y borrar, acomodar y reacomodar, de pronto levantó la mirada y entendió cuál era su error: Alana, relajada, sin posar, le decía algo a Antonia, algo que hizo reír a las dos, y fue ahí cuando dio clic, clic, clic, con ambas en el recuadro, tantos clics cuantas veces como el momento le permitió. Esta fotografía no iría en el paquete que entregara semanas después a la madre, esta se la quedaría Gabriela.

A las once de la mañana estaba llegando el cardenal Sebastián, traído por un coche igual que el anterior, solo que un modelo más nuevo. Teresa, por supuesto, se apresuró a recibirlo con aquella emoción que evocara la pasión de cualquier pareja de amantes decimonónica, de esas relaciones epistolares que se veían cada tres años porque vivían a muchos kilómetros de distancia el uno del otro. Y aquí es importante hacer notar que no porque Dionisio no dijera nada, no porque él también tuviera sus quereres y asuntos con el cura, mucho menos porque el cura fuera cura, si era precisamente eso lo que le hacía desconfiar; no por recibirlo con los brazos abiertos, decíamos, significaba que tanta cercanía de su mujer con ese hombre le tuviera sin cuidado. Qué va, si cura o buda o santo, este hombre seguía siendo un hombre, y ya sabe usted lo inevitable que nos resulta nuestra naturaleza, porque, aunque el hombre se vista de monje, hombre se queda. Por supuesto que esa relación no le caía en gracia a Dionisio, pero igual se la tenía que tragar, por un lado, porque no podía ser tan patético como para exhibir sus inseguridades frente a una figura como esta, pero, sobre todo, porque había muchos intereses de por medio que pesaban mucho más que el pesar que esto le causara a él. A Sebastián sí le fue permitido cargar al pequeño Mateo, Eres divino, Dios mío, le decía a esos cuatro kilos y medio de carne mientras lo alzaba con ambos brazos al cielo, haciéndolo ver aún más glorioso y celestial. Aunque igual solo lo pudo hacer por un momento, porque la creatura enseguida comenzó a llorar histéricamente, y es que la energía que se movía en el campo electromagnético de este hombre de Dios resultaba disonante y totalmente incompatible con la de la creatura, cuya vibración era pura y limpia como el agua de manantial que ya nunca podremos beber. ¿Qué noticias han tenido de Nicolás?, le preguntaba Sebastián a Teresa después de deshacerse del bebé, poniéndolo de vuelta en los únicos brazos que este conocería y amaría. No mucho, Dionisio no habla con él, y yo, con Mateo, la verdad es que no me da la vida. Aunque imagino que todo está en orden, ya nos hubieran informado de cualquier problema de haberlo tenido, ¿Hasta cuándo lo tendrán ahí?, No lo sé, le mentiría si no le dijera que hay días, la mayoría, que pasan sin que me acuerde de él. Lo siento, padre, pero es la verdad, y no estoy segura de si quisiera que volviera, Me gustaría visitarlo, ¿Después de lo que pasó?, Hija: el perdón es la fragancia que deja la violeta en el talón que la aplastó, y esta frase infamemente robada de una pluma ajena, Teresa tuvo que repetirla un par de veces en su cabeza para terminarla de captar, y aún así no lo hizo, Además, estoy obligado a poner el ejemplo; es mi trabajo. Errar es de humanos, perdonar es divino, y con esta otra máxima también hurtada de mentes cuya creatividad era mayor a la de él, porque qué fácil resultaba ir coleccionando frases brillantes y luego sacarlas en sus conversaciones como si fueran suyas, total que quién iba a saber que no lo eran. Con esta frase, decíamos, se cerró el tema, porque ya iban llegando las cuatro camionetas negras, de esas enormes y teatrales, ya sabe usted cómo son estos hombres, una delante de la que llevaba al señor gobernador y a su primera dama, otras dos detrás, veinte hombres vestidos de negro dentro de ellas, todos con gafas oscuras aunque no se necesitaran, todos con auriculares insertados en los oídos aunque tampoco les servían para nada más que para sumarle al tono caricaturesco del disfraz, todos oscilando entre un moderado y un exagerado sobrepeso concentrado principalmente en la zona abdominal, todos bañados de lociones penetrantes y desagradables, como el espectáculo que amenizaban. Y ya salía Dionisio a recibir a sus futuros compadres, porque sí: ese hombre que muy apenas recuerda los nombres de sus hijos legítimos, de los ilegítimos ha preferido simplemente hacer como que nunca pasaron; ese hombre cuya moral está tan extinta como ahora lo están el matrimonio y la felicidad, sería el padrino de nuestro inocente e inmaculado Mateo. Ya salía Dionisio, alegre y triunfante, con su whiskey en una mano y su grueso cigarro en la otra. Hombre, señor gobernador, le saluda en su clásico tono efusivo y adulador, uno que resulta muy particular y curioso, digno de un estudio sociológico, y que seguramente ha escuchado en alguna ocasión por otro del mismo tipo que nuestro Dionisio, que, como bien sabe, de esos hay muchos; una inflexión que está cargada de condescendencia y mofa, como si dentro de él estuviera pensando *señor gobernador*, este pendejo, este animal, este imbécil hijo de la gran puta es el *señor gobernador*, hazme el favor. Pero, efectivamente, esa bestia rústica y bárbara era la máxima autoridad según el sistema político que regía en esta aún maravillosa comarca, por más ridículo y absurdo que esto pudiera parecer. Y con el séquito de hombres de negro ya bajados de las camionetas, contaminando el maravilloso escenario que antes de su llegada disfrutábamos, tenemos al Religioso, al Político, a la Esposa Trofeo, al Empresario, a Teresa, y a Mateo, el que, si su campo energético ya había sido violentado por el cura, imagínese cuán perturbado estaba ahora con toda esa terrible vibración concentrada alrededor de él. De nuevo dio un llanto desolador, por supuesto, uno lleno de terror y de pánico, y no era para menos, si los pecados y las culpas que esas almas cargaban eran tantos que resultaba imposible que una criatura recién llegada a la materialidad terrenal, que hacía apenas unos momentos era polvo cósmico, Uno con el Todo, y que estaba tan consciente de todas esas verdades que, si uno tiene la desventaja de llevar varios años siendo esta triste materia que somos, solo podría comprender después de miles de horas de meditación profunda o altas dosis de psicodélicos; este pequeño pero gran ser divino, entonces, con tan solo un par de meses bajo este formato carnal, tenía muy fresca todavía su inherente sabiduría de lo que en realidad era la Verdad y la Vida, porque hacía nada que su espíritu estaba en el bardo, entre plano y plano de existencia, y por eso aún tenía esta sensibilidad para discernir entre lo que es armonioso y lo que no, lo que es virtuoso y lo que no, lo que es bueno y lo que no; pobre Mateo, porque qué mal la estaba pasando. Querido cardenal, gusto en verlo, El gusto es mío, señor gobernador, señora, siempre un placer, y luego Dionisio, que bienvenidos a su casa, que qué privilegio contar con ellos con la complicadísima agenda que se manejan, que muchas gracias por darse el tiempo para acompañarlos en este evento tan importante para ellos.

De la ceremonia bautismal, el único momento memorable, por cómico, aunque más como de comedia negra que otra cosa, fue cuando el cura, alzando a la creatura frente al Jesús en la cruz que había en este templo formado por cientos de flores y construido exclusivamente para este acto que duraría poco menos de diez minutos, frente a Él, Sebastián alzaba a Mateo y dijo *Yo te conjuro, espíritu inmundo, en el nombre del Padre, y del Hijo, y del Espíritu Santo, a que salgas y que te apartes de este siervo de Dios Nuestro Señor. Reprímate Él, maldito condenado. Oh, maldito diablo, reconoce tu justa condenación, y honra a Dios vivo y verdadero; honra a su Hijo Jesucristo y al Espíritu Santo, y márchate de este siervo de Dios, a quien Jesucristo, nuestro Señor, ha llamado a Sí por su gracia, con la bendición y recepción del santo bautismo. Dios Todopoderoso, libera a tu hijo Mateo del dominio de Satanás, espíritu del mal, que salga ahora mismo de él. Amén.* Y estará usted de acuerdo con nosotros en que esos son huevos, los del cura este, y no chingaderas, eso de darse la licencia de *liberar* a una pura creatura de un mal que ni tiempo ha tenido de cometer, cuando él y los suyos están tan urgidos de un par de exorcismos. Pero este es el mundo que nos tocó vivir, y qué le vamos a hacer. Por eso mejor vayámonos directo a la fiesta, que este cuento ya se nos alargó de más, y las cosas no están como para que uno abuse tanto de su tiempo. El paciente y fiel Lector ya conoce muy bien, o tiene una idea bastante cercana, de cómo es el escenario y los personajes, tanto los principales, por supuesto, como los secundarios y, en una idea general, los ambientales; en fiestas como esta ya hemos brindado antes, así que nos conocemos muy bien lo que ante nuestros ojos se presenta. Ya son las dos de la tarde y, con excepción de los padrinos, que se tuvieron que ir porque tenían que ir a cortar el listón en un hospital infantil, que, en cuestión de dos años más, tendrá que clausurarse porque estará literalmente cayéndose a pedazos gracias a que fue construido con un material igual de corriente e inservible que este risible gobernante, aunque la obra, por supuesto, de igual manera costó los millones de millones, ya usted se sabe muy bien cómo va ese cuento también; cuando se desplomó una parte, estos eruditos entenderían que algo iba mal; para este entonces ya habría sido cambio de término, por lo que al padrino de Mateo le tendría bastante sin cuidado este problema que ya no era suyo, si por eso había decidido dejar la política y autoexiliarse en un país remoto y escondido, donde podría disfrutar de su jubilación tranquilo, rico y feliz.

Ya están todos los invitados, decíamos, unos ya mareados y empezando a descomponerse, y entre estos estaría incluido nuestro querido Dionisio, si no fuera porque ya había visitado el baño un par de veces, y esto lo tenía alerta y presto, erguido y muy seguro de todo lo que pensaba y decía, tal vez de más; ya se están sirviendo los platos; ya estamos todos sentados. En la mesa principal, donde estaban los lugares de los ausentes padrinos, están sentadas Antonia y Alana, aunque esto no estaba planeado así, por supuesto que no, si las niñas estarían en la mesa con el resto de los pocos niños presentes en este evento. Sin embargo, en unos de esos momentos de euforia de Dionisio, a este le pareció que lo lógico era que todos estuvieran juntos, en la misma mesa, como la hermosa familia que eran. Teresa no había comido nada, pero igual sintió que se le venía la comida que no tenía en el estómago cuando vio que Dionisio traía a su mesa a estas dos, abrazándolas a cada una con cada brazo. Sería redundante decirlo, pero igual lo haremos, que nuestra bella mujer ya estaba hasta la puta madre del protagonismo que estaba tomando esta maldita huérfana, por decirlo sutilmente. Teresa ya estaba cansada, también, de estar revisando de reojo para dónde estaban dirigidas las miradas de Dionisio, que, en defensa de Teresa, diremos que, efectivamente, eran tres de cada cinco las que estaban en dirección de las niñas, estuvieran lejos, estuvieran cerca, buscándolas si no estuvieran, siempre atento de qué estaba pasando con ellas. Y este fenómeno no se presentaba únicamente en él, sino también en el resto de los hombres cuyos modelos de vida fueran heteronormativos, y es que, por más que le duela a nuestra idolatrada Teresa, y de paso a nosotros, porque su dolor es nuestro dolor, la realidad era que ese fresco e impoluto pedazo de fémina que era Alana, resultaba, en términos misóginos, y le decimos que aquí todos, en mayor o menor medida, practicaban ese deporte; esa perfecta lolita era, sin duda, el platillo más apetecible de todo el banquete. Terminamos de comer y es hora de partir el pastel. Es también hora de que Dionisio se ponga de pie y dé uno más de esos discursos que tanto le gusta dar, y que nadie se ha atrevido a decirle que es mejor que los evite, porque siempre que le da por hacerlos, es imposible no sentir cierta pena por esa mandíbula tiesa, por esas pupilas exageradamente dilatadas, por esas palabras que salen atropelladas de su boca, con esa prisa e incoherencia, como si no fuera suficiente su limitado diccionario personal que le hace repetir una y otra vez las mismas palabras. Pero ahí va a ponerse de pie, y no hay quien lo pare. Media hora antes había dado la orden al capitán de que se les sirviera champagne a todos para brindar. Evitaremos repetir el despropósito de las palabras que dijo, porque igual son las mismas que nos ha dado antes. Aquí la que nos importa es Teresa y lo que pasa con ella. De haber tenido en su posesión las pastillas de la olvidada nueva Sara, esa que solo apareciera en unas cuantas páginas al inicio de nuestro relato, pero cuya participación fue fundamental para el mismo, porque, sin ella, Teresa y Dionisio no se habrían conocido y nada de esto nos hubiera pasado; de haber tenido esas pastillas, Teresa se habría tomado un par sin pensarlo dos veces, y es que esta furia suprema había ido llenándola hasta que en ella ya no había espacio para otra cosa más que para esta bomba atómica de odio que resultaba demasiado para este frágil contenedor que en cualquier momento iba a explotar. Esta mujer sale un momento de su abstracción y observa a su alrededor, a Sebastián, sobre todo, cuya mano jugaba con la base de la copa de champagne mientras Dionisio repetía por tercera vez la misma idea dicha con un acomodo de palabras ligeramente distinto. Hasta que por fin se calla, y alza su copa, y todos le acompañan, incluido el cura, que al hacer el gesto de brindis dirige su mirada hacia Teresa, que es la razón por la que se tiene que brindar; tal vez fue su imaginación, pero da igual, porque con esa mirada, Teresa sintió que el sacerdote le estaba diciendo Anda, brinda con nosotros, tómate una copa, relájate un poco que buena falta te hace, es tu fiesta y mereces disfrutarla. No lo pensó nada: con su mano libre tomó la copa, la chocó con la de Dionisio, y la bebió. Lo hizo antes que él, para que la viera, para que se enterara de que la mujer festiva y vibrante de la que se había enamorado había regresado, Mírame volver, le decía con los ojos. A esto, Dionisio primero puso una cara de desconcierto, seguido de una enorme sonrisa que le hizo besarla con aquel gusto que en mucho tiempo no se le veía, al menos no en relación con ella, y, en tan solo unos segundos, nuestra amada señora logró controlar un poco el tumulto de emociones contra las que llevaba toda la fiesta luchando. Volvió a brindar y bebió la copa hasta el final. Y que bien se siente la calma, aunque sea ficticia y momentánea, qué bien se siente cuando tanta falta le hace a uno. Y esta mujer estaba urgida de esto, de una puta paz, y por eso cuando le rellenaron la copa de champagne su mano se mantuvo sobre la base de su copa, llevándola y trayéndola de su boca a la mesa cada que su brazo quería, lo cual era bastante frecuente. Con tan solo dos copas y media, todo su panorama comenzó a transformarse a un tono más vivo y alegre y gracioso, incluida ella, que ahora, junto con su marido, reía a carcajadas con sus invitados, siendo de nuevo la extraordinaria pareja que hacía tiempo que su público echaba de menos. Y ahora Teresa fluía como el champagne que corría por sus venas y le daba vida. Y así dieron las cuatro y las cinco, y para las seis sí que daba un poco de nervio que esa creatura siguiera en los brazos de esa mujer, que en estas tres horas no se separó ni un momento de él. De esto solo nuestra competente Guillermina se percató, y por eso fue hasta la señora y le dijo que se llevaría al niño, que tenía que comer y ya era también hora de su siesta, desde hacía un buen rato ya lo era. Y a esto la madre objetó solo un momento, pero para Guillermina como si no lo hubiera hecho, simplemente tomó al pequeño y se lo llevó. Y dieron las ocho y las nueve y las diez, y la fiesta seguía, aunque esta mujer ya comenzaba a cansarse y, de pronto, a extrañar a su creatura, de la cual se había olvidado desde que se la quitaron de los brazos hasta el momento en el que alguien mencionó al bautizado y entonces le recordaban de su existencia. Y entonces la invadió una súbita necesidad de estar con su hijo y quedarse dormida con él. No se despidió de nadie; Teresa simplemente movió ese par de piernas sostenidas sobre esos imposibles tacones, e imagínese usted el nivel de destreza que esto exigía, porque después de haber vertido una botella y media de champagne en ese estómago vacío de comida pero colmado de emociones, su habilidad motriz dejaba mucho que desear. Pero ahí va, como la digna señora que es, invirtiendo toda su concentración en la extenuante tarea de mover hacia delante una pierna y luego la otra, manteniéndolas en la dirección más recta posible. Ahí va y nosotros vamos con ella; la acompañamos a su cuarto, al cual llega con sus tacones bien puestos a pesar de que, desde que salió del salón, ya nadie, excepto nosotros, la estábamos viendo. Entra a su habitación, se quita por fin esos zapatos y no puede esperar más para llegar a la cuna de su Mateo. Y lo carga y lo alza y lo abraza y le mancha toda la cara con los restos del bilé que quedaban en sus labios, a pesar de que la creatura dormía y, por esto, ahora lloraba, ¿Qué es este olor tan nauseabundo?, se preguntaba Mateo molesto, y tal era la conexión que estos dos seres tenían que, en ese mismo momento, a la madre le surgió la idea de que le urgía un baño. Un baño, sí, y qué atractiva sonaba esa idea, sentir el agua caliente purificando su cuerpo, dejándolo impoluto, como si nada malo hubiera pasado por él. Pero aún mejor idea era si, en lugar de una simple ducha en la regadera, tomaba una tina. Sí, una tina con agua caliente donde pudiera descansar y relajarse de ese largo día que tantas emociones le había provocado y de toda la energía que esa gente le había robado. Sí, eso haría, piensa esta mujer mientras baila con su creatura. Y entonces va al baño y abre la llave de la tina y le echa sus sales favoritas y juega con el agua que poco a poco sube y ahí la deja corriendo. Y regresa al cuarto y deja a Mateo en su cuna y se desabrocha el botón y baja el zíper y entonces encorva un poco su cuerpo y deja caer el pesado vestido hasta el piso para darnos esta hermosa imagen que veremos de manera panorámica, porque en este momento nuestro P.O.V. es solo de su dorso, y lo que queremos ver es todo, no solo esa espalda que nos resulta exquisita, esas piernas cuya piel, efectivamente, nos muestra una serie de líneas que parecen carreteras mal hechas, esas estrías y esa celulitis que, para lo que este cuerpo ha pasado, no son gran cosa, de hecho no es nada, hombre. No solo queremos ver esto, queremos verla entera, y no por morbosos ni pornográficos ni voyeristas, por dios, si usted bien sabe que eso no va con nosotros; queremos ver ese delineado cuello, esos hombros descubiertos, esos senos que se volvieran la fuente de vida y el juguete preferido de Mateo, que están ligeramente caídos pero que igual no importa, porque este efecto de gravedad le da un poco de realidad y naturalidad a su figura; queremos ver ese abdomen que no es el mismo que tenía el año pasado, pero no por eso se nos deja de antojar rozar nuestros labios en todo él. Pero, sobre todo, lo que queremos ver es esa cara, observar la tranquilidad artificial que la habita, ese dolido contento, esa alegría que da tristeza, esa negación de la realidad. Porque sonríe, y sonríe mucho, pero es que solo mire esa sonrisa, si a uno le recuerda a la de los payasos de los cruceros, si dan ganas de llorar solo de ver esos labios descoloridos, y el maquillaje desgastado, y el rímel corrido. Pero ella canta, no entendemos bien qué canción, pero canta, porque está alegre, eso nadie debe dudarlo, solo véala cómo, ya solo vestida por su propia piel, carga de nuevo a Mateo y empieza a bailar con él por toda la habitación al ritmo de su indescifrable vals. El niño ya no llora, simplemente le sigue el paso, va con ella para un lado y para el otro, izquierda, derecha, izquierda, derecha. Y entonces Teresa recuerda el agua que dejó corriendo y regresamos al baño y vemos la tina que ya está a tope, el exceso de agua yéndose por el desagüe de arriba, y entonces cierra la llave y pasa sus dedos por el agua y confirma que la temperatura está perfecta, no ardiendo, pero sí muy caliente, justo lo que sus estresados músculos necesitan. Y ahora toma la manita de Mateo y se la lleva a jugar también al agua, y empiezan a salpicar y esto le hace gracia al niño, le hace reír, y la madre ama que lo haga, y entonces salpican más y más, Splah, splash, splash dice la madre en cada chapotear. Entonces la vemos levantarse de sus cuclillas y meter lentamente primero su pierna derecha, luego la otra, y así, poco a poco, toda la parte baja del cuerpo, hasta que se hinca y puede sostener a Mateo sobre el agua, como de muertito, y esto también le hace gracia al niño, que disfruta de que su adorada madre lo lleve cargando de un lado al otro, Chucu chucu chucu, dice ella, como si fueran en un tren. Cómo se divierten. Y de pronto lo alza y le habla en ese idioma que solo ellos dos entienden, y luego lo baja súbitamente hasta el torso, y esto divierte muchísimo a Mateo y a la madre. Ríen y ríen. Y después de un rato así, Teresa se da cuenta de que tanto juego y subir y bajar la ha cansado un poco, y que lo mejor sería dejar su cuerpo reposar en horizontal, con la parte del pecho alzada para que Mateo se recueste sobre ella. Qué delicia, dice Teresa mientras sus músculos se sueltan y cierra los ojos para entregarse a esa paz. Y después de un momento los abre de nuevo para volver a llenar de besos a su niño y, con una dicción un poco atropellada e ilegible, decirle Te amo, vida mi vida. Estaré contigo para siempre. Siempre. Mi niño. Mi niño hermoso. Mi niño precioso. ¿Quién te ama? ¿Quién te ama? ¿Quién te ama como yo? Nadie, así es: nadie. Y le muerde los cachetes y Mateo goza sus mordidas. Y después de varios minutos así, llega otra vez ese agotamiento. Y cierra los ojos mientras sigue llenando de besos más suaves y pausados a su amado niño. Mi Mateo, balbucea. Y después de otro rato, Mateo hace un ruidito, y es que se está quedando dormido y, en el proceso de hacerlo, da esos gemiditos tan tiernos y adorables que suelen dar los bebés, y a este sonido Teresa abre los ojos otra vez, y se queda admirándolo mientras termina por caer rendido, descansando en paz, como si la vida fuera perfecta y no hubiera penas ni dolor. Y Teresa no puede dejar de sonreír solo de contemplar la imposibilidad de que el universo entero quepa dentro de cincuenta y cinco centímetros. Gracias, Dios mío. Gracias. Gracias. Gracias, y entonces le viene el remordimiento de haber roto la promesa que tenía con Él. Esta fue la primera y la última vez. Te lo juro por mi niño que nunca más. Te lo juro. Te lo juro. Te lo juro de verdad, y entonces sus ojos se empiezan a cerrar como los de Mateo, y es que verlo da tanta calma que uno quisiera hacer y ser lo mismo que él. Y vea nada más la tranquilidad que irradian este par de creaturas, que uno quisiera meterse a esa tina con ellas y robarles una poca. Mire cómo suben y bajan sus pechos en perfecta sincronía, inhalando y exhalando como si fueran uno mismo, y es que evidentemente lo son. Y así pasan nuestros minutos aquí, contemplando esta imagen tan poética y tan sublime de la relación entre estas dos arquetípicas figuras, la de la Madre y el Hijo, esta mística relación que, a lo largo de la existencia, para bien y para mal, ha marcado el destino de la humanidad. Y podríamos quedarnos sentados sobre el filo de la tina para siempre, enamorados de esta escena, tanto estética como ética, apreciando a la vida y al origen de la vida, meditando sobre este vínculo tan potente e indeleble, observando y elaborando para posteriormente escribir un tratado sobre este tema tan fascinante. En un universo paralelo, lo haríamos, pero en este no podemos, porque nos está empezando a inquietar ver cómo poco a poco ese cuerpito se va deslizando, se va sumergiendo, lentamente, conforme los brazos que lo sostienen comienzan a entregarse a la fuerza de gravedad que gana cuando ya no hay resistencia que los mantenga, y entonces los brazos se van separando, hasta finalmente caer a sus lados originales, dejando a nuestro amado Mateo a la deriva, como queda uno cuando su madre lo deja, completamente a la deriva en esta violenta marea de la vida. Y abajo va, naufragando ya, este cuerpito que, cuando el agua llega a su nariz, nadie le dice que tiene que dejar de respirar, y por eso lo sigue haciendo, con esa paz va llenando sus minúsculos pulmones de agua mezclada con fluidos corporales y sales de baño, y solo ese segundo, uno igualito que el segundo que le mencionamos al abrir este acto, solo ese respiro es necesario para que esa máquina orgánica diseñada de manera tan soberbia se averíe totalmente, y de esto solo nosotros nos estamos enterando, nosotros que, por ser lo que somos, meros espectadores de la vida de otros, maniatados de pies y manos, nada podemos hacer para evitar esta tragedia que solo de presenciarla nos está matando a nosotros también. Queremos salvarlo, queremos sacarlo y darle respiración artificial, presionar su frágil pechito y expulsar esa agua de él, cargarlo en nuestros brazos y decirle que ya pasó, que todo está bien; eso queremos hacer, pero esta maldita cuarta pared que separa nuestros mundos no nos lo permite, y queremos traer una grúa con una bola de demolición y estrellarla contra esta barrera para que nos deje pasar, porque este es un tema de vida o muerte, una situación en la que uno no se para a pensar si es profesional o no romper ese muro que se acordó no tocar, porque mire, carajo, mire nada más cómo sigue luchando por su vida, sus piernitas aún moviéndose, sus brazos pidiendo ser salvados. Y nosotros sin poder hacer nada mejor que sufrir y llorar y llenar aún más esa tina con nuestro llanto. Y vemos cómo los intentos del pequeño son cada vez más espaciados, más débiles, hasta que finalmente cesan. Ya se fue, el alma de nuestro niño ya se ha ido, y ahora solo queda un cuerpo, una carne, una piel y órganos y fluidos y venas y arterias que ya no servirán para nada más que para fertilizar a la tierra, y aquí, al decir *ya no servirán de nada,* es nuestra ignorancia hablando, porque bien sabemos que, si por un momento dejamos de *ser,* es solo para convertirnos en algo *más,* porque en este círculo infinito de creación ningún elemento desaparece, nada cesa, todo se sigue transformando, alimentándose mutuamente para seguir creando. *Polvo eres y en polvo te convertirás,* dice la Biblia que decía su Dios, y Este se refería al polvo cósmico del que estamos formados, ese con el cual se puede crear y recrear todo tipo de vida. Y yo sé que, así como nosotros, usted está completamente destrozado, enojado y frustrado por no haber podido hacer nada para impedir esta tragedia que resultaba tan fácil de evitar, cuestión de meter la mano y sacar. Sin embargo, si de algo le consuela, nos gustaría decirle que no había nada que usted hubiera podido hacer para evitarlo, porque esto así tenía que pasar; que, de hecho, de haberlo impedido, habría cometido un gravísimo error, y es que el alma que en este plano era representada como Mateo, es una muy vieja, una que ha vivido miles y miles de vidas, muchas más que yo mismo, y en cada una de ellas fue purificándose, deshaciéndose de su elementalidad para elevarse en trascendencia, desprendiéndose de su materialidad para ir acercándose paso a paso, existencia a existencia, a lo divino; ese acto final del que trata este antiquísimo performance titulado *Vida.* Mateo no podía permanecer más tiempo aquí que el que estuvo, y es que a él ya no le queda nada que aprender, solo le queda enseñar, dar lecciones para que los involucionados asciendan también; esa alma está a nada de alcanzar la iluminación, de tomarse el té con Siddhartha y Jesús y Zarathustra y Mahoma y ahora sí disfrutar plena y gozosamente de la existencia y del mundo no dual; más daño le hubiésemos hecho salvándolo, obligándolo a pasar un minuto más en esta esfera tan ínfima y básica. Solo imagínese la terrible vida que le esperaría de haberse quedado aquí; sin necesidad de tener más información, perfectamente puede pronosticar el atormentado Edipo al que estaba destinado a desarrollar con una madre como esa. Como si eso fuera poco, esta creatura había heredado de su padre ese gen que les hacía particularmente sensibles al C_2H_5OH, mejor conocido como alcohol. Y podríamos continuar elaborando en las razones por las que lo que pasó es lo mejor que pudo haber pasado, como siempre lo es, pero nunca terminaríamos; el caso es que tenga su conciencia en paz porque, sin mover un dedo, usted hizo lo correcto.

Y entonces permanecemos aquí, usted, nosotros, ella y ese ahora objeto que flota bocabajo, y vemos cómo el cielo negro comienza a transformarse en un azul intenso, y minutos más tarde en uno más ligero, hasta que termina en un celeste claro casi blanco. Nadie ha tocado a la puerta, nadie ha entrado, tampoco; Dionisio, el único que podía hacerlo, llegó hace apenas media hora a la habitación, se quitó la ropa y se tiró a la cama. No consigue dormir, por supuesto, y está vuelta y vuelta, con esa ansiedad y esa desesperación que no se aguanta un minuto más, y por eso se levanta al poco rato, total que no está cansado, más energía no puede tener, vea nada más esos ojos bien alertas, bien abiertos y tiene tantas cosas que hacer, sobre todo después de ayer que se enteró de todos esos inconvenientes que habían estado surgiendo en los últimos días, tantas situaciones que ponían en peligro el óptimo desarrollo del proyecto más importante de su vida, al menos hasta ahora, y por eso no había tiempo que perder. En ningún momento le extrañó la ausencia de su mujer; supuso que estaba en la habitación del niño, aunque jamás la habían utilizado porque siempre dormía con ellos. Es hasta ahora que lo vemos entrar al baño e irse directo al espejo. Confirma que no se ve tan mal, aunque esto es solo una idea distorsionada de la realidad, porque la verdad es que se ve fatal. Entonces enciende la regadera y se mete a bañar y se talla y se enjuaga y termina y se seca y se sale y se vuelve a concentrar en el espejo, en ese enorme ego que absorbe toda su atención, y se lava los dientes y, mientras lo hace, su mente solo piensa, como siempre, en su tablero de ajedrez versión humana. Y se rasura y se pone sus lociones y se peina y ya está por irse a la habitación para ponerse su ropa y salir a luchar la batalla que hoy le toque cuando su mirada cruza por la tina y entonces se percata. Permanece un par de segundos tratando de entender lo que ve. Teresa dormida, con la cabeza inclinada hacia atrás, la boca abierta, entregada totalmente a su placentero reposo. Mateo flotando, boca abajo. ¿Mateo flotando, boca abajo? ¿Sus ojos estaban viendo bien? Toma el pequeño cuerpo y lo saca. Algo se rompe dentro de Dionisio al ver esta masa carente de vida. No le salen las palabras. No sabe qué hacer ni qué decir. Revisa el cuerpito y se da cuenta de que eso había sucedido hacía varias horas, de que ya era muy tarde intentar cualquier cosa. Trata de entender lo que sucedió, pero no puede, por más obvia que sea la escena. Teresa, dice por fin, pero Teresa no escucha. Teresa, dice en un volumen más alto. Nada. Teresa, grita con furia, con una rabia profunda, y Teresa reacciona despertándose arrebatadamente, salpicando agua, precipitada, su tranquilidad rota en mil, Qué pasó, alcanza a decir, y entonces se da cuenta de dónde está, y todavía le toma sus buenos segundos procesar quién es, qué había pasado ayer, qué hacía ahí. Entonces le llegan esas fulminantes punzadas en la cabeza que la obligan a cerrar los ojos para tolerar la intensidad del dolor. Y ahora recuerda. Y ahora se arrepiente de romper la promesa. Y ahora abre los ojos y voltea a su alrededor. Y ahora ve a Mateo en los brazos de su padre. Y entonces sale de la tina para cargar a su niño, pero Dionisio no se lo da. Déjamelo, dice ella sin saber lo que está diciendo. ¿Qué hiciste, Teresa?, es todo lo que puede decir, ¿Qué hice de qué? Dame al niño, Dionisio, le insiste ahora con más exigencia,

Qué hiciste, Teresa, le repite ahora como la afirmación que es, pero Teresa no sabe de qué le están hablando, entre la confusión y la jaqueca y que todo el cuerpo le duele por haberse quedado en esa incómoda posición durante tantas horas y que lo único que quiere es que le den a su niño de vuelta, su cabeza no tiene espacio para pensar, y por eso ya no dice nada, solo lo toma con ambas manos, pero Dionisio se lo vuelve a quitar, Está muerto, Teresa. El niño está muerto. Y estas palabras son tan absurdas para los oídos de esta madre, que ni siquiera las escucha, por Dios, de qué locura está hablando este hombre que no sabe de estas cosas, Que me des a mi hijo, insiste, a lo que él finalmente cede y se lo entrega, y es que sus manos ya no podían sostener un segundo más ese cadáver, porque mientras lo hacía sentía que el mero contacto lo estaba matando a él también, como si la muerte se contagiara por simple aproximación. Dionisio no sabía qué sentía, y por eso solo estaba ahí, inmóvil, inerte, perdido. ¿Qué le pasa al niño?, pregunta aún confundida, aunque poco a poco entendiendo que algo no está bien. A esta pregunta Dionisio se da por vencido y simplemente se retira a la habitación para sentarse sobre la cama y permanecer ahí, desnudo, meditando sobre lo que acaba de ocurrir, con la vista absorta en la nada, surfeando unas olas de emociones sumamente complejas que no lo ahogan de puro milagro. Mientras tanto, desde el baño escuchamos un grito fatídico y cargado de tragedia que hace que las aves que reposan en los árboles de afuera vuelen despavoridas y que en las paredes de toda La Soledad resuene un perenne eco de desgracia; un lamento materializado en un *Ah* que cualquiera de nosotros habría gritado al sentir las puñaladas de un cuchillo siendo clavadas en nuestro pecho una y otra vez; que hubiéramos gritado mientras estamos siendo clavados en una cruz; cayendo al vacío desde un edificio muy alto que acaba de ser impactado por un avión y se está derrumbando; un avión en el que vamos y que sabemos que está a punto de estrellarse contra un edificio muy alto. Un largo *Ahhhhhhh,* ad infinitum, cuyas aches no son mudas, sino

531

todo lo contrario, porque cada una lleva cargando varias toneladas de dolor en su versión más pura y concentrada. Corremos de la habitación al baño y volvemos con ella, que ahora reposa de rodillas, su espalda encorvada, protegiendo a ese que ya no tiene nada de qué ser protegido, porque ya está en la santa paz; Dionisio de esto no se entera, deja de escuchar lo que sucede a su alrededor y solo se escucha a él. Antonia y Alana sí que la oyen, y no les queda más que intercambiar miradas confundidas y asustadas que cuestionan qué podría estar pasando; Antonia sabe que es su madre, esos gritos los conoce muy bien, aunque este en particular resulta especialmente alarmante y dolido, desconocido; Guillermina también lo escucha, y, mientras lo hace, sigue preparando el desayuno como si fuera un sonido más, como el ruido de los motores que trabajan el campo o las conversaciones de los campesinos mientras recolectan la uva en la vendimia. Y de pronto ya no se oye nada y todo vuelve a un armonioso silencio. Y ahora vemos a Teresa ponerse de pie con su Mateo en brazos. Y ahora se vuelve a meter a la tina, justo como lo hiciera hace apenas unas horas, y se acomoda en la misma posición y empieza a cantarle, Duérmete, mi niño, duérmete, mi sol, duérmete pedazo de mi corazón. Este niño lindo se quiere dormir, y el pícaro sueño no quiere venir. Este niño lindo ya quiere dormir, háganle la cuna de rosa y jazmín. Duérmete, mi niño, duérmete mi sol, le canta mientras lo mece de un lado al otro. La melodía saca a Dionisio de su trance; al escucharla, se pone de pie, busca algo en el saco que vistió ayer, lo encuentra, echa en la palma de su mano izquierda el polvo que queda, se la lleva a la nariz, inhala y lame los restos. Entra a su vestidor y cubre su piel con ropa. Sale de la habitación, sale de la casa, sube a su camioneta y lo vemos hacerse chiquito conforme se aleja a muchos kilómetros por hora. Regresamos con Teresa, sentada en la tina, su pecho afuera del agua, y esta imagen sí que nos aturde, nos rompe, nos da ganas de llorar, y por eso comenzamos a hacerlo, cómo no lo vamos a hacer, si nada más de verla con esa enorme sonrisa en la cara acompañada por las lágrimas que corren de sus ojos hasta la boca, dándole de amamantar a ese cadáver, primero de su pecho izquierdo, luego del derecho, haciéndole cariños, llenándole de besos, diciéndole que si sigue comiendo así se va a poner tan fuerte y grande y guapo como su padre. Y una vez que termina de comer, lo carga por enfrente para darle varios golpecitos a la espalda hasta hacerlo eructar, Muy bien, mi vida, muy bien. Y ahora lo alza con ambos brazos y le habla en su dialecto. Y ahora lo sostiene al ras del agua, bocarriba, y lo pasea por toda la tina. Y ahora le canta otra canción. Y otra vez la vemos darle de comer. Hacerlo eructar. Alzarlo. Pasearlo. Cantarle. Y repetir. Repetir. Repetir en un eterno loop. Así apareció la luna, que horas después fue opacada de nuevo por el sol. El hecho de que Teresa no saliera en todo el día de su habitación no le extrañó a nadie, si era lo que solía hacer un par de años atrás, ausentarse uno o dos días después de una noche de fiesta.

Dionisio volvió hasta la noche siguiente, solo para encontrar a su mujer en el mismo lugar en donde la había dejado, lo único que había cambiado era Mateo, que ahora era de un color verdeazulado, que emanaba un fuerte olor a muerte, que tenía un rostro irreconocible y un cuerpo hinchado y grotesco; Teresa estaba dándole pecho a eso. Así como Dionisio, aunque este ya llevaba algunas ochenta o noventa horas despierto, esta mujer no había dormido un momento en los últimos dos días. No intentó razonar con ella, sabía que era imposible hacerlo. Por eso la dejó ahí, que siguiera haciendo lo que estaba haciendo; lo único que hizo fue abrir las ventanas para que ese insoportable olor se fuera. Llamó a Sebastián. Le pidió que viniera. Le dijo que era urgente. El cardenal no preguntó más; llegó cuatro horas después; las seis lágrimas que por sus ojos salieron al presenciar tan devastadora escena fueron genuinas; su pena, su dolor, su compasión por esa mujer que evidentemente ya no formaba parte de este mundo era todo auténtico. Hija, le decía una y otra vez, pero ella no escuchaba, ella seguía en su rutina, esta que había repetido algunas cuarenta veces ya. Llaman al doctor Alcázar. Llega. Pone una inyección de quince miligramos de olanzapina en su brazo derecho. Cinco minutos después, Teresa cierra los ojos. La sacan de ahí. La llevan a su cama. Duerme durante veinte horas. Necesitamos darle eterno descanso a este cuerpo y enterrarlo de inmediato, dice Sebastián. Al entierro, que fue en las tierras de La Soledad, solo asistieron el cura y el padre. A Antonia, que estaba viendo todo desde lejos junto con Alana, nadie le explicó nada. Ocurrió un accidente, les dijo Dionisio en el desayuno, Tu hermano, y entonces el padre huérfano de hijo toma un poco más de su café, Tu hermano, y Antonia solo movía la cabeza en vertical, como diciendo Sí, ya sé, no tienes que decirlo; no tienes que hacerlo más real. Por fortuna, y gracias a la celosa posesión de su madre, su hermano resultaba un desconocido para Antonia, y por eso esta noticia no la devastó de la manera en la que lo habría hecho de haber convivido con él un poco más. Teresa despertó; se escucharon de nuevo los gritos, los lamentos de una pena que no podía tener nombre, que no podía expresarse de ninguna manera más que así, sin forma, sin sentido, puramente visceral. El médico ya había instruido a Guillermina cómo inyectar el calmante, porque estaba claro que estos episodios se repetirían, y que esa mujer no los podía soportar, por eso necesitaban desconectarla de esta realidad, al menos en un principio, porque era una realidad demasiado difícil de enfrentar. Cada que recobraba la consciencia, la demencia se apoderaba de ella y la volvía irracional y violenta, con una fuerza incontrolable incluso para Dionisio, Dónde está mi hijo, Denme a Mateo, Mateooooooooooooooooooooooooooooooooooooooo, gritaba con cientos de os, Dónde estás. Ya voy para allá, y, con una fuerza que resultaba inconsistente con la masa que poseía ese cuerpo, golpeaba a todo aquel que le impidiera emprender su camino. Antonia, debajo de Grande, acompañada de Alana, escuchaba este cruel sufrimiento que le hacía sufrir a ella también, porque el dolor de su madre seguía resultando la pena más grande que esta niña podía experimentar, y quería hacer algo para hacerlo parar, necesitaba hacerlo desaparecer, tragárselo ella para que su madre no tuviera que vivir esto, pero ni siquiera su amado Dionisio existía ya para esa mujer; todo había desaparecido, menos el desaparecido, ese cuya presencia reclamaba cada que su sistema nervioso no estaba completamente sedado.

Y resultaba muy duro ver ese cuadro, a esa mujer que comenzaba a mostrar los huesos de su cuerpo cubierto por una piel pálida, casi transparente, un rostro sin cara, con la mirada perdida a muchas galaxias de aquí, en un planeta lejano, únicamente habitado por ella y su pena; una añoranza que jamás se amainaría, una insondable melancolía, una soledad desalmada, brutal e inhumana. Aunque su cuerpo físico moriría tiempo después, esa mujer había muerto en el momento en que lo hizo su hijo. Pasaba los días en su cama cargando una manta echa bola, diciéndole Vida de mi vida, y cantándole Duérmase mi niño. El médico sugería esperar unos días, semanas, tal vez, para que poco a poco la señora recuperara la cordura; perder a un hijo podía provocar este tipo de reacciones: negación, bloqueo, disociación de la realidad; todo lo que veían era, en parte, relativamente normal. Se le daría el tratamiento necesario, y tal vez eso ayudaría, pero el medicamento más importante sería el tiempo; solo este lograría integrar lo que esa mente se rehusaba a aceptar. Durante esos días, Antonia visitó a su madre en varias ocasiones, pero no lograba permanecer en esa habitación por más de cinco minutos. Te traje unas flores, mira qué bonitas son, pero Teresa no se enteraba; estaba muy ocupada dándole pecho a una manta. Los ojos de Antonia se humedecían poco a poco hasta inundarse y desbordarse. Mamá, pero mamá nada que reaccionaba. Mamá parecía una niña jugando a ser mamá con su muñeco de trapo. Y así pasó una semana, luego otra. Teresa dejó de gritar; de su boca ya no volvió a salir nada, ni un quejo, ni una palabra. Guillermina se encargaba de bañarla. La sacaba de la cama, le quitaba la ropa, la sentaba en una silla bajo la regadera, la amarraba con unos cintos, la limpiaba; mientras tanto, Teresa contemplaba la nada. Para la comida era una dinámica parecida, aunque mucho más complicada, porque esa boca no se movía y esa garganta no tragaba; para la tercera semana, no hubo más que darle de comer por sonda, y es que por más que Guillermina trataba, era más probable que la terminara ahogando a que efectivamente esa comida le entrara. Ay, señora, señora, le decía esta fiel y estoica mujer mientras hacía las cosas por ella, ¿Cuándo va a despertar? Después de una semana de estar durmiendo con ese esqueleto, Dionisio optó por mudarse a uno de los cuartos de visitas. Y aquí no lo culpamos, porque era verdad que resultaba macabro y funesto estar en esa habitación, aún más dormir en esa cama. ¿Cuándo voy a recuperar a mi mujer?, le preguntaba al médico, que ahora era un psiquiatra, pero este no le sabía decir otra cosa más que tenían que darle tiempo, que había que tener paciencia, que esto sería progresivo y lento, que lo ocurrido había sido demasiado para esa mujer que había desarrollado un trastorno de estrés postraumático cuyo mecanismo de defensa había resultado en una negación tan profunda que le llevó a una disociación de la realidad. Pero en algún momento va a regresar, ¿no, doctor?, Estamos haciendo todo lo posible para que así sea. Hemos probado los mejores tratamientos que hay; eventualmente habremos de ver una mejoría, ¿Hay algo más que se pueda hacer?, Le hemos practicado terapia electroconvulsiva; en estos casos, suele dar resultados. Fuera de eso, no: no hay mucho más que podamos hacer. El aroma a muerte que emanaba Teresa era tan penetrante y permanente que había infestado toda su recámara hasta llenarla y salir por el espacio que había debajo de la puerta y así ir habitando todos sus espacios, cada esquina de esa casa ya olía a *eso,* a algo denso y negro, insoportablemente pesado, y por eso nadie quería estar adentro, respirando ese aire infectado y virulento. Antonia y Alana pasaban desde la mañana hasta caída la noche debajo del árbol, o en el lago, o caminando por los campos; Alana hacía lo que podía para que Antonia no estuviera tan triste, aunque lograrlo parecía un reto que, incluso ella, cuya mayor cualidad era entretener y divertir, no lograba. Dionisio rara vez estaba en casa, en parte porque resultaba inaguantable estar en ella y en parte porque allá afuera había un mundo de problemas por resolver.

El retorno del hijo pródigo

Una de esas mañanas en las que Dionisio tomaba su desayuno, que ahora se resumía a un café negro, porque no había tiempo, ya nunca había tiempo para durar más segundos de los necesarios entre esas paredes, y mientras las *niñas* leían en la sombra, un taxi entraba por el portón de la villa y recorría el largo camino que tomaba para llegar a la puerta de la casona. Se abría la cajuela y el taxista se bajaba para sacar una maleta; de la puerta trasera salía un hombre, alto, delgado, con un aire aristocrático, totalmente incongruente con el entorno que le rodeaba. ¿Quién es él?, le pregunta enseguida Alana a la que reposa su cabeza en sus piernas, ¿Quién?, y Antonia se alza para ver mejor, Él. Entonces se levanta por completo para confirmar lo que sus ojos estaban viendo. Nada era como antes, solo su postura, su espalda ligeramente encorvada, cansada de cargar el pesado peso de la vida, Es Nicolás, anuncia Antonia, más para sí misma que para la que lo preguntaba. ¿Él es tu hermano?, y Antonia solo mueve la cabeza en vertical, Guapo, eh, y al escuchar esto Antonia siente algo en el estómago, una punzada incómoda, No sabía que volvería, piensa en alto, y en este momento Alana ya está de pie y quitándose la tierra de la ropa para ir a conocer a este personaje que ahora se reintegra a nuestra historia. Y Antonia inmóvil. Anda, vamos a recibirlo, le dice Alana al mismo tiempo en que comienza a caminar hacia él, a lo que Antonia no le queda más que apresurar su paso para no quedarse atrás. No sabía lo que sentía; así como en su momento le pasara con su madre, Antonia ya no sabía si lo quería de vuelta. Lo había echado tanto de menos, y ahora ya no recordaba por qué, descubría nuestra niña mientras caminaba.

Y ahora estaba Alana, y con ella ahí no sentía que le faltaba nada más. Y él nunca la había tratado bien. ¿Por qué querría que volviera? No, ya no; ahora no, concluye Antonia justo antes de que ambas llegaran al taxi que estaba siendo pagado por el pasajero. Hola, soy Alana, decía esta con su adorable espontaneidad que tanto a Nicolás como a Antonia les provocaba lo mismo ansiedad como envidia. Esto, por supuesto, Nicolás no se lo esperaba, y por eso su reacción fue torpe y atropellada, sobre todo al ver esa cara que tan fácilmente intimidaba. Soy Nicolás, lograba decir mientras, y entonces Alana le daba su mano y le saludaba con un beso en la mejilla. ¿Quién eres tú?, y cuando Nicolás preguntó esto, a lo lejos se escuchó una explosión que hizo que todos se quedaran en pausa y voltearan al cielo para saber de dónde había venido eso. Y después de unos segundos, la desconocida respondía, Soy la hija de tu tía Anna. Técnicamente somos primos, aunque en realidad no somos nada. Silencio. ¿Has vuelto a casa? Me dijo Antonia que te habías ido lejos, y la confusión de Nicolás frente a este personaje no podía ser mayor, Sí, pero ahora son vacaciones y no me puedo quedar ahí, Pues bienvenido. ¿Cuánto tiempo vas a estar aquí?, Lo menos posible. ¿Y tú qué haces aquí?, Aquí vivo, Ya, y mientras ocurre este encuentro, la camioneta de Dionisio sale de la cochera. La vemos retirarse de prisa, frenar en seco y volver en reversa hasta donde están estos tres. Se baja. ¿Qué haces aquí?, Es el receso de invierno y no tenía a dónde más ir. No sé dónde está mamá, mentía Nicolás, porque sí que lo sabía, pero, con todo y todo, prefería estar aquí, aunque fuera viviendo en el salón de las barricas, que con Mónica y el ridículo de su novio en la playa en la que estaban viviendo su utopía hippie. Hablamos en la noche, y entonces el padre se sube de vuelta a la camioneta y arranca con esa ansiedad y desesperación de querer estar en otro lugar, como le sucedía todo el tiempo en los últimos años, sobre todo en los últimos meses. Hombre, decía de pronto Lucho, que aparecía del lado izquierdo del cuadro, Bienvenido a casa, muchacho, y entonces se le acercaba y le daba la mano y un abrazo que el joven trataba de responder con un poco más de naturalidad, lográndolo solo medianamente. Te ayudo, vamos, le decía el bodeguero al mismo tiempo en que cargaba su maleta. Deja, yo puedo. Gracias, y se va adentro de la casa. Nos quedamos con Alana y Antonia, la que, en todo este encuentro, como ya ha visto el Lector, no dijo una palabra. ¿Qué no querías que volviera?, a lo que Antonia alza los hombros en No sé, y es que ya se había desacostumbrado a ese sentimiento de ser ignorada, uno que ya no quería volver a sentir. Y si Antonia tuviera, como nosotros lo hacemos, la capacidad de entrar en las mentes ajenas, se enteraría de una realidad muy distinta, porque lo último que hizo Nicolás fue ignorarla; fue tal la impresión que esta le causó que se paralizó y no supo qué decir, por eso mejor se quedó callado e hizo como si no la hubiera visto. ¿Esta era Antonia? ¿En qué momento había cambiado tanto? ¿En qué momento se había convertido en *esto*? Porque la belleza de Alana le había causado un impacto, pero ver a Antonia había sido como recibir una patada en la cabeza, algo que sacudió el supuesto orden de las cosas. Pero si solo se había ido, ¿cuánto? Cinco, seis meses, pensaba Nicolás mientras dejaba sus cosas en su cuarto. Y él, que, como la última vez que había llegado aquí, había vuelto tan confiado de que era alguien distinto, un hombre sin complejos, y mira cuántos segundos fueron necesarios para que volviera a ser el chico tímido e inseguro de siempre. Estaba enojado, por querer dejar de ser quien es y no poder. Se encerró en su habitación para ya no salir, a pesar de que lo que en realidad quería era estar afuera, con ellas. Por fortuna, nuestra querida Alana no cargaba en su cuerpo un gramo de este tipo de complejos, y por eso, después de la comida a la que Nicolás no se presentó, le avisó a Antonia que iba a buscarlo para invitarlo con ellas. Y a esto Antonia no dijo nada. Sentada en esa mesa, Antonia descubría una emoción poco conocida por ella: estaba enojada. ¿Por qué había vuelto? ¿Por qué llegaba ahora que tenía una mejor amiga? ¿Para quitársela? No era justo. Y esta injusticia la llenaba de furia y le daban ganas de gritar y aventar todo lo que sobre esa mesa reposaba.

Se fue a su habitación a tragarse esa rabia en solitario. Se encerró en su cuarto y luego en el baño y abrió la llave de la tina y la llenó de agua ardiente y se quitó la ropa y se hundió en ella. Alana tocó a su puerta, la que, extrañamente, pensaba Alana, estaba cerrada con llave; tocó y tocó y llamó el nombre de Antonia varias veces, sin respuesta. Antonia no escuchó nada, y no porque sus oídos no alcanzaran a percibir esos sonidos, sino porque estaba tan inmersa en la construcción de su trágico futuro, ese donde Nicolás y Alana se volvían cómplices inseparables, los mejores amigos, y se olvidaban de ella; así sería, estaba segura. Esta fue la segunda vez, la primera siendo la noche en la que su madre y su ahora padre se conocieran; esta fue la segunda vez y osamos decir que la última, en la que Antonia experimentaría ese sentimiento tan trágicamente humano conocido como celos. Se estaba asfixiando en esa emoción que la abrasaba, que le incendiaba aquí, en el epicentro de su cuerpo, donde dicen que se alberga el corazón. Y no sabía cómo deshacerse de eso. Salió de esa tina varias horas después. Desde la ventana de su habitación podía ver a Alana y Nicolás sentados debajo de *su* árbol. Sentía náuseas y traición. ¿Cuánto llevaba Nicolás ahí? ¿Tres horas? ¿Tres horas habían sido suficientes para que le robara todo? Su amiga, su árbol, su paz. Qué felices se veían, protegidos por la sombra de Grande, olvidándose de sus libros para mejor concentrarse en la conversación que entre ellos construían. ¿Qué tanto se estarían diciendo?, se preguntaba, y el hecho de no poder saberlo hacía que sus manos frotaran con más fuerza y más rápido las heridas frescas. Y en verdad es una lástima que le fuera imposible saber de lo que hablaban, porque con solo escuchar un par de líneas se habría dado cuenta de que su tormento era absurdo. En tres días es el cumpleaños de Antonia, le decía Alana a este recién desempacado personaje que, para su fortuna, en algunas cosas había cambiado durante estos meses, Y le quiero hacer una fiesta. Ha estado tristísima con todo lo que ha pasado, y quiero alegrarla un poco, hacerla sentir mejor, continuaba ese par de ojos en los que costaba trabajo no perderse y olvidarse de lo que su boca decía. Quiero hacerle un picnic, aquí, en su lugar favorito. Pensaba que seríamos solo ella y yo, pero ahora que estás aquí, pues ya somos tres, y qué mejor, ¿no? No te conozco, pero pareces buen plan. Y si no quieres, pues vale. Antonia te quiere mucho y seguramente le hará muy feliz que vengas a su fiesta de tres, ¿Por qué lo dices?, ¿Qué cosa?, Que me quiere, Porque es la verdad. Porque se nota, cuando habla de ti, lo que me cuenta de ti, ¿Qué te cuenta de mí?, Ay, no sé, no seas pesado, ¿A qué te refieres con eso de *todo lo que ha pasado*? ¿Qué ha pasado?, Tú vives en Marte, ¿no? No te enteras de nada, Algo así, Tu hermano, medio hermano, lo que sea. El hijo de Teresa, pues, murió. ¿Qué no lo sabías?, No, Pues eso. Y Teresa enloqueció. Así, en locura total, plan manicomio. Literal. Plan muy, muy, muy mal. No ha salido de su habitación desde entonces, hace un mes y medio, algo así, No lo sabía, Pues ya lo sabes. Y por eso tenemos que hacer algo para alegrarla y distraerla, lo que sea con tal de que se sienta mejor. Me parte verla así. Me pone mal. No lo soporto, ¿Y qué tienes planeado hacer en ese picnic?, No sé, algo se me ocurrirá. Mientras, sé que le haré un pastel. ¿Me ayudas?, No sé cocinar, Yo tampoco. Pero no importa, serás mi pinche. Yo te diré qué hacer. Detrás de su ventana, los ojos de nuestra amada protagonista derramaban enormes gotas que, cuando llegaban a su boca, le sabían amargas. Ese día no salió de su cuarto y, aunque Alana volvió a tocar a su puerta un par de horas después y llamar su nombre para que saliera, Antonia hizo como que no.

La guerra del fin del mundo

Esa noche Dionisio llegó eufórico, con unas pupilas que no cabían en sus órbitas, como lo había estado haciendo todas las noches de los últimos meses, tan seguro de que tenía todo bajo control, de que era el más chingón, el que mejor sabía bailar este danzón. Pobre iluso, por no decir pobre pendejo, porque la realidad era que frente a sus ojos todo se estaba cayendo a pedazos, primero en pequeños escombros que parecían simples restos y polvo, luego en unos cada vez más grandes, pronto tan enormes que ensordecían al momento de chocar con el suelo. Como diría nuestra sacrosanta madre: a Dionisio se le estaba cayendo el teatrito, y esto lo estaba poniendo muy mal, porque ya no sabía cómo malabarear todo eso que tenía suspendido en el aire, que era mucho, demasiado, y ya no veía cómo hacerle para que todo dejara de caer, para parar este absoluto y apocalíptico desmoronamiento. Esa estructura en la que durante los últimos años este hombre había invertido toda su energía y talento y fuerza en construir, esa que creía tan sólida, tan invencible, toda una fortaleza, vaya, ahora resultaba ser tan frágil como una casa de cartas que fácilmente se derrumbaba con un débil soplar. Y, si bien Dionisio y los suyos, siendo jueces y parte de lo que podía o no pasar aquí, habían conseguido, a través de sus diversas técnicas de persuasión, que el mayor número de comunidades se subiera a su tren y seguir adelante con ese proyecto que prometía la creación de una utopía para esos indígenas desvalidos; si bien habían conseguido los permisos y las firmas y las concesiones y los estudios que confirmaban que el impacto medioambiental que sufriría la zona sería *nulo*, no mínimo, no poco, sino **NULO**, haga usted el puto favor; si bien habían cumplido con éxito todo el circo burocrático necesario para poner en marcha la construcción del Corredor del Norte, ese que sería el proyecto emblema no del término, tampoco del siglo, sino de toda la historia de este país que tanto merecía y tan poco había recibido, carajo, todo gracias a un legado de gobiernos corruptos que habían despojado al pueblo de lo suyo, de malditos burgueses que habían saqueado las arcas de la nación para quedarse con todo, gobiernos tan distintos a este, este que *sí* era justo, *sí* era honesto, *sí* era del y para el pueblo, que era tan noble y libre de maldad y engaños, un pinche pan de dios, vaya. O eso se consideraban entre ellos mismos, claro, porque, al final del día, y para desgracia de este pueblo, este líder y su gobierno no eran más que, como bien diría la abuela, la misma gata, pero revolcada. Qué masoquista especie la nuestra, que vive en esta eterna reiteración de patrones, este duro y dale con el mismo cuento, porque no terminamos de aprender ninguna de las lecciones que nos dan, y ahí vamos, otra vez a repetir los errores, será que no nos leemos los libros de historia, o será que no nos importa engañarnos con tal de mantener la esperanza de que ahora sí las cosas serán diferentes, aunque los anales demuestren lo contrario. Y si bien, decíamos, la fuerza del hombre y de su poder se había salido con la suya, como acostumbrado está a hacerlo, la maravillosa realidad era que, tan pronto estas creaturas habían cantado victoria y se habían puesto a lo suyo, se comenzaron a topar con la fuerza sublime y divina de la naturaleza. Pero no habríamos llegado a este punto, a este crítico y trágico estado del mundo y la civilización que la habita si no fuera por estos aires de grandeza que como hombres naturalmente nos hemos dado desde hace miles de años, desde que nos impusieron esta corteza prefrontal que nos hace ambicionar y planear un camino para alcanzar un objetivo, generándonos esta implacable ansiedad por ser más grandes que la vida misma. Insaciables, hambrientos, perenemente insatisfechos, tan sordos y ciegos. ¿Qué será lo que nos lleva a ser *esto*?

El consejo indígena creado por el gobierno, de sobra queda decir, solo tenía como función el que les dieran atole con el dedo, y, de paso, que el ayuntamiento tuviera un proyecto más al cual destinarle recursos del erario que en realidad serían gastados por algún burócrata cutre para comprarse una casa en la playa o coches deportivos de colores estridentes o hacerse cirugías estéticas que en nada le ayudarían. Por eso, hace apenas unos seis meses del tiempo en el que nos encontramos ahora,

Ulises y su gente fundaron la Unión de Campesinos y Pueblos Indígenas de la Comarca del Norte. En sus inicios, a las reuniones semanales iban, como mucho, unas quince personas. Y es que unos tenían miedo, otros habían sido comprados, y, la mayoría, preferían mejor no tomar partido, porque bien sabían cómo terminaban estas cosas, si acostumbrados estaban a estas situaciones, por dios, si esta zona del país, por más pobres y rezagados que sus habitantes resultasen, era la que más tenía de todo aquello que al mundo le urgía explotar para seguir andando a la velocidad a la que se había acostumbrado. Ya era una tradición esta lucha entre Unos y Otros, donde los Unos confiaban en los Otros, porque entre la esperanza y la desconfianza, uno siempre prefiere creer que le están diciendo la verdad, porque por qué no habrían de hacerlo, si solo mire cómo se ven, tan profesionales, tan honestos y serios. Y por eso hace cincuenta años lo hicieron una vez, aunque esta no fue la primera, claro, pero es que antes de eso no había necesidad de convencer ni de engañar a nadie, simplemente hacían lo que querían y ya está. Pero desde cinco décadas atrás la brecha entre Unos y Otros se había vuelto insondable, una distancia abismal que hacía que ni siquiera hablaran el mismo idioma, ni de lenguaje ni de intereses, y por eso era necesario entenderse, llegar a un común acuerdo, aunque, al final del día, este no tuviera nada de común ni de acuerdo. Por eso la primera vez que esta comunidad fue engañada, unos Otros que ni siquiera pertenecían a este país, habían convencido a los que sí, de que era una excelente idea desmantelar la mitad del bosque de Axtacuitlán'i, ubicado a no muchos kilómetros de La Soledad, porque, por un lado, los cuerpos de esos árboles eran tan valiosos como el oro puro, y en esto no mentían, porque era cierto que esos troncos eran un material precioso, como lo es cualquier creatura que haya sobrevivido por más de cuatrocientos años, como lo habían hecho los más jóvenes de ellos. Y había miles, millones de hectáreas pobladas por xhihuacos, la especie endémica de aquí, había tantos que nadie veía por qué habría algún problema en sacar provecho de unos cuantos para el beneficio de estos hombres que, comparándose con esos foráneos, ahora notaban qué tan rezagados estaban y qué tantas cosas necesitaban. Por un lado, la madera; por el otro, el poder darle un buen uso a esa tierra, tan amplia, tan vasta, donde podían tener cuanto ganado quisieran, y ahora no solo tendrían buena carne para comer, sino también para vender; ellos, los foráneos, les darían todo lo que necesitaran para conseguir eso, es más, serían sus socios, y así todos ganarían. Y quién iba a pensar, fuera de los chamanes más respetados de la comunidad, y a los que, por primera vez, sus fieles decidieron ignorar, quién iba a pensar que todo terminaría así de mal, y ni para qué elaborar, porque usted bien sabe para dónde va esta historia. Y poco después fueron las carreteras. Y luego la gran refinería. Y luego los oleoductos. Y luego las mineras. Y luego otras carreteras para transportar todos esos recursos. Y luego más tierras para el ganado porque a quién le sirve tanto bosque. Y cuando un grupo de nativos dijo que ya no, que ya había sido suficiente, comenzaron los repentinos incendios que nunca antes habían ocurrido. Y luego tierras para vivienda pública, porque toda esa gente que había llegado para echar a andar estas nuevas empresas en algún lugar tenía que vivir; ellos también tenían derecho al progreso, aunque dicho progreso significara estar confinado dentro de un asfixiante cascarón de unos cuantos metros cuadrados por el que tendrían que pagar mensualmente el resto de su vida. Y luego la cementera. Y luego el canal. Y luego. Y luego. Y luego. Y, aun así, esta seguía siendo la región con más vida de todo el continente, aunque, de seguir la invasión de los Otros a esta velocidad, dejaría de serlo mañana mismo, y eso les quedaba muy claro a Ulises y a Teodoro que, por un momento, sintieron que estaban solos en esto. Por fortuna, aunque también por desgracia, al par de meses de arrancar las obras comenzaron a surgir los problemas, las dudas, las inconsistencias. Y por eso, poco a poco, los campesinos que acudían a las reuniones de la Unión pasaron de quince a treinta y luego a cincuenta y luego a cien, y así fueron sumándose conforme los beneficios prometidos se iban diluyendo, conforme las contingencias y las cláusulas en letras chiquitas se iban descubriendo.

Para suerte de Ulises, Teodoro, aka Ötzulpé-tzú, este extranjero que se convirtiera en el hijo adoptivo de este ombudsman, en su anterior vida había sido un burgués tan privilegiado que había tenido el tiempo y los recursos para hacer una maestría y un doctorado, este último conseguido gracias a su tesis titulada *Conflictos de intereses en la evaluación del impacto medioambiental: los promotores evaluadores,* trabajo que le hizo ganar la mención honorífica, aunque su autor no entendía por qué, si la premisa era tan obvia que daba vergüenza: ¿cómo era posible que el veredicto de si un desarrollo era o no mortífero para un ecosistema, fuera dictado con base en un estudio realizado por una empresa contratada por el más interesado en que este se aprobara? La tesis analizaba quince proyectos cuyas consecuencias medioambientales habían resultado catastróficas; indagaba en las consultoras ambientales que se habían encargado de los estudios de impacto y descubría no solo que los nombres se repetían, sino que las consultoras habían sido creadas por personas relacionadas con las empresas desarrolladoras. En uno de los casos, era el propio hijo, de tan solo diecinueve años, del presidente de una de las constructoras. Desde que arrancaron las obras, Ulises había solicitado al ayuntamiento, por insistencia de Teodoro, el reporte de impacto medioambiental que, por obligación, había sido realizado para que las labores del corredor comenzaran. Después de dos meses de insistencia, la secretaría de medio ambiente finalmente había compartido el estudio; mientras lo leía, Teodoro no paraba de reír, aunque era una risa cargada de rabia. Y es que eso era una burla, no solo porque más adelante, después de dedicarse a indagar sobre quiénes eran los responsables de SOMA Consultores Medioambientales, este encontrara que el fundador resultaba ser el yerno de Leonel Ibarra, el secretario mencionado anteriormente que tiene de medioambientalista lo que usted tiene de filisteo, sino porque ni siquiera tenía los elementos como para considerarse un reporte como tal: se expresaba de manera general, sin claridad ni precisión, estaba grotescamente sesgado, sin un mínimo detalle que previera un posible problema, aunque fuera solo para maquillar su veracidad, no usaba términos técnicos ni de expertos y, como si esto no bastara, presentaba faltas de ortografía que incluso este extranjero que no dominaba el idioma podía identificar. Teodoro contactó a un conocido que tenía en la Organización Mundial para la Protección del Medio Ambiente, cuya sede estaba precisamente en su país natal. Prácticas como esta eran de las más comunes entre los fervorosos creyentes del capitalismo alrededor del mundo, aunque no con este nivel de desfachatez, claro, si había unos cuantos gramos más de decencia en otros países, o, más bien, la sinvergüenza del nuestro es tal que no tiene parangón. La OMPMA tenía mucha experiencia realizando este tipo de investigaciones, aunque el contar con todas las pruebas, tan claras y evidentes, tan verificadas y comprobadas, muchas veces no resultaba suficiente para parar nada. Por eso, cuando Teodoro había reunido suficientes razones como para que el mundo volteara a ver a Kütz'o, aquí llegaron tres miembros de la OMPMA.

Y es que este no era un tema de carácter nacional, por más que los gobernantes de esta nación insistieran en que la riqueza de la comarca era del y para su pueblo; desventuradas creaturas, los políticos estos, que están a años luz de entender que todos estamos trepados en el mismo barco. Y es que las secuelas de lo que sucediera en esta esquina del mundo hasta ahora ignorada, no se limitarían a su habitantes, tampoco a sus vecinos o al resto del continente, no; eventualmente, en cuestión de, cuando mucho, seis primaveras, afectaría hasta al aire que la hija menor del secretario de medio ambiente, crónicamente asmática, por cierto, respirara en ese maravilloso país a donde se había ido a estudiar la universidad, a más de diez mil kilómetros de aquí, porque cualquiera sabe que, siempre que haya la oportunidad, lo mejor es que los hijos se eduquen en esos países tan cultos y avanzados que siempre serán mejores que este. ¿Y a poco no es una maravilla nuestro mundo y los dioses que lo diseñan? Porque no se les escapa una, caray, siempre dándole a cada creatura justamente lo que merece, ¿cómo le harán para llevar el control de tantos expedientes? Nos vuela la cabeza solo de pensarlo. Y es que Tamarita, la hija del Leonel Ibarra este, la pasaría tan, pero tan mal en ese bello país gracias a sus ataques de asma cada vez más recurrentes, que no le quedaría de otra que interrumpir sus estudios y volver a casa, donde al menos habría alguien que la pudiera llevar a Emergencias, no que allá, donde todos eran tan autosuficientes que pedir el auxilio de alguien era impensable. Y lo más fácil y práctico es ver y creer en lo que tenemos enfrente, lo supuestamente evidente, e ignorar todo lo que hay detrás, toda esa serie de eventos interconectados que generan el resultado. Por eso, para la familia Ibarra, el tema era que su hija tenía esa condición, así había nacido la pobrecita, con un sistema respiratorio débil y defectuoso, desde bebecita tosía y tosía, porque así es la vida, unos nacen con esto, otros con lotro, y qué le vamos a hacer. Jamás se les ocurriría meditar en la perfección con la que funciona este Todo; nunca pensarían que cuando Tamarita nació, recién se habían mudado a la residencia que ahora ocupaban, la cual estaba ubicada en esta desarrollada zona ahora gentrificada, la nueva joya de la corona de la comarca, donde vivía la gente de mundo, como ellos creían serlo solo porque poseían muchas camionetas y cosas muy grandes y muchos empleados que les sirvieran, donde el desarrollo y la modernidad estaban sucediendo, ahí por donde corría la nueva carretera que conectaba esta región con la civilización y que fue construida con el objetivo de transportar las toneladas de gasolina que la refinería estaba generando. Pipas iban y pipas venían todos los días por ese camino, expulsando a su paso grandes cantidades de partículas de ozono, anhídrido sulfuroso y óxido nitroso, mejor conocido como diésel, el cual se infiltraba en el ambiente, poco a poco se iba esparciendo por todo el valle y zonas aledañas, incluida la colonia donde la pequeña Tamara vivía, con sus impolutos y virginales pulmones respirando constantemente esta mezcla de O_3, SO_2 y NO_2 que incrementaba la inflamación neutrofílica y la producción de linfocitos Th17 en su organismo, mismo que provocaba incrementos en la hiperrespuesta bronquial, más comúnmente conocido como broncoespasmo, o lo que viene siendo la contracción de la musculatura de los bronquios que causa la dificultad para respirar, i.e. asma. Tamara no se moriría como consecuencia de esto, pero sí tendría una calidad de vida mucho muy pobre por esta condición suya. Y todos se morirían pensando que era gracias a una imperfección en su naturaleza. Hasta las zonas más recónditas y no dibujadas en los mapas, hasta lo más profundo del océano, hasta más allá de la estratósfera, hasta en suelos que ningún humano ha pisado aún, se notaría, en mayor o menor grado, lo que esas máquinas pesadas harían en esta aparentemente remota y lejana región. Y es que, entre los árboles que poblaban sus selvas y sus bosques, esta región captaba poco menos de una cuarta parte de todo el dióxido de carbono que se almacena en la Tierra, más de mil millones de toneladas de CO_2 anuales, los cuales, entre muchas otras cosas, ayudaban a respirar a este asfixiado planeta y regular la lluvia en todo el continente, la cual era generada por el agua que estas plantas liberaban, y que ascendía a la atmósfera mediante su evaporación y transpiración para posteriormente viajar hasta diversas partes del continente.

Ugo, Alain y Rita, los especialistas de la OMPMA, se encargarían de evaluar científicamente el hilarante reporte entregado por SOMA. A la par, Teodoro, todavía inocente e ingenuo a pesar de los años que llevara ya viviendo en estas tierras, iría fascinándose cada vez más conforme fuera desvelando la impunidad y corrupción que había en este país, un descubrimiento que ni siquiera exigía gran esfuerzo de investigación, porque todo estaba expuesto a la vista de cualquiera al que le interesara ver: licitaciones otorgadas sin concurso a empresas recientemente creadas; cotizaciones, por mucho, mayores a las sugeridas; súbito enriquecimiento de los líderes campesinos que apoyaban el proyecto; consultas donde los ejidatarios aprobaban la realización del corredor con más de un absurdo noventa y cinco por ciento; contratos por la renta de las tierras que fueron firmados por orden de esos líderes y que ninguno de los renteros tenía idea de lo que en ellos decía, en parte porque no entendían muy bien ese idioma y no había traductor que se los explicara, y en parte porque solo les entregaron los machotes para que pusieran su firma en cada hoja. Y mientras más indagaba, más encontraba. Después de un par de meses de ardua labor, la OMPMA contaba ya con los estudios medioambientales necesarios como para impugnar y desmentir los datos que el reporte de SOMA arrojaba; las consecuencias reales de dicho desarrollo resultarían catastróficas, para la región, para el continente y para el mundo, un ecocidio del que sería imposible recuperarse. Eso, por un lado. Por el otro, después de estos primeros meses de obras, las comunidades habían comenzado a resentir una serie de cambios en su modus vivendi que en lo absoluto les beneficiaba, tales como la pérdida de las tierras que les daban de comer. Y ahora tenían que viajar por horas para comprar comida procesada y transgénica que les nutriría una octava parte de lo que la suya lo hacía, y por un precio que los dejaba sin dinero para la primera semana del mes. Por eso, poco a poco, y luego cada vez más in crescendo, las reuniones de la Unión de Campesinos y Pueblos Indígenas de la Comarca del Norte se fueron haciendo más populares. Y ahora la Unión, con apoyo de la OMPMA, ya contaba con casos y denuncias suficientes como para presentar una demanda ante la Corte Internacional para la Protección y la Conservación de la Tierra, dado que, por más presión que diversas asociaciones nacionales e internacionales le estuvieran haciendo al gobierno para que replanteara el proyecto, este estaba haciendo caso omiso de sus reclamos, o dicho más puntualmente, a este le valía verga lo que esta bola de necios dijera.

Esta denuncia tenía en jaque a Dionisio y a todo su club, desde el presidente de esta maravillosa nación y su gabinete, hasta los CEO y consejos directivos de las empresas privadas, nacionales y extranjeras que ya tenían integradas en sus estados de resultados las proyecciones de lo que este desarrollo les generaría dentro de los próximos diez años, varios de ellos que incluso ya se habían gastado los generosos bonos que esto les iba a otorgar al cierre del año. Y el mundo, por fin, estaba escuchando, ya si no por solidaridad, al menos porque sabían que este crimen contra la humanidad también les afectaría a ellos. A la comarca comenzaron a llegar periodistas de medios internacionales y grupos de activistas radicales que sentían que no tenían nada que perder y mucho que ganar entregando su vida por esta causa. Denise, Veronika, Hector, y el recién integrado Paul, estaban por terminar un rodaje en otro país olvidado por un cruel Dios, tal vez más olvidado que este, y mire que eso ya es mucho decir. El documental trataba del dictador y su ejército, que llevaban ya treinta y cinco años en el poder, los últimos quince reclutando niños de entre seis y trece años para luchar por su causa, la cual era mantener a ese nauseabundo pedazo de carne de doscientos cincuenta kilos sentado sobre su trono de oro, y esto del trono de oro no es una metáfora. Por poco y no llegaban acá estos entusiastas y temerarios justicieros, y es que, a los pocos días de terminar, fueron emboscados y despojados de todo el material que habían recabado en sus seis semanas de grabación; no era la primera vez que enfrentaban situaciones como esta. Volaron directo para acá, asqueados del mundo, cargados de furia y hambrientos de justicia. Por su parte, los cada vez más afiliados de la Unión ya estaban convencidos de que los contratos que les habían hecho firmar eran una estafa, incluso para ellos, que tan acostumbrados estaban a ser engañados. Por eso, después de que se fueron a plantar en varias ocasiones a la presidencia para solicitar una conciliación más justa de los contratos, y que no solo no fueron recibidos, sino que fueron echados, varios golpeados y un par arrestados por alterar el supuesto orden público; después de entender que por esta vía no solo no conseguirían nada, sino que les iría peor, los ejidatarios decidieron hacer justicia por sus propias manos. Porque de aquí a que esas organizaciones extranjeras y rimbombantes pudieran hacer algo, mucho tiempo pasaría, tiempo con el que ellos no contaban, porque era hoy cuando no tenían qué comer; hoy cuando las máquinas no los dejaban dormir; hoy cuando estaban siendo desplazados como si fueran unos intrusos de las tierras que los padres de los padres de sus padres habían trabajado y les habían heredado. Por eso en una de las reuniones acordaron que, muy de madrugada, antes de que los obreros llegaran, entrarían a sus tierras y bloquearían el acceso, se montarían en las máquinas e impedirían que hicieran nada, al menos hasta que los escucharan; muchos de los obreros eran conocidos, integrantes de las mismas comunidades, por lo que sería fácil sumarlos a la causa. Un día de suspensión de obras representa mucho dinero para ellos, les decía Teodoro, Por lo que no tendrán de otra más que escucharnos. Una madrugada de lunes, el doceavo que llevaran los trabajos, varios grupos de campesinos fueron a tomar lo que por derecho les pertenecía. Todo lo harían de manera pacífica, por eso ni machetes ni navajas ni palos ni nada que pudiera dar pie a que se desatara la violencia, Porque eso es lo único que están esperando que hagamos, que perdamos la cabeza para tener una excusa y hacernos ver como unos delincuentes, les explicaba su ombudsman, Solo impediremos el paso y ocuparemos las máquinas. Nada más. Y eso hicieron. Para sorpresa suya, los obreros que ahora desmantelaban la vida de estas tierras, estos excampesinos a los que no podemos llamar judas ni traidores, porque qué sabemos nosotros de lo que es tener hambre y nada que comer, si ellos solo buscaban darle lo mejor que podían a sus familias, y por eso se levantaban a las tres y media de la mañana, para veinte minutos después salir de su casa, si acaso se le puede llamar así a cinco cartones bien amarrados, y poder estar al cuarto para las seis en sus sitios de trabajo; estos hombres, que más que hombres parecieran máquinas, o bestias de carga, como si dentro de ellos no existiera una conciencia o un alma, estos, decíamos, estaban muy amenazados por sus jefes de que, pasara lo que pasara, diluviara o granizara, ellos tenían que cumplir con sus horas de trabajo, y trabajo efectivo, que se pudiera medir en avances diarios. Por eso cuando llegaron y se encontraron con que sus puestos estaban tomados, lejos de estar de acuerdo y sumarse a la causa, vieron su futuro amenazado y saltaron a defenderlo. Hubo gritos e insultos, pero todos cumplieron su promesa de que no habría violencia; los campesinos decidieron marcharse antes de que las cosas se salieran de control, pero no desistirían. El martes hicieron lo mismo, solo que ahora con un discurso preparado, porque esos hermanos suyos tenían que abrir los ojos y darse cuenta de que esto que estaban haciendo les costaría muy caro a ellos y a sus familias, sobre todo a sus hijos y a los hijos de ellos. Y ahí van otra vez los unidos, confiados en que sus pacíficas palabras harían a estos hombres, cuyos padres y abuelos habían cuidado estas tierras como a sus propios hijos, entrar en razón; nada más lejos de eso. Y es que después de ese primer intento, los jefes advirtieron a sus subalternos que era responsabilidad suya defender sus lugares de trabajo, y que, si durante su jornada no avanzaban lo que estaba programado, no recibirían su sueldo. Y aquí es donde usted dice, Pues claro, con eso los obreros se darán cuenta de con qué clase de gente están lidiando, y entonces reiterarán lo que los unidos les estaban diciendo.

Pero no debemos subestimar el extraordinario poder del miedo, ese que nos vuelve tan chiquitos e indefensos que nos hace cometer las más grandes estupideces, como en este caso lo hizo. Esa mañana de martes los trabajadores se volvieron a encontrar con la misma escena que el día anterior. De los cincuenta que trabajaban en esta zona de la comarca, la mitad eran relativamente pacíficos; de la otra mitad, veinte eran violentos y, los cinco sobrantes, eran unos completos hijos de puta. Venimos en son de paz, les decía el vocero de los unidos, Por favor, escúchennos. Nosotros no somos el enemigo, ni ustedes los nuestros, y entonces el capataz, que era uno de esos veinticinco pacíficos, les decía que solo les daba quince minutos para que dijeran lo que tenían que decir y que luego los dejaran trabajar en paz. Entonces el vocero comenzó a hablar y les dijo lo que ya sabemos, que era la peor masacre, el error más grave, que lo poco o lo mucho que ganaran ahora jamás costearía el precio que muy temprano, desde ya, tendrían que pagar, etcétera, etcétera. Que pararan, que se unieran a ellos, que juntos vencerían al enemigo real, que por favor recordaran las tragedias pasadas, cuán afectadas habían quedado sus comunidades, si no hacía mucho tiempo de eso. Este caso no sería distinto, o más bien sí, porque sería mucho peor. Que recordaran a sus padres y sus abuelos, a sus orígenes: que estaban mutilando sus propias raíces. Que estaban atentando contra esa Madre que todo les había dado, y ya habían acabado los quince minutos, pero el capataz no les cortaba, y entonces el vocero seguía, entusiasmado de ver caras de interés y de duda, Tenían pruebas, testimonios y testigos de que esto estaba malhecho, Y nosotros somos los que la vamos a pagar. Los obreros volteaban a ver al capataz, buscando en su rostro una señal de cómo debían reaccionar, de si estaba permitido asentir con la cabeza, de si tenían que hacer caso omiso de lo que se les decía, de si burlarse y ponerse violentos, porque así les tocó a estos seres que solo dios sabe qué pecado cometieron para ser arrojados a este mundo bajo esa cruel e inhumana estrella, que para los que se consideran hombres resultan tan prescindibles, tan desechables, menos que un objeto, que su única opción para existir es en masa, porque su voz en lo individual nadie escucha, resulta muda para los oídos del mundo, y por eso tienen que sumarse en multitud para ser vistos, y obedecer a la cosmovisión del que, por alguna razón, tiene más poder que ellos, como es en este caso Prudencio, este capataz que, por contar con sus buenos cincuenta y ocho años ya, una que otra cosa sabía, como el hecho de que todo lo que estaba diciendo este izaqüoo era cierto, porque él mismo lo había vivido años atrás, promesas firmadas y reconfirmadas, nunca cumplidas. ¿Por qué habría de ser distinto ahora? En eso pensaba el jefe de este grupo de obreros, en qué tanto necesitaba en realidad este trabajo, si ya ni hijos ni mujer tenía, ya todos lo habían dejado; en que podía vivir el resto de los años que le quedaban comiendo de esa tierra y ya; en que añoraba el pasado, cuando de niño arrancaba de los árboles la fruta que necesitaba para seguir jugando. En eso pensaba Prudencio cuando de entre la masa salió un hombre que anduvo sin parar hasta llegar a un tractor, el mismo tractor que ahora cargaba a un unido de dieciséis años cuyo cuerpo no debía de pesar más de cuarenta kilos, ni siquiera un tercio de lo que pesaba el que ahora le gritaba, Bájate, cabrón. Bájate de mi tractor o te bajo yo a putazos. Pero los cuarenta kilos ni se inmutaron ni se movieron, tal vez porque en alguna ocasión le habían contado la historia de David y Goliat y este se la creyó, o tal vez porque, solo de ver la torpeza con la que ese Goliat caminaba y de oler el intenso hedor que emanaba, el adolescente sabía que más ebrio no podía estar, y que esquivar a un tipo en ese estado era muy simple; lo había hecho tantas veces con el esposo de su madre, que ya era un experto. Que te bajes, hijo de tu puta madre, y ante la falta de eficacia de sus técnicas de intimidación, el de abajo se ponía peor. Entonces Prudencio salía de su nostalgia por los años de antaño para poner orden y gritarle a su súbdito, Cálmate, Ovidio. Sí: el obrero llevaba por nombre Ovidio, como el poeta romano que creara los versos más sublimes jamás escritos sobre el origen y la creación del mundo. Y aquí nos gustaría señalar que las paradojas y casualidades de los nombres de estos hombres y lo que representan, como ocurrió en el caso de Dionisio y Teresa, no son en lo absoluto algo predeterminado por nosotros, porque en esta historia, que mejor deberíamos llamar crónica de tan fiel a la realidad que resulta, nada está construido con el objetivo de hacer gracias narrativas ni cumplir nuestras aspiraciones literarias. Pérate, hombre, le decía otro de sus compañeros, pero el hombre, después de encender su cigarro, ya estaba encima de su tractor, forcejeando con el otro que no lograba tirar. Sacó la llave de la bolsa de esa camisa que llevaba cuatro días añejándose en su mismo sudor mezclado con alcohol, y encendió la máquina; si él no lograba bajarlo de ahí, su tractor a toda velocidad lo haría, concluía este Ovidio a quien, evidentemente, le quedaban muy pocas células pensantes en ese organismo que desde sus ocho años había sido intoxicado con cualquier versión de sedante líquido que este se pudiera costear; si seguía vivo solo porque así de mucho lo debía de odiar ese cruel Dios que seguramente lo creó. Por supuesto que treinta y cinco kilómetros por hora, que era a lo que más andaba este aparato, no tirarían a su ocupante que, para términos prácticos, llamaremos David, y es que de este sí que no registramos el nombre, pero no podemos seguir llamando de manera genérica al que, después de lo que estamos por narrarle, se convirtiera en una clase de héroe de la nación, al menos para una fracción. David se reía de la incompetencia motriz de ese hombre que le resultaba tan familiar como patético, y esa risa más emputaba al último que, después de tanto intento, optó por pisar el acelerador hasta el fondo y soltar el volante para, de alguna parte que no supimos cuál fue, tal vez de su pantalón o tal vez la guardaba en el tractor, sacar una navaja y atacar al invasor. Por fortuna, David era ligero y sabía defenderse, por lo que, fuera de unos roces, eso no pasó a mayores. Lo que sí pasó, y a mucho, fue que, entre el guirigay que se traían estos dos, ninguno estaba poniendo atención de hacia dónde se estaba destinando el vehículo que, como si estuviera siendo movido por un *deus ex machina*, como si desde arriba una fuerza divina estuviera manipulando los hilos de estas marionetas, el tractor se dirigía con este hombre y medio encima directo hacia ese tubo de noventa centímetros de diámetro que tan silenciosamente reposaba en medio del campo y que recorría más de seiscientos kilómetros de esta comarca a través del Sistema de Oleoducto Transestatal del Norte, y dale con el Norte, desde el Lago Amargo, en donde se recogía toda la producción de los campos de la región, hasta la Terminal Petrolera de San Benito, donde se almacenaba para enviarlo a la Refinería La Libertad. Cuatrocientos cincuenta mil barriles de crudo exprimidos de la Tierra gracias a su ardua, sistemática e implacable perforación se transportaban todos los días por esos oleoductos desde hacía tres décadas ya, por eso los habitantes de la comarca ya veían a esos tubos como una parte integrada al panorama, como los ríos y lagos y árboles y montañas, tanto que olvidaban que estaba ahí. Por eso, y porque la pelea entre David y Goliat estaba muy buena y tenía a todos concentrados en ella, nadie hizo nada para evitar que ese fatal curso del destino se cumpliera. Y en este estira y afloja, estos dos se habían ido alejando de donde todos se encontraban, aunque no lo suficiente como para que la explosión que, con o sin cigarro en la boca de Ovidio, de todas formas iba a ocurrir, matara a quince unidos y veinte obreros; dejara heridos en mayor o menor medida a todo el resto, de los cuales seis morirían en las próximas veinticuatro horas y quince sufrirían secuelas de las que jamás se podrían recuperar, como la pérdida de una extremidad, tres de un brazo, cuatro de una pierna, uno, las dos; uno, la vista, otros tres, el oído, no físico, sino la capacidad, algún dedo, quemaduras de tercer grado o alguna deformación en la cara o en el cuerpo debido al impacto de algún pedazo de metal. Las ambulancias, los policías y la protección civil llegaron dos horas después, en parte porque ninguna estación se encontraba cerca, y en parte porque, pues ya sabe cómo son las cosas en este país. Los habitantes de alrededor hicieron lo que pudieron para ayudar, pero dígame usted qué tanto podían hacer unas cubetas de agua que tardaban en llenarse lo que un cuerpo en calcinarse, eso sin contar que el simple hecho de estar ahí era ya un grave peligro, porque esas descomunales nubes oscuras que no dejaban de salir de la tubería estaban cargadas del tóxico de su elección. Para hacer el drama más épico, los vendavales que por la comarca corrían no solo avivaban el incendio, sino que ayudaban a que el aire cargado de veneno se esparciera por toda la región. De no haber ocurrido esta desgracia, Prudencio y los suyos se hubieran unido a la causa, y la continuación de esta historia habría resultado muy distinta; sin embargo, después de esto, al capataz no le quedaba más que ver por su vida y hacer todo lo posible por salir bien librado de ese accidente del que, frente a cualquier juicio, él resultaba responsable, porque había sido *su* tractor el que había ocasionado este desmadre que no solo había matado, al momento, treinta y ocho personas ya, sino que representaba, a cada minuto que pasaba, pérdidas millonarias. Por eso este capataz que, para su gran desgracia, vivió para contarla, se tuvo que olvidar de sus añoranzas de infancia y enseguida denunciar que eso había ocurrido porque los unidos lo habían provocado; uno de ellos había tomado la máquina a la fuerza e, ignorante de cómo manejarla, la había impactado en el canal. Y esta sería la versión que las autoridades defenderían y promoverían; y con esto ya tenían lo que necesitaban: una razón para reprender a esa bola de agitadores que lo único que buscaban era joderlos.

Menos mal que los periodistas extranjeros se tomaban muy en serio su trabajo y por eso pidieron acompañar a los unidos a su huelga; menos mal que tenían que hacer tomas amplias para captar el panorama y por eso guardaron más distancia del grupo; que lograron correr segundos antes de que eso estallara y solo sufrieron heridas leves; que el material que grabaron quedó intacto. A las pocas horas, *El Diario Internacional* y cadenas extranjeras de noticias estaban mostrando esas grabaciones y contradiciendo la versión del gobierno local, que aseguraba que esto había sido un atentado provocado por la Unión de Campesinos y Pueblos Indígenas de la Comarca del Norte, un grupo terrorista que estaba siendo financiado por naciones enemigas que buscaban boicotear el desarrollo del proyecto más importante que se habría de realizar hasta el momento en la historia de este continente. Pero nada de esto lo podían comprobar, contrario a las imágenes que estaban proyectándose en las pantallas de todo el mundo. Y ahora sí que la OMPMA estaba consiguiendo la atención que hasta ese momento no había logrado obtener; y ahora sí que ardía Troya.

Esa noche, cuando Dionisio volvió a La Soledad después de estar todo el día encerrado en Palacio de Gobierno, planeando la mejor salida del atolladero en el que estaban metidos, con seis meseros rellenando cada veinte minutos los vasos de whiskey y ron de los doce tipos ahí reunidos, y tal vez era que sus vejigas no podían almacenar tanto líquido ingerido, o tal vez era otra cosa, la que los hacía retirarse al baño cada media hora y regresar de él con una revitalizada energía, sin un gramo de duda de que esta situación no era ningún problema para ellos, porque esos delincuentes no representaban una amenaza para el progreso que pase lo que pase llegaría a este país. Haremos lo que sea necesario para recobrar el orden, concluía el padrino del difunto Mateo después de diez horas de conversaciones, veinticinco jaiboles sin hielos y veinte visitas al baño, Contamos con todo el apoyo de nuestro señor presidente para hacer uso del ejército si es necesario, y entonces brindaban por última vez antes de dar por terminada la sesión. Esa noche, decíamos, cuando Dionisio llegó a La Soledad, había olvidado que esa mañana su hijo había vuelto a casa. Qué desagradable sorpresa encontrárselo de pronto. Querías hablar conmigo, le decía este adolescente que en tan pocos meses ya hablaba como hombre y rebasaba a su padre. ¿Hasta cuándo piensas estar aquí?, Lo menos posible, ¿Y cuánto se supone que es eso?, Tres semanas. Si tuviera otro lugar a dónde ir, estaría ahí, ¿Y tu madre?, Ya te dije que no lo sé, no doy con ella. Y tampoco quiero, Aquí no vas a estar de vacaciones. A partir de mañana te pones con Lucho, y esta instrucción, lejos de perturbar a nuestro igualmente amado y odiado Nicolás, le sacó una sonrisa, porque qué imbécil era su padre que no se enteraba de nada que ocurriera más allá de su eje. En el instituto había resultado bastante sencillo conseguir con qué romper la promesa que le había hecho a Sebastián; solo tenía que hacerle al maestro de Lenguas lo mismo que el cura le había enseñado, con la diferencia de que ahora estaba plenamente consciente de que eso no era ninguna expurgación de ningún pinche pecado ni mucho menos, sino un acto meramente transaccional, porque a cambio le abastecían de beber y de fumar. Aparentemente, comprobaba día a día Nicolás, así era como funcionaba el mundo, y quién era él para cambiarlo. Das pena, Dionisio, se atrevía a decirle a su padre este hijo que ya no tenía pena ni miedo a lo que pudieran hacer con él, total, que ya nada le podían quitar; ya lo habían despojado de todo lo que tenía, esa cosa abstracta y extraña a lo que llaman dignidad. Y ante este juicio de valor el padre no dijo nada, solo alzó su puño y lo llevó a ese rostro que, aunque ya era el de un hombre, seguía siendo delicado y fino y hermoso; lo imprimió en esos pómulos que muy pocas veces se habían alzado producto de una sonrisa, en una parte de su boca y de su nariz, esa por la que no mucho tiempo después entrarían vastas cantidades del mismo polvo que había incitado ese golpe. El único movimiento que hizo Nicolás fue el que había provocado en su cuerpo la energía cinética del impacto; una vez consumida dicha fuerza, este volvió a tomar su lugar y permaneció ahí, inmóvil, un cuerpo y unos ojos, aunque con ellos bastaba, con esos ojos que siempre habían visto a ese hombre como algo despreciable y vergonzoso. Así lo observó mientras unos cuantos mililitros de la sustancia vital que mantenía funcionando a ese sistema manaban de sus fosas y de su boca y coloreaban esa piel pálida. Ambos se dieron la media vuelta y se retiraron sin decir más. Esa noche Nicolás durmió como hacía mucho tiempo no lo hacía.

Mientras tanto, Antonia

Mientras tanto, Antonia estaba teniendo una noche intranquila. Por eso salió de su cama de madrugada y se metió a la ducha y permaneció en ella durante más de seis millones y medio de gotas de agua ardiendo. Concluyó esa martirizante purificación y cerró las cortinas y se paró frente al espejo ovalado y soltó la toalla y observó su cuerpo como si fuera algo ajeno, como si este no la contuviera. De nuevo no reconocía lo que veía, pero no como la última vez que nos tocó presenciarla, en la que entró en un trance que la hizo cuestionar su corporalidad y su materialidad, no; no reconocía lo que veía porque era algo muy distinto a lo que siempre había visto, porque los volúmenes y las formas que ese espejo reflejaba eran diferentes de las que siempre le había mostrado. Y esto se sentía raro. Y esto no le gustaba. Y mientras esto le extrañaba y le desagradaba, caía una gota, así como la que horas antes había salido de la nariz de Nicolás, roja y vital, que en tan solo punto cero cinco mililitros contenía cinco millones de glóbulos rojos, diez mil glóbulos blancos y un cuarto de millón de plaquetas; una gota que después de un segundo se acumulaba con otra y luego con otra y así hasta formar una línea continua que salía de su entrepierna e iba recorriéndola hasta llegar al piso. Antonia lo observaba como si le estuviera sucediendo a otra, aunque, simultáneamente, en sincronía con las que caían abajo, otras gotas, solo que transparentes, caían por arriba, desde sus ojos. Algo le habían advertido, de una manera muy torpe e incómoda, porque qué tanta sensibilidad y conocimiento de causa podía tener Alberto sobre este tema, pero en el programa de Ciencias Naturales esta era una lección que se tenía que cubrir y por eso el tutor lo hizo como pudo, es decir, garrafalmente. Algo le había advertido también Alana, a la que todo esto le era tan familiar, y es que ella sabía de estos temas desde que tenía diez años; una mañana mientras se bañaba, de pronto corría rojo diluido por la regadera. Por un momento se asustó y cayó en pánico y no supo qué hacer, pero enseguida se metió a la pantalla y esta rápidamente le explicó de qué iba eso que, según decían sus confiables referencias, no solo era perfectamente normal, sino que era algo emocionante, lo que toda mujer ansía que suceda porque les otorga superpoderes, y esto la ilusionó y le hizo sentirse superior que el resto de las todavía niñas de su cole. Pero es evidente que estas dos creaturas son fundamentalmente distintas, y por eso cuando vio esa gota caer, Antonia cayó con ella. Sintió ahogo. Y pánico. Y soledad. Y melancolía por lo que ya no sería. Y miedo por lo que ahora era. Y enojo porque nadie le había preguntado si quería ser esto. Y más enojo aún porque sucediera de esta manera tan violenta y súbita, sin transición ni aviso. Esta fue la primera vez que se sintiera violada, porque estaban haciendo con ella algo que no quería, que iba en contra de su voluntad. Volvió a meterse a la ducha y permaneció ahí durante otras dos horas. El rojo dejó de caer; ya solo líquido transparente manaba de sus ojos que se camuflaba entre el agua para que nadie lo notara, excepto la que lo lloraba. Salió, puso medio rollo de papel entre sus piernas, se puso de nuevo el pijama y fue al cuarto de su madre, ese que llevaba una semana de no visitar. Las ventanas y las cortinas estaban cerradas. La cama estaba cubierta hasta arriba; debajo de todas esas telas estaba una masa que aún mantenía funciones orgánicas, que inhalaba y exhalaba y generaba fluidos, aunque nadie entendía para qué lo hacía. El ser que un día, hacía casi catorce años ya, había salido de esa masa, permaneció frente a la cama por un tiempo que un reloj cotidiano no sabría calcular, y es que contemplar *eso* resultaba algo tan abstracto, tan fuera de este espacio y de este tiempo, que aventurarse a decir alguna medida sería una mentira. Permaneció ahí, diez segundos o tres días; para Antonia, más o menos como una dolorosa eternidad. Y luego entró al baño y dio con eso que creía que necesitaba y regresó a su cuarto y se volvió a duchar. Se puso un vestido y peinó sus rizos y tomó su libro y se fue a su árbol y se postró debajo de él con la intención de ocuparlo y de hacer una declaración con esa ocupación, porque ese árbol era suyo y esto sí que no iba a permitir que se lo quitara nadie.

Alana la veía desde su habitación. Le pareció extraño que fuera sin ella, pero igual se acababa de levantar y tal vez no había escuchado cuando llamó a su puerta. Y mejor que haya sido así, porque de esta manera podía planear la fiesta de mañana. Nicolás, como Antonia, había despertado desde muy temprano. Desde su ventana vio la camioneta de su padre marcharse a primera hora, y, desde donde estaba, el hijo podía sentir la urgencia que ese hombre tenía por llegar a un lugar; un lugar, sin embargo, que no existía afuera de él, y por eso, por más que lo buscara, jamás lo encontraría, pero eso el inocente de Dionisio no lo sabía, y por eso corría de esa manera, porque él creía, en verdad lo hacía, que mientras más se apresurara, más rápido iba a llegar a su ansiado destino final. Nicolás observó esto y no sintió más que pena por él, de su ignorancia, de su avidez y voracidad, de ese hueco, esa necesidad suya que nunca y con nada se iba a llenar. Y ya entendía Nicolás de dónde venía la suya, porque para eso son los hijos, para heredar e inmortalizar las faltas e imperfecciones y frustraciones de quienes los trajeron hasta aquí. Pero en esto nuestro adolescente estaba pecando de soberbia, como tan seguido lo hacía, y es que qué iba a saber él, que tan falto de experiencias estaba aún, de lo que son las heridas profundas del alma. Porque no nos confundamos: le recordamos que en este juego no hay buenos ni malos, ni héroes ni villanos, solo simples humanos. Humanos que cargan con el peso de serlo como pueden, y este era el caso también de nuestro Dionisio, quien, a lo largo de estas páginas, diera la sensación de que no tiene matices ni claroscuros, pero la realidad es que ni la más predecible de las criaturas peca de eso, porque somos polígonos, con muchos ángulos y muchos lados, y usted que tanto ha vivido, visto y leído sabe que cualquier personaje distinto a eso, es uno imperfectamente construido. Dionisio se alejaba con esa prisa no porque tuviera que llegar antes que el señor gobernador a su reunión en Palacio para que este no se le fuera a ofender, qué va, si ese y todos esos imbéciles no tenían su más mínimo respeto, pero había que ser un buen estratega y tolerar estos gajes del oficio si lo que se quiere es salvar al mundo, porque por más impresentables que esos políticos fueran, seguían siendo el medio para llegar al fin, ese fin que, a simple vista, pareciera que era el de convertirse en el empresario más poderoso de la comarca, y en eso tampoco había mentira, pero sí una falta de verdad, porque al mismo tiempo, el fin de Dionisio, el detonante vital que había debajo de toda su acción, también era el de ser el respetable y admirable visionario al que se le agradeciera el que todas esas familias vivieran como humanos y no como bestias, de que salieran de su miseria y gozaran de cierta dignidad. Y es que este hombre al que la vida lo terminara definiendo como un omnipotente alfa, al fin y a la postre, lo único que buscaba era saciar esa necesidad que llevara incrustada en su inconsciente desde que veía a su padre golpear a su hermano o a los niños del colegio molestando a la retraída de Anna. Ser el hombre que protege y salva todo lo que está bajo su ala: ese era su papel en el mundo y lo que le daba sentido a su persona. Sin embargo, ahora, viendo su vida en retrospectiva, Dionisio se daba cuenta de que había resultado ser un gran fiasco, porque había fallado en lo único que creía sabía hacer, en su único deber, porque mira lo que pasó con Ignacio, mira lo que pasó con Anna, mira lo que estaba pasando con Teresa. Y estos se los podría haber perdonado, pero Mateo, Mateo, Mateo; Mateo era la prueba más firme de su fracaso. ¿Y qué le quedaba ahora? Nada, ya no quedaba nada que proteger, nada que le recordara quién era ni para qué existía, nada que reiterara el papel que jugaba en este teatro. Sí: Dionisio corría con urgencia por llegar a un destino, uno donde sintiera que todavía quedaba algo por hacer, algo que preservar, donde pudiera deshacerse de esa culpa, de esa pena, de esa carga que puede causar el saber que no se ha cumplido con la tarea; llegar a un lugar donde pudiera encontrar cierta paz. Y por eso pisaba el acelerador hasta que el velocímetro no daba para más, porque le resultaba vital llegar a tiempo para salvar lo que fuera y, así, salvar al menos una parte de él mismo. Pero nada de esto lo vería Nicolás, tampoco el mismo Dionisio, porque ya sabe usted cómo siempre somos los últimos en enterarnos del porqué hacemos lo que hacemos.

Y mientras sentía una injustificada pena por su padre, Nicolás retomaba al misógino por excelencia de Schopenhauer. Leía *El arte de tratar a las mujeres*, solo para justificar ese universo de inseguridades que como varón adolescente naturalmente experimentaba frente a esa poderosa figura. Y es que su conflicto con ellas era muy fuerte, porque despreciaba sus formas, su ignorancia, su banalidad. Porque odiaba a su madre, esa que se había largado con un imbécil y se había olvidado de él. ¿Y qué tan idiota tenía que ser alguien como para creer que era buena idea casarse con un hombre como Dionisio? Y mientras odiaba a las mujeres, y a los hombres también, mientras odiaba a todos por igual, Nicolás observaba lo que había detrás de su ventana, a Antonia debajo de ese árbol, seguramente leyendo una de sus novelas insulsas y baladíes. ¿En qué momento la hija de Teresa se había convertido en *eso*? ¿Y por qué las mujeres eran así? Esa especie tan- no encontraba la palabra para expresar eso que eran, pero *desquiciantes* podría ser cercana a lo que buscaba. Las detestaba; por suerte ahí estaba Schopenhauer para validar su rechazo y confirmar que estaba en lo correcto, que no era una criatura patética al excusar su natural inferioridad de la manera más torpe y burda. Nos hubiera gustado hacerle saber a nuestro protagonista que el que Schopenhauer pensara lo que pensaba de las mujeres, era, como todas las emociones pedestres lo son, producto de sus miedos. Y es que la realidad era que el infeliz de Arthur era bastante feo, y ya se imaginará cuántas veces fue rechazado por ese *segundo* sexo sin el cual la civilización entera no habría de existir. Y es que, como bien sabemos, el origen de todo, para bien y para mal, está en la madre, y en esto Schopenhauer no era la excepción. Johanna resultaba ser todo lo que su hijo no era pero ansiaba: por un lado, era alegre y sociable y querida por todos; por el otro, sin esforzarse tanto por ello, había logrado convertirse en la escritora más reconocida de su patria, cuando él, después de años de arduo y atormentado trabajo para escribir *El mundo como voluntad y representación,* se topara con la desmoralizante sorpresa de que no solo no había conseguido el mismo recibimiento que la obra superventas de su madre, sino que la suya había vendido tan pocos ejemplares que su editor tuvo que rematar la mayor parte de su primera edición como papel de desecho. ¿Entiendes ahora, querido Nicolás, de dónde viene ese enojo? Mientras leía y odiaba de manera simultánea, la imagen detrás de la ventana insistía en distraerlo. ¿Qué había leído? No sabía decirlo. Por eso cerró su libro y salió de la cama y caminó hasta la ventana y permaneció ahí, observando a esa que, de acuerdo con las convenciones sociales, mas no naturales, era su hermana. Lo hizo durante un largo rato, lo suficiente como para que los rayos que iluminaban su habitación se transportaran de un extremo al otro. Se parecía tanto a Teresa y, sin embargo, resultaba tan distinta. Ahora Antonia le resultaba más bella que su madre. La sombra del árbol dejaba unas partes de su cara iluminada, y a veces los rayos caían sobre sus ojos, y desde acá Nicolás podía ver cómo la luz del sol los hacía brillar y ser dolorosamente bellos. Dolorosamente, sí. Porque le estaba doliendo verlos y no tenerlos, no poseer esos ojos que podían contener el mundo entero. Y ahora sí que cada uno sus fantasías y los poderes sobrenaturales que al objeto de deseo le quiera atribuir, ¿no? Después de que la luz corriera de derecha a izquierda y que ahí dentro solo quedaran sombras, Nicolás, manteniendo su vista fija en ese punto que se volvía su norte, metía su mano dentro de sus pijamas y con ella tomaba eso que muchas veces había deseado no sentir ni tener, no escuchar ni atender, de este no depender, olvidarse de él. Pero mientras más lo intentaba, más presente se volvía. Y entonces comienza a hacer ese movimiento que, desde que lo obligaron a descubrir su mecanismo, se ha convertido en una compulsiva obsesión, una prisión de la que no puede escapar a pesar de que en su mano tiene la llave, literalmente. Y por esto, además de muchas otras cosas, era que odiaba, también, a Sebastián. Agitaba su mano con aquella ansiedad y desesperación por llegar a ningún lugar, que le recordaba a su padre, y por eso se odiaba también. Y en esas estaba, inmerso en el trance que esta actividad demanda para un exitoso cumplimiento, cuando escuchó algo, pero estaba tan cerca de llegar a la meta que no se podía desconcentrar, aunque la idea ya se había sembrado en él y por eso no le quedó más que virar su mirada hacia la puerta para confirmar que eran ideas suyas, y entonces continuar tranquilo en su empresa. Pero en lugar de no encontrar nada se encuentra con una risa explosiva y un cínico No, no. Dale. Por mí no pares. Termina, por favor, dicho por esa insolente adolescente a la que sus padres nunca le hablaron de privacidad, y por eso tan acostumbrada estaba a abrir puertas y cruzarlas sin antes tocar. Y en lugar de retirarse, lo que Nicolás habría esperado que hiciera, Alana se echó en la cama a esperar. ¿Qué putas?, le gritaba este adolescente cuyo cuerpo ahora sufría de un intenso dolor por haber estado tan cerca de su destino final, sin haber logrado llegar; menuda congestión de energía frustrada la que tenía ahí. Alana solo reía. Lárgate. ¿Qué te pasa? ¿Qué no te enseñaron a tocar antes de entrar? No, como se dijo antes, nadie le enseñó eso. Relájate, querido, que no es nada que no haya visto antes, le decía la que ahora se levantaba de la cama para saber cuál era la imagen que estaba usando como inspiración. Ya. Te entiendo, yo haría lo mismo en tu lugar, ¿Qué demonios te pasa? Salte, esto con tantos signos de exclamación como su tormento físico se lo exigía, Mejor bájale dos rayas a tu pudor y súbete los pantalones. Total, ya perdiste el momento, decía Alana mientras volvía a echarse en la cama, y Nicolás, furioso, hacía lo que le decía. ¿Qué quieres?, Planear su fiesta de cumpleaños; ya veo que tú la quieres tanto como yo, y esto lo decía en un tono cínico y no sin un grado de perversión, pero de esas perversiones que se disfrutan, que llevan a la mente de uno a fantasear por lugares inquietantes y remotos, y de qué vive el hombre, dígame usted, sino de ilusiones y fantasías. Y aunque su impertinencia le molestaba sobremanera, todo parecía que a Nicolás tampoco le apetecía negar lo innegable, o que su estrés post traumático era tal que no sabía qué decir ni cómo reaccionar. Yo le voy a hacer un pastel. Me puedes ayudar si quieres, pero mejor no para que no se entere, porque si los dos estamos metidos en la cocina, seguro lo nota. En realidad, ya tengo todo planeado y no te necesito para nada, le decía esta fémina que, con tan solo cinco años de haberse consagrado como tal, ya tenía muy claro que, como en el ajedrez, aunque la pieza a proteger sea la del rey, este de poco sirve, a lo mucho para que todos se sacrifiquen defendiéndolo, porque tan pocas aptitudes tiene que no puede hacerlo por sí solo, y no es más que una carga; muy diferente que con la reina, que impone el orden del juego, va y viene, hace y deshace. Podrías llevar un par de esas, decía Alana señalando la botella de vino que reposaba sobre el escritorio. Estate bajo Grande mañana diez minutos antes de mediodía; ya estará todo puesto, solo tienes que cuidar de que siga como lo dejé. No vayas a tocar nada antes de que lleguemos. Voy a llegar con Antonia a las doce. Y ponte guapo, que es un día especial, le decía al mismo tiempo en que se levantaba de la cama y se retiraba.

Debajo de ese árbol, los ojos de Antonia veían esas letras que construían palabras que formaban oraciones que configuraban párrafos que llenaban esas páginas, pero como si desconociera el idioma en el que estaban escritas. Se sabía observada. Aunque fuera por un momento, alguno de ellos, Alana o Nicolás o seguramente los dos juntos, desde lejos la verían, y por eso no podía parecer que estaba ahí siendo miserable y sintiéndose más sola que la una, porque Alana y Nicolás se bastaban, porque su madre ya no saldría de esa cama, porque su hermano ya no saldría de esa tierra, porque su padre ya era un desconocido para ella, porque incluso ahora ella también era una desconocida para sí misma, porque hasta Grande la estaba dejando, claramente algo le estaba pasando. Ahí estuvo todo el día, con la remota esperanza de que Alana llegara y se sentara a su lado y de pronto todo fuera como antes. Pero pasó una hora y luego otra, y ella seguía ahí, abandonada, y el resto del mundo, este siendo habitado por Nicolás y Alana, era feliz sin ella. Mientras tanto, Alana la observaba desde la cocina. Ese día se comportaría indiferente hacia Antonia para que pensara que había olvidado su cumpleaños y la sorpresa resultara todavía mayor. Por eso, aun después de hecho el pastel y de elegir las fresas, cerezas, chocolates y galletas que deleitarían a sus bocas la tarde de mañana, y, a pesar de que la extrañaba, Alana no fue al árbol, tampoco fue a buscarla más tarde a su cuarto, y esa noche nadie se sentó a tomar la cena en el comedor.

«Y el que no se halló inscrito en el libro de la vida
fue lanzado al lago del fuego»,
Apocalipsis 20:15
o El Juicio Final

Y mientras este infierno ocurría dentro de nuestra niña, afuera de ella y de La Soledad, un infierno más terrible se vivía también. Y es que ya iban, entre unidos y obreros, cincuenta y cuatro muertos, y de los que quedaban vivos, mejor hubieran querido no hacerlo, porque así, con la piel que cubría su cuerpo casi calcinada, con la cara deformada, con uno o dos brazos, una o dos piernas, uno o dos ojos, uno o dos oídos explotados, con ese sufrimiento punzante y constante que nadie lograba mitigar en el hospital, si a *eso* se le podía llamar como tal; así, inútiles e inservibles para el resto de su vida, sin poder proveer para su familia, convertidos en una maldita carga, así, de qué servían aquí; así mejor morir. Ambos bandos se culpaban y se odiaban. En todas las zonas donde había obras en marcha, que era en toda la comarca, estaba habiendo enfrentamientos. Enseguida, grupos de unidos se organizaron para okupar los terrenos e impedir que siguieran trabajando en ellos. Como siempre, como todo, había unos más enojados que otros, y es que entre ellos había unos que venían de enterrar a su padre o su hermano o su hijo o que sabían que estaban a punto de hacerlo, y por eso querían prenderle fuego a todo, así como lo habían hecho con ellos. Varios grupos empezaron a quemar tractores y excavadoras, grúas y perforadoras, camiones de carga y cuanta maquinaria se les presentara. A la mierda con todo lo suyo, así como esos hijos de puta lo estaban haciendo con lo de ellos. Ulises y Teodoro reprobaban esto y pedían evitar a toda costa la violencia, pero era evidente que controlarlo ya no estaba en sus manos. Veinte horas después de la explosión, las pantallas del mundo, al que, cuando se le antoja y no tiene distracciones más interesantes, también puede prestar atención a estos temas, estaban sobre la comarca y el proyecto del Corredor del Norte. Corresponsales de medios de este y del otro lado del globo comenzaban a llegar a este destino que hasta hacía unas horas era desconocido para todos y cuyo nombre ahora estaba siendo torpemente pronunciado en lenguas extranjeras por los comunicadores más populares; esta amada tierra nuestra, por fin, estaba disfrutando de sus bien merecidos cinco minutos de fama internacional.

El Club de Toby, otra vez en Palacio, reunidos para ver cómo putas controlaban esta bomba que les había explotado, literalmente, en las manos, si bien no las suyas, sí en las de sus hombres. Doce vasos por boca después, por ahí del mediodía, les informaban que el señor presidente acababa de recibir una carta de la Corte Internacional para la Protección y la Conservación de la Tierra donde le solicitaban que de inmediato se interrumpieran los trabajos del corredor, ya que el peligro y el daño que este representaba tanto para la región como para el resto del mundo podían ser catastróficos. La carta incluía un informe, mismo que, por supuesto, nadie leyó, en el que se elaboraba sobre la repercusión ambiental que esto podría traer. Sus especialistas y científicos se habían puesto a la tarea de proyectar el impacto que este desarrollo tendría en los próximos veinte años, y los resultados que habían encontrado eran, sin caer en exageraciones, fatales; literalmente *fatales*. Y es que el cambio tan dramático que sufriría el sistema de lluvias y, por consecuente, la drástica reducción en la eliminación del CO_2 en todo el continente, no solo provocaría un grave problema de sequías e incremento en la toxicidad en el ambiente, sino que generaría un incremento en la temperatura que aceleraría, aún más, la velocidad con la que los árticos se estaban derritiendo y, dejando a un lado las inundaciones que eso provocaría, lo más preocupante resultaba ser el descongelamiento del permafrost, esa tierra que llevara hasta un millón de años permanentemente congelada. Los efectos de este deshielo, además de los conocidos para el medio ambiente, resultaban de gran peligro para la salud: bacterias milenarias que podían crear cepas resistentes a los antibióticos actuales, virus desconocidos por la ciencia, gases de efecto invernadero, desechos nucleares y radiación, depósitos de arsénico, mercurio y níquel, contaminantes y productos químicos ahora prohibidos que llegaron al Ártico por el aire y quedaron atrapados en el permafrost; y toda una serie de amenazas aún desconocidas saldrían al mundo producto de este deshielo. Por eso la Corte Internacional exigía revaluar este proyecto en conjunto y discutir puntos importantes que, según sus investigaciones, el Estado estaba pasando por alto. Y más líneas y etcéteras dichos en ese tono correcto pero advertido, ese lenguaje *político,* el peor de todos, porque ni te da permiso para declarar la guerra ni te deja hacer lo que quieras, te tiene entre la espada y la pared o, como dirían por el barrio, agarrado de los huevos; en esas palabras había un falso respeto que hasta los meseros cuyos brazos no dejaban de llenar y rellenar vasos podían identificar mientras el señor gobernador leía la carta en alto. Y esto sí que era un problema, porque esa puta Corte Internacional era cosa seria, o eso decían sus asesores, porque, la verdad, era la primera vez en su vida que estos señores se enteraban de su existencia.

¿Cómo quiere que procedamos, señor presidente?, le preguntaba al teléfono el señor gobernador, y, después de unos segundos, Sí, claro, como Usted diga. Así lo haremos, señor. Por eso no se preocupe. Nosotros nos encargamos de que no pase a mayores. En eso estamos. Como usted diga, sí. Sí.

571

Sí. Sí. Esa llamada la tomó él solo en su despacho. Después pasó rápidamente al baño, que necesitaba recuperar energías; siempre necesitaba recuperar energías después de hablar con su Dios, Ese que tanto exigía de él y al que tenía que venerar, o más bien soportar, hasta que él ocupara su lugar, lugar que ocuparía mucho mejor que Él, porque él sí sería un buen Dios, no que Este que muchas veces era un completo pendejo, que en realidad no hacía más que pasársela en fiestas y cenas de Estado, siempre embriagado y completamente despreocupado por lo que estuviera pasando con el país. Pero él no sería así, claro que no, si él había sido el autor intelectual y material de este gran proyecto que ese pinche Dios suyo se estaba colgando como medalla. Pero no le importaba, porque una vez desarrollado el corredor, su estado se convertiría en el más próspero y rico del país, y entonces todos verían a qué deidad se tenían que encomendar, pensaba este hombre que desde sus seis años decidiera que de grande sería el alcalde de su pueblo, porque ay pueblo el suyo, daban ganas de llorar solo de ver lo mal que la pasaba, solo de ver a su padre y a su madre trabajar veinte horas al día y comoquiera vivir *así*. Y veintitrés años después lo hizo, convirtiéndose en el alcalde más joven del país. Y si bien este aprovechó, como todos lo hacen en esta y en otras patrias, de los beneficios que brinda el ocupar ese lugar, si bien dirigió muchos más recursos públicos a la colonia que lo vio nacer antes que a cualquier otra, si bien no rechazó la casa que le ofreciera cierta constructora como agradecimiento por su confianza para el desarrollo de la carretera que conectara a este municipio con sus vecinos, si bien pecó de nepotismo al acomodar al cuñado y al hijo y al amigo en este y el otro puesto, si bien en tres breves años hizo crecer sus cuentas y propiedades de manera ilógica, si bien hizo muchas de esas cosas que en algún momento de su vida le criticó y reprobó a esos que ocupaban el lugar que él quería ocupar, si bien hizo todo esto y otras cuestionables maniobras más, también era verdad que ese municipio que lo vio nacer y crecer, gracias a él, tuvo, por fin, su propia escuela técnica, y su primer hospital, que si bien no era muy grande, al menos salvaba las vidas que podía, y una carretera para poder estar más cerca del área metropolitana, y para un simple alcalde de provincia, lograr todos estos desarrollos ya era mucho decir. Y por eso no le costó mucho convertirse en senador, y ahí también multiplicó sus propiedades, mismas que comenzaron a ser tantas que tuvo que ponerlas a nombre de su mujer y de su madre y de sus hermanos, como bien sabían todos que debía de hacerse, pero de eso él y su conciencia estaban tranquilos, porque se lo merecía, cada billete acumulado, cada propiedad obtenida, porque estaba entregando su vida por su pueblo, si gracias a él el estado se había quedado con el proyecto de la Presa del Norte, el cual fuera uno de los desarrollos locales más importantes del mandato; se había conseguido reducir a mínimos los impuestos especiales para inversionistas; se habían eliminado las restricciones para explotar la zona costera, esa que era una verdadera joya que bien merecía toda esa inversión para que fuera conocida y reconocida por el mundo entero, y por eso, terrenos que antes no valían nada, ahora valían millones, porque gracias a las reformas y los acuerdos que él impulsara en la cámara, desarrollos turísticos de primer nivel ocupaban esos espacios. Y ahora, quince años después de ocupar su primer puesto, era el gobernador de este estado al que le urgía hacer buen uso de toda la riqueza natural con la que contaba y, de paso, convertirse en el favorito para ocupar La Silla que ese Dios injustificadamente ocupaba. Pobre iluso: le tomaría mucho tiempo darse cuenta de que Ese, que un día tuvo los mismos ideales que él, había llegado para quedarse.

El señor gobernador volvió a la sala con todos. Su visita al baño había sido tan rápida que todavía tenía una reminiscencia en el labio superior, pero solo fue necesario que el secretario del medio ambiente le dijera Traes aquí, acompañado por un roce en la nariz hecho por el mismo secretario, para que el señor gobernador quedara limpio. El señor presidente nos da completa libertad, y responsabilidad, para que controlemos esto, anunciaba con sus fosas ya limpias y su sistema sobrepoblado de dopamina, Y que no paremos las obras. De hacerlo, son muchos millones por día lo que estaríamos perdiendo. Además de que daría oportunidad para que los extranjeros empiecen a meter sus narices y a hacer el pedo más grande. No sé cómo le va hacer, secretario, ahora refiriéndose al de defensa nacional, al que cuando las cosas iban mal le decía secretario, y cuando iban bien le decía general, No sé qué tenga que hacer, pero esto tiene que parar aquí. Y sin caos ni ruido ni nada que manche al Estado; el Estado tiene que salir limpio. Un error de relaciones públicas, y con esto en realidad se refería al concepto de *derechos humanos*, Un mínimo desliz, o sea, muertos, y ya nos veo teniendo que lidiar con más organizaciones de esas que solo sirven para joderla. Así que tenemos- tiene, secretario, que llevar mucho cuidado. Y eso no lo digo yo, por supuesto, si quién soy yo para decirle a usted lo que tiene que hacer; esto lo dice el señor presidente; fue él quien me pidió expresamente que le recordara este punto. No hay que olvidar con quiénes estamos lidiando: no son más que una bola de rebeldes desorganizados, nada que la ley y el orden no puedan controlar. Y mientras el padrino del hijo que ya no tenía daba su discurso, Dionisio le daba vueltas y vueltas a una idea que había estado ocupando su cabeza desde hacía un par de días; una idea muy creativa, como las que se le suelen ocurrir, según él, y que podía solucionar en gran parte, si no fuera que por completo, esta situación tan absurda y que tan hasta la puta madre tenía a todos estos. Y si resultaba, que por supuesto resultaría, él quedaría como El Más Chingón del Pelotón; después de semejante hazaña, para las próximas elecciones él sería el gobernador, eso seguro. Fue al baño e hizo lo suyo; segundos después de tomar una profunda inhalación, tomó la decisión. No lo consultaría con nadie, no lo comentaría con nadie; una vez hecho, lo anunciaría. Así era como estaba acostumbrado, porque sabía que andar hablando antes de tiempo era de mal agüero, porque cebaba las cosas, y es que la gente es muy envidiosa, y hace lo que sea para que los planes no salgan como uno lo desea. Regresó a la sala con un contento, con una seguridad y confianza de haber dado en el clavo y saber qué era exactamente lo que tenía que hacer. Mientras estos hablaban y hablaban, Dionisio se visualizaba siendo aplaudido por la manera tan magistral de resolver la imposible encrucijada en la que estaban metidos. Esa noche también llegó de madrugada a casa, perdimos la cuenta de cuántos vasos y cuántas visitas al baño después; los que hayan sido, no le bastaron, porque aquí se sirvió otra copa, y al baño ya no tenía que ir porque lo que hacía ahí bien lo podía hacer aquí mismo, en su despacho, sobre su escritorio.

Eran las nueve de la mañana cuando Alana abrió la puerta de la habitación de Antonia y entró con la charola que llevaba el desayuno: unos hot cakes bañados de mantequilla y miel y un vaso de leche de chocolate. Antonia seguía en cama, tapada hasta la cabeza, como lo hiciera su madre, porque qué fácil y rápido nos resulta aprender los malos hábitos de nuestros mayores. Alana encendía la vela que estaba insertada en los hot cakes, y, vistiendo su vestido favorito, cantaba Cumpleaños feliz, te deseamos a ti, feliz cumple, Antonia, cumpleaños feliz. Que los cumplas feliz, que los vuelvas a cumplir, que los cumplas bastante, hasta el año tres mil. Debajo de las capas de tela que la protegían del mundo exterior, Antonia escuchaba esto y entonces se enteraba: Es mi cumpleaños. Le dolía la cabeza, le dolían los ojos, ambos de tanto usarlos, la primera sufriendo, los segundos llorando. Despierta, floja, exigía Alana, que ya había dejado la charola sobre la cama para destapar a la festejada, Es tu cumpleaños y vamos a celebrarlo, y esas palabras estaban rodeadas de signos de admiración y emoticonos y coloreadas en todos los tonos. Anda, pide tu primer deseo y sopla, que estos hot cakes ya están bañándose en cera. Entre dormida y despierta, Antonia se preguntaba qué deseaba. ¿Que su mamá volviera? ¿O mejor su hermano, y así su madre también lo haría? ¿Que Alana fuera de nuevo su amiga? ¿Que no la cambiara por Nicolás? ¿Que los tres fueran felices para siempre en La Soledad? ¿Ser una persona distinta a la que era? ¿Y qué era? ¿Y qué no era?, se preguntaba Antonia, y al hacerlo se daba cuenta de que todo lo que no era ahora ya nunca lo sería, porque hoy cumplía catorce años, es decir, ya era grande, su vida ya estaba formada, su personalidad definida, porque tomar este camino hacía que ya no pudiera tomar aquel, porque escoger era perder, dejar de *ser*, ya no tener la oportunidad de ser algo, alguien más. Y la vida se trataba de eso, ¿no? De escoger y hacer y actuar con base en lo escogido. Entonces mejor no ser nada y ya. Porque, ¿y qué si el que había elegido no era su camino? ¿Qué si se había equivocado en el que había tomado? Ya nunca sería, por ejemplo, alguien como Alana. Nunca sería bailarina de ballet. Nunca sería una patinadora sobre hielo. Nunca sería una comediante. Nunca tendría muchos amigos. Nunca sería hermosa. Nunca sería pintora ni pianista ni actriz. Nunca sería feliz; para ser todo eso se tiene que empezar desde muy pequeño, y esa oportunidad ya había pasado para ella. ¿Qué deseaba? No lo sabía, y la cera de la vela se iba deshaciendo como el tiempo perdido que no se ha de recuperar jamás. Anda, insistía Alana, y entonces Antonia soplaba sin haber decidido, porque así nos pasa, de tantas opciones que nos dan para escoger, terminamos agobiados y prefiriendo la nada. ¿Te gustan? Te los hice yo. Solita. Con mis manos. Sin ayuda de Guillermina, le decía Alana con la boca llena, de orgullo y de comida. Sí, decía Antonia sin distinguir el sabor de lo que su boca masticaba. Terminaron y se recostaron de nuevo, Antonia no había dormido nada y Alana se había despertado muy temprano para preparar el desayuno, la comida, el picnic, todo; la primera lo hacía a lo largo de la cama, observando el techo, con su cabeza reposando sobre la almohada que seguía mojada por las lágrimas durante horas derramadas, Alana en horizontal, con su cabeza sobre las piernas de la otra, volteando a su izquierda, donde estaba la cara de Antonia, y desde donde podía ver la piel que había debajo de su bata; estaba roja, estaba herida, solo de verla le dolía. Minutos después, los ojos de Antonia volvieron a cerrarse para irse a otros mundos. Y desde ahí, Alana la observaba, su cara, su cuerpo, su piel lacerada. ¿Qué le faltaba para ser feliz?, se preguntaba, y, mientras lo hacía, se daba cuenta de que, lo que sea que le hiciera falta para que abriera los ojos y entendiera lo extraordinaria que era, lo que necesitara, lo que sea, Alana daría y haría. Unas profundas ganas de protegerla y sostenerla y quitarle todos sus miedos, eso sentía por ella. Y lo sentía tanto que la superaba, como cuando la vez del ácido en el cole, cuando escuchar a los pájaros cantar sostenidos sobre los raros árboles que quedaban en la ciudad llenaba sus ojos de agua. Ni entonces ni ahora se secó las lágrimas; las dejó correr por su cara, porque qué bien se sentían, porque estaban llenas de vida, porque eran tan distintas a las que había derramado por Anna al verla colgada; estas no dolían, estas curaban. Retiró la tela que cubría las piernas de Antonia y movió su cara los pocos centímetros necesarios para estar frente a frente con sus heridas. Sobre ellas ponía sus labios humedecidos por esas lágrimas, una, dos, tres veces. Lo que sea ella daría y haría, se repetía. Y así estuvieron un rato y pudieron estar para siempre, a ninguna le hubiera importado quedarse así, mejor por ellas. Entonces Alana recordaba la cita con Nicolás y lo tanto que le había exigido su puntualidad. Mientras la dormida dormía, Alana le puso una venda en los ojos; si esto hubiera ocurrido años después, algunos cinco o diez, con más experiencias acumuladas en sus vidas y, por ende, con más sabiduría, mientras le pusiera esa venda, Alana habría pensado que para qué lo hacía, si Antonia ya llevaba puesta una lo suficientemente gruesa que le impedía ver la realidad de lo que era. Pero estamos en este ahora y no en ese, y, en este, Alana le dice, Despierta, y Antonia lo hace. Se toca los ojos. No puedes ver, te puse una venda. ¿Qué vestido te quieres poner?, El azul de rayas, respondía sin pensarlo mucho. Alana lo busca. Te ayudo a ponértelo. Y, una vez lista, Tómame del brazo, yo te llevo, y esta línea se debería leer, también, tanto literal como metafóricamente, porque eso es lo que a Alana le habría gustado: tomarla del brazo y guiarla por la vida.

Nicolás cumplió con su parte; esperaba ahí, con todo puesto, sin tocar nada más que una de las tres botellas que llevaba. A pesar del mes en el que nos encontramos, el día era soleado, radiante, perfecto. Un cielo limpio, despojado de cualquier nube que interrumpiera el camino entre la Tierra y el infinito, tan monocromático que pareciera que había sido pintado por una misma brocha. Corría un aire vibrante y fresco, tan parecido a Alana, y el cual templaba la fuerza del sol intenso. Ciega, Antonia podía escuchar con más atención sus sonidos preferidos, los cantares, las hojas, el viento, y, a lo lejos, pero muy lejos, el bramar de unos truenos que resultaban ilógicos para el despejado cielo. La tristeza de pronto era sustituida por la emoción de la sorpresa y la expectativa. Ya con Antonia sentada sobre la manta, con los tazones llenos de cerezas y fresas y frambuesas y uvas y mermeladas y galletas y chocolates, y en una charola el tan anunciado pastel de cumpleaños sobre el que decía *feliscidades!!!!* con betún blanco, y las jarras con jugo de naranja y leche con chocolate y las botellas de vino, y Grande, y el lago que brillaba, ya con todo puesto y listo, Alana le retiró la venda. Sorpresa, gritaba con una emoción que hacía mucho tiempo no sentía. A la sorprendida le tomó varios segundos entender lo que pasaba. ¿Nicolás? ¿Qué hacía ahí? Y todo esto. Feliz cumpleaños, le decía ahora Nicolás, que dentro de su cuerpo ya llevaba la mitad de la primera botella, y por eso le resultaba más fácil relajarse y fluir, eso que su madre le decía tanto que necesitaba hacer y este, sin la ayuda de ningún relajante, nada que podía. Toma, le decía él, al mismo tiempo en que le entregaba algo torpemente envuelto con papel de libreta, Ojalá te guste, a mí me gustó. Nunca nadie le había hecho algo así. Le dieron ganas de llorar. Gracias, decía todavía incrédula. Entonces Alana tomó la botella y sirvió tres vasos. Brindemos, propuso, Por el mejor cumpleaños de la persona más favorita de todas, y entonces alzaba su vaso y los otros dos la seguían,

Salud por Antonia, decía Nicolás. No le gustó el primer trago que dio, pero de eso ya estaba advertida; nunca le había gustado, a nadie le gustaba nunca, le había dicho Alana, pero, después de varios tragos, se acostumbraban y todo se volvía superdivertido. ¿No me extrañaste? Yo sí, le confesaba Alana, Pero es que estaba organizando tu fiesta. Estaba un poco nerviosa de que el pastel no me saliera. Y no quería que Guillermina lo hiciera. Porque este también lo hice yo, con estas manos, sin ayuda de nadie. Antonia bebía de su vaso al mismo ritmo en que Alana lo hacía, lo cual era bastante rápido, aunque no tanto como lo hacía Nicolás. Entonces Alana tomaba una pequeña caja de metal que reposaba entre toda la parafernalia. Y este es mi regalo, espero te guste tanto como el de Nicolás. La abría. Dentro había una barra de chocolate. Alana lo tomó, cortó un trozo y lo probó y, un momento después, dibujó una sonrisa de placer, de paz, de una plena liberación. Está perfecto, dijo, Temía que ya no estuviera bueno. Come, le decía a Antonia al mismo tiempo en que le ponía un pedazo en la boca. Antonia obedecía; lo que ella le dijera, sin pensarlo lo haría. Le sabía extraño, amargo, distinto. Es un chocolate especial, por decir lo menos, le aclaraba Alana al ver el gesto de Antonia. Es un chocolate, uhm, pues mágico. No importa cómo te sabe; importa cómo te haga sentir y pensar. Y le daba otro trozo a Nicolás. Ahora esperemos, decía Alana al mismo tiempo en que se tiraba bocarriba y observaba el cielo que la cubría; Antonia y Nicolás hicieron lo mismo. ¿Cuánto?, preguntaba Nicolás con cierta impaciencia, y a su pregunta Alana reía, ¿Tiempo? El necesario, querido. E igual no importa lo que te diga porque tu concepto del tiempo tal y como lo conoces está a punto de cambiar, si no es que ya lo está haciendo. Relájate y ya está. Mientras contemplaba el cielo, Antonia de pronto se percataba de que sentía todo su cuerpo, algo extrañísimo, porque nunca antes lo había considerado, por más absurdo que suene, la presencia de su cuerpo, la consciencia de que no es solo mente, de que la máquina que lleva cargando a esa cabeza está formada por muchos otros elementos además del pensamiento. Alana empezó a reír. A Antonia le dio risa su risa. Nicolás las siguió. No sabían de qué reían, pero tampoco era necesario saberlo, porque por qué no iban a hacerlo, si mira dónde estaban, si mira qué perfecto era todo, si mira qué locura es esta experiencia, de existir y vivir y ocupar este cuerpo y estar rodeado de estos otros cuerpos. Reían y, mientras lo hacían, más risa les daba, verse unos a otros sintiéndose livianos y plenos. Vamos a jugar un juego, decía la organizadora, al mismo tiempo en que rellenaba los vasos y terminaba de servir las últimas gotas de la primera botella. Qué hermoso era todo. Y ellos, qué bellos, pensaba Antonia mientras veía sus rostros. Es un juego muy viejo, pero es mi favorito. Verdad o Castigo. Ya se lo saben. No, decía Antonia con la cabeza y Nicolás con la boca. Están de broma, No, ¿Real?, y los otros, que no tenían por qué mentir en algo así, confirmaban. Pues es muy simple. A quien le toca el turno gira la botella así. A quien le señale la base pregunta Verdad o Castigo al que le toque esto, y entonces decide si quiere una cosa o la otra. Si dice verdad, se le hace una pregunta, solo una, la que quiera, de lo que sea, y tiene que responderla, no importa si es secreto ni nada, no hay excusas. Igual si es castigo, se le puede pedir que haga lo que sea. Obviamente nos tendremos que ir moviendo cada tanto para que no sean siempre el mismo par. ¿Le entendieron? Sí, Fenómeno, decía Alana, y enseguida ponía la botella a girar. Alana a Antonia. ¿Verdad o castigo?, Uhm, no sé. Verdad. Total, que la festejada no tenía grandes secretos, o eso creía. Muy bien. Verdad. ¿Alguna vez te has enamorado? Y esta pregunta hubiera incomodado mucho a Antonia en otro momento, pero no en este, y, por eso, sin pensarlo mucho, respondía, No sé, ¿Cómo no vas a saber? Eso se sabe. Es de las pocas cosas que se saben sin pensar y sin dudar. Lo sientes. Todo tu ser está consciente de que estás enamorado; es algo inevitable. Y entonces Antonia meditaba en eso y llegaba a la conclusión de que sí, tal vez sí. Creo que sí, respondía finalmente, ¿Sí?, preguntaba Nicolás sorprendido, ¿De quién?, Tú no puedes preguntar nada, no te tocó a ti, ¿De quién?, preguntaba ahora Alana, Se puede hacer una pregunta solamente, y ya serían dos, así que sigo yo, decía Antonia, que tomaba la botella y la ponía a girar. No quedaba muy claro a quién señalaba, pero se concluyó que sería de Alana a Nicolás. Fenómeno, dijo Alana riendo. ¿Verdad o castigo?, y enseguida Nicolás recordó lo que había ocurrido una mañana antes, y, aunque llevaba solo horas conociéndola, tenía claro que Alana era capaz de delatarlo; no se podía arriesgar. Castigo, Muy bien. Aunque esto de castigo no tiene nada. Besa a Antonia, ¿Qué? ¿Cómo?, Con la boca. ¿Cómo más? Bésala, ¿Estás loca? Es mi hermana, Ay, por favor, Nicolás, si no son nada. Somos más tú y yo, que ustedes dos. Además, ¿qué importa? No es como que por un beso van a tener un hijo. Y si sí, no habría problema. Porque no son n, a, d, a, Estás loca, ¿Prefieres Verdad?, y, ante esto, Nicolás se quedó mudo. Antonia, por su parte, gozaba de estar en armonía perfecta con todo lo que había dentro y fuera de ella. Por eso se le hizo lo más natural y sencillo acercarse a Nicolás y tomar su cara con ambas manos, y bien sabe usted lo exquisito que resulta ese gesto de posesión y pertenencia, porque a quién no le gusta que le digan *eres mío*, que mientras lo tienen contra la pared le susurren al oído *aquí yo mando y tú obedeces,* a quién no le gusta que lo dominen, que lo callen y lo sometan, que lo hagan rendirse y olvidarse, pero qué cosa más sexy, por dios. Y eso hacía Antonia al sujetar ese precioso rostro que igual podía ser el de un hombre que el de una mujer. Sobre esos labios andróginos ella ponía los suyos sin pensárselo mucho, sin pensárselo nada. Los de ella estaban húmedos, los de él, secos. Y tal vez fue esa humedad la que hizo que, al contacto, Nicolás sintiera una descarga eléctrica; Antonia también lo sintió, aunque menos intenso, porque ya sabe usted que, en estos casos, el dominado siempre gana más que el que domina. Nadie hubiera pensado que este era el primer beso que daba nuestra niña, porque chapeau, Antonia, qué bien te salió; nada más pregúntele a su hermano si algún día lo olvidó. Nicolás lo hacía con sus ojos cerrados; Antonia, abiertos. Mientras esto ocurría, Alana se acercaba para observar con detalle a ese par, hasta que su cara estaba perpendicular con el límite en el que uno dejaba de ser y el otro comenzaba, en donde ambos perfiles se encontraban. Los admiraba fascinada, como si fueran una obra de arte y ella una apasionada coleccionista. Antonia podía sentir la respiración de Alana rozando su piel, el inconfundible aroma que emanaba, su magnética energía atrayendo, abstrayendo la suya como si fuera un agujero negro en el que no le quedaba más que arrojarse, dejarse caer, vencerse ante su fuerza e influencia, quisiera o no, aunque en este caso el *no* no existía. Por eso esos ojos que se mantuvieron siempre abiertos y que eran tan inolvidables como lo será el fin del mundo el bendito día en el que llegue a ocurrir, giraron a la derecha para encontrarse con esos en los que le urgía perderse. Todo su mundo existía dentro de ese par de órbitas. Y con ese encuentro, que pudo ser tan sutil y etéreo, aéreo, como lo es todo lo que no tiene que ser, que ocurre pero se desvanece, que se olvida y se borra de la historia; que pudo ser impalpable, pero que no lo fue, porque esto tenía que ser y no desvanecerse, tenía que *sucederse*; con este cruce de miradas que pudo ser nada pero que fue todo, esas bocas, sin siquiera rozarse, ya se estaban besando, y esto enseguida lo notó Nicolás porque, a pesar de que sus labios seguían tocando esos labios, estos ya no estaban ahí, la materia sí, pero qué es la materia sin el alma que la habita, nada más que carne sin vida. Y por eso abre los ojos y se separa de ellos. Y ahora es Alana la que sujeta con sus dos manos, con fuerza y arrebato, como si todavía fuera la niña que nunca fue y tomara de vuelta un juguete que le pertenecía pero que otro niño le había quitado; con ese par de manos que tanto placer han dado a eso que tocan, toma el inexorable rostro de Antonia. Lo besa. Besa sus ojos. Su nariz. Sus mejillas. Su mentón. Su frente. Su boca, esa boca que calla más de lo que dice, y que quisiera que le dijera tantas cosas, todas las cosas que pasan por la cabeza que la lleva y que se quedan atrapadas ahí, las cosas, los fantasmas y sus traumas, incapaces de cruzar la frontera que delimita esos labios tan anhelados; esa boca y esos labios que eran a los únicos que le interesaba escuchar, los únicos que, en no mucho y para el resto de sus días, pronunciarían las palabras correctas y perfectas que los oídos de Alana necesitarían oír para ser salvados del insondable abismo; esa boca y esos labios y las palabras que de ellos salían y no salían, toda su poesía; besarlos todos, curarlos todos, purificarlos hasta que ya no quedara ni una marca, ni una herida, ni una sola mentira. Y aunque ya había hecho esa actividad un sinnúmero de veces antes, con tantas bocas de las que se había olvidado ya, esta era la primera vez que lo hacía en realidad, notaba Alana, porque esta era la primera vez que sus labios se encontraban con otros con los que en verdad querían hacerlo, y es que los había usado tanto, esos labios, por el ocio, porque podía, por distraer el malsano aburrimiento de la vida, como todo lo que hacía. Por fin entendía por qué la obsesión del mundo por esta práctica. Qué diferente se sentían los labios de él y los de ella, pensaba sin pensar Antonia, que ahora era capaz de sentir cada órgano, cada músculo, cada vena y arteria, cada esquina que construía la masa que la sostenía, la explosión atómica que estaba sucediendo en sus células por el choque de los electrones en las moléculas que las formaban, la sangre que por sus sistemas corría, y el corazón que los mantenía, latiendo a una velocidad insostenible y que le daba la sensación de que en cualquier momento iba a explotar de tanto, y entonces ella moriría, y, si así fuera, lo agradecería, porque qué maravilla despedirse así de esta vida. Cuerpo, emoción, sensación; por primera vez no había pensamiento ni mente ni razón. Antonia permanecía con los ojos bien abiertos, y es que necesitaba hallarse en los de Alana; entrar en ellos y beberse cada línea que formaba su hipnotizante iris; entrar en ellos y decirle todo lo que calla, todo lo que pasa por su cabeza y se queda atrapado ahí, sus fantasmas y sus traumas, incapaces de cruzar la frontera que delimita esos labios que ahora, como los ojos, por fin logran decir sin palabras todo lo callado, tan conciso y claro. Una vez dicho esto fue que Antonia los cerró; necesitaba procesar esta sobredosis de emociones y grabarlas en su memoria para siempre. Lo que ese intercambio haya durado no bastó, como sucede en estos casos, porque uno podría estar ahí durante días, meses, toda la vida, besando la boca que ama, y entre ambos ir inventando su propio dialecto, concibiendo nuevas palabras en cada roce, redactando su constitución en cada encuentro, construyendo su país perfecto; lo que haya durado, aunque hubiera sido una eternidad, siempre resultaría efímero y fugaz. Cuando Antonia abrió los ojos, una vez que estas bocas habían regresado a la dualidad, a la *separación*, como la que sentimos el momento en que nos lanzaron a esta tierra, cuando fuimos expulsados del paraíso perdido, ese estado que se añora perpetuamente, eso que un día tuvimos; una vez que Antonia volvió a ver colores, estos tenían un tono distinto, centelleante y eléctrico, colmado de vida. Y la vida, la escuchaba toda, pura y nítida: el vibrar de la tierra, el girar del planeta, la respiración de las piedras, el crujir de las montañas por el movimiento de las placas, la exudación de las plantas y el vapor que se elevaba para volverse nubes, la sangre corriendo por las venas de Alana; las voces que a lo lejos gritaban, reclamaban, y de estos no distinguía las palabras, pero no era necesario, porque podía percibir lo que transmitían, y era enojo, frustración, vergüenza y traición, todo eso que hace al hombre avergonzarse de ser hombre; y las descargas que desde el cielo se oían y que seguían resultando ilógicas porque allá arriba el panorama no podía ser más azul. Y los aromas; podía oler la fragancia que Grande emanaba, un olor verde intenso, lleno de sabiduría y vida y eternidad; y el del aire, que olía a gris, a un blanco que empezaba a mancharse; y el de los rayos del sol, un dorado brillante, radiante, cargado de una inconmensurable fuerza; y Nicolás y Alana, esos perfumes corporales que inevitablemente se fusionaban, porque cada que los respiraba estaban mezclados, integrados uno con el otro, ese aroma, ese aroma, ese aroma que si hoy, *hoy* siendo tantos años después de ese ahora, si hoy lo respirara, Antonia enseguida sabría que es *ellos*, y su mente regresaría a este momento y permanecería en él solo dios sabe por cuánto tiempo, porque esa química se quedaría impregnada en su memoria olfativa como lo hacen los olores de infancia; lo había inhalado y se había integrado en su corriente sanguínea para nunca más salir de ella; para este aroma no tenía ninguna referencia, porque no había nada en el mundo que se le asemejara. Los colores, los aromas, los sonidos, todos los sentidos despiertos y encendidos, como si hubieran quitado un velo de sus ojos, una capa de su piel, un tapón de sus oídos y nariz. Y ahora veía, sentía, olía, escuchaba tanto. Todo. Demasiado. Y ahora Alana comienza a correr hacia el lago, y mientras lo hace se deshace del vestido que innecesariamente cubre ese cuerpo que nada debería jamás ocultar. Y ahora está dentro, brincando y jugando con el agua, como si tuviera esos cinco años que la vida nunca le dejó tener. Y grita de alegría, ninguna palabra construida, solo expresiones ilegibles que no es necesario definir, y sale y entra del agua y les grita Vengan, y a los pocos segundos Nicolás comienza a andar, en el camino quitándose la camisa, el cinturón, el pantalón, olvidándose de su mortal alergia al sol, lanzándose al agua sin miedo, justo como le gustaría poder hacerlo con la vida. Desde su árbol, Antonia observa la imagen que frente a ella se presenta. ¿Quién me puso aquí? ¿Quién me dio este cuerpo, esta mente, estos pensamientos? ¿Cómo es posible Esto? Que Esto suceda, que exista, que *sea*. Que haya Algo en lugar de Nada. La prodigiosa armonía en la que todo convive en exacta sincronía. Qué es ese Cielo, ese Sol, esa Luna; qué es todo eso que vive allá arriba, tan lejos de mí y de mi comprensión, esas estrellas y esos planetas y esas galaxias. Qué es. Qué es. Qué es este misterio, piensa sin pensar Antonia, solo sintiendo esta infinita magia que la inunda. En este momento, absolutamente todo lo que ha vivido hace sentido. Sus miedos desaparecen; aquí, ahora, nada teme. Qué lejos se ven el dolor y la tristeza, qué ajenos le parecen esos sentimientos sin fundamento, porque todo está tan bien, todo es perfecto, todo está justo en el lugar correcto. En cada elemento puede identificar, sin siquiera saber de su existencia, la sucesión de Fibonacci: en la distribución de las hojas en los tallos de Grande, en el grosor de sus ramas y de su tronco, en los pétalos de los girasoles que persiguen al sol como fieles amantes, 0, 1, 1, 2, 3, 5, 8, 13, 21, 34, 55, 89, 144, 233, 377, 610, 987, 1597. Abraza a Grande con esos brazos de los que se necesitan cuatro pares para cubrir todo su tronco, y Grande la abraza de vuelta, con fuerza, como lo hacía su padre y ya no lo hace. Y de pronto entendió a lo que la gente se refiere cuando habla de Dios, ese ser tan popular y al mismo tiempo desconocido, porque nunca nadie lo ha visto, dicen, pero Antonia ahora entiende algo que antes no hacía, y es que ese Ser no funciona como todos, no necesita tener una cara y un cuerpo para *ser;* porque vive aquí y ahí y allá y en todas partes, en todos los elementos que construyen este mundo y todos los mundos. En un segundo, Antonia entiende el misterio: deja de ser ella como unidad y se descubre siendo parte del Todo, un Todo diseñado por una Gran Mano Divina, por Dioz, como a partir de ahora nuestra protagonista llamaría a su deidad personal, una que no tenía nada que ver con la que Sebastián le había enseñado. Dioz existe, se dice. Dioz le habla, desde cada elemento lo hace. Dioz está en todas partes. Dioz está en mí. Y su Dioz no es hombre ni mujer ni nada; es Todo. *Ya es hora de despertarnos del sueño*, le dice una voz. Y entonces sus pies comienzan a moverse, un paso y luego otro, a cada uno que da tomando más velocidad hasta encontrarse corriendo. No se percató del momento en que se quitó el vestido y se lanzó al agua. El agua. Qué locura de sustancia, tan flexible y elástica. Siente cómo los rayos del sol colman de energía las células de su cuerpo. Ciento cincuenta y dos millones de kilómetros, le había dicho Alberto, la distancia entre el Sol y la Tierra. Observa a Alana y a Nicolás y se da cuenta del inconmensurable amor que siente por ellos. Bellas creaturas divinas. Besa la mejilla de Nicolás. Abraza a Alana. Alana besa sus labios mojados,

Espero que estés disfrutando de tu cumpleaños feliz, le dice la boca al oído, Que sepas que eres lo mejor que me ha pasado, y mira que me han pasado muchas cosas. Y aunque por su cara, la de Alana, corrían muchas gotas de agua, Antonia podía distinguir que varias de ellas salían de sus ojos. Y entonces se los besa, y al hacerlo estos sueltan más y más. Esa tarde, Antonia concibió toda la sabiduría que necesitaba tener para vivir felizmente el resto de sus días, y qué lástima, en verdad lo decimos, qué tragedia que esta iluminación y claridad haya durado lo que duró, un largo momento, que, poco a poco, se fue disipando hasta desaparecer por completo. Horas que transcurren como segundos, minutos que son varias vidas pasaron ahí, así, los tres. ¿El tiempo? ¿Qué era eso? Para ellos había dejado de existir.

El Sol comienza a despedirse y el cielo a poblarse de nubes, pero estas no son blancas, sino negras, muy negras, las más negras que por aquí se hayan visto jamás, y rápidamente eclipsan la puesta multicolor que nuevos chicos tanto estaban disfrutando. Y los relámpagos que hacía unas horas, o varias vidas, había escuchado Antonia, ya estaban aquí, traídos por esas nubes. Caen gotas del cielo, y Antonia no puede creer que su Dioz le esté dando este regalo de cumpleaños, porque bien sabe cómo nuestra niña ama la lluvia. Alza su hermoso rostro para entregarse a ella, pero al hacerlo nota que le duele, le arde, y que las gotas son negras como las nubes, densas, espesas. Y, así de fácil, otra vez son expulsados de su paraíso como Adán y Eva, porque ahora tienen que correr, correr tan rápido como puedan para que esa lluvia no quemara su piel. Y eso mismo tuvieron que hacer, también, los soldados y los ejidatarios que en distintos puntos de la comarca se estaban enfrentando. Después de horas de pelea y una perenne sinfonía de balazos, de decenas de cuerpos heridos y otros muchos muertos, de arrestos injustos, de furia e impotencia, de desesperación y violencia, eso que caía del cielo, después de varios minutos de hacerlo, por fin los sacó del trance en el que los tenía su enajenada disputa, al percatarse de que lo que les dolía no eran los golpes, sino lo que sobre ellos caía, esa lluvia que manchaba sus caras y pintaba de negro todo a su alrededor. Todos dejaron de hacer lo que estaban haciendo, gritar, golpear, tirar, odiar, y por un momento se quedaron perplejos, y es que entre la confusión de la lucha y la lluvia, nadie entendía lo que estaba sucediendo. Esto es por su culpa, dijo Ulises desde la casa comunal mientras observaba este apocalíptico fenómeno antinatural. Llovió toda la noche y parte de la madrugada; fue lo único que logró poner una tregua a esta guerra.

Esa mañana, cuando los habitantes de la comarca se despertaron a los primeros rayos que entraban a sus casas, todos, sin excepción, sufrían de una insoportable pesadez en su cuerpo, y una cegadora jaqueca, y un dolor en todos sus músculos y huesos, y una falta de oxígeno, y es que no podían respirar, era como si dentro de sus fosas nasales hubiera una barrera, una capa que hacía que el aire no pudiera entrar. Pero no se preocuparon, porque al ver por sus ventanas entendían que solo estaban en un mal sueño, porque todos sus campos, sus cultivos, sus flores, sus árboles, sus pastos, sus vides, sus praderas y montañas, todo el vasto verde que siempre está ahí, ahora era negro. Todo negro. Negro y ya. Estaban soñando y pronto despertarían, estaban seguros. Pero no fue así, porque esta pesadilla era real, y recuerde que nuestra historia sigue fiel a su postura de no recurrir al realismo mágico; no hay magia alguna en este evento; aquí, tristemente, no hay más que una cruda realidad. Benceno, tolueno, etilbenceno y xileno, mejor conocidos como BTEX, estos compuestos mortalmente tóxicos que un día antes habían salido volando de ese oleoducto y cuyos gases impregnaron el oxígeno de la comarca, mismo que, por el natural incremento en la temperatura que esta explosión había causado, se elevaba hasta llegar allá arriba y convertirse en nubes cargadas de hollín y alquitrán y cenizas que horas después bañarían a todos y todo lo que debajo de ellas había. Esto es por su culpa, dijo Ulises, y cuando lo decía no estaba pensando en Dionisio ni el gobierno ni en los Otros, sino en todos los hombres, pensándose él como si no fuera uno de ellos, porque qué difícil es aceptar que uno también es *eso,* un ser tan nocivo y dañino y mortal. Esa mañana bruna, cuando Dionisio se disponía a tomar su desayuno, Lucho llegó sudando y falto de aire, en parte porque venía corriendo y en parte porque sus pulmones y todo su sistema le estaban reclamando por la mierda de oxígeno que les estaban dando. ¿Ya había visto los viñedos el patrón? No, no había visto nada, ¿qué pasaba con los viñedos? Necesitaba verlo con sus propios ojos, le decía, derrotado, el capataz. Y entonces sale y ve el cuadro, tan oscuro que parecía salido de la mano de Caravaggio; tan negro como el hoyo que había dentro de Dionisio, y que estaba absorbiendo hasta el último ápice de humanidad que en él había. ¿Qué putas era esto? ¿Qué les habían hecho a sus viñedos? ¿Qué pinche infeliz de mierda se había atrevido a esto? Seguro habían sido esos pinches aborígenes hijos de puta. Tu hermano y su gente, le decía a Lucho. La lluvia, patrón, la lluvia negra de anoche, dejó así a toda la comarca. Todos perdimos todo, patrón. Todo está perdido. Efectivamente, todo estaba perdido, se daba cuenta Dionisio ahora, y lo bueno de cuando todo está perdido, es que ya no queda nada más que perder, nada que temer. Y esto era precisamente lo que Dionisio necesitaba para poner en acción la idea a la que le había estado dando vueltas hasta el mareo, esa que sería la solución de este gran cagadero, y que lo convertiría en gobernador, solo dios sabe si hasta presidente.

Después de desayunar, Alana se fue al cuarto de Antonia para encerrarse en él y no salir. No podían ni querían estar afuera; a pesar de que apenas era mediodía, todo lucía tétrico, funesto y sombrío. No entendían lo que pasaba, pero Antonia sabía que era algo muy grave. Nicolás, por su parte, se fue a las barricas. No podía leer, claro, y es que cada que trataba de hacerlo, su mente se iba, divagaba, se escapaba para volver una y otra vez al ayer. Una y otra vez regresaba a eso, y no podía no hacerlo, y no quería no hacerlo, podía pasar así el resto de sus días, viviendo de esos recuerdos, repasándolos momento a momento, escena a escena, y encontrarse dibujando una sonrisa sin darse cuenta. Desde el mediodía en que llegó a las bodegas y hasta caída la noche, Nicolás permaneció así, evocando, reconstruyendo, deseando volver en el tiempo a eso que ahora le parecía un sueño, algo surreal. Tres botellas y media después, ya caída la noche, la repentina llegada de Lucho, alterado y acelerado, haciendo movimientos torpes y nerviosos, logró sacar a Nicolás de su ensimismamiento. Listo, patrón, decía al teléfono apenas al llegar. Y, al colgar, se daba cuenta de que no estaba solo, Nico, dice un Lucho sorprendido de encontrarlo ahí, ¿Qué haces aquí?, y a esto Nicolás no contestó, en parte porque no lo creía necesario, y en parte porque su atención se desvió a la camisa y al pantalón del capataz, Un venado se nos atravesó en el camino, ya sabes cómo es por aquí, explicaba este hombre al que nadie le había pedido ninguna explicación y, sin embargo, se sentía obligado a darla, porque puta madre cómo pesa la culpa cuando uno la carga, y por eso hacemos lo que sea para deshacernos de ella, y por eso nos convencemos de que hicimos lo correcto, nos justificamos y argumentamos, porque con nuestras palabras buscamos sacar esa culpa de nosotros, dejarla en algún lado, entregársela a alguien más, lo que sea con tal de ya no llevarla. Pero Nicolás no prestaba atención a lo que el capataz le decía; Nicolás solo veía cómo ese hombre era otro, uno muy distinto al que había visto ayer, al que había visto siempre; este era un hombre roto, perdido y lleno de miedo. De culpa. Qué mal se veía, pensaba. ¿Qué hora es?, fue lo único que le dijo, pero Lucho no lo escuchó; buscaba cosas en los cajones de su escritorio, tomaba esto y lotro y lo echaba a un morral que por ahí había. Se fue sin despedirse, como si se hubiera olvidado de la presencia de Nicolás, como si fuera mortal permanecer ahí un segundo más. Nada de esto le importó a nuestro querido Nico, que cualquier cosa que ocurriera fuera de su cabeza le daba perfectamente igual. ¿Qué hora era?

Debía de ser tarde ya, porque ahora escuchaba llegar a la camioneta de Dionisio, y este ya no llegaba antes de la medianoche. Abrió otra botella y salió de ahí; necesitaba aire fresco, pensaba, ignorando que eso era lo último que afuera iba a conseguir. Camina por el campo y va hacia los ventanales de la habitación de Antonia, que están todos abiertos, con las luces apagadas. Desde donde está puede ver la cama y el cuerpo que la ocupa, iluminado por la luna llena que alumbra todo el valle. Quiere entrar. Quiere verla, contemplarla mientras duerme. Acostarse a su lado y admirar su rostro, adorarlo, sin miedo ni freno porque por fin nadie lo está viendo; escuchar su respiración, rítmica, su tranquilo inhalar y exhalar, como si la vida fuera perfecta y feliz, como si no hubiera nada que le robara la paz, como si el misterio estuviera resuelto. Quiere entrar, acostarse a su lado y decirle cosas que jamás podría decirle a la cara, dejar en su oído mensajes subliminales para que entren en su cabeza y aparezcan en sus sueños y se queden ahí; decirle todo aquello que necesita urgentemente ser dicho por esa boca que también calla más de lo que dice. Eso quiere hacer, pero no puede, no se atreve. Y por eso se queda ahí, deseando ser un hombre más fuerte, o menos débil, más completo y menos esta frágil criatura que es; se queda ahí, afuera, acumulando la frustración de ser este y no ser otro. Y en lugar de ser ese que quisiera ser, Nicolás bebe largos tragos de la botella, porque eso siempre es más fácil que hacer lo otro, lo virtuoso, recorrer el camino largo y arduo, el que demanda tanto porque te obliga a enfrentar tus miedos y vencerlos, ese camino que siempre desearía poder tomar y nunca termina por hacerlo, porque se siente derrotado desde antes de dar el primer paso, y por eso bebe de esa botella hasta que se acaba, y se queda ahí, observando los ventanales abiertos y lo que hay dentro de ese cuarto hasta que la luna está tan arriba que deja de iluminarlo y ya todo es oscuridad; esta maldita oscuridad. Nicolás sigue caminando, ahora hacia las ventanas de la habitación de Alana, la cual parece estar despierta, porque hay una luz encendida. Tal vez podría ir con ella y platicar hasta quedarse dormido. Necesita compañía, necesita dejar de sentirse así de solo, así de poco. Lo duda por un momento, y por eso permanece a varios metros, observando, esperando. Las cortinas tapan la mitad de la habitación, la parte donde se encuentra la cama. Pero en el extremo descubierto, justo enfrente de la cama, como en el cuarto de Antonia, está un espejo. En este se concentra Nicolás; tal vez Alana se había quedado dormida con la lámpara encendida y ni siquiera ella le podría hacer compañía. Se enfoca en el reflejo y puede ver que está acostada pero despierta, con la mitad de su cuerpo reposando en el respaldo de la cama. Estaba con alguien. Tal vez Antonia estaba con ella, tal vez él podía unirse a ellas, tal vez los tres podían cerrar los ojos juntos. Pero Nicolás ya no alcanzaba a ver con quién estaba, y para lograrlo necesitaba estar en una parte más alta. No lo pensó mucho, simplemente empezó a subir el árbol que estaba más cerca, y, una vez arriba, se sentó en uno de sus troncos. Y ahora puede ver todo. Y está muy oscuro, pero la imagen que ahora observa es muy clara. No es Antonia la que está sentada al borde de la cama de Alana. Es Dionisio. ¿Qué hace ahí, a estas horas, tan cerca de ella ese al que ya no le puede llamar *padre*? ¿Qué hace ahí, moviendo sutilmente las sábanas para descubrir lo que hay debajo de ellas? ¿Qué hace ahí, tocando su cara, acomodando su pelo, jugando con él, acercándose más? ¿Qué hace ahí, rozando la piel de sus piernas, subiendo su mano hasta que ya no puede verla? ¿Qué putas hace ahí, acomodando su cara tan cerca de la de ella? ¿Qué hace ahí ese hombre del que tanto se avergüenza de ser hijo, besando los mismos labios que un día antes besara él mismo? Aquí siempre estarás a salvo, le decía este hombre a los oídos, por suerte sordos, dormidos, de la hija de su difunta hermana, y, mientras lo hacía, Dionisio estaba consciente de los muchos niveles que estaba descendiendo en el inframundo en el que había comenzado a sumergirse desde hacía tiempo, no sabía exactamente desde cuándo, años o meses, no importaba, porque igual ya había caído tanto que estaba en las esferas más bajas, hundido en ese infierno y sin la guía de un Virgilio, tan lejos de la Luz que está convencido de que ya no hay nada que se pueda hacer para salvar esa alma suya, y por eso es mejor continuar con esa destrucción, ese exterminio, esa aniquilación absoluta, hasta que ya no quede nada de su alma, hasta que desaparezca por completo y él se olvide de que un día la tuvo, de que un día existió, de que un día fue otro, un hombre, y no esto que no tiene nombre. Y es tanta la urgencia de Nicolás por hacerlo parar, que, sin pensar en los tres metros que hay entre él y la tierra, salta del árbol, pero el golpe seco resulta demasiado para ese cuerpo que ya estaba lo suficientemente sedado como para quedar inconsciente. Y aquí se queda, con un brazo destrozado que no siente que lo está, seguramente porque está tan fragmentado por dentro ya, que un brazo no hace diferencia.

Abrió los ojos varias horas después, con el sol entrando a la fuerza por sus ojos, aunque no fue esto lo que lo despertó, sino los gritos. Muchas voces alzadas al límite de decibeles que sus cuerdas les permitían, exigiendo ser escuchadas; muchas manos chocando metales, forzando las rejas, reclamando justicia. ¿Y ahora qué?, se preguntaba Nicolás entre su resaca y su perenne borrachera. Se levantó y entonces se percató de su brazo; le daba igual. Camina hacia la bodega y toma dos botellas. Abre una y la bebe hasta la mitad. Aún era temprano, la camioneta de Dionisio seguía ahí. ¿Qué había pasado? ¿Por qué todo estaba negro?, se preguntaba este joven al que muy pocas cosas le generaban curiosidad. A su paso, tranquilo y sin prisa, Nicolás camina hasta la enorme reja que salvaguarda a La Soledad de los innumerables peligros que hay allá afuera, donde están lo que parece que son decenas de hombres y algunas mujeres. Conforme más se acerca, más gritan, más reclaman, más exigen que esas puertas sean abiertas. Nicolás alza ambas manos en son de paz, Yo no soy el enemigo, les dice. Llega hasta la reja y entonces se acerca un hombre, al parecer el vocero del grupo, porque una vez que tomó la palabra, el resto guardó silencio. Déjanos pasar y no haremos ningún daño. Solo queremos a Lucho, ¿Para qué lo quieren?, Para hacer justicia, ¿Qué hizo?, Matar al hombre que nos protegía. Matar a su hermano, Llegan tarde. Lucho se fue anoche, y al escuchar esto las voces volvieron a alterarse, Tranquilos, les dice Nicolás, Porque si Lucho hizo eso fue porque alguien le ordenó que lo hiciera. Mi padre, y al decir Mi padre, Nicolás se daba cuenta de lo extraño que se sentía decirlo, Él es el responsable, es él al que quieren. Caminó hasta el extremo del portón, abrió una cajita y presionó un botón, ¿Qué hora es?, le preguntaba al vocero, Como las ocho, le decía el campesino incrédulo de que esas puertas se estuvieran abriendo, Debe de estar en el comedor, tomando el desayuno. Los campesinos no entendían por qué lo hacía, al punto en el que, aun con el portón abierto de par en par, seguían parados afuera. ¿No piensan entrar? Vayan por él, hagan justicia, decía Nicolás. Solo venimos por él, ni un destrozo, ni un daño, a nadie ni nada, les advertía el líder, fiel a la memoria de Ulises, quien habría indicado lo mismo. Todavía confundidos, los campesinos comenzaron a avanzar, primero a paso tímido y lento, luego con más confianza, hasta que ya todos iban corriendo, con sus palos y sus machetes alzados, con su objetivo claro. Dionisio no estaba en el comedor; lo estuvo minutos antes, pero al escuchar el aquelarre, enseguida entendió lo que estaba sucediendo. Se encerró en su despacho, donde tenía su colección de rifles, donde estaba su pistola, donde estaba su polvo blanco, donde estaba todo eso que le recordaba quién era, y esperó ahí mientras se preguntaba cómo demonios le habían hecho para entrar. No tardaron mucho en llegar, lo hicieron por las ventanas, que resultaban más fáciles para entrar que la puerta, que estaba cerrada con tantas llaves y que necesitaba muchos golpes muy fuertes para romperse, los cuales también se dieron, claro, y eventualmente otros entraron también por ahí. Muchos hicieron caso de las instrucciones de que no destrozaran nada a su paso, pero, por supuesto, eso les resultó imposible a muchos otros que, gracias a ese hombre y los de su tipo, habían perdido todo. Ver esa opulencia, esa demasía, esa injusticia, y no hacer nada para destruirla sería una falta de respeto a la memoria de lo perdido. No había nadie que lo defendiera, tampoco; al entender lo que sucedía, Guillermina enseguida se fue a su cuarto, allá por donde quedaban los establos, y se encerró en él; nadie llegó por ella. El resto de los empleados también prefirieron correr por sus vidas, en parte porque los insurgentes eran muchos, y en parte porque, en esencia, sabían que a ese grupo era al que realmente pertenecían, donde, si fueran valientes, deberían estar. Ni aquí, y caminó varios pasos, ni aquí, fue todo lo que dijo Nicolás a los invasores, y estos le hicieron caso; las puertas de las habitaciones de Antonia y Alana no fueron tocadas. El estruendo de los disparos y el caer de los disparados. Cuatro hombres alcanzaron las balas de Dionisio, cuatro izaqüoos que llevaban muertos desde hacía muchos años, desde esa vez en la que todos sus niños habían aparecido en el río, y por eso al recibir esos impactos ninguno gritó. No pensaban matarlo, muerto no les servía de nada, pensaban llevárselo y hacer justicia, era lo único que pedían. Pero no les quedó de otra; detrás de su escritorio, sentado en su gran trono, el enemigo disparaba a todo aquel que entrara; no les quedó de otra, tenían que hacerlo parar. El estruendo de los disparos y el caer de los disparados; será eso lo que Teresa necesitaba escuchar para despertar de su eterna ensoñación, como si a ella también le hubieran dicho *Ya es hora de despertarnos del sueño*, como un día antes se lo habían dicho a su hija, solo que en circunstancias sumamente distintas. Cubierta por esa bata tan carente de gracia, con el pelo hecho un drama, con la cara anémica y pálida, con los ojos muertos, como el cadáver que es, Teresa se levanta de la cama y comienza a andar. Sale de su cuarto. Avanza por el pasillo, un paso y luego otro, a su tiempo, sin miedo, sin inmutarse por la revolución y el caos que afuera de su cuerpo se está viviendo, como si ya no perteneciera a este mundo y todo lo que aquí estuviera pasando fuera ajeno y lejano, como si nada de esto le pudiera hacer daño, y es que ya nada podía hacerlo más; en ella ya no quedaba un solo espacio vacante como para eso. Y ahí va el espectro, y este da tanta pena que los invasores le abren paso y guardan silencio, pasmados, mientras va cruzando. Pasa un cuarto y luego otro, y de pronto alguien grita, Ya está muerto, y para ella es como si hubieran dicho Uno más uno son dos, porque ni un músculo de su rostro se altera, sus pasos tampoco, uno tras otro, uno tras otro, y termina de recorrer el pasillo y llega hasta la puerta principal y la cruza y sale a campo abierto, uno tras otro avanza, sin prisa y sin pausa, sin repetir el error de la mujer de Lot, sin voltear a ver toda la destrucción que deja atrás, uno tras otro hasta llegar al lago, negro, todo negro, uno tras otro sigue, y el agua primero le cubre los tobillos, y a los pocos pasos todas las piernas, esas que no paran su andar, y de pronto su torso y su pecho y su cuello, y entonces exhala todo el aire que lleva dentro, y ya no vuelve a dejar entrar ni un solo respiro más, y todo su cuerpo ya está debajo, cubierto de agua, cada vez más. Y sus reflejos la obligan a aspirar, pero en lugar de recibir oxígeno, es agua negra lo que entra por sus fosas, agua negra lo que comienza a inundar sus pulmones, su cerebro, lo que la hace quedar inconsciente, lo que la hace sumergirse hasta el fondo y ya no salir, mientras todas las piezas de su cuerpo se empiezan a confundir, a no entender, a no saber qué hacer, a entrar en pánico, a colapsar, a dejar de ser.

Epílogo

Treinta años después, cuando el que duraría seis otoños llevaba ya cinco sexenios en el poder, y quién iba a pensar que con esa vida, bebiendo como bebe, comiendo como come, acumulando las toneladas de energía negativa que ser un hijo de puta como él debe de generar, quién iba a pensar que el autoproclamado Padre de la Nación alcanzaría sus buenos cien años de vida; será ese afán, esa avidez, esa aprensión por el control lo que lo mantiene vivo, lo que hace que, a pesar de tres cánceres, cuatro infartos y cinco fallidos golpes de Estado, de ahí nadie lo pueda quitar.

Tres décadas después de que un mar negro cayera desde los cielos, ahora, cuando los cinco océanos que cubren esta esfera están poblados de biobots encargados de deshacer la basura que ya no cabe en sus aguas, porque hemos de conquistar este universo y el otro, pero aún no sabemos cómo deshacernos de toda la mierda que genera nuestra existencia; ahora, que ya tenemos lotes en el espacio para estacionar los miles de satélites que trafican por nuestra órbita y que han provocado tantos choques y accidentes que un día sí y el otro también hay lluvia de basura satelital por aquí y por allá; ahora, cuando la geotecnología y nuestra necesidad de controlar lo incontrolable es una de las últimas vías de escape que nos quedan antes de que este calor literalmente infernal nos termine de calcinar; ahora, cuando el sesenta por ciento de los habitantes de la comarca ha muerto por una extraña y desconocida enfermedad en la sangre, y los que han sobrevivido están por enfrentar lo mismo, ese dolor en los huesos que no hay Cristo que lo soporte y por eso muchos de ellos prefieren mejor darse el tiro de gracia; ahora, cuando el transhumanismo está por desbancarnos como mandamases; cuando los glaciares son figuras mitológicas; cuando esos viñedos que tan exquisitos vinos dieron no son más que tierra árida e infértil, seca y muerta, como todas las tierras de la comarca y su alrededor y la mayor parte del mundo ahora lo son; ahora, cuando el Corredor del Norte cumpliera su cuarto de siglo, tan orgullosos los responsables de sus resultados, generando miles de millones de billetes por segundo, mismos que quién sabe para qué sirven, porque a cambio de esos papeles impresos, esos campesinos ya no pueden de sus tierras comer, y para saciar esa necesidad ahora tienen que recrear de manera plástica lo que un día fue de verdad. Ahora todo es falso, la mera imitación de lo que un día existió. Qué vergüenza ser esto que somos, ser humanos, piensa usted, y nosotros le reiteramos que así es: es penoso ser esta catastrófica imperfección, esta tóxica creación.

Antonia le dio cinco oportunidades a la lunaterapia. Siempre tenía esperanza en la última novedad terapéutica que le ofreciera el mercado, porque en algo tiene que creer uno, de un palo se tiene que agarrar, solía decir nuestra sacrosanta madre, porque la tormenta es siempre muy borrascosa como para andar así, sin santo al cual encomendarse, sin fe ni religión. Y así pasó de la filosofía occidental a la oriental, del psicoanálisis freudiano, al lacaniano, al jungiano, a todas sus múltiples variaciones. Al budismo. Taoísmo. Hinduismo. Cábala. Al Tai chi. Chi kung. Shiatsu. Yoga. Vipassana. Ayuno. Celibato. Ascetismo. Acupuntura. Balance de chacras. Biomagnetismo. Iridiología. Hipnoterapia. Biohacking. Psiquiatría. Fluoxetina. Sertralina. Duloxetina. Todas las *tinas*. Citalopram. Bupropión. Trazodona. Luminoterapia. Sonoterapia. Terapia primal. Terapia psicodélica. Psilocibina. Ayahuasca. DMT. San Pedro. MDMA. Opio. Peyote. Keta. Todo lo que prometiera abrirle el tercer ojo. Neurociencia. Elevación de la consciencia a través de estimulación neuronal reforzada por una mezcla de plantas medicinales y seis horas de meditación proyectiva cargada de ondas gama que llevan al cerebro al estado óptimo de funcionamiento, uno donde no hay fatiga ni ansiedad ni falta de serotonina ni dopamina ni melancolía ni nostalgia ni nada de esas emociones que no son más que malas combinaciones en la química cerebral, y qué fácilmente se pueden ajustar, porque no es necesario vivir en ese estado en el que no se quiere estar, en el que uno se vuelve indeseable e improductivo, cuando pudiera ser útil, correcto y lúcido. Antonia tenía fe en la terapia lunar, le hacía sentido eso de que observar a la Tierra desde el espacio movería algo en ella. Es como dejar de ser uno mismo, pensaba Antonia mientras cruzaba la mesósfera, sus oídos escuchando la voz de Gudotra, el gurú espiritual, mitad neurocientífico, mitad yogui, mitad entrepreneur, mitad chamán, mitad monje, tantas personas distintas podía completar este Gudotra, el inventor de la terapia lunar, esta nueva técnica de sanación y transformación espiritual. A través de la Voz Interior de Antonia, en un idioma distinto al de ella, Gudotra le decía que se concentrara en seguir su respiración. No necesitaba hacer nada más. Inhalar y exhalar. Y después de un par de horas así, le pedía que imaginara cómo el centro de su cuerpo, donde está su corazón, se expande hasta salirse de sus límites corporales, y de la nave, en el espacio, hasta abarcar lo más que pudiera todo el universo que frente a ella se presenta. *Todo es amor*, decía la profunda y relajante voz en su idioma extranjero, *Todo es perfecto. Estás aquí, ocupando este cuerpo en este punto del tiempo porque tienes una misión que cumplir, algo que solo tú, con tu ADN y esos irrepetibles sellos grabados en la punta de tus dedos, puedes hacer. Eres una parte esencial de este gran y complejo Todo que cada uno formamos. Ahora imagina que estás inhalando una luz dorada desde la planta de tus pies y que recorre tu cuerpo hasta la punta de tu cabeza. Imagina que esa luz dorada es vida. Siente la vida*, le dice Gudotra. Y entonces esta voz cargada de armonía, diseñada para brindar paz, porque no es la voz de una persona, claro, no es *exactamente* la de Gudotra, y es que las voces humanas suelen ser incorrectas, y esta voz es exacta y perfecta, una programada en un laboratorio de neurociencia para que sus sonidos lleven a las ondas cerebrales del oyente a un estado gamma. *Eres polvo divino representado en la forma de un cuerpo*, le dice esta voz a los oídos de la Antonia que vuela en una nave en el espacio con el objetivo de encontrar un sentido, un lugar.

Desde que tiene consciencia ha estado cansada de este juego, de este descomunal esfuerzo por mantenerse a flote. Más de un vidente le había dicho que estaba escrito en su carta astral, que algún karma de familia tenía que pagar, y por eso era así, con esta atracción fatal por la soledad, por la oscuridad, por los paisajes grises, por las canciones tristes, por los días de lluvia y el petricor, por el otoño, por el invierno, por las novelas de desamor, por los idiomas fríos y distantes, tan distintos al suyo, para así olvidar que un día tuvo un origen, que un día tuvo un hogar. Por no salir de su cama durante estaciones enteras, por el autosabotaje, por la vestimenta oscura, por el sexo a ciegas y con desconocidos, de preferencia en trío, dos mujeres y un tío, maratones de noches y días enteros, su mente en estado ligero gracias a la mezcla de químicos y psicodélicos. Maniacodepresiva, le habían diagnosticado una vez, pero Antonia no lo creía, porque el psiquiatra lo dijo como si fuera algo indudable, y eso a Antonia le parecía ofensivo, que no se considerara que ella podía ser más compleja que un simple diagnóstico de manual, y por eso a ese médico nunca se lo tomó en serio y seguía viéndolo solo por sus recetas. ¿Cuándo dejamos de ser felices?, se preguntaba Antonia, ¿Cuando pisamos este mundo? ¿Al perder la inocencia? ¿En el momento en el que aprendimos a mentir, a mentirnos, a contarnos historias para convencernos de que estamos en lo correcto? ¿En el ocaso de la infancia? ¿Y por qué no supo aprovecharla? La infancia. Se arrepiente de eso, como siempre se arrepiente de todo, de cada año que pasa, por no haberlo vivido como se supone que debía. Tan poca vida había acumulado en tantos años, y lo sabía. Culpa, siempre culpa, de lo que hace y de lo que no, de lo que piensa y de lo que no.

Y mientras sus ojos estaban empapados de fluidos salados que distorsionaban su visión y le hacían ver como si frente a ella hubiera varias Tierras, a tantos miles de kilómetros de ese lugar en el que ahora vive y al que nunca llamaría casa, Antonia escuchaba la voz grave pero suave que le decía, *Está bien dejar ir. Soltar el pasado y dejar espacio para que entre el futuro. Abre los ojos y observa ese pequeño punto al que conoces como Tierra. Piensa en cuántos seres viven ahí, todas las plantas y animales y personas que cohabitan en ese diminuto espacio. Piensa en sus problemas, sus conflictos, sus dilemas. Siente su dolor, su confusión; son los mismos que los tuyos.* Eso de pagar cientos de miles para subirse a una nave y, junto con otros cuarenta y nueve desconocidos cuyas mentes están lo suficientemente atormentadas, aunque intelectualmente muy bien dotadas como para generar los ingresos que generan, porque viajar al espacio sigue siendo solo para los privilegiados, esta es una terapia completamente burguesa, solo asequible para unos pocos; escapar del mundo por unas horas junto con gurús tecnológicos, eminentes financieros, herederos deprimidos, millonarios curiosos, esposas trofeo que empiezan a abrir los ojos, artistas, meros pedestres con dinero, etcétera, etcétera, y permanecer cuarenta y ocho horas en contemplación espacial, estaba segura Antonia, de algo habría de ayudarle. Por supuesto que esas sesiones la volvían un ser más empático, pero la empatía le duraba a lo mucho una semana, y es que cómo iba a lograr mantener viva esa emoción si no había con quién practicarla, con quién ser empático, porque con lo que Antonia interactúa día a día son metarrealidades, voces grabadas, botones pulsados, pantallas, hologramas. Pasaban meses sin que hablara con la voz viva de otro ser humano que, así como ella, podía perder la vida en cualquier momento. Lo habíamos logrado; al fin solo quedábamos nosotros y nuestro solipsismo.

Alana moriría un día, y a Antonia nadie le avisaría, aunque lo sentiría en el momento en el que sucedió; en su pecho, mientras iba de su departamento al trabajo, se presentaría una atípica aceleración del miocardio que la provocaría una taquicardia. Una angustia. Un profundo suspiro. Un sentir morir. Y luego una paz. Ese había sido el momento de su adiós. Sus pulmones estaban todos perforados, los de Alana. El oxígeno que respiró durante sus años en La Soledad fue el encargado de hacerlo en cada inhalación.

Antonia se habría quedado ahí, nunca haber salido de esas tierras y haber muerto feliz. Pero no era posible, en parte por su ERPOG, y en parte porque el que ahora tiene cien años había dado la orden de que espacios como ese eran propiedad del Estado, porque ese podía ser un cuartel para el ejército, que tan activo y tan necesitado de recursos estaba en estos días; de que ahí se podían albergar varios cientos de hombres; de que la patria es primero y la vida es después. A pesar de que La Soledad y toda la riqueza que esta generaba se diluyó entre la nada, después de unos años de reajuste con el mundo *real,* Antonia y sus neuronas funcionaban tan bien para el mercado que resultaban, persona y cabeza, un objeto muy cotizado. Viviría muchos años, los suficientes como para darse cuenta de que estaba viviendo de más. Sus ataques de ERPOG eran cada vez peores, pero no la terminaban de matar. No tenía idea de cómo había transcurrido tanto tiempo, y ella seguía en el mismo lugar, anclada a un pasado que no volvería jamás. ¿A dónde se había ido toda esta vida?, se preguntaba esta mujer de salud mental cuestionable, la vecina del cuarto piso que nunca hablaba con nadie, que dicen que es muy exitosa, una eminencia, pero es de esas personas, ya sabe usted, complicadas, excéntricas, *raras.* Antonia nunca olvidaría el día en el que parvadas de aves cayeron al suelo como la lluvia. Ni cuando esos campos jamás volvieron a ser verdes. Ni los peces bocarriba tupiendo el lago frente a un Grande seco y muerto. Ni las eternas sequías. Ni los incontrolables incendios. Ni la agonía y el desconsuelo. ¿Qué era este circo de bestias insaciables? Lo que no vieron esos ojos. Aunque nada muy distinto de lo que han visto los de usted y los míos, claro; dios salvaguarde estos ojos nuestros que han contemplado minuto a minuto cómo vamos precipitando nuestro anunciado final.

Y le decimos, señora, señor nuestro, fiel peregrino en este camino, que esta es la parte más difícil, la de cerrar el libro. Ha pasado suficiente tiempo ya desde que sucedió lo que sucedió como para que pasen muchas cosas, y si uno no llevara un rato ya en este negocio, si no tuviéramos nuestros muchos años lidiando con los misteriosos caprichos de la deidad que aquí nos puso, deslumbrándonos con ese prodigioso talento suyo para siempre modificar el rumbo de lo que creíamos seguro, haciendo con nosotros lo que le da la gana, riéndose a carcajadas de nuestros planes absurdos, porque justo cuando creemos conocer el camino para llegar al destino, llega un estornudo suyo que vuela las piezas del tablero y nos hace empezar de cero; si no tuviéramos experiencia en este juego, decíamos, nos costaría mucho trabajo creer todo lo que en este tiempo pasó, pero, después de tantas vidas, claro nos queda que no hay libreto más inaudito y creativo que el divino. Si usted supiera, señora, señor nuestro. Ha pasado todo y no ha pasado nada, como siempre pasa aquí. Porque esto no acaba, hasta que de pronto lo hace, y entonces ya no estamos como para darnos cuenta de que terminó el viaje. ¿Y por qué tanta preocupación, si cuando sucede somos los únicos que no se enteran del desenlace? ¿Por qué tanto miedo? ¿Y para qué tanto esfuerzo? Por dejar un legado, por no ser olvidados, como seguro seremos. ¿Para qué tanto sudor, sangre y llanto? Tanto tormento. Tanta pena sin gloria. Tanta rutina. Tanta rigurosa disciplina. Tanto temor a perder. Tantas ganas de ganar. Tanto orden y plan. Tanto afán por luchar. Por vencer. Por llegar a un lugar. Tanto deseo por saciar. Tantos aplausos por coleccionar. Tantos sueños por convertir en realidad. ¿Para qué tanto *tanto?* Catorce mil millones de años le ha tomado al universo producir consciencia, y con esto le pagamos, con nuestro automatismo, con este paganismo. Después de tantas vidas y tantos años, seguimos siendo los mismos: nada más que seres dominados por pasiones e instintos. Después de tanto y tanto, como si nos sirviera de algo, si al final todo desaparece y nada queda.

Índice

PRIMER ACTO   13

SEGUNDO ACTO   171

TERCER ACTO   421

MAPA DE LAS LENGUAS UN MAPA SIN FRONTERAS 2024

RANDOM HOUSE / CHILE
Tierra de campeones
Diego Zúñiga

RANDOM HOUSE / ESPAÑA
La historia de los vertebrados
Mar García Puig

ALFAGUARA / CHILE
Inacabada
Ariel Florencia Richards

RANDOM HOUSE / COLOMBIA
Contradeseo
Gloria Susana Esquivel

ALFAGUARA / MÉXICO
La Soledad en tres actos
Gisela Leal

RANDOM HOUSE / ARGENTINA
Ese tiempo que tuvimos por corazón
Marie Gouiric

ALFAGUARA / ESPAÑA
Los astronautas
Laura Ferrero

RANDOM HOUSE / COLOMBIA
Aranjuez
Gilmer Mesa

ALFAGUARA / PERÚ
No juzgarás
Rodrigo Murillo

ALFAGUARA / ARGENTINA
Por qué te vas
Iván Hochman

RANDOM HOUSE / MÉXICO
Todo pueblo es cicatriz
Hiram Ruvalcaba

RANDOM HOUSE / PERÚ
Infértil
Rosario Yori

RANDOM HOUSE / URUGUAY
El cielo visible
Diego Recoba